The Givenness of Things

우리에게 주어진 것들에 관하여

오늘 우리에게 있는 경이의 좌표들

The Givenness of Things

우리에게 주어진 것들에 관하여

오늘 우리에게 있는 경이의 좌표들

메릴린 로빈슨 지음 · 조윤 옮김

비아
VIA

차례

일러두기

· 성서 표기는 공동번역개정판을 따랐으나 성서 본문은 저자의 의도에 따라 다양한 역본
  을 사용했습니다.
· 역자 주석의 경우 *표시를 해 두었습니다.
· 단행본 서적의 경우 『 』표기를, 잡지나 학술지의 경우 「 」 논문이나 글의 경우 ' ', 영화,
  TV 프로그램, 음악 작품이나 미술 작품의 경우 《 》표기를 사용했습니다.
· 셰익스피어 작품명의 경우 『셰익스피어 전집』(문학과지성사)을 따랐습니다.

밥과 페기 보기어스에게,
깊은 사랑과 감사를 담아.

제1장

인문주의

인문주의는 르네상스를 빚어낸 빛이자 탁월한 성과였다. 사람들이 그리스-로마 고전 문헌을 재발견하고, 번역하고, 보급하자 새로운 활기가 일어났다. 이를 통해 사람들은 인류가 어떠한 업적을 남겼는지, 인간이 어떠한 능력을 지녔는지를 생생하게 알게 되었다. 이러한 움직임이 문명에 미친 영향은 헤아릴 수 없을 정도로 크다. 새로운 각성과 함께 새로운 학문 분과가 등장했고, 고전 언어를 익히게 되었으며, 이교도 시인과 철학자들에게 관심을 기울이고, 고대 역사를 연구하고, 고전 양식을 당대에 적용하게 되었다. 인문주의는 자신의 기원을 간직한 채 몇 세기 동안, 최근까지도 교육과 문화의 단단한 토대 역할을 해 왔으며 일정 부분은 줄어들고, 또 다른 부분은 확장되었으며, 어떤 부분은 변형된 형태로 인문학 안에 살아 숨 쉬고 있다. 그러나 이제 인문주의의 명맥은

끊기고 있으며, 위협받고 있다. 서구 문명이 부와 지식 모든 측면에서 눈부시게 번영을 누리던 시기에 인문학은 학문의 중심에 있었지만, 이제 사람들은 그 쓸모를 의심한다. 우리는 생각을 키우고 가다듬는 데 관심을 기울이기보다는, 계산할 수 있으며 측정할 수 있는 부를 늘리고 이를 개선할 수 있는 기술을 창조하고 익히는 데 관심을 기울인다. 위대한 정신의 탐구에는 관심을 덜 쏟고, 무언가에 뒤쫓기며 눈앞에 있는 일들에 몰두한다. 손에 잡히지 않고 잘 이해되지 않는 세계는 애써 외면하고 싶은 것인지도 모르겠다. 사람들의 얼굴에서 기쁨은 보이지 않고 다들 급하기만 하다. 우리 대부분은 스스로 자신을, 그리고 아이들을 자기 나름의 목적이 아닌, 자기도 이해하지 못하는 목적을 위한 수단으로 만들고 있다. 이러한 환경에서 인문학은 설 자리가 없어 보인다. 많은 사람에게 인문학은 시장 경제 체제의 일원이(실은 노예가) 되는 일련의 과정에 있는, 하지만 딱히 쓸모는 없는 준비 단계에 불과하다. 이러한 시대정신은 현재 우리가 하는 일들의 결과가 아니라 원인이다. 우리는 과거 여느 세대 못지않게 인간이 탁월하다고 생각한다. 그리고 이를 입증할 만한 충분한 근거도 있다.

오늘날 우리는 우울함의 해독제를 현대 과학에서 찾는다. 인문학을 옹호하는 사람이 과학을 내세우다니 어떤 이들은 어색하달지도 모르겠다. 그렇다고 이 말이 곧바로 현대 예술이나 문학, 음악, 철학이 이룬 바를 무시한다는 뜻은 아니다. 하지만 이들의 경우 시대가 지나기 전까지는 그 온전한 가치를 알아차리기 힘들다. 사람들은 오랜 기간 (심지어는 그들이 살아 있을 때도) 밀턴John Milton, 바흐

Johann Sebastian Bach, 모차르트Wolfgang Amadeus Mozart 작품의 가치를 알아보지 못했다. 먼 훗날 역사가는 지금 우리가 보기에 좋아 보이는 정책들을 그저 정치술의 승리로 치부할 수도 있다. 반면, 과학은 잠정 단계라 할지라도 현재 신뢰할 만한 성과와 통찰력을 보여 주고 있다. 지난 세기와 이번 세기 초, 과학은 의심할 여지 없이 존재에 대한 이해를 변화시켰다. 아니, 과거에 있었던, 현재에 일어나고 있는, 그리고 미래에 일어날 모든 경험의 근본이라 할 '존재'라는 신비롭고 오래된 범주는 결코 이해할 수 없으니 "이해를 변화시켰다"는 말은 적절한 표현이 아닐지도 모르겠다. 하지만 존재를 이해하려는 방식은 근본적으로 바뀌었으며, 이는 그 자체로 의미심장하다. 오래전부터 이론으로 있었으며, 이제 사실로 입증된 '양자 얽힘'quantum entanglement이라는 현상은 시간과 공간에 대해, 그리하여 인과율에 대해 근본적인 질문을 제기한다.

양자 이론에 따르면 양자들은 서로 아무리 멀리 떨어져 있어도 '얽혀 있으며' 동시에 같이 변화한다. 이 사실은 가장 깊게 뿌리 내린 우리의 사고 습관에 도전한다. 우리로서는 어떤 사건이 공간과 시간이라는 제약을 벗어나 일어난다고 상상하기 힘들다. 우리의 오랜 습관, 인과율에 물든 사고방식은 이 새로운 이해를 담기에는 엉성하다. 양자 얽힘을 담을 만한 우아하고 섬세한 우주는 추론과 관찰에 능한 소수만이 상상할 수 있을 것 같다. 양자 얽힘이라는 현상이 얼마나 만연하든, 얼마나 견고하든 이는 실제 우주가 우리의 상식에 들어맞지 않는 원리를 따라 펼쳐지고 있고, 출현하고 있음을 암시한다. 우리에게 익숙한 4차원에 드러나지 않았던 7차원을 더해 준 끈 이론도 이를 뒷받침한다. 시간과 공간의 근본 성격이 도마 위에 오르니 이제는 4차원이라는 개념이 빈약해 보이는 것도 사실이다. 오늘날 수학, 존재론, 형이상학은 하나가 되었다. 오늘날 과학자들이 제시하는 우주에 견주면 뉴턴의 우주는 땜장이의 작품처럼 보이고 아인슈타인이 제시한 우주조차 단순한 기계처럼 보인다. 갈릴레오 갈릴레이Galileo Galilei가 태양의 자리를 옮겨 세상을 놀라게 했듯, 실재와 현실을 온전히 담아내기 위해 끊임없이 새로운 개념을 제시하고 그 근거를 내놓는 현대의 수학자들과 과학자들의 경탄스러운 작업은 마침내 우리를 우리젠Uriezen이 컴퍼스로 그려 놓은 원*에서 해방시켜 줄 것만 같다. 그러나 우리는 자유롭지 않다.

　현실, 실재의 본성에 무관심한 예술이나 학문은 없다. 그렇기에 모든 예술과 학문은 분명하게 설명하지 않더라도 언제나 특정한 존재론을 가정하고 있다. 바빌로니아 사람들이 별을 관찰하기 시작한 이래 사람들은 실재, 현실, 존재에 관한 거대한 질문을 던졌고, 지금도 던지고 있다. 하지만 어떤 학문은 여전히 특정 이념에 함몰된 환원주의자들이 내놓을 법한 단순하고 협소한 실재, 현실 모형에 빠져 있다. 협소한 인간학 위에서 논의를 진행하는 이른바 주류 경제학파를 들 수도 있겠지만, 여기서는 과학의 한 분야를 이야기하고자 한다. 바로 뇌와 의식, 정신과 자아를 연구하는 '신

---

* 윌리엄 블레이크William Blake의 그림 《옛적부터 항상 계신 이》The Ancient of Days 에서 우리젠Urizen은 세계를 건설하는 존재로 건축가의 상징인 컴퍼스를 들고 있다.

경 과학'neuroscience이다. 신경 과학자들은 쉽게 말하면, 인간의 정신이나 마음이 당구 경기처럼 단순한 인과율을 따른다고 주장하며 이를 입증하는 사실에만 의존한다. 신경 과학은 존재론을 고민하는 과학의 다른 분야와 '얽혀 있지' 않다. 다른 과학 분야에서 존재론에 충격적이고 중대한 변화를 일으킬 만한 논의를 하더라도 신경 과학에는 아무런 변화가 일어나지 않는다. 신경 과학은 "단순히", "단지"라는 주문을 외우면 정신의 활동, 혹은 뇌의 작동에서 이를 둘러싸고 있던 신비로운 부분을 덜어낼 수 있으며, 그런 부분을 덜어내면 감정, 행동 등을 만들어 내는 기계만이 남는다고 이야기한다. 과학의 다른 분야에서 현실을 탐구하며 우리가 전혀 모르고 있던 미묘하고 새로운 관계를 드러내는 동안, 신경 과학은 우리가 알고 있는 가장 복잡한 대상인 인간 뇌의 활동이 유기체가 항상성을 유지하기 위한 활동이며, "신경 다발"의 활성화로 충분히 설명할 수 있다고 말한다. 다른 과학 분야에서 개별 세포가 놀랍도록 복잡함을 밝히는 동안, 신경 과학에서는 이 복잡한 개별 세포들의 복합체인 뇌는 본질적으로 단순하다고 주장한다. 신경 과학자들의 주장이 맞다면, 즉 가장 난해하면서 복잡하며 인간 생존에 가장 필요한 뇌가 이 세계에 있는 그 무엇과도 견줄 수 없을 정도로 단순하기 그지없는 물체라면, 그것이야말로 진정한 자연의 불가사의일 것이다.

신경 과학의 핵심 원천은 살아 있는 뇌에서 일어나는 과정을 영상으로 포착하는 기술이다. 이를테면 인간이 두려움을 느끼면 뇌의 특정 영역이 밝아진다. 여기서 신경 과학자들은 두려움이란 항상성 유지를 위해 발달한 해당 뇌의 기능이라는, 유기체가 싸우거나 도망가도록 준비시키는 역할을 한다는 결론을 도출해 낸다. 좋은 말이다. 하지만 두려움은 대체로 특정한 맥락 가운데서 일어난다. 무심코 가다 거미를 보았을 때, 치과에 갈 때, 최후의 심판 이야기를 들을 때, 몸에 좋지 않은 세균을 접하게 되었을 때, 많은 사람 앞에서 이야기해야 할 때, 13일의 금요일일 때, 외계 생명체에 관한 영상을 보거나 이야기를 들었을 때, 난해한 수학 문제와 마주했을 때, 캄캄한 밤길을 걷다 후드티를 입은 사람을 보았을 때, 과거의 치부를 들켰을 때 사람들은 두려움을 느낄 수 있다. 이때 두려움은 특정 상황, 두려움을 느끼는 당사자의 인생, 그의 건강 상태가 얽혀 만들어 낸 산물이다. 각 사람은 자신이 처한 환경 속에서, 지극히 주관적인 방식으로 위협을 식별하고 해석한다. 이때 위협은 추상이 아니라 매우 구체적인 상황 가운데서 다가오며 두려움은 그러한 위협에 대한 경보음과도 같다. 이 전체 모습은 정밀한 기술로 포착할 수 없으며 설령 포착하더라도 해석할 수 없다. 하지만 이 전체 모습을 고려하지 않으면 두려움을 느낀 이에 대해서는 별다른 설명을 할 수 없고, 어떤 예측도 할 수 없다. 보통 두려움을 느낀 이는 약을 먹거나, 의식을 잃거나, 난동을 피울 것이다. 두려움의 본성과 두려움이 유발하는 충동을 영상화하고, 읽기 쉽게 만들며, 일반화하기 위해서는 복잡성, 두려움을 느낀 이의 개성과 그 뒤에 딸린 복잡한 요소들을 배제해야 한다. 하지만 신경 과학자들은 공평무사하게도 자신들의 현재 기술에 충분히 만족하며 이 기술이 산출한 자료에서 대담한 추론을 이어가고 있다. 복잡성을 유발하는 사항들은 계속 배제한 채 말이다.

이는 과학자들이 자신의 방법으로 밝힐 수 있는 현실 일부를 전체로 간주한 사례다. 과학자들이 사용하는 방법에서 언어는 기술만큼 중요한 문제다. 기술과 언어는 서로에게 영향을 미치며 서로를 강화한다. 한 사례를 보자. 신경 과학자들은 '자아'가 없다는 결론을 내리려는 경향이 있다. 그들이 개인의 역사와 경험이 뇌에 영향을 미친다고 잘 생각하지 않는 이유, 유전, 환경, 그리고 전체 신체의 상호작용에서 비롯된 유기체의 특성에 무관심한 이유는 바로이 때문이다. '자아'를 부정하려는 이들에게 '자아'라는 어떤 의미가 있을까? 그들은 자아란 단지 사람들이 개인이나 사회, 또는 문명의 단위로 참여하는 망상일 뿐이라고 말할지도 모른다. 혹은, 인간이 자신을 둘러싼, 끊임없이 이어지는 환경과 상황에 자기 자신을 조정하면서, 다른 이와 자신을 구분해 자신을 인지하게 해 주는뇌의 중요한 기능 중 하나일 뿐이라고 말할지도 모른다. 그러나 이것이야말로 자아가 망상이 아니라 신경 과학자들이 알고 있는 것과는 다른 방식으로 정신이 작동함으로써 나온 산물임을 보여 주지 않는가? 물론, 뇌는 어떤 손상을 입을 수 있고, 손상을 입은 뇌의 영상을 본다면 다른 관찰 가능한 영역처럼 그 문제 부위가 분명하게 드러날 것이다. 뇌 손상은 자아 인식이 결국 진화의 집결체인뇌에 뿌리를 내리고 있음을 증명해 자아를 말하는 자들의 무릎을꿇릴 수 있을 것 같다. 뇌 손상으로 인해 자아 인식에 문제가 발생할 수 있다는 사실, 평형 상태나 공간 지각에 혼란이 발생할 수 있다는 사실은 자아란 뇌가 만들어 낸 경험이라는 주장을 입증하는

데 더없이 좋은 근거로 보인다. 하지만 여기에는 개념의 문제가 있다. 평형 상태란 유기체가 자신이 속한 환경에 반응하는 찰나의 순간을 제외하면 존재하지 않는다. 자아란 존재하지 않는다고 말하려면, '평형 상태'나 '공간 지각' 역시 존재하지 않아야 한다.

*

이제 한 걸음 물러서 보자. '물리'라는 범주를 중시하는 과학자들은 이 범주를 벗어나서는 아무것도 존재하지 않기 때문에 자아란 존재하지 않는다고 말한다. 동시에, 그들은 뇌 손상으로 자아 감각을 잃을 수 있다고 이 물리 범주 안에서 말한다. 불합리하지 않은가? 어떻게 이 초보 같은 실수를 범한 논리가 살아남고 번성할 수 있는가? 신경 과학자들의 주장에는 오류에 속박당한, 필멸하는 우리를 구하려는 일종의 프로메테우스주의가 있다. 길은 자신들이 알고 있으니 설득하기만 하면 된다고 생각하는 것이다. 그 때문에 이들은 동료 과학자가 비판해도 흘려듣고 자신들의 신조에 의문을 제기하는 것은 구원자인 과학에 등을 돌리는 행위로 간주한다. 이들을 지지하는 이들도 이 신조를 의심하고 반대하는 자는 애초에 과학을 적대시하기 때문에 그런다고 본다. 하지만 엄밀히 따지면 '물리'라는 것도 모호하다. 우리가 알고 있는 물리적인 것은 암흑물질과 반물질, 그리고 암흑물질과 반물질 너머, 그리고 우리가 현재 추론할 수 있는 영역 너머로 사라져 간다. 그러나 신경 과학자에게 물리란 신호signals와 수용체receptors의 역학, 너트와 볼트로 이루어진 활동 그 이상도 그 이하도 아니다. 그들은 반대 주장과 자신의 정보에 반하는 증거에 영향을 받지 않는다. 반대 주장은 뭉개고 반대 증거는 무시한다.

　이런 과정을 거쳐 신경 과학이 정말 하고 싶어 하는 말은 영혼이란 없다는 것이다(신경 과학은 가설과 이론 과정을 건너뛰고 곧바로 이런 식의 단언을 내리는 대단한 과학 분야다). 인류는 오랜 기간 영혼만이 비물리적이며 물질이 아니기에 불멸하고, 따라서 신성하며 거룩하다고 여겼으며 특별하게 대우했다. 이 영혼은 자아이면서 동시에 자아와 다르다. 영혼은 자아가 거짓말하고, 도둑질하고, 살인할 때, 양심의 상처를 입고 고통받는다. 그러나 자아를 불구로 만들거나 죽게 할 수 있는 사고에도 영혼은 파괴되지 않는다. 이와 같은 영혼에 대한 직관(믿음이라는 말로 바꾸면 그 풍부함과 깊이가 떨어진다)은 영혼의 물질성을 증명하더라도 결코 폐기되지 않는다(영혼과 물질은 애초 그 정의에서부터 서로 떨어져 있다). 같은 이유에서, 영혼의 비물리성, 비물질성은 영혼이 존재하지 않는다는 주장의 근거가 될 수 없다. 과학이 영혼의 실재성에 질문을 제기하기 전, 머나먼 고대로부터 수많은 지역과 문화에서 영혼의 성격을 단단하게 세우지 않았다면, 이런 내 말은 회의론을 영리하게 회피하는 것처럼 보일 것이다.

　영혼이라는 개념은 인간이 지닌 생명과 삶이 얼마나 존엄한지를, 인간의 행동과 경험이 얼마나 헤아릴 수 없는 무게를 지니고 있는지를 담고 있다. 내 '영혼'은 '나'의 매우 흥미로운 동반자다. 이 말은 순전히 주관적인 이야기도 아니고, 농담도 아니다. 오랫동안 적잖은 사람은 환원주의자들이 자의적으로 만들어 낸 현실 혹은 실재 모형을 객관적이라고 여겼지만, 나는 그 모형이 객관적이라고 생각하지 않는다. 새로운 우주론은 우주를 재구성할 수 있는 수많은 길을 열어 놓았고, 이 속에서 이루어지는 다양한 추정을 우리는 존중해야 한다. 우리에게는 수많은 '자아'가 있는지도 모른다. 대다수 추정, 혹은 모든 추정이 그저 우주에 대한 새로운 이해의 가능성이 있음을, 새로운 정의가 가능함을 과시하는 것에 불과할지라도 이러한 활동은 가치 있고 필요하다. 우리는 아주 오랫동안 좁은 정의에 갇혀 있었고, 이제는 새로운 조명 아래 눈을 뜰 준비를 해야 한다. 새로운 우주론은 '물리'라는 특별한 범주를 제외하면, 그 어떤 가능성도 배제하지 않는다. 하지만 신경 과학자들이 만물의 척도로 삼는 '물리', 정확히 말하면 물질성은 객관적이지 않으며, 우리와 우리의 방법과 도구들이 감지할 수 있는 것일 뿐이다. 그러한 의미에서 물질성은 완전히 인공적이다. 그 물질성을 기준 삼아 실재성, 현실성을 검증하고 판단하는 것은 지극히 인간을 중심에 둔 발상이다.

나 역시 인류를 피조 세계의 중심에 둔다. 우리는 충분히 복잡하고 흥미롭다. 현재 우리는 우리에 대해서도 온전히 알지 못한다. 하지만 그 한계에도 불구하고, 알게 된 것만 보더라도 인간은 충분히 경이롭다. 그렇다고 해서 이것이 인류가 피조 세계의 중심에 있음을 보여 주는 증거가 되지는 못하지만 말이다. 어떤 면에서 문제는 인간중심성anthropocentricity이 아니다. 문제는 인간중심성을 오해하고 잘못 적용할 때, 논쟁에서 상대에게 인간중심주의라는 딱지를 붙이고 상대가 마치 명백한 오류를 저지른 것처럼 손가락질할 때 일어난다. 신경 과학자들은 자신이 이러한 편견에서 자유롭고 객관적이라고 주장한다. 그러나 우리가 지금까지 사물의 본질을 이해해 온 방법으로 앞으로 더 많은 것을 알고, 판단할 수 있다는 확신에 찬 주장보다 더 순진한 인간중심주의는 없다. 분명, 과학이 실패하지 않고 영광스러운 성취를 이뤄 왔기에 우리는 여기까지 왔다. 그것이 가능했던 건 과학이 자신의 예상을 뒤엎는 통찰들에 자신을 열어 왔기 때문이다. 하지만 신경 과학자들에게서는 엄격함과 일관성의 결여, 증거와 논증이 아닌 스스로 정한 결론에 대한 충성심, 과학 전체에 대한 무관심, 이러한 환원주의 경향이 보일 뿐이다.

보통 이런 비판은 과학이 아닌 종교를 향하곤 한다. 내가 그런 비판에 맞서겠다고 옆차기 공격에 뒤돌려차기를 날리는 식으로 응수하고 있는 건 아니다. 최근 신경 과학이 증거의 함의를 과장하는 경향이 있음을 지적하고 싶을 뿐이다. 다수의 신경 과학자는 자신들이 지닌 명민하면서도 강인한, 합리적이면서도 진실한 실재 혹은 현실관에 맞게 인간 본성 개념을 바꿀 필요가 있다고 주장한다. 궁극적으로 그들은 자신들이 인간을 대단한 존재로 바라보게 했던 어리석은 신화에서 벗어났으며 그 결과 우리의 실체를 좀 더 잘 알고 있다고 말하고 싶어 한다. 그러나 그들의 주장은 이제 아련한 옛이야기가 되어 버린 단순한 유물론에 기대고 있을 뿐만 아니라 그 주장을 뒷받침하기 위해 든 증거들은 주장을 뒷받침하기에는 부차적이고 불충분하다. 뇌가 고도로 복잡하다는 것은 부정할 수 없는 사실이다. 뇌의 특정 영역이 활성화되는 모습을 영상으로

잡아내는 기술은 그 복잡성을 과소평가할 수 있다. 덩치가 크고 값비싼 영상 기계가 사용자가 원하는 종류의 자료만 조잡하게 보여 줄 뿐이라면 의문을 던지는 것이 타당하지 않을까? '겨우 이거 할 거면, 왜 이렇게 크고 비싼 거야?' 복잡한 것을 단순하게 만들어 놓고 이건 원래부터 단순한 것이었다고 말하면 그의 지성을 의심해야 하지 않을까?

이들이 인문주의에 반한다고 할 수 있을까? 드러나는 것만 보면 사실인 것 같다. 과거 인문주의자들은 정신이 무엇이고, 또 무엇이어야 하는지를 드러내기 위해 문학, 음악, 철학, 미술, 언어 등 인간 정신의 산물들을 살피고, 또 만들어 냈다. 과거 인문주의자들이 빚어낸, 인간은 빛나고 독특한 지성을 지녔으며 특별하다는 생각을 신경 과학은 떨쳐 버리려 한다. 셰익스피어William Shakespeare의 자기공명영상MRI을 찍는다 한들 자아와 영혼은 고사하고 그의 비범한 재능을 입증할 어떠한 증거도 발견하지 못할 것이다. 셰익스피어가 걸출하고 탁월한 작가임을 보여 주는 무수한 증거가 있음을 부정하는 사람은 없다. 현대인들이 그의 작품을 여러 르네상스 극 중 하나로 여기고 낯설게 느끼는 이유는 아마도 그가 인간 연구의 중심에 정신을 놓았기 때문일 것이다. 신경 과학의 관점에서 보면 이런 시도는 문제를 더 모호하게 만들 뿐이다. 우리가 우리 자신을 인식하는 고도의 감각은 어떻게 형성될까? 우리가 지금까지 한 일, 그리고 우리가 하는 일에서 일어나지 않는가? 그리고 이러한 인식을 보존하고 향상하는 길을 제시하는 분야는 무엇인가? 예술과 인문학이다. 모르지만, 신경 과학자 중에서도 나보다 모차르트를 더 잘 알고 사랑하며, 그의 음악이 우리를 고양시킨다고 생각하는 이가 꽤 많을 것이다. 그러면서도 영혼이나 자아란 존재하지 않는다고 이야기한다면, 그 모순은 그들이 설명해야 한다.

여기에는 일종의 다윈주의Darwinism가 작동하고 있다. 진화evolution가 모든 종이 공통의 조상을 두고 있고, 여기서 나와 각기 다양하게 적응하고 변해 왔다는 말이라면 그 말에는 수긍할 수 있다. 오비디우스Ovid도 여기에 반대하지 않을 것이다. 그러나 다윈주의자들은 생물의 "발전"이 한편으로는 생존과 번식을 위해 자신이 처한 환경의 영향을 최소화하기 위해 항상성homeostasis을 얻고 유지하는 것이라 말하고, 다른 한편으로는 환경에 적응해 나가는 자연 선택 과정이라고 말한다. 둘은 양립할 수 없는 모순이다. 그들은 실존에 등급이나 단계가 있는 것처럼, 어떤 모습은 분명히 눈에 보이더라도 다른 모습보다 비현실적인 것처럼 이야기한다. 자신들의 입맛에 맞지 않는 특징은 생명의 기원 이야기에서 제거하는 것이다. 이를테면 그들은 너그러움은 인간 본성이 아니라 그저 허울일 뿐이며 탐욕이야말로 인간의 참된 본성이라고 말한다. 다윈주의자들은 위대한 시인과 철학자, 탬벌레인Tamburlaine에서 키츠John Keats에 이르는 인물들이 자신들의 일에 천착한 이유가 순전히 자신을 돋보이게 하기 위해서, 자신의 잠재적 배우자에게 매력적으로 보이기 위해서였다고 말한다(이 서사에서 여성의 자리는 거의 없다. 화려한 깃털을 뽐내는 것은 수탉이고 칙칙한 암탉들은 그를 평가할 뿐이다).* 그들은 이처럼 다양한 세계 이면에는 종족 번식 같은 근본적이고 단순한 원리가 있으니, 인간 행동을 파악할 때도 허울과 가식은 걷어치우고 이기적인 동기를 보고 설명하는 것이 정직한 태도라고 본다. 이런 사고에서는 인문학이 끼어들 틈이 없다. 다윈주의자들의 비용편익분석에서 인문학은 살아남지 못한다.

세포 생물학 연구나 다른 행성에 생명체가 있는지 가능성을 따지는 연구가 인문학의 사기를 꺾고 설 자리를 없애지 않는다. 문제는 망상 속 짙은 안개를 헤치고 나아가 손에 쥘 수 있는, 순전하고 단순한 진짜를 찾아내겠다는 신다윈주의neo-Darwinism다. 신다윈주의자들이 "짙은 안개"라 부르는 것은 정신이 스스로 남긴 기록, 인간 의식의 주된 작업장이기 때문에 그 가치를 깎아내리는 것은 결국 인간다움을 깎아내리는 것에 지나지 않는다. 이 짙은 안개는 생물의 한 종으로서 인간이 다른 종과 어떤 면에서 다른지를 보여 주는 가장 분명한 척도다. 여기에는 우리가 우리 자신에 대해 알고 있는 바, 우리가 생각하고 느끼는 방식, 우리가 무엇을 가치 있게 여기고, 경멸하고, 두려워하는지가 담겨 있다. 그리고 이 모든 것은 다시 각 문화 안에, 가족 안에, 개인 안에 들어가 고유한 무늬를 그린다. 신경 과학이든 신다윈주의자든 인간의 본성과 그 뿌리를 탐구하려 한다면, 반드시 역사와 문화를 다루어야 한다. 그리고 역사와 문화는 이 우주가 그러하듯 복잡하기 그지없으며, 변화와 혼

---

* 탬벌레인은 크리스토퍼 말로Christopher Marlowe의 희곡에 등장하는 정복왕이고, 존 키츠(1795~1821)는 시인이다. 메릴린 로빈슨은 이를 통해 힘과 감성, 각각 매력의 특징을 지닌 두 인물을 대비시키는 듯하다.

란에 열려 있다. 그렇기에 실재와 현실이 본질상 단순하다는 관점으로 이를 다루면 별다른 결실을 얻지 못한다 해도 그리 놀라운 일은 아니다. 신경 과학의 바탕에 신다윈주의가 있다면, 둘은 자기 세계관을 뒷받침하는 기계를 만들어 낸 것 말고 한 세기 동안 어떤 의미 있는 변화도 거치지 않은 현실과 실재 모형에 집착하고 있다 해도 과언은 아니다.

오늘날 과학은 선충nematode조차 50년 전 인류가 생각했던 것보다 훨씬 더 복잡한 생명체임을 알려 준다. 생물학자들은 우리 몸이 각자 고유한 목적을 지닌 미생물의 식민지라는 사실에 대해, 그 함의에 대해 고심하고 있다. 생명 현상은 과거 우리가 생각했던 것보다 훨씬 더 다양한 방식으로 일어나고 있으며, 상호작용을 특징으로 하고, 복잡하다. 이 복잡한 현상을 자연은 우아하게 표현해 단순한 것처럼 보이게 만든다. 사람들은 "유전자"라는 말을 들으면 일종의 결정론을 떠올리지만, 그런 연상이 무색해질 정도로 DNA 분자의 이중나선 구조는 자신의 구성 인자를 유려하고도 빠르게 수정, 변형한다. 이 움직임은 우아하고, 달리 말하면 쓸모없는 움직임이 없다(이때 "쓸모"는 어떤 목적론을 내포하지 않는다. 목적론을 내포하지 않는다고 말한 이유는 우리는 여전히 시간이 무엇인지 모르기에 섣불리 '목적'을 이야기해서는 안 된다고 생각하기 때문이다). 이런 유전자들로 이루어진 생명체는 실로 놀라우면서도 아름답게 복잡한 평형 상태를 이루며 동시에 온갖 기교를 부리며 자신의 탁월함을 뽐내듯 온갖 곳에서 다채로운 방식으로 변형을 일구어 낸다. 여기서 유기체는 하나의 실체로서 안정을 유지하면서도, 환경에 반응해 변화할 수 있도록 설계되었다는 결론을 끌어내는 건 그리 대단한 통찰은 아니다.

　나는 유신론자다. 그래서 내 사고방식에는 특정한 결이 있다. 이 사고방식은 한때 서구 문명의 전형이었으나 지난 두 세기 동안 학문 세계의 축이 유물론과 함께 짝을 이루는, 실험으로 입증할 수 있는 실재에만 관심을 두는 과학으로 기울어짐으로 인해 그 힘을 상당 부분 잃었다. 어떤 면에서, 이는 필요한 일이었고 상당한 성과를 거두었다. 이렇게 단언할 수 있는 이유는 과학이 자신의 한계를 스스로 발견했기 때문이다. 오늘날 과학 분야에서는 물질성, 검증 가능성과 관련된 과거의 가정을 넘어 탐구를 진행하고 있다. 물론 가설, 실험, 입증이라는 고전적인 방법론을 포기하지는 않겠지만 말이다. 하지만 나는 과학자들이 오늘날 검증할 수 있는 영역을 넘어서는 문제들과 관련해서도 남다른 독창성을 발휘하리라고 믿어 의심치 않는다. 아직 과학은 다중 우주 이론을 검증하거나 시간, 중력을 만족스럽게 정의할 수 있는 길을 찾지 못한 것 같다. 우리는 대상을 마주하는 방식을 통해 그 대상을 안다. 그리고 이 만남과 앎의 방식, 가정을 결정하는 건 우리의 감각, 기술, 직관이다. 최근 실재와 그 가능성에 관한 우리의 모형이 넓어지고 깊어지면서, 지구 위, 감각이라는 고치로 둘러싸인 우리는 매우 예외적인 상황 속에 있으며, 우리의 인식 능력, 우리가 추론할 수 있는 방식과 정도는 매우 제한적이라는 사실을 깨닫게 되었다. 다시 말하지만, 이를 깨달은 건 과학의 실패가 아니라 놀라운 성취다.

　그러니, 이제는 잠시 멈추고 되돌아볼 시간이 되었다. 우리가 만물을 알 수 있고 이해할 수 있다는 낡은 생각은 모든 건축물이나 구조물을 야드, 피트, 인치 단위로 세워야 한다는 생각과 비슷하다. 우주가 어쩌다 보니 구성되었고 어쩌다 보니 인간이 진화해서 그 인간은 모든 실재에 대한 해답을 얻을 수 있다는 생각은, 인간이 존재하도록 우주가 설계되었다는 생각만큼이나 인간중심적이다. 그리고 실제로 이 두 생각은 친화성을 지니고 있다. 우주를 이해할 수 있다는 가정은 여전히 유용하지만, 이는 교리가 아니며 그렇게 되어서도 안 된다. 결국 내가 비판하는 건 만물을 설명할 수 있다고, 설령 지금은 설명할 수 없더라도 방법과 기술이 발전한다면 언젠가 완전히 설명할 수 있다고 주장하는 과학의 특정 경향이다. 이런 경향을 보이는 과학자들은 신비를 걷어내고 만물의 핵심을 꿰뚫어 보려 한다. 이때 신비란 자신들의 방법으로 아직 포착해 내지 못한 것에 불과하다. 여기에는 인간의 정신, 자아, 역사, 종교와 같은, 자신들의 세계관에 별다른 영향을 미치지 않는 현실의 측면들, 인문학과 인간이 발을 딛고 선 땅도 포함된다.

이제 우리는 염색체가 세포마다 변한다는 것을 알고, 유전이란 몸 안에서 서로 다르게 분화한 세포들이 만들어 낸 모자이크이며 그렇게 개인이 구별된다는 사실을 안다. 그러므로 어느 생명체든지 단 하나의 유전 공식이 있다거나, 정교한 하나의 대본을 따른다는 생각은 이와 궤를 같이하는 결정론자들의 모든 가정과 함께 치워 버려야 한다. 같은 이유로 뇌를 완전히 해석할 수 있다는 주장과 이를 일반화하려는 하는 시도 역시 복잡성과 질서 속 더 깊은 원천에, 이 미묘하기 그지없는 현상 아래 흐르고 있는 인과 관계를 어느 정도 파악할 때까지는 거부해야 한다. 뇌는 드러난 형태나 상태를 일반화할 수 있는 것 이상으로 심오한 고유함, 개성을 지니고 있다.

자아라는 개념은 인간이 개별성을 지니고 있다는 생각을 포함하고 있으며, (반대로) 우리 한 사람 한 사람이 또렷한 개별성을 지니고 있다는 사실은 자아라는 개념을 정당화한다. 하지만, 우리는 또 다른 신비, 인류 역사에서는 언제나 인간 자아의 실체와 가치, 한 사람의 고유함과 가치를 부정하려는 충동이 있었고, 때로는 번성했다는 사실을 인정해야 한다. 한 사람의 개성과 가치를 무시하는 곳, 편의를 중시하는 곳에서 노예제나 다른 형태의 인간 착취가 일어난다는 사실은 그리 놀랍지 않다. 다른 집단을 적대시하거나 짐짝 취급하고, 집단 전체를 악마화하는 곳에서는 늘 개인의 가치와 자질을 무시하곤 한다. 여기서도 문제는 편의주의일 수 있다. 두 사례 모두 자아를 부정하는 것과 인간을 격하하는 것 사이에는 일정한 관계가 있음을 보여 준다. 신경 과학 방법과 심오하고 복잡한 뇌의 활동을 일부러 단순화하고, 일반화한 온갖 보고들은 자아를 부정하는 데 힘을 실어 주었을 뿐만 아니라 위와 같은 사실들을 보지 못하게 한다.

인간 정신이 너무나 다채로운 방식으로 작동하고 그 결과물도, 공부할 것도 너무 많으니, 이 무거운 짐에서 벗어나고 싶은 심정은 이해한다. 하지만 책을 펼치고 그 목소리를 들어 보자. 친숙하면서도 낯선 세계가 등장해 삶에 대한 당신의 이해를 어떤 식으로든 풍요롭게 해 줄 것이다. 물론 이때 당신이 기존에 갖고 있던 가설은 폐기될 수 있다. 하지만 과학에서와 마찬가지로 그 가설이 신뢰할 만한 것인지, 아닌지를 검증할 수 있다는 점에서 이는 충분히 가치 있는 일이다. 너무나 많은 목소리, 너무나 다채로운 세계에 '나'는 질려 버릴 수 있다. 하지만 그 가운데 내가 들을 수 있는 소리가 인간의 소리뿐이라면, 그리고 그 소리가 내 깊은 곳에 자리하고 있던 질문('이 모든 것은 어디서 왔는가?', '왜 이 세계에서는 전쟁이 끊이질 않는 것인가?')과 일치한다면, 그 아름다움에 '나'는 압도당할 것이다. 매우 작은 소리, 그러나 용기 있는 소리, 너무 많은 생각에 짓눌린 듯한 그 소리에 나는 이내 물을 것이다. "지금 거기 누구인가요?" 우리는 서로의 목소리에서, 그 소리에 담긴 사무치는 외로움을 감지할 것이다. 그리고 우리 외에 우리의 소리를 듣는 누군가가 있다면 그는 그 소리에서 우리가 어떤 존재였고, 어떤 존재인지를 절절히 깨달을 것이다.

제2장

종교개혁

종교개혁은 유럽 전체의 사상과 문화를 흔들고 바꿔 놓았다. 그렇기에 종교개혁의 역사는 다양한 국가와 도시, 계층과 언어 집단에 따라 다를 수밖에 없다. 이 복잡한 현상을 한 마디로 딱 잘라 말하기란 불가능하다. 북미권에 사는 우리들의 경우에는 영국에서 일어난 종교개혁이 중요하다. 그렇기에 이 글에서는 (교황과 결별한 튜더 왕조보다는) 아메리카 대륙으로 이민을 왔던 청교도Puritan와 분리주의자Separatist에게 많은 분량을 할애할 것이다. 루터Martin Luther와 그의 저술도 영국에서 일어난 종교개혁에 커다란 영향을 미쳤으나, 위와 관련해 좀 더 커다란 영향을 미친 인물은 제네바에서 활동한 16세기 프랑스 출신 종교개혁가 장 칼뱅John Calvin이다.

루터가 「95개조 반박문」95 Thesen을 내건 지 약 20년 후, 유럽 종교개혁 2세대인 칼뱅은 1536년 『그리스도교 강요』Institutes of the

Christian Religion를 세상에 처음 선보였다. 그가 책을 내면 얼마 되지 않아 영어판이 나왔고, 덕분에 살아 있는 동안에도 많은 사람에게 읽혔다. 영국에서 종교개혁은 대륙보다는 조금 늦게 일어났지만, 일어난 불길은 뜨거웠다. 이 불길은 결국 17세기 잉글랜드 내전으로 이어졌고 청교도들은 대거 뉴잉글랜드로 이주했다. 이 불길이 일어나기 전, 영국에는 중요한 선구자가 있었다. 바로 옥스퍼드 대학교 교수로서 1386년 처음으로 영어 성서 완역본을 펴내는 데 중요한 역할을 한 존 위클리프John Wycliffe다.

넓게 보면, 종교개혁의 역사는 책과 출판의 역사이기도 하다. 종교개혁은 인쇄술의 발달이 일으킨 커다란 지적 자극에 대중이 반응한 사건이라고도 할 수 있다. 인류의 중요한 책을 연구해 온 지식인과 교수들은 라틴어를 읽지도, 이해하지도 못하는 대중을 위해 수많은 책을 자국어로 번역했다. 루터가 번역한 독일어 성서는 그 언어를 쓰는 사람들에게 지대한 영향을 끼쳤고 독일어가 문학 언어로 발달하는 데 기초가 되었다. 칼뱅은 종교개혁 시기 성서를 프랑스어로 번역하지 않았고, 그의 사촌 피에르 로베르 올리베탕Pierre Robert Olivétan이 그 일을 맡았다. 칼뱅은 성서 주석을 위해 히브리어, 그리스어를 라틴어로 번역했다. 하지만 그는 프랑스어로도 글을 썼고, 설교했다. 앞서 언급했듯 칼뱅의 저술은 널리 읽혔고, 프랑스어가 문학계, 지성계에서 중요한 언어로, 국제 언어로 발돋움하는 데 기여했다. 그리고 칼뱅이 프랑스어에, 루터가 독일어에 영향을 미쳤듯 제임스흠정역 성서Authorized of King James Version는 영어에 영향을 미쳤다. 이렇게 종교개혁 운동은 라틴어가 드리웠던 그늘을 걷어내고, 힘 있고 기운 넘치는, 아름다우면서도 위엄 있는, 위대한 근대어들을 선보였다.

14세기, 제프리 초서Geoffrey Chaucer, 존 가워John Gower*, 윌리엄 랭글런드William Langland** 그리고 노리치의 줄리언Julian of Norwich이 토착 영어로 시를 쓰긴 했지만, 그때도 문화를 지배한 언어는 라틴어였다. 지금 우리에게는 낯선 풍경이지만 당시에는 법, 고전문학, 과학, 종교 등 중요한 모든 영역에서 소수의 교육받은 사람들만 아는 라틴어를 썼다. 물론 덕분에 배운 사람들은 국적의 경계를 넘어 서로 교류하고 소통할 수 있었다. 그러나 이로 인해 대다수 사람은 자신이 속한 문명의 핵심에 참여하지 못하게 되었다. 이런 경향은 지식인들이 평범한 사람들이 쓰던 일상 언어를 하찮게 여기면서 강화되었다. 토머스 모어Thomas More는 그 대표적인 예다. 가워와 노리치의 줄리언 사례가 있었음에도 불구하고, 그는 윌리엄 틴들William Tyndale이 그리스어 '아가페'ἀγάπη를 '애덕'('카리타스'caritas)이 아닌 '사랑'('러브'love)이라고 번역하자 이를 비난했다. '사랑'은 저잣거리에서나 쓰는 말이었기 때문이다. 그러나 틴들은 신약성서와 구

---

* 존 가워(1330~1408)는 영국의 시인이다. 인간의 죄와 덕을 탐구하는 시를 쓰는 한편 정치와 사회에 비판적인 목소리를 내기도 했다. 여러 언어로 시를 썼는데 주요 작품으로 라틴어로 쓴 「외치는 자의 소리」Vox Clamantis, 프랑스어로 쓴 「명상자의 거울」Mirour de l'Omme, 영어로 쓴 「사랑의 고백」Confessio Amantis 등이 있다.

** 윌리엄 랭글런드(1332~1386)는 영국 시인이자 성직자다. 제프리 초서와 더불어 중세 영국 문학을 대표하는 작가로 꼽힌다. 초서와는 달리 랭글런드는 알레고리 시 「쟁기꾼 피어스의 꿈」Piers the Ploughman 단 한 작품을 썼으며, 이 작품을 계속 다시 써서 세 개의 판본이 전해진다. 한국에는 「농부 피어스의 꿈」(지만지)로 소개된 바 있다.

약성서를 번역할 때 이 같은 원칙을 지켰고(완역을 하지는 못했다) 그 뒤 성서를 번역하는 이들은 그의 뒤를 따랐다. 오늘날 성서를 읽을 때나, 예배에 참여할 때 '사랑'이라는 말을 보고 듣는다고 해서 이를 저속하고, 부적절하다고 생각하는 사람은 없을 것이다. 이렇게 종교개혁은 일상 언어와 입에 붙은 말을 소중히 여겼고, 커다란 변화를 만들어 냈다. 그러한 면에서 종교개혁이 범속한 세계를 포용하는 것과 동일시되는 건 그리 놀라운 일이 아니다.

앞서 언급한 토머스 모어는 헨리 8세Henry VIII에게 커다란 영향을 끼친 인물이기도 하다. 그는 틴들의 작업에 반대했고, 화형에 처하라고 왕에게 요구했다. 이 일은 몇 년 후 헨리 8세를 영국 교회의 수장으로 인정하지 않아 모어 자신이 참수당한 일보다 덜 알려졌다.

종교개혁이 빚어낸 갈등과 비난, 격렬한 논쟁과 상호 폭력은 종교개혁이 빚어낸 경이롭고도 아름다운 일, 보헤미아, 독일, 프랑스, 영국 등지에서 종교개혁 신념을 지닌 지식인들이 그리스도교를 일상 언어로 완전히 이해할 수 있게 할 수 있다는 믿음 아래 자신의 신념을 담은 글을 씀으로써 배운 사람과 배우지 못한 사람 사이의 장벽을 제거하는 데 기여했다는 사실을 가리는 경향이 있다. 그들은 번역과 출판을 통해 많은 사람이 쉽게 지식을 얻을 수 있게 함으로써 자신들이 누리던 우월하고 독점적인 지위를 스스로 내려놓았다.

이 비범한 학자들과 지식인들이 쓴 일상 언어들은 근현대 문학의 뼈와 살이 되었다. 이들은 자신들의 일상 언어, 자신들이 속한 다양한 지역 속 다양한 언어에서 아름다움을 발견하고 그 아름다움을 구현했다. 기존 문화에서 무지하고 천박하다고 못 박아 놓은 상징이나 말에서 아름다움을 발견하기 위해서는 과거의 편견을 뛰어넘는 언어에 대한 깊은 존중과 애정이 필요했을 것이다. 평민의 말에서 힘과 우아함을 발견하는 능력은 다른 무엇보다 먼저 성서를 평민의 말로 번역하면서 평범한 사람들을 존중해야 한다는 생각과 함께 자랐을 것이다.

14세기, 옥스퍼드 대학교 교수였던 존 위클리프는 라틴어 성서를 중세 영어로 번역했고 이 번역본은 널리 유포되었다. 라틴어를 중세 영어로 번역한 일은 그 자체로 매우 중요한 의미를 지니고 있지만, 이 번역본은 라틴어의 영향에서 벗어나지 못했기 때문에 이후 나온 영역본보다 문학적 가치는 떨어진다. 하지만 이 영역본은 간접적인 방식으로 문학에 커다란 영향을 미쳤다. 위클리프 성서는 롤라디Lollardy라고 불리는 운동을 일으키고 북돋웠다. "가난한 사제들"poor priest라고도 불렸던 롤라드파Lollards는 위클리프 성서를 들고 시골을 떠돌며 설교하고 가르침을 전했다. 단순하고도 급진적인 힘이 실린, 복음서의 내용이 마을에 울려 퍼졌다.

> 너희 지금 굶주리는 사람들은 복이 있다. 너희가 배부르게 될 것
> 이다Blessid be ye, that now hungren, for ye schulen be fulfillid.
> 너희 지금 슬피 우는 사람들은 복이 있다. 너희가 웃게 될 것이다
>
> Blessid be ye, that now wepen, for ye schulen leiye. (루가 6:21)

14세기 잉글랜드에서 빈민층의 삶은 가혹했고, 정치적, 종교적 불안이 극심했다. 1348~1350년에는 흑사병이 창궐했고, 인구는 감소했다. 1381년 와트 타일러Wat Tyler는 농노제 폐지를 요구하며 농민 봉기를 일으켰지만, 이내 실패했다. 롤라드 운동은 이런 시대의 영향을 받았다. 이 운동은 급진적인 대중 운동이었다. 롤라드파는 당시 교회가 전하던 많은 가르침을 비판하거나 거부했고, 위클리프를 좇아 사제나 교황이 아닌 성서만이 권위를 지니고 있다고 주장했다. 의회는 여기에 「이단자들을 화형에 처하는 것에 관하여」De Haeretico Comburendo라는 법령을 내걸어 응수했다. 법령에는 이런 말이 쓰여 있다.

> 그들의 악한 설교와 가르침은 … 매일 매일 … 올바른 질서와 규칙을 완전히 무너뜨리고 있다. … (그들이 잘못을 뉘우치고 회개하지 않으면) 사람들이 보는 가운데, 그들이 경각심을 가질 수 있도록 높은 곳에 매달아 불태울 것이다.[1]

가혹한 탄압이 이어졌지만, 롤라드파는 종교개혁 시기까지 계속 저항했다. 위클리프 자신은 가톨릭 교회 신자로서 천수를 다하고 죽음을 맞이해 무덤에 묻혔지만, 롤라디 이후 교회는 그를 이단으로 규정했고 무덤을 파헤쳐 그의 시신을 불태웠다.

사제이면서 시인으로도 활동했던 윌리엄 랭글런드는 이러한 시

---

[1] Henry Gee and William John Hardy(ed.), *Documents Illustrative of English Church History* (London: Macmillan, 1914), 134, 137.

대의 풍경과 호흡하며 1363년에서 1394년 사이 중세 영어로 긴 종교적 환상시 「쟁기꾼 피어스의 꿈」Piers the Ploughman을 썼다. 이 시의 한 대목에서 화자는 당시 신학자들이 저녁 식사를 하는 풍경을 그리며 노래한다.

> 어느 불행하고 가난한 사람이
> 신학자들의 집 앞에서 울부짖는데,
> 굶주림과 목마름에 시달리고 추위에 떠는데,
> 아무도 그를 집에 들이려 하지 않네.
> 고통을 덜어주려 하기보다
> 개 한 마리 쫓아내듯 쫓아내려 할 뿐이구나.
> 주님으로부터 위로를 얻었지만,
> 주님께 그 사랑 돌려 드리려는 사람 하나 없다네.
> 이것이 그들이 가난한 이들과 나누는 방법이란 말인가?
> 부자들보다 가난한 자들이 더 자비롭구나.
> 가난한 자들이 나누지 않았다면
> 모든 거지가 주린 배를 잡고 잠자리에 누웠을 테니.
> 게걸스레 음식을 탐하는 저 위대한 두 신학자,
> 입술로만 하느님의 이름을 열심히 찾을 뿐,
> 하느님 자비와 활동은 그들에게서 엿볼 수 없다네.
> 겸손하고 평범한 사람들에게서나 볼 수 있다네.[2]

---

[2]   William Langland, *Piers the Ploughman* (London: Penguin, 1966), 114. 『농부 피어스의 꿈』(지만지).

역사는 오묘하다. 성서가 번역되어 평범한 백성의 손에 들어오자 체제를 전복시키는 불온 문서가 되었다. 그리스도교 국가 잉글랜드가 성서를 사실상 100년 넘게 금지 도서로 간주한 것이다. 그동안 윌리엄 틴들은 독일에서 그리스어와 히브리어 원문을 당시 일상어로 번역하는 작업에 몰두했다. 아마 그는 자신이 하는 일이 어떠한 결과를 낳을지 다 알지는 못했을 것이다. 그러나 16세기 존 폭스John Foxe*의『순교자들의 행적과 업적』Acts and Monuments of the Martyrs에 따르면 틴들은 한 학자와 저녁 식사를 하며 논쟁을 벌이던 중 롤라드파라면 누구나 고개를 끄덕였을 법한 이야기를 했다.

> 하느님이 내게 더 많은 시간을 허락하신다면, 나는 그 몇 년 동안 (누구나 알 수 있도록 성경을 번역해) 쟁기질하는 소년이 자네보다 더 성경을 많이 알게 하겠네.[3]

---

* 존 폭스(1516/17~1587)는 잉글랜드 성공회 사제이자 작가다. 옥스퍼드 대학에서 신학을 공부했다. 메리 여왕이 즉위하자 박해를 피해 유럽 본토로 피난하여 스트라스부르와 프랑크푸르트, 바젤에 체류하며 존 녹스를 비롯한 종교개혁자들과 교류했다. 이 시기 그는 유명한『순교자들의 행적과 업적』의 집필에 착수해 1554년 스트라스부르에서 라틴어판을 처음 출판했다. 1563년에는 영문판이 출판되었다.『순교자들의 행적과 업적』은 메리 여왕 치세에 프로테스탄트 순교자들이 당한 고통과 가톨릭 박해자들의 폭거를 생생하게 묘사하며 큰 인기를 끌었고, 주교들의 인가를 받아 폭스의 생애 중 네 차례에 걸쳐 출판되었다. 역사적 편견에도 불구하고『순교자들의 행적과 업적』은 초기 프로테스탄트들의 구전 전승 및 문헌을 보존하고 있다는 점에서 오늘날까지 높은 역사적 가치가 있는 저술로 평가받는다. 한국어로는『순교자 열전』(포이에마)이라는 제목으로 소개된 바 있다.

[3] John Foxe, *Foxe's Book of Martyrs: Select Narratives* (New York: Oxford University Press, 2009), 15.『순교자 열전』(포이에마).

『순교자들의 행적과 업적』은 종교개혁 이전과 종교개혁 시기에, 영국에서 활동했던 신앙의 영웅들에 관한 일화들을 모은 책이다. 저 말이 실제로 틴들이 한 말인지, 폭스가 지어낸 이야기인지는 알 수 없다. 하지만 적어도 이 말은 (랭글런드의 시와 더불어) "쟁기꾼", "쟁기질하는 소년"이 프로테스탄트의 상상력에서 중요한 위치를 차지했음을 보여 준다.

당연히 이때 쟁기꾼은 마을에서 흔히 볼 수 있는 전형적인 가난한 사람을 가리킨다. 롤라드파는 이런 사람들을 향해 설교했다. 랭글런드 시 막바지에 이르러 쟁기꾼 피어스는 고난받는 그리스도로 등장한다. 한 세기 이상이 지난 후 장 칼뱅은 그리스도가 지상에서 있었을 때 저 가난한 이들과 같았다고 여겼고 이를 (당시 기준에서) 파격적으로 묘사했다.

헛간에 태어난 그분의 생애는 가난한 노동자와 같았습니다.[4]

그분은 비인간적이라고 해도 좋을 극심한 가난 속에서 자랐습니다.[5]

이런 칼뱅의 말은 근대 이전 유럽에서 얼마나 가난한 이들이 많았는지, 틴들과 다른 사람들이 그리스도의 모습과 같았다고 여기던

---

[4] John Calvin, *Sermons on Isaiah's Prophecy of the Death and Passion of Christ* (Cambridge, U.K.: James Clarke & Co., 1956), 51.

[5] 위의 책, 54.

노동자들의 삶이 얼마나 고통스럽고 고단했는지를 보여 준다. 종교개혁 이전부터 시작되어 종교개혁으로 이어지던 정신, 가난하고 억압받는 이들을 (동정하는 방식이 아닌) 존중하는 이 정신은 종교개혁을 낳았다. 이 정신에 서 있는 이들은 신앙과 학문이라는 최고의 보물을 받을 준비가 되어 있고, 받을 가치가 있는 이들은 바로 무명의 가난한 대중이라고 여겼으며 기꺼이 그들과 그 보물을 나누고자 했다.

수많은 책을 만들어 퍼뜨렸던 종교개혁가들 가운데 흐르고 있던 열망은 어떤 면에서 전체 피조 세계를 이해하고 이를 평범한 언어로 표현하고자 하는 열망과도 연결된다. 틴들은 자신의 예술성과 언어 능력을 발휘해 성서를 번역했기에 배우지 못한 이들도 성서를 읽을 수 있다고 느꼈을 것이고, 따라서 기존의 성서 해석 방법(우의, 모형, 유비를 활용한 해석 방법)을 적용하지 않고도 이해할 수 있다고 생각했을 것이다. 당시 그런 방법들은 신학을 전문적으로 공부한 사람들에게만 의미가 있었기 때문이다. 모든 사람이 성서에서, 자연에서 계시를 발견할 수 있고, 이해할 수 있다는 감각은 종교개혁 사상 전반에 스며 있었다.

칼뱅은 배운 사람뿐만 아니라 배우지 못한 사람들도 하늘의 깊은 의미를 이해할 수 있다고 말했다.

별들의 움직임을 조사한다든가, 그 위치를 파악한다든가, 그들의 거리를 측정한다든가, 그 속성을 파악한다든가 하는 데는 기술이 필요하고 또 주도면밀한 노력이 필요하다. 이런 것들을 발

견하는 가운데 하느님의 섭리는 더 분명하게 드러나기에 그런 일
을 하는 이들은 당연히 좀 더 높은 수준에 올라서서 하느님의 영
광을 바라보게 될 것이다. 그러나 그냥 눈으로 보는 것 이외에는
아무런 교육을 받지 않은 보통 사람들도 하느님의 탁월한 솜씨
를 놓칠 수는 없다. 무수히 많으면서도 분명한 질서를 갖추고 있
는 천체들이 이를 분명하게 드러내기 때문이다. 주께서는 당신
의 지혜를 모든 이에게 풍성하게 보여 주신다.[6]

찬송가 작사가면서 영국과 미국 대학교에서 몇 세대 동안 교재
로 쓰인 논리학, 교육학 책을 저술한 18세기 영국 청교도 아이작
와츠Isac Watts[*]는 말했다.

저 구름, 저 별, 저 태양과 달, 저 모든 행성의 운행을 보며 지식
을 길어 올려라. 땅 깊은 곳으로 파고 들어가 가치 있는 것들을
가까이하며 묵상하라. 광활한 바다를 헤엄치며 가치 있는 것들
을 찾으라. 광물과 금속, 채소와 향기 나는 풀, 나무와 꽃, 새들

[6] John Calvin, *Institutes of the Christian Religion* (Philadelphia, 1813), book 1, chap. 5, paragraph 2, 64. 『기독교 강요』(CH북스).

[*] 아이작 와츠(1674~1748)는 영국의 목사이자 논리학자, 찬송 작가로 특히 750편 이상의 찬송시를 남겨 "영어 찬송가의 대부"로 불린다. 성서의 찬송시인 "시편"에 따라 찬송하던 교회 전통을 거슬러 "그리스도교의 경험을 담은 독창적인 노래"를 만들고 신약성서의 언어로 시편을 재해석하는 등의 새로운 시도를 통해 회중 찬송 문화를 새로운 방향으로 이끌었다. 논리학 교과서로 『논리학』Logick을 썼으며, 《기쁘다 구주 오셨네》Joy to the World, 《웬말인가 날 위하여》Alas! and did my Savior bleed?, 《주 달려 죽은 십자가》When I survey the wondrous cross 등 그가 쓴 많은 찬송시가 여러 나라 말로 번역되어 불리고 있다.

과 짐승, 징그러운 곤충에서 자연의 경이를 느끼라. 앎을 늘리고, 교훈을 얻으라. 이 모든 것에서 하느님의 지혜, 그분의 놀라운 창조를 읽어라. 하느님의 손길이 닿은 모든 곳에서 그분의 전능, 풍요롭고도 다채로운 선함을 읽어라.[7]

낭만주의Romanticism와 초기 근대 과학은 모두 종교개혁과 깊은 연관이 있다. 와츠의 글은 둘이 어떻게 같은 뿌리에서 자라났는지를 보여 준다. 이해할 수 있는 피조 세계는, 이를 이해하려는 모든 이에게 자신을 열어 보인다. 세계에 진지하게 다가가면 다가갈수록 이해는 더 깊어진다. 에밀리 디킨슨Emily Dickinson에서 월리스 스티븐스Wallace Stevens[*]에 이르기까지 미국 문학사에서 가장 오래된 전통, 그만큼 유익한 전통은 우리 모두에게 주어진 삶, 무궁무진한 가능성을 머금은 평범한 일상을 곱씹는 문학이었다. 미국을 대표하는 지성인 랄프 왈도 에머슨Ralph Waldo Emerson과 윌리엄 제임스William James 역시 우리가 평범한 일상을 끊임없이 살아가는 가운데 일어나는 의식의 미묘하고도 아름다운 과정에 주목했다.

틴들 성서는 독자로 상정한 이들보다 우월한 위치에 서려 하지 않았다. 제임스흠정역이 이를 입증한다. 제임스흠정역 성서가 영

---

[7] Isaac Watts, *The Improvement of the Mind: A Supplement to the Art of Logic* (PA: Soli Deo Gloria, 1998), 32~33.

[*] 월리스 스티븐스(1879~1955)는 미국의 시인이자 변호사다. 18세기 초 독일에서 건너온 이민자의 후손으로 루터교 집안에서 태어났다. 변호사로 보험회사에 취직하여 낮에는 직장에서 일하고 밤에는 시를 쓰는 일상을 고수했다고 한다. 1923년 첫 시집 『하모니엄』Harmonium(미행)을 출판했고, 1955년 퓰리처상을 수상했다. 20세기 미국을 대표하는 시인으로 평가받는다.

문학의 자랑이며 최고의 원천이라는 사실에 누구나 동의할 것이다. 바로 그 제임스흠정역 신약성서 중 상당 부분이 틴들 성서에서 왔다. 틴들은 라틴어를 모르는, 아니 라틴어는커녕 글을 아예 읽을 줄 모르는 일반 대중, '쟁기꾼'을 위해 번역을 했고, 그 결과 이 걸작이 탄생했다. 모든 사람에게 성령이 임할 수 있다는 틴들의 열린 마음, 평범한 이들에 대한 그의 남다른 존중심은 그가 이 수고를 감내하다 끔찍한 죽음을 맞이할 수도 있다는 위험을 감수했다는 사실과 자연스럽게 연결된다. 다른 어려운 문제는 제쳐두고라도 틴들이 히브리어와 그리스어를 익혀 번역을 수행했다는 사실 자체가 놀라운 일이다. 수 세기 동안 유럽은 이 고대 언어를 거의 익히지 않았다. 틴들이 글을 쓸 무렵 막 다시 연구가 시작되었던 터였다.

나는 때로는 작가로, 때로는 학자로 활동했기 때문에 종교개혁 전후에 참여한 개혁가들이 얼마만큼 집중하고, 공들여 책을 펴냈는지를 조금은 알 수 있을 것 같다. 롤라드파가 지녔던 성서를 보면 그 크기가 작다. 옷자락에 숨기려고 그런 듯하다. 인쇄기가 없던 시절이라 일일이 손으로 썼고, 책 가장자리에는 섬세한 붓놀림으로 장식이 되어 있다. 성서 하나를 만드는 데 얼마나 많은 정성이 들어갔을지 상상하기 힘들다. 또한, 나는 칼뱅의 글 모음집을 갖고 있는데, 많은 부분이 미완성이지만, 그 글들을 볼 때마다 옷깃을 여미게 된다. 건강이 좋지 않은 상태에서, 그리고 제네바가 포위된 상태에서, 온갖 현실 문제, 외교 문제를 어깨에 짊어진 와중에 그는 절제되고 우아한 설명이 담긴 수많은 글을 썼다. 그렇게 나온 글들은 유럽을 가로질러 수많은 개인과 집단에게 영감을 주거나 (그들이 설득당하든 당하지 않든) 위험에 처하게 했다. 이 글들은 결코 낮은 평가를 받아서는 안 된다. 그들의 작업, 그리고 그 작업이 일으킨 파장은 단순히 옷깃을 여미게 하는 수준을 넘어선다.

비록 고대 언어를 완전히 익히지도 못했고, 번역이라는 어려운 활동에 관한 책을 쓴 적도 없지만, 나는 작가로서, 그리고 학자로서 지식인들이 무시하는 언어를 사용해 문학 작품을 창조해 내는 일이 얼마나 용기 있는 일인지, 그러한 언어로 성서를 번역하고 해석하는 일이 얼마나 고된 일인지는 상상할 수 있다. 하지만 감옥에서, 은신처에서, 혹은 난민으로 가득한 도시에서 어떻게 그런 일을 할 수 있는지는 상상조차 되지 않는다. 어떻게 죽음의 위협을 감내하면서, 다른 사람들이 자신의 글을 읽는 것만으로도 치명적인 위험에 놓일 수 있음을 알면서도, 그만한 가치가 있다고 생각하고 계속 글을 쓸 수 있는지 짐작조차 되지 않는다. 그저 경이로울 뿐이다. 저 작가들이 한 일은 놀랍기 그지없다. 칼뱅의 주석을 읽으면 그가 어느 히브리 낱말 앞에 멈추어 서서 그 미묘하고 모호한 뜻을 어떻게 풀어야 할까 고민하는 모습이 떠오른다. 이때 그는 자신에게 무한한 시간이 있는 것처럼, 무엇이든 견뎌낼 수 있는 것처럼, 자신의 힘이 전혀 고갈되지 않는 것처럼 행동한다. 그렇게 성서 본문 한 구절 한 구절을 존중하는 모습, 그리하여 그 자신의 해석을 접할 모든 목회자, 그 목회자의 설교를 들을 모든 이를 존중하는 모습은 깊은 감동을 안겨다 준다.

종교개혁 중 특히 영국의 종교개혁, 그 개혁의 특정한 뿌리를 기억해야 한다고 말한 건 바로 이 때문이다. 이 운동의 계보는 단순하다. 프라하 대학교의 교수였던 얀 후스Jan Hus는 옥스퍼드 대학교 교수였던 존 위클리프의 저술을 읽었고 비텐베르크 대학교의 교수였던 마르틴 루터는 얀 후스의 저술을 읽었다. 그리고 마르틴 루터는 윌리엄 틴들에게 커다란 영향을 미쳤고, 틴들의 작업은 영리한 젊은 인문주의 학자 장 칼뱅에게 깊은 영향을 미쳤다. 그는 시편의 시인처럼, 그리고 그가 세상을 떠난 뒤 머지않아 등장한 작품 속 주인공이었던 햄릿처럼 노래했다.

> 영혼은 얼마나 영민한지. 하늘과 땅을 탐구하고, 과거와 현재를 이으며, 오래전에 들은 것을 기억하고, 상상력의 도움을 받아 무엇이든 그리며, 독창성을 발휘해 놀라운 것을 발견하고, 굉장한 것을 발명해 낸다.[8]

이처럼 칼뱅은 인간 의식의 보편성과 신비로움을 묘사하며 이것이 "인간 안에 신성이 있다는 확실한 증거"라 말했다.

이 종교개혁가들은 더는 이 땅에서 살아 숨 쉬고 있지 않다. 하지만 우리는 그들이 남긴 유적 위에서 살아간다. (이들의 업적이 프로메테우스가 가져다준 불에 견줄 만하다고 여기지 않아도) 성서에 지속적인 관심을 보이는 모습, (미국 수정헌법 1조에 명시된) 모든 인간의 정신과 양심을 존중하는 정신, (전통적인 교양 교육 안에 흐르고 있는) 인

---

8   John Calvin, *Institutes of the Christian Religion*, book 1, chap. 5, paragraph 10, 67.

간의 사고와 창조성이 그 자체로 가치를 지니고 있으며 이를 독려하고 향상하는 것이 우리네 삶의 목적이라고 여기는 믿음이 그 대표적인 예다. 물론 오늘날 이러한 모습들이 사라지고 있다는 점에서 종교개혁가들의 유적은 폐허가 되고 있다고 해야 할지도 모르겠다.

미국 중서부가 아직 개척지였을 때 종교개혁의 후예들은 그곳에 오벌린 대학, 그린넬 대학, 녹스 대학 등 명문 대학을 설립했다. 설립자들은 허허벌판에 정착한 젊은 남녀가 최고 수준의 교육을 받기를 원하리라 생각하고 교육 과정을 빡빡하게 만들었다. 그리고 학생들에게 등록금을 받는 대신 이 작은 학문의 전초 기지를 유지하기 위한 노동을 하게 했다. 그렇게 종교개혁의 정신을 물려받은 대학은 일종의 상징으로든, 혹은 문자 그대로의 의미에서든 '쟁기꾼'이 다른 사람과 동등한 대우를 받으며 논리학, 고전 역사를 익히게 했다.

요즘 몇몇 사람은 자기가 듣기에 불쾌하거나 불편한 발언을 하고, 책을 펴내고, 언론 활동을 하고, 집회를 열고, 특히 자신과 다른 종교를 믿으면, 그 각각의 권리를 존중하는 대신 무기를 택하는 것으로, 즉 무기 소지권으로 대응하려 한다. 이 땅을 순례하는 모든 이가 지닌 신성한 존엄성에 대한 경외심을 잃어 가고 있다. 적잖은 그리스도교 신자가 일반 대중이 다양한 제도와 좋은 기관의 혜택을 누리는 것을 두고 '사회주의'라고 말한다. 하지만 좋은 대학을 포함해 다양한 제도와 기관의 수립은 전적으로, 그리고 명백히 그리스도교 신앙에 바탕을 두고 이루어졌다. 누군가는 종교개혁 이야기를 하다가 이런 이야기를 하는 게 주제에서 벗어난 것처럼 보일지도 모르겠다. 하지만 내가 지적하고픈 건 우리가 종교개혁이 어떤 운동이었는지를 망각하고 있다는 것이다. 종교개혁은 인문주의 전통에서 봤을 때 최고의 문명을 최대로 넓게 퍼뜨린 운동이었다. 그리고 이 운동 아래에는 평범한 이들의 아름다움을 기리고 포용하며, 계층, 계급을 막론하고 모두가 문화를 향유할 수 있게 해야 한다는 열정이 있었다. 이를 망각하면 우리는 이 사회가 어떻게 좋은 공공도서관, 학교, 박물관을 갖게 되었는지도 망각하게 된다.

우리는 어떤 현상을 협소한 틀에 넣고 파악하려는 경향이 있다. 어떤 이들은 이러한 기관과 제도의 발전을 이끈 동기가 이윤 추구나 이기심이라고 말한다. 물론 이런 기관과 제도들이 우리에게 크나큰 물질적 번영으로 되돌아왔고 때로 기부자들의 평판도 높였다는 점도 의심할 여지는 없다. 반대로 어떤 이들은 이러한 기관과 제도의 발전을 이끈 동기는 이타심이라고 말한다. 물론, 수많은 사람이 이 과정에서 이타심을 발휘했으며 헌신적인 지원을 해 온 것도 사실이다(지금도 여전히 그러하다). 하지만 그 동기를 반드시 이타심이라고만 할 수는 없다. 그 동기는 근본적으로 다른 차원에서 왔으며, 지금도 그러하다. 우리는 인간의 탁월함, 인간의 깊이, 인간의 다양함에 감동한다. 인간이야말로 이 세계에서 가장 경이로운 존재, 어쩌면 우주에서 가장 경이로운 존재임을 감지하기 때문이다. 물론 이를 향유하고 향상시키려는 충동은 본래 개신교, 혹은 그리스도교에서 시작된 것이 아니며, 그리스도교만 일관되게 그런 일을 해 온 것도 아니다. 이는 르네상스 인문주의, 더 멀게는 고전 전통, 그리고 인간이 하느님의 형상이라는 고대 히브리인들의 주장에서 비롯되었다.

그러나 종교개혁은 이러한 흐름에 특정한 형태를 부여했다. 이 운동은 각 민족, 국가의 모어가 품고 있던(하지만 그때까지 지성계에서 인정하지 않던) 아름다움과 심오한 의미가 드러날 수 있게 했으며, 학문의 산물을 광범위한 영역에 보급했고, 그 결과 더 많은 사람이 아름다움을 향유하면서 사랑에 입각한 노동에 헌신하게 했다. 언젠가 아이작 와츠는 선생의 책무에 대해 말한 바 있다.

> 그는 소탈하고 정직해야 하며, 학문에 힘쓰는 가운데 상냥하고 품위 있는 비유를 사용하여 한없는 기쁨으로 학생의 정신에 지식을 심을 줄 알아야 하며, 부드럽게, 반발을 낳지 않게 학생들이 이성을 최고도로 정진해 나가는 자리로 나아가게끔 그들을 유혹하고, 이끌어야 한다.[9]

또한, 그는 누구나 "시의 운율을 알고, 맛보고, 느낄 뿐만 아니라 들을 수 있도록" 시 읽기를 권했다.[10] 이 모든 것이 종교개혁의 유산이다.

오늘날 세계는 배움보다 정보를 강조하는 경향이 있다. 배움이 정신의 풍경에 어떠한 영향을 미쳐야 하는지, 어떻게 변모시켜야

---

[9] Isaac Watts, *The Improvement of the Mind*, 64.

[10] 위의 책, 294.

하는지 생각하기보다는 정보를 전달하는 방식에 더 관심을 기울인다. 우리는 방정식의 우아함에 대해 이야기하지만, 생각을 아름답게 하는 법, 그 생각에서 가치를 길어 올리는 법에 대해서는 잘 생각하지 않는다. 물론, 우리는 마음만 먹으면 '제2의 우주'라고 해도 좋을 광대한 세계에 살 수 있다. 종교개혁 이후, 대중의 읽고 쓰는 능력, 인쇄술, 출판 기술이 발달하면서 종교, 고전, 철학, 논쟁술, 근대 과학과 유사한, 혹은 그 원시적인 형태의 책들이 쏟아져 나왔고, 이후에는 새로운 상상력을 지닌 수많은 문학 작품이 등장했다. 오늘날에도 이 흐름은 이어지고 있으며 가속화되고 있다. 우리는 (어떠한 형태든) '책'이라는 세계를 살고 있으며 이 세계는 무한한 기억 저장 능력으로 새로운 생각을 끝없이 담을 수 있다. 안타깝게도 이 세계 안에 담긴 최상의 것들은 종종 그 안에서 잠들어 있고, 그것이 깨어난다 해도 다수의 사람이 이를 관찰하지 못하거나 평가하지 못하고 지나쳐 버린다. 하지만 이 사실은 역설적으로 이 세계가 담고 있는 인간성의 깊이가 얼마나 심오한지를 보여 줄 뿐이다.

문화에 대한 비관주의는 언제나 등장했다. 아마 우리가 인간이기 때문에 그럴 것이다. 그런 비관주의에 빠질 근거도 있기는 하나, 대체로 비관주의는 이 세계가, 우리 인간이 품고 있는 이상, 가능성을 깎아내린다. 때로 비관주의는 더욱 부정적인 결과를 가져와서, 심각한 공포를 불러일으키고 죽음에 이를 수도 있다는 망상에 사로잡혀 끔찍한 해결책에 골몰하는, 집단적인 혼란 상태를 조장한다. 어떤 문화 속에서, 혹은 시대를 살아가며 경각심을 가져야 할 때가 있다면, 그건 비관주의가 힘을 발휘할 때다. 많은 경우 비관주의는 비관주의자들이 자신들이 구하고자 하는 문화에 속한 다수, 혹은 대다수 구성원을 향한 적대감에서 비롯되기 때문이다. 한쪽에 있는 사람들이 공포에 사로잡혀 그 반대편을 불안하게 만들고, 그 결과 모두가 혼란에 휩싸일 때 우리는 비관할 이유만큼이나 낙관할 수 있는 이유가 충분하다는 사실을 잊곤 한다. 그것은 바로 우리가 인간이라는 사실이다. 우리에게는 여전히 선을 지향할 수 있는 잠재력이 있다. 우리 자신과 다른 사람을 존중할 수 있다. 여러 잘못, 때로는 심각한 죄악에도 불구하고, 이 땅을 살아가는 인간은 다른 무엇과 대체할 수 없는 가치를 지니고 있으며, 생기로 가득한 영혼을 지닌, 관심과 흥미를 불러일으키는 피조물이다. 이 인류를 위한 가장 커다란 안전망은 서로를 소중히 여기는 것이며, 가장 커다란 위협은 어떤 식으로든 서로를 두려워하고 경멸하는 것이다.

지그문트 프로이트Sigmund Freud는 약간의 경멸을 담아 미국인을 '롤라드파'라고 불렀다. 나는 진심으로 그의 말이 맞기를 바란다. 나는 우리가 모두 어떠한 영적인 길, 문화의 길을 통해서든 롤라드파가 되기를 바란다. 정신과 영혼을 지닌 모든 이를 존중하기 위해, 특히 존중할 만하다고 여기지 않는 삶의 자리에 있는 이들을 존중하기 위해 기꺼이 값비싼 대가를 치르는 이들이 되기를 바란다. 다양한 문화는 각기 다른 가치를 길러 온 역사를 보여 줄 수 있다. 영적, 지적으로 풍부한 여러 나라, 민족의 역사가 이 나라로 흘러들어 왔고 더욱 풍성해졌다. 역사와 전통을 가져온 이들이 선한 청지기의 마음으로 자신들의 유산을 잘 관리하고 더 큰 사회를 위해 이를 잘 해석했기 때문일 것이다. 종교개혁 역시 아름답고 가치 있는 유산이자 풍부한 문화적, 영적 가치를 품고 있는 수원이다. 우리는 이를 옹호하고, 또 해석해야 할 책임이 있다.

제3장

은총

『폭풍』The Tempest 5막에서 프로스페로는 배신한 동생 안토니오에게 영문학사에서 가장 인상적인 말을 남긴다.

> 너, 악당 중의 악당, 아우라고 부르면
> 입이 덧날 지경인 너, 너의 가장 가증한 죄,
> 그 모두를 용서하겠다.

경멸 뒤에 바로 이어지는 말이 용서라니, 놀라운 표현이다. 이 말을 하기 전 프로스페로는 그를 돕고 있는 정령 아리엘에게 안토니오와 다른 이를 어떻게 처리할지 속내를 말한 바 있다.

> 저들의 악한 죄가 아프게 찌른다만

나는 더 존귀한 이성과 한편이 되어
분노를 물리치겠어.
복수보다 자비를 베푸는 편이 고귀하지
뉘우치고 있으니
내 분노는 여기서 더 나아가지 않아.

프로스페로는 마법에 걸린 사람들이 말할 수도 움직일 수도 없는
채로 서 있는 동안 다시 말한다.

나와 살과 피를 나눈
동생아, 너는 욕망을 따라가더니
이렇게 네가 누리던 것도 너 자신도 잃었구나.
형제도 모르는 너이지만 용서한다.

그러므로 관객, 혹은 독자는 강력한 힘을 지닌 프로스페로가 자기
자리와 영지를 찬탈하려 거짓을 퍼뜨리고 자신과 딸을 죽이려 한
동생을 앞에 두고 처리할 때 별다른 긴장을 느끼지 않는다. 프로스
페로는 안토니오에게 자비를 베풀려 하고 그 자비는 완벽하다. 하
지만 동시에 안토니오의 범죄는 잊을 수 없고, 눈감아 줄 수 없고,
정상 참작될 수 없음을 프로스페로는 반복해서 말한다.
　　여기서 셰익스피어는 일종의 신학적 문제를 제기한다. 용서와
은총은 악과 그 심각성을 제거할 수 없는가? 물론 프로스페로는
자신의 힘으로 악인들을 양심의 가책이라는 "속이 찔리는" 작은

연옥에 가두어 둔다. 이때 자신의 잘못을 인정하거나 용서를 구하는 이는 나폴리 왕 알론소뿐이다. 하지만 그렇다고 해서 프로스페로는 다른 이들에게 잘못을 인정하라고 요구하지도 않고, 심지어 용서를 구할 수 있는 시간을 주지도 않는다. 그는 그들이 말하는 능력을 회복하기 전, 용서를 구하기 전에 이미 복수를 넘어선 자비를 택했다.

적어도 루터 시대부터, 유럽 전역에서는 죄와 은총을 어떻게 화해시켜야 하는지를 두고 격렬한 논쟁이 일어났다. 종교개혁가들은 성서에 근거가 없다는 이유를 들어 연옥을 거부했고, 마찬가지 맥락에서 면벌부와 죽은 이를 위한 기도도 거부했으며, 성인 시성과 '공로의 보고'treasury of merit('신자들이 예수 그리스도, 혹은 성인들과 친교를 나누면 그들의 공로로 이루어진 보고의 혜택을 누릴 수 있다는 사상) 개념도, 고해성사와 사제의 사죄 선언도 거부했다. 성지 순례, 기부, 서원, 십자군 원정 등 하느님이 죄를 감해주시리라는 생각에서 하는 모든 "행위를 통한 구원"을 그들은 거부했다. 대신 그들은 오직 믿음, 오직 성서, 오직 그리스도, 오직 은총을 내세웠다. 이러한 종교개혁 사상은 사회구조, 개인의 의식과도 관련이 있는 서구 문명 깊은 곳을 뒤흔들었다.

셰익스피어 비평가들, 전기 작가들은 그가 로마 가톨릭 신자인지, 개신교 신자인지 논쟁을 벌이거나 아니면 당시 영국과 유럽 전역에 있던 지식인들을 사로잡았던 신학 문제에 그가 별다른 관심을 보이지 않았다고 이야기하곤 한다. 그가 당시 중요한 문제이면 무엇이든 흥미를 보였음을 염두에 두면 이 문제에도 관심을 가졌다고 보는 게 타당할 것이다. 현실에서든, 상상에서든 타인을 상대로 저지른 죄는 어떻게 다루어야 하는가? 자신의 죄책감은 어떻게 감내해야, 혹은 해결해야 하는가? 어떤 면에서 역사 기록, 비극, 희극은 이 문제들을 다루고 있다고 해도 과언은 아니며 때로는 더 큰 문제를 다루기도 한다. 온갖 위험과 유혹이 가득한 이 타락한 세상에서 은총을 고결한 삶의 기준으로 삼는다면 어떻게 살아야 하는가? 그러한 기준에 부합할 수 있는 이가 있을까? 이 기준에 충실하려면 어떻게 해야 하는가? 은총이 삶에 드러날 때 그에 적절한 반응은 무엇인가? 이런 질문들을 던지고, 거기서 삶의 의미를 찾는 인간의 본질은 무엇인가? 영혼이란 무엇인가?

『눈은 눈으로, 이는 이로』Measure for Measure에서 루치오는 말한다.

이러쿵저러쿵해도 은총은 은총이야.

극에서 루치오는 어리석고, 음험하고, 종잡을 수 없는 악당이다. 하지만 동시에 그는 극히 경직된 법 해석으로 사형을 선고받아 괴로워하는 친구를 구하기 위해 발 벗고 나서는 충직한 사람이기도 하다. "이러쿵저러쿵해도 은총은 은총이야"라는 말은 평판이 나쁜 집에서 루치오가 익명의 두 신사와 반농담조로 이야기를 나누는 와중에 나왔다. 그리고 그는 이렇게 이야기를 마무리한다.

모든 은총에도 불구하고 당신은 악질이야.

이 장면에서 루치오와 신사들은 '은총'grace이라는 단어의 두 가지 의미, 즉 '식사를 하기 전에 드리는 기도'와 (루치오가 조롱하며 한 말에서 엿볼 수 있듯) 그리스도교 신학의 중심 개념, 즉 악질 인간이 이생에서의 악한 성향과 행동에도 불구하고 구원받을 수 있다는 생각을 오가며 이야기를 나눈다. 그리고 루치오의 말은 곱씹어 볼 만한 가치가 충분하다.

은총은 은총이야.

다른 말로 풀어쓰기 어려운, 단순한 표현이다. 이 말은 반박할 수 없기에 논쟁 너머에 있다. 그리고 단어, 인물, 은유의 연관성이 분명한 셰익스피어의 세계에서 이 표현은 독특한 성격을 지닌다. 루치오가 신사들과 주고받은 이야기는 모든 종교에는 은총(혹은 식사 전에 하는 기도)이 있으며 이에 관해 듣는 것이 나음을 암시한다. 이런 의미에서도 은총은 논쟁 너머에 있다. 모든 종교는 은총으로(혹은 식사 전에 하는 기도로) 은총을 받는다.

나는 셰익스피어가 후기 작품들에서 은총에 상당한 비중을 할애하고 있다고, 작품 구조상 중요한 역할을 하고 있다고 본다. 물론 그는 은총이 무엇인지 정의하거나 입증하려 하지 않으며, 심지어 죄와 은총의 객관적인 상관관계를 그리려 하지도 않는다. 대신 셰익스피어는 은총이 어떻게 인간에게 스며들어 그의 행동과 관계에 반영되는지, 그러면서도 다른 위대한 질서를 암시하는지를 그린다. 일례로 햄릿은 이상적인 덕목들을 언급하며 "은총처럼 순수"하다고 말한다. 프로스페로는 다소 무심하고 거칠게 사람들과 화해한 다음, 관객들에게 자신이 섬에서 빠져나갈 수 있도록 박수로 마법을 써 달라면서 놀라운 마지막 말을 던진다.

> 자비의 귀를 기도로 뚫어
> 모든 허물을 용서받지 못하면
> 나의 최후는 절망입니다.
> 여러분도 죄의 용서를 원하시니
> 어여삐 보시고 저를 풀어주십시오.

기도는 자비를 은총보다 열등한 것으로 보는 잘못된 생각, 죄의식을 제치면서, 자비보다 더 순수하고 장엄한 은총의 차원을 열어젖힌다.

'종교개혁'Reformation이라는 말은 당시 유럽을 사로잡았던 논쟁의 핵심이 교회 정치 문제인 것 같은 인상을 준다. 하지만 이 시기 사람들은 그리스도교인으로서 공유하는 가장 깊은 사상과 전통에 대해 숙고했다. 지역을 잡고 있던 정권에 따라 권력자들이 개입해 특정 신학을 범죄화했고, 이로 인해 파벌주의와 억압이 발생하면서 풍부한 대화는 왜곡되었다(비평가와 역사가들은 종종 이러한 선례를 따라, 누군가가 자신의 정체성을 분명하게 밝히지 않았는데도, 어떤 성향이 보이면 그 성향이 마치 그의 정체성인 것처럼, 그리고 그 정체성은 어떤 이와 만나 대화를 나누어도, 어떤 책을 읽어도, 어떤 새로운 주장이 그의 생각과 경험에 반영되더라도, 해가 바뀌어도 절대 바뀌지 않는 것처럼 여기곤 한다). 자신을 정통의 수호자라고 여기는 이들에게는 노골적인 이단보다 '너는 어느 편이냐'는 질문에 "아직 결정하지 못했어요"라거나 "각 입장이 모두 나름대로 장점이 있다고 생각합니다"라고 대답하는 이가 더 불편했을 것이다. 고차원의 사고, 깊은 사고는 기존에 만들어진 범주에 손쉽게 포섭되지 않는다. 종교개혁 시기를 정치 투쟁으로만 보는 일반적인 시각을 잠시 내려놓으면, 이 시기는 '은총이란 무엇이고, 영혼이란 무엇인가?'라는 질문 아래 풍요로운 철학, 문학 업적을 남긴 열정적이면서도 심오한, 흥미로운 시기로 보인다.

다시 셰익스피어로 돌아오자. 셰익스피어를 종교개혁 시기 어느 한 편에 집어넣으려는 시도들을 거부하며 몇 가지 염두에 두어야 할 점을 언급하고 싶다. 첫째, 당시 권력자들이 불쾌할 법한 의견, 태도를 극으로 표현하는 건 극작가에게, 그리고 당시 연극으로 먹고사는 사람들 모두에게 매우 위험한 일이었다. 바로 이 때문에 당시 극작가들은 극으로 종교에 관한 이야기를 할 때면 온갖 기지를 발휘해야 했다. 이를 감안하면 설령 신학 문제를 노골적으로 다루기보다는 암묵적으로 다루고 있다 할지라도, 셰익스피어를 신학자로 보아야 한다고 나는 생각한다. 둘째, 셰익스피어는 극을 통해 다양한 사상, 서로 충돌하는 사상들을 놓고 각 사상을 정당하게 다루었다. 그는 좋은 생각을 높이 평가한다.

세 번째로 고려해야 할 사항은 좀 더 복잡하다. 이 시기 영국 종교 문화는 가톨릭, 성공회, 개신교 이렇게 셋으로 나뉜다. 가톨릭은 전통적이었고 대륙에 든든한 지지 세력이 있었다. 성공회는 영국이 교황의 권위를 인정하지 않고 로마와의 친교를 단절하면서 만들어졌고, 가톨릭의 일부 면모는 유지하면서 종교개혁가들의 가르침을 흡수했다. 개신교, 여기서는 칼뱅주의자, 혹은 청교도라 불리는 이들은 17세기 초 혁명을 일으켰고 왕 찰스 1세Charles I를 폐위하고 처형할 만큼 강력한 세력을 형성했다. 이 사건은 셰익스피어 사후에 일어났지만, 셰익스피어가 살아 있을 때도 종교개혁 운동은 강력한 힘을 발휘하고 있었을 것이다. 이들이 롤라드파 운동과 같은 급진적인 대중 운동을 흡수했다는 점에서도 그렇게 예상해 볼 수 있다. 칼뱅주의자들은 프랑스와 프랑스어를 쓰는 제네바에 자리를 잡았고, 프랑스 정부와 갈등을 일으켰다. 청교도 정신의 뿌리는 유럽 대륙이지만, 청교도라는 이름은 영국에서 나왔다. 오늘날 많은 사람은 청교도라면 미술, 시, 연극을 꺼렸을 것 같다는, 특히 이교도들이 중심을 이루는 고전 문화를 회복하려 했던 르네상스 운동을 혐오했을 것 같다는 인상을 갖고 있는 듯하다. 그러나 영국 르네상스에 가장 커다란 영향을 미친 고전 문헌인 오비디우스의 『변신 이야기』Metamorphoses를 번역한 사람은 세 권짜리 시편 주석을 포함해 칼뱅의 여러 저술을 번역한 청교도 아서 골딩Arthure Golding이었다. 칼뱅의 『그리스도교 강요』를 번역한 토머스 노튼Thomas Norton은 영어로 쓴 최초의 비극 『고보덕』Gorboduc의 저자 중 하나다. 칼뱅의 설교집을 번역한 앤 본 록Anne Vaughn Lok은 영어로는 최초의 소네트 연시집sonnet cycle을 썼다. 칼뱅과 사이가 매우 가까웠던 제네바의 테오도르 드 베즈Théodore de Bèze*는 근대 유럽 언어로 쓰인 최초의 비극, 『아브라함의 제사』Abraham's Sacrifice를 썼고 이는 대중에게 커다란 인기를 얻었다(앞서 언급한 아서 골딩이 이 비극을 영어로 번역했다). 이른바 청교도들은 (우리의 인상과 달리) 고전 문화를 예찬한 르네상스 운동에 적극적으로 동참했던, 문학을 사랑하는 사람들이었다. 어떤 학자들은 칼뱅주의자이자 청교도인 아서 골딩이 꽤나 외설적인 오비디우스의 작품을 번역했을 리가 없다고 이야기하기도 한다. 그러나 프랑스에서도 이러한 사례는 얼마든지 볼 수 있다. 프랑스 르네상스의 후원자이자 종교개혁의 후원자이기도 했던(그리고 어린 앤 불린Anne Boleyn에게 영향을 미치기도 했던) 마르그리트 드 나바르Marguerite de Navarre 왕비는 황홀한 종교시를 썼고, 현대 독자들도 깜짝 놀랄 법한 단편 소설집 『헵타메론』Heptameron을 내놓기도 했다. 놀라운 세속 시들을 쓴 시인 클레망 마로Clément Marot는 음악 선율에 맞춰 시편을 번역해 프랑스 종교개혁에 힘을 불어넣었을 뿐 아니라 프랑스 개신교인들에게 큰 사랑을 받았다. 당시 제네바에서는 다른 곳에서는 금지된 고대 문학 작품들, 오비디우스의 또 다른 외설적인 작품뿐만 아니라 다른 작가들의 논란이 될 법한 작품들도 인쇄해 유럽에 충격을 주었다. 청교

---

* 테오도르 드 베즈(1519~1605)는 프랑스 출신 개신교 신학자, 목회자이자 시인이다. 프랑스에서 태어나 오를레앙 대학에서 법학을 공부했고, 문학과 고전을 배우면서 라틴어 시집 『포에마타』Poemata를 펴내 명성을 얻었다. 스승인 멜키오 볼마르Melchior Volmar의 집에서 칼뱅을 처음 만나 이후 1548년 개혁주의를 따르면서 스위스로 망명했고 칼뱅과 함께 동역했다. 그리스어 신약성서를 라틴어로 번역하고, 주석작업을 했으며 1564년 칼뱅이 세상을 떠난 뒤 제네바 아카데미(이후 제네바 대학교)의 학장이 되어 칼뱅의 신학을 계승 발전시켰다.

도들의 역사를 다룰 때 학자들은 같은 시대, 그 가까이에 있는 프랑스에서 어떤 일이 일어났는지를 간과하곤 한다. 칼뱅은 프랑스인이었고, 영국에서 그의 글이 널리 읽혔는데도 불구하고 말이다. 게다가 박해가 있을 때 영국 개신교인들은 프랑스로, 프랑스 개신교인들은 영국으로 피신했다.

아름답기로 유명한 『비너스와 아도니스』Venus and Adonis 판본은 프랑스 위그노('프랑스 칼뱅주의자들을 가리키는 말) 이민자들이 런던에 세운 인쇄소에서 출판했다. 셰익스피어에게는 그들과 작업하는 것이 그리 낯선 일이 아니었을 것이다. 역사에서 청교도는 결코 '청교도적'이지 않았다. 그들은 반지성주의자도, 반계몽주의자도 아니었다. 오히려 청교도들은 유럽 전역에서 르네상스를 이끌었다.

내가 하고 싶은 말은 엘리자베스 시대 영국에서는 (흔히 학자들이 이야기하듯) 가톨릭, 개신교, 그리고 그 둘을 혐오하는 세력이 아닌 가톨릭, 성공회, 개신교라는 세 주체가 또렷한 신학의 차이를 드러내며 사뭇 다른 종교 문화를 형성했다는 것이다. 엘리자베스 시대에 통일법이 통과되자 정권은 성공회를 제외한 가톨릭과 개신교 예배를 범죄로 규정했고 가톨릭 신자들과 개신교 신자들은 대부분 시민권을 잃었다. 회복은 19세기에 이르러서야 이루어졌다. 가톨릭 신자와 개신교 신자 모두 박해를 받았고, 순교자를 냈다. 뭔가 조심스럽고 문제 될 만한 것을 교묘하게 피해 가는 모습을 보았을 때 셰익스피어는 가톨릭 신자였을 수도 있고, 개신교 신자였을 수도 있다. 어떤 세력도 공개적으로 지지하거나 반대하고 싶지 않았을 수도 있다. 셰익스피어와 동시대를 살았던 (셰익스피어보다는 조금 어렸던) 르네 데카르트René Descartes 역시 비슷한 태도를 보였는데, 아마 같은 이유였을 것이다. 언젠가 그는 자신이 가면을 쓴 배우 같다고 말한 적이 있다. 시대가 그런 시대였다.

그렇지만 셰익스피어는 일평생 자신이 속한 문명의 대기에 퍼져 있던 위대한 질문을 호흡했고 진지하게 받아들였다. 그는 눈에 보이는 정치 갈등, 신앙 실천의 차이 너머, 혹은 그 기저에 있던, 충돌하던 세력 모두가 공유하고 있던 진리의 의미에 대해 성찰했을 것이다. '은총은 은총이다. 그렇다면 이를 어떻게 극화할 것인가?'

*

나는 셰익스피어로 박사 학위 논문을 썼다. 돌이켜 보면 많은 부분에서 틀렸지만, 그래서 세상에 쌓여 있는 억만금을 준다면 모를까 다시는 들여다보고 싶지 않지만, 논문을 쓴 일 자체를 후회하지는 않는다. 논문을 쓰기 위해 연구를 하면서 셰익스피어가 활동하던 시대상에 대해 조금은 알게 되었고, 역사비평 접근 방식도 익힐 수 있게 되었으니 말이다. 지난 수년 동안 연구를 소홀히 했기에 셰익스피어와 관련된 새로운 논의들을 속속들이 알지는 못한다. 다만, 역사를 주의 깊게 살피지 않는 역사주의 접근은 종종 눈에 띈다. 박사 논문을 쓸 당시 나는 셰익스피어가 옥스퍼드 백작Earl of Oxford이었던 에드워드 드 비어Edward de Vere라는 주장을 지지했지만, 지금은 아니다. 옥스퍼드 백작이 비밀리에 그 작품들을 썼다면 그 위장술은 완벽했다고 말할 수 있다. 그가 자기 이름을 내걸고 쓴 시들이 셰익스피어라는 필명으로 쓴 것보다 훨씬 질이 떨어지기 때문이다. 그렇게 위대한 시인이 그처럼 시시한 시를 쓰려고 했다면 부단히 노력해야 했을 것이다.

학생 시절, 셰익스피어 후기 극에서 보이곤 하는 정교한 결말, 수많은 등장인물의 완전한 화해는 그리 흥미롭게 보이지 않았다. 그리고 혼란스러웠다. 비평가와 교수들은 이러한 결말을 셰익스피어가 당시 관객의 입맛에 맞춘 것이라고 평가했다. 물론 그는 영리한 사업가이기도 했다. 그러나 대중은 무자비한 복수, 총격전이나 전쟁과 같은 대혼란의 결말을 더 선호하지 않는가? 기나긴 무상 사면gratuitous pardon 장면에 어떤 군중이 열광했을까? 이 '무상', 즉 '값없이'라는 말을 곱씹어 보아야 한다. 은총은 무상으로, 값없이 주어진다. 이 말의 뿌리를 살피면 근사한 것이 보인다.

진지한 예술가는 작업에 임하면서 어떻게 하면 대중을 끌어들일지, 그들의 거친 입맛을 만족시킬 수 있는지를 생각하지 않는다. 셰익스피어 같은 예술가가 중요한 선택을 할 때 이를 고려했다고 가정하는 것은 오류일 확률이 높다. 『심벨린』Cymbeline, 『안토니우스와 클레오파트라』Antony and Cleopatra, 『눈은 눈으로, 이는 이로』, 『겨울 이야기』The Winter's Tale, 『폭풍』 모두 1막부터 정교하게 설계된 화해의 장면으로 끝을 맺는다. 셰익스피어는 애초에 화해를 끌어내기 위해 이를 고안한 것이다. 달리 말하면, 이 작품들의 주제는 모두 화해다. 혹자는 이러한 결말이 당시 희극의 전형적인 흐름이었다고 이야기하기도 한다. 하지만 이처럼 심각한 연극이 희극과도 같은 결말을 짓는다는 것도 이상하다. 게다가 이 극들에서 등장인물의 불만은 해결되지도 않고, 사건이 바로잡히지도 않는다. 일반적으로 우리가 알고 있는 '정의'는 위 극들에서는 실현되지 않는다. 그저 예상치 못하게, 대가 없이, 누군가 요구하지도 않은, 무조건적인 용서가 이루어질 뿐이다. 셰익스피어는 은총을 말하고 있는 것이다.

특정 작가 작품의 특징과 그와 동시대 작가들에게 퍼져 있던 관습을 구분하려는 시도는 위험하다는 걸 안다. 이를테면 크리스토퍼 말로Christopher Marlowe*는 셰익스피어와 제일 비슷한 또래였는데 이른 나이에 세상을 떠나 남긴 작품이 몇 되지 않아 둘 사이에 의미 있는 비교를 하는 건 명백한 한계가 있다. 그렇지만 둘을 견줘 보자. 말로가 쓴 『파우스투스 박사』Dr. Faustus 결말에서 파우스투스 박사는 지옥에 가고 『탬벌레인 대왕』Tamburlaine에서 탬벌레인은 어떠한 양심의 가책도 없이 동방 세계를 잔인하게 유린한다. 『디도』 Dido에서 아이네이아스는 뒤도 돌아보지 않고 디도를 버리고, 『에드워드 2세』Edward the Second에서 에드워드 2세는 무대에서 비참한 희생자로 죽고, 어린 에드워드 3세는 복수로 자신의 어머니를 탑에 보낸다. 말로의 어떤 작품에서도, 하느님 편에서든 인간 편에서

---

* 크리스토퍼 말로(1564~1593)는 영국의 극작가이자 시인이다. 케임브리지 대학교에서 수학했으며 재학 중에 첫 작품 『디도』Dido를 썼고, 런던으로 가 1587년에서 1588년 사이 『탬벌레인 대왕』Tamburlaine을 써서 큰 인기를 얻었다. 그의 극 작품은 7편에 불과하지만 모두 강렬하고 이색적인 작품으로 평가받는다. 1593년 5월, 한 선술집에서 일어난 칼싸움에서 눈을 찔려 숨졌다. 한국에는 『탬벌레인 대왕, 몰타의 유대인, 파우스투스 박사』(문학과지성사)와 『말로선집』(나남출판)이 소개된 바 있다.

든, 은총이라 할 만한 부분은 전혀 찾을 수 없다.

『맥베스』Macbeth, 『아테네의 타이먼』Timon of Athens, 『코리올라누스』Coriolanus, 『타이터스 앤드로니커스』Titus Andronicus에서 그랬듯 셰익스피어도 은총 없는 세계를 상상할 수 있었다(이 연극들은 모두 고대 이교도를 배경으로 하고 있다. 물론 예외도 있다.『페리클레스』Pericles, Prince of Tyre에서 등장하는 에페수스의 여신 다이애나는 인물들이 서로 깊은 사랑을 느끼게 해 주는, 은총을 베푸는 인물로 등장한다). 화해 장면이 관객에게 만족을 주는 결말이었다면, 말로도 그렇게 했을 것이다. 하지만 그는 거침없는 분노와 폭력이라는 대중의 취향에 맞추는 길을 택했다. 말로는 셰익스피어가 앞서 언급했던 작품들로 연극계에 열정과 활력을 불어넣었듯 자신이 쓴 작품들이 제임스 1세 시대를 풍미하기를 기대했다. 혹자는 엘리자베스 시대 연극의 특징으로 5막의 화해로 나아가는 이야기 흐름을 꼽기도 하는데 이는 셰익스피어 작품들의 특징이니 셰익스피어 시대 연극이라 하는 편이 나을지 모른다. 그와 같은 형식으로 작품을 쓴 다른 작가를 나는 알지 못한다.

물론 어떻게 보아야 할지 까다로운 작품도 있다. 바로『햄릿』Hamlet이다. 이 작품은 여러 질문을 던지게 한다. 이를테면 호레이쇼는 당시 사회에서 어떠한 위치에 있던 인물인가? 그는 왕의 유령을 보고 나서 햄릿에게 말해야겠다고 결심하기 전까지 왜 선왕 햄릿의 장례 이후 몇 달 동안 햄릿과 마주하지 않고 덴마크 궁정에 가만히 있었을까? 호레이쇼는 왕궁 근위대와 친했고 근위대는 "학자"인 그의 의견을 따른다. 그는 국정에 대해 잘 알고 있는 것으로 보이나 지위는 낮았던 것 같다. 햄릿이 호레이쇼를 "학생 친구"라고 부르고 그의 "철학"을 언급하지만, 로전크랜츠와 길던스턴에 견주면 클로디어스나 거트루드의 환영을 받지 못하고, 하인 이상의 대접도 받지 못한다. 그는 햄릿과 함께 비텐베르크에 있었던 것이 분명하다. 당시 가난한 학생은 부유한 학생의 시중을 들며 학비를 해결하곤 했는데, 이를 고려한다면, 호레이쇼의 모호한 지위 문제는 해결된다.

사실, '덴마크의 왕자 햄릿'Hamlet, Prince of Denmark이라는 제목도 모호한 면이 있다. 이때 영어 '프린스'Prince는 '왕의 아들'을 뜻할 수도 있고 마키아벨리Niccolò Machiavelli가 썼듯 '군주'를 의미할 수도 있기 때문이다. 어떠한 경우든 햄릿은 성인 남성이자 왕의 적법한 후계자다. 그러한 와중에 선왕 햄릿이 살해당한다. '왕자', 혹은 '군주' 햄릿은 고대 전통을 따라 '피의 복수자'가 되어 '모든 일을 바로잡아'야 하는 역할을 맡는다. 복수라는 비극의 주인공이 된 것이다. (왕의 아우인) 클로디어스가 저지른 범죄는 그 외에는 다른 누구도 심판할 수 없기에 더욱 그러하다. 또한, 왕의 정당성은 왕국의 안녕과 직결되어 있기에 햄릿에게 복수를 완결하는 일은 사적 원한을 푸는 것을 넘어 일종의 의무라고도 할 수 있다. 기본적으로 햄릿은 중세 세계에 갇힌 인간이며 리어티스의 말을 빌리면 "신분에 매어" 있다. 하지만 동시에 그는 르네상스 방식으로 교육을 받은 왕자이기도 하다. 햄릿은 비텐베르크의 학교로 되돌아가고 싶어 하지만, 그럴 수 없다. 왕은 자신의 자리를 위협하는 자가 있으면 지켜볼 수 있는 가까운 자리에 두고 보기 마련이다. 햄릿에게는 클로디어스가 "(왕위) 계승권과 나의 기대 사이에 끼어들었다"고 의심할 만한 충분한 근거가 있었다. 그리고 클로디어스는 그런 조카의 태도를 예리하게 감지하고, 햄릿의 애도와 우울에서 단지 그의 슬픔이나 실망감이 아니라 불길한 의도를 읽어 낸다.

그러나 햄릿은 전통이 그에게 부여한 역할, 왕이나 복수자이기를 원하지 않는다. 그는 정말로 학생의 삶으로 돌아가기를 바란다. 호레이쇼가 햄릿을 찾아왔을 때 태도를 보면 이를 읽을 수 있다. 이때 햄릿은 함께 공부한 호레이쇼를 보고 반가워하는데 호레이쇼는 자신의 낮은 지위를 앞세워 그와 거리를 둔다. 그때 햄릿은 당치도 않다는 듯 그를 친구로 대한다. 왕이면서 왕이 아닌 햄릿은 셰익스피어 세계의 전형적 인물이다. 그는 자신의 지위로 인해 오필리아를 향한 본심과 달리 불명예스러운 행동을 가장해야 했고, 살고 싶은 곳에서 살 자유를 잃었다. 호레이쇼는 친구에서 신하의 자리로 내려와 햄릿과 거리를 두고, 옛 친구 로전크랜츠와 길던스턴은 의도를 숨기고 그에게 다가와 정보를 캐려 한다. 복잡하기 짝이 없는 이야기임에도 불구하고 햄릿이 표류하다 이르게 되는 곳은 결국 햄릿 자기 자신이라 할 수 있다. 극의 첫머리에서, 어떻게 보면 그는 정말 순진한 인물이다. 아버지가 수상쩍은 상황에서 죽었고 그 결과 자신의 왕좌를 빼앗겼음에도 불구하고 햄릿은 유령이 무덤에서 나와 그에게 이야기를 해주기 전까지 아무런 의심도 하지 않는다. 어머니가 클로디어스와 결혼을 하자 그 불충실함에 경악하기만 할 뿐, 햄릿 본인을 왕으로 옹립하기 위한 행동이라고는 전혀 생각하지 못한다. 또한, 햄릿은 클로디어스를 잡을 덫으로 배우들이 유령이 묘사했던 살인을 연기하도록 준비하면서도 유령을 의심한다. 클로디어스가 연극을 보고 겁에 질려 평정심을 잃자 그는 의혹이 맞았다고 여기고 클로디어스를 죽이기로 결심한다. 그러나 막상 칼을 들고 기도하는 클로디어스에게 가자, 삼촌이 기도하는 중에 죽으면 천국에 가고 말 것이라며 고심한다(왕위 찬탈, 근친상간, 선왕 시해라는 죄의 무게를 고려할 때 흥미로운 생각이다). 정작 클로디어스는 참회하더라도 자신의 죄를 통해 얻게 된 혜택을 계속 누릴 수도 있다는 점에서 참회의 효력에 대해 의구심을 갖는데도 말이다.

햄릿은 우유부단하지 않다. 하지만 그는 누구나 수긍할 증거를 거부하고, 확신을 얻은 다음에도 복수할 기회를 스스로 놓친다. 한동안 햄릿은 사회가 그에게 기대하는 역할을 수행해 오필리어를 잔인하리만치 경멸하고, (진짜든, 가짜든) 왕권을 이용해 로전크랜츠와 길던스턴이 죽게 만든다. 복수자 역할을 따른 것이다. 그러나 그럼에도 그의 기이한 순수함은 사라지지 않았고(혹은 회복되었고), 그 상태에서 마지막 장면이 펼쳐진다.

리어티스가 결투를 신청하자, 햄릿은 이기지 못하더라도 수치심을 느끼고 칼 몇 방 더 맞는 것 외에 무엇이 더 있겠냐며 선의를 담아 이를 받아들인다. 동시에 그는 호레이쇼에게 말한다.

자네는 생각 못 하겠지. 내 마음이 얼마나 아픈지.

직전에 햄릿은 클로디어스가 영국에서 자기를 죽게 하려던 계략을 말했던 참이었다. 그는 마음속에서 일어난 "일종의 싸움"에 부응해 이를 저지한 이야기를 호레이쇼에게 들려준다. 그는 "내면에서 일어난 갈등" 끝에 클로디우스의 계략을 좌절시켰다. 삼촌의 범죄를 말하며 햄릿은 호레이쇼에게 묻는다.

이 팔로 (클로디우스를) 해치워도 완전히 양심적인 일 아니야?
벌레 같은 이 인간이 악행을 계속하게
내버려두는 건 벌 받을 짓 아니야?

이제 햄릿은 클로디우스의 제안을 받아들여 아버지와 누이의 죽음에 책임을 묻는 리어티스와 검투 시합을 벌인다. 시합을 앞두고 그는 불안을 느끼고 호레이쇼는 이제라도 싸움을 멈추라고 한다. 그러나 흥미롭게도 독이 든 포도주를 마신 거트루드가 쓰러지고 리어티스가 휘두른 칼에 부상을 입었어도 햄릿은 이런 음모는 언제 어디에서든 일어날 수 있는 것처럼 반응한다. 그는 외친다.

오, 반역이다! 어이, 문을 잠가라.
반역이다! 찾아라.

리어티스는 정중하게 반역자가 "여기 있다"고 말하고, 늙은 살인자 클로디우스를 가리킨다.

1막에서 우리는 노르웨이 왕자 포틴브라스가 자기 아버지의 죽음에 대한 책임을 덴마크에게 물어 덴마크를 침공하려 한다는 소식을 듣는다. 그리고 2막에서 (아마도 술에 취해) 판단력이 흐려진 클로디어스는 노르웨이 왕이 포틴브라스의 침략 계획을 중단시켰고 포틴브라스가 자신의 말을 듣자 이를 흡족히 여겨 그에게 많은 돈과 병사들을 보상으로 줘 폴란드를 공격하게 했다는 이야기를 좋은 소식으로 여긴다. 그리고 자신의 영토(덴마크)를 지나가게 해 달라는 노르웨이 왕의 요청을 긍정적으로 검토한다. 포틴브라스는 침공의 수고를 덜고, 1막에서 묘사한 모든 방어 노력은 헛수고가 된 것이다. 이 눈에 빤히 보이는 계략을 포틴브라스가 클로디어스와 덴마크 상태를 얕잡아보고 세웠는지, 그렇지 않은지는 작품에서 분명하게 제시하지 않아 판단할 수 없다. 그리고 여기서 햄릿이 왕으로서 행한 일이 있다. 극 마지막에 무장한 병사들을 이끌고 덴마크 궁정으로 온 포틴브라스를 덴마크의 새로운 왕으로 승인한 것이다. 정황을 고려하면, 햄릿의 승인은 불필요해 보인다. 하지만 그렇게 한 이유는 그가 조금 전까지 복수심에 불타오르기는 했으나 포틴브라스가 왕국의 안녕을 맡길 만한 인물로 여겼으며, 그러한 인물이 자신이 죽음을 맞이하는 순간 온 것을 축복으로 여겼기 때문이다. 클로디어스는 햄릿을 죽일 계획을 리어티스에게 밝히고 햄릿은 이를 전혀 예상하지 못할 것이라면서 이런 말을 덧붙인다.

(햄릿은) 고상하고, 계략이란 걸 전혀 몰라.

"계략이란 걸 전혀" 모르는, 기만을 모르는 햄릿은 영국으로 가는 길에 기만으로 죽을 뻔해도 다른 사람의 기만을 애써 찾으려 하지 않는다. 그 모든 일을 겪는 와중에도 그의 정신은 오염되지 않았다. 죽음을 맞이하는 순간, 바로 그 정신과 눈으로 햄릿은 포틴브라스를 바라본 것이다.

그러한 면에서 햄릿의 광기는 가짜인 동시에 진짜다. 미쳐야만 햄릿은 자신이 부딪쳐야 하는 현실 속으로 들어갈 수 있다. 그와 같은 현실에서 햄릿은 온전한 자신일 수 없다. 제정신을 가지고 찾을 수 있는 길은 아마도 죽음을 제외하고는 없어 보인다. 왕자이자 미치광이로서 그는 아첨받고, 조종당하고, 감시당한다. 햄릿을 둘러싼 세계는 그가 살인하도록 내몰며, 그런 행동을 정당화할 수 있는 것처럼 말한다. 온갖 어두운 도발이 이어지고, 마침내 햄릿은 정신을 잃은 것처럼 보인다. 하지만 정확히 그 순간, 그는 자기 자신을 회복한다. 고상하고, 계략이란 걸 전혀 모르는 미덕이 치명적인 약점이 되는 세상에서 햄릿은 고상하고 계략을 꾸미지 않기 때문에 죽음을 맞이한다. 자신의 아버지를 살해한 클로디어스를 경멸하는 것도 잊은 채, 어머니 거트루드를 정죄하는 것도 잊은 채 그는 그들에게 정중한 태도를 유지하며 다정하게 대한다. 그런 면에서 햄릿은 은총의 인간이라 해도 과언은 아니다. 그리고 마찬가지 맥락에서 그가 죽음을 맞이한 일은 모든 죄과에서 자유롭게 되는 것처럼 보인다.

현대인들에게는 타락한, 진흙과도 같은 현실에서 양심과 고귀함을 유지한 것에 대한 보상이 죽음이라는 이야기가 어처구니없어 보일지도 모른다. 이때 우리는 셰익스피어 시대에는 자신의 믿음

과 양심을 지키기 위해 죽는 것이 드문 일이 아니었음을 기억해야
한다. 당시 수많은 영웅은 신념을 굽히면 살 수 있었는데도 죽음을
택하고 묵묵히 화형장으로 걸어갔다. 그런 그들에게 죽음은 일종
의 월계관과 같았다. 셰익스피어 연극에서 죽음 이후의 삶을 강하
게 의식하는 인물들이 등장하는 것도 이와 결코 무관하지 않다. 삶
과 죽음에 대한 그들의 시선은 현대인들의 시선과는 사뭇 다르다.
『햄릿』에서 리어티스는 죽어 가는 와중에 이렇게 말한다.

> 고귀한 햄릿, 서로 용서합시다.
> 나와 내 아버지와 당신의 죽음이
> 당신과 내 책임이 안 되기를 기도하오.

그리고 이에 햄릿은 말한다.

> 하늘이 그대를 자유케 하기를.
> 나도 자네를 따르겠네.

여기서 암시하는 용서의 효력에 주목해야 한다. 이 두 고귀한 청년
은 함께 영원으로 들어간다. 광기로 가득한 세상이 어떻게든 그들
을 서로의 적으로 만들려 했으나 실패했다는 듯이 말이다.

물론, 『햄릿』을 포함한 모든 셰익스피어의 연극에서 죽음은 중
대한 사건이자 끔찍한 사건이다. 셰익스피어는 영혼이 불멸한다고
믿으며, 그렇기에 죽음을 앞둔 영혼의 상태가 어떠한지는 매우 중

요한 사안이다. 햄릿은 무엇을 두려워했을까? 살아남은 호레이쇼가 자신에 관한 이야기를 올바르게 전하지 못해 자신을 잘못 기억할까 두려워했을지 모른다. 자신이 마지막으로 벌인 일을 사람들이 곧이곧대로 해석해 (세상이 예상했던 대로) 의도적으로 잔인한 복수를 행한 것으로 여길까 두려워했을 것이다. 세상은 그가 "적어도 나는 아버지에 대한 원한은 갚았다"고 만족하기를 바란다. 하지만 햄릿은 이는 재앙이며, 그런 식의 해석을 자신에 대한 중상모략으로 받아들일 것이다. 오해는 세상이 햄릿을 햄릿답지 않게 만들기 위해 놓을 수 있는 마지막 올가미다.

셰익스피어를 진지한 신학자로 보는 이유 중 하나는 지금까지 이야기했듯 그가 '하늘'을 진지하게 의식했다는 흔적을 작품 곳곳에 남겼으며, 내가 아는 한 이는 당시 다른 극작가들의 작품들과는 사뭇 다르기 때문이다. 다른 극작가의 작품과 비교할 때 말로의 작품에만 치우쳐 있었다는 점은 인정한다. 그러나 내가 보기에 비평가들은 근거가 분명하지 않은데도 셰익스피어 작품의 신학적 요소들을 순전히 엘리자베스 시대 문화의 산물로 치부하고 그가 실제로는 이를 중시하지 않았던 것처럼 보는 경향이 있다. 하지만 그 시대를 깊이 들여다보면 볼수록, 그렇게 일반화할 수 있는지 나는 잘 모르겠다. 하늘이 우리의 생각과 행동에 주의를 기울이고 우리 영혼의 운명을 결정한다는, 실재와 현실에 대한 거대한 진술은 단순한 정보처럼 정적일 수 없다. 하늘은 이 땅에서 일어나는 일들에 대해, 그 관계에 대해 좀 더 깊이 생각할 수 있게 하며, 자신에 대해서도 독특한 방식으로 성찰할 수 있게 해 준다. 그러한 맥락에서 셰익스피어는 진지한 신학자였으며 동시에 위대한 극작가였다.

*

『안토니우스와 클레오파트라』를 예로 들어 보자. 셰익스피어는 두 사람을 역사상 소수만이 할 수 있었던 일을 벌이는, 세계의 운명을 두고 장난을 치는 매력적이고도 노회한 악당으로 그린다. 여러 주제에 관심을 기울였지만, 특히 그는 권력, 한 사람이 세계의 절반, 혹은 전체에 영향을 미칠 수 있을 정도로 비대한 힘을 가졌을 때(터무니없어 보이지만, 실제로 그런 경우가 있다) 일어나는 일들에 매혹되었다. 이 극을 통해 셰익스피어는 권력이 쇠퇴하는 과정, 소멸하는 과정을 탐구한다. 권력, 혹은 힘은 무엇으로 이루어져 있는가? 권력자가 온전하게 권력을 유지하고 있을 때는 그가 권력을 갖고 있다는 사실 자체가 권력이 무엇인지를 규정하고 그 실체를 증명하는 것처럼 보인다. 그러나 권력자가 권력을 잃을 때, 권력은 의지, 관습, 혈연, 충성심, 기회주의, 그리고 고유한 매력(이 매력은 권력자가 몰락하는 와중에도 사라지지 않는다) 등으로 이루어져 있음이 드러난다. 권력자의 쇠퇴는 권력은 언제나 다수의 보통 사람, 하인, 부하, 잠재적 경쟁자의 묵인 아래 유지되고 있음을, 그러한 면에서 그들에게 의존함을 보여 준다.

그렇다면 권력은 왜 여느 사람처럼 밥을 먹어야 살고, 친구도 필요한 특정 개인에게 집중되는 것일까? 권력을 둘러싼 복잡한 의존 관계는 어떻게 사회와 역사에 영향을 미칠까? 어떻게 정당성을 갖는 것일까? 셰익스피어가 살던 시대의 왕정은 혈통에서 그 정당성을 찾았다. 그러나 셰익스피어는 역사극을 통해 그런 방식의 어려움을 보여 준다. 그의 극에서는 어떤 인물이 왕위 승계권이 자신에게 있다고 선언하고 자신과 같은 권리를 지닌 다른 혈족을 폭력으로 제거해 자신에게 유리한 상황을 만드는 모습이 곧잘 등장한다. 불안하고 폭력적인 방식 역시 이론상으로는 사람들의 복종을 끌어낼 수 있음을, 정당한 권리의 근거가 될 수 있음을 셰익스피어는 간과하지 않는다. 『안토니우스와 클레오파트라』에 등장하는 안토니우스, 옥타비우스, 레피두스, 폼페이우스는 모두 귀족이지만, 왕위 계승권을 주장할 수 없다. 공화국에 닥친 위기로 인해 그들이 권력을 쥐고, 나누고, 다투게 되기는 했으나 왕위를 차지하려 하면 공화국이 붕괴되기 때문이다. 극 처음부터 우리는 냉정한 옥타비우스, 사랑에 빠진 안토니우스, 어리석은 레피두스를 본다. 옥타비우스를 제외하고는 모두 술주정뱅이다. 병사들은 그들을 은밀히 경멸한다. 하지만 그들은 모두 강력한 권력을 가졌고, 거대한 함대와 부대를 지휘하며, 최악의 모습을 보았어도 그들을 위해 목숨을 바칠 수 있는 측근들을 보유하고 있다. 이윽고 안토니우스와 옥타비우스 둘만 남게 되었을 때, 위대한 안토니우스는 스스로 자신의 명예를 실추시킨다. 클레오파트라의 함대를 따라 자신의 함대를 불필요하게 퇴각시킨 것이다. 그는 두 번째 전투에서 만회하려 하나 이는 클레오파트라 군대의 배신으로 실패한다. 클레오파트라는 안토니우스를 두려워한 나머지 전령을 보내 그녀가 죽었다고 말하게 한다. 안토니우스는 이 소식을 듣고 비탄에 빠져 자살을 시도한다(제대로 이루어지지는 않는다). 그리고 이 소식을 들은 클레오파트라는 스스로 목숨을 끊는다.

　얼핏 보면, 특별히 매력적인 이야기는 아니다. 셰익스피어 다른 작품들과 견주었을 때 이야기 전개는 지극히 단순하다. 권력과 지위로 자신을 정의하던 인물들, 이에 익숙해진 인물들이 권력과 지위를 잃으면서 정체성의 혼란을 겪는다는 이야기 흐름 역시 셰익스피어 극에서는 익숙한 전개다.

　그러나 이 극에는 주목할 만한 반대 흐름이 있다. 세상의 기준으로 볼 때 안토니우스와 클레오파트라가 몰락해 가는 와중에도, 극은 천상의 빛이라 할 수도 있는 빛을 그들의 명백한 결점을 감싸며 그들을 긍정한다. 그리고 이 빛은 연극에서 벌어진 모든 사건을 끌어안아 거대한 역설의 효과를 빚어낸다. 안토니우스를 물리친, 좀 더 정확히 말하면 안토니우스가 자멸한 결과를 누리게 된 옥타비우스 카이사르는 훗날 온 세계가 호적 등록을 하라고 칙령을 내릴 정도로 강력한 황제 아우구스투스가 되었다. 이를 통해 셰익스피어는 명예로운 인물도 아니고, 미덕을 실천한 사람도 아니며, 그렇다고 정치적으로 영리하지도 않은 클레오파트라를 향한 안토니우스의 완전한 사랑, 그러한 사랑으로 인한 패배가 거대한 우주의 섭리를 완성했다고 말하는 것처럼 보인다. 아우구스투스는 메시아가 오리라는 예언, 그 예언이 성취될 조건인 평화를 가져왔기 때문이다. 셰익스피어의 모든 작품을 통틀어 주님의 선택을 받은 사람을 단 한 명만 꼽으라면, 그는 바로 자신이 정복한 이들의 그림자에 가려진 인물, 호감이 가지 않는 인물 옥타비우스일 것이다.

　신학자 셰익스피어는 이 극을 쓰면서 무슨 고민을 했을까? 르네상스와 종교개혁이 우리가 도덕적으로 의심스럽다고 여길 수 있는 요소들을 받아들였다는 점은 이미 언급한 바 있다. 이를 고려했을 때 나는 그가 당시 지성계에서 자주 논의되던 하느님의 예정이라는 문제를 다루고 있다고 생각한다. 셰익스피어는 역사의 전환점, 즉 지상에서 극심한 혼란이 일어날 때 오히려 하느님의 은총이라는 문제를 잘 다룰 수 있다고 여겼다. 그럴 때 은총은 완벽하게 구현될 수 있기 때문이다. 어떤 면에서 안토니우스는 패배할 운명이었다. 이교도와 그리스도교인 모두가 죄로 인정하는 방종, 악덕, 어리석음으로 인해 패배했기 때문이다. 하지만, 그보다 더 중요한 차원에서, 질서를 세우는 자인 카이사르 아우구스투스가 평화를 수립할 수 있도록 그는 패배했다. 이것이 하느님의 뜻이라면, 그분이 매력적이고 퇴폐적인 남녀가 죄를 저지르게 했다고 봐야 할까? 아니면 하느님께서 한없는 자비로 모든 잘못을 용서할 뿐 아니라 그 모든 걸 변화시키시는 것일까(그리하여 그들을 자유케 하는 것일까)? 그런 일이 일어난다면, 그 모습은 어떠할까? 이를 극으로 만든다면 어떻게 표현할 수 있을까?

거의 초기부터 그리스도교는 의심할 여지 없이 미덕을 보여 준 위대한 이교도들이 있다는 사실과 그들이 하느님의 구원 계획 밖에 있는 것처럼 보인다는 사실을 어떻게 조화시킬 수 있는지를 궁리했다. 그러나 『안토니우스와 클레오파트라』에 등장하는 이교도들은 별다른 미덕을 갖고 있지 않다. 여기서 셰익스피어는 문제를 좀 더 흥미롭게 바꾼다. 그는 당시 논쟁 중이던 문제, '애덕'caritas, 혹은 '자선'charity로 번역하던 그리스어 '아가페'가 '사랑'love을 의미

하느냐는 문제를 탐구하고 있었을 것이다. 셰익스피어가 잘 알고 있던 제네바 성서에서도 이러한 변화를 반영하고 있기 때문이다. 히에로니무스Jerome가 불가타 성서를 번역했을 당시에는 (자선의 뿌리가 되는) '애덕', 즉 카리타스가 아가페에 가까웠을지 몰라도, 근대 초기 영어에서 '자선'은 '사랑'과 거리가 멀었고 오늘날 우리 역시 그렇게 느낀다. 『안토니우스와 클레오파트라』마지막에서 우리는 안토니우스와 클레오파트라가 진실로 서로를 사랑했다는 사실을 알게 된다. 누군가 보기에 이는 사소해 보일 수도 있다. 그러나 토머스 모어는 '사랑'이라는 말이 너무 흔하게 쓰일 수 있음을, '저급한' 인간의 감정 및 관계를 가리킬 수 있음을 지적했다(그리고 이 말을 아가페에 대한 역어로 택해서는 안 된다고 이야기했다). 이를 염두에 두면, 종교개혁가들은 하느님의 사랑과 인간의 사랑이 연관되어 있음을 의식하고 이를 성서 번역에 반영했다고도 할 수 있다. 제네바 성서 고린토인들에게 보낸 첫째 편지 13장에는 이런 각주가 있다.

장차 ... 마침내 우리는 하느님과 서로를 진실하고도 완전히 사랑하게 될 것이다.

셰익스피어는 안토니우스와 클레오파트라 역시 신학에서 가장 위대하다고 여기는 덕, 다른 모든 덕, 심지어 신앙까지도 고개를 숙이게 하는 덕에 동참했다고 말하는 것처럼 보인다. 이러한 이해는 그리스도교인들이 구원이라고 부르는 하느님의 사랑과 은총에서 이교도와 불신자들을 배제하는 문제를 해결할 수 있다.

셰익스피어의 작품들에서 사랑의 중요성을 고려하면 이러한 해석은 충분히 타당성이 있다. 그가 쓴 수많은 작품의 결말에서 은총은 사랑을 잃어버린 이가 사랑을 회복하는 역할을 한다. 우리가 아는 인간 사랑의 가장 순수한 형태, 즉 아내와 남편, 부모와 자식 간의 사랑은 신비로운 분위기와 성스러움을 자아낸다. 흥미롭게도 셰익스피어는 이와 관련된 작품을 쓸 때 주로 비그리스도교 세계를 배경으로 설정한다.

『안토니우스와 클레오파트라』1막에서 클레오파트라가 안토니우스에게 자신을 얼마나 사랑하는지 그 한계를 묻자 안토니우스는 "그럼 당신은 새 하늘과 새 땅을 찾아야 할 거요"라고 답한다. 여기서 셰익스피어는 실제 안토니우스는 알지 못했을 이사야서 구절을 암시한다. 신약성서는 이사야를 세상의 변화를 예고한 위대한 예언자로 여겼다. 신약성서 시대의 또 다른 중요한 인물인 유대의 헤롯을 암시하는 표현은 제외하더라도 안토니우스와 클레오파트라가 나누는 말에는 암시와 역설이 있다.

이를테면 클레오파트라는 안토니우스의 불신을 꾸짖으며 자신들의 과거를 상기시킨다.

우리의 입과 눈에는 영원이 깃들어 있고
굽은 눈썹엔 행복이 머물렀지요.
우리의 모든 부분이 마치 천사 같았어요.

클레오파트라가 (실제로는 아니었으나) 죽었다는 소식을 들은 안토니우스는 말한다.

클레오파트라, 너를 따라잡고 울면서 용서를 빌겠다.

그다음 그는 말한다.

영혼들의 꽃에 누워 우리 손을 마주 잡읍시다.
그 기쁜 모습에 혼령들이 놀라겠지.

이렇게 그는 그들의 지난날, 사치스럽고 변덕스러운 매력이 있으면서도 특별한 날들이 이어지는 내세를 상상한다. 또한, 안토니우스는 자신의 명성을 파괴했을 뿐 아니라 자신을 죽음으로 인도한 클레오파트라를 완전히 용서한다. 이는 "그녀가 얼마나 쉽게 속는지 보라"는 갈루스의 말로 대변되는, 카이사르의 거짓 은총의 약속과 대비를 이룬다. 카이사르에게 붙잡힌 상황에서 안토니우스의 꿈을 꾼 클레오파트라는 꿈에서보다 더 크게 안토니우스를 마음에 그린다. 그녀는 말한다.

안토니우스가 부르는 소리가 들리는 것 같아. ...
내 남편, 내가 당신에게 갈게요.
이제 내가 당신에게 어울리는 사람이라는 걸
나의 용기로 증명할 거예요.

이 불멸의 갈망은 그들의 생각과 언어를 아름답고 품위 있게 만들었다. 르네상스 인문주의자들과 종교개혁가들은 독특한 방식으로 고대를 떠돌던 위대한 이교도 영혼들을 사랑했으며 인간 사랑의 힘을 보여 주는 사례를 제시함으로써 그들의 자리가 하느님의 사랑이 깃든 곳에 있을 수 있음을 암시했다. 물론 『안토니우스와 클레오파트라』는 아무런 주장도 하지 않는다. 그들은 죽고, 남은 것은 침묵이다. 신학자 셰익스피어는 단언하지 않는다. 다만 그는 우리가 사랑을 경험할 때 가장 넓은 의미에서 은총에 참여하게 된다고 제안한다. 이러한 생각을 말과 삶으로 표현하는 순간, 아름다움이 그 주위를 둘러싼다. 제네바 성서에 따르면 사랑은 "성내지 아니하며, 악을 생각하지 않는다". 안토니우스와 햄릿은 온갖 유혹과 치명적인 시련을 겪은 뒤 마침내 은총을 받는다. 그렇게 그들은 마침내 온전히 자기 자신이, 하느님께서 그들에게 주신 순수한 영혼이 된다.

제4장

종이 된다는 것

존 위클리프의 신학 저술은 상당수가 남아 있지만, 아직 많은
부분이 라틴어에서 번역되지 않았다. 나는 뒤늦은 나이에 이를 알
게 되었다. 신학에 관심을 기울이다 알게 되었는데 위클리프의 상
당수 저술이 아직도 번역되지 않았다는 사실은 사뭇 놀라웠다. 그
는 후스와 루터에게 커다란 영향을 미쳤고, 그가 14세기 영어로
성서를 번역한 사건은 어떤 면에서 종교개혁의 신호탄이라고도 할
수 있다. '서양 영성의 대가들 시리즈'Masters of Western Spirituality series에
실린 위클리프와 그의 길을 따른 이들의 글을 볼 때마다 나는 일종
의 경이를 느낀다. 동시에, 이토록 명백한 흔적을 남겼음에도 불구
하고, 영국 르네상스의 한 축이었던 종교를 등한시하거나 업신여
기는 역사가와 비평가들의 태도에 기이함과 불편함을 느낀다.

이를테면, 역사가들이나 비평가들은 유럽 대륙, 특히 프랑스에

초기 종교개혁과 르네상스가 미친 영향을 다룰 때 1572년 성 바르톨로메오 축일에 일어난 대학살 이전에 일어난 일들은 거의 언급하지 않는다. 프랑스 종교개혁이 동시대 영국 종교 사상과 문학에 지대한 영향을 미쳤음에도 불구하고 말이다. 프랑스 문학이 초서, 가워, 『가웨인 경과 녹색 기사』Sir Gawain and Green Knight의 저자, 이후 『아서왕의 죽음』Morte d' Arthur을 쓴 토머스 맬러리Thomas Malory에게 끼친 영향을 생각한다면, 영국의 영문학 전통이 확립되고 이어지는 데는 프랑스 종교개혁이 결정적인 자양분이 되었다고 말할 수 있다.

또한, 역사가와 비평가, 현대인들은 옥스퍼드 학자들 사이에서 시작되어 대학에 영향을 미친 영국의 반체제 운동을 무시하는 경향이 있다. 이들이 롤라드파, 농민과 '청교도'라 불리는 집단(여기에는 상인과 같은 하층민들도 들어간다)과 연관이 있기 때문이다. 롤라드파와 청교도에 학자와 귀족뿐만 아니라 농민과 상인도 있다는 사실은 부끄러워할 일이 아니라 자랑스러운 일이다. 하지만 바로 그때문에 학자들은 이런 '하층민'들이 관여한 운동이 당시 문학계와 지성계에 자극을 주었다는 사실을 인정하려 하지 않는다. 더 큰 문제는 롤라드파와 청교도에 대한 이런 통념들이 오래전에 폐기되었어야 할 근거를 바탕으로 형성되었고 여전히 이를 고수하고 있다는 점이다. 이는 자신들의 속물근성을 정당화하기 위해 역사 탐구를 활용하는 사례에 지나지 않는다.

1394년 익명으로 된, 열두 항목의 「롤라드파 선언문」Lollard Conclusion이 웨스트민스터 사원 문에 게시되었다. 이 문서는 가톨릭 사제의 특별한 영적 지위, 사제 독신 제도, 화체설 교리, 성체 숭배, 구마 의식, 성직과 정부 직위의 겸직, 죽은 이가 더 좋은 곳으로 갈 수 있도록 돈을 받고 기도해 주는 것, 성화 숭배, 고해, 전쟁에서 사람을 죽이는 것, 재판을 통해 사람을 죽이는 것, 수녀들의 독신 생활, 교회 건축에 많은 돈을 들이는 것을 반대했다. 백여 년이 지난 뒤 종교개혁을 이끌었던 학식 있는 인문주의자들도 이와 매우 유사한 의견을 제시했다. 이처럼 롤라드파 운동은 (이를 무시하고 억압하는 모든 노력에도 불구하고) 대중 운동임과 동시에 지성 운동이었다. 두 가지 특성은 서로를 배제하지 않았다.

13세기부터 18세기까지 서양 문명의 정치, 종교 권력자들은 자신들이 파괴적이거나 이단이라고 여긴 사상들을 억압하는 데 엄청난 부와 힘을 쏟았다. 위클리프와 연관된 운동인 롤라드파 운동이 위클리프 사후에도 이어지고 성장하자 헨리 4세와 그의 의회는 이 운동을 완전히 절멸하기 위해 「이단자들을 화형에 처하는 것에 관하여」를 통과시켰다. 이 법을 통해 권력자들은 롤라드파의 책을 압수하고, 설교와 가르침을 중단시켰으며, 그래도 '잘못된 가르침'을 고집하면 화형에 처했다. 종종 누군가를 낙인찍기 위해 사용한 말들은 수 세기에 걸쳐 강력한 효과를 발휘하는데, '롤라드파'와 '이단'이 그 좋은 예다. 체제의 수호자들은 롤라드파에게 가혹한 처벌을 가했고 이 '이단자'들이 교회의 가르침에 의문을 품고 다른 의견을 제시한다고 강조함으로써 이들을 극악무도한 인간 혐오자, 광신자로 만들었다. 그러나 롤라드파, 혹은 위클리프를 따르던 이들의 신념은 (영어로 된 성서를 읽는 것이 범죄라고 생각하는 사람이 아니라면, 중세 가톨릭의 특정 가르침과 관행을 의심하는 것을 죄로 여기는 사람이 아니라면) 전혀 문제 삼을 것이 없으며 현대 독자들이라면 더더욱 그러하다. 그들은 하느님의 형상이 자신을 포함한 모든 인간에게 있다고 믿었으며, 이것이야말로 (자비와 진실함처럼) 그리스도인으로 살아가고 예배하기 위한 올바른 기초라고 생각했다. 그들은 자선은 가난한 이들에게 베풀어야 하고, 자신이 잘못을 저지른다면 이에 대한 죄의 고백은 사제가 아닌 당사자에게 해야 한다고 보았다. 또한, 결혼과 세례 성사를 포함해 교회 의례를 최소화하더라도, 이에 의존하지 않고서도 개인은 그리스도교인이 해야 할 바를 할 수 있고 그 기쁨을 누릴 수 있다고 생각했다. 경건 생활을 할 때 그들은 그 중심에 십계명을 두었으며, 이를 확장해 강력한 윤리와 선명한 교회론을 정립했다.

*

억압자들은 자신이 실패했다는 증거를 모호하게 만드는 경향이 있다. 공포는 상대를 순응하게 하는 것만큼이나 상대가 창의성을 발휘하게 하거나 은밀히 활동하게 만들기 때문이다. 영국에서 롤라드파 운동은 종교개혁과 어우러질 때까지 계속되었다. 개신교 작가 존 베일John Bale은 1546년 젊은 여성 앤 애스큐가 화형당한 해에 쓴 『앤 애스큐의 심문』The Examinations of Anne Askew 서문에서 말한다.

1382년 우리 주님의 해부터 영국에서는 존 위클리프의 책으로 인해 무지막지한 학살과 화형이 일어났다. 그러나 위클리프의 책은 단 한 권도 사라지지 않았다. 내가 가지고 있는 그의 책만 143권인데, 실제로 그가 쓴 책은 이보다 훨씬 더 많다.[1]

이러한 맥락에서 위클리프 시대 이후 영국에서 자국어로 문학 활동을 한다는 것은 곧 저항 활동이었다. 그리고 이 운동에 헌신적으로 참여했던 이들은 계층, 부라는 경계를 넘어서고 있었다. 라틴어의 지배(당시 '성직자의 혜택'Benefit of clergy 법에 따르면 라틴어를 조금만 알아도 교수형을 피할 수 있었다)에 도전하는 것은 곧 사회 계층 간 구별을 약화하는 것이기도 했다. 기존 질서의 신학적 기초로 여겨졌던 본문들을 더욱 쉽게 접근할 수 있도록 하는 일이기도 했다.

본론으로 돌아와, '롤라드'라는 말에는 '교양 없는 이들의 설교'라는, 일종의 경멸이 담겨 있었지만, 옥스퍼드 교수진, 헨리 4세의 아버지 곤트의 존John of Gaunt을 포함한 상류층과 일부 귀족은 롤라드파 운동의 시초이자 옥스퍼드 교수였던 위클리프를 지지했다. 제프리 초서 역시 '롤라드 기사단'Lollard knights, 혹은 '복면 기사단'hooded knights라고 불렸던, 롤라드파 설교자들을 지지하고 보호하는 이들과 교류했다. '롤라드 기사단' 중 몇몇은 리처드 2세와 가까웠는데, 헨리 4세가 롤라드파를 억압했다는 것을 생각하면 흥미로운 사실이다. 이는 우리에게 두 가지 점을 시사하는데, 하나는 사회 최고위층이 롤라드파를 지지했어도 롤라드파의 안전은 보장받

---

[1] Anne Askew and John Bale, *The Examinations of Anne Askew* (New York: Oxford University Press, 1996), 8.

지 못했으며, 사회에서 손쉽게 받아들여지지도 않았다는 것이고, 또 다른 하나는 롤라드파 운동이 기존 사회 및 종교 질서가 하층민들을 더 극심한 빈곤에 몰아넣고 있음을 고발하고 비판했음에도 불구하고, 그 질서 속에서 혜택을 누리던 일부 사람들은 자신들의 이익을 넘어서서 이 운동을 지지했다는 것이다. 현대인들은 인간의 동기를 비관적으로 해석하는 경향이 있다. 그러한 해석에도 일리가 있음을 부정할 수는 없지만, 때때로 사람들은 자신의 이익과 무관한, 이를 넘어선 일을 하기도 한다. 현재 남아 있는 아름다운 위클리프 성서들은 제작 비용이 많이 들었으며, 당시 부유한 사람들만 소유할 수 있었다. 그러나 이들이 동참한 롤라드파 운동은 학식 있는 귀족들의 전유물이 되지 않았고 낮은 곳으로, 넓게 퍼져나갔다. 결국, 이 운동은 「쟁기꾼 피어스」의 전통을 형성했고, 윌리엄 틴들이 꿈꾸던 이상적인 독자, "쟁기질하는 소년"과 같은 지극히 평범한 사람도 성서를 읽을 수 있게 했다.

영국의 자국어 문학 운동은 르네상스 시기에 부활했고, 종교개혁과 거의 동시에 일어났기에 따로 떼어 생각할 수 없다. 그 시기, 권력자들은 틴들의 신약성서 영어 번역본을 금서로 지정했고, 이후에는 제네바 성서도 금서로 지정했다. 여왕 메리 1세는 헨리 8세와 에드워드 6세 치세 때 느슨하게 시행하던 「이단자들을 화형에 처하는 것에 관하여」 칙령을 다시 엄격히 시행했다. 공포가 일상이던 시절이었다. 런던교London Bridge에는 언제나 참수된 머리들이 가득했다. 영국에서든, 유럽 대륙에서든 당시 군주들은 사람들을 공포에 떨게 하고, 처형 방법을 찾고, 분파를 억압하고 학살하는 데 능했다. 그러나 이들이 또다시 '이단자'를 화형에 처하자 대중은 다른 움직임을 보이기 시작했다. 그들에게는 이전 시대가 남긴 문학, 자신들의 언어로 쓰인 풍부한 종교 및 세속 문학 작품들이 있었기 때문이다. 그 결과 나온 책이, 바로 16세기 영국에서 두 번째로 많이 팔린 책이었던 존 폭스의 『순교자들의 행적과 업적』이다. 당국에 이의를 제의해 고난받고 죽음을 맞이한 영웅들의 일화를 기록한 이 책은 계속해서 증보되었으며 아름다운 삽화와 함께 인쇄되었다. 『순교자들의 행적과 업적』은 14세기 롤라드파와 16세기 개신교 순교자들을 잇는 연결 고리 역할을 했다. 폭스는 존 위클리프의 무덤을 파헤쳐 유해를 불태운 사건을 16세기 어리고 정숙한 여인 에스큐가 고문받고 화형당한 사건만큼이나 생생하게 묘사했다.

이 지점에서 나는 현대 비평가들이나 역사가들이 셰익스피어 극을 보았을 관객들에 대해 생각하는 방식에 대해 의문을 제기하고 싶다. 그들은 자발적으로 모인 런던 사람들로, 남는 시간에 입장료를 내고 셰익스피어 극을 보러 왔다는 사실 외에는 공통점이 없었다. 몇몇 비평가들이 셰익스피어가 실제로는 다른 사람이었다고, 이를테면 옥스퍼드 백작이었다고 주장하는 이유는 그가 궁정 생활을 폭넓게 알고 있는 것처럼 보이기 때문이다. 그러나 오늘날 당시 궁정 생활에 관한 지식 대부분은 셰익스피어가 우리에게 들려준 것이다. 그리고 그가 실제로 중시했던 부분은 '당시 실제 궁정 생활이 어떠했는가?'가 아니라 '어떻게 하면 내 연극을 대중이 이해할 수 있을까? 어떻게 하면 대중이 더 흥미로워할 수 있을까?'

였을 것이다. 셰익스피어가 셰익스피어였다면 극소수의 상류층보다는 거리에서 흔히 볼 수 있는 사람에게 더 관심을 가졌을 것이라는 말이다. 그가 그토록 커다란 성공을 거둘 수 있었던 이유는 대중이 무엇에 관심을 보이는지, 작품을 어디까지 이해할 수 있는지를 정확하게 파악했기 때문이다. 수 세기가 지난 지금 우리는 관객을 파고든 바로 그 능력 때문에 어떤 신학자나 철학자보다도 셰익스피어를 위대하며 섬세한 사상가로 평가한다. 몇몇 비평가는 그가 자신의 연극 중 깊이가 있는 부분은 대학에서 교육을 받았거나 다른 방법으로 교양을 익힌 소수를 위해, 광대와 검투 장면은 대중을 위해 썼다고 가정하는 듯하다. 그러나 셰익스피어와 수많은 관객이 공유하는 지적 전통이 있었다고 한다면 어떨까? 그 전통이 잘 확립되어 매우 복잡한 생각을 전달하는 매개 역할을 할 수 있었다면, 하지만 권력자들을 불안하게 만드는 전통, 오랫동안 반체제적이고 이단적이라고 낙인이 찍힌 전통이어서, 셰익스피어가 이를 간접적이고 암시적으로 활용했다면 어떨까? 현대 학자와 비평가는 인정하지 않는 이 전통이 관객들을 극장으로 모이게 하는 원천 중 하나였고, 셰익스피어는 이 전통을 유심히 살펴 관객들과 이를 공유하고 이 전통에 기대어 인간과 사회와 세계를 탐구했다면 어떨까? 영문학의 걸작들, 14세기 윌리엄 랭글런드가 쓴 「쟁기꾼 피어스」와 17세기 존 번연John Bunyan이 쓴 『천로역정』Pilgrim's Progress을 이어 주는 끈은 바로 이 전통, 롤라드파에서 시작되어 종교개혁까지 이어졌던 자국어 문화였다.

에드워드 6세 치하에서는 초서와 랭글런드, 리드게이트Lydgate,

가워의 작품에 대한 관심이 급증했다. 이후 유행은 바뀌었고, 엘리자베스 시대에 이르러 비평가 필립 시드니Philip Sidney 같은 이는 이들을 동시대 대중 작가들과 묶어서 조롱했지만 말이다. 하지만 그러한 와중에도 적잖은 작가들이 이 전통을 따랐다(그중 한 사람이 에드먼드 스펜서Edmund Spenser*다). 셰익스피어는 후기 극 『페리클레스』에서 가워를 해설자로 등장시키고 그의 작품에서 운율과 표현을 빌려와 자신이 가워의 분명한 영향을 받았음을 알린다. 이는 왜 이 연극이 당시 커다란 인기를 얻었는지, 그리고 왜 셰익스피어 전집 초판에서 이 작품이 누락되었는지를 가늠할 수 있게 해 준다.

1290년 피의 비방blood libels(*유대인들을 배척하기 위해 유대인들이 어린아이들을 살해해 그 피를 종교 의식에서 사용했다는 식으로 소문을 퍼트린 일)을 구실로 유대인들이 추방당한 후 1657년까지 돌아올 수 없었던 당시 배경을 생각할 때 셰익스피어가 샤일록과 오셀로를 바라보는 관점은 이례적이라 할 만큼 관대하면서도 복잡하게 보일 수 있다. 당시 유대인들을 대중이 어떻게 생각했는지를 보려면 「쟁기꾼 피어스」를 살펴보는 것이 도움이 된다. 이 시에는 자신들의 재산을 징발하여 부를 쌓던 왕들을 향한 냉소가 담겨 있는데, 아마 대중은 유대인들도 자신들처럼 부당한 대우를 받았다고 판단했을

---

* 에드먼드 스펜서(1552~1599)는 영국의 시인이다. 런던에서 태어나 케임브리지 대학교에서 공부했으며 시집 『양치기의 달력』The Shepheardes Calender을 발표해 큰 명성을 얻었다. 대표작은 1590년과 96년에 출판한 서사 로망스 『선녀여왕』 The Faerie Queene인데 영문학 사상 가장 길이가 긴 시 작품이자 엘리자베스 여왕 시대의 영문학을 대표하는 작품으로 평가받는다. 다양한 시작법을 시도하여 시어로서 영어의 가능성을 높였다는 평을 받는다. 한국에는 『양치기의 달력』(한국문화사), 『선녀여왕』(아카넷)이 소개된 바 있다.

지도 모른다. 또한, 영국에 남아 있지만, 당국이 미처 찾아내지 못한 유대인들이 주변에 있었을 수도 있다. 억압은 법에 대한 신뢰를 떨어뜨리고 저항을 고귀하게 만들기 마련이다. 유대인들이 추방당하고 1세기가 지난 후 윌리엄 랭글런드는 이렇게 썼다.

나는 말했다. "그러나 교회의 모든 성직자는 사라센인이나 유대인이나 그리스도를 닮은 어떤 피조물이라도 세례를 받지 않았다면 구원받을 수 없다고 설교합니다." 환상의 존재는 눈살을 찌푸리며 말했다. "아니란다. 성서에서는 의로운 사람이 심판의 날 간신히 구원받을 것이라 했으니 그러므로 그는 구원받을 것이다. 물로 받는 세례가 있고 피 흘림의 세례와 불로 받는 세례가 있다. 불로 받는 세례는 신실한 믿음을 뜻한다. 하느님의 불은 무언가를 소멸시키기 위해서가 아니라 어둠에 빛을 비추기 위해 내려온다. 그러므로 자신이 아는 법을 따라 정직하게 사는 사람, 선한 것을 믿는(더 선한 것을 알게 되면 이를 받아들이는) 사람, 그래서 자신이 법에 따라 살아 왔다는 걸 아는 정직한 사람은 그보다 나은 것이 없음을 알지. 누구도 부당하게 대하지 않고 그렇게 살다가 죽은 사람, 진리의 하느님께서는 그런 사람을 거부하지 않으실 거다. 물론 어떻게 될지는 누구도 모르지. 하지만 그런 사람의 믿음은 크며, 그 믿음에서 보상에 대한 희망은 샘솟는 법이다. 하느님께서는 당신의 백성에게 영생을 주실 것이라고 약속하셨다. 그리고 그의 백성은 신실하고 진실한 이들이다."[2]

그는 이렇게도 말했다.

믿음은 그 하나만으로 무지한 자를 구원하기에 충분하다. 그렇
다면 많은 유대인과 사라센인이 우리보다 먼저 구원받았을 수도
있다.[3]

여기서 랭글런드는 당시 지배층이 그리스도교 신앙에서 벗어났다
고 간주했던 무슬림을 무능력한 사제들로 인해 길을 잃은 선한 그
리스도교인에 빗댄다. 14세기 지배 계층이 랭글런드 작품을 즐기
는 대중보다 더 관대하고 세련된 사고를 했다고 판단할 근거는 전
혀 없다. 과거가 현재보다 더 순진하거나 편협했다고 볼 근거 역시
없다. 셰익스피어 극의 관객들에 관한 문제와 이는 분명 깊은 연관
이 있다.

학자들은 청교도 운동이 이 옛 작가들을 부적절하게 활용했다
고 지적하곤 한다. 청교도였던 올리버 크롬웰Oliver Cromwell이 그때
까지 칼뱅주의 저지대 나라에 피신해 있던 유대인들이 영국으로
돌아올 수 있도록 협상했다는 사실이 그들에게는 별다른 의미가
없는 듯하다. 좀 더 커다란 문제는 학자들이 '청교도'가 무엇을 의
미하는지, 청교도 운동이 정확히 무엇인지 별다른 정의를 내리지

---

[2] William Langland, *Piers the Ploughman*, 149~50.

[3] 위의 책, 190.

않고 논의를 전개한다는 데 있다. 청교도 운동이 광범위해서 정의하기 어렵다면, 앞의 예처럼 청교도 운동을 단일한 운동으로 여기는 진술은 잘못되었다고 할 수 있다. 역사를 꼼꼼히 살펴보면, 청교도 운동은 다른 무엇보다 대중의 정치 운동이었다. 오랫동안 광범위하게 이어졌던 이 운동은 결코 하늘에서 갑자기 떨어지지 않았다. 종교개혁 당시 영국 독자들이 자국 일상어로 쓰인 옛 걸작들에서 자신들의 불만과 열망을 읽어 냈다면, 그 작품들에 실제로 그런 요소들이 있었기 때문일 것이다. 현대 비평가들은 자신의 자리에서 손쉽게 당시 저 작품들이 사람들에게 지녔던 의미를 진단해서는 안 된다. 옛 걸작을 읽고 매료된 사람들은 그 작품들과 더불어 자신의 정체성을 형성했을 것이다. 랭글런드는 신구약 성서의 정신을 이어받아 「쟁기꾼 피어스」에서 가난한 이들을 향한 관심, 그리스도의 가난을 특별히 강조했고, 훗날 영어로 번역된 성서들(위클리프 성서, 틴들 성서)은 이 정신을 이어받아 청교도들에게 영향을 미쳤다. 종교개혁 전후로 이루어진 영역 성서들은 초기 자국어 문학 운동 작가들과 청교도들의 연결고리였고 이로써 어떤 정신의 연속성이 생겼다.

누군가 청교도 운동을 정의한다면, 여기에는 성서에 대한 깊은 관심과 해박한 지식이 포함될 것이다. 평범한 사람들의 언어가 존엄하고 아름답다는 믿음은 자국어 성서 번역을 가능하게 했고 그 믿음은 세기를 거쳐 종교와 정치에 영향을 미쳤다.

왕정복고 후 찰스 2세의 검열관이었던 로저 르스트레인지Roger L'Estrange는 "자유로운 시대에 쓰였고, 대중을 위해 대가들이 글을 썼기에, 더 명확하게 말하고 대중의 능력과 정서에 더 가깝게 다가 간다"는 이유로 옛 자국어 책들과 종교개혁가들의 책, 소책자들을 금지해야 한다고 말했다. 그리고 이를 밀어붙이기 위해 "사형, 신체 절단, 투옥, 추방" 등 모든 수단을 썼다.[4] 선원이든, 길거리 만담꾼이든, 가수든, 마차꾼이든 누구라도 금지된 책의 보급에 연루되면, 그리고 다른 이를 고발하지 않으면 처벌을 받을 수 있었다. 이를 고려했을 때 르스트레인지가 금서의 기준을 꼼꼼하게 제시하는 와중에 그 책들을 쓴 작가들, 대중을 위해 글을 쓴 작가들을 "대가"라고 인정한다는 사실은 흥미롭다. 그는 또 말했다.

> 인간성과 양심을 위해 글을 쓴 작가들은 여기에 해당할 일이 없
> 다. 이 방법은 문제의 싹을 잘라내기 위한 것이고 문제가 될 작가
> 는 그리 많지 않으며, 따라서 걸러낼 책 역시 많지 않다.[5]

르스트레인지는 문학을 억누르려 했지만, 무엇을 금하는 조치는 반작용만 낳았다. 어떤 책을 금지하면, 그 책의 가치는 오히려 더 높아졌고, 책을 팔지 않으면 망하는 인쇄업, 출판업자들은 금서를 파는 쪽으로 기울었다. 여담이지만, 셰익스피어가 글을 쓸 당시 영국에서 가장 널리 읽힌 작가는 프랑스 신학자 장 칼뱅이었다. 이 사실은 매우 중요하며 이 시기를 이야기할 때 이를 감추는 건 르스트레인지가 했던 일을 반복하는 것이다. 잉글랜드 내전 때 혁명파

---

[4] 위의 책, 31.

[5] 위의 책, 30~32.

를 칼뱅주의자라고 불렀던 것은 우연이 아니다.

　결혼으로 옥스퍼드 백작과 친척이 된 아서 골딩은 오비디우스의 『변신 이야기』를 번역한 사람으로 유명하지만, 세 권으로 된 시편 주석을 포함해 프랑스어와 라틴어로 쓰인 칼뱅의 주석과 설교를 다수 번역한 사람이기도 하다. 그리고 셰익스피어가 극에서 성서(제네바 성서) 다음으로 자주 활용한 책이 바로 아서 골딩이 번역한 『변신 이야기』다. 이 시기 런던에는 셰익스피어의 대본을 최초로 출판한 이를 포함해 프랑스 개신교 난민 출신 인쇄업자와 서적상이 많았다.

　좀 더 중요한 지점은 롤라드파, 혹은 위클리프 신학과 칼뱅 신학의 유사성이다. 성찬, 혹은 성체성사에 대한 이해만 봐도 그러하다. 많은 비평가는 성찬에서 빵과 포도주에 그리스도가 임함을 드러내는 신학 이론은 화체설뿐이며 개신교는 상징설을 지지한다는 잘못된 사실을 되풀이해 말한다. 하지만 종교개혁가들이 화체설을 거부한 이유는 성찬에서 사제가 차지하는 역할 때문이다. 화체설에 따르면 사제만 유일하게 성찬을 할 때 빵과 포도주에 그리스도가 임하게 할 수 있다. 종교개혁가들은 이를 신자와 주님 사이, 주님께서 자신을 내어주시는 선물에 사제가 개입하는 것이라고 본 것이다. 20세기 개혁파 신학자 칼 바르트Karl Barth는 칼뱅의 성찬 개념을 드높고 거룩한 신비로 묘사한다.

　우리는 말씀을 들어야만 한다. 받으라는 그 말씀으로 그것은 우리 것이 된다. 먹으라는 그 말씀으로 보거나 만지거나 먹을 수 없던 무언가가 우리와 함께할 수 있는 것이 되었다. 칼뱅은 성사의 모든 힘은 철저히 말씀에서부터 온다고 말한다. '너를 위해 준 것, 너를 위해 흘린 것이다.' 이 표징의 언어를 받아들이는 이는 표징에 담긴 의미 역시 받아들인다.[6]

엘리자베스 여왕이 젊은 시설에 쓴 것으로 알려진 시 역시 이와 같은 이해를 표현한다.

> 이것은 내 몸이다
> 그리스도께서 빵을 들고 나누며 하신 말씀
> 말씀이 그 빵을
> 그리스도의 몸으로 만드셨으니
> 나는 믿고 그것을 받아들이네.[7]

이를 애써 강조하는 이유는 많은 사람이 아름다움을 향유할 줄 모르는 고지식한 상인 계층이 주를 이루는 청교도가 전통 그리스도교 신앙의 시적 면모를 벗겨 냈다고 이야기하기 때문이다. 이러한 편견은 결과적으로 영국 르네상스 문학과 시 상당수가 청교도와 칼뱅주의자의 작품이었다는 부정할 수 없는 사실을 보지 못하게 한다. 스펜서Spenser, 시드니 가문 사람들, 존 밀턴, 앤드루 마블

---

[6]   Karl Barth, *The Theology of John Calvin* (Grand Rapids, MI: Eerdmans, 1995), 177.

[7]   Leah S.Marcus, Janel Mueller, Mary Beth Rose(eds.), *Elizabeth I: Collected Works* (Chicago: University of Chicago Press, 2000), 47.

Andrew Marvell을 생각해 보라. 또한, 고전 극 모형을 따라 근대 유럽어로 쓴 최초의 극은 제네바에서 칼뱅과 가깝게 지냈던 테오도르드 베즈가 쓴 『아브라함의 제사』였으며 앞서 언급한 아서 골딩이이를 영어로 번역했다(이 책은 16~17세기에 걸쳐 23판을 찍었다). 칼뱅은 프랑스어든, 라틴어든 문체가 빼어난 문장가였다. 하지만 많은역사가와 비평가들은 이런 그의 글쓰기 능력을 이례적인 것으로다룬다. 그들이 하는 이야기만 들으면, 칼뱅의 수많은 저서는 '예정론'과 '타락'이라는 말로만 가득 차 있을 것 같다. 물론 영국 르네상스 문화는 시각 예술보다는 문학에 방점을 둔 것이 사실이다. 하지만 이로 인해 영국 문화가 궁핍해진 것 같지는 않다.

칼뱅이 널리 읽혔다고 모두가 그에게 동의했다는 뜻은 아니고셰익스피어 관객과 칼뱅의 독자층이 반드시 겹친다는 보장도 없다. 다만 칼뱅의 저서가 널리 읽혔다는 사실과 그 의미를 무시해서는 안 된다. 당시 사회는 내전으로 치닫고 있었고, 반란을 일으켜 승리한 쪽을 훗날 사회는 청교도, 칼뱅주의자, (이들 중에 머리주위를 짧게 깎은 하층민이 많았다는 점을 들어, 조롱을 담아) '둥근 머리파'Roundheads라고 불렀다. 이는 과거 롤라드파 운동이 그랬듯 칼뱅주의 역시 대중과 함께했음을 보여 준다. 대중은 위대한 신학자의학문 세계, 그 생각하는 힘을 온전히 따라가기는 어려웠겠지만, 적어도 그 세계와 힘이 누구를 향하는지, 누구를 위하는지는 알고 있었다. 영국 대중에게 칼뱅과 칼뱅주의 운동은 혁신이기보다는 위클리프와 롤라드파 운동의 회복이었다. 그러한 면에서 청교도 운동은 그들이 오랫동안 감추고 있던 신념을 공공연하게 드러낸 운동으로 볼 수도 있다. 롤라드파 운동과 청교도 운동 사이에 유사성이 어디에 뿌리를 두고 있는지는 분명하지 않다. 칼뱅은 위클리프에 대해 언급한 적이 없지만, 후스, 루터가 위클리프를 알고 있었으니 칼뱅 역시 그를 알고 있었을 것이다. 어떤 의미에서 위클리프와 칼뱅에게는 공통의 원천이 있었는지도 모른다. 이들 이전에도 성직자 독신주의나 화체설을 비판한 이들이 있었으니 말이다. 종교개혁이 일어나기 훨씬 전, 이탈리아와 프랑스 남부에는 롤라드파와 마찬가지로 자국어 성서를 중심에 둔 신앙생활을 추구해 박해를 받았던 발도파Waldensians가 있었다. 그리고 이들 역시 종교개혁의 흐름을 형성했다. 칼뱅이 종교개혁 흐름에 합류하기 전 그의 사촌 피에르 로베르Pierre Robert는 발도파를 위해 새로운 성서 번역본을 만들었다. 가톨릭 교회에서 독신주의와 화체설이 공식 교리가 된 시기는 그리스도교 역사에서는 비교적 후대에 해당하는 13세기이기에 일부 고립된 공동체는 이전 관습과 가르침을 따랐을 수 있다. 어떤 이들은 이런 공동체가 벌인 운동, 이후 종교개혁에 합류한 운동들을 단순한 성서 문자주의로 치부하곤 하지만, 실제로 초기 교회에 뿌리를 둔 신념일 수도 있다. 믿음이 지하로 숨으면, 그 실제 중요성이 어떤지 가늠하기 힘들다. 특정 믿음을 억압하면, 그 믿음을 갖고 있던 이들은 믿음을 유지한 채 새로운 지역과 사람들에게 나아간다. 영국 르네상스 시기 런던에 살던 위그노들이 그랬다.

적잖은 학자는 엘리자베스 시대 수많은 사람이 기존 질서를 신성시하는 이념을 믿었다고 여긴다. 최근 본 한 역사서에서도 아서

O. 러브조이Arthur O. Lovejoy가 『존재의 대사슬』Great Chain of Being에서 한 이야기를 변용한 E. M. W. 틸리야드E. M. W. Tillyard의 오래된 논의를 인용하고 있었다. 틸리야드는 엘리자베스 시대는 창조적인 문화의 시대였으나 사람들은 하느님이 정한 위계질서(이 위계질서는 자연 세계뿐만 아니라 인간 사회, 정치 관계에도 적용된다)가 선하며 필요하다는 생각 너머를 떠올리지는 못했다고 이야기했다. 하지만 그 사회는 내전을 향하고 있었고, 놀랍게도 이후에는 근대의 방식으로 현직 국왕을 재판하고 처형했다. 당시 영국인들은 역사를 통해 세습 군주제가 복잡하고, 불확실함을, 때로는 오히려 사회 질서를 어지럽히기까지 함을 반복해서 경험했다. 이를 반영이라도 하듯 셰익스피어는 첫 번째 역사극을 영웅 헨리 5세의 죽음으로 시작한다. 그의 후계자는 젖먹이였고 성인이 되어서도 성숙에 이르지 못했다. 극에서 묘사하듯 프랑스 정복은 유지하기 힘들었고, 이는 영국이 커다란 출혈을 일으키고 빈곤해지게 만들었다. 지도층은 권위를 잃었으며, 종교개혁 시기 소년 나이에 왕이 된 에드워드 6세는 후계자를 남기지 못하고 죽었다. 헨리 8세가 왕위를 잇지 못하게 후계에 맞지 않는다고 선언했음에도 불구하고 에드워드 6세의 뒤를 이어 왕이 된, 에드워드 6세의 이복 누이 메리 역시 후계자 없이 세상을 떠났다. 뒤이어 왕이 된 엘리자베스 역시 널리 알려진 대로 결혼을 하지 않았다. 이러한 시대 가운데 셰익스피어가 와해하는 군주제와 왕조, 권력자들의 몰락을 끊임없이 다룬 건 그리 놀라운 일이 아니다. 하느님이 정한 불가침의 질서가 있다 할지라도 인간들은 이를 끊임없이, 심각하게 위반했고 현실 세계에서는 끝

없는 혼란만이 가득했다. 군주제는 최선의 모습을 보일 때도 언제든 붕괴할 위험이 있었으며, 폭력으로 그 질서가 유지되었다. 이러한 가운데 그 질서가 하느님이 뜻하신 바라고는 상상하기 어려웠다. 이해는 바뀌고 있었다. 재판에서 찰스 1세가 왕위 세습의 신성함을 주장하자 판사들은 노르만 정복 이후 영국 왕들의 절반은 정당한 계승자가 아니라고 반박했다.

호사가들의 말대로 셰익스피어는 '곰 괴롭히기'bear baiting('곰을 사슬에 묶은 뒤 개들과 강제로 싸우게 한 유혈 스포츠. 19세기까지 영국, 스웨덴, 인도, 멕시코 등에서 대중에게 인기를 끌었다) 구경을 즐겼는지도 모른다. 나로서는 상상하기 어렵지만, 그가 때때로 5월 축제 때 기둥 주위에서 춤을 추었을 가능성도 인정하겠다. 하지만 문화가 찬란하게 빛을 발하던 시기 가장 탁월한 지성이었던 셰익스피어가 틸리야드가 말했던 '존재의 대사슬'을 믿었다는 이야기, 굴oyster과 천사의 서열이 정해져 있듯 하느님이 고정불변하고 위계가 있는 사회 질서를 정하셨다는 생각을 믿었다는 건 받아들일 수 없다. 위클리프, 아리스토텔레스, 월터 롤리Walter Raleigh*, 심지어 후커Richard

---

* 월터 롤리(1553~1618)는 영국의 정치인, 군인, 작가, 탐험가로 엘리자베스 시대의 가장 유명한 인물 중 한 사람이다. 영국의 북미 식민지화에 주도적인 역할을 했고, 아일랜드에서 일어난 반란을 진압했으며, 스페인 함대의 공격에서 영국을 방어하는 데도 기여했다. 엘리자베스 여왕의 총애를 받았지만, 엘리자베스 여왕이 세상을 떠난 뒤 제임스 1세가 왕위에 오르자 1603년 역모 혐의로 체포되어 런던탑에 투옥되었고, 1617년 사면되었으나 베네수엘라로 원정을 떠났으나 스페인과의 평화 조약을 위반한 혐의로 영국으로 돌아와 1618년 처형되었다. 시인이기도 했으며, 런던탑에 수감 된 기간 동안 5권으로 이루어진 『세계사』The History of the World를 집필하기도 했다.

Hooker*도 그렇게 생각하지 않았다. 엘리자베스 시기 '존재의 대사슬' 관념을 받아들이지 않은 작가들의 목록은 길게 작성할 수 있지만, 여기서는 한두 명만 언급하는 것으로도 충분하다. 첫 번째는 다름 아닌 엘리자베스다. 아이를 낳아 후계자를 만들면 정치의 안정, 질서를 이룰 수 있다고 이야기하는 이들에게 그녀는 답했다.

> 나는 영국 사람들의 변덕을 잘 안다. 그들은 언제나 현 정부에 만족하지 않으며 다음 계승자에게 눈을 돌린다. 인간에게는 본래 지는 태양보다 떠오르는 태양을 더 숭배하는 경향이 있다.[8]

역사학자 크리스토퍼 힐Christopher Hill은 왕의 권위를 두고 칼뱅의 다니엘서 주석을 인용하며 말했다.

> 지상의 군주들이 하느님에게 대항하면 모든 권위를 잃는다. 그들은 인간 대접을 받을 자격조차 없다. 그들이 하느님의 권리를 빼앗으면, 우리는 그들에게 복종하기보다는 그들의 얼굴에 침을

---

* 리처드 후커(1554~1600)는 영국 성공회 사제이자 신학자다. 옥스퍼드 대학교에서 공부한 후 1581년 사제 서품을 받았다. 성공회 정신의 선구자로 로마 가톨릭과 청교도 사이에서 중도의 길을 모색한 사상가로 평가받는다. 주요 저서 『교회 체제의 법에 관하여』Of the Laws of Ecclesiastical Polity는 교회의 통치와 조직의 중요성을 강조하고 성서와 전통, 이성이 어떻게 상호작용하며 신학의 기초를 형성하는지를 탐구해 성공회 신학의 고전이자 정치사상의 고전에 올랐다. 한국에는 『교회 체제의 법에 관하여』(성공회출판사)가 소개된 바 있다.

8 위의 책, 66.

뽑어야 한다.[9]

현대인들은 칼뱅이 보수적이고 왕정을 옹호했을 것이라고 짐작하기 쉽다. 그러나 그는 이와 관련해 자신의 견해를 분명히 밝혔으며 근대의 형성에 커다란 영향을 미쳤다. 대표적으로는 다음을 들수 있다.

> 종종 우리는 왕궁에서 잔인한 사람들이 높은 지위를 차지하는 일을 본다. 역사를 살필 필요도 없다. 요즘 왕들은 종종 무례하고 어리석으며, 인간보다는 말이나 당나귀에 더 가까워 보인다. 그래서 궁전에서는 치기와 무모함이 최고의 영예를 얻는다. … 우리는 요즘 왕들이 보이는 무정함을 슬퍼해야 한다. 그들은 교만하게도 모든 유용한 것을 능가하는 선물, 모든 사람에게 하느님께서 주시는 선물을 무시하고, 자신들처럼 무지한 이들이 지배하는 사회를 즐기며, 탐욕과 약탈의 노예가 되어 극도의 잔인함, 방종을 드러낸다. 그러므로 우리는 왕국과 그 지위에 합당하지 않은 이들이 왕국을 지배하고 권력을 누릴 때, 세상의 상태를 슬퍼해야 한다. 이는 하늘의 분노를 거울처럼 반영하는 것이며, 그로 인해 이들은 분별력을 잃어버리게 된다.[10]

---

[9]   Christopher Hill, *The English Bible and the Seventeenth Century Revolution* (London: Penguin Books, 1993), 59.

[10] John Calvin, *Commentaries on the Book of the Prophet Daniel* (Grand Rapids, MI: Baker Book House, 1996), 350~51.

칼뱅은 최악의 군주나 권력자라 할지라도 하느님의 뜻에 따라 그자리에 있게 되었다고 믿는다. 하느님이 전능하신 분이며 인간사에 깊이 관여하신다고 생각하기 때문이다. 하지만 같은 이해를 따라, 그는 이들이 하느님의 뜻에 따라 타도된다고 믿는다.

> 그리스도께서 철로 된 홀을 가지고 왕들을 치고 부수시며, 폐허로 만들고, 아무것도 아닌 것으로 만드시는 일이 언제 일어나는가? 그들의 교만이 완강하게 버틸 때, 그들이 하늘을 향해 고개를 빳빳이 쳐들 때, 자신들의 힘을 믿고 하느님을 그분의 권좌에서 끌어내리고자 할 때다.[11]

당시 사람들은 칼뱅의 이 글을 읽으며 평범한 사람들이 "철로 된 홀"을 휘두른다고 생각했다. 그리고 시간이 무르익으면서 평범한 사람들은 반란에 가담함으로써 자신들이 그리스도의 뜻을 수행한다고 느꼈다. 혁명은 다른 현존하는 질서와 마찬가지로 하늘의 축복을 받을 수 있다고 그들은 생각했다. 물론 칼뱅은 대부분의 경우, 공적 권한을 지닌 이들(여기에는 왕뿐만 아니라 선출된 권력, 이를테면 당시 제네바를 통치하는 이들도 포함된다)에게 순종하라고 권고했다. 이렇게 양면적인 태도를 보인다는 점에서 칼뱅은 (왕들이 굴욕을 맛보기를 원했던) 크리스토퍼 말로나 그의 작품에 열광한 관객들보다는 보수적일 수 있다.

---

[11] 위의 책, 166.

어떤 사람들은 내가 셰익스피어를 칼뱅주의자로 만드는 것 아닌가 하고 의구심을 품을 수 있겠다. 입증할 수 있는 증거가 있다면 주저하지 않고 그랬을 것이다. 하지만 그보다 분명한 점은 셰익스피어는 전례 없는 지적 풍요의 시대에 특정 편으로 치우치는 바 없이 폭넓게 그 풍요의 산물을 누리며 공정하게 여러 사상을 시험했다는 것이다. 셰익스피어가 한 가지 신학 체계를 지녔으며 이를 고수했다고 한다면 그는 내가 아는 셰익스피어가 아니다. 하지만 나는 『햄릿』에 칼뱅주의의 요소가 있다고 생각하며, 비슷한 맥락에서 『심벨린』에 나오는 인물들이 오래전부터 내려오던 영국과 로마의 관계를 끝내고 싶어 한다는 사실에 주목할 필요가 있다고 생각한다(실제 역사에서 위클리프가 이를 주장했고, 헨리 8세가 실행에 옮겼다). 처녀성이 그 자체로 가치 있다고 보지 않고, 결혼을 앞둔 상황에서 일종의 신의를 지키는 것으로 본다는 점에서 셰익스피어 극들은 종교개혁의 입장에 가깝다.

젊은 시절 헨리 5세의 친구였으나 훗날 왕에 맞서 롤라드파 봉기를 이끌다 교수형을 당하고 시신은 불태워진 존 올드캐슬 경Sir John Oldcastle이라는 인물이 있다. 그리고 셰익스피어는 『헨리 4세』에 등장하는 폴스타프를 원래는 존 올드캐슬로 하려 했다. 반란에서 보여 준 용기와 신실함으로 널리 알려져 있던 롤라드파 기사, 존 폭스의 『순교자들의 행적과 업적』에 등장하는 순교자, 목판화에 수척한 모습을 한 인물로 묘사된 이를 극 중 주요 인물의 이름으로 고려했다는 건 흥미로운 일이다.

셰익스피어 시대 영국인의 삶이라 하면 현대인들은 흔히 사람들이 흥겹게 뛰놀고, 맥주를 벌컥벌컥 마시고, 류트를 치는 모습을 떠올리곤 한다. 아주 틀렸다고는 할 수 없지만 이러한 심상들은 엘리자베스 시대 사람들의 또 다른 문화 생활, 지적 생활의 모습을 가린다. 당시 많은 사람은 신학 서적을 읽었고, 조심스럽게, 혹은 은밀하게 그로 인해 죽을 수도 있는 믿음을 가지고 있었다. 거리에서는 설교가 울려 퍼졌고, 신학 논쟁이 이루어졌다. 선원들은 낯선 세계의 신들에 관한 이야기, 상상도 못 한 해안에 관한 이야기를 사람들에게 전했으며 문해력이라는 새로운 특권을 갖게 된 이들 사이에서는 저 모든 이야기를 담고 있는 소책자, 책이 오갔다. 순회 극단은 나라 곳곳을 돌아다니며 종교개혁을 지지하는 연극을 공연했다. 엘리자베스 치세 때는 메리 여왕이 추방한 사람들도 돌아왔다. 수많은 개신교인이 가톨릭 신자였던 메리의 박해를 피해 제네바, 안트베르펜, 프랑크푸르트 등 종교개혁을 지지하는 공동체로 갔고, 영국에 돌아오며 대륙의 종교개혁 사상과 경험을 가져왔다. 그중에는 제네바로 피신했던 이들이 편찬하고 인쇄한 제네바 성서도 있었다. 아마도 셰익스피어는 밀반입된 제네바 성서를 보았을 것이다. 그리고 이 성서 본문을 읽으며 본문 옆 가장자리에 있는, 영국과 유럽 종교개혁 지도자들이 작업한 본문 해설을 보았을 것이다. 그 모든 것을 빨아들였을 셰익스피어가 할 수 있던 가장 급진적인 행동은 서로 충돌하며 사람들에게 충성을 요구하는 사상들로부터 한발 물러서 이 모든 것을 숙고하는 것이었을지도 모른다.

관객들에게 공감을 얻을 수도, 얻지 못할 수도 있는, 가려지고 알려지지 않았던 인물의 동기를 자신의 생각과 언어를 동원해 이 야기로 구현하고 무대에서 상연되도록 하는 것, 이보다 더 극작가 에게 중요한 문제가 있을까? 셰익스피어 연극에서 잘못된 라틴어 를 사용하고 파편화된 지식을 뽐내는 장면은 당시 시대상을 반영 한 것이 틀림없다. 인쇄된 책을 통해 온갖 지식이 평범한 사람들에 게 전달되었기 때문이다. 노스Sir Thomas North가 영어로 번역한 『플 루타르코스 영웅전』, 역사 연대기, 가워의 작품들에서 이야기 재 료를 가져와 극화한 것 역시 당시 문화적 흥분을 활용한 것으로 볼 수 있다. 이런 문화에서 정치, 종교 사상을 효과적으로 억압하기란 불가능했다. 메리가 개신교 신자들을, 엘리자베스가 가톨릭 신자 들을 공개 처형한 이유는 역설적으로 당시 공권력이 사람들을 완 전히 통제하지 못했음을 보여 준다. 마음이 맞는 친구들, 같은 생 각을 가진 사람들, 술을 함께 마시던 이들, 귀족들은 함께 있을 때 별다른 두려움 없이 자신의 생각을 말할 수 있었다. 그리고 셰익스 피어는 이들의 자리에 초대받았을 때 그들의 이야기를 듣고 때로 는 공감하면서 자기 생각을 키워 나갔을 것이다. 이를 고려했을 때 그의 작품들에서 특별히 주목할 만한 인물은 '하인', 혹은 '종'이다. 이 존재들은 관객이 연극을 이해할 수 있도록 돕는 역할을 했기 때 문이다.

그리스도교 신학에서도 '종', 혹은 '하인'은 매우 중요한 의미를 지닌다. 「쟁기꾼 피어스의 꿈」에는 이런 노래가 등장한다.

가난한 사람이 나태함에 빠져 하느님을 제대로 섬기지 못한다

면, 힘겨운 상황이 선생이 되어, 그에게 위대한 도움을 주는 이
는 사람이 아니라 하느님이심을 떠올리게 할 것이라네. 고난은
예수께서 가난한 이의 옷을 입고 와 진정으로 그 사람의 종이 되
어주심을 알게 할 것이라네(그분께서 그렇게 말씀하셨다네). 하느님
께서 가난한 사람을 이 땅의 방식으로 도와주지 않으시더라도 그
는 예수께서 가난을 견디고 받아들이셨으며 남루한 옷을 입고서
온 인류를 구하셨음을 알게 될 것이네.[12]

언젠가 위클리프는 "종이신 하느님"이라는 표현을 쓴 적이 있
다. 다소 놀랍기는 하지만, 대다수 그리스도교 전통은 이를 지지할
것이다(각 전통이 아무리 치열하게 대립한다 할지라도, 이는 결국 강조점의
차이일 뿐이다). 앞서 언급했듯 셰익스피어는 신학, 정치 요소를 반
복해서 다루었고 이를 당시 관객의 생각과 경험에 맞추어 표현했
다. 그러한 면에서 그의 작품들에 등장하는 하인들, 종들은 매우
중요한 역할을 감당했다. 현대 관객과는 달리 당시 관객들은 그들
의 모습에 관심을 기울였고, 더 많은 의미를 길어 올릴 수 있었다.

당시에는 누구라도 둘 수만 있다면 감당할 수 있을 만큼 하인,
종을 둘 수 있었고, 많은 사람이 누군가의 하인으로 일했거나 일하
고 있었으며 본인이 하인이 아니더라도 하인인 친척과 친구가 있
었다. 주인이 없는 하층민은 낙인이 찍혀 교수형을 당할 수 있는
범죄자, 부랑자 취급을 받았다. 이 때문에 가난한 사람들은 명목

---

12 William Langland, *Piers the Ploughman*, 174.

상으로라도 누군가의 하인이 되어 이를 유지하려 했다(셰익스피어와 그의 극단도 그렇게 해야 했다). 마찬가지 맥락에서 당시에는 하인들이 주인, 윗사람을 공경해야 한다는 관습이 있었고 현실에서 하인들은 겸손하고 순종하는 척하며 윗사람에게 아첨해야 했다. 이를테면 『햄릿』에는 방백으로 햄릿이 물잠자리라고 경멸조로 부르는 오스릭이라는 인물이 등장한다. 넓은 땅을 소유하고 있는 부자(셰익스피어는 이 부분을 꽤 길게 서술한다)인 오스릭은 햄릿에게 클로디어스의 말을 전하면서 비위를 맞추기 위해 모자를 벗는 모습을 보인다.

　이상적으로 보면, 당시 사회는 모든 사람이 누군가를 섬기는 위치에 있었다고도 할 수 있다. 귀족은 왕, 혹은 여왕을 섬겼고, 왕, 혹은 여왕은 나라를 섬겼다. 성직자들은 교회와 신자들을 섬겼고, 연인은 자신이 사랑하는 사람을 섬겼다. 그리고 모든 사람은 종, 하인의 모습으로 이 땅에 와 죽음까지 받아들인 예수를 섬겼다. '섬김'이라는 개념과 그와 관련된 말들이 사회 전체에 널리 퍼져 있었고, 사람들은 이를 중시했다. 하지만 이러한 '섬김'의 관습을 사람들은 각기 다른 방식으로 받아들였다. 일부에게는 그저 예의를 차리는 일이었고, 대다수에게는 그저 지루하고 힘든 일이었다. 더 안 좋은 점은, 종들, 하인들이 가장 잔인하고 수치스러운 일을 맡았다는 것이다. 당시 윗사람들은 나쁜 일에 대한 책임을 떠맡지 않았다. 헨리 4세는 리처드 왕의 죽음에 대해, 존 왕은 아서 왕자의 죽음에 대해, 페르디난드는 말피의 공작부인의 죽음에 대해 자신의 잘못을 부인할 수 있었다. 섬김의 관습은 군인들도 난처한 윤리 문제와 마주하게 했는데, 이와 관련해 위클리프를 따르던 한 작가는 말했다.

> 직접 손으로 살인을 저지른 사람뿐 아니라 그 살인을 허락하고 방법을 제시한, 권위를 지닌 자 역시 죄책이 있다. 수많은 죽음을 일으키는 잘못된 전쟁에 축복을 내리는 사제들 또한 저주받은 살인자다. 하느님의 법으로도, 인간의 법으로도, 그리고 이성의 눈으로 볼 때도 그들은 자신의 의무를 수행하지 않았다.[13]

셰익스피어가 쓴 『헨리 5세』Henry V의 배경에는 바로 이런 문제들이 있다. 헨리 5세가 정당하지 않으나 하느님의 이름으로 정당성을 부여한 프랑스 침공부터, 그가 전투 전날 밤 위장하고 진영 안으로 들어가 사람들에게 받은 불편한 질문들을 생각해 보라.

셰익스피어의 소네트 58번에서 화자는 "노예" 또는 "종"의 목소리로, 즉 하인의 입장에서 노래한다.

> 지옥 같은 짓이지만 기다려야죠.
> 싫든 좋은 당신의 즐거움을 욕하지 말아야죠.

셰익스피어는 여러 작품에서 이 은유에 담긴 주제를 다룬다. 종, 하인은 도덕적으로 난처한 상황에 처해 있다. 그는 주인에게 충

---

[13] J. Patrick Hornbeck, Stephen E. Lahey, and Fiona Somerset(eds.), *Wycliffite Spirituality* (New York: Paulist Press, 2013), 189.

성하고 복종해야 하며, 그에게 의존한다. 하지만 주인은 종인 '나'의 양심과 영혼의 선함에 반하는 일을 시킬 수도 있다. 그 일을 행할 경우 하인은 복수를 당하거나 법의 처벌을 받을 위험에 처하게 된다.

위클리프와 그를 따르던 이들은 자국어로 쓴 도덕 가르침에서 이 문제에 관한 답을 제시했다. 그들에 따르면 죄를 짓는 명령을 수행하거나 '동의'한 종도 죄가 있다. 여기서 '동의'란 윗사람의 죄악된 행동을 반대하지 않거나 저항하지 않는 것을 말한다.

> 악마가 사람들을 꼬드겨서 저지르게 만드는 죄 중 잘못된 명령에 동의하는 것보다 더 교묘한 것은 없다. … 비겁함과 하느님을 사랑하지 않는 마음은 우리를 배신자처럼 행동하게 만든다.[14]

이러한 가르침은 인간을 그의 사회적 지위나 조건이 아닌, 그 자체로 존엄성과 가치를 지닌 존재로 바라보기에 나온 것이다. 위클리프는 "철학자들은 우정이 같은 지위에 있는 사람들 사이에서만 생긴다고 말하나 인간은 본질적으로 평등하다"고 말했다.[15] 예수의 제자들인 사도들도 예수의 '친구'였기 때문이다. 위클리프를 따르던 한 작가는 십계명 중 "주 너희 하느님의 이름을 함부로 부르지 말라"는 계명을 해설하면서 이렇게 말했다.[16]

---

14   위의 책, 17.
15   위의 책, 70.
16   위의 책, 224.

우선 우리는 기도와 설교가 입으로 하는 말보다 행동과 더 관련이 있음을 알아야 한다. 이 세상 모든 사람은 그 영혼에 주님의 이름이 새겨져 있다. 그렇지 않으면 존재할 수 없기 때문이다. 누군가 해야 할 일을 하지 않거나 하느님이 싫어하실 일, 하지 말아야 할 일을 한다면 이는 주님의 이름을 헛되이 여기는 것이다. 하느님을 섬기는 것 외에 다른 목적으로 태어난 사람은 없으며 존재하려면 그분의 이름을 받아들여야 한다. 자신의 본래 목적을 이루지 못하면 그분의 이름을 헛되이 부르는 것이다.

사회에는 계급이 있지만 실제로는 모든 사람이 한 주인만 모실 뿐이다. 위클리프는 말했다.

> 윗사람에게 순종하지 않아도 구원받을 수 있다. 그러나 그리스도께 순종하지 않으면 아무도 구원받을 수 없다. 사람에 대한 순종은 주 예수 그리스도에 대한 순종으로 이끌지 않으면 아무것도 아니다.[17]

이 땅에서 '주인'들의 권위는 종과 하인이 충성을 맹세하면서 강화되었다. 그래서 롤라드파는 맹세를 금지했다. 그들은 오직 그리스도에게만 충성을 맹세해야 한다고 믿었고, 이로 인해 고난을 받더라도 언제든 받아들일 준비가 되어 있었다.

---

[17] 위의 책, 74.

이런 롤라드파의 사상은 시간이 지나며 모든 영국인에게, 특히 종이나 아랫사람 처지에 있으면서 보상을 받지 못하는 이들, 이른바 '서민'들에게 커다란 영향을 미쳤다. 달리 말하면, 롤라드파의 가르침은 영국 대다수 사람에게 공감을 얻었다고도 할 수 있다. 자신의 신념을 표현하면 언제든 처벌받을 수 있는 상황에서 개인 양심의 문제는 매우 중요하고도 절박한 문제였다. 이 땅의 주인에게 순종하는 행동이 하느님의 뜻을 거스를 때 개인의 영혼은 위험에 처하게 된다. 존 웹스터John Webster의 어두운 연극, 『말피의 공작부인』The Duchess of Malfi에서는 페르디난드 공작에게 병적으로 순종하는 보솔라가 이야기 중심에 있고 페르디난드는 자신을 방어하기 위해 보솔라가 미쳤다고 주장한다. 셰익스피어의 『오셀로』Othello는 신뢰받는 부하가 얼마나 파괴적인 힘을 지닐 수 있는지를 보여 준다. 하인, 종을 둔 사람은 그들의 충성과 판단에 의존할 수밖에 없다. 하인이 충성스럽지 않거나 지혜가 없거나 맹목적으로 복종만 한다면 주인도 위태로워진다. 그러한 면에서 당시 주종 관계는 결혼 관계만큼이나 복잡했다. 『리어왕』King Lear, 『심벨린』, 그리고 『겨울 이야기』The Winter's Tale에서도 종은 매우 중요한 역할을 맡는다. 이 작품들에서는 주인에 대한 더 높은 충성심에서 비롯된 불복종이 이야기의 중심에 있다. 이를테면, 『리어왕』에서 켄트 공작은 리어왕에게 추방당한 뒤에도 리어왕을 보호하기 위해 하인으로 변장한다. 글로스터가 눈을 잃는 끔찍한 장면에서 용기를 내, 혹은 양심의 소리를 듣고 글로스터를 해하는 콘월을 저지하려는 이는 하인뿐이다. 다른 하인들도 자신들의 위험을 무릅쓰고 노인의 상처를 돌보며 그의 탈출을 돕는다.

한편, 고네릴의 하인 오스월드는 죽어 가면서도 주인이 맡긴 편지를 전달하려 한다. 위클리프의 관점으로 보면 그는 악에 '동의'하는 순종을 한 것이다. 이와 달리 다른 하인들은 자신의 양심에 따라 주인에게 순종하지 않으며 악행을 줄이려 한다.

『심벨린』 이야기의 중심에는 자기 아내를 죽이라는 주인의 명령에 따르지 않은 한 하인이 있다. 『겨울 이야기』에서 카밀로는 자신의 주인인 레온테스 왕의 명령, 레온테스가 궁정에 초대한 다른 왕을 죽이라는 명령을 거부한다. 또 다른 하인은 왕의 명령을 따라 아기를 버리지만, 자신의 행동이 혐오스러운 짓임을 안다. 즉, 그는 자신의 양심을 어긴 셈이다. 결국, 하인은 곰에게 잡아먹혀 죽고(이 연극에서 가장 널리 알려지고 인상적인 장면이다), 그가 타고 온 배도 난파된다.

『페리클레스』에서 하인 레오니네는 왕비 디오니자에게 젊은 여인 마리나를 죽이라는 명령을 받는데, 처음에는 망설이나 이내 그 제안을 받아들인다. 그러나 레오니네가 마리나를 죽이려 할 때 해적들이 들어와 마리나를 끌고 가고, 레오니네는 결국 독살당한다. 『윈저의 즐거운 아내들』에서 폴스타프의 하인으로 나오는 님과 피스톨은 윈저에서 두 여자를 유혹해 그들의 남편 재산을 가로채려 하는 주인의 계획에 반대할 뿐 아니라 폴스타프가 실행에 옮기려 하자 이를 막으려 한다(그들은 폴스타프의 계획을 역이용해서 그를 무너뜨리려 하고 꼬마 페이지가 이를 돕는다). 피스톨은 트로이의 판다로스가 되기를 거부하고, 님은 "점잖은 몸가짐을 계속 유지"한다.

당시 많은 사람은 문자 그대로 누군가의 종으로, 하인으로 살았고 종이 충성을 다해 주인에게 순종해야 한다는 것은 당시 사회의 규범이었다. 하지만 같은 지위에 있는 사람들 사이에서 혹은 일반 시민들 사이에서 누구의 말을 들어야 하는지가 복잡한 문제였듯 누구에게 순종하느냐는 문제 역시 복잡한 문제였다. 이 문제는 15세기 영국을 환란에 빠뜨렸고 셰익스피어는 이를 역사극으로 다루었다.

이후에도 영국 사람들은 제인 그레이Lady Jane Grey, 메리 여왕, 에식스 백작Earl of Essex처럼 자신이 권좌에 적합하다고 주장하는 이들로 인해 고통을 겪었다. 그러한 와중에 (『말피의 공작부인』에 나오는) 공작부인, 클레오파트라, 아서 왕자, 감옥에 갇힌 리처드 2세, 리어왕을 곁에서 위로하던 믿음직스러운 하인과 종은 관객의 마음을 사로잡았다. 이들은 힘든 상황에 처한 주인들에게 친절을 베풀고, (누군가의 하인이거나 종으로 있던) 관객도 자신이라면 그렇게 해 주고 싶었을 것이라고, 이상적인 종, 하인이 무엇인지를 생각해 보게 했다. 이 종들, 하인들은 한편으로는 규범에 충실한 인물들이면서도, 은총을 구현하는 인물들이다. 『햄릿』에서 햄릿은 "낮은 종" 호레이쇼 없이는 존재할 수 없다. 호레이쇼는 가난하지만, 침착하며 겸손하다. 그렇기에 햄릿은 어떠한 가식도 세우지 않고, 비꼼도, 경멸도 없이 그에게 말을 건넸으며, 죽음을 맞이하는 순간에도 완벽한 축복을 건네며 작별 인사를 할 수 있었다. 햄릿이 호레이쇼에게 살아남아 자신의 이야기를 전해 달라고, 그렇게 자신을 섬겨 달라고 부탁하지 않았다면 호레이쇼는 햄릿과 함께 죽으려 했을 것이다. 위에서 언급한 종들은 그리스도교 신자를 넘어 그리스도처럼 행동한다. 그들은 커다란 희생을 감내할지 모르는 일 앞에서도 용감하고 너그럽다. 그리고 이는 우리 문화가 오랫동안 소중히 여긴 가치가 무엇인지를 잘 보여 준다. 종교개혁 전후 시기, 엘리자베스 시기 문화가 거칠고 야만적인 면이 있음을 부정할 수는 없다. 하지만 그 중심에는 분명 예사롭지 않은 아름다움을 발하는 불씨가 있다. 어쩌면 우리는 기계적인 평등주의로 인해, 혹은 과거 사람들보다 우리가 우월하다는 오만함으로 인해 저 불씨를 보지 못하는지도 모른다. 하지만 오늘날 대다수가 기본적으로 받아들이는 모든 인간의 평등, 모든 인간의 존엄성은 저 불씨에서, 종과 하인과 하층민들의 존엄성을 인정하는 사유, 오랜 그리스도교 세계의 중심에 있던 사유에서 유래했다.

「쟁기꾼 피어스」는 노래한다.

> 우리 기쁨과 치유자, 하늘에 계신 예수 그리스도께서는 언제나 가난한 사람의 옷을 입고 우리를 따라 다니신다네. 가난한 사람의 모습으로 우리를 바라보신다네. 그분은 사랑의 눈빛으로 우리를 살피시며, 우리가 서로에게 베푸는 친절함으로 우리를 영원히 알고자 하신다네. 그리고 그분은 우리 시선이 어디에 머무르는지, 우리가 하늘의 주인 앞에서 이 땅의 주인을 사랑하고 있는지를 보신다네.[18]

---

[18] William Langland, *Piers the Ploughman*, 132.

제5장

주어진 것

최근 조나단 에드워즈Jonathan Edwards의 대표작인 『신앙감정론』 Treatise Concerning Religious Affections을 읽었다. 18세기에는 감정emotion을 가리키는 말로 "애착"affection이라는 표현을 썼다. 에드워즈는 '애착' 에는 기쁨, 사랑, 희망, 갈망, 즐거움, 슬픔, 감사, 연민, 질투, 두 려움, 불안 등이 있다고 말했고 신앙 경험에서 이들이 매우 중요 한 역할을 감당하고 있음을 성서에 있는 수많은 사례를 들어 설명 한다. 한동안 나는 미국 실용주의 철학에 매혹되기도 했으며, 내 가 이해하는 한도 내에서 쓸 만한 생각을 길어 올리곤 했다. 위대 한 실용주의자 윌리엄 제임스는 그의 대표작 『종교적 경험의 다양 성』Varieties of Religious Experience에서 에드워즈가 한 세기 앞서서 했던 주장과 매우 비슷한 주장을 한다. 이 책에서 그는 종교적 회심을 통해 일어나는 깊은 감정의 특성, 그에 따라 변화하는 인간의 성품과 그 사례에 관심을 쏟는다. 에드워즈가 성서적, 신학적으로 문제에 접근한다면 제임스는 조심스럽게 객관적이고 신중하게, 어떤 결론을 내리지 않고 문제에 접근한다. 하지만 둘은 결국 같은 주장을 하고 있다. 종교 경험, 그리고 그 경험으로 일어나는 감정은 꽤 강력하게 한 사람의 인격과 행동에 영향을 미치고, 그 효과는 관찰 가능하다는 것이다. 내가 우러르는 19세기 영웅들은 에드워즈처럼 '회심'conversion이라 불리는 일종의 정화 과정을 거쳤다. 신앙의 질을 도약시켜 열정적이고 헌신적인 사람으로 만드는 회심은 전형적인 장로교인, 감리교인, 회중교인을 자기 자신은 절제하되 타인에게는 이타심을 발휘하며, 너그럽고 생동감 있는 장로교인, 감리교인, 회중교인으로 바꾸어 놓았다. 나는 그들의 전통을 따르면서도, 완전히 그 안에 속해 있지는 않다. 주류 개신교인으로서 나는 그들이 특별하고 극적인 체험을 과대평가했다고 생각하며 하느님의 은총은 많은 경우 서서히, 꾸준히, 조용히 작용한다고 믿는다. 하지만 그렇다고 해서 그들이 겪은 강렬한 종교 체험과 체험 뒤 일어난 열정이 진실하다는 것에 의문을 제기하지는 않는다. 그런 체험은 전혀 부러워할 필요가 없다고 생각하지도 않는다. 회심의 뜨거운 열기는 앤도버와 예일 신학대학원 졸업생 전체에 퍼졌고, 그 결과 그들은 개척지로 나가 교회와 대학을 세웠다. 그리고 이 교회와 대학은 자립정신의 문화, 노예제 확산에 저항하고 노예제 폐기에 헌신하는 문화를 빚어냈다. 그들이 이룬 업적은 그들의 가치를 증명한다. 그들의 헌신은 신앙이 여러 측면에서 삶을 형성하고 행동을 끌어낸다는 사실을 보여 준다(비록 다수의 현대인은 이를 잘 모르고 있지만 말이다). 신앙은 그들이 정말 중요한 일에 전념하게 해 주었고, 경이로울 정도로 흔들림 없이, 견실하게 목적지를 향해 나아가게 해 주었다. 신앙은 그들을 현실주의자, 실용주의자로 만들었다.

신앙은 결국 인간 의식이라는 신비와 관련이 있다. 인간 의식이 신비라는 이야기는 유별난 이야기가 아니다. 인간의 의식은 너무도 신비로워 이를 완전히 객관적인 시각으로 볼 수 있는 방법은 없다. 행동과학자들은 여러 세대를 거쳐 우리가 어떻게 생각하고, 왜 그렇게 행동하는지를 설명하기 위해 노력했고, 그 결과 크게 두 가지 모형을 제시했다. 하나는 통제된 환경에서 측정 가능한 인간 반응에 바탕을 둔 모형이며, 다른 하나는 종교적 믿음 또는 자아의식을 지탱하는 직관과 경험에 바탕을 둔 모형이다(하지만 많은 과학자는 이를 일종의 망상에 빠진 상태로 추정한다). 앞서 언급한 예일대 신학대학원을 졸업한 신학자와 목회자는 하느님이 현실을 올바로 보고, 참여하며, 변화시킬 수 있게 해주신다고 믿었다. 그들은 인간 정신에 접근하는 현대 과학의 환원주의 언어로는 묘사하기 힘든, 일종의 환상에 사로잡히는 경험을 했고 이에 기대어 삶을 살아갔다. 그들이 역사에서 잊힌 까닭은 아마도 그들의 존재와 그들이 한 일이 환원주의 언어를 거부하기 때문일 것이다.

물론, 역사를 보면 환상과 황홀경에 사로잡힌 권력자들이 상상할 수 없을 정도로 끔찍한 일을 벌인 것도 사실이다. 잔인하고, 처참했던 십자군 원정은 그 대표적인 예다. 하지만 환상에 사로잡히지 않은 사람들도 단조로운 일상을 살아가는 와중에 잔인하고 처참한 관습을 만들었고 이를 번성시켰다. 노예제가 그 대표적인 예다. 어떠한 경우든 인간이란 참으로 이상한 종족이다.

복잡한 현상을 이해하기 위해서는 고차원의 사고가 필요하다. 현대인인 우리도 마찬가지고, 과거를 연구하는 역사가들도 마찬가지다. 과학 환원주의는 자기 영역에서는 유용할 때도 있지만, (안타깝게도) 복잡한 현상이라는 중요한 사실을 회피할 때 자주 쓰인다. 환원주의 성향을 지닌 과학자들은 복잡한 현상과 마주하면 고차원의 사고를 발휘하기보다는, 이 현상을 설명할 언어가 없다는 이유로, 혹은 이를 다룰 필요가 없다는 이유로 그러한 현상을, 혹은 그 현상의 복잡성을 무시해 버리곤 한다. 그들은 복잡한 현상 가운데서 이루어지는 우리의 주관적인 경험은 현실과 다르다고 가정한 뒤 탐구를 시작해 결국 같은 결론(우리의 주관적인 경험은 현실과 다르다는 결론)에 도달한다. 하지만 도덕과 관련된 판단을 내릴 때처럼, 이런 경험은 언제나 주관적일 수밖에 없다('객관적', '주관적'이라는 표현을 쓰고는 있지만, 이렇게 명확하게 구분하는 건 실제로는 불가능하다. 이와 관련해 일부 신경 과학자들은 자신을 이런 문제의 심판관으로, 기계와 기구들을 사용해 객관적인 진리를 증명하는 사도로 여기는 것 같다. 하지만 내가 보기에 그들은 자기가 속한 분야의 고정관념을 맹목적으로 따르며, 자신의 역할에 도취한 것처럼 보인다. 다른 전문가들도 어느 정도 그런 경향이 있다. 하지만 신경 과학자들은 다른 전문가들보다 자신의 편견이나 오류 가능성을 인정하지 않으려 한다).

알렉시스 드 토크빌Alexis de Tocqueville은 당시 유럽에서 "진보라는 이름을 내걸고 인간을 순전히 물질적 존재로 격하시키려는 사람들"이 출현했다면서 말했다.

> 그들은 정의를 고려하지 않은 채 유용함만을 찾는다. 그들은 믿음을 제거한 학문을, 덕에서 벗어난 번영을 추구한다.[1]

그들은 자신을 "현대 문명의 승리자"로 묘사한다. 서구 사회에서는 이런 태도, 행동과학자들이 종종 취하는 태도, 환상을 떨쳐 내고 우리가 물질이라는 냉정한 사실을 드러내는 것이야말로 사회를 변혁하는 길이라는 태도가 오랫동안 힘을 발휘했다. 이러한 태도는 세대를 거듭하며 대담하게, 반박할 수 없는 진실을 드러낸 것도 사실이다. 하지만 시간이 지나면서 물리 과학은 (이를 어떻게 정의하든) 물질성이 매우 놀랍고, 기이함을 보여 주고 있다. 토크빌 시대의 "현대 문명의 승리자"들, 오늘날 그 후예들이 취하는 단순한 유물론은 이와 전혀 맞지 않으며, 실증주의자들이 주장하는 '객관성'에 커다란 의문을 제기한다. 이런 과학의 발견에도 불구하고, 그들이 딱히 자신들의 생각을 바꿀 의향은 없어 보이지만 말이다.

얼마 전 유럽의 한 신경 과학자는 우리가 '두려움'fear이라고 부르는 감정은 사실 뇌의 특정 부분에서 활성화된 신경 물질을 시냅스가 전달하는 과정일 뿐이라고 이야기했다. 이를 통해 그는 자아에 관한 신비는 풀렸다고, 자아란 환상에 불과하다고, 뇌를 찍으면 화면에 나오는 밝은 점 하나일 뿐이라고 말하는 것 같다. 이런

---

[1] Alexis de Tocqueville, *Democracy in America* (New York: Literary Classics of the United States, 2004), 13. 『미국의 민주주의』(한길사).

식으로 보자면, 내가 사자를 맞닥뜨렸을 때나 침팬지가 사자를 맞닥뜨렸을 때 나와 침팬지의 뇌에서 일어나는 반응은 같을 것이다. 그리고 과학자들은 이를 중요하게 여길 것이다. 그러나 나와 침팬지가 법원 출석 명령서를 받거나 해고통지서를 받았을 때 우리 둘의 반응, 나의 뇌와 침팬지의 뇌에서 일어나는 과정은 완전히 다를 것이다. 이는 인간의 감정이 문화, 사회, 그리고 이와 상호작용하는 자신의 경험과 얽혀 있음을 뜻한다. 달리 말하면, 인간의 감정은 인간이라는 존재의 특성에 영향을 받는다. 어떤 삶을 살아 왔는지에 따라 법원 출석 명령서를 받았을 때 각 사람의 반응도 크게 다를 것이다. 신경 과학은 두려움이 신체에 어떠한 물리적 효과를 일으키는지 그 과정을 알려 줄 수 있을지 모른다. 하지만 두려움은 한 사람의 기억, 연상, 정보(혹은 정보의 부재), 기질 그리고 그가 속한 환경이 맞물려 생리적으로 표현된 것이다. 감각으로서 두려움은 결과이기에 두려움 그 자체로 정의하기에는 무리가 있다. 누군가 두려움을 느낄 때 뇌에서 특정 뉴런이 활성화된다는 사실만으로는 그의 두려움을 온전히 설명하지 못한다. 아마 두려움의 기원은 뇌 전체에 퍼져 있을 것이며, 뇌를 찍었을 때 영상에는 어둡게만 나오는 부분 역시 두려움이 일어날 때 복잡한 작용을 할 것이다. 이 어두운 부분은 현재 우리가 가진 과학 도구로는 정신, 혹은 뇌의 활동을 온전히 이해할 수 없음을 암시하는 것인지도 모른다.

조나단 에드워즈는 감정이 우리의 몸과 밀접한 연관이 있음을 알았고, 누군가는 감정이 그저 몸의 반응일 뿐이라고 주장할 수 있다는 사실도 알았다. 그는 말했다.

어떤 감정이 일어날 때 우리 몸에서 변화가 일어난다고 해서, 이를테면 혈액 순환이 빨라진다거나 얼굴이 붉어진다고 해서 이를 감정의 본질로 볼 수는 없다. … 그것은 감정의 결과일 뿐이다. 사랑과 기쁨이 몸에 영향을 미치기 전에 이미 우리 정신에는 누군가를 사랑하게 되는 감각, 무언가로 인해 기뻐하게 되는 감각이 있다.[2]

여기서 에드워즈는 몸과 구별되는 혼, 즉 영이 감정을 느낄 수 있다고 주장한다. 두려움이란 뇌의 특정 시냅스가 발화하는 것이라는 신경 과학자의 이야기가 특정 문화의 가정 아래 이루어지는 것이듯, 그의 주장 역시 특정 종교, 문화의 가정 아래 이루어졌다. 신경 과학자들이 속한 문화, 현대의 특정 문화와 영역에서는 두려움을 느끼는 것은 '나'가 아니라 환경의 자극에 반응하는 작은 회백질이라고 여긴다. 그렇다면 과연 자아란 존재하는가? 오늘날 학계에서는 이를 두고 활발한 논쟁을 벌이고 있다.

의학은 아직 '생명'이 정확히 무엇인지 알지 못하며, 마찬가지로 '죽음'도 무엇인지 잘 알지 못한다. 그래서 둘을 구분하는 데 매우 신중하다. 하지만 생명이, 죽음이 무엇인지 제대로 설명하지 못한다고 해서 생명과 죽음의 존재를 의심하지는 않는다. 마찬가지로 신경 과학은 '정신'이나 '자아'가 무엇인지 알지 못한다. 하지만 의학과 달리 신경 과학은 '정신'과 '자아'가 무엇인지 모른다는 이

---

2 Jonathan Edwards, *A Treatise Concerning Religious Affections* (Edinburgh: Banner of Truth Trust, 1834, 1974), 1:242. 『신앙감정론』(부흥과개혁사).

유로, 그리고 이들을 배제한 이론을 정당화하기 위해 이들이 존재하지 않는다고 이야기한다. 그들은 '정신'이라는 중요한 개념을 제거함으로써 정신과 육체를 나누는 데카르트의 이분법을 버렸다.

*

나는 조나단 에드워즈를 실용주의자로 정의한다. 그가 인간에게 주어진 것을 매우 중시했기 때문이다. 우리는 엄밀하게 정의하지 않고도, 별다른 수식을 하지 않아도 사랑이 무엇인지 안다. 에드워즈는 바로 그 사랑을 그냥 쓴다. 물론 예수 이후 모든 그리스도교 윤리학자가 그랬듯 에드워즈 역시 사랑이 잘못된 대상(이른바 '세상의 것', 착취, 빈곤과 연루된 권력이나 부)을 향할 수 있음을 안다. 그래도 그는 사랑에 대해 말하고, 우리는 그 뜻을 이해한다. 물론 현대인들이 옛사람들보다 '사랑'을 엄밀하게 구별하지 않고 써서 그런지도 모른다. 하지만 꼭 그렇지도 않다. 창세기에서 늙고 약해진 이삭이 에사오(에서)가 사냥해 온 고기 요리를 "사랑"한다고 말할 때 그 원어는 신명기에서 모세가, 마음을 다하고 뜻을 다하고 힘을 다하여 주 당신들의 하느님을 "사랑"하라고 했을 때와 같은 단어다(물론 저 말은 우리가 실제로 사랑하는 것을 표현할 때와 마찬가지로 사랑의 관계, 사랑하는 자와 대상 사이에 있는 기억의 그물망 안에서 그 의미가 형성된다. 이삭이 에사오가 사냥한 고기 요리를 사랑했다는 말에는, 들판을 뛰어다니는 에사오의 삶, 작열하는 햇빛 가운데서 강인하게 살아가는 에사오에 관한 이삭의 기억과 마음이 연결되어 있을 것이다). 히브리어 성서에서는 구분하지 않은 사랑을, 라틴어 성서와 초기 영어는 하느님의 사랑과 인간의 사랑으로 나누어 번역했으며, 하느님의 사랑, 거룩한 사랑을 가리킬 때 (라틴어) '카리타스'caritas, 혹은 (영어로) '채리티'charity라는 말을 썼다. 불가타 성서는 에사오의 요리를 향한 이삭의 사랑을 아예 다르게 번역하기도 했다.

성서든, 현대 언어 용법에서든 언어는 인류의 경험을 반영한다. 사랑은 모호하고, 계속 그 모습이 바뀌며, 조각나 있다. 하지만 그렇다고 해서 우리는 사랑이 없다고 말하지 않는다. 사랑은 객관적으로 있다. 우리는 누군가 사랑하는 모습을 볼 수 있고, 누군가 사랑하는지, 아닌지를 판별할 수 있다. 어떤 이는 언어는 여러 사람의 주관적인 경험들이 축적되어 형성된, 암묵적인 합의를 반영한다고 말할지도 모른다. 물론 사람들이 사랑하는 대상은 각기 다르다. 무엇을 사랑으로 볼지에 대한 시선의 차이도 있고, 표현하는 능력에도 차이가 있다. 어떤 사람은 이웃과 낯선 사람보다 고양이나 개에게 애정을 더 쏟기도 한다. 그래도 우리는 사랑이 무엇인지 안다. 기쁨, 감사, 연민, 슬픔, 두려움도 마찬가지다.

두려움은 사랑보다는 다루기 쉬운 주제다. 환경과 더 직접적인 관련이 있기 때문이다(환경도 복잡하지만 말이다). 하지만 두려움이라는 본능은 어떤 자극을 받아 두려움을 표현하기 이전에 존재한다. 그리고 개인의 삶이라는 역사 안에서, 그가 속한 문화 안에서 두려움은 다양한 방식으로 촉발되고, 그 형태가 만들어진다. 이를테면 미국에서는 세상에 종말이 올까 두려워 무기와 금화, 말린 햄버거를 비축하고 지하 은신처에서 살아가는 사람들이 있다. 독특한 문화 속에서 일어난, 별난 모습이기는 하지만 그 이면에는 모두가 느끼는, 단순한 두려움이 있을 뿐이다. 원리상, 이들이 느끼는 두려움은 악몽을 꾸었을 때 느끼는 두려움, 치과 의자에 앉아 있을 때 느끼는 두려움과 다르지 않다. 그러한 상황에서 악몽은 체제를 전복하려는 세력이 자신의 뇌에 주입하는 것이라든지, 세계를 지배하고 있는 이들은 사실상 치과의사들이라는 데까지 생각이 이르면 왜 저 사람들이 지하 은신처에서 살아가는지 이해가 더 잘 될 것이다. 하지만 꼭 그렇게 이해하지 않더라도 우리는 두려움이 무엇인지, 두려움이 어떤 느낌인지, 우리의 생각을 어떻게 날카롭게 하고, 어떻게 왜곡하는지 알고 있다.

이 이야기의 반대편에는 주관적 경험에 대해 경험으로 검증할 수 없는 설명을 제시했다는 점에서 자신들의 견해가 객관적이라고 말하는 이들이 있다. 이런 입장에 선 이들은 (마치 특정 값을 입력하면 이를 수행하는 기계처럼) 감정이란 뇌의 특정 부분에서 일어나는 활동일 뿐이라는 주장과 그 의미를 받아들인다. 흥미로운 사실은 이들의 경험, 세계관이, 달리 말하면 이들의 주관성이 주장의 영향을 받는다는 것이다. 그러한 면에서 감정이나 주관적인 경험을 설명할 때 우리가 직접 느끼고 경험하는 바를 고려하지 않고 설명하는 방식은 이해가 되지 않는다. 이를테면, 당신에게 천 달러 지폐가 있다고 치자. 누군가 그 지폐를 가리켜 그저 종잇조각에 지나지 않는다고 말한다면, 당신은 그 말이 중요한 사실을 놓치고 있다고 생각할 것이다. 역사, 문화, 사회라는 맥락이 사라진다면 그 사람의 말이 사실일지도 모른다. 그러나 우리가 사는 세상에서는 그렇지 않다. 우리보다 뛰어난 영장류의 눈에는 그 지폐가 사탕 포장지와 다를 바 없어 보일지라도 말이다. 특정 숫자가 표시된 종이는 그 자체로 어떤 내재적 가치를 지니고 있지 않다(종말을 기다리며 지하실에 숨어 사는 이들은 그곳에서 이 난해한 문제에 대해 진지하게 고민하고 있을지도 모르겠다). 이 종잇조각이 가치를 갖게 되는 것은 그 종잇조각이 가치가 있다고 우리 사회가 합의했기 때문이다.

조나단 에드워즈는 하느님의 의도를 반영한다는 점에서 인간의 감정과 그 특성을 자의적인 현상으로 보았다. 그분이 인간을 창조하시며 다른 의도를 가지셨다면, 다른 피조물과 마찬가지로 우리도 완전히 달라졌을 것이다. 그리스도교 가르침에 따르면 하느님은 인간을 그분의 형상, 즉 그분의 속성을 닮도록 인간을 창조하셨다. 또한, 그리스도교 가르침에 따르면 하느님은 우리 한 사람 한 사람을 각기 다르게 창조하셨다. 그러한 면에서 우리가 이런 특성을 갖는 것도 자의적이다. 이 관점에서 인간 존재와 그 특성은 단순히 진화의 결과로, 이기심의 효과로 설명되지 않으며, 그 외 인간 존재 그 자체를 정당화할 수 있는 어떤 합리적 설명을 요구하지도 않는다. 이 영혼의 인간학은 우리가 동등하게 창조되었고, 하느님이 그런 우리에게 권리를 주셨다는 (문화, 정치에서 매우 중요한) 생각과 연결된다. 또한, 이는 인간에게 '주어진 것'을 다른 어떤 것에서 추론될 수 있는 것으로 여기기보다는, 그 자체로 복잡하고 신비로운 상태로 받아들이는 실용주의와 양립할 수 있다. "하느님이 세상을 이처럼 사랑하셔서"(요한 3:16), "하느님은 사랑이십니다"(1요한 4:16), "내가 너희를 사랑한 것 같이, 너희도 서로 사랑하여라"(요한 13:34)와 같은 표현들에 담긴 뜻을 (우리가 이를 잘못 실천하든지, 충분히 하지 못하든지 간에) 우리는 이해할 수 있다. 우리가 그 속성에 참여하고 있기 때문이다.

에드워즈는 인간의 본성이 하느님이 인간에게 기대하는 바를 반영하고 있다고 보았다. 성서는 인간을 향해 희망을 품으라고, 하느님을 경외하라고, 감사하라고, 다른 이를 긍휼히 여기라고 말한다. 우리는 이 모든 말을 삶에서 이룰 수 있고, 어떤 면에서는 하지 않을 수 없다. 성서는 온갖 정념, 감정, 이에 대한 묵상으로 가득 차 있다. 인간과 인간 사이, 하느님과 인간 사이에서 일어나는 모든 상호작용은, 근본적으로 내면의 경험에 기반하기 때문이다. 또한, 성서에 두려움, 외로움, 그리움, 후회(이 감정은 하느님으로부터 소외된 상태를 반영한 것일 수 있으며, 혹은 소외에 대한 두려움으로 해석할 수 있다)라는 감정을 발견할 수 있는 이유도 마찬가지다.

회의론자들은 이런 식의 사고를 일종의 신인동형론anthropo-morphism으로, 이해할 수 없는 우주를 이해하기 위해 인간의 속성을 신의 속성으로 투영하는 원시적인 사고로 여긴다. 그러나 회의론자들은 자신의 주장이 '사실'이라고 주장할 수 없다. 신자들도 그 반대를 증명할 수 없는 것처럼 말이다. 믿음은 주관적인 경험에서 권위를 얻는다. 그 경험은 단순히 자신이 만들어 낸 것이 아니라 자신을 넘어선 무언가가 그 경험을 가능하게 했고, 의미를 부여한다는 것을 감지한다. 불신도 마찬가지로 주관적인 경험에서 권위를 얻는다. 어느 쪽도 상대가 보기에 객관적인 증거를 내밀 수는 없다.

*

　조나단 에드워즈는 '애착', 즉 '감정'은 특정 인간과 별개로 존재한다고 보았다. 개인의 기질이나 상황에 따라 달라질 수 있지만, 그 자체로 존재한다는 것이다. 인간이 이 감정을 느끼고, 표현하고, 억압하고, 부정할 때 이 감정은 본질상 의미로 충만하다. 에드워즈는 우리가 우주의 미적, 도덕적 질서에 참여한다고 여겼고, 이 질서 역시 우리와 별도로 존재한다고 여겼다. 정신과 지각이 그러하듯 이 질서들은 전체 피조 세계에 깃들어 있다.

　윌리엄 제임스는 우리가 무언가를 알거나 안다고 생각할 때, 그것이 의미하는 바를 섣불리 추측해서는 안 된다고 현명하게 조언했다. 애착 또는 감정 혹은 내면의 삶에 제임스처럼, 실용주의자처럼 접근한다면, 이 문제가 혼란스럽고 복잡하다는 사실, 우리가 알고 있는 그대로 감정이 뇌의 활동과 얽혀 우리의 행동 동기가 되며 우리의 반응에 영향을 미칠 뿐 아니라, 우리가 태어나서 죽을 때까지 우리 안에서, 일종의 날씨처럼 끊임없이 변화한다는 사실 역시 받아들일 수 있을 것이다. 우리에게 친숙한 감정, 우리 자신과 같다고 여길 만큼 '나'와 가까운 감정을 순전히 뇌의 특정 부분이 반응하는 것으로 치부하는 것은 극단적인 해석이다. 그리고 여기에는 일정한 도구를 활용해 뇌의 일부 활동을 관찰함으로써 얻은 (이러한 표현이 적절하다면) 정보를 바탕으로 인간 경험 전체를 설명할 수 있다는 황당할 정도로 과장된 추정이 자리 잡고 있다.

　에드워즈는 경험에 비추어 확인할 수 있는 또 다른 가정을 하나 했다. 데카르트와 과거 수많은 사상가가 그랬듯 그는 우리가 감정과 관련해 순전히 수동적이지만은 않다고 보았다. 우리에게는 두 번째 자아가 있다고 생각했기 때문이다. 이 자아는 '나'를 두렵게 하는 것에 두려워하지 않기를 바라며, 삶의 가장 좋은 순간 마땅히 누릴 수 있는 기쁨을 누리지 못한 것을 아쉬워하고, 누군가에게 연민을 가져야 할 상황에서 무감각했던 것을 후회할 수 있게 해준다. 우리는 다양한 감정을 느끼는 와중에도, 동시에 그 감정에서 떨어져 나와 이에 대해 생각해 볼 수 있다. 왜 우리는 잘 모르는 사람이 자신을 헐뜯었다고 하루를, 나아가 일주일까지 망치는 걸까? 왜 우리는 긴장하거나 불안할 때 말을 많이 할까? 실패를 경계하고, 실패할 때 좌절하는 '나'에게 현대 의학은 약물과 치료법을 제공한다. 하지만 그 이전에, 나는 받아들일 수 없는 자극에 맞서는 또 다른 '나', 두 번째 자아를 감지하며, 그렇기에 우리는 다른 사람들이 내 진정한 모습은 알지 못한다고 느낀다.

그렇기에 에드워즈는 우리를 압도하는 하느님의 사랑과 내가 살아 있다는 사실에서 일어나는 넘치는 감사, 피조 세계에서 드러나는 신성한 아름다움과 황홀함, 이에 대한 경험을 이야기함과 동시에 이에 반대되는 삶, 돌이키지 않은 삶의 둔하고 빈약한 경험, 둘의 차이에 대해 청중에게 이야기할 수 있었다. 그는 사람들의 둔해지고 무뎌진 정신, 혹은 영혼을 끌어 올리려 노력했다. 반복해서 말하지만, 이를 위해 에드워즈는 특정 문화에서 쓰는 용어를 사용했다. 하지만 적어도 그의 이야기는 신경 과학의 개념으로는 설명할 수 없는 삶의 복잡성, 복잡한 경험을 인정했다.

우리가 살아가는 지구는 엄청나게 거대하고 거세게 물결치는 우주, 그 우주 속, 한 은하계의 가장자리에 있는 항성, 그 항성 주위를 돌고 있는 작은 행성에 불과하다. 그리고 에드워즈의 말을 빌리면 이 우주조차 거대한 체계 끝자락에 있는 작은 물방울일지도 모른다. 이렇게 거대한 우주에 비추어 보면, 우리는 얼마나 작고 보잘것없는 존재인가? 동시에 그럼에도 우리가 무엇이며, 무엇을 알 수 있고, 상상할 수 있다는 건 또 얼마나 경이로운 일인가? 에드워즈와 그가 속한 그리스도교 전통은 우리가 이런 놀라운 세계를 보고 경이로워하도록 창조되었다고 믿는다. 하지만 현실에서 우리는 그리 중요하지 않은 사소한 문제에 집착하고 매인다. 에드워즈는 이를 두고 '타락'이라고 불렀다. '타락'은 우리가 실제로 놓인 상황(우리가 놀라운 우주의 일부라는 것)과 우리가 인식하는 상황(사소한 것들에 대한 기괴한 집착) 사이의 차이를 보여 준다.

물방울 은유가 보여 주듯 신학자들은 물리학자들이 우주의 본성과 범위를 확인하고 탐구하기 전에 이 우주가 얼마나 거대하고 놀라운지 말하곤 했다. 또한, 그들은 우주가 거대한 도덕 구조를 갖고 있다고 믿었다. 신학자들은 세계에는 선과 악이 있으며, 오직 인간만 독특하게 선하게 될 수도, 악하게 될 수도 있다고 믿었다. 그들은 하늘 너머에 또 다른 하늘이 있다고 믿을 만큼 우주가 거대하다고 생각했다. 하지만 그들에게 정말로 중요한 건 이 도덕 구조였다. 신학자들은 도덕 구조로 세상의 모든 것을 이해하고 판단했다. 누군가 인간이 배고픈 사람에게 먹을 것을 주고, 옷 없는 이에게 옷을 주고, 목마른 이에게 물을 주고, 칼을 쳐서 쟁기를 만든다면, 바로 이 도덕 구조에 대한 올바른 직관에서 나온 것이라 할 수 있다. 실제로 이런 일이 일어난다면 지구는 오래오래 살기 좋은 곳이 될 것이다. 현대인들은 이런 가르침을 듣기 좋은 말, 허황한 종교 이야기로만 여긴다. 하지만 이런 이야기들 안에는 중요한 진실이 담겨 있다. 우리가 신학이 표현한 세계를 현실과 동떨어진 아름다운 시나 허황한 종교 이야기로 치부하지 않았다면, 우리가 처음 듣는 것처럼 그 이야기를 새롭게 들을 줄 알았다면, 세계의 실상을 삭막한 전쟁과 재앙이 아니라, 평화와 풍요로 보았을 것이다. 더욱 건강한 기초 위에서 현실을 바라볼 수 있었을 것이다. 역사는 과학이 보여 줄 수 있는 것보다 더 많은 증거로 부정할 수 없는 실상을 보여 준다.

지구 말고 다른 곳에도 의식을 지닌 생명체가 있는지 없는지는 알 수 없다. 하지만 적어도 인간이 사라진다면, 이 우주는 엄청나게 중요한 무언가를 잃게 될 것이라고, 그만큼 인간은 희귀하고 특별하다고 생각할 만한 근거는 있다. 작은 벌레 한 마리는 큰 별보다 더 복잡하다. 생명체라는 것은 우주의 역사에서 비교적 최근에 생겼고, 우리가 아는 한 지구라는 곳에만 있는 것 같다. 그런데 이 생명체가 완전히 사라진다면, 그 변화를 과연 어떻게 측정할 수 있을까? 별들이 소멸한다 해도 우주의 본성은 크게 변하지 않는 것처럼 보인다. 하지만 그런 수많은 별 사이에 사과나무가 자라고 노래가 들리는 행성이 단 하나 존재한다면, 그 행성은 정말 특별하고 중요할 수밖에 없다.

성서에 나오는 값진 진주 한 알의 비유는 한 사람의 전 재산과

진주 한 알의 교환가치가 동등하다고 상상할 수 있기에 이 대목에서 언급하는 게 적절하지 않을지도 모른다. 하지만 이 이상한 행성이 값진 진주 한 알이라면 이와 동등한 가치를 지닌 건 무엇일까? 생명이 있는 것과 없는 것 사이에는 무한한 질적 차이가 있다. 우주에 한계가 없고 별이 셀 수 없이 많고 그 별이 제각각 아무리 호화롭고 휘황찬란하더라도 거기에 생명이 없다면 공허할 것이다. 이런 이야기를 하면, 누군가는 내가 생태계를 지키자는 이야기를 한다고 볼 수도 있을 것이다. 하지만 내가 하고픈 말은 좀 다른 것이다. 우리가 보듯 생명이라는 것이 특별하다면, 그리고 이런 생명현상이 (현재까지 우리가 아는 바에 따르면) 지구에서만 일어난다면, 인간은 단연 돋보이는 존재라 할 수 있다. 인간은 다른 행성과 지구의 무한한 질적 차이를 지울 수 있고(생명을 파괴할 수 있고), 그렇게 함으로써 우주에 무한한 질적 변화를 일으킬 수 있는 힘을 지니고 있기 때문이다. 객관적으로 보면, 생명이 소멸할 때 우주가 어떻게 변화하는지 우리는 답할 수 없다. 앞에서 언급했지만, 생명이 있는 것과 없는 것의 차이를 헤아릴 수 없기 때문이다. 무언가를 비교하기 위해서는 규모를 가늠할 수 있어야 하지만, 여기서는 그런 비교 자체가 불가능하다. 이러한 관점에서 보면, 그리스도교에서 전하는 가르침, 도덕 구조가 이 우주와 세계에서 매우 중요하며 어떤 면에서는 공간과 시간, 중력, 물질과 힘보다도 중요한 현실의 요소라는 주장은 결코 허풍이 아니며 설득력이 있다.

이 모든 이야기는 우리에게 '주어진 것'을, 이에 관한 실용주의 관점을, 조나단 에드워즈가 창조주께서 자신의 뜻을 따라 이 세계를 창조했다는 이야기를 다시 주목하게 한다. 우리는 우리가 알 수 있는 것만 안다. 우리가 활용할 수 있는 방법을 통해, 알 수 있는 만큼만 안다. 물론 물리 세계는 우리가 할 수 있는 방식과는 다른 방식으로도 접근할 수 있고 알 수도 있을 것이다. 우리가 지닌 도구는 우리의 인식을 확장하고, 가다듬으며, 우리가 생각해 낸 질문들에 답하기 위해 쓰인다. 그렇게 해서 얻은 성과는 우리 눈에 대단해 보일 수 있다. 하지만 모든 것을 아는 관찰자가 있다면, 그의 눈에는 우리가 그저 우리가 만든 작고 촘촘한 그물에 얽혀 있는 것처럼 보일 수 있다. 그리고 실제로 우리는 문화, 정치, 민족, 직업, 가족 등에 얽혀 있으며, 그 안에서 일정한 지위에 오르려 하고, 명예를 추구하며, 관습을 따르고, 나름대로 경건한 삶을 살려 한다. 이러한 모습을 우리는 당연하다고 여기고, 불가피하다고 생각하지만, 다른 누군가가 이 그물 밖에서 본다면 지극히 자의적인 것처럼 보일 수 있고 실제로 그렇다(그리고 밖에서 본 누군가의 시점도 자의적이다).

우리는 현실을 이해하기 위해 우리만의 방식으로 모형을 만든다. 이 모형은 우리에게 '주어진 것'들로 우리가 구성한 것이다. 그렇게 구성된 모형은 다시금 우리의 정신과 삶에 깊은 영향을 미친다. 이를테면 성별과 인종은 그 의미를 정확히 정의하기 어렵지만, 현실에서는 커다란 영향을 미친다. 모든 사회 질서, 문화에서는 이런 개념들이 다양한 방식으로 작동하고 있다.

조나단 에드워즈는 원죄 교리를 옹호하며 피조 세계의 자의적 특성에 대해 세밀한 논의를 펼친 바 있다. 그에 따르면 세계는 그 자체에 들어 있는 질서를 따라 만들어진 게 아니라 창조주 하느님의 의도를 반영하도록 구성되었다. 그렇기에 에드워즈는 자연계와 질서, 계시의 아름다움, 선과 악의 도덕적 경합에 대해 말할 수 있었으며 이질적인 요소들이 얽혀 현실이 구성된다는 사실에 전혀 당황하지 않았다. 종교개혁 이전 그리스도교 신학은 아리스토텔레스와 프톨레마이오스에게 영향을 받아 모든 존재를 하나의 체계로 파악하려는 경향이 있었다. 객관적인 우주의 질서가 아니라 인간의 의식 현상을 현실의 중심에 놓았다는 점에서 에드워즈는 칼뱅에 빚을 지고 있다. 칼뱅은 존재론 모형에 의존하지 않았기 때문에 당시 격렬한 논쟁으로 타올랐던 코페르니쿠스 가설에 불가지론의 입장을 취할 수 있었다. 에드워즈는 당시 뉴턴 과학에 대해 매우 잘 알고 있었지만, (존 로크John Locke가 그랬듯) 이를 닫힌 체계, 정해진 물리 특성이나 법칙으로 만물을 완전히 설명할 수 있는 체계로 보지는 않았다.

오늘날 세계에서 주류를 이루고 있는 실증주의 과학은 모든 지식을 하나의 설명 방식으로 통합하려 한다는 점에서 종교개혁 이전의 신학과 닮았다. 다만 실증주의 과학에서는 신이 '주어진 것'이 아닐 뿐이다. 그래서 (종교개혁 이전의 주류 신학이었던) 토마스주의 체계에서는 우리를 둘러싼 현실의 요소들이 하느님이라는 기원과 연결되어 있다고 보았으나, 새로운 체계는 더는 이런 생각을 받아들이지 않는다. 에드워즈가 중시했던 인간의 애착, 감정은 실증주의 과학자들에게는 이상 현상이나 망상에 불과하다. 흥미롭게도, 인간이 사랑하는 모습, 다른 누군가에게 연민을 보이는 게 아니라 다른 동물이 사랑하는 것처럼 보이는 모습, 연민과 유사한 모습을 보이면 과학자들은 이를 '모든 동물은 감정을 지니고 있다'는 명제의 근거로 삼는다. 어쩌면, 그들은 다른 동물의 사례를 더 중시하는 것 같기도 하다. 실증주의 과학자들은 유독 인간에게 강한 회의론을 보이며 인간의 경험 사례는 그저 개인의 경험일 뿐이거나 해석의 여지가 있다고 여기는 경향이 있다.

여기에는 매우 완고한 선택과 배제의 원리가 흐르고 있다. 이 원리는 완고하기에 합리적으로 보이기도 한다. 물론 모든 걸 하느님의 뜻으로 설명하는 방식도 마찬가지 문제가 있다. 게다가 그런 설명 방식은 칼뱅과 그가 속한 전통에서 중시했던 인간의 지식 습득 능력과 문제 해결을 무시하는 것이기도 하다. 그러나 실증주의에 기반을 둔 현실 모형은 인간성 자체를 '주어진 것'으로 여기지 않는다. 실증주의자들은 유신론을 배제하는 것만큼이나 완고하게 우리의 경험, 우리가 스스로 우리에 대해 보고하는 것을 배제한다. 그들은 이렇게 해야 객관성을 담보할 수 있다고 말하지만, 이런 태도는 진정한 객관성을 가로막을 위험이 있다.

윌리엄 제임스는 어떤 생각이 있다면 실제 세계에서 검증해 보아야 한다고 제안했다. 이때 '실제 세계'란 일상에서 쓰이는 실제 세계보다 더 웅장하고 중대한, 기회의 무대다. 이를테면 핵폭탄을 보유한 국가의 지도자가 다른 국가가 자기 국가를 공격할까 두려워 선제공격을 감행했다고 해보자. 이 결정의 배경에는 두 국가 사이에 있었던 오랜 역사, 핵폭탄이 만들어지기까지의 인류사, 그리고 수십 년 동안 형성된 지도자의 삶이 있다. 핵폭탄으로 선제공격을 하기로 결단한 지도자가 미친 사람이며 그 선택 역시 정신 나간 선택이라 할지라도, 이는 어떤 면에서 인류가 오랫동안 그 바탕을 조성해 왔다고 할 수 있다. 그런 일이 실제로 일어났을 때 지도자 뇌의 특정 영역이 활성화되었다고 설명하는 건 그다지 중요하지 않은 설명일 뿐 아니라 실소가 나올 정도로 사태를 왜곡하는 설명일 것이다. 그런데도 몇몇 과학자들은 인간을, 그리고 세계를 그렇게 단순하게 보는 생각을 현실로, 진리로 받아들이라고 말한다. 이들의 생각을 정말 진지하게 받아들이면 우리는 무언가를 향해 '소중하다', '비극적이다', '획기적이다'라는 표현을 쓸 수 없다. 하지만 우리 인간이 얼어붙고 불타오르기를 반복하는 우주라는 폭풍 한가운데서 기이하기 그지없게 꽃과 잎을 피우는 지구라는 정원에 커다란 영향을 미치고 있는 것은 분명한 사실이다. 설령 창조주가 우리 인간에게 지구를 맡기지 않았다 해도, 이 작은 행성을 우리는 돌보아야 한다.

역사책을 읽어 본 독자라면 알겠지만, 세계에 우리 인간이 미치는 영향은 크고, 일관되어서 인간 본성에 대한 '객관적 설명'에서 제외할 수 없다. 우리가 어떤 존재인지 설명하기 위해서는 인간이 세계에 미치는 영향을 반드시 포함해야 한다. 이는 '객관성'을 빌미로 인간에 대한 무지를 과학이라고 부르는 오늘날 매우 중요한 과제라 할 수 있다. 그리고 이 같은 맥락에서 창세기 이야기는 인류의 오랜 지혜와 경험을 담고 있다 해도 과언은 아니다. 이 이야기는 우리 현대인들에게는 낯선 방식으로 우리의 분열된 자아에 관해 진술한다. 그리고 창세기 이야기는 우리가 자연의 평범한 참여자가 아니며, 우리의 범죄가 아무리 사소해 보여도 그 영향은 심대하다고 말한다. 언젠가 에드워즈는 하느님은 자유 가운데 아담의 죄를 모든 인간에게, 온 세대에게 전가할 수 있으며, 동시에 그분은 홀로 모든 존재를 창조하시고 유지하는 분이시기에 당신의 뜻을 따라 그러한 현실을 재창조하실 수 있다고 말한 바 있다. 내게 이 말은 우리가 개인으로서나 집단으로서나 아담이라는 이야기를 길게, 돌려서 한 것처럼 보인다. 그리고 놀랍도록 빛나고 그만큼 어두운 우리 행동의 원인은 다름 아닌 우리의 인간성에서 찾아야 한다는 이야기로 들린다. 우리 인간은 다른 동물과는 전혀 다른 편견을 지니고 있고, 전혀 다른 오류와 잘못을 저지른다. 그것은 우리가 인간이기 때문이다. 이를 진지하게 받아들인다면, 우리는 겸손함을 지니고 서로를 용서하는 데 더 마음을 열 수 있을 것이다.

*

나는 에드워즈를 포함해 그 어떤 '칼뱅주의자'보다 칼뱅을 존경한다. 에드워즈가 원죄 교리를 옹호하며 개진한 주장은 신학보다는 존재론의 차원에서 설득력이 있다. 물론 이 존재론은 에드워즈의 독창적인 존재론은 아니다. 하지만 내게 이 이론은 뜻밖의 선물 같았다. 수년 전 그의 글을 접하고 나서 나는 원죄 교리나 예정론보다도 더 닫혀 있는 결정론, 기계론을 품고 있던 실증주의에서 완전히 벗어날 수 있었다. 그리고 원죄 교리는 내가 누군가를 비난하고자 하는 충동이 들 때 이를 절제할 수 있게 해 주는, 인간사의 심오하고도 복잡한 측면을 보여 주는 현실주의로, 예정론은 언뜻 보기에는 결정론처럼 보이지만, 그보다는 시간과 인과율이 빚어내는 신비를 가리키는 이론으로 다가왔다. '사람은 자기가 한 행동에 정확히 상응하는 결과를 받아야 한다'는 생각처럼 단순하고 거친 도덕률은 없다. 그리고 보상이든, 처벌이든 그 결과가 영원히 이어진다는 생각은 더더욱 그러하다. 실제 삶은 그리 단순하지 않다. 한 사람의 행동을 판단할 때는 여러 가지를 함께 고려해 보아야 한다.

성서에 나오는 '탕자의 비유'를 생각해 보라. 탕자에게 선한 면모는 전혀 보이지 않는다. 하지만 그런 그가 맞이할 운명은 환대와 포용이다. 탕자를 심판하는 이가 탕자의 아버지이기 때문이다. 인과응보에 친숙한 사람들은 이 비유를 썩 좋아하지 않을지도 모른다. 하지만 탕자가 문전박대를 당했다면 이 비유가 머금고 있는 위엄은 사라졌을 것이다.

수많은 논쟁을 거치며, 그리고 사람들의 무지로 인해 원죄 교리와 예정론은 희화화되었다. 하지만 이 교리는 청교도가 벌인 일탈의 산물이 아니라 (로마 가톨릭이든, 개신교든) 서방 그리스도교 신학이 품은 보편적인 교리였다.

*

오늘날 많은 사람이 종교와 멀어지고 있고, 심지어는 종교인조차 그러하다. 경험보다 정보를, 역사보다 논리를 중시하는 경향 때문이다. 신자들은 종교가 머금고 있는 생각을 설명할 언어를 잃어버렸기에, 좀 더 일반적인 언어로 말하자면 시간에 매인 자아의 심연, 고독함을 살필 수 있는 언어를 잃어버렸기에 혼란스러워하고 있다. 현대 사회를 지배하는 현실 모형은 원칙적으로 종교 언어를 배제하고, 자신의 제한된 관점으로 만물, 모든 일을 설명할 수 있다는 자신감에 넘쳐 개인의 경험을 무시한다. 이러한 가운데 신자들의 혼란은 가중되고 더 의기소침해진다. 조금만 더 깊이 생각할 수 있다면 그런 일은 일어나지 않을 수도 있을 텐데 말이다. 물론 종교인, 그리스도교인만 경험에서 의미를 끌어내지는 않는다. 하지만 의미를 상실해 혼란스러워하는 시대에 대한 책임은 다른 누구보다 그리스도교인에게 있다. 그리스도교인은 영혼이라는 개념을 받아들이고, 영혼을 소중하게 가꾸어야 한다는 믿음을 지니고 있기 때문이다. 성령의 인도 대신 시대의 흐름에 휘말린다면, 그 책임은 이를 믿는 이들에게 있다. 그리고 그로 인해 어떤 상실감을, 피폐함을 느낀다면 왜 그렇게 되었는지 생각해 보아야 한다.

실증주의 과학처럼 단순한 진리를 주장하는 근본주의는 실증주의와 화해하려는 종교적 사고보다 훨씬 더 빈곤하다. 오래된 종교 문헌에 기대어 우주의 기원을 과학적으로 설명하려는 시도에는 많은 문제가 있다. 이런 본문을 신성시하는 사람들은 이를 해석할 때 겸손해야 한다. 우리 눈에 보이지 않는 차원에 관한 과학자들의 논의나 우주 팽창 같은 이론은 의도하지 않았다 하더라도 사람들에게 경외심을 불러일으키며 시간과 공간을 매우 좁게 보는 근본주의자들의 현실 모형보다 낫다. 그런 좁은 모형은 하느님이 신비 가운데 활동하실 여지, 그분의 자유를 인정하지 않는다. 욥기의 표현을 빌리면 '그분이 땅의 기초를 놓을 때 그들은 어디에 있었나? 경험과 실험을 통해 얻은 자료에 비추어 무언가 예측해 보기 위해서는 언제나 무언가를 전제해야 한다. 조나단 에드워즈는 말했다.

> 우리가 살아가는 세계는 언어가 처음 발생했을 때보다 훨씬 더 복잡하기에 언어를 사용해 세계를 설명할 때 극도로 주의를 기울여야 한다. 그렇지 않으면 말할 수 없거나 말해도 이해하기 어렵거나, 모순에 빠지게 된다. 이러한 상황에서 모든 존재 중 가장 고귀하고 드높은 존재, 하느님이라는 신비에 관한 논의들이 모순처럼 보이는 건 전혀 이상한 일이 아니다.[3]

우리에게 주어진 시간이란 실로 위대하다. 모든 좋은 일, 나쁜 일이 시간의 흐름 가운데 일어난다. 시간은 변화를 가능하게 하기도 하며, 변화를 피할 수 없게 하기도 하고, 그러한 가운데서도 무언가를 유지한다. 우리가 하는 모든 행동, 모든 생각, 혼란스러운 일들, 일관된 일들, 이 모든 건 시간 속에서 일어난다. 그런데 흥미로운 건, 이렇게나 중요한 시간이 정확히 무엇인지 아는 사람이 아무도 없다는 것이다. 우리는 시간이 우주와 함께 시작되었는지, 우주보다 더 오래된 어떤 체계의 일부인지 정확히 알지 못한다. 시간은 모든 존재, 앞으로 있을 모든 존재에 자신을 내준다. 시간이 존재를 차별하는 일은 없다. 하지만 시간은 중립적이지도 수동적이지도 않다. 시간은 우리의 생각을 바꾸고, 뒤집고, 왜곡하고, 강화하

---

[3] 위의 책, 1: ccxxi.

고, 새롭게 조합한다. 그러한 면에서 시간은 움직임과 변화를 허용하는 공간, 변화를 일으키는 액체처럼 보일 수 있다. 하지만 이러한 은유조차 시간을 온전히 담아내기에는 불충분하다. 그만큼 시간은 특별하다. 누군가는 시간을 우주의 커다란 시계가 일으키는 운동으로 볼 수 있다. 누군가는 일종의 양자 현상으로 볼 수도 있다. 우리가 살아가는 '현재'는 과거, 미래와 구분되면서 둘을 향해 열려 있는, 매우 얇고 구멍이 숭숭 뚫린 막처럼 보일 수 있다. 그러나 이러한 생각은 매 순간이 다를 수 있다는 사실, 그 다름이 우리의 시간 경험을 변화시킨다는 사실을 간과한다. 무언가에 놀라워할 때, 위협을 느낄 때, 어떤 통찰을 얻게 될 때 우리는 하나의 '순간'이 생각보다 훨씬 더 넓으며, 변화를 일으킬 수 있는 잠재성을 지니고 있음을 깨닫는다. 그리고 우리 모두가 맞이하는 사건, 어떤 면에서는 가장 예측 가능한 사건인 죽음과는 다른 방식으로 시간이 우리를 지배하고 있음을 깨닫는다.

이 모든 이야기는 우리 삶의 기본 조건이 언제나 그랬듯 여전히 신비라는 말이다. 언젠가 과학은 시간에 대해 중요한 이야기를 할 수 있을지도 모른다. 하지만 내가 과학자도, 수학자도 아니어서 그런지 그게 어떤 모습일지는 상상할 수 없다. 최신 과학 서적들, 유전자가 어떻게 작동하는지를 다룬 책이나 양자 현상을 다룬 책들을 읽어 보면 과학 이론보다는 동화나 환상 소설 이야기처럼 보일 때가 많다. 이 이론들이 우리가 오랫동안 '과학'이라고 여겨 온 친숙한 방식으로는 이해하기 어렵기 때문이다. 우리의 유전자는 실로 펜 구슬처럼 고정되어 있지 않다. 물리 세계 역시 단순하지 않고 견고하지도 않다. 유사한 맥락에서 어떤 말이 의미 있다고 해서 반드시 참됨 여부를 '증명'할 수 있는 건 아니다. 또한, 어떤 말이 특정 기준을 충족하지 못한다고 해서, 어떤 방향으로 기울어져 있다고 해서 무의미해지는 것도 아니다.

우리가 경험하는 세계는 우리에게 '주어진 것'이다. 이 세계에는 분명 일정한 규칙이 작동하는 측면이 있어서 우리는 가설을 세울 수 있고, 부분적으로나마 예측할 수 있고, 지금은 모른다 할지라도 나중에 돌이켜보았을 때 원인과 결과라는 틀로 이해할 수 있다. 하지만 동시에 우리에게 '주어진' 이 세계는, 심오한 의미에서 '창발적'emergent이다. 우리 몸속 유전자는 스스로 정교하게 사고한다. '나'의 기억, 편견, 기분과 관련된 자료, 우리 몸에 있는 수많은 정보를 수집하고 검토하고 반성하며 자신의 아주 작은 목표를 이루어 낸다. 이 과정 대부분을 우리는 의식하지 못할 뿐 아니라 표현하기도 힘들다. 그러한 면에서 인간이 특별한 이유는 우리 자신도 거의 알지 못하는 정신이 스스로와 협상을 벌인다는 데 있다. 언젠가 W. B. 예이츠W.B. Yeats는 이를 두고 "시냇물 위에서 소금쟁이가 움직이듯 정신은 침묵 위에서 움직인다"고 노래한 바 있다.

"어딘가로부터 나타난다는" 뜻을 지닌 "창발"이라는 말은 어떤 원천을 전제한다. "창발"은 신비로운 현상이다. 하나의 입자가 팽창해 우주가 되었다면, 무엇이 이를 추동했을까? 그 입자는 지금까지 있었고, 지금도 있고, 앞으로도 있을 모든 것을 품고 있었을까? 내 언어는 여기서 논의하는 것을 담기에 너무 설피다.

내가 말하고픈 건, 우리가 늘 서 있는 이 경계선, 즉 현재와 미래가 만나는 이 지점 말고도 다른 경계선들이 있다는 것이다. 일부 과학자들의 문제는 우리가 아는 일부만을 가지고 현실 전체를 추정하려는 데 있다. 그들은 우리가 살아가고, 움직이고, 존재하는 이 우주의 거대한 구조와 미세한 부분들, 이들에 대해 우리가 경험하고 알고 있는 부분들조차 배제한 채 자의적으로 제한하고 축소한 현실 모형을 가지고 현실을 재단하려 한다. 이는 오류이며 무책임한 일이다. 이 우주와 소우주는 너무나도 찬란하며 너무나도 기묘하다. 그렇기에 이 현실을 좀 더 온전히 이해하기 위해서는 어떤 경이로운 일도 일어날 수 없다고 섣불리 단정해서는 안 된다. 특히 이 세계 곳곳에서 탁월하고 독특한 이들이 그 존재를 증언하는 것들, 이를테면 인간의 자아나 정신을 배제해서는 안 된다.

자아, 정신, 물질과 같은 존재의 요소들을 이야기한 이유는 우리가 바로 그것들로 이루어졌기 때문이다. 우리가 우리에게 '주어진 것'들을 바탕으로 경험하고, 알게 되는 세계보다 일부 과학자들이 그리는 세계가 더 작다면, 그건 그들이 그보다 더 낮은 수준의 법칙을 가지고 세계를 재단했기 때문이다. 이는 우리가 지금 세계에 대해, 우주에 대해 알고 있는 가장 기본적인 지식을 무시할 때만 가능하며 합리적으로 보인다. 하지만 이 지식은 언제나 저항을 받기 마련이다. 우리의 존재 자체가 그런 단순화에 저항하기 때문이다.

제6장

각성

미국 정부와 사회의 핵심 원칙 중 하나는 교회와 국가가 분리되어야 한다는 것이다. 물론 미국의 다른 핵심 원칙도 그러하듯, 우리는 이 원칙의 의미에 대해 끊임없이 논쟁한다. 18세기 영국과 유럽에는 국교를 따르지 않는 사람의 시민권을 제한하는 법이 있었다. 이와 달리 미국은 특정 교파를 국교로 삼지 않고 공적 임무 수행 자격 조건으로 특정 종교를 믿어야 한다고 강제하지 않았다. 유럽과 영국의 국교회는 국가의 지원을 받았다. 미국의 경우 여러 교파가 세금 면제라는 혜택을 받기는 했지만, 그와 같은 재정 지원은 없었다. 이런 면에서 미국에서 정교분리는 별다른 문제가 없어 보인다. 하지만 실제 미국에서는 다른 어떤 사회보다 종교 생활과 공적 생활이 복잡하게 얽혀 있다. 인구 중 대다수 사람은 그리스도교인이고, 그들을 포함해 다른 사람도 가치관과 정체성을 형

성할 때 그리스도교 문화의 영향을 받는다. 정부가 대중 앞에 섰을
때 형식으로라도 그리스도교 격식을 갖추는 모습을 보면 이를 쉽
게 알 수 있다.

여러 이유로 지난 몇십 년 동안 정치와 종교의 유대는 손상되
기 시작했다(물론 이런 일이 새로운 일은 아니다). 자신을 교회라 여기
는 세력, 운동은 국가를 '세속 국가'라고 부르기 시작했다. 애초에
신앙의 자유를 보호하기 위해 만든 정교분리를 세속 국가가 교회
에 세속주의를 강요하는 것으로 보기 시작한 것이다. 그들은 도덕
상 불순하다는 시선으로 혐오감을 잔뜩 품은 채 (지방정부든 중앙정
부든) 정부를 바라보고, 공공 영역에 자신들의 존재감을 드러내며
공적 생활을 간섭하거나 훼방을 놓는다. 한편, 이들을 막는 세력
도 있다. 이 세력에 속한 이들은 종종 자신을 '종교를 경멸하는 세
속주의자'로 정의한다(이때 종교란 자신들이 '참된 종교'라고 소리치고 다
니는 꼴 보기 싫은 그리스도교 집단과 동일시된다). 이는 교회와 국가 모
두에게 좋지 않은 일이다. 정신과 문화의 분리는 상호 간 깊은 적
대를 낳기 쉽다. 다시 한번 말하지만, 이러한 현상은 예전에도 있
었다. 하지만 과거에도 이런 일이 있었다는 점을 위안으로 받아들
여야 할지 경고로 받아들여야 할지는 모르겠다. 어느 쪽이든 최근
우리는 "아주 작은 불이 굉장히 큰 숲을" 태울 수 있음을 실감하고
있다. 야고보의 편지 말대로 "혀는 불이다"(야고 3:6).

미국의 역사는 그리 오래되지는 않았지만, 어떤 흐름이 반복되
어 나타나는지를 확인해 볼 수 있을 정도는 된다. 에이브러햄 링컨
Abraham Lincoln과 가깝고 신의가 두터웠던 친구, 오언 러브조이Owen

Lovejoy는 회중교회 목사였고 열정적으로 노예제를 반대했다. 1842년 그는 관습화된 정교분리를 개탄하는 설교를 했다. 이때 그는 사무엘하를 본문으로 삼았다.

> 사람을 다스리는 자는 하느님을 두려워하면서 다스리는 정의로
> 운 사람이어야 한다. (2사무 23:3)

러브조이는 말했다.

> 이 나라에 있는 모든 개인, 특히 유권자는 제정된 법과 그 법의
> 집행 방식에 책임을 져야 합니다.[1]

그는 공화국에서 영향력을 행사할 수 있는 모든 사람은 남자든 여자든 권력을 지닌 통치자로서 하느님의 심판 아래 있다고 보았다. '하느님 앞에서 우리는 시민으로서 책임을 져야 한다'는 생각은 정확히 같은 말로 표현하지는 않더라도 미국 대다수 사람이 공유하고 있다. 러브조이가 탈주 노예 처우 정책에 영향을 줄 수 있는 일리노이 선거 하루 전에 이런 설교를 한 것은 올바른 선택으로 보인다. 각 시민에게 책임이 있고 그것이 중대한 가치를 지니고 있다는 이야기를 반박할 사람은 없다. 하지만 무엇이 옳고, 최선일지를 두고 논쟁할 때, 정말 중요한 문제를 두고 논의할 때 이렇게 강한 종

---

[1] Owen Lovejoy, 'Sermon on Religion and Politics, July 21, 1842', *His Brother's Blood: Speeches and Writings, 1838-64* (Champaign: University of Illinois Press, 2004), 36.

교적 표현을 쓰면 대화가 어려워지는 것도 사실이다. 누군가는 하느님을 경외하기에 가난한 사람들이나 차별받는 이들의 이익을 거스르는 투표를 절대 하지 않을 것이다. 다른 누군가는 하느님을 경외하기에 가난한 이들이 언제나 자기 주변에 있다는 현실을 별다른 변혁의 욕구 없이 받아들이며 그보다는 동성결혼을 반대할 것이다. 러브조이가 제시한 높은 수준의 책임 의식은 정치 영역에서 각 입장의 차이를 다루기 어렵게 만드는 면이 있다.

미리 말하자면, 이 문제를 어떻게 해결할 수 있는지 잘 모르겠다. 나는 (굳이 표현하면) '진보적인' 사회 정책을 지지하며 그러한 지지가 내 신앙과 무관하다고 보지 않기에, 이 부분에 있어 다른 누군가와 타협하려는 마음이 없다. 나는 이 나라가 (위대한 예언자 이사야가 경고했듯) 계속 "가난한 사람들의 얼굴을 마치 맷돌질하듯 짓뭉"(이사 3:15)개면 하느님의 심판이 있을지도 모른다고 생각한다. 이런 내 생각을 누군가 빨갱이나 할 법한 생각이라고, 그리스도교인답지 않은 생각이라고 한다면 내 기분은 그리 좋지 않을 것이다. 내 입장과 정반대 편에 있는 사람들은 다른 성서 구절을 되새기며 자신의 정치적 입장을 옹호할 것임을, 그리고 그런 이들을 향해서도 누군가는 또 다른 비난을 할 것임을 나는 안다. 하지만 이 사실이 별다른 위안이 되지는 않는다.

민주주의와 신앙에 바탕을 둔 생각이 만나 형성되는 태도와 입장은 우리 사회를 안정되게 할까? 아니면 더 불안정하게 할까? 이런 방식은 좋은 것일까? 나쁜 것일까? 이런 질문들은, 어떤 면에서 별다른 도움이 되지 못한다. 이런 태도는 이미 우리 문화에 깊게 뿌리내리고 있고, 마치 목성의 대적반처럼 계속해서 맹렬하게 소용돌이치는 폭풍을 일으키기 때문이다. 이 상황에서 어떤 균형이 이루어진다면, 그 균형은 서로 다른 의견을 지닌 사람들이 자유롭게 자기 생각을 표현하고, 그 표현들이 서로 긴장하고, 충돌하는 가운데 형성될 것이다. 그래서 나는 나와 다른 입장을 공평하게 다루려고 애쓰기보다는 나 자신의 입장을 벼리고 숙고하려 애쓴다.

*

미국의 역사에서는 세 번의 대각성이 있었다. 첫 번째 대각성은 18세기 후반 중부 식민지에서, 두 번째 대각성은 19세기 초반 북동부 주에서, 세 번째 대각성은 내가 성인이 된 20세기 후반에 일어났다. 역사가들은 1, 2차 대각성 운동을 단순히 신앙의 열정이 폭발한 운동으로만 설명하지만, 실제로 이 운동들은 특별한 정치 개혁을 동반했다. 이 운동을 통해 여성의 지위는 향상됐고, 더 많은 사람이 교육받게 되었으며, 사회적 차별, 인종차별은 약해졌다. 미국의 인구 지형이 바뀌는 가운데서도 이러한 흐름은 바뀌지 않았다. 1, 2차 대각성 운동은 그리스도교와 밀접한 연관이 있다. 당시 시민 생활의 중심 공간이 교회였기 때문이다. 그렇기에 시민으로서 각성하는 일과 신앙의 열정이 불타오르는 일은 맥을 같이 했다. 물론 신앙의 열정이 불타오르는 가운데 열광주의 현상도, 실신 현상도, 환상을 보는 일도 일어나기는 했지만, 좀 더 주목할 만한 부분은 이를 통해 차분하게, 깊이 있는 차원에서 사회가 바뀌었다는 점이다. 20세기에 일어난 3차 대각성 운동은 흑인 교회가 이끌었고 그리 길지 않은 시간에 모든 주요 교파가 이를 지지했다. 사람들은 이 운동을 순수한 신앙 운동으로 여기지 않았지만, 1, 2차 대각성 운동이 보여 주듯 이 땅에서 시민 운동과 신앙 운동은 선명하게 나뉘지 않는다. 3차 대각성 운동의 경우에는 특히 그 경계가 흐릿했다.

마틴 루터 킹Martin Luther King 목사는 미국 시민이라면 누구나 동의할 만한 언어, 미국의 독립선언문에 있는 표현을 빌려 말했다.

> 우리에게는 모든 사람이 평등하게 창조되었고, 창조주께서는 누구도 빼앗을 수 없는 확실한 권리를 주셨다는 자명한 진리가 있습니다.

이 말은 명백히 창세기의 창조 이야기에 바탕을 둔 종교 언어, 즉 그리스도교 언어다. 하지만 성서의 권위를 믿지 않는 수많은 미국인도 이 말을 자신들이 따라야 할 윤리로 받아들였다. 가장 복잡한 문명이 시작될 때, 거기에 참여한 이들 중 가장 복잡한 사람이었던 토머스 제퍼슨Thomas Jefferson이 이 대담한 문장을 독립선언문에 집어넣은 건 우연에 가깝다. 하지만 시간이 흐르며 이 문장은 제퍼슨의 본래 의도를 넘어 그가 살던 시대, 더 나아가 마틴 루터 킹 목사가 살던 시대를 완전히 바꾸어 놓았다. 그래서 어머니가 살던 시대는 할머니가 살던 시대와 전혀 다르고, 내가 살아가는 시대는 어머니가 살던 시대와 전혀 다르다.

그러나 역사가 알려 주는 냉정한 진실은 이러한 개혁 운동이 시간이 흐르면 퇴보한다는 것이다. 개혁은 자기 자신을 소진해 이내 하찮은 운동으로 만들어 버리곤 한다. 2차 대각성 운동의 경우에는 마지막 남은 힘을 이상한 분파, 유행하는 건강법, 심령사진에 쏟았다. 내 젊은 날에 일어났던 3차 대각성 운동 역시 이상한 종교 단체가 만들어지고 마약에 탐닉하며 이상한 건강법에 관심을 쏟는 것으로 막을 내렸다. 그래서인지 사람들은 이 운동들의 긍정적인 내용보다는 부정적인 인상만을 기억하는 경향이 있다. 고무적인 사실은 개혁 운동들이 다시 일어나면 점점 더 확장되는 모습을 보인다는 것이다. 하지만 매번 새로운 운동이 일어날 때, 사람들이 과거에 이미 이룬 것을 망각한 나머지 거의 처음부터 다시 시작되는 모습을 볼 때면 마음이 적잖이 쓰리다. 남북전쟁이 일어나기 수십 년 전, 미국에는 이미 인종과 성별을 가리지 않는 훌륭한 대학들이 있었다. 그러나 내 젊은 시절에 개혁가들은 인종과 성별에 따라 사람을 차별하지 않는 실험이 마치 과거에는 단 한 번도 일어나지 않은 것처럼 여기곤 했다. 그도 그럴 것이 그러한 역사는 당시 사람들의 기억에서 완전히 사라졌기 때문이다.

개혁과 이에 대한 반응으로 미국 사회가 변화할 때는 누가 이를 지지하고 반대하는지가 꽤 분명하다. 그리고 미국 역사에서는 대체로 개혁하려는 이들이 무너졌다. 특히 인종 문제와 관련된 역사에서 그러한 모습이 두드러지게 나타난다. 남북전쟁의 원인을 두고 다양한 논의가 이루어지고 있기는 하지만, 남부 연합 지도자들이 쓴 연설문과 문서들을 보면 그들은 노예제를 핵심 문제로 여겼음이 분명하다. 그들은 이 제도를 지키기 위해 노예제를 제외하면 국가 헌법과 매우 유사한 자신들만의 헌법도 만들었다. 남부 연합 지도자들에게 '신성한 제도의 수호'는 곧 '노예제 수호'였고, '연방의 권리'는 노예제를 인정하지 않는 다른 주state도 (그 주의 전통, 법률, 주민들을 보호할 권리를 무시한 채) 노예를 '재산'으로 인정하게 만드는 권리였다. 남북전쟁에서 전쟁을 일으킨 건 북부가 아니었지만, 전쟁으로 촉발된 문제는 여러 세대에 걸쳐 타올랐고, 그 핵심은 역시나 노예제였다. 남북전쟁이 끝난 뒤에도 노예제가 핵심 문제가 되었던 이유는 (내가 보기에는) 개혁 세력들이 계속 붕괴했기 때문이다. 오늘날 이른바 '진보적인' 학자들조차 노예제가 남북전쟁의 원인이었다는 이야기를 두고 논쟁을 벌인다는 사실 자체가 개혁이 얼마나 심각하게 붕괴했는지를 보여 준다고도 할 수 있다. 개혁의 붕괴 결과, 전쟁 직후에는 짐 크로 법('1876년부터 1965년까지 옛 남부 연맹에서 시행한 미국의 주법. 학교, 공원, 극당, 식당, 버스 등 일상에서 흑인과 백인이 따로 생활하는 것을 정당화했다)이라고 불린 새로운 형태의 준노예제가 등장했다. 이 제도는 남부에서 시행되었지만, 우생학 이론과 '인종 과학'이라는 이름으로 정당화되면서 미 전역의 법과 실생활에 영향을 미쳤다. 불과 수십 년 전 열정적으로 노예제 폐지를 주장했던 그리스도교인들, 지식인들이 인종차별을 과학으로 받아들였다.

그리고 내가 고등학교, 대학교에 다니던 시절에 시민권 운동이 일어났다. 혼란스러운 시기였지만, 많은 것을 배웠다. 매우 보수적인 환경에서 자랐던 나에게 그 시기 일어난 위대한 운동들은 관용과 낙관주의를 가르쳐 주었다. 이 운동들을 통해 나는 미국의 핵심은 자신을 왜곡하는 굴레를 깨뜨리는 데 있음을, 미국은 이를 "자명한 진리"로 여김을 알게 되었다. 시민권 운동의 가치와 의미에 대한 내 생각은 지금까지도 흔들린 적이 없다. 그래서인지 오늘날 이 운동이 과거 개혁 운동이 그랬듯 힘을 잃고 사람들의 기억에서 사라지는 것 같다는 생각이 들 때마다 간담이 서늘해진다. 과거 "노예제 폐지론자"라는 말이 그랬듯 "진보주의자", 혹은 "자유주의자"라는 말은 사람들이 꺼리는 말이 되었다. 정말 이상한 일이다. 과거 노예제를 두고 사람들이 노예제를 폐지하는 것보다 '더 좋은' 해결책이 있기라도 하는 것처럼 말했듯 오늘날 적잖은 사람들은 관용이 문제인 것처럼 이야기한다. 내가 글을 쓰는 이 시점에는 투표권법이 대법원의 도마 위에 올랐다. 이 나라 시민 종교에 신자가 있다면, 나는 꽤 성실한 신자라 할 수 있지만, 이 나라에서 그리스도교의 의미와 영향력이 바뀌는 모습을 보며 그 믿음은 흔들리고 있다.

물론, 덕분에 나는 내가 당대 문화의 영향 아래 그리스도교를 배웠음을 깨달았다. 다행히도, 대부분의 시기와는 달리 그때는 그럴 만한 가치가 충분했고, 의미가 있었지만 말이다. 나는 오늘날 일어나고 있는 변화가 돌이킬 수 없는 일이라고, 혹은 되돌릴 수 없다고 생각하지 않는다. 우리는 동향에 민감하고 그 극단적인 결과만을 상상하려는 경향이 있다. 마치 그걸 바로잡거나 대항할 가능성이 전혀 없는 것처럼 말이다. "찻잔에 생긴 금은 죽음의 땅으

로 가는 길을 연다"지만, 흐름은 뒤집히기 마련이다.[2] 나는 여기서
큰 위안을 얻는다.

*

그럼에도 불구하고, 이 사회에서 지난 몇십 년간 크고도 깊은
변화가 일어난 건 사실이다. 이른바 문화 충돌, 대치가 일어난 결
과 '그리스도교인'이라는 말은 '어떤 윤리와 가치를 지향하는 사람'
을 뜻하는 말이기보다는 '인구통계 상 특정 집단'을 가리키는 말
이 되어 버렸다. 두 말이 완전히 다르다면 그건 과장이겠지만, 양
립하기 힘든 것도 사실이다. 이러한 변화는 옛 그리스도교 세계 전
반에 나타나고 있으며 미국이라 해서 예외는 아니다. 지극히 세속
적인 사람들이 '로마 가톨릭'과 '개신교'라는 이름을 내걸고 내전을
벌이고 있다. 이름만 '그리스도교인'인 이들이 자신의 문화와 문명
을 수호한다는 명분을 걸어 무슬림과 대립하기도 한다. 하지만 이
른바 그리스도교 세계가 이슬람 세계보다 더 심각한 위험에 처하
게 된다면, 그건 이슬람교 때문이 아니다. 그건 그 세계에 속한 이
들이, 자신이 더는 믿지 않는 신념 체계에 기반을 둔 문화와 문명
을 수호하려 하기 때문이다. 역사는 부족주의가 얼마나 커다란 유
혹인지를 수많은 사례를 통해 알려 준다. '나'와 '너'를 가르는 선을
분명하게 그을 수 있는 것처럼 보일 때, 사람들은 그 선을 중시하
고, 그 선이 흐릿해지거나 지워지면 흥분하고, 분노한다. 그런 식

---

[2] W. H. Auden, 'As I Walked Out One Evening', *The Norton Anthology of Poetry* (New York: Norton, 1970), 1099~1100.

으로 인류는 '나', 혹은 '우리'와 다른 누군가를 탄압하고 해쳤다. 그리고 오늘날에도 이를 망각하고 미친 짓을 반복한다.

이 커다란 갈등에서 우리에게 진짜 중요한 건 무엇일까? 우리 중 하느님의 계획에서 다른 종교가 어떤 자리를 차지하는지를 아는 사람은 없다. 우리는 다른 종교가 그 안에서 진실로 믿는 이에게 어떻게 다가가는지, 어떤 나름의 방식, 나름의 수단을 통해 평화와 정의, 진리의 감각을 익히게 해 주는지 알지 못한다. 우리는 문화, 인간의 의식을 둘러싼 신비가 얼마나 깊은지를 인정해야 한다. 내가 '진리'라는 말을 썼을 때, 이는 '내면에서 일어나는 동의'를 뜻한다. 무슬림은 "하느님은 자비로우시다"고 말하며, 이를 의심할 수 없는 진리라고 느낀다. 그리스도교인, 유대인, 무슬림은 모두 "주님의 심판은 참되고 의롭다"고 말하며 이를 마음 깊이 새긴다. 링컨은 이런 생각을 남북전쟁 때 적용했다. 전쟁 시 북부가 남부보다 두 배나 많은 병사를 잃은 건 북부가 노예제에 가담했기에 치른 대가라고 그는 말했다. '우리'의 고통을 '적'에 대한 노여움으로 바꾸어 복수할 게 아니라, 공정하신 하느님의 정의가 드러난 것으로 받아들여야 한다는 것이다. 당시 사람들이 링컨의 말을 진리로 받아들였기에, 이 끔찍한 전쟁은 다른 내전보다는 덜 끔찍하게 끝날 수 있었다. 물론 완전히 끝나지는 않았다. 불씨는 완전히 사그라지지 않았고, 최근 몇 년간에는 꽤 맹렬하게 타오르고 있다. 지금, 이 순간에도 적잖은 사람이 '분리'와 '무효'라는 말을 아무렇지 않게 하고 있다.

세상은 잔인하지만, 하느님은 자비로우시다. 칼은 어느 편에 선자든지 피를 보게 하지만, 하느님은 모두에게 의로우시다. 현실은 이를 긍정하지 않는 것처럼 보인다. 하지만 위대한 종교들은 한결같이 그러한 현실을 거스르고 맞서며 위와 같은 고백을 해 왔다. 오늘날 사회에서 상상하지 못할 정도로 인류가 잔인무도했을 때도 말이다.

이런 신앙 고백들을 현실과 비교해 둘은 화해할 수 없다고, 신앙의 진술은 지속될 수 없다고, 현실과 맞지 않으니 접어야 한다는 이야기는 언제나 있었다. 우리도 곧잘 이런 유혹에 휘말린다. 하지만 이는 저 고백들에 담긴 윤리적 의미를 부정하는 것이다. 언젠가 프로이트는 (예수의 명령에 맞서) 우리는 결코 이웃을 내 몸처럼 사랑할 수 없다고 말한 바 있다. 현실을 생각하면 너무나도 맞는 이야기처럼 보인다. 그러나 저 명령 뒤에는 이웃은 '나'만큼 사랑받을 가치가 있으며 이에 따라 행동할 때 우리는 잠시나마 주관성이라는 늪에서 벗어날 수 있다는, 눈에 보이는 현실보다 더 깊은 실재가 있다. 이를 받아들인다면, 저 명령에는 단순히 눈에 보이는 현실, '나'의 경험을 들어 반박할 수 없는 권위가, 우리의 능력을 넘어서는 진리가 담겨 있음을 알 수 있다. 우리의 능력은 진리의 기준이나 척도가 아니며 윤리적 이해의 근거도 아니다.

지금까지 이 글에서 나는 (암시하기는 했지만) 단 한 번도 칼뱅을 언급하지 않았다. 역사가들도 지적하듯 링컨은 칼뱅주의자들이라고 불리던 이들에게 칼뱅주의 언어로 이야기했다. 그들에게 링컨의 이야기는 남다른 의미로 다가갔을 것이다. 언젠가 링컨은 "고통과 겸손이 모두 당신을 도울 것이기에 겸허히 고통을 받아들이라"고 말한 적이 있다. 이는 운명론에 충실한 말처럼 보이지만, 그보다는 우리 삶이 하느님의 뜻을 따라 형성된다는 확신을 표현한 것이다. 이 하느님의 뜻은 이해할 수 없고, 당황스럽고, 당혹스러운 방식으로 실현될 수 있다. 하지만 그분의 뜻에 마음을 쏟는다면, 우리는 그러한 가운데서 통찰을 얻고, 진지한 질문을 던지고, 씨름하면서 도움을 얻을 수 있다. 링컨의 말은 바로 이를 가리키며, 이 전통에서 비롯된 행동주의, 급진주의는 이 사회와 역사에 깊이 새겨져 있다. 이 전통은 주님과 개인의 영혼 사이에는 어떠한 매개도 필요치 않으며, 둘이 직접적인 대화를 나눌 수 있다고 믿는다. 이 전통 아래 속해 있던 이들은 하느님이 인간의 경험, 인격, 역사, 지성, 감각, 감정에 말씀을 건네신다고 여겼고 이러한 생각에 기대어 탁월한 소설과 빼어난 시를 남기고 수많은 대학을 설립했다. 내가 과거형으로 이야기한 건 오늘날 사회에서는 이런 모습을 많이 볼 수 없기 때문이다(물론 내가 이 상황에 너무 가까이 있어 공정한 판단을 못 하는 것일 수도 있다).

단순히 인구 구성이 바뀌었다는 이야기가 아니다. 주류 교회들은 누가 강요하지도 않았는데 스스로 자신들의 뿌리와 신학, 문화, 전통을 내팽개쳤다. 나는 삶의 대부분을 장로교인으로, 회중교회 신자로 살았고, 칼뱅의 신학이 이 교회들에 얼마나 커다란 영향력을 행사하는지는 들었지만, 중년에 이르러서야 이 사회의 소중한 전통들이 칼뱅과 연결되어 있음을 알았다. 그렇다면 주류 교회들은 자신들의 전통을 내팽개치고 무엇을 세웠는가? 미안하지만, 잘 모르겠다.

물론 주류 개신교 교회에는 선한 영혼들이 많이 있다. 나 역시이 교회의 구성원이고 다른 종교, 교파에는 별다른 관심도, 마음둘 생각도 없다. 하지만 내가 보기에 오늘날 주류 개신교 교회들은자신들의 소중한 문화와 역사에 영향을 받기를 거부하는 것만 같다. 물론 다른 교회들이 그랬듯 주류 개신교에 속한 교회들도 명백한 잘못을 저지른 적도 있다. 하지만 나는 링컨처럼 솔직하게 말할 수 있었던 시대, 하느님은 '우리'든 '적'이든 똑같이 사랑하시며똑같이 심판하신다고, 하느님이 원수를 사랑하시기에 우리도 원수를 사랑해야 한다고 말하고 이를 상기시키는 시대가 그립다. 칼뱅주의자들의 '하느님'을 뭐라고 하든, 그분은 그저 상상 속 친구가 아니다. 그리고 인간이 바라는 대로만 활동하시는 분도 아니다. 나이가 들어서인지, 역사서를 많이 봐서인지, 칼뱅 때문인지는 잘모르겠지만, 나는 인간이 잘못을 저지를 수 있다는 사실이 얼마나중요한지, 그것이 얼마나 독특한 성격을 가졌는지를 점점 더 생각해 보게 된다. 그래서 가끔은 (요즘 주류 교회들에서는 잘 언급하지 않는) '죄'sin라는 말을 듣고 싶기도 하다. 하지만 안타깝게도, 요즘 이말은 예수가 단 한 번도 언급하지 않은 죄들에만 집착하는 대형 교회들에서만 쓰이고 있다. 예언자들은 사회 부정의가 가장 큰 죄라 말했고, 에스겔은 바로 이 때문에 소돔이 멸망했다고 말하기까지 했다. 이쯤이면 에스겔이 칼뱅주의자의 전신이라고 할 수 있지않을까?

이제는 모든 신학이 사라져가고 있다. 미국에 처음 사람들이 모여든 이유는 신앙의 자유를 찾기 위해서였다. 그러한 면에서 초기 미국 정착민들은 종교 전쟁의 (오늘날 많이 쓰는 표현을 쓰자면) '난민' 들, 전쟁이 끝나면 으레 일어나기 마련인 반대파 탄압을 피해 온 '난민'들이었다. 이 난민들은 모두 누군가를 억압한 경험, 억압받은 경험이 있었다. 이를 감안하면 미국에서 다양한 교파가 별다른 충돌을 일으키지 않고 잘 지내온 건 놀라운 일이다. 400여 년간 다양한 교파는 서로를 이해하고 서로를 받아들이며 꽤 잘 지내 왔다. 하지만 아이러니하게도, 이렇게 잘 지내는 동안 우리는 왜 여러 교파가 생겨났는지를, 그리고 이후 어떤 일이 일어났는지를 잊어버렸다. 오늘날 그리스도교의 다양한 교파가 자신의 색깔을 잃은 건 아마 이 때문일 것이다. 어떤 면에서는 잘 잊혔다고 할 수 있을 정도로 쓰라린 역사가 있었지만, 마냥 망각의 강으로 보내기에는 아쉬운 것들도 있다. 수백 년에 걸쳐 각 교파는 나름의 방식으로 고유한 신학을 담아 찬송가와 기도문, 증언으로 이루어진 문학을 창조해 냈다. 그렇게 각 교파는 그 교파의 구성원들이 하느님과 인간을 이해할 수 있도록 도와주었다. 중요한 측면에서 각 교파는 옳은 점도 있고, 틀린 점도 있다. 이들은 서로 다른 가운데, 서로에게 빛을 비추었고, 그 덕분에 전체 그리스도교는 풍성해졌다.

오늘날 다수의 교회는 이러한 차이를 지우고 하나의 단일한 그리스도교 문화를 지향하는 것처럼 보인다. 그리고 안타깝게도, 문화는 모든 주요 교파 전통의 특성을 고려해 중립적으로 평균치를 낸 것이 아니다. 그 문화는 집회에 참석한 개인에게 '당신은 예수를 주님과 구세주로 받아들이는가?'라고 묻는 방식에 과도하게 무게가 기울어져 있다. 신학의 눈으로 보면, 세계가 심각하게 쪼그라든 것이다. 이 도식을 따르는 교회들은 구원과 멸망을 가르는 분명한 선을 그어 놓고 그 선을 얼른 넘어가야 한다는, 일단 넘어가면 그걸로 충분하다는 단순하기 그지없는 이야기를 펼친다. 그리고 그렇게 넘은 이들, '구원받은 자'들은 선을 넘지 못한 이들, 커다란 죄악에 물든 세상을 돌아보고 판단할 권리, 심지어 의무가 있다고 말한다. 그래서인지 선을 넘은 사람들은 서로에 대해, 자신에 대해서는 터무니없이 관대하면서 그렇지 못한(정확히 말하면, 그렇지 못했다고 여겨지는) 사람들에게는 잔인할 정도로 비난을 퍼붓는다. 그들 눈에는 그러한 모습이 '위선'으로 보이지 않는 듯하다. 예수는 분명 위선을 날카롭게 지적했는데도 말이다. 그리고 이건 칼뱅주의가 아니다. 칼뱅이 이를 보았다면, 그건 (그가 가증스럽게 여겼던) '행위에 의한 구원'이라고 이야기했을 것이다. 널리 알려진 칼뱅의 예정설은 누군가 구원을 받았는지, 받지 못했는지 판단하는 것을 금지했다. 그와 같은 문제는 헤아릴 수 없는 하느님의 뜻에 맡겨야 한다고 보았기 때문이다. 언젠가 막스 베버는 개신교인(그에게 개신교인은 곧 칼뱅주의자들을 뜻했다)이 불안해하는 이유는 자신이 구원받을지 받지 못할지가 불확실하기 때문이라고 말했다. 그리 좋은 모습으로 볼 수는 없다. 하지만 더 나쁜 것은 자기는 구원받았다고 (그리고 누군가는 구원받지 못했다고) 추정하는 것이다.

여기서 미국의 종교와 정치 생활에서 새롭게 부상한 요소가 무엇인지 보인다. 바로 자신이 스스로 선택받았다고 선언하는 것, 달리 말하면 새로운 형태의 특권 의식이다. 어떤 이들은 이를 그리스도교의 부흥으로 보기도 하고, 미국 문화 전통을 담대하게 옹호하는 것으로 보이기도 한다(심지어 어떤 사람들은 이를 또 다른 대각성 운동이라 말하기도 한다). 그러나 그렇다고 말하기에는 그 모습이 너무나 거칠고, 공격적이며, 조악하다. 이 확신 넘치는 '그리스도교인'들은 남북전쟁이 일어나기 전에 있었던 완악한 정치 행태를 공적 영역에서 보여 주고 있다. 그들은 철석같이 자기가 옳다고 믿으면서, 어처구니없게도 살인 무기 구비를 부추기고 있다(이 순간 나는 감정을 최대한 자제하고 있다). '성경주의자'를 자처하는 이들이 과연 자신들의 행동을 뒷받침할 만한 구절을 복음서와 서신서 어디서 찾을 수 있는지 의문이다.

세상일은 알다가도 모르겠다. 나는 미국 그리스도교 문화에 대해 꽤 잘 알고 있다고 생각했다. 마틴 루터 킹이 대중에게 연설할 때, 사람들은 그의 말에 깊이 공감했다. 그가 진실을 말하고 있다는 걸 알았고, 그가 드러낸 현실이 얼마나 비열하고 거짓되었는지도 알았다. 마틴 루터 킹은 전통 그리스도교를 깊이 공부한 신학 박사였고, 흑인 교회라는 풍요로운 전통에서 자랐다. 하지만 오늘날 어떤 '그리스도교인'들은 바로 그 때문에, 그가 고학력자라는 이유로 그의 말을 존중하지 않았을 것이다. 오바마 대통령을 대하는 그들의 모습을 보면 이를 쉽게 짐작해 볼 수 있다.

나는 여전히 이 나라 최선의 모습과 최악의 모습을 정치 영역에서 발견할 수 있다고 본다. 최악의 모습은 '그리스도교인'을 자처하는 이들이 부추기고 있다. 최선의 모습은 '그리스도교 관점'에서 보기에 묵묵히 올바른 모습을 지켜가는 이들이 보여 주고 있다. 누군가 보기에는 이들이 수동적인 것처럼 보이지만, 단지 언론이 이들의 행보를 주목하지 않을 뿐이다. 많은 사람이 지적하듯 오늘날 매체들은 합리적인 사람들에게는 관심이 없다. 이런 경향이 계속되면 현실은 왜곡된다. 그러한 와중에 진보적인 가치를 지향하는 주류 교회들은 자신들의 사상과 역사를 가르치는 일을 저버려 교인들이 제대로 된 목소리를 갖지 못하게 했다. 그 결과 젊은이들은 그리스도교를 무지의 온상으로, 인류의 발전을 가로막는 장애물로 여긴다. 아이러니하게도 그리스도교 교회의 유산인 관용과 이상주의를 지지하기 때문에 그리스도교에서 멀어지는 것이다. 이런 일이 미국에서만 일어나는 건 아니다. 하지만 사회적으로, 혹은 문화적으로 선한 것과 종교적인 것이 반대편에 서서 대립하는 현상은 이 나라에서 가장 뚜렷하게 나타나고 있고, 매우 위험한 방향으로 가고 있다. 이러한 움직임은 미국 그리스도교에, 더 나아가 모두에게 재앙이 될 것이다. '그리스도교인'들이 자신들을 포함해 모두의 삶을 풍요롭게 해 준 위대한 예술과 사상, 깊이 있는 윤리를 스스로 저버리고 있고, 그들과 반대편에 있는 이들 또한 저 예술, 사상, 윤리의 가치를 망각하고 있기 때문이다. 자기 뿌리를 거부하는 문화가 어떻게 살아남을 수 있단 말인가? 그리스도교를 지지한다는 사람들이 이런저런 방식으로 그리스도교의 뿌리를 잘라내는 한 그리스도교를 옹호하는 모든 시도는 무의미하다. 한편에는 타인에 대한 두려움, 혐오를 '정의'라는 포장지로 감싸기 위해 그리스도교를 이용하는 이들이 있다. 또 다른 편에는 마치 에스페란토어처럼 모든 종교를 피상적으로 다루는 이들이 있다(오늘날 신학 대학교가 이런 경향이 있다). 에스페란토어가 그럴싸해 보일지라도 실제로 그 언어를 쓰는 사람이 없듯, 피상적인 종교 이해는 어떤 종교의 진짜 모습도 제대로 담아내지 못한다.

윤리로서의 그리스도교와 집단정체성으로서의 그리스도교는 질적으로 다르다. 그리스도교 윤리는 우리가 생각하는 인간 본성과 철저히 반대 방향으로 간다.

꼴찌들이 첫째가 된다. (마태 20:16)

네게 달라는 사람에게는 주어라. (마태 5:42).

누가 네 오른쪽 뺨을 치거든,
왼쪽 뺨마저 돌려 대어라. (마태 5:39)

남을 심판하지 말아라. (마태 7:1)

반면 집단정체성으로서 그리스도교는 인간의 가장 나쁜 충동, 일반적인 부족주의보다 더 끔찍한 부족주의를 부추긴다. 이 부족주의에서 한쪽에는 단순히 도덕적으로 고결한 것을 넘어선 (구원받은) '우리'가 있고, 맞은 편에는 의심스럽기 그지없는 '그들'이 있다. 그리고 '그들'은 '우리'가 소중히 여기는 모든 것을 위협하는 세력이다.

서구 문명은 자신을 이상화하기로 악명이 높다. 그런데도 최근까지 이런 구별을 고집하며 끔찍한 일을 저지르고, 또 당했는지를 또다시 잊어버린다. 요즘 사회에서 울려 퍼지는 그리스도교의 주장, 그리스도교인으로서의 집단 정체성을 강조하는 소리들이 부족주의에 뿌리를 두고 있다면, 그건 완전히 잘못되었으며 무지한 소리기도 하다. 그리스도교는 본질상 경계를, 자신들과 타인들을 구별하는 식별 도구를, 족보를, 세습 상속자를 거부하기 때문이다. '우리'가 아무리 구원의 자격이 충분하다 여겨도, 권위 있는 말씀에 따르면 매춘부나 죄인이 '우리'보다 먼저 천국에 들어간다. 다른 누구도 아닌, 그리스도께서 큰 가치를 두셨던 이들을 '경멸'하면서 위안을 찾았던 자들은 저 말씀에 진심으로 "아멘"이라 답하기는 어려울 것이다. 마태오 복음서 7장에는 내가 이제껏 어느 설교에서도 들어 본 적이 없는 구절이 있다. 여기서 예수는 말한다.

> 그날에 많은 사람이 나에게 말하기를 "주님, 주님, 우리가 주님의 이름으로 예언을 하고, 주님의 이름으로 귀신을 쫓아내고, 또 주님의 이름으로 많은 기적을 행하지 않았습니까?" 할 것이다. 그때 내가 그들에게 분명히 말할 것이다. "나는 너희를 도무지 알지 못한다. 불법을 행하는 자들아, 내게서 물러가라." (마태 7:22~23)

누가 진정 그리스도인인지, 실제로 아버지의 뜻을 행한 사람이 누구인지를 결정하는 이는 그리스도시다.

애써 복음서 구절을 인용한 이유는 요즘 '그리스도교인'들이 길거리에서 열정적으로 '예수 천당 불신 지옥'을 외치며 기도하는 행위, TV에서 자신의 특별한 경건에 대해 공들여 말하는 행위, 정치 행사장에서 하늘이 자신들을 돕고 있다고 외치는 행위는 엄밀히 말하면 그리스도교의 본령에서 벗어난 목적을 위해 그리스도교의 색을 입힌 행동, 그리스도교를 이용해 다른 목적을 이루려는 행동일 수 있기 때문이다. 그리고 선한 뜻을 품은 사람들도 이런 분위기에 휩쓸리는 모습을 보인다. 이런 열광주의는 어느 시대, 어느 곳에서나 있었던 일이다. 이런 흥분의 상태에서는 누구라도 군중의 일부가 되어 예수 대신 바라바를 풀어 달라고 할 수 있다.

이해는 할 수 있지만 잘못된 일을 잘못되지 않았다고 할 수는 없다. 그리고 그 결과는 정말 끔찍할 수 있다. 최근 몇몇 '그리스도교' 세력은 자신들의 나쁜 사상을 정당화하기 위해 무수히 많은 사람이 현실에 분노하고 사회를 불신하는 듯한 분위기를 조성해 왔다. 이러한 상황에서 종교는 본래의 모습을 잃어버리기 쉽다.

언젠가 성서 공부 시간에 에페소인들에게 보낸 편지(에베소서)에서 바울이 한 말("구원의 투구를 받고 성령의 검 곧 하느님의 말씀을 받으십시오"(에페 6:17))이 무엇을 뜻하는지를 두고 사람들과 토론을 한 적이 있다. 한 여성이 검을 휘두르는 시늉을 하면서 "검이 있다면 누군가를 베어야 한다는 말 아닐까요?"라고 말했다. 이는 오늘날 '그리스도교인'들이 지닌 심각한 문제를 보여 준다. 상징을 문자 그대로 받아들이고, 그리스도교 전통을 사랑한답시고 그 전통을 공유하지 않거나 공유하지 않는 것처럼 보이는 이들을 적대하면 '그리스도교'는 그리스도교를 거스르게 된다. 신약성서에서 나그네나 이방인을 나쁘게 말한 적이 있는가? 없다. 하느님은 가난한 이들을 별달리 사랑하지 않는다고 말하는 구절이 있는가? 없다. 성서를 매우 중요하게 여긴다는 사람들의 정치 행동은 이런 성서의 가르침에 부합하는가? 적어도 지금은 그래 보이지 않는다. 최근 사회 일각에서는 "세금만 축내는 사람들"이라는 표현이 심심치 않게 등장했고, 심지어는 어느 대선 후보도 이 표현을 썼다가 대중의 뭇매를 맞았다. 그런데, 이런 말을 퍼뜨린 사람, 아무렇지 않게 쓴 사람 중 상당수는 '그리스도교인'이었다.

수많은 선량한 사람은 그들을 보고 '그리스도교'를 이해한다. 요즘 많은 사람이 그리스도교를 접하는 사실상 유일한 통로는 고함치는 이들과 정치인뿐이다. 이러한 상황에서 '그리스도교'를 거부하는 건 오히려 시민으로서 책임을 다하는 것인지도 모른다. 당연히 확신할 수는 없지만, 최후의 심판 때 이 '무종교인들'이 '그리스도교인'보다 더 나은 '그리스도인'으로 판명 난다 해도 그리 놀라지는 않을 것 같다. 이들은 자신들이 받을 수도 있었던 아름답고 소중한 유산을 받지 못했으며, 하다못해 거부할 기회조차 얻지 못했다. 그러한 와중에 차분하게 공부하고 불필요한 다툼을 피하던 전통적인 교회들은 침묵의 길을 택했다. 그들은 자기들만의 성으로 도피한 뒤, 거기서 아무 효과도 없는 새로운 시도들로 시간을 보내고, 교인들이 점점 줄어드는 걸 그저 바라만 보고 있다.

최근 뉴욕타임스 기사에 따르면 이른바 '근본주의' 세력보다 전통적인 주류 교회들이 더 성장하고 있다고 한다. 그런데 기사 말미에 주류 신학교 교수가 이야기한 성장 이유가 흥미롭다. 그는 주류 교회들이 성장하는 이유는 근본주의자들의 방법을 따르는 데 많은 시간을 쏟았기 때문이라고 했다. 정말 그럴 것 같다. 이러한 현상은 앞으로도 수십 년간 나타날 것이고, 그러다 근본주의와 주류 교회는 모두 대중의 관심에서 멀어질 것이다. 우리는 역사 위에서 살아가면서, 같은 실수를 반복하는 애처로운 존재들이다. 지금 우리가 처한 상황이 역사상 완전히 새로운 일인가? 그렇지 않다. 앞에서도 이야기했듯 과거에도 이런 일은 무수히 많이 일어났다.

역사가 반복되고 과거로 회귀하는 흐름은 새롭지 않고, 미국만의 문제도 아니다. 그렇다면 우리는 무엇을 해야 하는가? 기도와 성찰이다. 끔찍했던 우리의 과거가 우리의 맹점과 편견에 대해 무엇이라고 말하는지, 우리는 진지하게 귀 기울여야 한다.

우리를 괴롭히는 사실은, (아이러니하게도) 우리에게 옳고 그름을 선택할 자유가 있다는 것이다. 우리를 둘러싼 모두가 바라바를 놓아주라고 외칠 때, 누군가는 동조할 수 있지만, 반드시 그들을 따라가야 하는 것은 아니다. 우리 인생의 촛불은 아직 다 타 버리지 않았다. 우리에게는 아직 기회가 있다. 우리 인간만이 지닌 특별한 선물, 품위, 우아함, 용기를 발휘할 시간이 아직 남아 있다. 우리가 인류의 마지막 증인이 될지, 앞으로도 이어질 수많은 고난받는 세대 중 하나일지는 모르겠다. 확실한 건 우리는 이미 참된 인간의 아름다움이 무엇인지 알고 있으며, 그 아름다움이 빛을 발하는 순간을 빚어낼 수 있다는 것이다. 누군가는 이렇게 물을지도 모른다. "좋은 이야기네요. 하지만 그렇다고 해서 세상의 문제를 해결할 수 있을까요?" 나는 이렇게 대답하고 싶다. "아마도요. 그것도 꽤 많이 말이에요."

제7장
———
쇠퇴

　수년 전, 유명한 뉴욕 잡지사의 기자가 아이오와 대학 작가 연수 과정에 찾아와 교수진과 학생들을 취재한 적이 있다. 영국인이었던 그녀는 대중의 문해력이 떨어지고 있고 작가 연수 과정에 참여하는 사람들은 시대에 뒤떨어진 사람들이라는 전제를 하고 있었다. 기자는 물었다. "머지않아 자동차가 사라질 세상에서 자동차 정비사를 양성하고 있다는 생각은 들지 않습니까?" 문화의 쇠퇴를 진실로 염려한다면, 이렇게 피상적인 은유를 들지는 않았을 텐데, 뭐, 그건 그렇다 치자. 교수진도, 학생들도 이 질문에 전혀 걱정하지 않는다고 한목소리로 말하는 바람에 그녀는 우리가 미리 입을 맞췄다고 굳게 믿었다. 당시 지식인들 사이에서는 '문해력의 죽음'이라는 주제가 유행하고 있었다. 기자의 눈에 우리는 아무리 좋게 봐도 현실을 심각하게 부정하는 이들로 보였을 것이다. 그녀는 우리가 글쓰기를 예술로 여긴다는 사실을, 글을 '작품'으로 여긴다는 사실을, 우리에게 글쓰기란 단순히 초기 단계의 '상품'을 만드는 일이 아니라는 사실을 이해하지 못했다. 이 세상을 종말로 몰아갈 재난이 밀어닥쳐 지하실에 숨어 사는 일이 일어나더라도 글을 쓸 사람들이라는 사실을, 도구가 없다면 머리로라도 글쓰기를 이어갈 것이라는 사실을 이해하지 못했다. 아이오와 작가 연수 과정에 참여하고 있는 이들이라서 그런 게 아니다. 인간이란 존재가 본래 그러하다. 파리 포위 전투도, 스탈린그라드 전투도 글을 쓰려 하는 인간의 충동을 억누르지는 못했다. 인류사에서 읽고 쓰는 능력은 비교적 늦게 등장했지만 (도구가 있고, 사회가 이를 용인하기만 하면) 빠른 속도로 퍼져 나갔다. 오늘날 대다수 사람에게 문해력은 제2의 본성이다. 일상을 살아가는 와중에 어떤 낯선 기호를 마주하면, 우리는 우리도 모르게 이를 번역한다. 전자책이 출판 시장을 집어 삼키고 있다지만, 글을 읽고 이해하는 능력 자체가 근본적으로 변화하지는 않았다. 사람들은 좀 더 다양한 독서 방법과 기회를 찾고 있을 뿐이다. 사람들이 무언가를 할 때(혹은 하지 않을 때) 그걸 곧바로 비관적으로 해석하는 건 깊은 생각의 결과가 아니라 생각 없이 자동으로 나오는 반응이다.

'사람들의 문해력이 떨어지고 있다'가 유행하기 전에는 그처럼 추레한 사촌 격인 '사람들의 지능이 낮아지고 있다'가 있었다. 몇몇 지식인들, 매체 종사자들은 사람들이 점점 퇴화해서 원시인처럼 될 것이라고, 이 '현대의 원시인들'은 자신들이 모르는 걸 보면 불편해할 것이고, 어려운 말이 나오면 바로 거부감을 느낄 것이라는 이상한 가정을 했다. 그래서 그들은 모든 걸 최대한 쉽게, 단순하게 만들기 시작했다. 당연히, 기초적인 말로만 글을 쓰다 보면 중요한 내용은 제대로 전달되지 않는다. 그런데도 그들은 자신들이 가정한 사람들의 수준에 맞추기 위해 온갖 노력을 기울였고, 그러다 보니 시민들에게 제대로 된 지식을 전달한다는 애초의 목적은 사라졌다. 언어를 생성하는 산업은 점점 더 형편없는 제품을 만들어 내기 시작했고, 시장의 크기는 줄어들었다. 그러자 지식인들과 매체 종사자들은 자신들의 암울한 전망이 맞았다고 생각했다. 자신들이 만든 문제를 가지고 자신들의 편견을 정당화한 것이다. 그리고 이런 불평과 앓는 소리도 책으로 펴냈다. 그러나 이 유행도 지나갔다. 상황을 타개한 건 인터넷이었다. 인터넷은 우리에게 과학, 경제학, 정치사, 복잡한 주제를 두고 토론하기를 주저하지 않는 청중이 있음을 보여 주었다. 물론 모든 분야, 모든 경우에 그렇다고 말할 수는 없고 인터넷을 향한 여러 비판도 정당하다는 걸 인정한다. 인터넷은 악용될 수 있다. 그렇지만, 정보 혁명은 대중이 획일적으로 고급 정보에 적대적이라는 가정을 깨뜨렸다. 그리고 이 유행은 지나갔다.

이런 이야기를 꺼낸 건 내가 내년이면 70세가 되기 때문이다. 역사를 보거나 국제 기준으로 보아도 꽤 나이가 들었다고 할 수 있으니 이 이점을 좀 누리고 싶어진다. 나는 (대략) 70세이고, 미국은 237세다. 이건 내가 이 나라 역사의 4분의 1에서 3분의 1 정도를 직접 목격하고 경험했다는 뜻이다. 물론 이 계산은 정확한 계산은 아니다(유아기와 어린 시절도 고려해야 하고, 미국이 독립하기 전에 수 세기의 준비 기간을 가졌다는 사실도 따져야 한다). 하지만 그래도 내 인생이 이 나라 역사의 적잖은 시기와 함께한다는 사실은 꽤 놀랍다. 그렇다면 수십 년 동안 이 나라에서 본 것 중 무엇을 말할 수 있을까? 여러 가지를 말할 수 있겠지만, 여기서는 사람들 사이에서 잠시, 하지만 광범위하게 회자되었다가 이내 사라지는 생각들, 이른바 경향과 '유행'에 우리가 얼마나 휘둘리는지를 이야기해 보고자 한다.

위대한 문명은 별을 보고 항해하기 마련이고, 그런 차원에서 사람들이 유행에 휘둘리는 일은 사소한 일이어야 한다. 우리는 더욱 드높은 곳에 시선을 두어야 한다. 지혜가 부족하면 최소한의 품위를 지켜서라도 혼란스럽고 실소가 나오는 광기에 휘말리는 걸 막아야 한다. 하지만 '유행'은 꽤 자주 광기를 일으키고, 그 핵심 요인이 되곤 한다. 어떤 유행이 번지면, 우리는 갑자기 나타난 쥐 한 마리에 놀라 도망치는 코끼리처럼 무리에 합류하는 것이 최선의 선택이라고, 유행에 동참하는 것이 최선의 선택이라고 스스로를 설득하곤 한다. 나는 스푸트니크호 발사에 이은 적색 공포the Red Scare(좌파 이념, 특히 공산주의의 부상에 대한 두려움으로 인해 발생하는 일종의 공황 상태)를 기억한다. 하지만 이런 지정학이 낳는 공포는, 아무리 중대해 보인다 할지라도 태양 표면의 폭발처럼 우리 사회가 본래 갖고 있던 두려움과 불안이 (극적인 방식으로) 드러나는 것일 뿐이다.

다른 예를 들어 볼까. 성인이 된 이후 나는 대부분 시간을, 어떤 식으로든 고등 교육과 관련을 맺고 살아 왔다. 그동안 지성계에서는 수많은 유행이 일어났다가 사라졌다. 새로운 접근법이 학계에 신선함을 불어넣을 수 있고, 실제로 그런 일이 일어나면 그건 좋은 일이다. 하지만 때때로 새로운 접근법이 학계에 소개되면 사람들은 이를 가라앉고 있는 거대한 배를 구하러 온 작은 구명보트로 여기곤 한다. 실제로 배가 가라앉고 있는지, 그렇지 않은지 확실하지 않은데도 불구하고, 학자들은 구명보트에 몰려들며, 구명보트에 탄 사람들 역시 자신들이 사람들을 구출할 수 있다고 확신하고, (무례하게도) 구출할 만한 가치가 있는 사람들과 그런 가치가 없는 사람들을 판별할 수 있다고 생각한다. 문학 교수로서 나는 문학 비평이 유사 사회학, 유사 심리학, 유사 경제 이론, 유사 인류학에 휘둘리는 모습을 자주 보았다. 그런 도구를 택해 새로운 비평을 시도하는 비평가들은 의심스럽거나, 다루는 주제와 별다른 조화를 이루지 못하거나, 아니면 둘 다인 전문용어를 억지로 끌어다 씀으로써 권위를 얻었다. 하지만 내가 보기에 그건 문학 자체를 포기하고 문학 작품을 이론에 꿰맞추어 쭈그러뜨리는 것처럼 보인다. 그런데도 요즘 문학 교육은 학생들이 작품을 직접 읽고 느끼는 경험은 무시하고, 대신 문학 작품에 대해 더 '잘 아는 것처럼 보이는' 해석을 중시하며, 그렇게 함으로써 문학을 가장 뛰어난 예술로 만드는 부분을 없애 버린다. 문학의 진정한 아름다움이 이론이라는 기계를 망가뜨린다는 이유로 말이다.

작가 연수 과정 중에 만난 어느 학생은 그전까지는 문학 작품에 '아름답다'는 표현을 쓸 수 있다는 사실을 알지 못했다고 말한 적이 있다. 여기서 '아름다움'은 그 자체로도 의미가 있지만, 그게 다가 아니다. 저자가 아름답게 표현을 쓸 때는, 이를 통해 중요한 무언가를 전하고 싶어서다. 그렇기에 작품의 아름다움을 이해하지 못하면, 그건 작품을 이해한 게 아니다.

요즘 비평가들은 작가가 자신이 속한 문화, 계급, 성별이라는 범주를 넘어선 내용을 다루지 못한다고 손쉽게 예단하는 경향이 있으며, 게다가 그 범주들을 매우 좁게 정의한다. 그래서인지 그들은 내가 (보수적인) 북부 아이다호 출신이며 칼뱅주의자라고 말하면, 내가 저자로서 어떤 의도를 가지고 작품을 썼는지 별달리 귀기울이려 하지 않는다. 나보다 이미 나를 더 잘 안다고 생각하기 때문이다. 작가인 내가 무엇을 의도했는지는 별로 중요하지 않고 비평가가 내 작품을 나보다 더 잘 안다니 모욕적인 일 아닌가?

작가의 정신에서 이야기가 시작되는 과정은 정말이지 신비로운 일이다. 복잡한 생각이나 꿈이 어디서, 어떻게 나오는지 알 수 없듯 말이다. 이런 신비로운 것들을 마주하면, 사람들은 놀랄 만큼 단순하고 편리한 설명을 제시하려 한다. 인간의 본성이나 행동을 설명할 때는 더더욱 그렇다. 하지만 작가들은 이 신비를 직접 경험하는 이들이며, 따라서 비평가들이 단순하고 편리한 설명을 제시할 때 이를 거부할 수 있는 자리에 서 있다고 할 수 있다.

어쩌면 내가 이론의 좋은 점을 보지 못하고 있을 수도 있다. 하지만 내가 아는 가장 재능 있는 학생 중 몇몇은 이론을 배우고 난 뒤 대학원에 진학하지 않았다. 학계의 큰 손실이 아닐 수 없다. 이론을 특정 집단에서 영향력을 발휘하는 '하나의' 접근법 정도로만 본다든지, 아리스토텔레스 때부터 이어져 내려온 긴 탐구의 역사에서 최근에 나온 하나의 방법론 정도로만 여긴다면 이론에 대한 내 반감은 줄어들지도 모른다. 하지만 현실은 그렇지 않다. 그저 이 땅에서 유행하는 사고방식일 뿐인데도, '이론가'들은 마치 자신들만 진리에 눈을 뜬 것처럼 행동하고, 과거의 다른 관점들은 쳐다보지도 않는다. 자신들의 '이론'이 마치 계시라도 되는 양, 그 어떤 올무도 이 '위대한 진리'를 가둘 수 없다는 듯 말이다.

하지만 또다시, 머지않아, 어디에선가 커다란 쇠공이 반원을 그리며 날아와 그들이 불멸한다고 믿는 '이론'의 신상과 그 받침대, 그들의 신전을 부술 것이다. 그들은 무슈 메스머Monsieur Mesmer* 와 마담 블라바츠키Madame Blavatsky**의 길을 가게 될 것이며, 또 다른 이론가가 그 자리를 차지할 것이다. 그리고 그 이론가 역시 지금 이론가들처럼 자신만이 진리를 보았다고 확신할 것이다. 이건 결코 체계적인 발전 과정이 아니며, 새로운 걸 발견하면 이전 것은 별다른 생각 없이 버리는 문화의 습관에 불과하다. 우리 문화에는 이렇게 하도록 부추기는 것들이 많지만, 적어도 학계에서 이런 습관을 강화해서는 안 된다. 그런 태도는 우리 문화에서 이어져야 할

---

* 무슈 메스머라고 불린 프란츠 안톤 메스머Franz Anton Mesmer(1734~1815)는 독일의 의사다. 빈 대학교에서 의학을 공부했으며, 빈에서 의사로 활동했다. 지구의 자기력처럼 인간의 몸에도 자기력이 있어서 그것이 상대의 몸에 영향을 미친다고 생각했고 그 힘을 전달하는 방식으로 질병을 치료하려 했다. 그 치료 과정에서 기초적인 최면술을 발전시켰다. 그의 이론과 방법은 세간의 관심을 끌었지만, 과학적 근거가 빈약해 비판받았다.

** 마담 블라바츠키라고 불린 헬레나 블라바츠키Helena Petrovna Blavatsky(1831~1891)는 러시아 출신 신비주의자다. 러시아에서 태어나 밀교, 영매주의 운동을 접한 뒤 다양한 종교와 철학의 통합을 추구하며 헨리 스틸 올콧Henry Steel Olcott과 함께 신지학 협회Theosophical Society를 세웠다. 이는 후대의 뉴에이지 운동, 다양한 명상법, 치유기법 등에 영향을 미쳤다.

중요한 대화들을 가로막기 때문이다.

앞에서 나는 경향과 유행을 언급한 바 있다. 경향과 유행은 비슷하지만 조금 다르다. 유행은 실제로 일어나 현실에 영향을 미치고 이내 사라진다. 이에 견주면 경향은 앞으로 일어날 수도, 일어나지 않을 수도 있다. 경향을 살피는 건 그 여부를 예측하는 것에 가깝다. 흥미로운 건 사람들은 좋은 경향이 있을 때 그 미래를 예측하는 경우, 언제나 이제 머지않아 나빠질 것으로 예측하고, 나쁜 경향이 있을 때 그 미래를 예측할 경우, 더 나빠질 것이라고 본다는 점이다. 프랑스에서 1년간 가르치면서 나는 이 사실을 깨달았다. 내가 머물던 집에는 미국학을 연구하는 프랑스인 교수들이 있었고 그들은 수많은 미국 잡지를 수집하고 있었다. 나는 역순으로 미국의 최근 역사(이때 역사는 실제로 일어나지 않은 일들로 구성된 이야기에 가깝다)를 살폈다. 이 잡지들에 따르면, 미국의 역사는 공포와 불안의 연대기였다. 다른 나라가 경제 성장을 하면, 잡지들은 미국의 지위가 위협받고, 교육이 실패하고 있으며, 미국을 위대하게 만들었던 자질들을 잃어가고 있다고 진단했다. 이와 유사한 형태의 이야기가 끝없이 반복되었다. 잡지들은 '저 호랑이 경제Tiger economies(대한민국, 싱가포르, 대만, 홍콩 경제 급성장으로 동아시아 지역의 경제 전체가 성장하는 현상을 가리키는 말)를 어떻게 할 것인가?'라고 염려했지만, 이제는 그런 일이 있었다는 걸 기억하는 사람들이 있는지도 모르겠다. '켈트의 호랑이'Celtic tiger(아일랜드의 경제 급성장을 가리키는 말)를 아는 사람이 얼마나 될까? 사람들은 경향을 예측할 때 수많은 변수를 전혀 고려하지 않는다. 한때는 일본이 미국의 모든 것을, 하다못해 막대기와 돌까지 다 사 모아 우리를 지배할 것이라고 수많은 언론이 기사를 뿌려댔다. 그리고 언론은 그 이유를 분석하며 히라가나가 숫자와 연관이 있어서 일본인들이 타고난 수학자들이기 때문이라고 말하곤 했다.

지금까지 이야기 중 실제 일본의 잘못은 하나도 없다. 저 시기, '일본'은 그저 잠시 우리의 불안을 투사한 투영물이었을 뿐이다. 불과 얼마 전까지, 특히 일본이 거대한 괴물처럼 보이던 시기에 사람들은 다시 한번 인종별 지능 순위를 매기는 일에 골몰했다. 아시아인이 첫째고, 유럽인, 즉 백인은 둘째고, 그 다음은 … 더는 말하지 않겠다. 불안을 부추기는 일이 발생하면, 사람들은 과거에 극복된 줄 알았던(그랬기를 희망했던) 사고방식으로 되돌아갔다. 쓰라린 일이다. 이후 일본은 경제 생산성에 대한 집착에서 벗어난 것처럼 보이며, 후쿠시마 원전 사태라는 끔찍한 일을 겪었다. 그러니 언론은 일본에 대한 이야기를 더는 하지 않으며, 인종별 지능 순위 매기기 같은 헛소리도 하지 않는다. 하지만 끝나지 않았다. 이제는 중국이 새로운 위협으로 다가오기 때문이다. 중국이 불안정해지거나 흔들리면, 인도가 기다리고 있고, 인도 다음에는 브라질이 기다리고 있다. 러시아도 있다.

나는 우리가 다른 나라의 번영을 좋게 바라보던 때를 또렷이 기억한다. 우리는 이름과 국기를 가진 모든 땅과 경쟁할 필요가 없다. '경쟁'competition이란 미심쩍은 가치다. 우리 같은 강대국이 작고 연약한 나라들과 '경쟁'하고 있다고, '경쟁'해야 한다고 말할 때는 특히나 그렇다. 마찬가지 맥락에서 나는 가장 좋은 상황에서도 '창조적 파괴'creative destruction('경제 용어로 기술혁신으로 낡은 것을 무너뜨리고 새로운 것을 만들어 변혁을 일으키는 과정을 가리키는 말)라는 말이 나오면 이를 의심스럽게 본다. 그 이름 아래 수많은 사람과 문화가 해를 입는다면, 그건 '파괴적 파괴'destructive destruction라고 불러야 마땅하다. 냉전 시기를 떠올려 보라. 두 나라의 '경쟁'은 이 땅에 폐기물과 핵탄두를, 하늘에는 플루토늄을 남겼을 뿐이다. 왜 예측을 좋아하는 사람들이 이 인류의 명운을 건 전쟁이라고 하는 게 나을지 모를 이 경쟁, 그리고 이 여파로 일어난 경쟁들이 얼마나 많은 희생자를 낳을지 계산하지 않는지 모르겠다.

다시 돌아와, 일어나지도 않은 일들을 대비해 불안해하며 사는 건 우리의 습관이 되어 버렸다. 결과적으로 그런 방식으로, 일어나지 않은 일들은 현실 세계에 커다란 영향을 미치고 있다. 최근 수년간 이 땅에서는 세계 경제에서 경쟁력을 가져야 한다는 말이 끊임없이 울려 퍼지고 있다. 그리고 사람들은 이를 근거로 공교육 체계를 헐값에 팔아넘기고, 좋은 대학들을 차가운 '쓸모'라는 눈으로 바라본다. 한편, 세계 경제는 거의 엉망이 되어 버렸다. 우리도 위기를 겪었지만, 넓은 세계의 기준으로 보았을 때는 잘 견뎌 냈다고 할 수 있다. 이는 우리 사회와 경제가 상대적으로 견고하고 튼튼하다는 뜻일 수 있지만, 언론은 결코 그렇게 해석하지 않았다. 수많은 매체에서는 우리가 그리스가 될 위기에 처해 있다고 했다. 그 위협이 이제는 좀 약해진 것 같지만, 우리는 몇 달 동안 자칫하면 나락으로 떨어질 수 있다는 이야기를 들어야 했다. 몇몇 사람들은 그 이야기에 완전히 홀렸고, 그 결과 이 가짜 정보는 이 나라 사회 정책과 정부 정책에 상당한 영향을 미쳤다. 정책 결정자 중 그리스 인구가 뉴욕시 인구와 비슷한 정도이고 경제 자원은 뉴욕시보다 훨씬 적다는 걸 아는 사람이 몇이나 될까? 그리 많지 않으리라고 본다. 아주 기본적인 사항만 고려하더라도, 우리는 우리 크기의 30분의 1인 나라들과 우리를 비교해서는 안 된다.

"그리스"라는 말만 들어도 급격한 하락에 대한 위기감이 일어나던 때, 한 여성은 그리스의 경제 상황을 한심하게 여기며 말했다. "그 나라는 심지어 일요일에도 쇼핑몰을 열지 않는다고 하더라고요." 그 여성은 한 나라의 경제가 그 나라의 문화까지 좌우해야 한다고 여긴 듯하다. 하지만 잠깐 생각해 보라. 왜 그리스 사람들은 일요일에 쇼핑몰을 열지 않을까? 안식일을 지키기 위해서고, 오래된 그리스도교 전통이 나라와 언어에 깊이 뿌리박고 있기 때문이다. 이 전통을 잃어버린다면, 그건 단순히 경제적 손실이 아니라 돌이킬 수 없는 문화의 손실이 있을 것이다. 게다가, 이런 휴일에는 또 다른 유익도 있다. 그리스 사람들이 건강하고 오래 사는 건 단순히 (의심스럽긴 하나 많이들 말하는 대로) 생선, 채소, 올리브유 같은 식단 때문이 아니라 가족, 친구들과 함께 여유로운 시간을 보내기 때문일 수도 있다(물론 이런 방향으로 연구를 하면 기업에서 연구 자금을 따내기는 어려울 것이다).

이렇듯 안식일은 일주일 중 하루라도 사람들을 경제의 압박에서 벗어나게 해 주는 날이다. 그리고 그 가치는 돈으로 환산할 수 없다. '안식일'과 달리 '여가 활동'은 완전히 상업화되었다. 오늘날 여가 활동은 일상을 살아가면서 늘 따라붙는 스트레스에서 벗어나기 위해 겨우 짜낸 활동에 지나지 않는다. 안식일은 단순한 휴식이 아니라 삶의 방식이다. 하지만 이 나라에서 그런 전통은 오래전에 사라졌다. 이를 세속화로 보기는 힘들다. 그보다는 경제의 압박으로 인해 휴식이라는 선택지를 잃어버렸다고 보아야 한다. 그리고 가장 먼저 휴식의 권리를 잃은 이들은 가장 휴식이 필요한 가난한 사람들이다.

*

이제는 정말 하고 싶던 질문을 던질 차례다. 어떻게 그리스는 그리스일 권리를 잃어버린 걸까? 일부 그리스 사람과 이익 집단들이 그리스를 복잡한 금융의 덤불과 미궁에 빠뜨린 건 사실이다. 그리고 이 금융의 덤불과 미궁은 그리스를 보호하고 지원한다는 영국, 독일, 미국이 만들어 냈는데, 그 나라 금융 전문가들도 이 복잡한 미로를 이해하지 못한다. 그리스가 유로화를 쓴 것도 문제에 한몫했다. 그로 인해 이 나라는 더 큰 경제 대국들 사이에서 이리저리 휘둘렸다. 이래도 되는 걸까? 지구 자체를 죽음으로 몰아갈 정도로 '생산성'이라는 규율에 모든 사람을 끼워 넣고 한 나라의 고유한 문화와 삶의 방식을 없애 버려야 하는 걸까? 적잖은 사람이 경쟁에서 살아남기 위해서는 그렇게 해야 한다고 여기는 듯하다. 경쟁, 이는 현대 정신의 핵심 '경향'을 보여 주는 말이다. 우리는 늘 누구, 혹은 저들보다 앞서가야 한다고, 혹은 뒤처지고 있다고 생각한다. 하지만 이 경주에는 결승전도 없고, 설령 앞서고 있다 해서, 선두를 달리고 있다 해서 받는 상도 없다. 이 경주의 본질은 무엇이고 그 목적은 무엇인가? 대답은 순간순간 달라지지만, 어쨌든 경주는 계속된다. 그리고 그 경주의 선두 대열에 합류시키기 위해 사람들은 아이들을 최대한 효율적인 노동자로 만들려 한다. 이런 사람들의 눈에는 미술과 음악이 도대체 왜 교육 과정에 있는지 의아할 것이다. 한때 사람들은 하루라도 빨리 일본어를 가르쳐야 한다고 말했다(프랑스어나 라틴어는 왜 가르치냐면서 말이다). 그런데 이제는 중국어를 빨리 가르쳐야 한다고 말한다. 아마 조금 시간이 지나면 힌디어나 포르투갈어를 가르쳐야 한다고 할지도 모르겠다. 무슨 언어를 가르쳐야 한다는 건 중요하지 않다. 중요한 건 이렇게 유행만 좇다 보면 앞만 보는 좁은 시야를 갖게 된다는 것이다. 그리고 위기감은 안 그래도 좁아진 시야를 더 좁게 만든다. 그리고 누군가 유행의 대열에 합류하지 않으면 그건 그가 상황이 얼마나 위기인지 모르기 때문이라고 여긴다.

*

여러 차례 말했듯 나는 칼뱅주의자다. 나처럼 오랫동안 조용히 책에 파묻혀 살았던 여성은 다른 사람들을 놀라게 할 일이 거의 없다. 그런 와중에 내가 칼뱅주의자라고 말하면 사람들은 사뭇 놀라워하고 그 반응이 재밌어서 이 말을 하는 측면도 있다는 걸 나는 인정한다. 하지만 그건 지극히 작은 이유고, 내가 칼뱅주의자라고 말하는 이유는 내가 정말 칼뱅주의자이기 때문이다. 특히 나는 칼뱅의 (널리 알려진) 노동 윤리를 좋아한다. 나는 여가 활동을 지루해하고 거의 쉬지 않고 일한다. 휴식의 가치를 몰라서가 아니라 내가 내 소명을 찾았기 때문이다. 어렵기는 하지만, 나는 일할 때 즐거움을 느낀다. 그리고 일은 곧 내게 휴식이다. 칼뱅은 모든 일이 동등하고 존엄하다고 가르쳤고 누군가 종교적인 일로 부름을 받듯 다른 누군가는 세상의 일로 부름을 받는다고 말했다. 정말 훌륭한 생각이다. 그러나 이런 이상이 실현되려면 몇 가지 조건이 필요하다. 모든 사람에게 다양한 선택지가 주어져야 하고, 그 다양한 선택지 중 선택을 하는 데 필요한 도구를 습득할 기회, 공부할 기회도 주어져야 한다. 역사적으로 미국 교육은 학생들이 자신의 재능과 자질을 발견할 수 있도록 다양한 경험을 할 기회를 제공했다. 하지만 이러한 교육은 끝나가고 있다.

온갖 매체의 '예측'에 따르면 미래 경제에는 수학과 과학을 잘하는 노동자들이 필요하고, 그 예측에 맞추어 오늘날 교육 체계는 다른 선택지들을 없애고 있다. 아이들이 다른 길을 택할 기회를 박탈하는 것이다. 물론 수학과 과학에 재능 있는 학생들은 이를 더잘 살릴 수 있도록 지원하고 격려해야 한다. 하지만 현실을 보라. 우리와 경쟁하고 있다는, 혹은 경쟁해야 한다는 나라의 노동자들이 '효율적'인 건 그저 그들의 임금이 낮기 때문이다. 가난하고, 열악한 환경에 놓여 있다는 사실이 세계 시장에서는 '경쟁력'으로 인정받고 '상품'이 된다. 그런 사람들, 혹은 그들과 경쟁하는 또 다른 가난한 노동자들의 삶이 조금이라도 나아지면 오히려 그들은 (그리 유쾌하지는 않은) '경쟁력'을 잃게 될 것이다. 가난하다는 사실, 열악한 환경에 놓여 있다는 사실이 이 끔찍한 세계 시장에서는 장점이 되어 버렸기 때문이다. 그리고 언론의 예측과는 달리 고도의 수학 실력을 갖춘 노동자들을 요구하는 공장은 분명 효율적이지 않을 것이다. 대량 생산의 핵심은 '탈숙련화', 즉 모든 과정을 최대한 단순하고, 반복하고, 가능하면 자동으로 움직이게 하는 데 있다. 언젠가 이 일을 대신할 로봇은 수학자가 아니다. 그리고 이 로봇을 설계하는 기술자들은 공장 현장에 있지 않을 것이다. 그런데도 수학과 과학을 효율성과 연결하는 생각은 사람들의 머릿속에 단단히 박혀 있어 아무도 이 생각에 의문을 제기하지 않는다. 그리고 이 효율성에 경의를 표하면서 기존의 교육 체계를 허물고 있다.

역사를 돌아보면 우리가 해 온 방식은 그런대로 잘 작동했다. 어쩌면 이를 곰곰이 생각할 필요가 있는지도 모른다. 우리는 이 경주에서 선두를 유지하려 애쓰지만, 경주에 뒤처지지 않았다고 해서 받을 수 있는 상은 없다. 그리고 애초에 이런 경쟁이란 존재하지 않는다면, 없어도 된다면, 없어야 한다면 어떨까? 이상적으로 그리스는 그리스인이 그리스인답게 살 수 있는 곳이라면 어떨까? 꽤 괜찮은 생각 아닌가? 미국은 미국인이 미국인답게 살 수 있는 곳이라면 어떨까? 다양한 사람이 모인 미국에서 이러한 생각 실험을 통해 우리가 길어 올릴 수 있는 한 가지 중요한 교훈이 있다면 우리는 민주주의 사회를 잘 운용할 수 있는 시민이 되도록 서로를 준비시켜야 한다는 것이다. 경쟁은 두려움과 불안을 동반하기 마련이고 그 결과 우리는 우리가 실제로 매우 강력한 국가에 살고 있다는 사실을 잊어버린다. 어떻게 보든 간에 지금도, 그리고 앞으로도 미국은 강대국일 것이다. 설령 어떤 산술을 통해 우리가 2위나 3위로 떨어진다 해도, 우리는 여전히 강력한 힘을 지니고 있고 그만큼의 책임도 져야 할 것이다. 세계가 불안정하고 약하다는 건 모두가 알고 있다. 그런 와중에 미국은 어리석은 거인 같다. 이 거인 같은 국가는 국민 대다수가 지도상 어디에 있는지도 잘 모르는 나라들을 마구 짓밟아 버린다. 과학 기술이나 수학 능력이 아무리 뛰어나더라도 다른 사람들의 삶을 이해하고 존중하는 마음, 세상을 인도적인 시각으로 바라보는 능력은 길러지지 않는다.

이 시점에서 '세상을 향한 하느님의 사랑'을 깊이 생각해 보자. 이 제안이 이상하게 들리지 않기를 바란다. 인간이, 하느님에게 받은 선물과 능력을 마음껏 펼치면서, 선한 것과 올바른 것을 찾고 아름다움을 만들어 내는 모습을 상상해 보라. 하느님이 자신이 만든 세계를 보고 기뻐하셨다면, 우리가 멋진 생각을 해냈을 때, 너그러운 마음, 참되고, 정의롭고, 순수한 것들을 숙고하고 실현해 내는 모습을 보고서도 기뻐하실 것이라고 충분히 짐작해 볼 수 있다. 물론 이 말은 바울이 했던 말을 풀어쓴 말이지만, 키케로Cicero 의 글이나 『사자의 서』The Egyptian Book of the Dead를 읽어 보면 그리스도교가 이 세상에 등장하기 전의 사람들, 다른 종교를 믿는 사람들도 이런 가치들에 대한 사랑으로 탁월한 예술 작품, 문학 작품, 철학 사상을 만들어 냈다는 사실을 알 수 있다. 솔로몬은 하느님이 임하시는 성전을 지을 때 두로 사람들을 찾아갔다. 그들은 이교도들이었지만, 당대 최고의 신전 건축 기술을 보유하고 있었기 때문이다. 그들은 바알, 엘, 아세라를 위해 신전을 지었지만, 솔로몬에게는 그들이 '거룩함'을 표현하는 탁월한 건축 기술을 가지고 있다는 사실이 더 중요했다.

아주 오래전, 최초의 인류가 밤하늘의 별을 보고 경이로워한 그 순간부터, 이 땅 곳곳에서는 하느님이 기뻐하실 만한 아름다운 것들이 끊임없이 피어나고 있었다. 고요한 음악이 흘러나오고 있었다. 우리가 지금까지 표현해 낸 부분들은 아직 표현하지 못한 부분들에 견주면 지극히 작은 부분에 불과할지도 모른다. 우리가 의식하지 못한 채 스쳐 지나간 누군가의 신실함, 친절함, 애정이 하느님이 보시기에는 이 세상에서 가장 아름다운 것일지도 모른다.

신실함, 친절, 애정은 모든 인간이 지니고 있다. 여기서 '우리'와 '그들'의 구분은 의미가 없다. 우리는 폭탄을 떨어뜨릴 때 무엇이 사라지는지 알지 못한다. 수학과 과학을 아무리 잘해도 이런 부분을 이해할 수 있게 해 주지는 못한다.

그러니 우리가 성숙한 민주주의를 능숙하게 운영하는 시민이 되려면 '인문학'이라고 부르는 공부를 더 많이 해야 한다. 세계 여러 나라 사람의 문화는 매우 복잡하고 다양해 보이지만, 결국에는 하나의 현상을, 즉 이 지구상에서 인간이라는 존재가 얼마나 독특한지를 보여 준다. 프랑스 계몽주의를 공부하는 학생은 각 시대와 장소가 얼마나 심오하고 독특한 역사와 상황을 머금고 있는지를 조금이라도 알게 된다. 그리스어나 독일어를 배우는 학생은 특정 언어가 그 언어를 사용하는 이들의 생각에 일정한 제약을 가하기도 하고, 열어젖히기도 한다는 사실을 이해하게 된다. 우리가 무언가를 이해하려 하다 어떤 벽에 부딪혀 그 벽을 돌파하려 애쓰다 보면, 벽은 이내 무너지고 더 깊은 신비가 나타난다. 어떤 문명을 연구하든 우리는 경외심, 경이로움, 연민이라는 위대한 교훈을 얻게 될 것이다. 이는 성숙한 민주주의 사회의 시민이 잊지 않아야 할 중요한 사항이다.

우리는 정말 민주주의 사회에 살고 있는가? 상대적으로는 그렇다고 말할 수 있다. 여느 정치 체제가 그러하듯 태만과 거짓말, 유행과 경향에 휘둘리는 모습에도 불구하고, 이 사회에서는 대다수 성인 구성원이 선거권을 갖고 있으며, 토론에 열려 있다. 우리가 이 정도로 민주주의를 이루었다는 사실은 우리가 더 나은 민주주의를 선택하고 만들 수도 있음을 알려 준다. 여기서 나는 다시 유행과 경향이라는 문제로 돌아와 이들이 고등 교육에 미치는 영향에 대해 이야기해 보고자 한다.

오랫동안 가장 유행했던 사상은 마르크스주의였다. 마르크스주의의 유행은 냉전 시기와 거의 겹친다. 소련이 해체되고 프리드먼Milton Friedman의 경제사상이 부상하면서 마르크스주의는 허술한 천막처럼 쓰러져 버렸다. 하지만 마르크스주의가 한창 인기가 있었을 때는 사람들이 자신이 '마르크스주의자'라고 말하는 것만으로도 용감하고 위험한 사람이 된 것인 양 행동하곤 했다. 흥미로운 건 그렇게 말하는 사람 중 대다수는 마르크스의 책을 읽지 않았다는 것이다. 적어도 내가 만난 사람 중에는 한 사람도 없었다. 그리고 마르크스의 저작들을 읽지 않았다는 사실을 부끄럽게 여기지도 않았다.

나도 내 마음대로 나를 플랜테저넷 가문 사람Plantagenet이라고 이야기할 수 있듯 누구나 자신이 마르크스주의자라고 말할 수 있기는 하다. 뭐라 불러도 상관없다. 하지만 쉽게 구해서 읽을 수 있음에도 불구하고, 마르크스의 글을 전혀 읽지도 않고 마르크스의 전문가인 척, 혹은 그 사상에 완전히 감동해 마르크스주의자로 개종한 척하는 건 사기다. 이 '마르크스주의자'들은 열변을 토하곤 했는데, 『거울 나라의 앨리스』Through the Looking-Glass and What Alice Found There 속 인물들처럼 자기들끼리만 이해할 수 있는 말로 소통하는 것 같았다. 이를테면 그들은 (마르크스가 이에 관해 많은 글을 썼는데도 이 글들을 읽지 않은 채) 남북전쟁에 대해 '마르크스주의 관점'으로 이야기한다면서 터무니없이 잘못된 이야기를 했다. 이 이야기는 학계에서 지대한 영향력을 행사했고, 여전히 그 일부가 남아 있다.

최근 나는 한 국제 학회에 참석한 적이 있다. 그곳에서 세계 각국의 학자들은 자신들이 마치 "위험한 계급"classe dangereuse인 것마냥, 자신들이 경제적으로 노예가 되었다며 한목소리로 불만을 터뜨렸다. 덕분에 나는 사람들이 여전히 마르크스의 책들을 읽지 않고 있음을 알 수 있었다. 마르크스주의의 영향력은 1차 문헌은 안 읽고 일부러 어려운 말만 쓰는 방식에 남아 있는 것 같다. 그리고 이 때문에 사람들은 점점 더 대학 교육과 인문학이 실제 삶과는 아무런 상관도 없다고 여긴다.

이 문제도 심각하지만, 좀 더 심각한 문제는 냉전 시기에 자칭 '마르크스주의자'들이 미국 대학에 커다란 영향력을 행사했다는 것이다. 실제 마르크스 사상이 소련 경제 체제, 사회 체제와 도대체 무슨 관계가 있었는지 의심스러운 건 사실이다. 하지만 소련은 마르크스가 자기들 편이라고 주장했고, 미국 사람들은 마르크스주의를 소련의 이념 및 정치 체제와 사실상 같은 말로 사용했다. 그리고 양쪽 모두 핵실험을 했고, 다른 나라를 이용해 전쟁을 벌였고, 자신들을 지킨다는 명목 아래 제국이나 벌일 법한 행동을 벌였고 그 결과 온 세계가 깊은 상처를 입었다. 그렇다면 이 갈등의 본질을 파악하는 것이야말로 참된 마르크스주의자들이 해야 할일, 이 세계에 대한 예의, 참되고, 명예롭고, 정의로운 일 아닐까? 자칭 마르크스주의자들이 난해하고 무의미한 소리로 가득 찬 두꺼운 책들만 수십 년 동안 써댄 것은 결국 인류에게 해를 끼친 게 아닌가?

이 일화는 미국의 대학 교육이 민주주의가 필요로 하는 수준에 미치지 못했음을 잘 보여 준다. 우리는 다른 사람이 제공하는 정직한 정보와 지식이 있어야만 세상을 이해하고 올바른 판단을 내릴 수 있다. 그래서 우리는 서로 진실을 이야기해야 한다. 서로가 의지할 수밖에 없기 때문이다. 고등 교육을 받은 사람이라면 정도의 차이는 있겠지만, 각 분야에서 자신이 책임져야 할 몫이 있다. 작가, 학자, 교사, 언론인, 변호사를 보면 이는 명백하다. 과학자, 수학자들도 예외는 아니다. 그들이 하는 일이 무시무시한 전쟁을 일으키거나 세계 경제를 망가뜨리는 데 쓰일 수도 있기 때문이다.

요즘 나는 남북전쟁 시기 양쪽 진영 사람들이 쓴 글을 읽고 있는데, 가장 최근에는 토머스 엔트워스 히긴슨Thomas Wentworth Higginson이 남긴 회고록을 읽었다. 학계에서는 히긴슨이 에밀리 디킨슨Emily Dickinson을 낮게 평가하고 그녀의 기를 꺾었다고 굳게 믿지만, 실제로 그는 디킨슨을 굉장히 존경했고, 그녀에 대한 탁월한 글도 남겼다. 또한, 히긴슨은 초기 여성운동 지지자이자 진취적인 노예제 폐지론자였다. 혹자는 당시 노예제 폐지를 위해 노력했던 문인들이 남북전쟁이 일어났을 때는 멀찍이 서서 구경만 했다고 하지만, 실제 역사에서는 많은 이가 투쟁의 중심에 있었다. 히긴슨 역시 남북전쟁에서 처음으로 전투에 참여한 흑인 부대의 지휘관이었다.

저서 『흑인 연대에서의 군 생활』Army Life in a Black Redgiment에서 히긴슨은 초기 우발적으로 일어난 전투를 겪은 후 군의관이 쓴 보고서를 인용한다. 군의관은 이렇게 썼다.

> 이들보다 더 용감한 사람들은 없었다. 한 병사는 어깨와 목에 총상을 입었는데도 불구하고 3킬로미터나 떨어진 전장에서 총 두 자루를 가져왔고, 단 한 번도 불평하지 않았다. 로버트 서튼이라는 병사는 세 군데나 부상을 입었는데(그 중 하나는 머리에 입은 치명상이었다) 장교들이 전투 대열에서 물러나게 할 때까지 이를 보고하지 않으려 했다. 상처를 치료하는 동안 그는 조용히 자신들이 해낸 일과 앞으로 해야 할 일을 말했다. ... 서튼은 놀라울 만큼 조용하고 침착했다. 그는 목숨보다 달콤한 자유를 깨달은 사람으로서, 종교적인 태도로 이 모든 일을 받아들이고 있었다. 또 다른 병사는 어깨에 산탄을 맞고도 보고도 안 하고 밤을 새워 보초를 섰다.[1]

---

[1] Thomas Wentworth Higginson, *Army Life in a Black Regiment and Other Writings* (London: Penguin Classics, 1997), Kindle edition.

히긴슨은 여기에 이런 말을 덧붙였다.

> 추가 일화를 덧붙이면, 이 병사는 자신이 부상자 명단에 올라 전
> 투에서 제외될까 걱정되어 전우에게 몰래 산탄을 빼내 달라 했다
> 고 한다. … 이토록 놀랍고 헌신적인 병사들을 보며 지휘관은 감
> 동해 흥분한 모습을 보였다. 아마 다른 사람들도 같은 상황이라
> 면 마찬가지 반응을 보였을 것이다.

히긴슨은 자신의 병사들에게 용기와 규율을 강조했고 그 모습
을 기록하는 게 "한 인종의 운명"에 중요하다고 믿었다.[2] 이 책은
1869년, 전쟁이 끝나고 4년 뒤에 나왔다. 윌리엄 딘 하우얼스William
Dean Howells*는 잡지 「아틀란틱」The Atlantic에 서평을 쓰면서 약간은
냉소적인 말투로 이제 온 나라는 흑인 문제에 지겨워하고 있다고
이야기했다.

　나는 종종 도대체 어떤 깊은 구멍이 생겨서 남북전쟁 전 노예제
폐지 운동에서 나온 선하고 진보적인 생각들, 중요한 시도들과 개
혁들이 순식간에 사라졌는지 궁금해하곤 했다. 하우얼스의 글은

---

[2]　위의 책.

*　윌리엄 딘 하우얼스(1837~1920)는 미국의 소설가, 극작가, 비평가다.
1866~1871년 동안 보스턴의 유력 문학잡지 「아틀란틱」의 편집주간으로 일
했다. 사회 문제를 다룬 소설을 쓰기도 했는데 특히 『사일러스 래펌의 출세』
The Rise of Silas Lapham (1885), 『새로운 행운의 위험』A Hazard of New Fortunes (1890)
등의 작품은 미국 사실주의 문학에서 중요한 작품으로 평가받는다. 본문에
서 "지겨워하고 있다"는 표현은 인종차별 정책과 인식에서 후퇴하는 세태를
비판하는 논조일 것이다.

그 물음에 대한 답이 되어 주었다. 우리는 정의와 평등을 추구하는 일을 지켜워한다. 전쟁 후 사람들은 우생학과 사회적 다원주의, 그리고 이들의 추한 형제인 인종 과학이라는 새로운 유행에 열광했고, 인종차별 반대는 지나간 유행으로 간주했다.

이 새로운 사상들(우생학, 사회적 다원주의, 인종 과학)은 거의 100년 동안 '매우 합리적인 이론'으로 간주되었다. 유럽에서 온 사상들이라 더 그랬다. 저명한 대학들을 중심으로 이 사상들은 전역에 퍼져 나갔다. 앞서 언급한 흑인 부대의 역사가 다시 밝혀진 건 최근에 이르러서다. 남북전쟁과 그 이전 수십 년 동안 사람들은 엄청난 용기와 지혜를 보여 주었고 희생했다. 수많은 사람이 목숨을 잃었다. 하지만 그 대가로 사람들은 노예 제도와 짐 크로 법이 제정된 시기 사이 고작 10년, 혹은 20년 정도 제정신을 유지했을 뿐이다. 우리가 지켜워하지 않기 위해서는 도대체 얼마나 많은 눈물과 피가 있어야 하는 걸까?

대학에서 일하는 우리가 지적인 삶을 어떻게 사느냐는 문제는 결코 사소한 문제가 아니다. 우리는 상인들, 이를테면 튤립 구근, 양털기름, 혹은 불량한 부동산 담보 대출 상품을 파는 사람들이 무슨 일을 하는지 잘 알고 있다. 그들은 무언가를 실제 가치보다 비싸게 팔아서 빨리 돈을 벌려 한다. 누군가 두 달만 지나도 팔리지 않을 수 있는 물건을 비싸게 팔기 위해 인위적으로 수요를 만들어 내도 이제 아무도 놀라지 않는다. '시장이 모든 걸 해결해 준다'는 생각이 아직도 (수년째 세계 경제를 수렁에 빠뜨렸는데도 불구하고) 유행하고 있기 때문이다. 그리고 대학들은 이 유행을 받아들였다. 요즘 대학들을 보라. 마치 장사꾼처럼 자기들을 광고하고, 교육을 마치 팔아야 할 상품처럼 다루고 있다. 대학이 더 '잘 팔리는 브랜드'가 되기 위해서 말이다. 교육의 본질을 잊은 채 돈벌이에 집중하다 보면, 대학의 진정한 가치가 사라지는 악순환만을 낳을 뿐이다.

현재 우리 사회는 세계 기준으로 보았을 때 대단히 부유한 사회다. 이 부는 대부분 이전 세대가 구축해 놓은 부를 기반으로 이루어졌다. 이 정도면 사람들이 이 땅에서 살아간다는 것의 의미를 생각하고 감사할 수 있는 충분한 여유를 누릴 수 있는 사회인데도, 우리는 공포에 질려 우리 자신과 다른 사람들을 그저 '경제 생산 단위'로만 보고 있다. (우리가 절대 할 수 없는) 미래가 우리에게 무엇을 요구할지 다 안다고 착각하면서 말이다.

이러한 가운데, 인문학은 우리(가장 넓은 의미에서 '우리', 즉 인류 전체)를 존중하는 법을 가르친다. 아니, 가르쳐야만 한다. 이 세상에는 시장보다 더 중요한 현실이 있기 때문이다. 우리가 사는 지구는 쉽게 망가질 수 있고, 국가들 사이에 간신히 유지되고 있는 평화는 언제든 깨질 수 있다. 인류의 지혜와 품위를 시험하는 커다란 시련이 언제, 이번 세대, 혹은 다음 세대에 닥칠지 모른다. 그런 때일수록 우리는 서로를 더 깊이 존중하고 신뢰하면서, 폭넓고 진지하게 가르치고 배워야 한다. 그렇게 그 시련을 준비해야 한다.

제8장
———

두려움

미국은 그리스도교 국가다. 이는 여러 의미에서 사실이다. 미국
에서 사람들에게 종교가 무엇이냐고 물어보면 대다수는 그리스도
교라고 대답할 것이다. 하지만 그저 다른 종교를 믿지 않는다는 의
미로 답했을 확률이 높다. 그리스도교인이 아닌 미국인들도 미국
이 그리스도교 국가라 말하는데, 여기에는 자신이 다수의 문화와
는 떨어져 있다는 느낌이 묻어 있다. 과거에도, 지금도 그리스도
교 국가인 곳에서 이민자들을 받아들였기에 북미권에는 명목상 그
리스도교인이 많다. 일부 미국인들이 자신의 그리스도교 정체성을
공적 영역에서 내걸기 때문에, 게다가 그 소리가 매우 시끄럽기 때
문에 세계는 미국과 그리스도교가 하나라고 여긴다. 결과적으로
미국인들은 그리스도교의 평판에 대해 커다란 책임이 있는데, 현
실에서 그게 무슨 의미인지는 별로 생각하고 싶어 하지 않는 듯하

다. 실제로 진지하게 고민했다면 주님을 무지, 편협함, 호전적인 국수주의와 연결하는 것에 대해 다시 생각해 보았을 테니 말이다. 그들이 아주 조금만 주의를 기울였어도, 점점 늘어나는, 무지하고 편협한 종교, 국수주의 종교라며 그리스도교를 거부하는 사람들이 그리스도교를 달리 보았을 수도 있다. 하지만, 옳든 그르든 가장 큰 소리가 사람들의 인상에 남기 마련이다.

미리 말하자면, 지금부터 다룰 주제에 대한 내 생각은 (여러 자리에서 즉흥적으로 말하기는 했지만) 아직 완전히 정리되지 않았고, 이 상태에서 이야기하기가 적잖이 망설여지기도 한다. 그럼에도 내가 전하고픈 바를 크게 둘로 나누어 이야기해 보자면, 첫째는 오늘날 미국은 두려움으로 가득 차 있다는 것이고, 둘째는 두려움이 그리스도교인의 습관이 되어서는 안 된다는 것이다. 어릴 때부터 교회에 간 사람이라면 이 시편 구절이 친숙할 것이다.

내가 비록 죽음의 그늘 골짜기로 다닐지라도, 주님께서 나와 함께 계시고, 주님의 막대기와 지팡이로 나를 보살펴 주시니, 내게는 두려움이 없습니다. (시편 23:4)

또한, 교회에서는 예수께서 부활하신 후 제자들에게 이렇게 말씀하셨다고 가르친다.

보아라, 내가 세상 끝날까지 항상 너희와 함께 있을 것이다. (마태 28:20)

그리스도께서는 우리가 사는 이 모든 세계에 은총으로 지금도 함께 계신다. 그리고 그분은 자신을 통해 역사를 매듭지으실 것이다. 요즘 그리스도교인들은 그리스도를 좁은 의미로만 이해하는 경향이 있지만, 이 말은 그보다 훨씬 더 크고 포괄적인 의미를 담고 있다. 성서는 가르친다.

> (그리스도께서는) 태초에 하느님과 함께 계셨다. 모든 것이 그로 말미암아 창조되었으니, 그가 없이 창조된 것은 하나도 없다. ... 그 빛이 어둠 속에서 비치니, 어둠이 그 빛을 이기지 못하였다. (요한 1:2~5)

"빛이 어둠 속에서 비친다." 여기서 현재 시제가 쓰이고 있음을 주목하라. 마찬가지 맥락에서 요한의 첫째 편지는 선언한다.

> 영원한 생명은 아버지와 함께 계셨는데, 우리에게 나타나셨습니다. (1요한 1:2)

우리가 진정으로 성서의 가르침을 받아들인다면, 그리스도는 어떤 특정 시간이나 장소에만 있었던 이가 아니다. 그리고 지금 이 땅에서의 삶이 전부라고 생각할 수도 없다. 그리스도교인은 육체의 죽음이 아니라 영혼의 상실을 두려워해야 한다.

요즘 우리는 "미국이 그리스도교 정체성을 잃어 가고 있다"는 이야기를 자주 듣는다. 이런 쇠퇴에 대한 이야기(이런 이야기는 항상 나온다)들은 대체로 중요한 한 가지를 빠뜨리고 있다. 바로 얼마나 달라졌는지를 측정할 수 있는 명확한 기준이다. 과거의 어느 시점이 미국이 참된 그리스도교 정체성을 지니고 있는지를 이야기해야, 그에 견주어 오늘날 미국이 달라졌는지 이야기할 수 있는 것 아닌가? 비교할 시작점이 없으면, 좋은 방향으로 변했는지, 나쁜 방향으로 변했는지를 말할 수 없다.

이 문제를 풀어 가려면 우선 지금 우리 문화에 뚜렷하게 드러나는, 이상하리만치 널리 퍼져 있는 '두려움'을 주목해야 한다. 레위기 26장에서는 이스라엘 백성이 하느님을 멀리할 때 어떻게 되는지를 묘사한다.

> 그들은 흔들리는 낙엽 소리에 달아날 것이고, 칼을 피하여 도망하듯 도망할 것이며 쫓는 자가 없어도 쓰러지리라. 또한, 그들은 쫓는 자가 없어도 칼 앞에 있는 것 같이 서로 짓밟혀 쓰러질 것이다. (레위 26:36~37)

물론 우리 중에는 그런 낙엽 하나쯤은 가루로 만들어 버릴 수 있는 무기를 지닌 사람들이 있다. 그리고 실제로 낙엽을 가루로 만들어 버리면서 자신이 용감하다고 느낄지도 모른다. 수많은 낙엽이 날린다는 사실에 자신들의 두려움이 정당하다고 여기면서 말이다. 그러나 핵심은 그대로다. '안전'이라는 말을 어떻게 정의하든, 우리의 참된 안전을 보장하시는 유일한 분인 하느님을 잊은 사람들에게는 한 가지 특징이 있다. 바로 이성적이지 않은 두려움을 느끼고, 이에 대해 이성적이지 않은 반응을 보인다는 것이다. 성서는 두려움이 일으키는 실제적인 결과를 날카롭게 지적한다.

너희가 너희 적들 앞에서 일어설 힘이 없을 것이다. (레위 26:37)

물론 이 세상에는 실제로 위험이 있다. 그러나 두려움은 우리의 눈을 흐리게 만든다. 실제 위험과 어디서든 위험한 요소를 찾아내어 이를 부각해 인위적으로 만드는 공포를 구분하지 못하게 한다. 사태를 객관적으로 볼 수 있는 사람이라면 누구든 진짜 위기가 왔을 때 누구와 함께 있어야 하는지, 정말 중요한 판단이 필요할 때 누구의 판단을 신뢰해야 하는지를 알 수 있다.

세상에 위험이 있음을 인정한다 해도, 아무것이나 두려워하고, 더 나아가 다른 사람들이 두려워하게 만드는 건 비싼 대가를 치르게 될 수 있는 잘못된 행동이다. 어떤 이들은 그저 흥분에 도취해 그런 일을 벌이고, 어떤 이들은 자신의 불안이나 외로움, 편견, 분노를 분별, 용기, 애국심으로 포장한다. 하지만 기이하게도 요즘 다수의 그리스도교인은 두려움을 그저 용인하며, 나쁘다고 말하지 않는다. 분명 두려움은 그리스도교적이지 않은데 말이다.

칼뱅 전통을 공부하는 사람은 선조들이 얼마나 헌신적이었는지를 잘 안다. 그들은 자신들이 이해한 하느님의 뜻을 따르기 위해 목숨과 재산을 바쳤다. 세속의 관점으로 보면, 그들은 자신들이 치를 수 있는 가장 커다란 비용을 치렀다. 그들은 신앙을 지키기 위해 지성과 용기를 발휘했고, 무력을 쓰기도 했다. 하지만 네덜란드 지역을 제외하면 유럽에서 별다른 성공을 거두지는 못했다. 그래서 메이플라워호의 순례자, 청교도, 위그노는 신세계로 이주했고, 그곳에서 칼뱅주의 문명은 거대한 번영을 이루었다. 혹자는 이를 두고 '압제자들이 악한 의도로 박해를 했지만, 하느님께서는 이를 선한 결과로 만드셨다'고 말할지도 모른다. 하지만 그런 '요셉과 형제들'식 해석에는 한 가지 중요한 요소가 빠져 있다. 바로 압제자들이 칼뱅주의자들을 두려워했다는 것이다. 그들이 보기에 칼뱅주의자들은 이단이었고 교회와 그리스도교 문명, 모든 영혼을 위협하는 존재였다. 당시 칼뱅주의자는 오늘날 유럽인들의 상상 속 무슬림과 비슷한 위치에 있었다. 하지만 오늘날 무슬림들이 유럽에서 받는 차별과 과거 칼뱅주의자들이 받은 박해에는 두 가지 중요한 차이가 있다. 우선, 요즘 유럽 사람들이 그리스도교가 위협받고 있다고 말할 때는 실제 종교적 신념이나 신앙을 걱정하는 것이 아니다. 그저 유럽의 사회, 문화와 전통, 혹은 '백인 그리스도교인'이라는 인종적 정체성이 위협받는다고 느끼는 정도다. 또한, 칼뱅주의자들이 유럽에서 박해받던 시대에는 이들을 보호하는 법이나 제도도, '다른 신앙을 인정하고 받아들인다'는 관용의 개념도 없었다. 오히려 당시 유럽인들은 칼뱅주의자들을 아무리 잔인하게 탄압하더라도 이를 '하느님을 위한 거룩한 행동'이라고 여겼다.

16세기 프랑스에서 일어난 개신교도들에 대한 학살은 그게 공권력이 주도했든 대중이 주도했든, 누군가가 자신의 영혼을 망칠 수 있다는 두려움, 무심결에라도 진정한 믿음을 타락시켜 자신을 영원한 지옥 불로 보낼 수 있다는 두려움을 반영한다. 당시 누군가 칼뱅주의자들을 죽이러 가는 리옹 시민에게 왜 그런 일을 하느냐고 묻는다면, 그는 분명 자신의 도시를 되찾고, 문화를 되찾고, 나라를 되찾기 위해서, 프랑스의 영혼을 지키기 위해서 싸우러 간다고 말할 것이다. 이런 말들이 칼뱅주의자들을 공격하기 위해 새롭게 고안된 말은 아니다. 13세기부터 유럽에서는 이단을 숙청했고, 사람들은 이미 그런 방식에 익숙해져 있었다. 훨씬 더 오래전, 배교자라 불린 로마 황제 율리아누스Julian가 로마를 당시 새로운 종교였던 그리스도교에서 옛 다신교 신앙으로 되돌리려 했을 때도 비슷한 전략을 구사했다. 하지만 유럽에서는 특히 칼뱅주의자들에게 이를 엄격하게, 끈질기게 적용했고 그 여파도 거셌다.

얼마 전 나는 비텐베르크에서 열린 설교학회에서 강연한 적이 있다. 전 세계 여러 나라에서 사람들이 왔지만, 프랑스에서 온 사람은 없었다. 왜 프랑스 사람이 없냐고 물으니, 사람들은 프랑스에는 로마 가톨릭 교회 신자들만 있으며 가톨릭 교회는 개신교처럼 설교에 중점을 두지 않는다고 말했다. 나는 그들에게 프랑스에도 개신교도들이 있다고 말하고 인터넷에서 프랑스 개신교회Église Réformée를 찾는 방법, 그들의 설교와 음악 등을 알려 주었다. 내가 그들을 잘 알고 있는 이유는 어떤 그리스도교 집단에서도 프랑스 개신교도들만큼 커다란 용기를 가지고 커다란 박해에 맞서 자신들의 믿음을 지킨 이들을 보지 못했기 때문이다. 특정 집단의 존재나 역사를 의도적으로 무시하고 지워 버리는 시도는 완전히 성공할 수는 없다. 다수가 프랑스에는 개신교도들이 없다 생각하더라도 현실에서 그들은 여전히 살아가고 있기 때문이다. 그럼에도 그런 시도는 문제다. 그런 행동은 결국 로마인, 프랑스인, 아리아인, 공교회, 그리스도교, 미국인을 매우 좁게 정의하면서, 그것만이 옳다고 주장하기 때문이다.

여러 이유에서, 종교를 정확하게 정의하기란 어렵다. 종교의 핵심이 무엇인지, 어떤 사람까지 그 종교의 신자인지 정하기 쉽지 않기 때문이다. 종교에는 언제나 '여분의 사람들', 즉 그 종교의 참된 가르침은 따르지 않으면서도 자신이 그 종교에 속해 있다고 주장하는 사람들, 더 나아가 그 종교를 자신의 목적에 이용하는 사람들이 있고, 때로 그 수는 엄청나게 많다. 어렸을 때 《데미트리우스와 검투사》Demetrius and the Gladiators라는 대작 영화를 본 적이 있다. 빅터 머추어Victor Mature가 잘 소화해 낸 주인공 데미트리우스는 그리스도교로 개종한 사람이었고, 그래서 누군가 자신을 괴롭히더라도 다른 뺨을 돌려대는 것이 자신의 의무라 여겼다. 하지만 그의 검투사 친구인 거대한 누비아인 검투사는 불량배가 데미트리우스를 괴롭히자 철갑을 댄 주먹으로 그를 때려 넘어뜨린 뒤 의기양양하게 소리쳤다. "나는 그리스도교인이 아니야!" 누비아인 검투사의 호령에 극장의 관객은 환호성을 지르며 팝콘을 사방에 날렸다(사족을 덧붙이면 내가 세실 B. 드밀Cecil B. DeMile*과 델머 데이브스Delmer Daves**를

---

* 세실 B. 드밀(1881~1959)은 미국의 영화 감독이다. 영화 역사상 가장 상업적으로 성공한 제작자 겸 감독, 거대한 스케일의 영화를 할리우드 영화의 전형으로 만든 감독으로 평가받는다. 대표작으로 《왕중왕》, 《지상 최대의 쇼》 The Greatest Show on Earth, 《십계》The Ten Commandments 등이 있다.

** 델머 데이브스(1904~1977)는 미국의 영화 각본가, 감독, 제작자다. 스탠퍼드 대학교를 나와 처음에는 연기자로 출발했으나 방향을 틀어 각본가 경력을 시작했고 《러브어페어》Love Affair(1939)로 커다란 성공을 거두었다. 이후 감

공정하게 평가했는지 확인하기 위해 이 영화와 그 전편인 《성의》The Robe를 다시 보았는데, 영화 자체는 별다른 문제가 없었다. 두 영화 모두 초기 그리스도교 공동체를 정말 놀라울 정도로 온화하고 평화로운 공동체로 그리고 있었다. 기억해 둘 건 당시 그리스도교인들은 잔인하기로 유명한 로마 황제 칼리굴라Caligula라는 거대한 위협 앞에서도 그런 모습을 유지했다는 것이다. 오늘날 별 위협도 받지 않으면서 폭력적으로 변한 현대 그리스도교인들과는 사뭇 다른 모습이다).

칼뱅을 따르는 이들 중에도 '여분의 사람들'이 있었다. 대표적으로 당시 프랑스 영주들을 꼽을 수 있다. 초기 칼뱅주의자들이 극심한 박해를 받고 있을 때 그들은 칼뱅의 대의를 따르겠다며 무기를 들었다. 칼뱅은 폭력을 사용해 피 한 방울을 흘리는 순간, 그 피는 홍수가 되어 유럽 전체를 뒤덮게 될 것이라고 경고하며 흥분한 그들을 진정시키려 했다. 결국, 그의 예언은 이루어졌고, 칼뱅이 세상을 떠난 뒤 유럽은 종교 전쟁으로 피바다가 되었다. 칼뱅이 예상했던 대로, 사람들은 폭력으로 자신의 종교를 지키려다 오히려 더 중요한 것, 바로 그 종교의 핵심 특성을 잃어버렸다. 그리스도교든, 어느 종교든 자칭 지지자들이 실제 신자보다 많아지고 더 큰 소리를 내면 이런 일이 일어난다. 전쟁에서든, 문화들이 갈등하는 상황에서든, 정치 세력이 대립하는 상황에서든, 종교가 그 도구로 쓰이면 종교의 참된 의미는 사라진다.

이 모든 일의 중심에는 (자연스럽게 일어난 감정이었든, 의도적으로

독으로도 활동해 43년부터 65년 사이 26편의 영화를 연출했으며, 사회적으로 진보적인 서부극, 도덕적으로 복잡한 전쟁 영화로 좋은 평가를 받았다.

만들어 낸 것이든) 두려움이 있다. 사람들은 '우리 가운데 있는 불순 세력이 우리가 소중히 여기는 모든 걸 위협하면 어떻게 할까' 두려워하고, '그들'의 악한 계획이 실현되기 전에, '우리' 나라가 영혼을 잃기 전에 이를 막아야 한다고, 유엔이 텍사스를 침공하기 전에 문제를 해결해야 한다고 생각한다. 물론 그런 두려움을 가라앉히고, 한발 물러서서 달리 생각할 가능성도 있다. 이 나라를 사랑하는 수많은 사람이 있고, 바로 그들이 이 나라의 영혼이라고, 진정한 애국심은 바로 이 사실을 인정하는 것이라고 생각할 수도 있다. 하지만 그보다 사람들은 누군가를 '적'으로 만들어 두려워하기를 즐긴다. 멀리 있는 사람들을 위협으로 느끼지 않는다면, 멀리 있든 가까이 있든 우리는 모두 누군가 슬플 때 함께 슬퍼하고, 어려울 때 도와줄 수 있다고 생각한다면 무기고에 탄약을 쌓아둘 필요는 없을 것이다. 최근 한 점심 식사 자리에서 영국의 유대교 수석 랍비 조너선 색스*Jonathan Sacks는 미국이 세계에서 유일한 언약 국가 covenant nation이고, (미국 헌법에 나오는) "우리 국민"We the people이라는 말도 다른 나라들의 정치 용어에는 나오지 않는 독특한 표현이며, 대통령의 국정 연설은 하느님과의 약속을 새롭게 하는 '언약의 갱신'으로 보아야 한다고 말한 적이 있다. 일리 있는 말이다. 그러나

---

* 조너선 색스(1948~2020)는 영국 유대교 랍비로 철학자, 신학자, 작가이기도 하다. 런던에서 폴란드 이민자의 아들로 태어나 옥스퍼드 뉴칼리지와 런던 킹스칼리지에서 공부하여 1981년에 박사학위를 취득했으며, 유대인 대학교와 예쉬바 에츠 카임에서 랍비 서품을 받았다. 1995년 예루살렘 상, 2004년 그라베마이어 상을 받았으며, 2005년에는 영국 왕실로부터 기사 작위를 받았다. 한국에는 『랍비가 풀어내는 창세기』, 『하나님 이름으로 혐오하지 말라』, 『매주 오경 읽기 영성 강론』(이상 한국기독교연구소), 『사회의 재창조』, 『차이의 존중』(이상 말글빛냄) 등이 소개된 바 있다.

이 특별한 나라의 현실을 보라. 한 신문은 이 특별한 나라의 국민이 러시아제 자동 소총인 칼라시니코프를 엄청나게 사들이고 있어 러시아에 국방비를 보태고, 러시아 군수업체의 배를 불리고 있다고 전했다. 본래 이 무기는 냉전 시기 소련에서 미국과 전쟁이 일어났을 때, 미국인들을 죽이기 위해 만들어졌다. 어떤 면에서, 그 목적은 성취되고 있다. 실제로 이 무기가 미국인들을 죽일 가능성이 매우 높아졌기 때문이다. 미국인들은 자신이 소중히 여기는 것들을 위협하는 적들로부터 자신을 지키기 위해 이 무기를 사들이고 있다. 하지만 현실에서 이 무기들은 훨씬 더 높은 확률로 교실이나 영화관에 있는 무고한 청소년들의 목숨을 앗아갈 것이다.

물론 나는 총을 일종의 예술 작품으로, 뛰어난 공학 기술의 결정체로 여기고 수집하는 사람들도 많다는 걸 안다. 그리스도교인은 '나중에 필요하면 누군가를 못 박아야지'라는 생각으로 십자가를 벽에 걸지는 않는다. 하지만 총은 경우가 좀 다르다. '민간용' 칼라시니코프도 조금만 손보면 사슴을 산산조각 낼 수 있는 무기로 만들 수 있다(물론 이건 불법이기는 하다). 어떤 이들은 바로 그런 불균형을 즐기기도 한다. 언젠가 한 사람은 총으로 사슴 사냥하는 걸 즐기는 이유로 사슴이 대응 사격할 수 없다는 점을 꼽았다. 그런데 영화관에서 영화를 보는 청소년들도 대응 사격을 할 수 없다. 총기 참사가 일어났을 때 준비되지 않은 사람은 누구도 대응 사격할 수 없다. 이때 공격자를 위협하거나 막는 건 거의 불가능하다. 그래서 총이 팔리면, 또 다른 총이 팔린다. 시장의 관점에서 분명 훌륭한 사업 모형이다. 두려움은 식욕이나 중독처럼 작동한다. 결코, 충족되지 않는다.

나는 이 나라에서 사냥을 신성불가침의 영역으로 여긴다는 것을 안다. 문제는 사냥용 소총이 아니다. 이 문제에 대한 논의는 결코 동물 사냥에 머물 수 없고 결국 수정헌법 제2조를 다룰 수밖에 없다. 문자 그대로 이 조항을 읽어 보면 오늘날 현실이 꽤나 기이하다는 사실을 발견할 수 있다. 분명 헌법 수립자들은 "잘 규제된"이라는 표현을 썼다. 하지만 총기 소유 지지자들은 '규제'와 비슷한 말만 나와도 경계하고, 이미 존재하는, 얼마 안 되는 규제마저 없애려고 노력한다. 이 신성한 헌법 조항을 무시하거나 오용하고 있다는 주장, 그래서 "수정헌법 2조를 수호"해야 한다는 말은 결국 두려움을 이용하는 것이다. 파란 헬멧을 쓴 UN 평화 유지군이 캐나다에 모여 텍사스를 침공하려 할지도 모른다는 두려움, 어느 날 정부가 갑자기 자신들을 배신하면 어떨까 하는 두려움 말이다. 그런 두려움을 느끼는 사람들에게 일시적으로나마 안정감을 가져다주는 것이 러시아제 칼라시니코프 총이라니 아이러니하다. 그들은 러시아의 위협으로부터 자신들을 지키기 위해 러시아의 군수 공장이 가동된다는 사실을 정말 다행으로 여기는 건지 모르겠다. 적어도 러시아 군수 공장을 운영하는 이들은 기분 좋게, 편안한 마음으로 은행에 가겠지만 말이다.

더 큰 문제는, 우리가 이 무기들을 대량으로 사면서 생산 단가를 낮추고 있다는 점이다. 그 덕분에 세계 곳곳에 있는, 치안이 안정되지 못한 곳에서 살인을 일삼는 테러리스트들과 압제자들이 이 '경이로운' 무기들을 저렴한 가격에 구하고 있다. 이렇게 이야기하면 누군가는 러시아가 아닌 오스트리아처럼 신뢰할 만한 총기 제조 국가에서 총기를 구입하면 된다고 할지도 모르겠다. 무기를 향한 우리의 허기는 마치 자연의 진공 상태처럼 보인다. 자연이 진공을 참지 못하고 이를 무언가로 채우듯, 우리는 무기에 대한 욕망을 무기로 채우려 한다.

수정헌법 2조를 둘러싼 논쟁이 그럴싸해 보이는 이유가 있다. 헌법은 모든 '미국적인 것'의 중심이기 때문이다. 대통령도 취임할 때 "헌법을 보존하고 보호하고 수호할 것을 맹세"하며, 이 외에는 다른 어떤 맹세도 하지 않는다. 아이젠하워 대통령 때 만들어지고 케네디와 존슨 대통령 때까지 이어진 큰 장학금을 받을 때 나도 이와 비슷한 맹세를 한 적이 있다. 흥미롭게도 J.에드거 후버J. Edgar Hoover*는 아이젠하워를 공산주의자로 보았다. 내가 연방 정부 지원으로 국방 교육 장학금National Defense Education Act fellowship을 받아 셰익스피어 공부를 했다는 사실을 알았다면, 그걸 증거로 삼았을지도 모른다. 하지만 정부가 인문학 교육을 지원해서 나라가 더 나빠진 것 같지는 않다. 그때는 인문학자들도 국가 발전에 기여할 수 있다고 생각했다. 하지만 지금은 시대가 많이 달라졌다. 오늘날 기준으로 보면, 내 이력은 나를 불순한 인물로 낙인찍기에 충분하다. 나는 진보적인 정치 성향으로 유명한 매사추세츠에 살았고, 외국에서도 산 적이 있으며, 프랑스어도 할 줄 알고, 명문대 학위도 있

---

* J. 에드거 후버(1895~1972)는 FBI라고 불리는 미국 연방수사국의 초대 국장이다. 1924년부터 1972년까지 총 48년 동안 FBI 국장을 지냈으며 FBI의 첩보 능력을 이용해 유명인이나 유력 정치인의 뒤를 캐고 막강한 권력을 행사한 것으로 널리 알려져 있다.

고, 종교적이지 않은 대학의 교수라는 직업을 가졌다. 어떤 사람들은 즉각 싸우거나 피하고픈 충동을 일으키는 전형적인 인물인 것이다. 때때로 나는 이런 상황을 두고 깊은 생각에 빠지곤 한다.

아무래도 좋다. 이 나라에서는 헌법에 대한 충성이 가장 중요하니 말이다. 누군가가 권리 장전의 어떤 부분이 위협받고 있다고 주장하면, 그건 헌법 전체가 위험에 처해 있다는 말이 된다. 그런 '위험한 상황'에서 '애국자'가 해야 할 일은 (자신을 '애국자'라 여기는 이들의 말대로) 권리를 지키기 위해 총을 소지하는 것이다. 옛날 영화에서 숨겨둔 무기는 한결같이 비겁함의 상징이었다. 하지만 클린트 이스트우드Clint Eastwood가 나타나 사람들의 죄책감을 덜어 주었다. 총을 눈에 보이게 차고 다니면 멋진 정장에 어울리지 않을 뿐 아니라, 뉴스를 보는 사람이라면 누구나 그런 모습을 보았을 때 불안해하며 뒷걸음치게 할 테니 여러모로 잘된 일이라고 생각했는지도 모른다.

지금 나는 이 글을 집 뒤쪽에 있는 베란다에 앉아 쓰고 있는데 (우리 동네는 조용하고 범죄가 없는 곳이다), 한 남자가 다른 남자에게 큰소리로 식료품점에 총을 차고 들어가면 안 된다고, 그 상태로 가면 점원이 경찰을 부를 거고, 경찰이 명령하면 정말 가게에서 나가야 한다고 말하는 게 들린다. 저 낯선 남자가 (면허는 있는 것 같지만) 총을 가지고 돌아다닌다고 해서 동네가 더 안전해질까? 전혀 그렇지 않다. 요즘에는 모든 걸 경제로만 따지니 그런 식으로도 생각해 보자. 누군가 수정헌법 2조에 있는 권리를 주장하면서 총을 들고 (혹은 숨기고) 어떤 가게에 자주 들르고, 그 사실이 소문이 나면, 그

가게는 장사하는 데 손해를 볼까, 이익을 볼까? 아마 그 가게는 망할 것이다. 사람들은 당연히 최악의 상황을 상상하고 가게에 가기를 주저할 테니 말이다.

예산을 감축하는 요즘, 이런 일을 단속하는 데 드는 경찰 비용은 또 얼마나 될까? 총기 소유 지지자들은 공공 안전을 위해, 자기방어를 위해 총이 필요하다고 주장하지만, 오히려 총기를 없애야 더 안전하다. 경찰이 불필요한 총기 단속에 시간과 비용을 낭비하지 않아도 되고, 모든 시민이 총으로 무장했을지도 모른다는 위험한 가정을 피할 수 있어, 경찰이 누군가를 죽이거나 죽임당하는 비극적인 사고를 줄일 수 있기 때문이다.

어쩌면 이 때문에 사람들이 더 총을 숨겨서 들고 다니는지도 모르겠다. 총기 로비는 비겁함의 문제는 무시한 채, 총을 보이지 않게 소유하는 것을 사회가 받아들이게 만들었다. 그리고 이어서 총기 로비스트들은 무기를 쌓아두게 한다(금도 사고, 어쩌면 비상식량도 좀 사게 만든다). 이제 같은 생각을 품게 된 사람들이 함께 숲속을 돌아다닌다. 걸스카우트 경험을 해본 사람이라면 누구나 알 듯, 어두운 밤, 모닥불을 피워 놓고 두려움을 나누면 꽤 강렬한 유대감이 생긴다. 그다음에는 남이 시켜서 하든 직접 하든, 목적이 있든 없든, 눈에 불을 켜고 배신자를 찾는다. 그런데 생각해 보라. 누가 증명할 수 있겠는가? 그리스도교인이 로마의 신들을 돌아서게 하지 않았다고, 카타리파가 사람들의 영혼을 죽이지 않았다고, 마녀들이 저주를 걸지 않았다고, 유대인들이 우물에 독을 타지 않았다고, 집시들이 아기들을 훔쳐 가지 않았다고, 공화당 출신 대통령이 나라의 의지를 약화하려고 영문학 전공자들을 대학원에 보내지 않았다고 누가 장담할 수 있는가? 널리 알려진 대로 이런 부정적인 진술들은 증명할 수 없다. 이런 것들에 비하면 총기 지지자들이 유엔군을 위협으로 지목한 것은 차라리 그럴듯해 보인다. 자국 군대인 미국 육군을 위협이라고 할 수는 없으니 말이다. 물론 이것도 말이 안 되는 게 많다. 내가 아는 한 유엔군이라는 조직은 절망적인 상황에서 아무것도 제대로 하지 못하는 게 특징이기 때문이다. 물론 이런 현실은 그들에게 그리 중요치 않을 것이다. 유엔군은 무시무시한 위협이어야만 하고, 언젠가 그들에게 총을 쏴야 할지도 모르니, 자신들의 총기 소지는 정당해야만 한다.

이 시점에서, 앞서 말했던 '여분의 사람들'은 중요한 문제가 된다. 수정헌법 1조에 따르면 이 나라에서는 특정 종교를 국교로 삼는 것을 금하고 있다. 그런데 자칭 헌법주의자들은 건국자들이 각별히 막으려 했던 것을 하고 있다. 그들은 "그리스도교인"이라는 말을 정치인 자격시험처럼 사용한다. "밋 롬니는 진짜 그리스도교인일까? 몰몬교는 좀 이상한 종교 아닌가?" "버락 오바마는 진짜 그리스도교인일까? 그는 성인이 되어서야 교회에 출석하지 않았는가?" 칼뱅주의자들도 과거에 이런 경험을 했다. 다른 사람들이 생각하는 "진짜 그리스도교인"이 아니라는 이유로 두려움의 대상이 되고, 적대감의 대상이 되었다. 오늘날 정치판은 이런 슬픈 역사를 반복하고 있다. 그들은 누비아인 검투사처럼 (그리스도교가 제시하는 평화와 관용이라는 가치에 얽매이지 않겠다는 의미에서) "나는 그리스도교인이 아니야"라고 말하면서 헌법에 명시된 신앙의 자유를 거스른다. 아마 같은 맥락에서 그들은 (미국의 근본 가치인 신앙의 자유와 관용 따위에 자신이 구속될 필요는 없다는 의미에서) "나는 미국인이 아니야"라고 말할 수도 있을 것이다. 그리고 《데미트리우스와 검투사》에서 누비아인 검투사가 저지른 폭력에 관객이 환호하듯 사람들은 그들의 모습에 환호할 것이다.

미국과 그리스도교에 대한 사랑만큼은 누구에게도 뒤지지 않는다고 자부한다. 나는 이 둘을 연구하는 데 인생을 바쳤고 그 가치에 따라 살려고 노력했다. 이 같은 맥락에서 나는 "칼을 쓰는 사람은 모두 칼로 죽는다"(마태 26:52)는 예수의 가르침을 매우 진지하게 받아들인다. 오늘날 '그리스도교'라 불리는 어떤 것은 잘못된 애국주의와 뒤섞여 전쟁을 좋아하고, 젊은이들의 목숨을 쉽게 버리려 하고, 자신들의 의견에 반대하는 이들을 모두 적이나 배신자, 이단자로 낙인찍는다. 이런 일이 처음 있는 건 아니다. 유럽에서도 수 세기 동안 이런 일이 벌어졌다. 수정헌법이 교회와 국가를 분리하려 한 이유가 바로 그 때문이었다.

"칼을 쓰는 사람은 모두 칼로 죽는다"는 예수의 가르침은 '폭력을 쓰면 폭력을 당한다'는 뜻일 수 있다. 이것도 맞는 말이지만, 이때 예수가 말한 '죽음'은 그리 단순한 것이 아니다. 그가 보는 세상은 우리가 보는 세상과 다르다. 우리는 지금 여기, 눈에 보이는 것만 볼 수 있지만, 예수에게는 그런 한계가 없다. 그는 우리의 현재 모습만이 아니라, 우리의 존재 전부, 우리에게 주어진 영원한 생명, 이 시간과 공간을 넘어선 우리의 모든 것을 보고 있다. 그러므로 그가 말한 '죽음'은 단순히 육체의 죽음을 뜻하지 않는다. 그가 진정으로 경고하는 '죽음'은 다른 죽음, 진짜 두려워해야 할 죽음이다. 그리스도교인들이 그리스도교를 수호한답시고 그리스도교인답지 않게 행동할 때, 미국인들이 미국을 위한답시고 미국의 가치에 어긋나게 행동할 때, 그들은 어떤 적도 가할 수 없는 커다란 해를 그리스도교에, 미국에 끼치는 것이다. 성서에서는 가장 심각한 경고를 할 때 '영원한'이라는 말을 쓴다. 그런데 그리스도교인으로서 오늘날 '그리스도교인'들은 돌이킬 수 없는 위험한 일을 하고 있다. 겉으로는 그리스도교를 지키는 것 같지만, 실제로는 자신들의 영원한 생명을 잃을 수도 있는 상황이다.

미국 예외주의American exceptionalism('미국이 특별하다는 생각)는 이럴 때 가장 위험하다. 제도화된 종교도 마찬가지다. 종교를 믿지 않는 사람에게 종교의 가치를 설득해 보라. 그러면 그는 십자가의 이름으로 저질러진 유럽 역사 속 끔찍한 일들을 말할 것이다. 그 사례는 셀 수도 없이 많다(내가 언급했던 성 바르톨로메오의 날 학살도 여기에 들어간다). 유럽이 세속화된 것이 주로 사회주의 경제 때문이라고 사람들은 말한다. 하지만 실제로는 이런 끔찍한 역사 때문이다. 우리는 우리의 법과 전통이 만들어 놓은 안전장치들을 망가뜨리지 않도록 조심해야 한다. '여분의 사람들'은 으레 그리스도교를 공식 종교official religion로, 국가에 포섭된 종교로 만들려 한다. 참된 그리스도교인들은 이를 절대로 허용해서는 안 된다. 미국과 관련해 말하면, 우리는 전쟁에 뛰어들었다가 몇 년을 허비하고, 수천 명이 죽고 나서야 지쳐서 이를 포기하곤 한다. 심지어 왜 싸웠는지도 잊어버린 채 말이다. 이런 전쟁들은 우리가 얼마나 커다란 파괴력을 가졌는지만 보여 줄 뿐, 생명과 자유에 대한 존중, 강대국으로서의 책임감은 전혀 보여 주지 못한다. 우리는 지금 커다란 실수를 하고 있다. 우리는 우리의 근본 가치인 자유, 인권, 법치주의는 무시한 채, 오직 군사력만으로 모든 문제를 해결하려는 사람들의 말만 듣는다. 또한, 그리스도교인이라고 하면서 "충격과 공포"shock and awe ('전쟁 초기에 상상을 초월하는 화력으로 적의 전투 의지를 일시에 무력화시킨다는 미군의 군사 전략)나 "지상군 투입"과 같은 폭력만이 답이라고 열정적으로 주장하는 '여분의 사람들'의 주장에 휘둘리고 심지어 감동하기까지 한다. 이 영광에 도취해, 우리는 수많은 러시아제 총기를 집어 들고 가상의 적들과 가상의 전쟁을 벌인다.

이제 우리가 쇠퇴하고 있다는 사실을 어떻게 확인할 수 있는지, 그 성격과 정도를 밝힐 수 있는지를 이야기해 보자. 역사 속 여러 사건과 문화의 변화 사이에 어떤 관련이 있는지를 파악하는 건 매우 어려운 일이다. 물리학에서 세 개의 천체가 서로 중력으로 영향을 미칠 때 그 움직임을 예측하기 힘들 듯(이를 삼체문제three-body problem라고 한다) 문화사에서도 수많은 요소가 서로 복잡하게 영향을 주고받기 때문에 그 변화를 정확히 예측하거나 과거를 정확히 재구성하기가 힘들기 때문이다. 그러므로 천문학자들이 천체 거리를 계산하기 위해 '표준 촛불'standard candle, 즉 밝기를 알고 있는 천체를 사용해 천체 간의 거리를 계산하듯 나는 성서 주제를 다룬 옛 영화들, 특히 《성의》와 《벤허》Ben-Hur를 '표준 촛불' 삼아 그 시대 사람들의 종교적 태도를 가늠해 볼 수 있다고 생각했다. 이 영화들은 많은 사람이 미국에서 그리스도교가 황금기였다고 여기던 때 만들어졌기 때문이다. 영화는 완전히 그리스도교적인 내용을 담고 있으면서도, 매우 폭넓은 대중을 대상으로 했고, 그들이 그 내용을 잘 알고, 또 받아들이고 있다고 전제했다. 그리고 비평적으로나 상업적으로나 성공을 거두었다. 그러므로 이 영화들은 과거 미국인들이 지니고 있던 종교 감수성에 대한 꽤 신뢰할 만한 기록으로 볼 수 있다.

가장 먼저 주목할 점은 이 영화들에서는 어떤 식으로든, 매우 세세한 부분에서조차 반유대주의 요소가 보이지 않는다는 것이다. 이 영화들에서 악역, 예수를 십자가에 못 박은 세력은 로마 제국이다. 1세기 지중해 세계에서 로마 제국이 차지하던 압도적인 비중을 감안하면, 오늘날 대다수 사람이 예수의 생애 및 죽음에 관해 이야기할 때 이를 언급하지 않는다는 건 충격적인 일이다. 사람들은 의식하든 의식하지 않든 예수의 수난, 더 나아가 복음서 내용 전체를 반유대주의라는 관점 아래 읽고, 그 가운데 로마인들은 일종의 창을 든 조연 정도로만 취급한다. 신학계의 통념과 달리 유대인들을 적대시하지 않는 해석은 홀로코스트 이후 정치적 올바름 때문에 생긴 게 아니라, 그 이전부터 있었다. 성서 이야기를 영화로 담아낸 대표적인 작품이라 할 수 있는 《벤허》는 본래 1880년 루 월리스Lew Wallace(인디애나 출신인 그는 남북전쟁에서 북군의 장군이었다)가 쓴 소설인데, 『톰 아저씨의 오두막』Uncle Tom's Cabin 이후, 그리고 『바람과 함께 사라지다』Gone With the Wind가 나오기 전까지 미국에서 가장 많이 팔린 소설책이었다. 소설 『벤허』의 주인공은 유대인이며 아마 문학 작품 속에서 가장 훌륭한 인물 중 하나로 손꼽을 만하다. 그는 어머니와 누이를 끔찍이도 아끼고 자기 민족과 신앙에 철저히 충성한다. 영화 역시 이런 벤허의 모습을 충실하게 담아냈다. 게다가 소설과 영화 모두 일관되게 그가 개종을 했다는 암시를 주지 않는다. 영화에서 그는 예수를 두 번 만난다. 한 번은 그가 노예선으로 끌려갈 때 만나고(예수에게 물을 받는다), 두 번째는 예수가 십자가 처형을 당할 때 만난다. 벤허의 어머니와 누이는 예수 덕분에 나병이 나았지만, 그때 그가 예수를 직접 만나지는 않았다. 그리스도는 세상이 성스러운 존재를 경험할 수 있게 하며, 이는 벤허가 유대인으로서 추구하던 가치들과 완벽하게 일치한다. 이야기 처음부터 귀족 유다 벤허는 자애롭고, 평화롭고, 덕망 있는 유대인이었다. 그리고 그리스도의 영향을 받은 뒤에도 그는 여전히 자애롭고, 평화롭고, 덕망 있는 유대인이었다.

이랬던 이해가 시간이 흐르며 바뀌게 된 건 문화의 삼체문제라 할 수 있다. 초기 그리스도교 시대, 요한 크리소스토무스John Chrysostom 때부터 유대인들에 대한 반감은 자라나기 시작했고, 중세를 거쳐 근대에 이르기까지 맹위를 떨쳤다. 그렇다면 이런 반유대주의는 그리스도교의 필연적인 부분인가? 모든 인간의 공통된 가치를 인정하고, 특정 종교나 민족만이 옳다고 보지 않았던 시기, 비록 짧은 기간이지만, 그리스도교가 꼭 다른 종교를 적대시하지 않아도 되고, 다른 종교도 존중할 수 있다는 걸 보여 줄 수 있었던 그런 시기가 있었고, 그래서 우리가 잠시나마 유대인에 대한 편견에서 벗어날 수 있었던 걸까? 오랜만에 예수의 수난을 영화화했던 멜 깁슨Mel Gibson의 2004년 작 《패션 오브 크라이스트》The Passion of the Christ는 앞에서 언급한 영화들과는 다른 흐름에 있다. 이 흐름에서 나온 마지막 작품은 1961년 작 《왕중왕》King of Kings이다. 동화 작가 닥터 수스Dr. Seuss가 많은 돈을 받아 만든 것처럼 이 영화 속 인물들의 의상은 과장되고 우스꽝스러웠으며 성서 내용을 너무 마음대로 바꿔 놓아 보는 사람이 민망할 정도였다. 하지만 그래도 《왕중왕》은 바라바를 풀어 달라고 외치는 군중을 이해하려 했다는 점에서 의미가 있다. 이 영화에서 바라바는 용감하고 능력 있는 저항 운동가였고, 그러한 면에서 군중이 그의 목숨을 소중히 여기는 건 일리가 있다. 그리스도가 등장하는 장면이 로마 제국이 곧 무너진다는 암시로 기능한다는 걸 감안하면, 바라바는 그런 그리스도의 역할을 부각하는 조연이라고도 할 수 있다.

일부 미국인들은 옛날의 순수한 종교 문화로 돌아가자고 한다. 그런데 과연 그게 가능할까? 미국은 처음부터 여러 나라에서 온 이민자들이 자신들의 문화를 가지고 와서 만든 나라이고, 유럽 문화와 역사도 받아들여 만들어진 나라인데 말이다. 우리의 독특한 종교 문화가 어떻게 만들어졌는지, 얼마나 다양한 영향을 받아 형성되었는지 제대로 살펴보지 않은 채 과거를 되찾으려 하는 건 매우 위험한 일이 아닐까?

벤허 이야기를 가능하게 했던 신학 관점은 이제 더는 많은 사람의 지지를 받지 못한다. 요즘 사람들은 구약성서, 혹은 히브리 성서를 읽는다고 해도 그저 비판하기 위해 읽을 뿐이다. 루 월리스 시대와는 완전히 다른 시대가 되었고, 사실상 중세로 회귀했다. 19세기 미국인들이 구약성서를 진지하게 여긴 배경에는 여러 세대에 걸친 학자들의 노력과 목사들의 설교가 있었다. 하지만 이제 그 모든 노력은 무시되고 잊혔다. 이제 사람들은 위에서 언급한 소설과 영화가 암묵적으로 전하던 메시지, 구약과 신약이 하나로 연결되어 있다는 메시지에 별달리 동의하지도 않고, 관심을 보이지도 않는다.

앞에서 언급한 그리스도교 작품들은 분명 그리스도교 문화권의 산물이다. 당시 그리스도교인들은 이를 받아들였다. 이 유물들은 오늘날 많은 '그리스도교인'이 보이는 태도, 신앙이 마치 누군가를 구별해서 배제하는 문제인 것처럼 여기는 태도에 반대한다. 구별과 배제는 한 번 시작되면 돌이키기 힘든 불안을 만들어 낸다. 사람들을 두려움에 휩싸이게 한 채 누가 진짜 그리스도교인인지를, 누가 제대로 된 그리스도교인인지를 묻게 만든다. 앞에서 말했듯 과거 유럽 대부분 지역의 그리스도교인은 이런 질문을 던졌고, 그로 인해 개혁주의 전통에 속한 수많은 사람이 목숨을 잃었다. 그리스도교인을 검증하는 실험은 언제나 비참하게 실패했다.

반면 루 월리스와 그의 수많은 독자, 그리고 그의 뒤를 이은 영화 제작자들은 유대인도 충분히 그리스도교인으로 인정했던 것으로 보인다. 19세기 미국과 그 이후에는 '진보적 그리스도교'라고 불린 강한 흐름이 있었다. 오늘날 '진보적 그리스도교'는 생기를 잃어버린 낙엽 취급을 받지만 말이다. 실제 과거에 대한 관심, 고대 역사와 성서에 대한 관심을 잃어버린 상황에서 과거를 회복하려는 시도는 실패로 돌아갈 수밖에 없다. 우리는 여기서 그때로 돌아갈 수 없다. 진실로 과거에 빛났던 가치를 회복하기 위해서는 신학자들이 더 진지하고, 엄격하게 학생들을 가르쳐야 하고, 설교자들이 더 깊이 있고 학식 있는 설교를 해야 하며, 신자들이 하느님께서는 '나'가 옳다고 여기는 작은 섬들뿐만 아니라 이 세상 전체를 사랑하신다는 사실을 더 깊이 묵상해야 한다.

루 월리스의 소설과 영화에는 또 하나 주목할 만한 점이 있다. 이 작품들은 로마의 모든 매력적인 면(엄청난 힘과 부, 자신들을 신처럼 여기는 자부심과 자신감, 엄격한 규율)을 보여 주면서도, 이를 로마에 점령당한 작은 지방에서 살다가 힘없이 죽어 간 한 사람의 이야기와 대비시킨다. 이 세상에서 권력은 잔인하다. 그렇다면 무엇이 이런 권력에 맞설 수 있을까? 온유함, 너그러움, 사랑, 자제력, 그리고 이 모든 것을 가능하게 하는 전망과 믿음이다. 그리스도교 작품이기에 이 답은 우리에게 친숙하다. 예수 아래에서는, 로마가 여전히 통치하고 있는데도 저항군들이 스스로 해산한다. 십자가 처형을 담당했던 로마 장교는 자신이 했던 일을 인정하기도 전에 그리스도교 공동체에 받아들여진다. 그리고 사람들은 정당방위로 죽인 것조차 죄로 고백한다. 복수는 잊히고, 용기는 이익을 독차지하기를 거부하는 것, 그리고 폭력을 거부하는 것으로 표현된다.

물론 예수의 약함은 하느님이 자신을 제한하는 위대한 활동으로 이해해야 한다. 그때 그곳에서 예수의 실체가 드러났다면, 영광스럽다고 자부하던 로마는 전능하신 하느님 앞에서 하찮은 위협을 과시하는 것에 불과했다는 게 밝혀졌을 것이다. 우리도 마찬가지다. 인간으로서 우리가 가진 어떤 힘도 하느님의 뜻을 거스르면 그저 하찮은 것에 불과하다. 그렇게 인간이 하찮은 짓을 벌일 때 위대하신 하느님은 스스로를 제한하신다. 그리고 이를 가리키는 아름다운 이름은 '은총'이다. 그분은 누구도 잃어버리기를 바라지 않으신다. 하느님이 자신을 미워하고 악의적으로 대하는 이들을 사랑하신다면(예수는 우리가 이런 면에서 하느님과 같아야 한다고 말했다), 그리스도교인인 우리도 하느님이 그들에게 하시듯 인내와 절제, 은총을 보여 주어야 한다. 이러한 맥락에서 우리가 진실로 하느님을 경외한다면, 그분을 두려워한다면 다른 사람들에 대한 두려움은 몰아내야 한다.

오래된 영화들에서는 이제는 대부분 세상을 떠난 배우들이 생생한 모습으로 등장한다. 화면에 비친 그들은 젊음의 아름다움으로 가득하고, 움직임은 민첩하며, 발걸음은 가볍다. 우아한 진 시몬스Jean Simmons는 80세에, 찰턴 헤스턴Charlton Heston은 85세에 세상을 떠났다. 예술은 그들의 아름다웠던 시절을 우리가 간직할 수 있게 해 준다. 그렇다 해도, 셰익스피어가 『심벨린』에서 노래했듯 "고귀하게 태어난 젊은 남녀 모두 굴뚝 청소부처럼 흙으로 간다"는 진리는 사라지지 않는다. 결국 우리는 모두 죽음을 맞이하고, 그때가 되면 우리가 아무리 소중히 여기는 것이라도 차갑게 굳어 버린 손에서 놓아줄 수밖에 없다. 그러면 (예수가 루가복음에서 든 비유에 나오는 표현을 빌려 묻자면) 그 모든 것은 누구의 것이 될까? 우리가 사용하던 것들이 우리보다 이 땅에 훨씬 오래 남아 있다는 사실은 조금은 고약한 현실이다. 그리고 이처럼 우리가 무지해서, 혹은 부주의해서 저지른 실수들도 우리보다 오래 이 땅에 남아 우리의 후손에게 해를 끼친다. 지구상에서 가장 책임감 있는 총기 수집가가 열쇠와 자물쇠로 채워둔 공간에 멋진 무기를 그저 수집용으로 소장해 즐기고 있었다고 상상해 보자. 그는 때가 되면 죽을 것이다. 그러나 그가 수집한 총들은 시간이 지나도, 세상이 변해도 그대로 남아, 언제든 살짝만 닦으면 반짝일 것이다. 그러면 그 총들은 누구의 것이 될까?

그 총들이 유품으로 판매된다고 상상해 보자. 나는 이웃이 소중히 여기던 물건들이 길가의 잡동사니와 싸구려 물품이 되는 것을 자주 보아 왔다. 아마도 그런 방식으로 총은 총기 박람회에 등장할 것이다. 혹은, 저 멋진 총들이 망상에 시달리는 조카나 손자의 손에 들어가면 어떨까. 총이 없다 해도 그와 가족은 힘겨운 나날들을 보내겠지만, 총이 있다면 그들 모두에게 더 큰 재앙이, 더 큰 비극이 일어날 수도 있다. 삼촌이, 할아버지가 남긴 아름다운 총 하나가 그의 손에 쥐어지게 되면 말이다. 이 총들은 결국 누구의 것이 될까? 인간은 필멸하고 무기는 불멸한다는 특징 때문에 이 같은 질문은 세대를 거쳐 계속될 수밖에 없다.

오늘날 우리는 "후손"Posterity이라는 말을 더는 잘 쓰지 않는다. 하지만 헌법 서문을 보면 헌법을 만든 이들은 분명 후손들을 생각했다. 미국이라는 나라도, 우리의 유한한 사랑과 충성으로 이어지는 그리스도교도, 후손들에게 제대로 전해질 때만 진정으로 살아있다고 할 수 있다. 그들이 맑은 정신으로 차분하게 선한 것을 취하고 우리가 남긴 빈곤하고 해로운 유산은 거부할 수 있도록 해야 한다. 그것이 우리 세대의 책임이다.

제9장

증거

지난 100년 넘게, 서구에 사는 우리는 우리의 삶에는 무언가 부족하다고, 행복해지는 데도, 인간다운 인간이 되는 데도 정말 필요한 무언가가 빠져 있다는 이야기를 들어 왔다. 그리고 기이하게도, 고등 교육을 받을수록 사람들은 이런 결핍된 상태를 어쩔 수 없는 운명으로 받아들이는 경향이 있다. 또 하나 흥미로운 사실은, 고등 교육을 받은 많은 사람이 종교적 믿음을 잃어버린 상태를 포함한 현 상태를 해석하고 해결책을 모색할 때 그 해결책이 될 수도 있는 종교를 순진해 빠진 것, 과거에 대한 미화, 혹은 향수로 여긴다는 것이다. 그래서인지 그들은 종교적 믿음이 우리의 행복과 인간성에 얼마나 중요한지가 입증되었음에도 불구하고, 자신과 같은 고통을 겪지 않는 이들에게도 '신'은 역사적 상황의 산물에 불과하다는 생각을 받아들이라고 강요한다.

나 역시 고등 교육을 받았지만, 그런 이야기는 진실해 보이지 않았고, 딱히 논리적으로 보이지도 않았다. 그렇다고 해서 과거에는 삶 자체를 신성하게 여기고, 그래서 신성한 것을 표현하고 기념했는데, 지금은 그런 게 사라져 삶이 덜 경이롭다는 이야기에도 동의하지 않는다. 나에게 삶은 여전히 경이롭다. 그래서 성서와 신학을 공부하고, 교회에도 다닌다. 내가 속한 교회 전통에서는 설교를 매우 중시하기에, 교회에 갈 때면 설교에서 인간이 오래전부터 갖고 있던 직관, 즉 신성함에 대한 감각이 활성화되는 이야기를 듣기를 기대한다. 자주 그런 이야기를 듣는 건 아니지만, 가끔은 아주 놀라운 설교를 듣는다. 좋은 설교는 순수하고, 진귀하며, 이 땅에 붙어 있으면서도 하늘에서 내려온 선물 같다. 어떻게 인간의 설교가 이런 특별한 선물이 될 수 있는 것일까? 어떻게 인간의 말이 세상의 차원을 넘어설 수 있는 걸까?

칼뱅은 요한복음 첫 구절을 라틴어로 번역하며 에라스무스 Erasmus를 따라, 그리고 그보다 앞선 테르툴리아누스Tertullian와 키프리아누스Cyprian를 따라서 '베르붐'Verbum 대신 '세르모'Sermo라는 단어를 선택했다. 그의 성서 주석을 보면, 그때까지 관습으로 내려오던 라틴어 번역이 요한복음에 나오는 '로고스'λόγος에 담긴 깊은 신학적 의미와 울림을 담기에는 부족하다고 생각했음을 알 수 있다. "태초에 말씀이 있었다"는 번역은 익숙하고, (기분 좋은 방식으로) 직설적이다. 이 번역은 오랫동안 변함없이 쓰였고, 그만큼 많은 사람이 읽을 때 거룩함을 느끼기 때문에 이 번역이 불충분하다고 생각하기는 어렵다. 하지만 이 번역은 분명 그리스어 원문보다는 라틴어 번역의 영향을 강하게 받았다. 물론 세계는 크게 바뀌었고, 서구 사회에서 라틴어의 영향력은 약해져 16세기 특정 단어들이 가졌던 의미와 무게감을 우리는 느끼지 못한다. 시간이 지나면서 저 단어들이 새로운 의미와 울림을 얻기도 했지만 말이다.

그럼에도, 칼뱅이 고집한 (그가 하느님의 지혜Sapientia Dei라고 부른) '말씀'Sermo과 (그에게는 신성한 지혜에 대한 인간의 목소리, 일시적이거나 순간적인 발화를 뜻한) '말씀'Verbum의 구별은 여전히 흥미롭다. 인간의 말과 그 본질, 그 영원한 근원을 날카롭게 구분해야 한다고 그는 생각했다. 이 같은 맥락에서 칼뱅은 말했다.

> 성서에서 하느님의 말씀이라고 할 때, 조상들과 모든 예언자에게 하느님이 말씀하셨다고 했을 때, 단지 그 말씀을 순간적이고 일시적인, 대기에 흩어지는, 하느님 그분이 직접 발화하는 소리로 상상하는 건 비합리적이다. 그 말씀은, 말씀을 받은 이들, 모든 예언자가 나아가는 곳마다 그 위에 머문, 하느님 안에 있는 영원한 지혜로 이해해야 할 것이다.[1]

그에게 그리스도는 만물의 존재를 통해 표현되는 창조의 지혜였다.

번역과 주석을 통해 그는 요한의 첫째 편지에 담긴 존재론과 그 의미를 드러내기 위해 분투했다. 칼뱅에 따르면, 하느님의 지혜인

---

[1] John Calvin, *Institutes of the Christian Religion*, book 1, chap. 13, paragraph 7, 145.

그리스도는 "자기의 능력 있는 말씀으로 만물을 보존하시는 분"(히브 1:3)으로 만물의 질서 안에 현존하시며, "사도들이나 하늘의 가르침을 이어받은 모든 교회의 지도자들처럼 그리스도의 영을 통해 말한" 예언자들의 증언에도 현존하신다. 칼뱅에 따르면, 현실을 지탱하는 근본적인 힘은 하느님의 지혜로 만들어져 있다. 이 지혜는 두 가지 방식으로, 하나는 물질세계의 모든 측면과 조건으로, 다른 하나는 그리스도교 역사 전체를 거쳐 이루어지는, "하늘의 가르침을 전하는 교회 지도자"의 설교와 가르침으로 우리에게 전해진다. 우리는 이 지혜 덕분에 하느님을 알고, 우리 자신을 안다. 그러한 면에서 하느님에 관한 앎과 우리 자신에 관한 앎은 서로 연결되어 있으며 성사적sacramental이다.

이런 생각은 칼뱅의 사상 전체를 관통하는 형이상학, 즉 그의 존재론과 일치한다. 칼뱅의 존재론은 인간과 인간의 가장 놀라운 특징을 우주의 중심에 놓는다. 우리가 보통 '현대적인 사고'라고 부르는 사고방식은 (은밀하게) 인간이 특별하다는 걸 인정하지 않으려 한다. 마치 현실의 본질을 설명할 때 현실의 가장 독특한 모습은 빼놓아야 말이 된다는 듯이 말이다. 과학에서도 우리에게 관찰자의 영향, 어떤 편견에 치우치지 않았다 할지라도 관찰자가 관찰에 영향을 미친다는 것을 잊지 말라고 한다. 그런데도 우리는 인간에게는 부정할 수 없이 독특한 측면이 있다는 사실을 영장류에 대한 일반적인 설명이나 인간과 다른 생물들이 공유하는 유전자가 열망을 지니고 자신의 전략을 짠다는 이야기에 섞어 버린다.

예전 문명들은 인간 의식이 아름답게 꽃을 피운 '사상'thought에 깊은 관심을 가졌다. 하지만 이제는 더는 이런 '사상'을 별다른 탐구 대상으로 여기지 않는다. 인간을 인간의 독특한 특징으로 설명하면 안 된다는 이상한 생각이 퍼졌기 때문이다. 이 이상한 생각은 자신이 잘 자랄 수 있는 환경에 파고들어 면밀하게 검토되지 않았는데도 증식하고 있다.

존재론은 드넓고 자유로운 공간을 열어젖힌다. 우주의 질서는 모든 측면에서 설교단에서 울려 퍼지는 말씀과 같은 본질을 가지고 있다는 말은 누군가에게는 터무니없어 보일 수 있다. 이 주장에는 인간이 진리와 특별한 관계를 맺고 있다는 생각이 들어 있다. 이 특별한 관계 덕분에 인간은 (비록 천천히, 일부라 할지라도) 진리를 찾을 수 있고, (비록 완벽하지 않고, 부분적이라 하더라도) 진리를 말할 수 있다. 또한, 이 주장에는 그리스도교 신앙이 우리에게 제시하는 삶은, 설령 동물로서 우리의 본능과 맞지 않아 보인다 해도 우리에게 더 본질적이고 절대적이며 이는 완전하고 근본적인 실재, 모든 존재의 영원한 근원인 하느님의 지혜에서 나온다는 생각이 들어 있다.

객관적으로 보면, 인간은 정말로 진리와 특별한 관계를 맺고 있는 것 같다. 과학 그 자체가 이를 잘 보여 주는데, 아마 누구도 반박하기 어려운 가장 확실한 예일 것이다. 칼뱅은 하느님의 지혜와 인간의 앎이 어떤 관계를 맺고 있는지를 명쾌하게 말했다.

하느님의 놀라운 지혜를 보여 주는 증거는 하늘과 땅에 무수히 많다. 별들의 움직임을 조사한다든가, 그 위치를 파악한다든가,

그들의 거리를 측정한다든가, 그 속성을 파악한다든가 하는 데
는 기술이 필요하고 또 주도면밀한 노력이 필요하다. 이런 것들
을 발견하는 가운데 하느님의 섭리는 더 분명하게 드러나기에 그
런 일을 하는 이들은 당연히 좀 더 높은 수준에 올라서서 하느님
의 영광을 바라보게 될 것이다. 그러나 그냥 눈으로 보는 것 이외
에는 아무런 교육을 받지 않은 보통 사람들도 하느님의 탁월한
솜씨를 놓칠 수는 없다. 무수히 많으면서도 분명한 질서를 갖추
고 있는 천체들이 이를 분명하게 드러내기 때문이다. 주께서는
당신의 지혜를 모든 이에게 풍성하게 보여 주신다.[2]

칼뱅에게 하느님의 지혜는 계시의 성격을 지닌다. 하느님에게서
나오는 이 지혜가 그분이 어떤 분인지를 보여 준다는 것이다. 우리
인간은 근본적인 한계가 있기는 하나 이 지혜를 지혜로 알아보고,
이해하고, 심지어 탐구까지 할 수 있다는 점에서 지혜에 참여한다.
이러한 존재론은 다양한 지식 사이에서 일어나는 모든 충돌을 막
아 낸다. 이 존재론은 배움과 탐구를 평가절하하지 않으며 무지를
인간의 본질적인 장애로 여기지도 않는다. 지혜는 모자람 없이 풍
성하며 완전한 은총을 지니고 있다. 지혜는 자신의 모든 자녀를 통
해 자신의 참됨을 증명할 수 있다.

몇몇 독자들, 그리고 비평가들은 내가 칼뱅을 경애한다는 사실
을 알면 놀라워한다. 사실, 나도 그런 나에게 놀랄 때가 있다. 그리

---

[2] John Calvin, *Institutes of the Christian Religion*, book 1, chap. 5, paragraph 2, 64.

고 칼뱅의 형이상학이 내 사고방식의 틀이라고 말할 때, 나는 다른 좋은 사유의 틀들이 있음을 충분히 알고 있다. 하지만 칼뱅은 정말 놀라운 신학 체계를 만들어 냈음에도 불구하고 오늘날에는 너무 많이 잊혀 오히려 새로운 것처럼 느껴진다. 동시에 그의 사상은 우리 종교와 문명에 깊은 영향을 미쳤기 때문에 그의 글을 읽으면 오랫동안 잊고 있던 기억이 다시 일어나는 것 같은 느낌을 받는다. 그만큼 칼뱅의 사상은 내게 깊은 울림을 준다. 요즘 나는 '존재론적 그리스도'ontological Christ, 즉 지금 이 순간에도 피조 세계에 현존하는 그리스도에 대해 많이 생각하고 있다. 이와 관련해 칼뱅은 말했다.

> 그리스도께서 영감으로 세상에 생기를 불어넣지 않으신다면,
> 살아 있는 모든 것은 즉시 썩거나 아예 없어져 버렸을 것이다.[3]

에밀리 디킨슨은 썼다.

> 우리를 둘러싼 모든 것은
> 그의 얼굴이 놓인 틀
> 위도는 그의 드넓은
> 땅을 가리키려 놓인 잣대
> 빛은 그의 활동

---

[3] John Calvin, *Commentary on the Gospel According to John 1-10* (Edinburgh, 1847, Grand Rapids, MI: Baker Book House, 1999), 1:4, 11. 『칼빈 주석 18: 요한복음』(CH북스).

어둠은 그분 뜻의 쉼

그분 안에서 모든 존재는 그분을 섬기며

알 수 없는 힘을 낸다.[4]

한때 나는 새로워 보이는 생각에 많은 기대를 했다. 그리스도교의 '탈신화화'de-mythologizing는 커다란 전진이라고, 혹은 퇴보처럼 보여도 결국 앞으로 나아간, 똑똑한 전략적 후퇴라고 배웠다. 하지만 신화myth(우화fable와 혼동해서는 안 된다)는 존재론이며, 그 언어는 실재의 본질을 묘사한다. 오늘날 그리스도교는 이런 깊은 철학적 질문들을 던지는 것을 포기하도록 강요받았고 '탈신화화'라는 방식으로 이에 부응했다. 그 결과, 그리스도교는 세상이 자신에게 허용한 좁은 영역에 갇히게 되었고, '이걸 믿을 것이냐 말 것이냐'라는 단순한 질문에만 매달리게 되었으며, 더 높은 차원의 진리가 인간의 경험 세계에 나타났다는 이야기를 판단할 때도 상식으로 보았을 때 그럴듯해 보이는지, 보통 사람들이 믿을 만한지와 같은 기준만을 적용하게 되었다. 칼뱅은 말한다.

> 하느님의 영으로 다시 태어나지 않은 사람도 어느 정도의 이성을 가지고 있다. 이건 인간이 그저 숨 쉬라고 있는 게 아니라 이해하기 위해 창조되었다는 부정할 수 없는 증거다.[5]

---

[4] Emily Dickinson, *The Complete Poems of Emily Dickinson* (New York: Little, Brown, 1960), 398.

[5] John Calvin, *Commentary on the Gospel According to John 1-10*, 1:5, 33.

무언가를 끊임없이 알고 이해하려는 우리의 놀라운 지적 능력은 종교적인 것을 믿으려는 우리의 성향만큼이나 기이하다. 이 둘은 모두 지구상에서 인간만이 가진 특성이다. 그런데 현대 그리스도교조차 이 두 가지, 즉 합리적 이성과 종교적 믿음을 분리하려 하고, 심지어는 서로 대립하는 것처럼 만들려 한다. 하지만 이렇게 둘을 나누려는 시도에는 아무런 근거가 없다.

칼뱅주의 전통에서는 설교가 매우 중요하며, 어떤 신학이 이런 실천을 만들어 냈는지, 중시하게 했는지가 흥미로운 탐구 대상이 된다. 오랫동안 설교를 들어온 평신도로서 내가 설교에 관심을 갖는 이유는 단순한 학문적 관심 그 이상이다. 좀 더 정확하게 나는 누군가 진심을 다해 중요한 것에 대해 말하려 하고, 사람들이 진심을 다해 이를 들으려 하는 그 특별한 순간, 내가, 그리고 우리가 그 순간에 품는 희망에 관심이 있다. 이런 순간에는 감동이 있다. 우리 인간은 평소에는 온갖 거짓말을 하고, 남은 물론 자신도 속이며 살아가기 때문이다. 이 가련하고 필멸하는 존재가 진지하게 의미 있는 것을 말하고, 또 듣는 순간은 정말 특별하다. 내가 다니는 교회는 대학교 바로 맞은 편에 있어서 그 차이를 잘 볼 수 있다. 물론 대학에서도 좋은 선생들이 최선을 다해 가르친다. 알 수 있는 만큼의 사실들, 전할 수 있는 만큼의 역사, 설명할 수 있는 만큼의 예술을 가르친다. 하지만 교회는 다르다. 설교자는 진심을 담아, 각자 다른 삶의 상황에 있는 이들에게, 삶과 죽음과 관련된 문제들을 이야기한다. 이는 정말 특별한 일이고, 바로 이 때문에 우리는 교회에 간다.

적어도 내가 속한 서구 세계에서는 '지혜'라는 말과 이와 관련된 개념들을 거의 쓰지 않는다. 우리는 인간인데 이렇게 되었다니 이상하다. 지혜 문학은 어떤 문학보다 오래된 형식이다. 이 문학은 인간이 글을 읽고 쓰기 전부터 사람들의 입에서 입으로 내려온 전통을 담고 있다. 고대 이집트인들은 말했다.

> 아는 게 좀 있다고 우쭐대지 말라. 현명한 사람이라고 자만하지 말라. 무지한 사람에게도 지혜로운 사람에게 그러하듯 조언을 구하라. … 좋은 말은 에메랄드보다 깊이 숨겨져 있지만, 맷돌질 하는 하녀들에게서도 찾을 수 있다.[6]

그리고 또 말한다.

> 가난한 사람이 네게 큰 빚을 지고 있다면 세 부분으로 나누어라.
> 두 부분은 탕감하고 하나는 남겨 놓아라.
> 그러면 탕감한 몫은 네 생명을 돕는 것으로 되돌아올 것이고
> 너는 평안히 누워 잠을 잘 것이다.

고대 아카드인은 조언한다.

> 네가 가서 적의 밭을 차지하면 적도 와서 네 밭을 차지할 것이다.

---

[6] James B. Pritchard(ed.), *Ancient Near Eastern Texts Relating to the Old Testament* (Princeton: Princeton University Press, 1955), 412, 423. 『고대 근동 문학 선집』(CLC).

그들은 이런 조언도 건넨다.

> 너희 적에게 악을 행하지 마라.
> 너에게 악을 행한 자에게는 선으로 갚아라.
> 적에게 정의를 베풀어라.

> 다툼은 옳은 것을 소홀히 하는 것이다.

또한, 아람어 격언 중에는 이런 말이 있다.

> 하늘에 별들은 많지만, 그 이름을 아는 사람은 없다.
> 마찬가지로, 인간을 진정으로 아는 이도 없다.[7]

지혜는 대개 우리의 교만과 이기심을 바로잡으려 한다. 흔히 사람들이 인간의 본성이라고 말하는 것과는 반대 방향으로 가는 것이다. 우리가 이 지혜를 조금이라도 꾸준히 실천할 수 있다면, 지혜가 무엇을 위해 일하는지가 드러난다. 지혜는 그저 생존하고 번식하는 문제, 눈앞의 이익을 넘어서는 고차원의 질서를 이해할 수 있게 해 준다. 칼뱅은 요한복음의 한 구절("그 생명은 사람의 빛이었다"(요한 1:4))을 해석하면서 말한다.

---

[7] 위의 책. 425, 426, 429.

내가 보기에 복음서 저자는 여기서 인간이 다른 동물보다 뛰어난, 특별한 생명을 지니고 있음을 말하고 있다. 인간이 받은 생명은 평범하지 않으며, 이해할 수 있는 능력의 빛과 하나임을 알려 주는 것이다. 그는 인간을 다른 피조물과 구별한다. 우리는 하느님의 능력을 멀리서 볼 때보다 우리 안에서 직접 느낄 때 더 쉽게 알아차리기 때문이다.[8]

여기서 멀리서 보이는 건 "신성한 건축가"의 계시, 찬란한 피조 세계다.

성서는 곳곳에 지혜를 머금고 있다. 이사야서는 말한다.

풀은 마르고 꽃은 시드나니 … 백성은 참으로 풀이로다. (이사 40:7)

인간이 죽는다는 사실은 권력이나 부 등 이 세상의 것을 중시하는 태도를 뿌리부터 흔든다. 그리고 이를 이해할 수 있다는 바로 그 사실이, 우리는 잠시 살다 가는 존재이나 동시에 훨씬 더 큰 실재의 일부임을 알려 준다.

풀은 마르고 꽃은 시드나 우리 하느님의 말씀은 영원토록 서리라. (이사 40:8)

---

8   John Calvin, *Commentary on the Gospel According to John 1-10*, 1:4, 32.

"하느님의 말씀"은 시간과 질서, 가르침과 예언을 통해 드러난 하느님의 지혜다. 우리는 이 지혜에 참여해 우리 삶의 덧없음을 깨달음과 동시에 그 명멸하는 삶의 아름다움을 이해한다. 그리고 아주 오래전에 이사야가 전한 저 말들을 듣고 그 말의 의미를 알아차린다.

> 모든 육체는 풀이요, 육체의 모든 아름다움은 들의 꽃과 같으니라. (이사 40:6)

그 지혜는 우리를, 이사야에게서 예언을 듣고 있는 고대 사람들 곁에 서게 한다. 이 말을 듣고, 혹은 읽고 진실로 그러하다고 느낄 때 우리는 하느님의 눈으로 세상을 보고 있는 것이다. 우리의 삶이 영원하지 않으며 한시적임을 깨달을 때, 역설적으로 우리는 인간이 다다를 수 있는 최고의 경지가 무엇인지를 체험한다. 즉, 인간이 즉각적인 필요와 눈앞의 상황을 넘어서 무언가를 알 수 있고, 존재에 대해 깊이 생각할 수 있는 능력을 지니고 있음을 경험하는 것이다. 그리스도교인에게 익숙한 역설처럼 우리는 우리 자신을 낮출 때 오히려 높아지게 된다.

이처럼 나는 칼뱅의 '하느님의 지혜라는 존재론'을 통해 인간을 본다. 나는 우리 본성에 자기중심성을 거스르는 무언가가 있다고 본다. 이 무언가는 인간 안에서 꾸준히, 강력하게 작용해서 인간이 특별한 존재임을 보여 준다. 과거 잔혹했던 아카드인들도 자신을 성찰하며 악을 선으로 갚아야 한다고 생각했다면, 그건 분명 지혜가 우리 본성에 심겨 있음을 보여 주는 증거다. 비록 우리를 냉혹하고, 메마르며 어리석은 존재로, 때로는 우리 자신을 파멸로 몰아가는 수많은 정념과 함께 있지만 말이다. 많은 현대 지식인은 우리 안에 있는, 깊이 생각하려는 경향, 관조하려는 경향을 곧잘 무시하곤 한다. 그리고 그런 깊은 생각과 관조를 통해 인류가 도달한 결론도 받아들이지 않으려 한다. 그래서인지 존재론이 의미 있다고 생각하지 않으며 존재론이 물리학의 하위 범주 이상이라는 생각도 하지 않는다.

지혜를 그저 앞을 예측하는 능력이나 분별력, 실용성 정도로만 이해하고, 그 이상의 더 깊은 의미를 표현할 수 있는 언어가 없다면, 설교는 어떻게 될까? 우리의 인간성은 이 땅에서 가장 품위 있는 삶을 살기 위한 가장 건전한 가르침도 시시해 보일 더 높은 차원의 인정을 기다린다. 하지만 이런 더 높은 차원의 인정이 너무 오래 계속해서 없다 보니 우리는 무엇을 희망해야 하는지조차 잊어버렸다. 그런 상황에서 설교는 과연 어떤 의미가 있을까? 지혜란 결국 통찰을 의미할 수밖에 없는데, 현대의 사고방식은 눈앞에 보이는 실용적인 것만 인정하고, 거기에만 우리의 통찰력을 쓰니 깊이 있는 것이 나올 수 없다.

미국 종교 문화에 떨어진, 일종의 저주와 같은 말을 하나 꼽자면 '관련성'relevance을 들 수 있을 것이다. 이 말에는 우리가 삶이 어떤 것인지 다 안다는 교만한 생각과 지금 우리에게 익숙하고 편한 것 이상으로 삶을 더 깊고 넓게 만들면 안 된다는 경계심이 들어 있다. 우리는 작고 짧은 우리의 삶이 모든 것의 척도라 믿도록 스스로를 세뇌했다. 지혜는 우리보다 먼저 살았던 수십억의 사람들처럼, 그리고 우리 뒤에 살 수십억의 사람들처럼 우리 삶은 정말로 작고 짧다고 말하지만 이런 말을 우리는 듣기 싫어한다. 동시에, 지혜는 인간은 특별한 능력을 지녔으며, 바로 그렇기 때문에 우리는 수많은 세대의 경험과 지혜를 물려받았다고 이야기하지만, 과거의 소중한 유산은 오늘날 '그게 지금 '나'랑 무슨 '관련'이 있는데?'라는 시험을 통과하지 못한다. 이 시험의 기준은 너무나 옹졸해 다른 시대의 것, 심지어는 10년 전의 것조차 받아들이지 못한다.

이런 유행이 어디서 시작되었는지는 알기 어렵다. 하지만 이 유행은 미국 문화를 휩쓸었고 그때그때 유행하는 생각에 맞추어 문화를 바꿔 놓았다. 이를테면 '사람들이 있는 자리에서 그들을 만나지 않으면 아무것도 중요하지 않다'는 생각, 혹은 사람들의 현실과 상황을 고려하고, 거기서부터 모든 생각을 시작해야 한다는 말은 꽤 좋은 제안처럼 들렸다. 하지만 머지않아 이 '사람들이 있는 자리', '현실', '상황'이 매우 좁은 공간이라는 게 분명해졌다. 그리고 사람들이 제시한 해결책은 이 공간을 더 좁히는 것이었다. 작가로서 나는 출판을 하려 할 때 단순하지 않은, 그리고 진부하지 않은 표현을 없애려는 편집자들과 싸워야 했고, 그 싸움은 지금도 계속되고 있다. 또한, 평신도로서 나는 이와 같은 생각들이 찬송가와 성서 번역에 퍼져 있는 모습을 보았다. 찬송가는 망가졌고 요즘 어떤 성서 번역본은 마치 이유식 같다.

하루 지난 신문은 생선 포장지로 쓰인다. 하지만 찬송가와 성서는 비싸고 오래 간다. 한 세대, 혹은 그 이상 되는 시간을 버틸 수 있다. 성서 번역자들이, 혹은 찬송가 개정위원회가 전통의 언어를 지우면서, 그리스도교인들은 그 말들에 덜 익숙해졌고, 그런 말들이 속한 세계 문화, 철학, 문학 전통도 잘 모르게 되었다. 깊이 있는 신학은 사라지고 그 자리를 (신자들에게 너무 커다란 도전이나 불편함은 주지 않는 수준으로 제한된) 감동이 있는 이야기가 채웠다. 오늘날 교회들은 신학을 성서 공부 자료나 토론 자료에 쓰기 좋게, 납작하게, 말랑말랑하게 만들어 버렸으며 그 결과 신학 자체를 놀림감으로 만들었다. 그리고 구약의 자리는 갈수록 희미해졌다. 언젠가 칼 바르트가 정확하게 지적했듯 구약성서를 제대로 다루지 않는 그리스도교는 심장에 암이 있는 것과 같다. 물론 이건 구약성서만의 문제가 아니다. 이해하기 어렵다고 중요한 내용을 피하는 전반적인 태도의 문제이며, 우리는 이를 해결해야만 한다.

하지만 이 모든 일은 더 깊은 문제의 징후일 뿐이다. 종교를 거부하는 사람들은 종교란 본질적으로 신비를 없애려는 시도이며, '표범이 어떻게 무늬를 갖게 되었는가? 신이 그렇게 하셨다'는 식으로 모든 신비를 단순하게 설명하려 한다고 거짓된 주장을 한다. 그리고 이 종교를 경멸하는 이들은 신비를 탐구하는 적절하고 공인된 방법은 과학이라고 말한다. 과학이야말로 정말로 표범이 어떻게 무늬를 갖게 되었는지 알려 준다는 것이다. 하지만 종교도 과학처럼 신비를 존중하고 오히려 그 신비 안으로 들어가며 그 가치를 인정한다. 종교는 우리가 경이로워하는 것을 탐구하고, 우리의 궁금해하는 것을 더 깊이 들여다보며, 이를 실제로 보여 주려 한다. 종교는 이 세상에는 우리 눈에 보이고 손으로 만질 수 있는 것들만 있지 않으며, 그보다 더 크고 깊은 생명이나 의미가 있다는 인간의 직관이 이 세상의 본질적인 부분이라는 생각을 제시한다.

최근에 활발히 활동하는 무신론자들은 자신들이 과학의 수호자라고 주장하면서도, 지난 100년 넘게 발전해 온 물리학을 무시한다. 현대 물리학은 자신들의 눈에 보기에 너무 이상하고, 세상이 어떻게 돌아가는지에 대한 상식과 너무 다르기 때문이다. 진지한 학자들이 정말로 이런 말을 할 수 있는지는 나중에 따로 논의해야 할 문제다. 하지만 자신들이 세운 기준으로도 부정할 수 없이 실재하고 중요한 것조차, 그저 자신들이 이해하지 못한다는 이유를 들어 자기 마음대로 배제한다는 사실은 흥미롭다. 이런 태도는 왜 무신론자들이 그토록 자신만만하게 인간의 깊은 직관, 현실에는 그들의 과학 환원주의로 이해할 수 있는 것보다 더 많은 것이 있다는 직관을 무시하는지를 가늠할 수 있게 해 준다. 과학이 어떤 새로운 문제를 풀어내면 신의 존재 여부를 증명할 수 있다는 뜻이 아니다. 인간이라는 존재와 그 본성을 현실로 고려하지 않는 우주 모형은 어떤 것도 제대로 된 설명을 할 수 없다는 뜻이다. 우주를 이해하려면, 그 우주를 이해하려는 인간 존재도 함께 이해해야 한다.

무언가를 아는 존재로서 우리의 능력과 무능력은 우주의 중심, 우리가 접근할 수 있는 우주(이 우주는 우리에게 유일한 우주이지만, 존재하는 유일한 우주는 아니다)의 중심에 놓여야 한다. 어쩌면 우리에게는 영원히 보이지 않는 질량과 힘이 우리가 살아가는 이 현실을 떠받치고 있는지도 모른다. 언젠가 그 질량과 힘이 갑자기 커지거나 사라지면, 하늘이 두루마리처럼 말려 올라갈 수도 있다. 모든 것의 기초인 중력조차 생명이 끝나 가는 또 다른 우주에서 생긴 그림자 현상일지도 모른다.

인간의 지식이 자신의 한계를 모른다거나, 자신의 방법과 능력을 완전히 이해하지 못한다는 건 비난받을 일이 아니다. 마이모니데스Moses Maimonides*는 무로부터의 창조를 믿었고, 아인슈타인Albert Einstein은 에드윈 허블Ediwin Hubble이 관측한 내용의 함의가 분명해질 때까지 무로부터의 창조를 거부했다. 12세기 마이모니데스는 먼 고대의 창세기에서 이 생각을 끌어냈다. 창세기 이야기는 고대 종교에서 널리 발견되는 어떤 직관, 우주에는 정말로 시작점이 있다는 직관을 놀라운 방식으로 표현하고 있다. 우리가 단순히 안다고 생각하는 게 무엇인지, 혹은 진짜로, 직관을 통해 알지만 증명은 못 하는 게 무엇인지 결코 알지 못한다. 우리가 처한 상황은 그 자체로 매우 심오한 신비다.

오늘날 교회나 사회는 신비를 옆으로 밀어 두려는 경향이 있다. 마치 신비란 무지나 두려움 때문에 생긴 망상이어서 현실 세계를 살아가는 사람들과는 아무런 상관도 없다는 듯이 말이다. 참 이상한 일이다. 아인슈타인은 말했다.

---

* 마이모니데스(1138-1204)는 랍비이자 철학자, 의사로 중세에 가장 커다란 영향력을 미친 토라 연구자이자 저술가로 꼽힌다. 당대에는 두드러지는 천문학자이자 물리학자이기도 했다. 오늘날 스페인의 코르도바 지방에서 태어났고, 모로코와 이집트에서 물리학자이자 철학자, 랍비로 활동했다. '이성'을 통하여 성서를 진보적으로 해석할 수 있는 토대를 마련했다는 점에서, 후대의 유대교 역사가들은 중세 철학에 끼친 마이모니데스의 영향을 아베로에스와 비견할 정도로 중요하게 생각한다.

우리가 경험할 수 있는 가장 아름다운 것은 신비다.
신비야말로 모든 진정한 예술과 과학의 원천이다.[9]

마찬가지로, 물리학자 리처드 파인만Richard Feynman은 말했다.

과학은 결국 경이와 신비로 끝나고, 불확실성이라는 가장자리에
서 길을 잃는다. 하지만 그것들이 너무도 심오하고 강렬해 '이 우
주란 선과 악 사이에서 인간이 어떻게 투쟁하는지 지켜보기 위해
신이 만든 무대'라는 설명은 부족해 보인다.[10]

경이와 신비는 교회에서 만난다고 해서, 혹은 종교 예술이나 종교
적 사고로 다룬다고 해서 단순해지지 않으며, 풀 수 있는 수수께
끼가 되지도 않는다. 파인만은 요즘 우리가 자주 듣는 말을 한 적
도 있다.

인간은 언제나 신비를 설명하기 위해 신을 발명했다. 우리는 언
제나 우리가 이해하지 못하는 것들을 설명할 때 신을 발명한다.
그리고 마침내 무언가 어떻게 작동하는지를 알아내면, 우리는
신에게서 몇 가지 법칙을 가져간다. 그러면 적어도 그 부분에서

---

[9]   Albert Einstein, *Living Philosophies: A Series of Intimate Credos* (New York: Simon & Schuster, 1931), 6.

[10]   Richard Feynman, *The Meaning of It All: Thoughts of a Citizen Scientist* (Reading, MA: Perseus Books, 1998), 39.

는 그가 필요로 하지 않다. 하지만 다른 신비를 위해서는 신이 필요하다.[11]

과학을 추동하는 신비, 종교를 드높이는 신비는 매우 비슷해 보인다. 그리고 어느 쪽이든 신비가 고갈되거나 사라지리라고 생각할 이유는 없다. 과학이든 종교든 둘 다 존재의 아름다움을 인정한다. 그것도 인간이 온전히 이해할 수 없는 거대하고 경이로운 것으로 말이다. 칼뱅이 이야기한 존재론의 관점으로 본다면, 과학과 종교의 경계는 결코 분명하지 않으며 둘을 대립시키면 과학과 종교 모두를 잘못 표현하는 것이 된다. 과학이 이룬 결과들은 숫자로 더 잘 표현할 수 있겠지만, 종교는 아인슈타인이 말한 "모든 진정한 예술"에 커다란 영감을 주었다. 요즘에는 신앙이 소중히 여기는 신비를 이른바 '현실주의'로 대체하려는 시도가 있는데, 이러한 시도는 인류, 사상과 문학에서, 인간이라는 종에 관한 짧은 역사, 그 방대하고 육중한 기록에서 우리를 끊어 버리는 행동에 지나지 않는다. 이와 동시에, 아마도 같은 맥락에서, 요즘 문화는 사람들은 자신들에게 익숙하고 편한 것만 원한다고, 그리고 그 익숙한 영역은 점점 더 좁아지고 있는데, 이 영역을 벗어나는 이야기를 건네면 짜증만 낼 것이라는 가정을 한다.

역사를 보면, 그리스도교는 학문을 퍼뜨리는 데 크게 기여했다. 언젠가 골동품 가게에서 1892년 아메리칸 윙어사에서 출판한

---

[11] Richard Feynman, *Superstrings: A Theory of Everything* (Cambridge, U.K.: Cambridge University Press, 1998), 208~209.

『믿음과 이해를 돕는 그림 가족 성경』the devotional and explanatory pictorial family Bible이라는 두툼한 책을 구한 적이 있다. 책의 표지는 가죽이 었으며 성서 장면들을 새겨 놓고 있었다. 혹시나 해서 인터넷에서 회사명을 검색해 보니 (당연히) 나왔는데, 탈수기 같은 집안 용품들을 만드는 회사였고 지금도 운영되고 있다. 이 회사에서 출판한 성서는 여러 면에서 흥미로웠다. 본문은 두 열로 배열되어 있는데, 한쪽에는 제임스 흠정역이, 다른 한쪽에는 개정표준역이 배치되어 있다. 깊이 있고 학문적인 '서문'은 구약성서 장절 구분을 설명하고 있다. "(구약의 장절 구분은) 스테파누스Stephens가 1555년 불가타 성서 판본에 적용했고 1555년 프렐론Frellon 판본도 이 방식을 채택했다. … 영어로 번역된 성서에서는 1560년 제네바 성서에서 처음으로 장절 구분이 적용되었다." 또한, 이 책에는 19세기의 특징과도 같았던 웅장한, 그리고 그만큼 과장된 판화들이 한가득 수록되어 있다. 성서의 각 책에 그 역사가 설명되어 있으며, 바울 서신의 경우 바울이 설교했던 도시의 풍경과 지도를 색을 입혀 그려 놓았다. 성전과 성막 기구들은 금박 장식까지 해가면서 "포괄적이고 비평적인 설명"을 곁들여 16쪽에 걸쳐 크고 상세하게 그려 냈다. 성서에 언급된 모든 동물과 식물 대부분 색을 입혀 그렸고 고대 동전을 그린 쪽도 있다. 성서 번역가, 개혁가, 순교자들에 관한 글, 고대 역사 연대기와 온갖 종류의 표, 공정하면서도 유익한 세계 종교의 역사(몰몬교인들이 이 책을 보면 좀 불만을 품을지도 모르겠다)도 실려 있다. 그 뒤에는 112쪽에 걸쳐 "완전하고 실용적인 성서 사전"이 이어지는데 여기도 그림이 실려 있다. 아시리아의 쟁기, 에레크

테이온 신전, 테베에서 벽돌을 만드는 외국인 포로들, 에페소스의 아르테미스도 나온다. 책 앞부분만 해도 이 정도다. 창세기 부분을 열어 보니 누군가 눌러 보관해 둔 것 같은 네잎클로버가 있다.

이런 장면을 그려 본다. 한 방문판매원이 마차를 몰고 농가를 찾는다. 마차에는 빨래할 때 수고를 덜어 줄 수동 탈수기와 온 가족이 신앙생활을 하는 데 필요한 성서들이 가득 실려 있다. 이런 식으로 종교와 상업이 섞이는 건 지극히 미국다운 모습이다. 그런데 이 풍경에는 이제는 사라진 부분이 하나 있다. 바로 남을 무시하지 않는 태도. 당시 회사들은 수동 탈수기가 필요할 정도로 소박한 가정에서도 성서의 역사를 깊이 있게 공부할 수 있다고 여겼다. 덧붙이면, 『믿음과 이해를 돕는 그림 가족 성경』에는 "외경에는 물론 마소라 본문의 장절 구분이 적용되지 않았는데, 1528년 파기니누스의 라틴어 판본이 나올 때까지 장절 구분이 없었다"라는 설명이 있다. "물론"이라는 말에서 우리는 당시 분위기를 추정해 볼 수 있다. 『믿음과 이해를 돕는 그림 가족 성경』을 구입한 가정들은 영어 성서 번역의 역사뿐만 아니라, 그 번역이 어떤 영향을 미쳤는지도 자세히 알 수 있었을 것이다. 아이들은 이집트와 바빌로니아의 웅장한 도시들, 예언자들의 깊은 고민들, 천사들의 우아하면서도 활기찬 모습을 보며 상상의 나래를 펼쳤을 것이다. 지금 보면 학문적인 내용 중 일부는 오래되어 맞지 않는 면도 있지만, 전체 내용은 오늘날 기준으로 봐도 꽤 공정해 보인다. 미국 문화사에 자주 등장하는 이야기지만, 오랜 기간 미국의 수많은 가정에는 성서 말고는 책이 없었다. 그 성서가 내가 가진 것과 비슷한 성서였다면, 그 집안사람들은 어떤 면에서 내가 대학원에서 가르치는 학생보다 더 교양을 갖췄을지도 모른다. 이 책의 가격은 50달러였는데, 당시 이렇게 만들어진 성서가 꽤 흔했기 때문이다. 나는 이와 비슷한 루터역 독일어 성서도 갖고 있는데, 이 역시 미국에서 출판되었다. 오늘날 사람들은 잊어버렸지만, 꽤 오랫동안 독일어는 미국의 제2외국어였다.

하느님은 역사의 하느님이다. 그리스도교는 피조물이면서 역사의 창조자다. 이것만 보아도 그리스도교가 역사와 관계가 없다고 생각하는 건 말이 되지 않는다. 그리고 인간이 (이를 깨닫든 깨닫지 않았든) 하느님의 형상이라면, 인간이 된 이래 지구상에서 특별한 존재로 있다면, 인간의 생각과 행동은 존재 그 자체에 관한 핵심 질문들과 결코 무관할 수 없다. 분명 우리는 풀이고 풀은 마른다. 하지만 역사 감각은 짧은 인생을 넘어 삶을 다른 눈으로 볼 수 있게 해 준다. 성서 이야기와 시의 목적도 이와 크게 다르지 않다. 우리는 무언가를 알 수 있는 존재로 만들어졌다. 앎은 우리의 본성이다. 언젠가 아인슈타인은 우주와 관련해 가장 불가해한 점은 우리가 우주를 이해할 수 있다는 사실이라고 말한 적이 있다. 이는 다르게 볼 수도 있다. 인류와 관련해 가장 불가해한 점은 인류가 우주를 이해하고 싶어 한다는 것, 어떤 면에서 인류는 우주와 비슷한 생각을 가지고 있어서 어느 정도 인류가 우주를 이해할 수 있다는 것이다. 이런 사실, 이런 경험을 어떻게 설명할 수 있을까?

데카르트는 『제일철학에 관한 성찰』Meditationes de prima philosophia 중 '제6 성찰' 끝부분에서 인간에게는 언제나 오류 가능성이 있음을 인정하면서도, 인간이 경험을 통해 감각이 의식에 전달하는 정보가 참임을 받아들일 수 있다고 결론 내린다.

> 하느님이 사기꾼이 아니시기에 이런 경우 나는 전혀 오류를 염려
> 하지 않아도 된다고 말할 수 있다.[12]

데카르트에게 앎이란 하느님과의 관계 속에서 이루어지는 것이고, 그분의 성품이 그 앎의 진실성을 보장해 준다고 그는 생각했다. 나는 데카르트가 칼뱅의 영향을 받았다고 생각하는데, 그건 단순히 그가 (개혁주의자들이 많았던) 네덜란드에서 오래 살았고 칼뱅주의자들이 모인 군대에서 복무했기 때문만은 아니다. 앞에서 언급했듯, 요한의 첫째 편지 주석에서 칼뱅은 하느님이신 그리스도는 모든 지혜의 근본이자 영원이라고 말했다. 천문학, 의학, 모든 자연과학은 위대하신 하느님에 대한 앎, 달리 말하면 우주를 이해할 수 있는 인간이 우주를 탐구하고 알아 가는 방식이다. 이는 하느님의 지혜, 즉 지혜 그 자체인 '세르모'sermo와는 질적으로 다르지만, '베르붐'verbum, 즉 지혜에 대한 인간의 목소리로서 인간에게 하느님의 지혜를 끝없이 보여 준다.

우리는 과학과 학문을 한쪽에, 창조주 하느님을 경외하는 정신을 다른 한쪽에 두면서 둘을 완전히 다른 것으로 나누어 버렸다.

---

[12] René Descartes, *Meditations on First Philosophy with Selections from the Objections and Replies* (New York: Cambridge University Press, 1996), Sixth Meditation, 62. 『제일철학에 관한 성찰』(문예출판사).

어떤 사람들은 자연 세계가 얼마나 찬란한지, 모든 것이 얼마나 정교하게 연결되어 있는지, 그 모습이 얼마나 우아한지를 근거로 신학적 증명을 시도한다. 하지만 이런 논증은 이미 하느님을 믿고 있는 이들, 그러니까 보통 설득이 필요 없는 이들에게만 설득력이 있다. 최근 신학자들은 이런 방식의 증명에, 회의론자들이 인정할 만한 말로 신앙을 정당화하는 데 너무 많은 시간과 힘을 써 버렸고, 하느님을 믿는 이들에게는 별다른 도움이 되지 않았다. 그리스도교인으로서 우리가 이해하기를 원하는 것은 하느님으로부터 시작되어서 그분 안에서 유지되는 '현실'이다. 신학자들은, 교회는 우리가 하느님께 돌리는 속성들이 현실을 이해하는 데 어떤 의미가 있는지 진지하게 생각해 보아야 한다. 그리스도교에 따르면 인간은 하느님이 진정으로 사랑하는 존재, 그 사랑에 부합하는 존재다. 겉으로만 보면 이는 우리가 실제로 보고, 경험하는 일들과 맞지 않아 보인다. 이런 면에서 그리스도교는 양자물리학과 비슷하다. 둘다 상식을 확인하거나 다시 설명하기 위해 존재하지 않는다는 점에서 말이다. 우리의 상식으로 양자물리학을 이해할 수 없듯, 상식이라는 틀로는 그리스도교를 제대로 이해할 수 없다. 이때 상식은 우리의 제한된 생각이 실제 현실을 규정할 수 있다고 가정하지만, 사실 그런 가정 자체가 잘못된 것이다. 원자 입자들은 시간과 공간에서 서로 떨어져 있어도 얽힐 수 있다. 이는 공간, 시간, 인과율에 대해 익히 알고 있는 모든 상식을 거스르지만, 현실이 그러하다. 상식에서 통하는 지혜는 원자보다 작은 세계라는 현실에서 보면 어리석음이 된다. 인간 존재가 하느님과 독특한 관계를 맺고 있다는 이야기 역시 그러하다. 이러한 맥락에서 조나단 에드워즈가 썼던 "창조주의 자의적 구성"arbitrary constitution of the Creator이라는 표현이 이런 물리학을 설명하는 데 더 유용해 보인다."[13] 그러므로 종교에서 말하는 더 깊은 차원의 실재, 즉 인간의 지혜에 진정한 효과, 아름다움, 생명, 만족을 주는 근본적인 질서, 그 질서와 인간의 지혜가 맺고 있는 관계에 상식이라는 잣대를 들이대는 건 정당하지 않다.

---

[13] Jonathan Edwards, 'The Great Christian Doctrine of Original Sin Defended', *The Works of Jonathan Edwards* (Edinburgh: Banner of Truth Trust, 1974), 1:223. 『원죄론』(부흥과개혁사).

제10장

기억

　이 나라가 지난 100년 동안 완전히 다른 모습으로 바뀌었는데도, 200년 전 우리를 갈라놓았던 바로 그 경계선을 따라 아직도 문화가 나뉘어 있다는 건 참 흥미로운 일이다. 미국은 전 세계에서 이민자들을 받아들였고, 이는 우리 문화와 역사적 기억에 커다란 영향을 미쳤다. 민권 운동 이후 이 나라는 사회 전반의 관계를 다시 생각하게 되었고, 지금도 그 과정 중에 있다. 또 세계 문제에 너무 깊이 관여하다 보니, 정책은 문제를 해결하려는 만큼 복잡해져 버렸다. 우리의 물질 문명과 기술은 너무 빨리 발전해서 그걸 제대로 평가하기도 어렵고, 통제하기도 힘들다. 우리는 이런 상황에 거의 익숙해졌다. 우리는 '역동적 균형', '창조적 파괴'와 같은 말로 이런 혼란스러움을 누그러뜨리려 해 왔다. 이 말은 우리의 정체성이 되었고, 그런 정체성은 비교적 자리를 잘 잡았다. 언젠가 스코

틀랜드는 영국에서 떨어져 나갈지도 모르고, 플랑드르Flemish 사람들은 왈룬Walloons 사람들과 갈라서게 될지도 모르지만,* 아무리 경제 여건과 인구 지형이 다양하고 복잡하더라도 미국은 미국으로 남아 있을 것이다. 하지만 만약에, 우리가 한 차례 겪었고, 다른 나라들도 그랬듯 또다시 분열이 일어난다면, 그 금은 옛 메이슨-딕슨Mason-Dixon선**을 따라 생길 것이다.

이제 남부에는 에어컨이 있고, 대규모 산업과 첨단 기술이 있으며, 북부 사람들도 이사 오고, 북부의 세금이 흘러든다. 한마디로 남부는 경제적으로 풍요로워졌다. 하지만 그럼에도 불구하고 남부는 여전히 자신을 '좋은 옛 전통'을 보존하는 특별한 보루라고 여긴다(물론 법원 판결로 어쩔 수 없이 포기한 몇 가지 관행들은 제외하고 말이다). 남부 사람들이 보기에 북부는 이런 자신들의 가치를 위협한다. 그들 눈에 북부 사람들은 전통적인 예의범절을 무시하고, 신앙의 가치를 경시하며, 물질만능주의에 빠져 있다. 물론 이는 과장이고 지나친 일반화다. 하지만 나도 다른 모든 사람처럼, 의회에 있는 지역 이익집단이 만드는 결과에 영향을 받을 수밖에 없다. 그들은 우리 모두에게 꼭 필요한 제도와 정책을 무산시키며, 나와 비슷한 부류가 그들의 행동과 변명을 아무리 역겨워해도 아랑곳하지 않는다. 어떤 면에서, 그들은 우리가 경멸할수록 오히려 더 자신들

---

* 벨기에 북부 플랑드르 사람들은 네덜란드어를 사용하고 남부 왈룬 사람들은 프랑스어를 사용한다.

** 1760년대 찰스 메이슨Charles Mason과 제레미야 딕슨Jeremiah Dixon이 미 북부와 남부의 경계를 측량하고 표시한 선으로, 남북전쟁 이후 남부와 북부 분열의 대명사가 되었다.

이 옳다고 믿는 것 같다. 대표자들은 어떤 인구 집단이 뽑았든 다수가 선택한 사람으로 평가받기 마련이고, 우리의 정부이자 그들의 정부가 된다. 선거가 중요한 건 그 때문이다.

다른 문제도 비슷한 식이다. 오늘날 사회의 심각한 문제들 뒤에는 종교적인 이유나 자극, 의무가 숨어 있다. 두려움과 분노에 사로잡혀 불안정한 이들에게 군사용 무기를 주는 일, 동료 시민과 선출된 정부를 죽여도 좋을 '적'으로 만드는 이야기가 계속 퍼져 나가는 일이, 신실하고 특별하며 예의를 중시한다는 그리스도교인들이 다수를 이루는 지역에서 열정적으로 이루어지고 있다. 성서를 중시하는 나는 이런 상황을 앞에 두고 악마 같은 암담한 시선, 부정적인 시선이 아닌 다른 시선으로 볼 수 있게 해 주는 복음의 조각들을 계속 찾고 있다. 그리고 마지못해 이렇게 결론을 내릴 수밖에 없었다. 그들은 그리스도교인으로서 성서를 읽어도, 거기서 발견하는 내용에 별다른 감흥을 느끼지 않았다고 말이다.

하지만 이해는 잘 되지 않는다. 사람들의 분노와 불안을 이용해 돈을 버는 총기 회사들, TV 유명인들, 금 거래상들, 재난 대비용 식품 업체들, 여기에 적극적으로 가담하는 이들이 어떻게 자신을 그리스도교인이라 할 수 있는 걸까? 더구나 그리스도교의 중요 가치는 모두 지워 버리고 자신의 정치적 입장만을 그리스도교인의 모습인 것처럼 만들면서 말이다.

나는 내가 할 수 있는 만큼 그리스도교인으로 살고 있다. 인구 통계상으로도 그렇고, 전통에 비추어 볼 때도 그렇고, 문화의 측면에서도 그렇고, 관심의 측면에서도 그렇고, 정체성으로도 그렇고, 충성심 측면에서도 그렇다. 당연히, 때로 실패하지만, 나는 내가 이해하는 그리스도교의 도덕적, 영적 기준에 이르려 노력한다. 동시에, 나는 세속주의와 민주주의의 가치를 긍정한다. 이런 가치들은 내 그리스도교 신앙과 잘 어울리거나 그 안에 이미 포함되어 있다.

나는 그리스도교인이다. 그리스도교 전통과 역사가 워낙 복잡해 이 말은 수많은 의미를 지닐 수 있고, 어떤 면에서는 아무런 의미도 가지지 않을 수도 있다. 유감스럽지만, 오늘날 미국에서 누군가 그리스도교인이라고 한다면 그는 사형 제도를 찬성하고, 가난한 이들을 위한 식료품 지원이나 의료 혜택에 반대하며, 동성결혼이 사회 질서를 어지럽혀 하느님의 분노를 불러일으킬 것이라 보고, 사악한 언론이 그리스도교를 위협하고 있다고 생각하는 사람으로 비칠 수 있다. 복음서를 읽어 본 사람으로서, 내가 가는 곳마다 신앙의 이유로 저 모든 것에 철저히 반대한다는 사실을 일일이 설명해야 할 때 적잖이 마음이 쓰리다. 나와 같은 성향의 그리스도교인들, 이른바 '구舊 주류 교회'the old mainline에 속하는 이들도 대개 같은 이유로 위와 같은 사안들에서 '그리스도교인'과 견해를 달리한다. 하지만 이상하게도 그들은 이에 대해 목소리를 높이지는 않는다. 총을 들고 다니면서 가난한 이들과 이방인들을 미워하는 이들이 미국 사회의 한 축이 된 건 이 때문인지도 모르겠다.

언론에 잘못이 있다고 치자. 이건 완전히 틀린 말은 아니다. 합리적인 이야기는 사람들의 흥미를 끌지 못한다. "대통령은 사실은 무슬림이었다"라는 말이 "대통령은 사실 무슬림이 아니다"라는 말보다 훨씬 자극적이다. 특히 종교에 별로 관심도 없는 사람이 "저는 무슬림이 아닙니다"라고 하면, 그의 말은 귀에 잘 담기지 않는다. 게다가 이런 극단적인 주장을 하는 집단들의 생각 자체가 너무나 비현실적이고 자기들에게만 유리하게 꾸며 낸 것이어서, 도대체 어디서부터 어떻게 반박해야 할지 막막할 지경이다.

이 시점에서, 내가 그리스도교인이라고 말했을 때 몇몇 독자는 놀라워할지도 모르겠다. 내가 오랫동안 신학적 색채가 짙은 글과 소설을 써 왔음에도, 이 단순한 사실을 말할 때마다 사람들이 놀라는 모습을 본 게 한두 번이 아니다. 이는 우파가 '그리스도교인'이라는 말을 얼마만큼 점령했는지, 중도와 좌파가 얼마나 이 말과 그리스도교 정체성을 포기해 버렸는지를 보여 준다. 이와 비슷한 예는 '자유주의자'라는 말에서도 찾아볼 수 있다. '구舊자유주의자'들은 이제 이 말을 쓰지 말라고 진지하게 조언한다. 도대체 자유주의자들이 어떤 잘못을 했길래 이 말이 나쁜 말이 되어 버렸냐고 물으면 그들도 답을 못한다. 어쨌든 '자유주의', 혹은 '자유주의자'라는 말은 더는 쓰지 않는 말, 혹은 자유주의자가 아닌 이들을 가리키는 말이 되어 버렸고 이와 함께 정치적 자유주의도 거의 무너졌으며, 그 영향은 지금도 계속되고 있다. 자신의 이름도 인정하지 못하는 운동은 자기 역사, 철학, 업적도 인정할 수 없기 마련이다. 유행에 민감한 이들에게는 일종의 '요즘 쓰면 안 되는 말, 써도 되는 말 목록' 같은 게 있는 것 같다. 그래서인지 그들은 소비자 보고서가 상품의 품질을 평가하듯, '자유주의'라는 단어를 쓰는 이를 유행에 뒤떨어진 구식 인간, 촌스러운 사람으로 여긴다.

이 현상은 우스꽝스러우면서도 심각하다. 지난 15~20년 사이 우리에게 무슨 일이 일어났는지 생각해 보라. 우리가 오래 간직해 온 가치들과 열망들이 버려지고 짓밟혔다. 이제 우리는 정의와 기회에 대해 주장하는 것조차 버거워한다. 이런 이야기들이 '미국의 가치에 어긋난다'는 비난이나 협박에 부끄러워하고 움츠러들면서 중요한 논쟁들은 자취를 감추었다. 사람들은 '자유주의'라는 말 자체를 비난하지만, 사실 이 말은 청교도들이 이 땅에 도착하기도 전에 존 윈스럽John Winthrop*이 정치 용어로 사용했다. 하지만 보수주의자들이 '자유주의'를 자신들을 가리키는 말로 쓰자, 진보주의자들, '구자유주의자들'은 그 말이 나쁜 말인 것처럼 피하기 시작했다. 자기 생각을 솔직하게 말하면 용기 있다고 칭찬받는 요즘 같은 시대에, 기이하게도 여전히 어떤 말들은 절대로 써서는 안 되는 것처럼 여겨진다. 일례로, 나는 언젠가 아주 점잖은 어조로 "존재론이라는 말은 이제 쓰면 안 됩니다"라는 충고를 받은 적이 있다. 그래도 최근에는 "나는 자유주의자입니다"라고 말할 때 예전처럼 큰일이라도 난 듯 걱정하는 사람들은 많이 줄어든 듯하다. 뉴욕타임스에서도 이 말을 다시 써도 된다고 선언했으니 말이다. 이제 우리

---

* 존 윈스럽(1588~1649)은 영국 출신의 정치가로 매사추세츠만 식민지의 첫 번째 총독이다. 청교도 신앙을 소유한 그는 청교도에 적대적인 제임스 1세가 등극하자 이주를 계획했고 1630년 식민지를 개척한다는 명목으로 제임스 1세의 허가와 지원을 받아 일천여 명의 청교도와 함께 미국으로 건너갔다. 그는 청교도 신앙에 기반한 이상적인 공동체, 그리스도교 국가를 꿈꿨고 동료들에게 이를 설교했다. 그중 "언덕 위의 도시"A City upon a Hill라는 개념은, 미국 역사에서 지도자들이 미국의 정체성을 말할 때 자주 인용하는 상징적인 표현이 되었다. 19세기 후반과 20세기 초 청교도 통치의 부정적인 측면을 비판하는 사람들이 많아지면서 한동안 비판적인 평가의 대상이 되었지만, 오늘날에는 여러 측면에서 "잃어버린 건국의 아버지"로 평가받는다.

의 과제는 이 말의 본래 의미와 가치를 되살리는 것이다.

어쩌면, 여기서 다루는 주제는 '비겁함'일지도 모른다. 내가 보기에 진정한 비겁함은 무기를 숨기는 것이다. 이에 견주면, 다른 어떤 두려움에 기반을 둔 행동도 그리 수치스러워 보이지는 않는다. 나처럼 오랫동안 안전하고 편안한 삶을 살았던 이가 숨어 있는 자유주의자들을 두고 비겁하다고 말할 자격이 있을까? 없을 수도 있다. 하지만 그렇다 할지라도, 용기를 내 누군가의 기분을 상하게 할 위험을 감수해야겠다. 이게 사소한 문제였다면, 그러니까 청소년기에 잘못된 옷을 입고 등교하는 것을 두려워하는 것과 비슷한 문제였다면 이 문제는 인류학자들이 다루는 것이 더 좋을지도 모른다. 자기 집단에 소속되고 싶어 하는 인간의 본능 정도로 여기는 것이다. 하지만 문제는 그렇게 단순하지 않다. 자유주의는 그동안 이 사회에 정말 좋은 일들을 해 왔다. 관용을 통해 사회를 발전시켰고, 너그러운 정책으로 물질의 풍요도 일구었으며, 사회와 문화도 풍성하게 만들었다. 이렇게 눈에 보이는 성과들이 있는데도 사람들이 자유주의를 조롱하고 버리는 건 단순한 유행 이상의 문제다.

아마존이라는 회사가 '아마존'이라는 이름을 쓰는 것이 실제 아마존강이나 전설 속 아마존 여전사들과 아무런 관련이 없듯, 요즘 그리스도교라는 이름으로 불리는 많은 것은 성서의 가르침이나 그리스도교 전통과는 아무런 관련이 없다. 내가 보기에 이건 진보적인 그리스도교, 자유주의 그리스도교가 실패한 결과다(생각해 보니 아마존 여전사를 예로 든 건 적절치 못한 비유다. 아마존 여전사들은 적어도 악용되거나 왜곡되지는 않았으니 말이다).

어쩌다 이렇게 되었을까? 그리스도교 전통이 전한 가르침이 우리의 상식과는 반대되는 것처럼 보여서, 사람들이 그걸 별다른 설득력이 없는 이야기로 여겼을 수도 있다. 이를테면, 빵을 물 위에 던지라는 말이 그렇다(이 말은 히브리 성서의 전도서 구절을 인용한 것이다. 그리고 청교도들은 이 부분에 '자유의 태도'라는 제목('제네바 성서 전도서 11장에 붙은 소제목')을 붙였다). 이 말은 (최근 갑자기 아득히 시대에 뒤떨어진 것이 되어 버린) 돈으로 환산할 수 없는 그런 무형의 보답을 가리키는 것이다. 그리고 선으로 악을 이기라는 가르침은 단기간에는 결과를 내지 못하고, 복수가 안겨 주는 특별한 만족감도 없다. '요즘 쓰면 안 되는 말, 써도 되는 말 목록'에 따르면 요즘에는 냉철함이 유행하고 있다. 이런 상황에서는 예수를 따르기보다는 시류를 따르는 게 '합리적으로' 보일지 모르겠다.

내가 하는 말이 농담이었으면 좋겠다. 그리고 지금까지 한 이야기가 너무 한쪽으로 치우쳤다고 인정할 수 있으면 좋겠다. 물론 이런 어려운 시기에도 높은 가치를 지키며 살아온 정직한 사람들이 있음을 안다. 하지만 그들의 고결함은 그들이 외롭게 싸워 왔기에 돋보이고, 그들의 영웅과도 같은 인내는 현실이 아무것도 바뀌지 않았다는 사실을 통해 증명된다. 우리는 이윤을 추구하는 민영 교도소가 있는 나라에 살고 있다. 불쌍한 아이들에 대한 처우를 주주들의 이익과 맞바꾸는 나라기도 하다. 여기서 '복음'은 곧 '민영화'다. 대다수 구성원이 자신이 그리스도교인이라고 주장하는 지역에서는 이 민영화라는 말을 마치 성서 말씀처럼 소중히 여긴다.

돈을 벌기 위해 사람을 가두다니. 우리가 이렇게까지 타락하리라고는 상상하지 못했다. 동성결혼이 어떤 사람들의 종교적 신념과 맞지 않는다는 걸 이해한다. 그러나 동시에, 시민의 기본적인 권리를 부정하는 것이 또 다른 종교인들의 신념과 맞지 않는다는 것도 안다(나도 그중 한 사람이다). 그런데 왜 이 문제에서는 한쪽의 종교적 신념만 부각하는 걸까? 내가 속한 교단은 동성결혼이 합법화되기 전부터 줄곧 동성 연인의 결합을 축복해 왔다. 어떤 면에서는 주 대법원이 동성결혼을 인정하기 전까지 사실상 우리 교단의 종교적 자유가 제한받고 있던 것이다. 바비 진달Bobby Jindal 주지사처럼 동성결혼을 반대하는 이들이 원하는 대로 된다면, 우리의 종교 자유는 다시 한번 제한받게 될 것이다. 그런데 왜 사람들은 이 문제를 그리스도교 관점에서 논할 때 한쪽으로 기울어져 있을까? 내가 그리스도교인임을 강하게 느낄 때는 다름 아닌 가난한 이들을 괴롭히고 무시하는 새로운 정책이 발표될 때다. 내가 믿는 하느님의 뜻을 이렇게 노골적으로 거스르는 일들을 접하면 나는 그리스도교인으로서 두려움을 느낀다(혹시 해서 덧붙이는데, 당연히, 나는 이런 내 주장을 뒷받침할 성서 구절을 찾을 수 있다).

많은 사람이 미국은 그리스도교 국가라고 말한다. 이런 말을 하는 사람들이 실제로 무슨 뜻으로 하는 건지는 불확실하다. 그리스도교 바깥에 있는 이들도 그리스도교가 여러 교파로 나뉘어 있고, 서로 경쟁하고, 때로는 다투기까지 함을 알고 있다. 하지만 그럼에도 수치상으로 그리스도교가 미국에서 가장 큰 종교 집단임은 분명하다. 인구를 보더라도 미국은 그리스도교인의 행동이 전체 사회에 영향을 미칠 만큼 그리스도교적인 나라다. 그리스도교인들은 미국의 역사를 통해 형성된, 특별한 권위를 지닌 도덕 언어, 윤리 언어를 가지고 있다. 물론 그리스도교의 도덕은 유대교에서 많은 영향을 받았고, 다른 위대한 종교들의 가르침과도 비슷한 면이 있다. 이런 공통점이 있다는 건 좋은 일이다. 그 말은 그리스도교인들이 해야 할 일을 제대로 한다면 (다른 종교인들, 비종교인들을 아우르는) 미국인 전체의 가치와 잘 맞아떨어질 거란 뜻이니 말이다. 미국의 인구통계에서 '무종교'라고 답하는 이들은 그리스도교의 이상 때문이 아닌, '그리스도교인'들의 위선 때문에 그렇게 답했을 확률이 높다. 역사의 우연으로 그리스도교인인 우리가 이 나라의 다수가 되었다면, 이는 특별한 기회가 될 수 있다. 모든 종교가 공유하는 보편적인 가치가 있으므로, 우리는 그리스도교인으로서 다른 종교나 전통에서도 소중히 여기는 가치들을 함께 대변하고 실현하는 역할을 할 수 있다. 하지만 우리가 이런 책임을 다하지 못한다면, 우리뿐만 아니라 이런 선한 가치를 공유하는 다른 종교와 문화도 함께 실패하게 될 것이다. 우리 모두의 공통 가치가 실현되지 못했기 때문이다.

어떤 종교를 가지고 있다고 밝히는 문제는 흥미롭고 중요하다. 꽤 많은 사람이 자신이 그래야 한다고 생각하거나, 혹은 언젠가는 그렇게 되겠지 하는 마음으로 종교란에 자신의 종교를 표시한다. 그가 그 종교 정체성에 담긴 '선한 것' 혹은 '거룩한 것'을 직관적으로 느끼기 때문에 그럴 수 있다. 그래서 그는 자신이 잘 이해하지 못한 종교의 가르침이나 관행들을 적극적으로 찬성하거나 반대하지는 못하고, 수동적으로 그 권위를 받아들이게 된다. 이런 관점에서 보면 특정 종교에 대한 가장 완고한 해석이 가장 순수하고, 진지하며, 진짜처럼 보일 수 있다. (어떻게 정의하든 간에) 그리스도교를 따르려는 이들은, 그리스도교가 본질적으로 신자들의 양심을 강화하기 위한 일련의 금지 체계라는 표면적인 합의에 설득될 수 있다. 이를테면 성서는 분명하게 다른 사람을 비난하고 정죄하는 일, 혹은 누군가를 배제하고, 누군가의 소유를 빼앗는 행동을 금지하지만, '그리스도교'는 이런 행동을 하면서도 전혀 죄책감을 느끼지 않도록, 도리어 그런 행동을 하는 게 진정으로 도덕적인 행동이라고 여기게 할 수 있다. 자신을 그리스도교인이라 하면서 구체적으로 무엇을 믿어야 하는지는 문화나 매체를 통해 배우는 이들이 그리스도교에 그런 인상을 받는 건 당연하다. 그들에게는 이와 다른 시각이 잘 보이지 않기 때문이다. 다시 말하지만, 한쪽에서는 끊임없이 논쟁을 벌이고, 다른 한쪽은 사실상 침묵하고 있다.

상황을 더 복잡하게 만드는 요인 중 하나는 그리스도교가 정말 어렵다는 것이다. 그리스도교는 오래된 문헌들과 고대부터 이어져 온 엄청나게 다양한 생각과 해석에 기초하고 있다. 교회 공동체 안에서 다른 이들과 함께 오랜 시간을 두고 경험하고, 배워야 한다는 측면에서도 그리스도교는 어렵다. 좀 더 중요한 차원에서 그리스도교가 어려운 건 이 종교가 대체로 우리의 가장 기본적인 본능을 거스르기 때문이다. 그리스도교에서는 원수를 사랑하라고 가르친다. 말하기는 쉽지만, 실천하기는 너무나 어렵다. 역사에서 수많은 사람은 이 아름다운 가르침에 깊이 감동해 이 가르침을 위협하는 것처럼 보이는 사람들을 죽이기까지 했다. 자신의 원수가 아닌, 그리스도교의 원수로 규정하면서 말이다. 이는 복음을 자기 마음대로 잘라 해석하는 편리한 방법이었다. 오늘날 시중에 돌아다니는 '그리스도교가 공격을 받고 있다'는 이야기들은 그 현대판이라 할 수 있다. 이 이야기들은 그리스도교가 넘어서고자 했던 바로 그 원초적인 본능을 정당화하는 데 쓰인다. 이를 부추기는 건 (햄릿의 말을 빌리면) 거짓말만큼 쉽다.

진보적인 그리스도교인들, 자유주의 편에 있는 이들은 오랜 기간에 걸쳐 성서와 전통에서 멀어졌다. 그들은 성서는 너무 고루한 옛날이야기라고 말하고, 신학은 일반 신자들이 이해하기에는 너무 어렵고 복잡하다고 말하며, 그 사이에 있는 신앙생활이나 해석은 너무 평범하다고 말하고 결국 아무것도 받아들이지 않는다. 19세기 중반 독일에서 '고등' 비평이라는 수상쩍은 방법이 등장한 이후, 미국의 진보적인 그리스도교는 성서에 신화적 요소들이 있다는 점을 두고 계속 고민했다. 그리고 가장 거친 해석을 가장 정확한 해석으로 받아들였다. 당시 사람들은 '신화적'이라는 말을 '원시적'이라는 뜻으로 여겼다(흥미롭게도 그리스 신화는 그런 취급을 하지 않았고 히브리 백성의 이야기만 '원시적'이라고 여겼다). 그 결과 그림 형제의 동화에나 나올 법한 무시무시한 괴물이 나왔다. '여호와'는 '야훼'에 자리를 내주었다. 이 맥락에서 '야훼'가 '여호와'보다 하느님의 이름을 더 잘 번역한 것인지 아닌지는 중요하지 않다. 이 새로운 이름이 쓰이는 맥락에서 히브리 백성의 신은 마치 가나안의 신바알과 엘, 바빌로니아의 신 마르둑을 섞어 만든 것처럼 보인다.

즉, 고등비평을 받아들인 학자들은 고대 히브리인들이 주변 지역 이야기들을 베껴 썼다고 주장했다. 히브리인들이 하느님에게 직접 계시를 받았다는 것을, (이 표현이 너무 강하다면) 적어도 그들이 하느님과 우주의 시작, 인간의 본성에 대해 독특한 생각을 가지고 있었다는 것을 인정하지 않은 것이다. 이상한 점은, 실제로 가나안이나 바빌로니아 신화 자료들을 제대로 읽어 본다면, 학자들의 주장을 맹목적으로 따르지 않는 한 그런 주장을 받아들이기 어렵다는 것이다(사실 이런 맹목은 너무 빨리 생겨, 대다수 사람이 실제로 근동 지역의 자료들을 찾아보지도 않게 만든다). 어떤 면에서 히브리인들의 하느님이 여러 이교도 신을 섞어서 만든 것이라고 설명하는 바로 그 순간, 학자들의 한계가 드러난다. 내가 가나안이나 바빌로니아 신화의 깊이와 복잡함을 제대로 이해하지 못하듯, 그들도 마찬가지인 것이다. 신을 단순히 특정 지역의 사람들이 만들어 낸 산물로 보면, 모든 깊이 있는 의미는 사라져 버린다. 일례로 학계에서는 종종 어떤 아름다운 시편은 이름도 모르는 가나안의 찬송가를 각색한 것이라고 이야기한다. 나는 그 가나안 찬송가를 찾아보았지만, 발견하지 못했다. 나는 이런 '정보'가 그저 지적 존중이라는 조류를 타고 이어져 온 것은 아닌지 의심한다.

신약성서를 구약성서에서 벗어나게 하려는 시도는 그리스도교 초기부터 있었다. 2세기 마르키온주의Marcionism는 구약의 하느님이 그리스도의 아버지일 수 없다고 믿었고, 그래서 이와 대립하는 다른 신을 상정했다. 오늘날에도 적잖은 사람이 그리스도교를 지적으로 건전하게 만들고 싶어서 구약성서를 거부한다. 여러 종교가 뒤섞여 있다는 이유로, 원시적이어서 도덕적으로 받아들일수 없다는 이유로, 자신들이 그리스도교에서 지키고 싶은 것들과 맞지 않다는 이유로 말이다. 그래서 그들은 마르키온처럼 노골적인 이원론자가 되지는 못하지만, 마르키온이 마주한 문제와 비슷한 문제를 마주하게 된다. 야훼가 학자들이 말하는 그런 존재라 치자. 전통을 살펴보았을 때 그리스도의 거룩함은 히브리 성서의 신 개념에서 나왔다. 그렇다면 그리스도와 야훼의 관계는 어떻게 보아야 하는가? 예수는 모세의 말을 인용하여 "네 마음을 다하고, 네 목숨을 다하고, 네 뜻을 다하여, 주 너의 하느님을 사랑하여라"(마태 22:37)라고 말했다. 신을 굶주리고, 잠꾸러기에다, 겁을 먹고, 서로 피 흘리며 싸우겠다고 위협하는 존재들의 집합으로 해체해 버리면 이 가장 위대한 계명은 어떻게 되는 걸까? 구약의 하느님에서 바알과 엘과 마르둑을 발견하려면 하느님의 아름다운 면, 특히 인류에 대한 그의 관심을 모두 없애 버려야 한다. 하느님이 역사의 하느님이라는 말은 곧 그분이 인류 역사의 하느님이라는 뜻이다. 다른 종류의 '역사'는 없고, 그분은 사랑과 신실함으로, 자유 가운데 우리와 연결되어 있으며, 어떤 의미에서는 우리와 맺은 관계로 그분을 정의할 수 있다는 뜻이기도 하다. 구원자, 구속자, 목자, 아버지, 심판자, 왕이라는 말은 모두 평등과 질서를 뜻하며 그러한 방식으로 하느님과 우리를 연결한다. 신화 속 다른 신들은 인간들이 너무 시끄러워 잠을 잘 수 없다는 이유로 인류를 멸망시키려 한다. 그리고 제물을 바칠 인간이 없으면 자신들이 굶어 죽을 것을 깨달음으로써 파괴는 중단된다. 이 신들과 인간의 휴전에 사랑이

나 신실함은 없다.

어떤 진화 과정이 히브리인들을 기존의 신들과 다른 '하느님'을 발견하게 했다면, 어떤 압력이나 영향으로 인해 이런 변화, 차이가 발생한 것일까? 왜 이 질문은 다른 신학 문제들보다 덜 중요한 문제로 취급받는 것일까? 히브리인들에게 독특한 우주관을 형성할 수 있는, 혹은 발전시킬 수 있는 능력이 있었다면, 그건 언제 어떻게 시작된 것일까? 그리고 그런 능력이 있었다면, 그들은 자신들의 신 이해가 본질적으로 다른 것에서 파생되었다고 주장하는 걸까? 진화론의 관점으로 변화를 설명할 때 문제는 모든 것의 기원이라 생각되는 것을 그것의 진짜 모습이라 여기고, 그 본래 모습에서 달라진 것들은 무엇이든 '덜 진짜'인 것처럼 취급한다는 데 있다. 학자들은 혼합주의라는 가정 아래 히브리 민족의 하느님이 지닌 특성을 빼앗는다. 마치 인간의 기원이 야수라는 가정 아래 연민, 관용, 창의성을 교활함이나 위선으로 치부하는 것처럼 말이다.

나는 마르키온이 왜 그토록 히브리 성서를 없애 버리고 싶어 했는지 알지 못한다. 19~20세기 독일 학자들이 왜 히브리 성서의 신뢰성을 떨어뜨리고 싶어 했는지는, 글쎄, 당시 독일 사회에 만연했던 반유대주의를 생각하면 굳이 더 파고들지 않아도 알 수 있을 것 같기도 하다. 하지만 왜 우리는 그런 시도를 받아들이고 심지어 환영하는 걸까? 아마 지적으로 보이기 때문일 것이다. 덕분에 우리는 불편하지만, 완전히 버리고 싶지는 않은 전통에 한 발을 담그고, 나머지 한 발은 빼둘 수 있게 해 주는 은밀한 학문 영역을 만들었다. 그럼으로써 우리는 악의 문제를 정면에서 응시하는 부담스러운 일, 어려운 옛 책을 읽고 깊이 생각하는 일로부터 벗어난다. 편안한 삶을 살아가는 이들에게는 구약의 내용이 거칠고 원시적으로 보일지도 모르겠다. 하지만 생각해 보라. 이 세상에서 살아간 대다수 사람은 실제로 악과 싸우며 살았고, 그들 중에 편안한 삶을 누린 사람은 거의 없었다. 그리고 성서가 편안한 삶을 사는 우리 같은 사람들을 위해 쓰였다고 생각할 근거는 전혀 없다.

이 점을 계속 강조하는 이유가 있다. 내가 보기에는 너무나 기이하게도, 진보적인 그리스도교, 자유주의 그리스도교가 이 오래된 독일 학자들의 논의들을 맹목적으로 추종하기 때문이다. 진보적인 그리스도교인들은 문자주의 해석에서 벗어나기 위해 그렇다고 하지만, 저 논의들은 그저 뒤집힌 형태의 또 다른 문자주의일 뿐이다. '엘로히스트는 누구였을까? 야훼이스트는 어떤 사람이었을까?' 학자들은 이들이 마치 진짜로 있었던 것처럼, 혹은 의심스러운 연구 방법이 만들어 낸 것 이상의 무언가인 것처럼 묻는다. 여기서 더 나아가 '그들은 누구의 이익을 위해 일했을까?'라고 묻기도 한다. 마치 우리가 이를 알 수 있다는 것처럼 말이다. 이름이 둘이니 구약성서가 그리는 신은 둘이라고 말하고픈 것일까? 창세기에 나오는 태초의 혼돈은 에누마 엘리시에 나오는 뱀의 여신 티아마트일 수 있으니 구약성서에 등장하는 신은 사실상 셋이라고 말하고 싶을지도 모르겠다. 어떤 학자들은 어디선가 발견된 고대의 낙서 하나를 가지고 야훼에게 배우자가 있었다고 주장한다. 그 낙서가 히브리인들이 원래 여러 신을 믿었다는 증거가 될 수 있는

가? 여러 종교가 섞였다는 증거가 될 수 있는가? (다시, 햄릿의 말을 빌리자면) 만일 내가 아니라고 하면 어쩔 텐가? 위와 같은 가정들은 아무것도 증명하지 못한다. 사실, 이런 종류의 논의에서는 '증명' 이라는 말 자체가 설 자리가 없다. 추측을 사실처럼 여기는 것은 하느님이 6일 만에 우주를 창조하셨다고 고집하는 것보다 딱히 지적이라고 할 수 없다. 언젠가 우리는 암흑물질과 암흑 에너지를 이해하고 설명할 방법을 찾을 수 있다. 그러나 창세기가 어떻게, 누가 썼는지는 영원히 알 수 없을 것이다. 『일리아스』The Iliad, 『베오울프』Beowulf도 마찬가지다. '셰익스피어'의 희곡을 누가 썼을까? 다시 말하지만, 많은 경우 증명하거나 반증하는 것 자체가 의미가 없다. 이런 사실을 무시하고 논의를 계속 이어간다면 (의도적으로 그러는 게 아니라면) 그건 너무 순진한 일이다.

여기에는 분명 형이상학을 거부하는 오래된 실증주의적 태도가 영향을 미쳤을 것이다. '하느님'이 바알과 엘을 합친 것이라면, 그리스도교 형이상학은 완전히 말이 안 되는 무의미한 이야기가 된다. 물론, 형이상학의 타당성을 의심하는 이들에게는 이게 별로 큰 손실로 다가오지 않을 것이다. 하지만 이런 사고방식이 있었음을 한 번도 들어 보지 못했거나, 혹은 이런 사고방식을 인정하지 않는 현대성, 그 현대성이 우리를 계몽시켰다는 말만 들어온 사람들은, 본인들도 알지 못한 채 커다란 손실을 입은 것이다. 성육신, 십자가, 부활은 모두 존재와 인간 본질에 관한 매우 강력한 진술이다. 이들은 내가 아는 한 유일무이하며, 인간 생명의 초월적 가치에 대한 심오한 주장이며 특히 힘없고 눈에 띄지 않는 사람들의 가치를 강력하게 옹호한다. 세례, 성찬, 예배는 이런 형이상학, 존재론이 펼치는 전망에 참여하는 행동들이다. 그렇지 않다면 성찬, 세례, 예배는 그저 오래되고 좋은 관습에, 그리스도교는 진지하게 받아들일 만한 가치가 있는 윤리 체계에 불과할 것이다.

언젠가부터 사람들이 상상하는 현실의 규모는 크게 줄어들었다. 아이러니하게도 그 결정적인 계기는 과학이 우리가 얼마나 거대하고 놀라운 존재 체계의 일부인지 알려주면서부터다. 시편의 저자들이나 욥기의 저자가 「사이언스 뉴스」Science News에서 다루는 내용을 보았다면 얼마나 좋아할까? 성육신과 부활이라 불리는 사건에서 실제로 무슨 일이 일어났는지 나는 모른다(십자가 사건은 역사의 기준으로 보았을 때도 너무나 그럴 법한 일이어서 문제가 되지 않는다). 현실이란 미묘하고도 자유롭다. 이건 반드시 이렇게 될 수밖에 없다고, 이건 피할 수 없는 일이었다고 설명할 수 없다. 구체적으로 어떤 일이 일어났든, 성육신과 부활은 그 일이 세상에 일어나지 않았다면 다른 어떤 방식으로도 할 수 없는 선언을 세상에 남겼다.

하느님께서는 세상을 이처럼 사랑하신다. (요한 3:16)

이제 처음 이야기했던 주제로 돌아가 보자. 미국 문화에서 남부는 종교적이고 북부는 그렇지 않다는, 이건 아주 오래전부터 그래왔다는, 그래서 남부는 성서에서 노예 제도를 정당화하는 근거를 찾았고 북부는 이에 그저 힘으로 맞섰다는 잘못된 통념이 있다. 물론 구약성서에는 노예제가 있다. 하지만 그때 노예들은 빚 때문에,

혹은 계약으로 노예가 되었다. 구약에 등장하는 노예제는 영국 공장들에 면화를 공급하기 위해 사람들을 물건처럼 대량으로 사고팔았던 산업화된 노예제와는 전혀 다르다. 그런데도 이런 잘못된 생각 때문에, 성서를 믿는 신앙은 오랫동안 비열하고, 무지하며, 사악한 것으로 여겨졌다. 남북전쟁 이전의 남부와 북부 양쪽의 주장을 살펴보며 흥미로운 사실을 하나 발견했다. 성서를 더 자주 인용하고, 자신들의 주장을 뒷받침하는 근거로 성서를 더 많이 활용한 이들은 남부인들이 아니라 북부인들이었다는 것이다. 반면 제퍼슨 데이비스Jefferson Davis* 그리고 알렉산더 스티븐스Alexander Stephens** 같은 남부 지도자들은 거의 성서를 언급하지 않았고, 하더라도 맥락을 무시한 채 인용했다. 스티븐스가 노예 제도를 "집 짓는 사람이 버린 돌"이라며 남부 연합을 통해 이 노예제가 "집 모퉁이의 머릿돌"이 될 것이라 말한 건 널리 알려져 있다. 남부에 헨리 워드 비

---

* 제퍼슨 데이비스(1808~1889)는 미국의 정치가이자 군인으로 남부 연합 Confederate States of America 대통령을 역임했다. 그는 대규모 면화 농장을 운영하는 부유한 가정에서 태어났고 육군사관학교 출신으로 장교로 군에서 복무한 후 미시시피주에서 하원 및 상원의원을 지냈다. 1861년 남부 연합 대통령으로 선출되어 남부 연합의 군사작전과 외교정책을 이끌다 패배했고 전쟁이 끝난 후 2년간 감옥에 수감 되었다. 노예 제도를 수호하려던 그는 남부 연합의 상징적인 인물이다.

** 알렉산더 스티븐스(1812~1883)는 미국의 변호사이자 정치가로 남부 연합의 부통령을 역임했다. 유능한 변호사로 활동하던 그는 조지아주에서 하원 및 상원의원을 지냈고 제퍼슨 데이비스와 마찬가지로 남부 연합의 제1차 의회에서 부통령으로 선출되었다. 스티븐스는 데이비스와 노예제 수호와 남부의 독립이라는 공통된 목표를 공유했지만, 데이비스의 여러 정책, 공격적인 군사작전, 세금 정책, 노예를 전투에 투입하는 문제 등에서는 반대했다.

처Henry Ward Beecher[*]나 리디아 마리아 차일드Lydia Maria Child[**]에 견줄 만한 이들이 있었는지 모르겠지만, 나는 찾지 못했다. 미국의 지식인 문화는 마치 거울이 가득한 긴 복도처럼 현실을 왜곡하고 있어서, 우리는 칼 마르크스가 남북전쟁에 대해 많이 발언했다는 사실, 남부의 면화 경제는 전적으로 영국 산업 자본주의의 산물이었다는 사실을 모른다. 당시 면화 산업은 미국 경제에서 가장 큰 부를 창출했고, 노예제 옹호론자들은 면화 산업이 북부는 물론 중남미까지 퍼져 나갈 것이라고 예상했다. 그리고 이 부를 창출한 거대한 엔진은 데이비스가 차갑게 "우리 자산인 이 인종"이라고 말했던 아프리카계 노예들이었다. 면화 산업이 계속 이어진다면 미국이라는 거대한 실험이 어떤 모습이 되었을지 헤아려 보는 데는 그리 상상력을 발휘할 필요도 없다. 그리고 그 배후에 있는 영혼은 모세가 아니라 맘몬이었다.

헨리 워드 비처는 '인간과 사회에 대한 북부와 남부 이론의 충

---

[*] 헨리 워드 비처(1813~1887)는 미국의 장로교 목사이자 사회개혁가, 작가다. 그는 여러 설교와 연설에서 강력하게 노예제 폐지를 주장했는데 특히 1853년 '우리의 아프리카 친구들'Our African Friends 이라는 설교가 큰 호응을 얻었다. 노예제 문제뿐 아니라 여성의 권리와 교육도 지지했고, 과학과 종교 간의 대화에도 적극적이었다. 그는 『예수 그리스도의 생애』Life of Jesus, the Christ, 『영혼의 여름』Summer in the Soul, 『자유와 전쟁』Freedom and War 등 신앙과 사회를 아우르는 여러 저작을 남겼다.

[**] 리디아 마리아 차일드(1802~1880)는 노예제를 반대하고 여성의 인권을 옹호한 사회운동가이며 여성과 어린이를 위한 여러 저작을 남긴 미국 작가다. 지역 여성 신학교에서 교육을 받았고, 이후 유니테리언이 된 뒤 본격적으로 작가 활동을 시작했다. 1824년에는 미국 원주민 호보목과 백인 여성 메리의 사랑과 삶을 다룬 첫 번째 소설 『호보목』Hobomok을 발표했으며, 요리법과 여러 집안일의 방법을 담은 『검소한 주부』The Frugal Housewife에서는 여성들의 교육과 자립을 강조했다. 이후에도 여성의 인권, 노예제 폐지, 미국 원주민 권리 운동, 사상의 자유를 옹호하는 수많은 글을 썼다.

돌'The Conflict of Northern and Southern Theories of Man and Society이라는 제목의 연설에서 이렇게 말했다.

이 관계(인간과 창조주 사이의 관계)는 우리가 하느님의 형상으로 창조되었다는 사실에서 시작합니다. 이는 하느님께서 단순히 다스리시기만 하는 게 아니라, 우리가 하느님의 본성을 함께 나누고 있다는 뜻입니다. 이 기본적인 진리는 하느님께서 모든 인간을 소중히 여기신다는 그리스도교의 가르침을 통해 그 의미가 더 분명해집니다. 이 가르침은 인간의 모든 행위, 인간의 역사보다 더 높은 곳에, 인류를 구원하시려 이 땅에 오신 그리스도의 강림, 성육신, 고난, 죽음이라는 토대 위에 서 있습니다. 인류는 형제자매입니다. 하느님은 아버지이십니다. 그리고 이 위대한 인류공동체를 관통하는 법은 사랑입니다. 사랑은 어떤 종류의 노예 제도 인정하지 않습니다. 사랑은 사랑이 닿는 모든 것을 자유롭게 만듭니다. ... 인간은 하느님의 다스림 아래 있으면서 자신의 행동에 책임을 지는 존재입니다. 그렇기에 인간은 이 세상에서 이룬 업적을 무색하게 만들 수 있는 영적인 결과들에 책임을 집니다. 태초부터 하느님께서는 우리에게 영향을 미치고 계십니다. 그 영향은 처음에는 마치 아기 곁에 있는 어머니가 불러 주는 자장가처럼 부드럽게 시작되지만, 점점 커지고 깊어져, 마침내는 우리가 하느님의 완전한 능력을 경험하게 합니다. 하느님께서 당신에게 있는 위엄을 인간에게 주지 않으셨다면, 인간은 이렇게 위엄 있고 영원한 이야기의 중심이자 주인공으로 있을 수

없을 것입니다.[1]

이 연설은 그리스도교 형이상학 용어로 표현된 인문주의를 담고
있다. 그리스도교와 인문주의가 서로 맞지 않는다는 생각이 등장
하기 전까지 이러한 생각은 힘을 발휘했다. 성서를 진지하게 받아
들인다면, 모든 인간은 하느님의 형상이고 하느님께 소중하며 사
랑이 최고의 법이라는 비처의 주장을 반박할 수 없다. 실제로 당
시 노예제 옹호자들조차 이를 반박할 때 성서를 근거로 들지는
못했다.

히브리인들의 하느님이 인간은 자신의 모습을 닮았고 그래서
거룩하다고 말씀하시고 주장하지 않으셨다면, 우리는 어디에 있게
되었을까? 모든 인간이 존엄하다는 믿음의 확실한 근거가 우리에
게 있는가? 이를 우리가 직관적으로 알 수 있다는 증거는 전혀 없
다. 우리가 후드티를 뒤집어쓰고 얼굴을 가린 소년이 하느님의 형
상이라고 진정 믿는다면, 국민 중 상당수가 살인적인 폭력을 준비
하며 돌아다니지는 않을 것이다. 그리스도교를 지금은 죄를 짓고
나중에 천천히 회개하면 되는 개인 구원 종교로 여긴다면, 그리스
도교는 솔직히 말해 거의 모든 행동을 무제한으로 허용하는 종교
일 것이다. 하지만 그런 종교는 예수의 가르침을 무시하라는 이야
기와 다를 바 없다. 우리는 예수의 말과 행동을 (마음에 안 드는 부분

[1] Henry Ward Beecher, 'The Conflict of Northern and Southern Theories of Man
and Society'(speech, New York, January 14, 1855) http://www.gutenberg.org/
files/25653/25653-h/25653-h.htm.

이 조금은 있지만, 그런 부분은 빼고) 존경하되 무시할 수 있다. 그리고 우리가 무엇을 하든 예수는 결국 우리를 불쌍한 죄인으로 여기고, 우리를 받아 줄 것이라는 확신 '때문에' 그를 사랑할 수 있다. 그럴 때, 우리는 (예수가 우리만큼, 아니, 어쩌면 더 사랑할지도 모를) 다른 사람들에게 무슨 해를 끼쳐도 괜찮다고 생각하게 된다. 예수는 자신의 가르침을 통해 바로 그들을 보호하려 했는데, 우리는 그들을 해치면서 예수의 너그러운 용서를 '우리'에게만 적용한다.

하지만 그리스도교가 다른 방식으로 모든 순간, 모든 현실을 (이를 존중하든 무시하든 간에) 거룩함으로 해석하는 형이상학이라면, 그리스도교가 전하는 복음은 완전히 다른 차원의 것을 요구할 수밖에 없다. 진보적인 그리스도교, 미국의 자유주의 그리스도교 사상이 예전에 가지고 있던 영광스러운 본거지는 바로 이곳이다. 한때 우리는 히브리 성서를 그리스도교 역사에서 독보적인 존재로 격상시킨 이들이었다. 하지만 이제 우리는 우리가 속한 전통의 요구에 지친 것 같다. 전통적인 그리스도교가 요구하는 깊은 공부가 부담스러웠을 수도 있고, 그리스도교가 지닌 신비롭고 아름다운 면을 이해하기 어려워서 지쳤을 수도 있다. 그래서인지 많은 그리스도교인, 심지어 교회의 설교자와 신학교의 교수들까지도 이러한 이해 방식을 포기해 버린듯하다.

창세기 1장에 나오는 특별한 구절을 생각해 보라.

하느님이 당신의 형상대로 사람을 창조하셨으니, 곧 하느님의
형상대로 사람을 창조하셨다. 하느님이 그들을 남자와 여자로

창조하셨다. (창세 1:27)

현대 실증주의나 고등비평의 관점으로 보면 이 구절은 아무런 의미가 없는 구절이다. 참인지 거짓인지를 증명할 수도 없고, 여기 나오는 말들이 정확히 무슨 뜻인지 정의하기도 어렵다. 이 구절은 우리가 경외할 수밖에 없는 신, 그래서 우리가 서로를 소중히 여기게 하는 신 이해에 기반을 두고 있다. 이 구절은 우리가 누구이고 무엇이며, 우리가 어떤 큰 그림의 일부인지 그 핵심을 말해 준다. 달리 말하면, 이 구절은 존재론이고, 형이상학이다.

제11장

가치

디트리히 본회퍼Dietrich Bonhoeffer는 역사의 끔찍한 시기를 살아가는 가운데, 이에 맞서 참된 그리스도교인이 어떻게 행동해야 하는지를 아름답게 보여 주었다. 현대 사회가 얼마나 잘못된 길로 빠질 수 있는지는 지난 세기 독일에서 일어난 일들에서 분명하게 볼 수 있다. 하지만 우리는 종종 이렇게 생각한다. 이제 그런 거대 악은 끝났다고, 우리는 대양 건너에 있고 문화도 다르니 그런 끔찍한 재앙은 일어나지 않을 것이라고, 우리가 지금 벌이는 나쁜 일들은 지난 세기의 악행에 견주면 별거 아니라고 말이다. 그래서인지 일부 사람들은 당시 일어난 일들을 유일무이하게 봐야만 그 사건들의 심각함을 잊어버리지 않는다고 주장하기도 한다.

한편, 이 나라의 도덕이 붕괴 직전에 이르렀다고 보는 이들도 있다. 이들은 정부가 너무 커져서, 혹은 이 나라가 자신들이 믿는 종교의 품을 떠났기 때문에 하느님의 분노를 피할 수 없게 되었다고 생각한다(이런 이들에게 종교는 하느님의 분노를 피하는 피난처다). 정치에 대한 불안, 종교에 대한 불안은 함께 가는 경향이 있다. '우리는 커다란 재앙을 앞두고 있다', 혹은 '우리는 이미 재앙의 소용돌이 속으로 빠져들고 있다'는 주장은 경솔한 공포로 현대 역사의 실상을 왜곡하는 효과를 낳는다.

하지만 현재 서구 사회와 세계의 미래에 대해 염려할 이유가 있는 것도 사실이다. 20세기 중반 유럽에서 일어난 끔찍한 일들이 특별했다는 이야기가 우리도 비슷한 실수를 저지를 수 있다는 사실을 가려서는 안 된다. 나는 본회퍼를 깊이 존경하고, 그리스도교 신앙에 바탕을 둔 겸손이 시대에 대한 통찰을 가능케 한다고 믿기에 그가 자신의 시대를 봤을 방식으로 우리 시대를 보려 한다. 19세기 말부터 유럽에서 점점 힘을 키워나간 세력이 걷잡을 수 없는 흐름을 일으키기 전, 본회퍼가 당시를 바라보았듯 나도 우리 시대를 보려 한다. 그렇다고 스킨헤드족, 민병대, 종말에 대비해 무기와 식량을 비축하는 사람들, KKK 단원들처럼 겉으로 드러나는 현상을 이야기하지는 않겠다. 또한, 미국을 비롯한 여러 나라에서 공공연하게 나타나는 인종차별 문제를 다루지도 않겠다. 대신 나는 이런 표면적인 움직임들의 근원이 되는 더 깊은 변화에 대해 이야기할 것이다. 내 말이 정치적으로 들린다면, 그건 우리가 함께 사는 삶 자체가 정치적이기 때문일 것이다. 우리가 어디로 가고 있는지, 무엇을 하고 있는지 대화를 나눌 때 정치 이야기를 뺀다면 대화는 무의미해진다. 어떤 당파성을 지니고 있는지를 이야기하거나, 이념에 사로잡힌 채 현실을 바라보는 것은 전혀 다른 문제다. 당파성과 이념에 빠진 이들은 자기가 옳다는 결론을 미리 정해 놓고 대화를 한다. 그리고 자신이 자라온 환경이나 처한 상황 때문에 그 결론만을 진리라고 고집한다. 여기서 나는 이와 다른 방식, 먼저 깊이 있게 들여다보고, 진지하게 고민하면서, 다른 관점으로 생각하는 방법을 제안하고 싶다.

책에서 읽은 바에 따르면 17세기 30년 전쟁이 일어났을 때 주요 전쟁터가 된 곳은 독일 지역이었고 그로 인해 독일인들은 엄청난 피해를 입었다. 이로 인해 그들은 유럽에서 자신들의 자리를 되찾으려는 강한 의지를 갖게 되었고, 국가와 문화 발전에 매진했다. 실제 원동력이 무엇이었든 간에, 그 후 수백 년 동안 독일인이 이룬 업적은 놀랍기 그지없다(이 업적에서 독일에 살던 유대인들이 커다란 비중을 차지한다는 사실을 꼭 언급해야 한다). 음악, 신학, 철학, 물리학, 수학 분야에서는 어느 나라도 따라올 수 없을 정도였고, 교육, 문학, 미술 분야에서도 빼어난 성과를 이루었다. 본회퍼는 이런 탁월한 문화의 성취를 일상에서 온전히 누릴 수 있는 집안에서 태어났다. 음악가이면서 신학자였던 그는 독일이 근현대에 이룬 성취를 몸소 보여 주는 사람이었다. 본회퍼의 글과 삶을 보면 우아함과 따뜻함을 느낄 수 있는데, 20세기 중반 이전까지 이런 특징은 독일인의 특징으로 불렸다.

당시 상황이 나빠지는 와중에 본회퍼는 거리에서 일부 폭력이 일어나고 있고, 신문은 선동적인 기사를 내보내지만, 자신들에게는 오랫동안 이어온 인문주의 전통이 있으니 괜찮을 거라며 자신을 스스로 안심시켰을 것이다. 그의 가족은 1차 세계대전 직후 조국의 다수 사람이 겪은 고통과는 거리가 있었고, 따라서 그 상황을 제대로 이해하지 못했을 수도 있다. 게다가 어떤 분위기가 고조되었다고 해서 섣불리 최악의 상황을 예측하는 건 현명하지도, 신중하지도, 너그럽지도 않은 일이다. 본회퍼처럼 자기 나라를 깊이 사랑하는 사람이라면 더욱 그렇다. 처음에 그는 시간이 지나면 모든 게 정상으로 돌아올 것이라고, 그때까지 런던이나 뉴욕에서 기다리면 된다고 생각했을 것이다.

역사적 상황을 언급하기는 했지만, 실제 역사는 이보다 훨씬 더 복잡하고 다양한 요소가 얽혀 있음을 나는 잘 알고 있다. 베르사유 조약으로 프랑스가 이득을 보고 독일이 고통을 받았다고 하지만, 파시즘과 유대인 혐오가 먼저 일어난 곳은 프랑스였고 이후에는 유럽 전체, 그리고 신대륙에도 퍼졌다. 앞서 나는 거리에서 일어난 폭력을 언급한 바 있는데, 이 말을 하면 사람들은 보통 무식한 폭도들이 난동을 피우는 모습을 떠올린다. 하지만 당시 잔혹한 폭력을 저질렀던 초기 파시스트 운동 악시옹 프랑세즈Action Française를 이끈 사람은 작가이자 학자인 샤를 모라스Charles Maurras*였다. 역사에서 지식인과 특권층이 이토록 노골적으로, 그리고 열정적으로 폭력배들과 손을 잡은 경우는 드물다. 하지만 당시 학문은 군중을

---

* 샤를 모라스(1868~1952)는 프랑스의 작가이자 정치철학자다. 그는 드레퓌스 사건이 한창이던 때, 악시옹 프랑세즈Action Française를 창립하며 같은 이름을 지닌 잡지를 통해 자신의 사상을 전파했다. 그는 프랑스의 전통적인 가치와 질서가 위협받고 있다고 생각했고 이를 보존하기 위해 민족주의를 주장했다. 나아가 당시 제3공화국 체제에 반대하면서 왕정복고를 위해 폭력으로 체제를 전복시킬 수 있다고 보았다.

선동하는 이론과 세계관으로 가득 차 있었다. 이러한 맥락에서 20세기 중반에 일어난 사건들을 이야기할 때 독일만 이야기하는 건 매우 위험하다(이런 이야기는 제2차 세계대전이 끝날 무렵부터 힘을 얻기 시작했다). 이런 일들의 원인을 단순히 무식한 폭도들에게서 찾고 지식인들은 무고하다고 보는 것 역시 마찬가지다. 이런 잘못된 시각은 현재 대학에서 이 역사를 가르치는 방식을 비롯해 여러 면에서 문제를 일으키고 있다.

우리가 사는 '현재'는, 그게 어떤 현재든 정확하게 이해하기가 불가능하다. 어떤 면이 좋은 면을 보이든, 나쁜 면을 보이든, 그걸로 미래를 예측할 수는 없다. 어떤 면에서 이는 우리가 과거에 대해 너무 모르기 때문이다. 이런 이유와 또 다른 이유로, 우리는 지금 이 순간 일어나는 일들을 정의하기 힘들고 금방 지나가 버리는 시간 속에서 커지거나 작아지는 힘들을 알지 못한다. 본회퍼는 자신이 속한 지금, 그리고 가까운 미래의 독일을 이해하려 애썼다. 나도 이 나라를 사랑하지만, 이 나라로 인해 내가 이토록 혼란스러워할 줄은 몰랐다.

나는 여러 나라에서 강화되고 증폭되고 있는 현상을 한 나라의 문제로만 보는 실수를 다시 하고 싶지 않다. 이 시점에 소원 하나를 빌 수 있다면, 시카고 대학교 경제학과와 런던 정경대의 교류가 즉각, 그리고 영원히 중단되기를 바랄 것 같다. 물론 이런 일은 일어나지 않을 것임을 잘 안다. 소원 이야기를 애써 한 이유는 이제부터 할 이야기와 관련이 있다. 나는 늘 미국에 대해 한 가지는 확신할 수 있다고 생각했다. 바로 이 나라가 관대하다는 것이었다.

미국은 태생상, 반사적으로 관대함을 지향한다고 나는 생각했다. 역사를 보면, 미국이 강대국이 된 것은 우연이었다. 유럽의 강대국들이 전쟁으로 서로를 망치는 동안, 미국이 그 빈자리를 채웠다. 이렇게 얻은 힘으로 미국은 많은 잘못을 저질렀고, 워낙 큰 나라다 보니 잘못의 결과도 컸다. 하지만 미국에는 늘 구원의 빛 같은 것이 있었으니, 그것은 바로 관대함이었다. 때로 미국은 다른 나라에 경제 원조를 했고, 지식과 기술을 나누어 주었으며, 정신적 가치도 나누었다. 민주주의를 실현한 만큼, 아니면 최소한 이를 열망했던 만큼 우리는 대중이 기본적으로 정직하고 선하다고 관대하게 믿었고, 그들이 마땅히 받아야 할 것에 대해서도 관대하게 주려 했다. 하지만 이제는 바뀌는 듯하다. 그런 변화가 이미 시작되었을지도 모른다는 두려움이 내게 있다는 건 정말 받아들이기 힘들다. 나는 우리가 본회퍼처럼 중요한 기로에 서 있다고 생각한다. 그리고 본회퍼라는 본보기 덕분에, 나는 우리 시대의 심각한 문제에 대해 말해야 할 필요를 느낀다. 어떤 사회, 어떤 시대도 도덕적 재앙으로부터 자유로울 수 없음을 알기에 더욱 그렇다.

미국인들에게 관대함이 습관으로 배어 있다는 실례 중 하나로 미국인들은 서로를 돕고 구하는 일을 잘한다는 것을 들 수 있다. 상황이 아무리 나빠도, 기술을 가진 사람들, 훈련된 사람들은 선한 일을 하기 위해 목숨을 걸고 위험한 상황에 뛰어들고는 한다. 북미에서는 날씨 때문에 커다란 사건 사고가 자주 일어나는데, 그럴 때마다 사람들은 함께 모여 서로를 돕는 축제를 벌인다. 모래주머니도 쌓고, 피자도 나누어 먹고, 붕대도 감아 주고, 중장비를 활용해 피해 지역을 복구하는 등 구조와 복구 작업을 하는 동시에 부어스트 소시지를 함께 나누어 먹는다. 적어도 이런 모습만큼은 바뀌지 않았다.

최근 미국은 세계의 다른 국가들과 마찬가지로 커다란 재난을 겪었고, 이로 인해 많은 가정이 집, 저축한 돈, 생계 수단을 잃었다. 국내외 금융기관들이 저지른 일의 결과였다. 하지만 이에 대한 대응은 빈약하기 그지없었다. 실수든, 고의든 댐이나 제방이 무너졌다면, 대통령이 조지 부시George Bush가 아니었다면 주 방위군 National Guard이 하룻밤 만에 출동했을 것이고 다음날부터는 구호 활동이 시작되었을 것이다. 이번 금융체계의 붕괴로 일반 가정과 도시, 기업이 입은 손실은 말 그대로 천문학적 규모이며 현재 진행형이다. 어떻게 이런 일이 일어날 수 있을까? 더구나 이번 금융위기는 자연재해가 아니라 사람들이 만든 재앙이기 때문에 훨씬 더 심각한 문제라 할 수 있다.

닳아빠졌지만 이럴 때 끝없이 등장하는 말이 있다. "어떤 피해가 발생했다면 그건 피해자 탓이다(그리고 내가 피해자라면 내 탓이다)." 그리고 요즘 여기에는 새로운 생각이 추가되었다(어쩌면, 이른바 교양 있는 사람들 사이에서 오랫동안 입 밖으로 내기를 차마 주저했던 생각일 수도 있겠다). 우리는 이제 에둘러 '도움받을 자격 없는 가난한 사람들'이라는 말을 쓴다. 경제를 망친 건 은행가들이지만, 우리는 그 피해를 겪고 있는 실업자들을 상대로 마약 검사를 해야 한다고 말한다. 무슨 의미가 있을까 싶지만, 이 주장은 여기저기서 최근 자주 들리는 독선적인 말투로 나오고 있다. 물론, 여기에는 나름의 논리가 있다. 이런 식이다. '복지 혜택을 받으려면 마약 검사를 받게 하자. 그러면 자존심 있는 사람들은 차라리 도움을 받지 않으려 할 테니, 결국 세금을 아낄 수 있는 것 아닌가. 그리고 세금을 적게 내는 건 모두에게 좋은 일 아닌가?'

과거 페이비언 협회Fabian Society*를 창시한 베아트리스 웹Beatirce Webb과 시드니 웹Sidney Webb 부부와 그 동료들은 자신들을 '사회주의자'socialist라고 불렀다. 돌이켜 보면 이 말은 농담이 아니었나 싶다. 그들은 당시 처참했던 노동자들의 임금, 그들의 생활 수준을 더 낮추기 위해 잔머리를 굴렸기 때문이다. 이 자칭 '사회주의자'들이 던진 질문들을 다시 보면 민망하기 그지없다.

> 가난한 이들이 자신의 장례 비용을 마련하기 위해 돈을 모으는 걸 어떻게 막을까? 가난한 이들이 금속 손잡이가 달린 관을 선호하는 경향에는 어떻게 대응해야 할까?

그들은 이런 모습을 가난한 노동자들이 '임금 철칙'Iron Law of Wages을 어기고 있다는 증거로 여겼다. 이 오래된 경제 이론은 노동자들의 실질 임금은 그들이 겨우 살아남을 수 있을 정도여야만 한다고 가르쳤기 때문이다. 페이비언 주의자들은 이를 '생계비 수준의 임

---

* 페이비언 협회는 1884년에 설립된 영국의 사회주의 단체로, 급진적인 혁명보다는 입법과 정책을 통한 점진적인 개혁으로 사회주의를 실현하고자 했다. 페이비언 협회의 주요 창립자로는 조지 버나드 쇼George Bernard Shaw, 허버트 조지 웰스H.G. Wells, 시드니 웹Sidney Webb, 베아트리스 웹Beatrice Webb이 있다. 단체는 대중 조직 운동보다는 지식인의 회합 성격으로 발전했고 정책 제안과 각종 사회 문제에 대한 보고서를 지속해서 발표했다.

금'Subsistence이라고 불렀다.

이와 같은 사상 위에서 페이비언 협회는 우리에게 중요한 교훈을 가르쳐 주었다(안타깝지만, 좋은 교훈은 아니다). 복지 지원금을 최악의 가난보다 아주 조금 나은 수준으로 만들면, 사람들은 차라리 지원을 안 받으려고 할 것이고, 그러면 세금을 내는 사람들에게 이득이라는 것이다. 여기서 사람들이 겪는 비참함과 수치심은 돈으로 계산할 수 없으니 무시해도 된다고 그들은 생각했다. 이런 사고방식은 에드워드 6세 시대부터 2차 세계대전까지 영국에서 시행된 구빈법에서도 발견할 수 있으며 최근에는 미국 사회의 특정 계층에서 유행하고 있다. 누군가는 현재 도덕이 더 나빠지는 것보다는 과거로 돌아가는 게 더 낫다고 여길지도 모르겠다. 하지만 이런 이야기는 나에게 별다른 위안을 주지 않는다. 독일과 유럽의 유대인 혐오도 과거로의 회귀였으니 말이다.

요즘 사회에서는 피해자를 탓하는 경향이 있다고 말하고 있는데, 어떤 면에서는 이렇게 말하는 것 자체가 또 다른 형태의 피해자 비난이 될까 우려된다. 평생 자립심을 가지고 살아온 사람들, 열심히 일하고, 가족을 부양하고, 사회에 기여하면서 살아온 사람들은 자신이 피해를 입었을 경우 자신을 탓하는 경향이 있다. 이들은 실직하거나 경제적 어려움을 겪으면 자신이 부족해서 그렇다고 자책한다. 아이러니하게도 이런 성실한 사람들의 태도는 현재 진행으로 보이는 가치관의 변화에 한몫을 담당하고 있다. 많은 사람은 남을 비난하는 건 게으르거나 정직하지 못한 일이라고 생각한다. 그들은 원칙적으로 스스로 어려움에서 빠져나올 수 있다고 생각하고, 실제로 많은 사람이 창의력을 발휘해 상황을 조금 나아지게 만든다. 하지만 이런 모습이 아무리 존경스럽다고 해도, 의도치 않게 그들은 문제의 본질을 흐린다. 그들은 이 체계적인 실패(물론 이게 실패였다고 한다면 말이다)를 체계적으로 이해하는 걸 방해한다. 이 체계가 처음부터 완전히 실패였는지는 모르겠지만, 적어도 실패했을 때 그 상황을 만든 이들은 오히려 큰 이득을 얻었다. 부자들은 그저 부자라는 이유만으로 다른 사람들보다 우월한 존재가 되었으며, 상대적으로 덜 망가진 중산층도 이런 상황으로 인해 약간은 우쭐할 수 있게 되었다. 나도 부유하다고 할 수 있는 편인데, 덧붙이면 적잖은 부자들은 이른바 '부자'들의 거만한 태도를 매우 불편하게 여기며 자신이 능력이 있어서 부자가 되었다는 태도를 혐오한다. 하지만 안타깝게도 사회에 커다란 영향을 미치는 건 그들보다 목소리 큰 '부자'들이다.

앞서 왜 사회가 사람들을 능력 있는 자와 자격 없는 자로 나누게 되었는지를 이야기한 바 있다. 그리고 그 이유 중 하나는 인간을 차별하던 과거의 사고방식, 이른바 '옛 윤리'로 회귀하는 것이다. 예전에 과학자들은 인간의 뇌에 원시적이고 야만적인 부분이 남아 있다고 생각해 이를 '파충류의 뇌'라고 불렀다. 물론 이제 그런 생각은 틀렸음이 드러났다. 인간이 진화하면서 야만적인 조상들의 특성이 우리 뇌에 그대로 남았다는 건 사실이 아니다. 하지만 사회 전체가 일종의 몸이고 감각이 있다고 한다면, 과거의 나쁜 충동들이 돌이킬 수 없을 정도로 새겨져 있을 수 있다. 그래서 사회가 불안에 잠식되거나, 지루해할 때 무작위로 그 충동이 튀어나오는 것인지도 모른다. 한 가지 예를 들어 보겠다. 이제 미국은 마침내 사형제도와의 애매한 관계를 끝내려는 것처럼 보인다. 사형이 얼마나 부당하고, 별다른 효과도 없고, 사회 분위기를 나쁘게 만드는지를 보아 왔기에 우리는 수십 년 동안 이를 실제로 집행하지 않았다. 그런데 갑자기 옛 충동이 되살아났고, 우리는 과거에 배웠던 교훈을 다시 배워야 했다. 이 사회에는 아주 오래된, 사라지지 않은 편견들이 있다(이를 '파충류 시절의 기억'이라고 해야 할지도 모르겠다). 이런 편견들은 이성적으로 생각해 보면 틀렸다는 걸 알고, 경험상으로도 해롭다는 걸 알고, 도덕적으로도 옳지 않고, 종교적으로도 잘못되었다는 걸 알면서도 계속해서 영향을 미친다. 이런 편견들은 가장 오래된 증오와 차별을 품고 있고, 절대 바뀌지 않으려 한다. 사람들은 이 편견을 고수하는 태도를 보통 '근본주의'라고 부른다. 이는 과거의 잘못된 행동을 반복하는 것이면서도, 많은 경우 전통을 지키는 것으로 포장된다. 그렇게 근본주의는 전통주의라는 이름을 얻으며 사회에서 어느 정도 힘을 얻는다.

고백하자면, 나도 이런 사회 현상을 설명할 때 이론과 은유를 헷갈릴 때가 있다. 하지만 복잡한 현상을 이해하려면 일단 어떻게든 설명을 시도해 보아야 한다. 독일과 유럽에서 일어난 비극을 보라. 당시 독일은 최고의 과학과 철학을 가진 나라였다. 하지만 그런 탁월한 문명은 기꺼이 최악의 야만성을 받아들였다. 인종의 순수성과 진정한 독일인의 피 같은 터무니 없는 생각을 정당화하기 위해 그들은 과학과 철학을 왜곡했다. 그리고 지금 나는 서구 사회가 다시 그 길을 가고 있는 것 같아 염려된다. 이건 미국만의 문제가 아니라 서구 전체의 문제다. 우리는 현대 사회에서 이룬 성과들, 평등이나 복지 같은 것들을 스스로 포기하고 차별과 착취가 당연했던 시대로 돌아가려 하고 있다. 안타깝지만 당분간은 이런 흐름을 막기 어려워 보인다. 많은 사람이 정의와 개인의 존엄성을 지키게 해 주는 제도들을 더는 감당할 수 없다고, 그럴 만한 여력이 없다고 생각하고 있기 때문이다. 어떤 사람들은 이런 제도들 때문에 게으른 사람이 늘어나고, 열심히 일하는 사람들이 부담을 갖게 되어서 사회가 위험해지고 있다고 생각하기까지 한다. 옛 구빈법의 논리가 다시 나타난 것이다. 그 법 때문에 셰익스피어와 그의 극단은 부랑자나 건장한 거지로 몰리지 않기 위해 하인의 옷을 입어야 했다. 옛 사회 질서를 다룬 책들을 읽다 보면, 이런 무심한 잔인함 때문에 얼마나 많은 선하고 재능 있는 사람들이 망가졌을까 생각해 보게 된다(어떤 면에서 『리어왕』은 이 문제를 깊이 다룬 작품이라고도 할 수 있다). 페이비언들은 가난한 사람들이 자선 때문에 도리어 나약해졌다고 말한다. 여기서 나약해졌다는 말은 도덕성을 잃었다는 말이고, 달리 말하면 끔찍한 조건에서 최저 임금으로 일하려는 마음을 잃었다는 말이다. 당시에는 '잉여 노동력'surplus labor, 즉 실업자들이 많이 있어서 직장을 가진 사람들이 불안감을 느끼게 되는 효과를 긍정적으로 봤다.

페이비언들은 가난한 사람들이 겨우 먹고살 수 있는 수준보다 조금이라도, 잠시라도 더 나은 생활을 하게 되면 국가의 부가 위협을 받는다고 주장했다. 그리고 '자선'은 일자리가 없거나 월급이 너무 적을 때 그들을 죽지 않게 하는 것을 의미했다(물론 그들이 '자선'을 받을 만한 자격이 있다고 판단될 때만 말이다). 이 비열한 제도를 그들은 자격 있는 사람들이 자격 없는 사람들을 감독해야 한다고, 그래야 그들이 도덕적으로 올바르게 살 수 있다는 말로 정당화했다. 하지만 우습게도, 그 자격 있는 사람들의 유일한 자격 조건은 부였다. 여기서 우리는 가장 고귀한 그리스도교의 덕목(자선)이 맘몬의 손아귀에 넘어갔을 때 어떤 일이 일어나는지를 보게 된다. 본래 '자선'은 이웃을 진심으로 사랑하고 돕는다는 뜻이었지만, 이 말이 부자들과 권력자들의 손에 들어가자 가난한 사람들을 통제하는 도구로 변질되었다. 16세기에 학자들이 고급스러운 느낌의 '자선'으로 번역하던 그리스어를 보편적인 '사랑'으로 번역하는 것이 낫다고 지적했을 때 커다란 논란이 일어난 것도 이 같은 맥락에서 이해할 수 있다. 그 학자들은 결국 당신들이 말하는 자선은 진정한 의미에서 자선(사랑)이 아니라고 비판한 것이었다.

영국의 구빈법 제도는 영국이 신세계, 특히 미국 남부에 노예들을 데려와 식민지로 만들던 그때 더 정교해졌다. 남부의 노예 제도는 영국에서 대규모 빈민층을 통제하던 것과 매우 유사한 방식으로 운영되었다(대표적으로는 통행증 법Pass-Laws을 들 수 있다). 대농장 제도는 영국의 지주 귀족 제도를 아름답게 포장한 논리와 같은 논리로 정당화되었다. 이러한 맥락에서 과거로 회귀하는 경향에 대해 내가 이야기한 건 전혀 근거 없는 이야기가 아니다. 최근 세계 경제 위기는 뉴욕과 런던에서 시작되었지만, 그로 인해 발생한 사회 문제들에 대한 책임은 남부 사람들 특유의 말투로 피해자들에게 돌아갔다. "가난한 아이들에게 무상 급식을 제공하면 안 됩니다, 그러면 그 애들이 평생 의존하게 될 거예요! 주지 않는 게 오히려 그들을 위한 겁니다!" 고액 연봉을 받는 금융가들이 잘못해서 생긴 실업 사태가, 하룻밤 사이에 전혀 다른 이야기가 되었다. 사람들은 이 사태의 원인으로 노동자들의 게으름, 불성실, 복지를 너무 많이 줌으로써 형성된 악한 '의존 문화'culture of dependency를 지목하기 시작했다. 이런 해석이 가능했던 건, 저 오래된 사고방식이 수면 위로 떠오르기를 기다리고 있었기 때문일 것이다. 상위 1퍼센트 계층에 속한 이들 중에는 이러한 상황이 자신에게 유리하다는 걸 아는 이들이 있었다. 실업자를 탓하면 임금을 낮출 수 있으며, 평온하게 일할 준비가 되어 있던 사람들도 절박하게 일자리를 구하게 되기 때문이다. 17세기 정치경제학에 관한 최초의 논문이 나온 이래 임금은 늘 중대한 문제였고, 서구 노동자들이 전 세계 노동 시장으로 내몰린 지금도 여전히 중대한 문제다. 전 공화당 대선 후보였던 밋 롬니가 말했듯(이 말로 인해 그는 자신이 생각했던 것보다 더 유명해졌다), 중국의 공장들은 좁은 기숙사에서 생활하는 젊은 여성들로 가득 차 있다.

지난 수십 년 동안 수많은 매체는 미국 경제의 문제는 '경쟁력'이라고 말했다. 실제로 서구와 비서구의 노동자들은 서구 자본을 놓고 경쟁하고 있고, 서구의 상품들은 구매력이 떨어진 서구 시장의 소비자들을 두고 경쟁하고 있다. 이러한 가운데 서구 소비자들은 자기보다 더 낮은 임금을 받는 노동자들이 만든 물건을 선택할 수밖에 없게 되었다(경제학자들은 이를 '합리적인 선택'이라고 부른다). 물론, 해외 투자로 돈을 버는 사람들에게는 좋은 일이다. 실질 임금이 떨어지면서 생기는 미국 시장에서의 이점을 잃으면 그들의 이익은 훨씬 불안정해질 테니 말이다. 그러한 면에서 '경쟁력'이라는 말은 참 교묘하게 선택된 표현이다. 보통 사람들은 습관적으로 좋게 생각해서 경쟁력을 갖추게 되면 다 같이 잘 살 수 있으리라 기대한다. 하지만 실상은 전혀 다르다. '경쟁력'은 결국 임금을 낮추는 것을 의미하기 때문이다. 그러니까 노동자들이 아무리 열심히 일해도 소수의 부자만 더 부자가 되고, 일하는 다수는 그 혜택을 전혀 누릴 수 없다. 이건 이제 너무나 분명해 보인다.

구빈법은 강력한 과두제oligarchy를 만들고 유지했으며, 노예 제도 마찬가지였다. 그리고 다시금 과두제가 전 세계의 새로운 유행으로 떠오르고 있다. 과두제가 도덕적으로 정당화된 적이 있었는지 모르겠다. 미국인들은 이 말을 러시아나 중국 같은 나라들의 문제를 설명할 때만 쓴다. 마치 다른 나라들에만 해당하는 문제인 것처럼 말이다. 하지만 최근 미국에서도 비슷한 일이 일어나고 있다. 부가 부의 권리를 주장하고 있으며 이는 선거 제도에 커다란 변화를 일으켰다. 오늘날 기업들은 법인, 그러니까 법적으로는 사람이다. 이는 기업을 소유한 소수가 엄청난 권력을 갖게 되었다는 뜻이다. 그들은 기업의 돈으로 선거에 영향을 미칠 수 있고, 심지어 회사 직원들의 정치적 선택까지도 좌우할 수 있다. 이런 식으로 그들은 일반 시민보다 훨씬 더 강력한 '초시민'이 되었다. 그들을 지지하는 사람들은 그들에게 경제를 맡겼고, 이내 정치 문화에 대한 특별한 청지기 역할까지 맡겼다. 하지만 역사적으로 볼 때 지금 우리 경제는 잘 관리되고 있지 않다. 그리고 정치는 남북 전쟁 직전처럼 완전히 망가져 있다.

*

과거 어떤 대통령은 민주주의의 문제에 대한 유일한 해결책은 더 많은 민주주의라고 말한 적이 있다. 하지만 현재 상황은 다른 방향으로 흘러가고 있다. 예전에는 '민주주의' 덕분에 우리가 번영을 이루었다고 했는데, 이제는 '자본주의' 덕분에 번영을 이루었다고 말한다. 이렇게 된 건 우파만큼이나 좌파의 잘못이, 기업계만큼 학계의 잘못이 크다. 이들의 공모는 위에서 언급했듯 일부의 기회주의적 판단이 다른 사람들에게 부적절한 수치심을 불러일으킨 것과 같은 효과를 일으켰다. 우리가 역사의 희생양이 된다면, 그건 논쟁이 끝나지 않아서가 아니라 아무도 제대로 따져 보지 않은 채 서둘러 사안을 종결했기 때문일 것이다.

이를테면, 학자들은 여느 재벌들만큼이나 열심히 미국의 성공은 자본주의 덕분이라고 주장했다. 그러다 보니 미국이 이룬 좋은 것들은 모두 자본주의 덕분이라고 여기게 되었고, 심지어 무언가를 '미국적인 것'인지 아닌지를 판단할 때도 그것이 얼마나 자본주의에 부합하느냐를 기준으로 삼게 되었다. 나는 학계 동료들을 존중하지만, 그들이 자신들이 쓰는 말의 의미를 충분히 생각해 보지 않는 것 같아 우려된다. 교실에서 시작된 냉소적인 태도는 우체국 직원처럼 공공을 위해 일하는 이들을 향한 분노로 이어질 수 있다. 고등 교육을 받은 우리는 그런 교실에 오래 있어서인지 공익사업 전체를 향해 너무 쉽게 분노한다.

금융위기로 수많은 사람은 불안해졌고, 이 불안을 이용해 정치적, 경제적 이득을 보려는 사람들은 상황을 더 악화시켰다. 그러자 일부는 자본주의만이 답이라고 외치며 깃발을 흔들었고, 그 깃발 안에 수많은 사람이 모여들었다. 이들은 자본주의가 자유와 진보를 이루었다고 믿는다. 하지만 이는 커다란 오해다. 이 사회가 자유와 진보를 이룬 건 민주주의 가치에 입각한 사회 개혁이 자본주의를 통제했기 때문이다. 그런데도 그들은 이런 통제가 없던 체제로 돌아가자면서 과두제를 위한 국수주의를 외친다. 이게 바로 우리가 지금 보아야 할 현실이다. 부자들에게 돈이 집중되고 부자들은 그렇게 얻은 힘으로 또 다른 힘을 만들어 내며, 이 돈은 국경을 자유롭게 넘나들며 더 큰 영향력을 행사한다. 이런 과정을 거쳐 우리는 지금과 같은 상황에 이르렀다.

나는 가끔 경제 위기가 일어나기 한참 전부터 같은 사람들이 계획적으로 이런 일을 벌이고 있는 건 아닌가 하는 의구심이 든다. 1970년대 영국 대처Margaret Thatcher 정부는 영국을 '자산 소유 사회'ownership society로 만들겠다고 발표했다. 쉽게 말해 민영화를 하겠다는 것이었다. 정부는 공공주택에 세 들어 사는 사람들이 그 집을 살 수 있게 해주겠다고 말했다. 많은 사람이 이를 지지하며 그동안 국가가 시민들을 과보호했다고, 그래서 사람들은 자립심을 잃었다고, 이제는 새로운 시대가 도래했다고 떠들었다. 진짜 새로운 시대가 오기는 했고, 최악의 일이 일어났다. 영국은 모든 주택담보대출 이자가 변동금리인데, 금리가 올라갔고, 금리가 올라가니 사람들은 집값을 감당하지 못해 집을 잃었고, 좋은 위치에 있던 집들은 부자들에게 팔려 그들의 별장이 되었다. 아무리 잘 짜인 계획이라 할지라도 이렇게 될 수 있다.

그리고 30년이 지난 뒤 미국 정부도 미국을 '자산 소유 사회'로 만들겠다고 하기 시작했다. 실제 미국은 홈스테드 법Homestead Act(1862년 미국에서 제정된 법률. 미국 서부의 미개발 토지를 한 구역당 약 20만 평씩 무상으로 제공한다는 내용으로 자영 농지법이라고도 불린다) 이후 어느 정도는 그런 사회였는데 말이다. 그리고 동시에 '보모 국가'nanny state라는 말도 등장했는데, 이건 미국 상황과 썩 맞는 말이 아니었다. 미국에는 보모 문화가 없기 때문이다. 그런데도 이 말은 널리 퍼졌다. 아마도 이 말에 복지 정책의 혜택을 받는 이들을 무시하는 느낌이 있어서 일부 사람들이 좋아한 것 같다. 이렇게 우리 상황과 딱히 맞지도 않는 말들이 정치에 등장하는 걸 보면서 나는 좀 더 관심을 가지고 사태를 지켜보게 되었다. 어느 곳에서나 가난한 사람들은 금융에 대해 잘 모르는 편이다. 경험이 별로 없으니 말이다. 그래서 많은 미국인은 '당신도 집을 살 수 있다. 사야 한다'는 말에 설득당했다. 영국에서처럼 은행들은 현란한 말로 사람들을 속였고, 결국 많은 사람이 집을 압류당했고, 전국의 집값은 폭락했다. 대다수 미국인에게는 집이 가장 큰 재산이었기 때문에 일반 사람들은 커다란 타격을 입었고, 그 영향을 받지 않는 부자들은 더 부자가 되었다. 결국, 부자가 된다는 건 물건과 서비스를 쉽게 살 수 있다는 뜻이니 말이다. 많은 사람이 돈을 가지고 있으면 경쟁이 생겨서 물건값도 오르고, 일자리를 선택할 수 있기 때문에 임금도 오른다. 하지만 실업 위기 가운데 일자리를 만들어 주는 사람이 나타나면, 그는 엄청난 힘을 갖게 된다. 소수의 부자가 지배하는 체제, 과두제는 빈곤이 있어야 유지된다. 수많은 역사의 사례가 이를 보여 준다.

과두제의 혜택을 받는 사람들에게, 심지어 그로 인해 피해를 본 많은 사람에게도 이런 상황은 자연스러워 보일 수 있다. 내가 마지막으로 런던에 갔을 때, 어떤 유명 정치인은 지능 지수IQ는 종 모양의 곡선을 그리는데, 지능 지수 하위 15퍼센트의 사람들이 경제 하위 15퍼센트에 속하고 상위 2퍼센트의 사람들이 경제 상위 2퍼센트에 속한다고, 마치 무엇인가 대단한 발견이라도 한 것처럼, 그리고 이상적인 세상이라면 그런 통계를 바꿀 수 있을 것처럼 이야기했다. 그리고 그는 사회의 상당수는 머리가 나빠서 가난할 수밖에 없으니, 그들을 위한 정책을 만들 필요가 없다는 결론을 내렸다. 전형적인 사회적 다윈주의다. 설명 방식은 무궁무진하지만, 결국 하고 싶은 말은 하나다. 패자는 패배한다는 것이다.

세상을 조금이라도 살아 보면 이보다는 현실을 더 잘 알 수 있지 않은가? 나는 그 영국 정치인만큼 높은 자리에 있지 않지만, 그의 종 모습의 곡선 이야기를 듣고 웃음을 터뜨릴 많은 사람을 알고 있다. 내 경험상 사람들은 기회를 얻는다면, 자신이 하는 일을 잘하고 싶어 하고, 가능하면 그 노력을 인정받고 싶어 한다. 물론 돈만 쌓으려는 사람들도 있는데, 엄밀히 말하면 그들은 부의 창출자라기보다는 부의 수혜자다. 성서의 절반 이상이, 인류 문화사의 90퍼센트 정도가 나의 관점을 지지한다. 브람스Johannes Brahms도 셰익스피어처럼 하인 옷을 입어야 했다. 모차르트도 하인들과 함께 부얼에서 밥을 먹었다. 어떤 기준으로 보든, 브람스, 셰익스피어, 모차르트가 이 세상을 얼마나 풍요롭게 했는지는 새삼 설명이 필요하지 않을 것이다.

간단한 예를 들었지만, 이 사실은 우리에게 매우 중요한 질문을 제기한다. 과연 부wealth란 무엇일까? 나는 인문학자들이 흔히 빠지기 쉬운 감상주의에 대해서는 언급하지 않겠다. 셰익스피어가 영어에 심오한 영향을 미쳐 그 언어의 아름다움과 미묘함을 드러냈고, 그 위대한 힘을 우리가 감지할 수 있게 만들었다거나 인간의 삶이 의미로 가득 차 있다는 깨달음을 풍요롭게 해 주었다는 이야기도 하지 않겠다. 지금부터는 순전히 실용적인 관점으로만 이야기할 것이다.

수백 년 동안 셰익스피어는 영국의 국민 총생산에 중요한 기여를 해 왔다. 그 덕분에 관광객들이 영국을 찾았고, 영국의 지식, 문화의 명성은 높아졌다. 영국이 위기에 빠져 있을 때는 국가 정체성과 단결심을 키워주기도 했다. 경제학자들은 '창조적 계급'creative class이 경제에 긍정적인 효과를 낸다고 보았다. 하지만 그때 그들이 잘 간과하는 사실이 하나 있는데 바로 '가치'란 결국 '사람들이 가치 있다고 여기는 것'이라는 것이다. 루르드나 메카는 항공사에 엄청난 돈을 안겨다 주지만, 그건 많은 사람이 그곳을 '성지'로 여기기 때문에 생긴 부차적인 결과다. 회의론자들은 이런 성지의 가치를 의심할 수 있지만, 그런 의심 자체가 오히려 사람들이 부여한 의미가 얼마나 경제적으로 중요한지를 보여 준다. 또 하나의 예를 들어 볼까. 미국인들은 11월의 특정 목요일, 한꺼번에 대이동을 한다. 작년 그날, 런던에서 강연하는데 한 청중이 추수감사절에 집에 가지 않는 미국인은 어떤 부류인지를 물었다. 추수감사절에 가족이 모여 식사한다는 관념은, 임의로 정해졌다(나는 그럴 수 없는 이유가 있었다고 말했다). 하지만 사람들은 이를 어지간한 '현실 문제'보다 더 중요하게 여긴다. 달리 말하면, 이런 문화, 정신의 가치들을 사람들이 중시하기 때문에 이들은 결과적으로 매우 현실적인 문제, 경제적인 문제가 된다. 과거 페이비언들이 가난한 사람들이 비싼 금속으로 만든 관 손잡이를 쓰는 것을 못마땅해했듯, 오늘날 많은 경제학자는 이런 눈에 보이지 않는 가치를 인정하기 싫어한다. 하지만 그건 진정한 의미에서 '경제'를 보는 게 아니라, 실제 사람들이 어떻게 살고 무엇을 중시하는지를 무시한 채 물질만 중시하는 것이다. 시가 그러하듯 경제학도 인간 경험과 관계가 없다면 그건 말장난이거나 아무런 의미도 없는 진부한 말모음에 불과하다. 현대 경제 체제가 완전히 무너진다 해도, 무슬림들의 성지순례는 계속될 것이다. 성지순례가 그들에게 너무나 소중하기 때문이다. 마찬가지 맥락에서, 미국 인구 중 절반이 성탄절 대신 공현절에 선물을 주고받기로 하면, 미국 경제 전체는 이 새로운 문화에 맞춰 재편되어야 할 것이다.

이른바 '현실적인' 경제학자들은 가치라는 걸 너무 좁게 본다. 그리고 한편으로는 부자들이 더 부자 되게 하는 노동을 장려하고, 다른 편으로는 실제로 쓸 수도 없고 만족감도 줄 수 없는 엄청난 부를 옹호한다. 요트를 두 척 가진 사람이 세 척을 갖게 되면 더 행복해질까? 최근 어떤 노인들은 자신이 가진 어마어마한 돈으로 정치 체제를 뒤흔들며 인생의 황혼기를 보내고 있다. 경주마를 기르거나 네 번째 요트를 사는 것보다는 이런 일이 더 재미있을지 모르겠다. 특정 지점을 지나면 돈이 더 많다고 해서 더할 수 있는 재미있는 일은 별로 없기 때문이다. 하지만, 거대한 부를 가진 이 노인들은 무엇을 하고 있는가? 그들은 국민이 무능하다면서 자기 돈으로 나라의 운명을 좌지우지하려 한다. 이렇게 한 나라를 자기 마음대로 주무르는 힘을 가진다 해서, 늙어 가는 그들의 자존심이 만족을 얻을 수 있을까? 게다가 그들의 생각이 정말 현명하다는 보장은 전혀 없으며, 오히려 매우 비합리적일 수 있고, 그들의 생각이 정치 현장에서 관철된다면 국민 대다수가 반대할 수도 있는데 말이다.

결국, 내가 말하고픈 이야기는 서방 세계가 법적으로도, 문화적으로도 민주주의를 포기하고 있다는 것이다. 통제받지 않는 권력이라는 가장 오래된, 그리고 그만큼 추악한 유혹에 이 세계는 적극적으로 문을 열거나 손쉽게 굴복하고 있다. 이 모든 과정에서 일반 시민들에 대한 존중은 전혀 보이지 않는다. 오히려 이러한 움직임은 시민들을 경멸하는 마음에서 나오는 것 같다. 대다수 사람이 더 나은 미래를 맞이할 것 같은 전망은 어디서도 보이지 않는다. 그저 '경쟁력'이라는 쳇바퀴를 강요당하는 삶이 보일 뿐이다. 이런 미래가 실제로 이루어지면 가난한 아이들이 무료 급식을 바라지 않게 되는 걸로 위안을 삼아야 하는 걸까. 얼마나 한심하고, 불쾌한 일인가. 모든 가치가 파괴되고 있으며, 더 끔찍한 결과들로부터 우리를 보호해 줄 안전장치들이 하나둘 무너지고 있다. 바로 지금도 세계 문명은 새로운, 하지만 그만큼 원시적인 질서, 사상과 예술에 대해, 그리고 경외의 대상으로서의 인류에 대해 최소한의 관심만을 기울이는 질서에 자신을 맞추느라 비틀리고 있다. 본회퍼가 자기 시대의 도전에 맞섰듯 우리도 우리 시대의 도전에 맞서려 한다면, 우리는 그가 우리보다 먼저 배운 쓰라린 교훈, 이런 위험한 변화를 우리가 뒤늦게 깨달을 수 있음을 기억해야 한다. 나치의 위험을 독일 사람들이 너무 늦게 깨달았듯, 우리도 민주주의가 무너지고 소수에게 권력이 집중되는 이 위험한 상황을 너무 늦게 알아차릴 수 있다. 그리고 그때는 이미 되돌리기에 너무 늦은 상황일 수도 있다.

제12장

형이상학

과학과 종교 사이의 논쟁은 지금까지 잘못된 방향으로 진행되었다. 현대 물리학은 우리에게 현실이 얼마나 예측하기 어렵고, 복잡하며, 규정하기 어려운지를 보여 주고 있다. 과거 기계론에 입각한 물리학은 유용하기는 하나, 그것으로 한동안 우주를 잘 설명했다는 것이 오히려 기이해 보일 정도다. 우주를 새롭게 보는 이러한 관점이 새로운 그리스도교 형이상학을 만들어 주지는 않았지만, 한 가지 중요한 일을 했다. 바로 그리스도교 사상을 지배해 온 反형이상학('가능한 현실'의 범위를 지나치게 좁게 제한하고, 그에 맞추어 신학을 제한해 온 태도)을 무너뜨린 것이다. 새로운 형이상학을 위한 토대는 성서와 전통 신학에 이미 마련되어 있었다. 대표적으로 골로사이인들에게 보낸 편지(골로새서)의 한 구절을 들 수 있다.

그 아들은 보이지 않는 하느님의 형상이시요, 모든 피조물보다 먼저 나신 분이십니다. 만물이 그분 안에서 창조되었습니다. 하늘에 있는 것들과 땅에 있는 것들, 보이는 것들과 보이지 않는 것들, 왕권이나 주권이나 권력이나 권세나 할 것 없이, 모든 것이 그분으로 말미암아 창조되었고, 그분을 위하여 창조되었습니다. 그분은 만물보다 먼저 계시고, 만물은 그분 안에서 존속합니다. 그분은 교회라는 몸의 머리이십니다. 그는 근원이시며, 죽은 사람들 가운데서 제일 먼저 살아나신 분이십니다. 이는 그분이 만물 가운데서 으뜸이 되시기 위함입니다. 하느님께서는 그분의 안에 모든 충만함을 머무르게 하시기를 기뻐하시고, 그분의 십자가의 피로 평화를 이루셔서, 그분으로 말미암아 만물을, 곧 땅에 있는 것들이나 하늘에 있는 것들이나 다, 자기와 기꺼이 화해시켰습니다. (골로 1:15~20)

이 구절은 그리스도께서 시간과 공간이라는 제약을 넘어 모든 창조 이전부터 존재하며, 동시에 만물 안에 현존한다고 이야기하는데, 현대 물리학은 이런 시간과 공간을 초월하는 실재가 실제로 가능하다고 말한다.

나는 그리스도께서 하느님과 함께 계시며, 하느님이시라는 높은 그리스도론high christology을 믿는다. 또한, 그분 없이는 어떤 것도 창조되지 않았다고 믿는다. 여기서 '어떤 것'은 우리가 알고 있는 모든 것은 물론, 아직 발견하지 못한 것들, 그리고 앞으로도 영원히 인간이 알지 못할 모든 것까지를 포함한다. 인간의 언어와 개념으로는 이 모든 것을 제대로 설명할 수 없다. 그래서 나는 인간의 논리만으로는 모든 것을 설명할 수 없다고 본다. 우리의 논리는 일상을 설명할 때는 유용하지만, 가장 큰 존재(우주)나 가장 작은 존재(양자)의 차원에서는 제대로 작동하지 않는다. 내가 이해하는 그리스도는 바로 이 모든 차원을 포괄하시는 분이다.

지금 이 순간 내가 가장 좋아하는 신학자는 영국의 존 로크John Locke다. 『인간지성론』Concerning Human Understanding에서 그는 "우리가 얼마나 큰 무지 가운데 있는지, 존재와 사물 중에서 우리가 실제로 알 수 있는 것은 얼마나 적은지"를 겸손하게 인정한다. 또한, 로크는 우리는 "때로 우리의 무지를 받아들여야 한다"고 말한다.[1] 아멘, 아멘. 그가 말한 이 무지의 상태는 사실 아름답고 매혹적인 어둠과 같다. 실제 어두운 하늘 아래 우리가 놀랍고 특별한 경험을 하듯 말이다. 이 경험들은 빛나는 순간이 되어 우리에게 경이로움을 선사한다. 나는 내 신앙도 이와 같다고 본다. 신앙은 (윌리엄 제임스라면 "또 다른 선물"이라고 표현했을) 어둠 가운데서 주어지는 빛나는 경험이다.

이러한 관점에서 보면, 내 신앙은 내가 아는 다른 어떤 것과 질적으로 다르지 않다. 나는 경험을 고귀하게 바라본다. 나는 우리가 정말로 하느님의 영광이 펼쳐지는 무대에서 살고 있다고 믿는다. 그러므로 내가 신앙은 일반적으로 무언가를 아는 것과 크게 다르지 않다고 말할 때, 이는 결코 신앙을 깎아내리는 것이 아니다. 다

---

[1] John Locke, *An Essay Concerning Human Understanding* (New York: Dover Publications, 1959), vol. 2, book 4, chap. 3, 222.

른 심오한 경험이 그러하듯 신앙은 우리를 더 깊은 질문들로 이끈다. 내가 이해하고 설명할 수 있는 범위를 신앙은 뛰어넘는다. 그리고 (하느님께 감사하게도) 신앙은 내가 이를 설명하려 노력하다 필연적으로 범하게 되는 모든 불완전한 이해와 해석에 꺾이지 않을 만큼 충분히 견고하다.

나는 여기서 창조주 그리스도Christ the Creator, 아브라함이 태어나기도 전부터 현재 시제로 존재하는 "스스로 있는 분", 바울의 말을 빌리면 "보이지 않는 하느님의 형상이시요, 모든 피조물보다 먼저 나신 분 ... 하늘에 있는 것들과 땅에 있는 것들, 보이는 것들과 보이지 않는 것들 ... 모든 것이 그분으로 말미암아 창조되었고 ... 만물보다 먼저 계시"는 분, "만물이 그분 안에서 존속"하는 분, "하느님께서 그분의 안에 모든 충만함을 머무르게 하시기를 기뻐하시고, 그분으로 말미암아 만물을, 곧 땅에 있는 것들이나 하늘에 있는 것들이나 다, 자기와 기꺼이 화해"시킨 그리스도에 대해 말하고 있다. 위대한 장 칼뱅은 종종 중요한 논의에서 예수 그리스도와 성부 하느님을 구분하지 않았다는 이유로 유니테리언unitarian이라는 비난을 받았다. 신약성서 저자들처럼, 그는 저 둘 중 하나를 가리키거나, 사실상 둘 모두를 가리킬 때 "주님"Lord이라는 단어를 사용했다. 이는 분명 칼뱅의 높은 그리스도론에서 자연스럽게 나온 결과라 할 수 있다. 그는 삼위일체를 인정하지 않은 것이 아니라 삼위일체를 개념화할 수 없는, 가장 깊은 차원의 신비로 받아들였다. 내게는 이런 방식이 지극히 적절해 보인다. 나 역시 예수 그리스도와 성부 하느님을 엄밀히 구분하지 않고 '주님'이라고 부른다. 유니테리언이어서가 아니라 칼뱅처럼 삼위일체라는 신비를 인정하기 때문이다.

신앙은 하느님께서 주시는 선물로, 인간의 의식이라는 무대에서 때로는 이상하고 잘못된 방향으로 변형되기도 하지만 '하느님께서 주신 선물'이라는 본질만큼은 변하지 않는다. 이는 종교가 늘 비판적 검토가 필요함을 뜻한다. 시간이 지나면서 인간이 신앙에 덧붙이거나 신앙을 왜곡한 것들을 바로잡아야 하기 때문이다. 물론 이러한 개혁 과정에서도 우리는 불완전하다는 사실을 겸손히 인정해야 한다. 그렇기에 종교에 대한 비판이 종교를 완전히 부정하는 데까지는 나아갈 수는 없다. 종교의 핵심은 한 사람의 고유한 영혼이 자비로운 하느님과 만나는 데 있기 때문이다. 결국, 가장 중요한 것은 처음부터 끝까지 하느님의 은총이다. 이 은총은 너무나 크고, 너무나 깊어서, 우리 인간이 그 옳고 그름을 따지기란 불가능하다. 우리가 누구의 신앙 방식이 맞는지, 누구의 깨달음이 틀린 지를 열심히 따진다 하더라도 자비로운 하느님의 시선에는 그 일이 별다른 의미가 없을 수도 있다.

그러한 면에서 나는 현대 신학자들과 학자들, 그리스도 안에서 한 가족인 형제자매들을 깊이 존중하면서도 한 가지 안타까운 점을 지적하지 않을 수 없다. 그들이 현대의 여러 도전과 혼란 가운데 건져낸 그리스도, 곧 나자렛 예수에 대한 이해는 너무나 얕다는 것이다. 특히, 그들은 형이상학, 즉 신의 본질과 실재의 근본을 탐구하는 학문이 마치 교양 있는 현대인이라면 더는 범하지 말아야 할 잘못인 것처럼, 환상이 사라진 세상에서 더는 즐겨서는 안

될 정신적 사치인 것처럼 여긴다. 적잖은 사람은 이런 끔찍한 변화의 원인을 계몽주의로 돌린다. 하지만 나는 그것이 계몽주의의 핵심 문헌들을 잘못 읽은 결과라 생각한다. 이를테면 앞서 언급한 로크의 『인간지성론』은 분명 그리스도교 형이상학 저작이다. 계몽주의를 비판하는 이들은 계몽주의에 대한 특정한 인상을 만들어 냈고, 그러한 인상은 이내 계몽주의를 보는 지배적인 시각이 되었다. 그들은 계몽주의가 서구 사회의 영적 생활을 메마르게 만들었다고 주장하며, 과거 신앙을 그리워한다. 하지만 여기에는 모순이 있다. 계몽주의의 메마른 합리주의가 형이상학을 불가능하게 만들었다고 비판하면서, 정작 자신들도 형이상학을 포기해 버렸기 때문이다. 그들은 계몽주의가 일종의 선악과와 같아 한 번 먹으면 다시는 순수한 신앙으로 돌아갈 수 없다고 여기는 것처럼 보인다.

달리 말하면, 계몽주의를 반대하는 이들은 사실과 관련된 부분에서는 계몽주의자들이 다 맞았고 방법론도 정확하지만, 특정 경계선을 넘어서는 생각을 했다는 점만 틀렸다고 보며, 그 경계선 안에 고귀하지만, 쉽게 깨질 수 있는 진리가 있다고 여긴다. 이는 사실상 성서의 타락 이야기를 현대식으로 바꾼 것이다. 다만 차이가 있다면, 이 현대판은 하느님이 우리를 쫓아낸 것이 아니라 우리가 하느님을 추방했고, 이성과 과학이 그 추방을 영원하게 만드는 불타는 칼이 되었다는 점이다. 이 현대판 우화가 전하는 건 결국 '신'은 인간이 만든, 사회의 산물이라는 것이다. 이런 관점은 하느님의 존재와 능력이 마치 사람들이 그분을 믿느냐 안 믿느냐에 달린 것처럼 여기고, 더 나아가 다른 설명이나 해석을 허용하지 않는 특정한 환경과 권위가 있어야만 유지될 수 있다고 본다. 이런 시각은 참된 신앙이라기보다는, 마치 인류학자가 원시 부족들이 어떻게 신에 대한 관념을 발전시켰는지를 분석하는 것과 비슷하며 성서가 우리에게 보여 주는 하느님과는 완전히 상반된다.

오늘날 우리 현대인들은 난처한 상황에 처해 있다. 우리가 당연 시하는 현대적인 사고방식이 사실은 딱히 논리적이지 않음에도 불구하고, 이런 사고방식에서 벗어나기란 무척이나 어려운 일이 되어 버렸다. 현대적인 사고방식의 전제들은 신학의 관점으로, 형이상학의 관점으로 따져 보면 전혀 말이 되지 않는다. 물론, 깊이 있는 형이상학적 사고와 진지한 신학 탐구를 거부하는 현대 세계관의 관점에서는 자신의 전제가 신학이나 형이상학의 기준에 맞지 않는다는 지적 자체를 별로 신경 쓰지 않을 것이다. 애초에 그런 기준 자체를 인정하지 않기 때문이다.

이러한 상황에서는 요한과 바울이 말한 절대적 실재에 대한 진술도 형이상학적이라는 이유로 거부되기 마련이다. 극단적인 합리주의자들, 과학 지상주의자들과 마찬가지로 계몽주의를 종교적인 이유로 반대하는 이들도 저 진술들을 받아들이지 못한다. 세상을 탐구하고 이해하려는 시도가 하느님의 신비를 없애고 인간을 하찮게 만든다고 미리 단정 지어 버리면 현실, 혹은 실재는 거룩하다거나 그리스도를 통해 드러났듯 인간이 그 현실의 중심에 있다는 말은 할 수 없게 된다. 이해와 신앙을 대립시키는 잘못을 저지르고 있기 때문이다. 바울은 말했다.

하느님의 비밀인 그리스도 … 그리스도 안에는 모든 지혜와 지식의 보화가 감추어져 있습니다. (골로 2:2~3)

그는 이렇게 위대한 그리스도를 이해했다. 이후 역사에서 그리스도교는 이원론의 영향 아래 이 구절이 이 아름다운 피조 세계보다 더 거룩한 신비, 즉 이 세상을 넘어서 보고, 이 세상을 거부하는 앎을 가리킨다고 해석했다. 마르키온주의는 아직도 완전히 극복되지 않았다. 하지만 이러한 관점은 반드시 극복해야 한다. 우리의 시야를 가리기 때문이다. 분명, 우리가 이 세상에서 경험하는 놀라운 것들은 미래의 더 큰 영광으로 이어질 것이다. 하지만 그 미래의 영광이 지금 우리가 경험하는 아름다움과 완전히 다를 것이라고 생각할 필요는 없다. 성서에서 하느님은 사랑이라고 했을 때 우리는 우리의 실제 경험, 혹은 경험하기를 소망하는 것을 통해 그 의미를 어느 정도 이해할 수 있다.

로크는 "우리 생각을 존재라는 광활한 바다에 마구 풀어놓는" 경향, 우리가 우리의 이해력을 바탕으로 존재의 무한한 영역을 차지할 수 있고, 거기에는 우리가 판단하거나 이해하지 못할 것이 없다고 여기는 경향을 반대했다.[2] 매우 거대한 질문에 부적절한 도구를 사용해 잘못된 결론을 끌어내는 것을 방지하려 했기 때문이다. 우리가 모른다고 인정해야 할 문제들에 대해 가정과 확신을 강요하면 올바른 사고는 왜곡되고 가로막힌다. 로크는 우리가 유익하

---

2   John Locke, *An Essay Concerning Human Understanding*, vol. 1, Introduction, 31.

게 생각할 수 있는 문제들에는 일정한 한계가 있음을 인정함으로써 오히려 우리의 사고를 더 자유롭게 하려 했다.

인간 능력을 넘어선 탐구의 대표적인 사례로 나는 유서 깊은 교리인 예정론을 꼽고 싶다. 이 교리는 끝없는 논쟁을 낳았고, 회의주의를 키웠으며, 이를 받아들이면 받아들이는 대로, 거부하면 거부하는 대로 그리스도교를 왜곡하게 만들었다. 이 교리가 제기하는 하느님의 정의와 인간의 자유의지의 문제는 해결하기 어렵다. 이 문제는 현대 물리학자들조차 시간이나 인과율을 제대로 설명하지 못한다는 사실에 비추어 숙고해 보아야 한다. 수백 년간, 수많은 사람이 이 문제를 고민하고 논쟁했지만, 누구도 만족할 만한 답을 제시하지는 못했다. 시간과 인과율에 대한 기본적인 이해 없이는, 우주의 관점에서 사건들이 어떻게 존재하는지 설명할 수 없다. 이론상으로는 언젠가 이해할 수 있을지도 모른다. 하지만 실제로 이 문제에 대해서는 우리의 무지가 너무나 크므로 이와 관련된 질문들은 잠시 내려놓는 것이 가장 현명한 태도일 것이다.

같은 맥락에서, 나는 이 세상에 왜 악이 존재하느냐는 문제에 대해 어떤 해답도 제시할 수 없다. 어떤 이들은 악을 하느님의 통제 밖에 두는 방식으로 하느님을 변호하려 한다. 하지만 이는 하느님의 전능을 부정하는 너무나 커다란 대가를 치르며 선과 악을 분리하는 마르키온주의의 오류를 되풀이하는 것이다. 우리가 악이라 부른 것도 이 세상의 중요한 부분인데, 이를 하느님의 능력 밖에 있다고 하면 결국 선과 악을 별개의 것으로 보는 이원론으로 돌아가게 된다. 반대로 악을 하느님의 본성의 일부로 설명하게 되면 인간의 상실과 고통이라는 엄연한 현실을 두고 애매한 설명을 하게되며, 하느님의 선하신 본성을 이해하는 데도, 신학 연구에도 도움이 되지 않는다. 이처럼 어떤 것을 이해하려 할 때 그 본질을 훼손하지 않고서는 도저히 이해할 수 없는 경우가 있다. 그럴 때 나는 로크의 조언을 따른다. 즉 내 능력으로 도저히 이해할 수 없는 것들에 대해서는 "조용히 모른다고 인정하는 것"으로 만족한다.

*

그리스도는 이러한 질문들에 대한 (해답answer이 아니라) 응답 response이다. 인간의 고통이라는 현실 앞에서 그분은 "너희는, 내가 주릴 때에 내게 먹을 것을 주었다"(마태 25:35)고 말씀하신다. 극악무도하고 폭력적인 불의에 대해 그분은 "종의 모습을 취하시고 ... 죽기까지 순종하셨으니, 곧 십자가에 죽기까지 하셨다"(필립 2:7~8)다. 성서는 그분의 수난을 속죄expiatory로, 죄의 결과로 세상에 고통이 있고, 그리스도께서 그 죗값을 치르기 위해 속죄 제물이 되셨다고 해석한다. 흥미로운 점은, 하느님께서는 예언자들을 통해 당신이 원하는 것은 제사가 아니라 인간의 필요를 너그럽게 받아들이는 것이라고 말씀하셨다는 것이다. 모세와 예언자들은 자녀를 제물로 바치는 것을 격렬하게 반대하고 금지했다(그런데도 이스라엘 백성 중에서 그런 제사를 드렸다는 암시가 있다).

교회는 역사 전체를 통틀어 그리스도의 죽음을 인간의 죄를 속하기 위한 것으로 이해해 왔고, 나는 이런 그리스도교의 핵심 전통을 진지하게 받아들인다. 하지만 동시에 나는 희생 제의와 그러한 관점으로 설명되는 십자가 사건을 이해하는 데 어려움을 느낀다. 이러한 해석은 그리스도교 전통의 근간이므로 반대할 생각은 전혀 없다. 다만 내게는 너무나 어렵기에 해석의 몫은 다른 이들에게 맡긴다. 십자가 사건에 대한 이러한 설명이 과거 사람들의 깊은 갈망에 응답했고, 오늘날에도 나와는 다른 신앙 성향을 지닌 사람들의 갈망을 채워 준다면, 그건 그들을 향해 하느님께서 베푸신 따뜻한 친절이며, 그분이 당신이 창조하신 피조물들을 얼마나 세심하게 돌보시는지를 보여 주는 은총의 증거일 것이다.

또한 나는 죄의 심각성을, 우리가 근본적으로 하느님께 빚이 있음을 의심하지 않는다. 하지만 높은 그리스도론, 삼위일체를 믿기에 내게는 하느님께서 인간의 모습으로 오셔서 죽으심으로써 자기 자신에게 빚을 갚거나 자기 자신을 만족시켰다는 설명이 온전히 받아들여지지는 않는 것 같다. 이와 관련해 어떤 신학자들은 그리스도께서 하느님의 아들이라는 점을 강조하고, 어떤 신학자들은 예수는 거룩한 인간이지만 단지 인간일 뿐이라고 말하기도 한다. 과거나 지금이나 그리스도의 십자가를 세상의 죄악이 집약된 상징으로 보는 동시에 하느님이 요구하신 희생제물로 보거나, 아니면 나자렛 예수가 모범적인 죽음을 맞이해 역사에서 특별한 위치를 갖게 되었다고 보는 것이다. 하지만 이런 설명은 각각 희생과 순교의 의미를 이해하는 데 또 다른 어려움을 낳는다.

다시 말하지만, 나는 이러한 설명을 받아들이고 감동하는 이들을 존중한다. 그러면서도 한 가지 말하고픈 이야기가 있다. 성서와 전통, 그리고 우리의 실제 경험에는 이러한 설명을 넘어서는 더 깊고 풍성한 의미가, 영광스러운 충만함이 있다. 내게는 이런 넘치는 의미와 충만함이야말로, 어떤 정교한 논리적 가르침(물론 이런 설명은 사람들이 놓치기 쉬운 중요한 세부 사항을 잘 짚어 준다는 점에서 충분한 가치가 있다)보다도 더 분명하게 그리스도가 하느님으로부터 왔다는 표시처럼 보인다.

내 그리스도론의 첫 번째 원칙은 경외심이다. 이 경외심은 누구나 품을 수 있다. 피조 세계 전체가 하느님의 영광으로 가득하기 때문이다. 하지만 그 본질적인 특성은 그리스도께서 태초에 하느님과 함께 계셨고, 그분 없이는 어떤 것도 창조되지 않았다는 믿음에서 나온다. 나는 그리스도께서 영원에서부터, 어떤 면에서는 인간의 특성을 갖고 계신다고 생각한다. 그리스도교에서는 결코 그분을 그런 특성 없이 생각하도록 권고하지 않기 때문이다. 그분은 사랑받는 아들이다. 그리고 '그리스도'라는 말은 그분을 이스라엘의 역사 속에 위치시킨다. 왕으로서, 혹은 (이를 어떤 식으로 해석하든) 하느님께 기름 부음 받은 자로서 그리스도는 역사 가운데서 이스라엘을 이집트 노예 생활에서 구하신 하느님의 방식으로 활동한다. 칼뱅은 인간의 모습을 하고 아브라함을 찾아온 나그네들의 이야기에서 그리스도를 발견하고 구약과 신약을 연결한 적이 있다. 나는 이 해석이 타당하다고 생각한다. 오늘날 그리스도교인들은 구약과 신약이 어떠한 관계를 맺고 있는지를 고민한다. 적잖은 그리스도교인이 신약이 구약을 대체했다는 잘못된 생각을 피하려다 더 큰 실수를 저지른다. 바로 구약과 신약을 너무 동떨어진 것처럼 보는 것이다. 그들은 신약에만 자비와 사랑 같은 '그리스도교의' 특징이 있다고 여기고 구약에도 이런 특징이 있다는 사실을 보지 못한다. 결과적으로 이는 히브리 성서와 유대교를 암묵적으로 깎아내리는 것이며, 좀 더 중요한 측면에서 그리스도교 신학의 기초를 무너뜨린다.

구약성서가 가난한 자들에게 한결같은 관심을 기울인다는 사실을 염두에 두면, 인류가 정의와 관대함을 요구하기 시작했던 바로 그 순간부터, 그리스도께서 그들 중 가장 보잘것없는 자들과 함께 하셨다고 추론하는 것은 타당성이 있다. 성서 본문 어디에서도 이런 생각을 금지하지 않는다. 그리스도교 전통은 그런 긍휼과 자비가 그리스도교가 등장한 뒤에야 생긴 것처럼 만들기 위해 구약과 신약을 억지로 갈라놓은 듯하다. 하지만 우리가 진실로 하느님을 삼위일체 하느님으로 이해한다면 이런 식으로 갈라놓는 것은 문제가 된다. 그리스도께서 성육신하시기 전까지는 아무런 활동도 하지 않으셨다는 뜻이 되기 때문이다. 이는 마르키온주의의 잘못된 생각과 비슷하다.

물론 이 문제를 해결하는 가장 쉬운 방법은 나자렛 예수를 우리와 같은, 역사의 특정 시점에 태어난 한 인간으로만 보는 것이다. 하지만 이러한 해결책은 너무나 단순하며 예수 그리스도라는 고백에 담긴 모든 깊은 의미를 없애며 그리스도교 형이상학 또한 무너뜨린다. 그리고 옷을 빼앗기지 말아야 할 과부를, 간절한 품삯을 기다리는 일꾼을, 떠돌아다니는 고아와 나그네를, 옳고 그름도 분별하지 못하는 이방인들을 스올에, 혹은 그와 유사한 곳에 버리는 셈이 된다.

우리는 그런 사람들 속에서 아직 알려지지 않은 그리스도의 모습을 볼 수 있다. 겉으로는 특별해 보이지 않고, 위엄도 없으며, 고통받고, 괴로움을 아는 한 사람을 볼 수 있다. 예언자들의 글이나 오늘 신문을 잠시라도 읽어 본 사람이라면 누구나 알 수 있다. 누가 권력자들, 이른바 평범한 사람들보다 낫다는 지도자들의 죄악으로 인해 상처를 입는지, 누가 죄 있는 이를 대신해 징계를 받는지를 알 수 있다. 이름도 없는 평범한 사람들 가운데, 유대인이든 스키타이인이든 모든 하느님의 형상들 가운데 함께하시는 그리스도야말로 이 세상의 악이라는 거대하고도 심각한 문제에 대한 적절한 응답일 것이다. 이 응답은 완벽한 해답은 아니지만, 풍요로운 의미를 지닌 응답이다. 가난한 자는 복이 있다고, 우는 자는 복이 있다고 예수가 말했을 때 이 말은 그리스도교인이나 초기 교회를 향한 말이 아니었다. 그때는 그리스도교나 교회가 존재하지도 않았으니 말이다. 그 말은 다른 누구보다 우연히 예수의 말을 듣게 된 군중을 향한 말이었다. 예수는 그들에게 도덕적 교훈을 가르친 것이 아니다. 모세와 예언자들이 하느님께서 특별한 관심을 기울이신다고 말했던 바로 그 사람들에게 위로와 확신을 준 것이다.

교회에서는 아이들에게도 요한복음 3장 16절에 대해 가르치곤 한다.

> 하느님께서 세상을 이처럼 사랑하셔서 외아들을 주셨으니, 이는
> 그를 믿는 사람마다 멸망하지 않고 영생을 얻게 하려는 것이다.
> (요한 3:16)

앞에서 나는 이 요한복음의 도입부를 잠시 언급한 바 있다. 이 복음서는 내게 매우 중요한 통찰을 주었다. 요한복음은 내가 그리스도께서 창조의 순간부터 계셨다는 생각을 받아들일 용기를 주었다. 이 생각은 곧 그리스도의 본성이 창조에 본질적이며 처음부터 하느님과 세상이 맺은 관계에서 중요한 부분이었다는 뜻을 지니고 있다. 이것이 참이 아니라면 삼위일체는 유지될 수 없을 것이다. 요한복음은 그리스도의 죽음이 우리를 구원한 것이 분명하듯, 그분의 삶 자체가 하느님이 자신을 드러낸 것임을 분명하게 보여 준다. 요한은 예수의 신적 측면을 강조하고, 다른 복음서 저자들은 그의 인간적 측면을 강조한다. 두 가지 측면이 서로를 인정하기에 두 가지 측면 모두 놀랍게 다가온다.

요한의 이러한 관점을 단순히 당시에 영향력이 있었던 영지주의 사상을 표현한 것으로 해석한다면, 그 안에 담긴 중요한 진리, "말씀이 육신이 되어 우리 가운데 사셨다"(요한 1:14)는 것, 나자렛 예수라는 평범한 인간이 실은 하느님이 현현한 사건이었다는 진리를 놓치게 된다. 요한복음 서문과 삼위일체 신앙에 비추어 본다면, 이것만이 참된 해석일 수밖에 없다.

그러면 이런 질문을 던져볼 수 있다. 하느님이 세상을 그토록 깊이 사랑하셨다면, "창세로부터 죽임을 당한 어린양"이신 그의 아들이라는 선물이 과연 예수라는 인간으로 오신 이후 사람들에게만 영향을 미쳤을까? 그분은 분명 이 선물을 이미 오래전부터 계획하고 계셨을 텐데 말이다. 칼뱅은 요한복음 3장 16절을 해설하며 아름다운 표현을 쓴다. 그는 믿음의 시선이 "그리스도에게 머물러, 그 안에서 사랑으로 가득 찬 하느님의 마음을 바라보아야 한다"고 말한다.[3] 또한, 칼뱅은 "하늘 아버지께서 자신 안에서 우리를 사랑하신다는 그 은밀한 사랑이 구원의 다른 어떤 이유보다 더 중요하다"고 하면서 "우리가 당신을 알게 되기를 하느님께서 바라신다는 은총, 그리고 그로 인해 우리가 구원의 희망을 품게 되는 은총은 그리스도를 통한 화해에서 시작"된다고 말한다. 그에 따르면 "그리스도의 죽음만이 그 사랑을 증명하는 유일한 보증"이며 그 사랑이 얼마나 "뜨거운지"를 보여 주는 증거다. 내가 이해하기에 칼뱅이 말하고자 하는 바는 나자렛 예수의 삶과 죽음은 이전부터 늘 진리였던 것을 보여 주며, 이 피조 세계는 이미 웅장하고 그분의 사랑으로 가득 차 있으나, 이를 훨씬 뛰어넘는 놀랍고 관대한 행동을 통해서만 우리가 그 사랑을 알 수 있다는 것이다. 나에게는 이런 설명이 예수의 죽음을 단순히 희생제물로 보는 것보다 훨씬 더 아름다우며, 내가 이해한 하느님의 본성과도 잘 맞는 것처럼 보인다. 이사야서는 포로가 된 이스라엘 백성이 제사도 드리지 않고 오히려 죄악으로 하느님을 넌덜머리 나게 했다고 기술한다. 이에 하느님께서는 선언하신다.

나 곧 나는 내 자신을 위하여 네 범죄들을 지워 버리는 자니
내가 네 죄들을 기억하지 아니하리라. (이사 43:25)

---

[3] John Calvin, *Commentary on John*, 3:16, 124.

하느님의 능력과 은총이 무엇인지 너무나도 잘 보여 주는 구절이 아닐 수 없다.

구약성서를 읽을 때마다 내 안에서는 '영원하신' 하느님의 마음에 있는 이 신비로운 사랑이 어떻게 '시간 속에서' 나타났느냐는 질문이 떠오르곤 한다(이 질문이 자칫하면 오랜 세월 신학자들의 짜증을 불러일으켰던 질문, '하느님은 세상을 창조하시기 전에 무엇을 하고 계셨을까?'라는 질문처럼 보일 수 있다는 걸 안다). 하지만 계속 구약성서를 읽으면 읽을수록 이 문헌들에서 화려한 왕이나 제사장, 예언자가 아닌, 환경에 취약하고 쉽게 빈곤에 빠지는 이름 없는 이들, 먹을 것을 찾아 밭과 포도원을 떠돌아다니는 이들을 보게 된다. 그리고 성서는 놀랍게도, 하느님께서 이들을 위해 특별한 준비를 하셨다고, 땅의 진정한 주인은 그분이라고 선언한다. 그분은 가난한 이들이 당신의 땅에서 먹을 것을 얻고 위로받게 하셨고, 이를 통해 당신의 사랑을 깨닫게 하셨다. 이러한 맥락에서 예수가 그에게 나아온 오천 명을 먹인 건 자연스러운 일이다. 혹시나 해서 덧붙이면, 나는 그리스도께서 피조 세계에 함께 하신다는 것은 반드시 인간의 영역에서만 찾아야 한다고 말하는 게 아니다. 그분의 놀라운 현존은 우주에서 가장 작은 입자에서도 발견할 수 있을 것이다. 다만 내가 인간을 강조하는 이유는, 우리가 '창조', 혹은 '피조 세계'를 강조할 때 종종 인간, 아담의 자녀들을 잊어버리는 경향이 있기 때문이다. 이렇게 되면 우주에 대한 이해와 인간에 대한 이해 모두 빈곤해질 수밖에 없다.

로크가 말한 '광활한 존재의 바다'를 우리가 이해할 수 있는 범위를 훨씬 넘어선 하느님의 신비를 직접 경험하는 것으로 받아들인다면, 그 바다는 하느님의 위대함을 보여 주는 계시가 된다. 우리가 모르는 것은 우리가 안다고 생각하는 것들을 바로잡는 역할을 해야 한다. 물론 이는 우리가 우리의 무지를 부지런히 찾아내려 노력할 때만 가능하다. 적어도 이런 측면에서 과학은 신학의 소중한 시녀다. 과학은 신학에게, 존재하는 모든 것이 얼마나 놀랍고 불가사의한지를 알려주기 때문이다. 그리고 그 무엇보다도 가장 불가사의한 존재는 바로 (어느 때든, 개인으로나 집단으로나) 인간이다. 인간의 이러한 특징을 놓치지 않고 칼뱅은 인간이 무언가와 만날 때 이를 인간에게 '제시된 것', '제공된 것', '주어진 것'이라고 표현한다(윌리엄 제임스라면 이를 두고 선물, 혹은 자료datum라고 말했을 것이다). 하느님 나라는 우리 가운데 있다. 신비는 무지(여기서 무지란 로크가 말한 긍정적인 의미에서의 무지다)를 기다린다. 우리가 실제로 아는 것보다 더 많이 안다고 착각하여 경험으로 주어진 것을 거부할 때, 우리는 우리의 무지를 보지 못하게 된다. 그리고 그 무지야말로 진리가 머무는 깊은 어둠이다. 우리의 무지는 늘어날수록 더 풍성해진다. 우리는 50년 전보다 원자에 대해 훨씬 더 많이 알고 있다. 하지만 그 앎은 새롭고, 더 아름답고, 더 깊은 의미를 품은 신비들을 계속해서 쏟아내고 있다.

분명히 말하지만, 나는 모르는 것을 '알 수 없는 것'이라고 단정지어서 마치 그것이 하나의 사실인 것처럼 다루는 '블랙박스' 식의 접근을 하는 게 아니다. 그런 접근은 무지를 또 다른 형태의 잘못된 확신으로 바꿔 버린다. 무언가를 '절대로 알 수 없다', 혹은 '결코 설명할 수 없다'고 말하는 건 언제나 너무 성급한 판단이다. 휴스턴 스튜어트 체임벌린Houston Stewart Chamberlain은 한 논문에서 나무의 수액이 올라가는 현상을 당시의 유체역학으로 설명할 수 없다는 점을 두고 고민하다 눈에 보이지 않는 생명력이 작동하고 있다고 주장했다.[4] 이는 과학의 한계를 잘못된 방식으로 이용한 것이다. 무지를 겸손하게 인정하고 받아들이는 태도가 무지 자체에 엉뚱한 의미를 부여하거나 근거 없는 주장을 정당화하는 데 이용되어서는 안 된다. (체임벌린의 설명을 다시 평가할 만한 가치는 없지만) 공평하게 말하면, 수액이 올라가는 현상은 아직도 완전히 설명되지 않는 신비다.

성서에서는 하느님을 찬미할 때 특별히 강조하는 것이 있다. 바로 하느님께서 기존 질서, 겉으로 의로워 보이는 것들, 권력과 부를 뒤엎으신다는 것, 그렇게 기존 질서를 계속해서, 때로는 시대를 바꿀 만큼 크게 뒤엎으신다는 것이다. 사회가 마치 당연한 질서를 가진 것처럼 보인다 해도, 실제로 불의하다면 하느님의 정의는 이를 뒤흔든다. 한나는 말한다.

> 한때 넉넉하게 살던 자들은 먹고 살려고 품을 팔지만,
> 굶주리던 자들은 다시 굶주리지 않는다. (1사무 2:5)

마리아는 노래한다.

---

[4] H. S. Chamberlain, *Recherches sur la sève ascendante* (Neuchâtel, 1897).

(그는) 제왕들을 왕좌에서 끌어내리시고

비천한 사람을 높이셨습니다.

주린 사람들을 좋은 것으로 배부르게 하시고,

부한 사람들을 빈손으로 떠나보내셨습니다. (루가 1:52~53)

예수는 자신을 따르는 이들이 지켜야 할 삶의 원칙을 이렇게
세웠다.

자기를 높이는 사람은 낮아지고, 자기를 낮추는 사람은 높아질
것이다. (마태 23:12)

여기에는 두 가지 의미가 있다. 우선은, 그리스도교 공동체에서
어떤 이를 평가할 때는 그 사람이 자신을 자랑하는 정도와 반대
로 평가해야 한다는 의미가 있고, 그다음 교만한 자를 낮추시고 겸
손한 자를 높이시는 하느님의 원칙이 반드시 실현되리라는 의미
도 있다.

이 모든 게 보여 주는 한 가지가 있다면 그건 하느님께서 가난
한 이들, 겸손한 이들, 이름 없는 이들, 무거운 짐을 진 이들을 특
별히 돌보신다는 것, 그런 사람들이 있는 모든 시대에 늘 그러하시
다는 것이다. 하느님께서 보시는 역사에서 이들은 매우 중요하다.
그들은 인간사에서 그분의 능력을 현실로 만들고 그분의 정의를
입증하는 위대한 잠재력을 품고 있다. 이새의 가문과의 연결이 다
소 미약하다 하더라도, 나자렛 예수는 낮은 자가 높아짐을 보여 주

는 가장 위대하고 완벽한 사례다. 그는 멸시받고 배신당하는 이들과 함께하면서 그들 중 하나가 되었다. 자신을 낮추어 노예의 모습을 취하신 것이다.

그리스도께서 자신을 낮추셨다는 것은 단순히 그분이 인간이 되었다는 것만을 의미하지 않는다. 그분은 인간을 노예로 취급하는 것이 얼마나 잘못된 것인지를 보여 주시기 위해 가장 낮은 자리를 선택하셨다. 이런 관점에서 그리스도께서 인류가 시작되었을 때 이미 계셨다면, 그분은 당시에도 이름 없고 힘없는 사람들과 함께 계셨을 것이다. 예수 당시 갈릴리 사람들이든, 과거 바빌론 사람들이든, 하느님이 구원하신 이집트의 노예들이든, 이방인이었던 아시리아 사람들이든, 그분은 모든 민족의 이름 없고 약한 이들과 함께하셨을 것이다.

다시 말하지만, 나는 그리스도를 인간과만 연결하거나, 성부, 성자, 성령이 하는 창조 활동에 차이를 두려는 것이 아니다. 피조 세계의 중심, 그 핵심에는 우리 인간과 연결되는 어떤 특별한 성질이 있다는 것이다. 어떻게 보면, 하느님께서 베푸신 첫 번째 은총은 우리를 창조하실 때 이미 나타났다고 할 수 있다. 그분이 우리를 당신의 관심과 신실함과 사랑을 받기에 합당한 존재로 창조하셨다는 점에서 말이다.

그리스도의 본성이 깊은 의미에서 '인간적'이라면, 인간의 본성에도 그리스도와 비슷한 무언가가 있을 것이다. 아마도 이것이 우리가 하느님의 형상을 따라 창조되었다는 말의 의미일 것이다. 하느님께서는 자신을 '스스로 있는 자'라고 말씀하시고, 요한복음에서 예수도 시간을 초월하는 방식으로 "나는 … 이다"라고 말한다. 그가 진리라면, 과거에도 진리였고, 미래에도 진리일 것이다. 그리고 이 세상의 모든 피조물 중에서는 오직 인간만이, 아무리 지치거나, 약하거나, 혼란에 빠지거나, 지루한 상태에 있더라도 "나는 존재한다"라고 분명히 말할 수 있고, 이를 깊이 느낄 수 있다. 과학은 의식, 혹은 정신, 혹은 자아가 가장 높은 차원의 신비임을 인정한다. 그리고 인간의 이 신비로운 특성은 최초의 인류가 자기 자신을 인식하기 시작한 순간부터 지금까지 우리 모두 안에서 이어지고 있다.

지금까지 한 이야기는 모두 삼위일체론이 제기하는 질문을 다루기 위한 것이다. 그리스도께서 창조 때부터 계셨고 만물이 그분과 함께, 혹은 그분을 통해 만들어졌다면, 이 사실은 우리가 보는 이 세상에 어떻게 드러날까? 달리 말하면, 우리가 창조주 하느님 안에 계신 그리스도를, 그리고 그분이 세상을 만드시고 유지함을 보지 못한다면, 우리는 이 세상의 참된 의미를 놓치고 있는 것이 아닐까? 내게 높은 그리스도론은 높은 인간학을 의미한다. 즉, 그리스도를 우러르면 인간 또한 우러르게 된다. 성육신, 하느님께서 인간이 되어 오신 사건은 그분의 뜨거운 사랑을 보여 주는 증거다. 우리는 비록 하느님이 보시듯 세상을 바라볼 수 있는 능력이 거의 없음을 인정해야 하지만, 그러면서도 이 세상이 그만큼 가치가 있다고 믿어야 한다.

칼뱅은 두 가지를 분명히 구분했다. 하나는 당시 신학에서 중시했던 '공로' 개념이다. 이는 인간이 스스로 가치를 얻을 수 있다는 생각인데, 칼뱅과 종교개혁가들은 이를 강하게 반대했다. 다른 하나는 우리가 하느님보다 조금 못하게 창조되었으나 그분에게 영광과 존귀라는 면류관을 받았다는 객관적 사실이다. 그러므로 우리가 피조 세계에서 하느님을 예배할 때는 그분이 우리를 창조하셨다는 사실 자체를, 우리가 이토록 신비롭고 놀랍게 지어졌다는 사실을 기뻐해야 한다. 우리의 명예와 영광은 우리가 쟁취한 것이 아니다. 어쩌면 그렇기에 더 소중하고, 더 깊이 생각하고, 이해할 만한 가치가 있다. 초기 성서 해석자들은 시편 8편에 나오는 "사람의 아들"이 인류가 아닌 그리스도를 가리킨다고 보았다. 실제 그 정확한 뜻을 파악하기는 쉽지 않지만, 이렇게 두 가지로 해석할 수 있다는 사실 자체가 의미심장하다.

'인간man이란 무엇인가? 그리고 사람의 아들son of man은 무엇인가?' 이 질문을 넓혀 '인류humankind란 무엇인가? 필멸자mortal란 무엇인가?'로 바꾸면 질문의 힘은 오히려 약해진다. 인간을 집단으로, 동물의 한 종으로, 혹은 단순히 죽을 수밖에 없는 운명을 지닌 존재로 정의하면 그 혹은 그녀가 겪는 독특한 존재 경험과 고유한 하느님 체험이 사라져 버린다. '인간'은 꾸밈없고, 용감하며, 홀로 서 있는 강력한 말이다.

최근 성과 관련해 우리가 벌이는 투쟁은 우리가 언어를 사용하는 방식에 이상한 영향을 미쳤고, 우리의 사고방식에도 미처 생각하지 못한 변화를 가져왔다. 라틴어에서 '영혼'을 뜻하는 아니마anima는 여성형이지만, 수많은 신학 논의를 라틴어로 하던 오랜 시간 동안 누구도 불편해하지 않았다. 중세 시기 수많은 시와 그림에서 영혼을 여성으로 묘사한 것도 마찬가지다. 라틴어로 글을 쓴 피코 델라 미란돌라Pico della Mirandola*는 영혼이 "결혼식 드레스와 같은 금빛 옷을 입고" 신랑을 맞이한다고 말했다.[5] 당시에 이는 자연스러운 표현이었다. 우리가 성별이 있는 단어들에 이토록 민감해진 것은, 아마도 영어에는 그런 단어들이 많지 않고 다른 말로 바꿔 쓸 수 있기 때문일 것이다. 실제로 중요한 것은 다른 데 있다. 그건 바로 모든 인간 생명이, 모든 인간의 삶이 순전하고, 용감하며, 유일무이하고, 하느님께서는 우리 각자를 이름으로 아신다는 점이다. 그래서 우리는 시편 저자의 질문으로 돌아가게 된다.

> 사람이 무엇이기에 주님께서 이렇게까지 생각하여 주시며, 사람
> 의 아들이 무엇이기에 주님께서 이렇게까지 돌보아 주십니까?

(시편 8:4)

우리 한 사람 한 사람 안에 무엇이 있기에 하느님은 관심을 가지시는가? 누군가는 경건함, 누군가는 고통, 누군가는 죄라고 대답할

---

* 피코 델라 미란돌라(1463~1494)는 이탈리아 르네상스 시대 철학자이자 신학자다. 이탈리아 귀족 가문에서 태어났고 볼로냐에서 법학을, 파도바에서 철학을 공부했다. 1486년, 900개의 명제를 담은 『명제집』Conclusiones nongentae 작업을 통해서 그리스도교 신학과 고대철학의 통합을 시도했고 이 저작이 교황청의 이단 시비에 휘말리자, 그에 대한 변론으로 같은 해 『인간존엄성에 관한 연설』Oratio de hominis dignitate을 작성했다. 이 연설문은 후대 학자들이 르네상스 인문주의 선언서라고 부를 만큼 중요한 저작으로 남았다. 그의 사상은 이후 종교개혁자들에게도 영향을 미쳤던 것으로 평가받는다. 한국에는 『인간존엄성에 관한 연설』(경세원)이 소개된 바 있다.

5 Pico della Mirandola, *On the Dignity of Man* (Indianapolis: Hackett Publishing, 1998), 12. 『인간존엄성에 관한 연설』(경세원).

지 모르겠다. 하지만 이 중 어떤 것도 하느님의 본성이나 우리의 본성을 특별히 제대로 드러내지는 못하는 것 같다. 예수가 여러 번 지적했듯 경건은 매우 쉽게 독선이 될 수 있으며 심지어 비열함으로 바뀔 수도 있다. 고통은 대체로 더 나아질 가능성을 잃어버리거나 망가뜨리는 것이며, 죄도 고통과 마찬가지로 우리의 가능성을 (어떤 면에서는 고통보다 더 심각한 방식으로) 제한한다. 이것들은 하느님께서 우리에게 영원한 생명을 주시기 위해, 자신과 함께 살도록 역사에 개입하실 것이라는 믿음을 뒷받침하지 않는다. 하지만 그리스도교는 바로 이를 믿는다. 우리가 멸망하지 않고 영원한 생명을 얻으리라는 것 말이다.

우리의 죄가 사라지고, 그분이 우리의 눈물을 닦아 주시고 나면 무엇이 남게 될까? 아마 우리가 이름조차 붙일 수 없고 거의 감지하지 못하는 인간의 어떤 근본적인 본질일 것이다. 이 본질은 매우 특별한 것임이 분명하다. 하느님께서 우리를 비틀어지게 하고 무력하게 만드는 슬픔과 죄에 관심을 기울이시고, 우리를 이로부터 자유롭게 하시려 할 만큼 소중한 것이니 말이다. 이 본질이 정확히 무엇인지 설명할 수는 없지만, 그 본질이 있다고 믿는 것, 나아가 창조 가운데 계신 그리스도와 연결된 웅장하고 심오한, 우주적 차원의 인간 본성이 있다고 생각하는 것은 매우 의미가 있다. 이는 우리는 하느님을 더 깊이 경외하고, 그리스도를 우러르며, 우리 자신을 한 번 더 생각해 볼 충분한 이유가 된다.

내 제안은 새로운 제안이 아니다. 피코 델라 미란돌라는 저서 『인간의 존엄성에 관한 연설』On the Dignity of Man에서 말했다.

나는 왜 인간이 가장 복된 동물이며 모든 면에서 경탄할 동물인
지, 마지막으로 모든 존재의 질서에서 인간이 차지하는 위치가
무엇이며, 어째서 다른 동물뿐만 아니라 별들, 심지어 이 세상
너머의 영적 존재도 인간을 부러워하는지를 이해했다. 이는 놀
랍고 믿기 어려운 일이다. 인간은 실로 경이로운 존재이며, 모든
경이로움을 받기에 합당한 존재다.[6]

이 글은 15세기 후반, 고대의 언어들과 문학을 익히며 드러난 영
광에 압도된 한 사람, 유럽 그리스도교 이전 시대에 알고 있던 모
든 것, 그리고 다른 고대 문헌들과 언어들을 통해 더해진 모든 것
이 어우러져 인간이 이룬 찬란한 성취를 깨달은 시기인 초기 르네
상스 시대를 살았던 한 사람이 썼다. 피코가 말한 "모든 면에서 경
탄할 동물"은 이 땅에 살면서도 지성을 지닌 존재로, 창조의 축소
판이며, 창조 전체에 참여한다는 점에서 그 자체로 정의할 수 없는
존재다. 같은 저서에서 피코는 하느님이 아담에게 말씀하시는 모
습을 상상했다.

내가 너를 세상의 중심에 두었다. 네가 그곳에서 더 쉽게 주위를
돌아보고 세상의 모든 것을 볼 수 있게 하기 위해서다. 우리는 너
를 만들 때 천상에만 속하지도, 땅에만 속하지도, 죽을 운명만
갖지도, 죽지 않을 운명만 갖지도 않은 존재로 만들었다. 너는

---

6   위의 책, 3~4.

존귀하게 기름 부음 받은 심판자처럼 네 자신을 빚을 수 있으며,

어떤 모습을 원하든 그 모습으로 너를 만들어 갈 수 있다.[7]

이 문장은 그가 이단 혐의를 받자 이에 맞서 자신을 변호하는 글의 서문에 등장한다. 그러므로 이 글에 넘치는 활력을 단순히 '옛날 사람들은 세상을 단순하게 봤으니까 그런 것'이라며 무시할 수는 없다.

오히려 피코가 오늘날 있었다면, 그는 현대 문명이 성취한 바를 보고 자기 생각을 더 확신하게 되었을 것이다. 우리는 이 작은 행성을 수많은 눈과 잠들지 않는 정신을 지닌 행성으로 만들었다. 이런 우리를 창조의 중심으로 보지 않을 이유가 없다. 그러므로, 피코의 표현을 빌려 말하면 우리에게는 천상의 특성이 있다.

피코보다 한 세대 전, 니콜라우스 쿠자누스Nicolaus Cusanus*는 말했다.

인간 본성은 하느님께서 창조하신 다른 모든 것보다 높이 들어

---

7 위의 책, 5

* 니콜라우스 쿠자누스(1401~1464)는 독일의 철학자이자 신학자, 법학자다. 수학자이자 천문학자로 활동하기도 했다. 하이델베르크 대학교에서 자유학예를 이수하고 파도바에서 교회법을 수학했다. 교황청의 고위 성직자가 되어 평생 로마 교회의 개혁에 헌신했으며, 동방교회와 서방교회의 재결합을 위해서도 노력했다. 15세기 중반 종교개혁 직전 당대의 뛰어난 철학자이자 신학자로도 이름을 날렸으며 브루노, 스피노자, 라이프니츠, 헤겔 등에게 영향을 미쳤다. 주요 저서로 『박학한 무지』De docta ignorantia(지만지), 『다른 것이 아닌 것』De non aliud(나남출판), 『박학한 무지』De Visione Dei(가톨릭출판사) 등이 있다.

올려져 천사들보다 조금 낮은 위치에 있다. 인간은 지적인 본성과 감각적인 본성을 모두 가지고 있으며, 따라서 모든 것을 머금고 있다. 그러한 면에서 고대인들은 인간을 소우주라고, 혹은 세계의 축소판이라고 적절하게 불렀다. 이런 인간의 본성이 가장 높은 분인 하느님과 하나가 되면, 그건 우주와 그 안에 있는 모든 개별 존재가 완전해질 수 있는 길이 될 것이며, 이 인간됨을 통해 만물은 가장 완전한 상태에 이르게 될 것이다. 하지만 여기서 중요한 점이 하나 있다. 인간성은 실제로는 개별 인간이라는 한계 안에서만 존재할 수 있다는 것이다. 가장 높으신 하느님과 하나가 되어 완전해질 수 있는 실제 인간은 단 한 사람밖에 있을 수 없다. 그리고 이 한 사람은 참 인간이면서 동시에 참 하느님이 되어 만물을 완성하고 만물 위에 으뜸이 될 것이다.[8]

쿠자누스에게 소우주로서 인간이라는 개념은 곧 하느님께서 인간이 되신다는 것, 곧 성육신을 의미한다. 이어서 그는 "본성과 완전함에서 시간을 넘어서는 질서, 시간을 초월해 하느님과 함께 계시고 만물보다 앞서 계신 분이, 여러 시대가 지난 뒤 때가 차 세상에 나타나셨다"고 말한다.[9] 달리 말해, 그리스도께서는 인성을 지닌 가운데 태초에 하느님과 함께 있었다. 영원한 삼위일체는 창조 가운데 만물의 연합으로 표현되는 가장 근본적인 인간성을 품

8   *De Docta Ignorantia*, in *Unity and Reform: Selected Writings of Nicholas de Cusa*, ed. John Patrick Dolan (Notre Dame, IN: University of Notre Dame Press, 1962), 65.

9   위의 책, 67.

고 있다.

쿠자누스의 글을 인용했지만, 그렇다고 해서 그의 신학 전체, 혹은 이 인용문에 담긴 신학을 모두 받아들인다는 이야기는 아니다. 대부분 경우 그의 신학 논의들은 과도하게 추상적이고, 수학적이다. 하지만 흥미로운 점은 이토록 추상적인 그의 사상이 오히려 만물의 완전한 연결을 인정한다는 것이다. 쿠자누스는 "낮은 것을 포함하지 않는 최상의 본성"은 완전하지 않으며, "높은 것과 낮은 것이 하나가 될 때, 둘이 따로 있는 것보다 더 크다"고 말한다.[10] 이렇게 그는 수학의 논리로 세상을 둘로 나누는 이원론을 극복한다. 여기서 우리는 인류가 우주 안에서 분명한 자리를 차지하고 있는 모습을 본다. 삼위일체의 본성은 이 모습을 예견했고, 그리스도 안에서, 그리스도를 통해 완벽한 모습으로 드러났다. 이 인류와 하느님의 연합은 인간의 지적 능력을 인간의 독자적인 부분으로 인정할 때 가능해진다.

아주 오래전부터 인류는 앎을 신성과 연결된 것으로 여겼고, 따라서 우리가 무언가 알기를 원하고, 아는 것을 (비록 왜곡되고 매우 제한적일 수밖에 없다 해도) 일종의 광채, 즉 우리가 하느님과 가까움을 보여 주는 증거라 여겼다. 르네상스 인문주의 정신을 이어받은 칼뱅은 요한복음 서문 중 "그 생명은 사람의 빛이었다"(요한 1:4)라는 구절을 이렇게 해석했다.

---

[10] 위의 책, 64.

이 빛은 하느님의 발화the Speech이고, 그분에게서 이 빛이 우리에게 전달되었다. 그러므로 이 빛은 거울이 되어 하느님의 발화가 지닌 그분의 힘을 우리가 분명히 볼 수 있게 해주어야 한다(칼뱅은 '로고스'를 라틴어 '세르모'로 번역했으며, 칼뱅 주석의 영역자는 이를 '행위로서 말함'을 뜻하는 '발화'Speech로 옮겼다. 그가 '말씀'Word 대신 '발화'라는 어색해 보이는 말을 구태여 택한 이유는 창세기에서 하느님께서 말씀으로 세상을 존재하게 하셨듯 태초부터 그리스도께서 창조에 현존하셨음을 나타내기 위해서였을 것이다).[11]

달리 말하면, 우리는 그리스도를 닮았으며 이해라는 빛을 소유함으로써 피조 세계에 현존하시는 그리스도의 효과를 누린다(덧붙이면, 이와 같은 칼뱅의 해석은 성부와 성자의 위격을 분명하게 구별하지 않는 그의 경향을 보여 주는 한 예로 볼 수 있다).

대다수 현대인은 인간의 정신을 물질이 지닌 복잡한 가능성이 우연히 합쳐진 것이라는 설명을 받아들였다. 이러한 관점은 정신을 인간만 갖고 있는 특별한 것으로 보지 않으며, 설령 하느님의 존재를 인정하더라도 인간에게 정신이 있다는 것이 하느님의 본성에 관해 아무것도 말해 주지 않는다고 본다. 그러한 와중에 사람들은 인간의 지능을 수치화하려 했는데, 이는 결과적으로 인류 중 소수만 지적인 역량을 갖춘 것처럼 만들어 버렸다. 이러한 상황에서 피코와 쿠자누스, 로크가 지성을 온 인류의 특성으로 여겼다는

---

[11] Calvin, *Commentary on John*, 1:4, 32.

사실은 오히려 신선하게 다가온다. 그들은 지성을 특권층이나 잘난 체하는 사람들의 전유물로 보지 않았다(이렇게 지성을 소수의 전유물로 보는 생각은 지성에 대한 매우 협소한 이해에서 비롯된 것이다). 그들은 지성을 인간인, 그리고 우주의 일부인 우리 모두의 특성이라고 보았다.

나는 우주가 인간이 살 수 있도록 정교하게 설계되어 있다는 '인류 원리 이론'anthropic theory에 관한 글을 몇 편 읽어 본 적이 있다. 하지만 이 이론은 받아들이기 힘들다. 인류 원리 이론은 현대인의 전형적인 현실 이해 방식에 너무 단단히 매여 있는 것처럼 보인다(물론, 어떤 면에서 이 이론이 다수가 일반적으로 이해하고 있는 '과학'과 잘 맞는다는 점은 장점이 될 수도 있다). 달리 말하면, 이 이론은 존재라는 거대한 문제를 우리가 현재 알고 있는 물리적 우주의 용어와 한계 안에서만 다루려 하기에 인간 존재에 대한 새로운 이해 방식, 우주 속에 있는 이 기이하고 특별한 존재를 좀 더 잘 설명할 수 있는 형이상학으로 발전할 수 있는 길을 열어두고 있지 않다.

우리 몸을 이루는 먼지는 우주에서 왔다. 달리 말하면, 우주의 역사가 우리의 몸에 담겨 있는 것이다. 이는 인간이 우주의 본성에 가능성으로 존재했음을, 우리가 우주가 머금고 있던 잠재성을 표현한 것임을 의미한다. 이는 정말 놀라운 생각거리이며, 기계적이고 인간중심적인 '설계'라는 말과는 다른 방식의 사고를 가능케 한다.

나는 물리학자는 아니지만 양자 얽힘 같은 현상(이런 현상은 우리가 기존에 알고 있는 공간, 시간, 인과율을 문자 그대로 믿는 것을 경계하게 만든다)들을 다룬 글들을 읽을 때면 현실의 본질을 연구할 때 우선순위를 새롭게 정해야 하지 않을까 하는 생각이 든다. 근대 과학은 우주의 일반적인 모습과 다르다고 여겨지는 예외적인 현상들을 제외하고 법칙을 만들어 왔다. 그리고 이런 예외적인 현상의 대표적인 예가 바로 인간의 정신, 영혼이라고 나는 생각한다(물론 오늘날 많은 사람은 영혼의 존재 자체를 인정하지 않는다). 현실을 이런 방식으로 생각한다면, 하느님과 모든 인류 사이에 있는 특별한 연결고리(이는 인류와 함께하는 그리스도로 이해할 수 있다)가 자연스럽게 보인다.

나는 이단이 되고 싶지 않고, 성서의 특정 구절을 내 입맛대로 고르거나 편향되게 사용하고 싶지 않다. 또한, 인류가 의미 있게 존재해 온 수천 년 동안 이 세계를 휩쓸고 변화시킨 그 모든 절실함과 열정, 아름다움과 찬란함, 그들이 빚어낸 커다란 폭풍우가 결국에는 별거 아니라는 듯 모든 게 다 잘될 거라 이야기하고 싶지도 않다. 최후의 심판은 하느님께서 하실 것이다. 나는 우리가 진짜 무서운 악을 저지를 수 있다고 믿는다. 지난 수천 년의 역사가 이를 증명했고, 지금도 증명하고 있으며 내일도 증명할 것이다. 과부와 고아는 계속해서 부당한 대우를 받을 것이고, 노동자는 정당한 임금을 받지 못할 것이다. 고통받는 이들은 또다시 십자가에 못 박힐 것이다. 내가 성서를 깊이 존중하는 만큼, 이런 일들이 너무나 중요한 문제라는 것을 의심하지 않는다.

동시에, 나는 염려한다. 궁극적 실재가 인내심 있고, 친절하며, 겸손하고, 진리를 사랑하며, 희망을 잃지 않는 그리스도교인들을 위해 준비한 좋은 것을 그리스도교인은 아니나 똑같이 선한 영혼을 가진 이들에게 주지 않을지도 모른다는 생각 때문이다. 물론, 이런 염려는 그리스도교인 특유의 두려움이라는 걸 알고 있다. 고대 이집트인들은 죽은 뒤 자신을 맞이하는 신에게 "저는 단 한 번도 다른 사람 눈에서 눈물이 나오게 하지 않았습니다"라고 말할 수 있기를 바랐다. 이는 그리스도께서도 존중하실 법한 고귀하고 따뜻한 소망이다. 모든 사람은 풀이고 풀은 마르며, 꽃은 시든다. 이집트도, 그리스도, 아시리아도, 곡과 마곡도 마찬가지다. 이처럼 풍성하고 넘치는 생명, 이 모든 사람은 (주님의 목적을 이루면서도 자신의 목자를 알지 못했던 키루스(고레스)처럼) 주님의 이름을 알지 못했지만, 빛과 어둠을 모두 만드신 그분은 그들 모두를 돌보셨다.

키루스가 해방한 여러 무리 중에 야곱의 가족이 있었고, 그가 재건을 도운 많은 도시 중에 예루살렘이 있었다는 사실은 의미가 있다. 당시 이스라엘 백성 외 다른 이방인들이 자신의 나라로 돌아갔을 때 얼마나 기뻐했는지를 기록한 문서는 없지만, 이사야서는 우리가 이를 상상할 수 있게 해 준다. 그들은 다른 신들을 향해 호산나를 불렀을 것이다.

나는 그리스도교인들이 마르키온처럼 신약을 구약과 대립하는 문헌으로 해석하려는 충동 때문에 구약성서를 잘못 읽는 경향이 있다고 생각한다. 이를테면 출애굽기 34장 14절에 나오는 히브리어 '카나'קַנָּא를 '맹렬한'이라고 충분히 번역할 수 있는데도 애써 '질투하는'으로 번역해 하느님을 '질투하는 신'이라고 부르는 것을 들수 있다. 이런 해석을 바탕으로 우리는 온 세상이 자신의 것이라는 하느님의 선언이 의미하는 바를 잊어버리려 한다. 해석의 범위를 넓혀, 어떤 식으로 보더라도 그리스도교에 매우 중요한 문헌인 이 사야서에는 "종"이 나오는데 이 종은 이스라엘 백성을 가리킬 수도 있고, 약속된 메시아를 가리킬 수도 있다. 또한, 앞에서 언급했던, 놀라운 관대함을 보여 주었던 정복자 키루스는 "하느님의 기름 부음 받은 자"라고 불렸다.

이 예언들을 통해 우리는 중요한 사실을 깨닫게 된다. 우리에게 맹렬하게 다가오는 그리스도, 사람의 아들이며 왕 중의 왕이신 분은 실제로 인간의 몸을 입고 사람들 가운데 오시기 전에도 이미 보이지 않게 인류와 함께하셨고, 당신의 출현을 약속하셨고, 예고하셨다. 물론 우리에게서, 인류에게서 그리스도를 보고, 하느님의 형상을 보는 건 어렵다. 그러나 그런 우리를 심판하는 이는 우리를 당신의 형상으로 창조하신 하느님이다. 이는 은총이다.

루가복음(누가복음) 3장에 아름다운 장면이 있다. 이 장은 예수가 그리스도이심을 입증하는 데 특별한 관심을 기울인다. 먼저, 세례 요한이 부름을 받고 자기보다 훨씬 더 위대한 분이 곧 오실 것이라고 선포한다. 그다음, 예수가 세례를 받을 때 성령이 비둘기의 형태로 내려온다.

> 하늘로부터 한 음성이 나서 이르시되, 너는 내 사랑하는 아들이
> 라. 내가 너를 매우 기뻐하노라. (루가 3:22)

이어서 놀라운 족보가 나오는데, 이 족보는 당시 사람들이 예수의

아버지로 여긴 요셉(루가는 요셉이 예수의 실제 아버지가 아니었다는 점, 따라서 이 족보가 일반적인 의미의 족보가 아니라는 점을 강조한다)부터 시작해 온 인류의 조상까지, 그리고 창조까지 거슬러 올라간다.

> 요셉은 엘리의 아들이요 그 윗대로 거슬러 올라가면 ... 에노스, 셋, 아담에게 이르는데, 아담은 하느님의 아들이다. (루가 1:23, 24, 38)

제13장

신학

나는 내 그리스도론을 정립하는 데, 정확히 말하면 예수가 누구인지를 내 언어로 이해하는 데 시간이 오래 걸렸다. 내가 보기에 그리스도에 대한 기존의 설명들은 언제나 협소해 보였기 때문이다. 부분으로는 맞을지 몰라도, 빠진 부분들이 보였고, 그래서 온전한 설명으로 다가오지 않았다. 해결의 실마리는 요한복음의 서문이었다. 여기서 요한은 창세기 창조 이야기를 새롭게 해석하면서, 그리스도를 나자렛 예수라는 한 인간으로 보여 주는 동시에 모든 창조의 중심에 둔다. 나는 이를 피조 세계에 '인간다움'이라는 특별한 성질이 있다는 뜻으로 받아들였다. 인간으로서 우리는 모두 이 성질에 참여한다. 달리 말하면, 이 성질은 우리를 통해 드러나며, 우리는 이를 대표한다. 예수는 이 인간다움의 가장 완벽한 본이다. 그리스도는 존재의 중심이고, 인간다움 역시 존재의 본질적인 부분이다. 그리스도께서는 태초부터 하느님과 함께 계셨고, 그분 없이는 어떤 것도 창조되지 않았기 때문이다.

그리스도교 사상의 핵심에는 정말 이해하기 어려운 개념이 있다. 바로 삼위일체다. 삼위일체 사상은 하느님의 활동이나 특성을 그분의 세 위격 중 한 위격에게로 돌리는 것을 금지한다. 또한, 어떤 위격이 이와 덜 관련 있다거나, 더 관련 있다는 암시도 해서는 안 된다. 그러므로 내가 지금부터 하는 이야기가 창조주 하느님 대신 창조주 그리스도를 이야기하는 것처럼 보인다면, 그건 흔히 사람들이 하는 하느님과 그리스도를 구별하는 데서 오는 결과일 뿐, 나는 여기서 그런 구별을 전혀 하고 싶지 않음을 미리 밝혀 둔다. 오늘날 과학자들과 수학자들이 우주라는 거대한 본문을 연구하면서 기계론이라는 모형을 별로 신경 쓰지 않는다는 점에 나는 깊은 인상을 받았다. 이처럼 우리가 가진 가장 깊은 직관을 개념화하는 데 우리의 기계론, 그리고 이에 입각한 사고방식은 방해가 될 뿐이다.

삼위일체를 중심에 두지 않은 위대한 그리스도교 신학이 있을까? 삼위일체를 인정하지 않는 곳에서 참된 성스러움을 찾을 수 있을까? 나는 그럴 수 없다고 본다. 그리스도의 거룩함을 묘사하는 가장 탁월한 표현은 그분이 태초부터 있었고, 하느님과 함께 있었으며, 하느님이셨다는 것이다(그리고 물론, 우리 가운데 머무셨다는 표현도 여기에 들어간다). 칼 바르트와 디트리히 본회퍼 같은 예외적인 인물들을 제외하면 다수의 현대 그리스도교 신학자는 이해하기 어려운 신비를 외면하고 있다. 적잖은 사람이 하느님의 은총을 자신이 이해할 수 있는 무언가로 설명할 수 있고, 자신의 상식으로 진리를 이해할 수 있다고 생각한다. 또한, 자신이 일상에서 흔히 겪는 것을 기준 삼아 신뢰할 만한 것을 측정하는 경향을 보인다.

우리가 일상에서 일반적으로 알고 있는 것들만으로 창조를, 우리가 경험하는 현실을 더 깊게 이해할 수 있다면, 요한복음이 말하는 더 깊고 영적인 언어들에도 그런 일반적인 기준을 들이대고, 이해하고, 판단하는 것이 타당할 것이다. 하지만 최근 물리학의 논의를 다룬 책을 한 시간만 읽어보아도 (여러 면에서 여전히 유용한 부분이 있기는 하나) 오래된 기계론 사고방식으로 깊은 현실의 측면, 실재를 다루는 건 성에가 낀 유리창을 통해 밤하늘과 그 너머를 보려는 것과 마찬가지 일임을 알 수 있을 것이다. 현실은 실로 기이하다. 방금 읽은 기사는 이런 문장으로 시작된다.

> 물리학자들은 기하학적으로 아름답고 정교한 수학 구조를 발견했다. 이 구조는 입자들이 서로 어떻게 상호작용하는지를 놀랍도록 단순하게 계산할 수 있게 해 준다. 더 놀라운 점은 이 구조의 발견이 공간과 시간이 현실의 기본 구성 요소라는 생각에 도전한다는 것이다.[1]

나는 과학에 근거해 어떤 신학적 주장을 하려는 게 결코 아니

---

[1] Natalie Wolchover, 'A Jewel at the Heart of Quantum Physics', *Quanta*, September 17, 2013. http://www.simonsfoundation.org/quanta/20130917-a-jewel-at-the-heart-of-quantum-physics/

다(누군가 양자 물리학을 좀 더 파고들어 그 밑에 더 신기한 물리학이 있음을 발견할 날을 기다리고 있기는 하다). 다만 내가 하고픈 말은, 그리스도교 사상이 지난 2~300년 동안 계속해서 부적절하게 어떤 과학적 사고(그것도 2~300년 뒤처진 과학적 사고)의 영향을 받고 있다는 것이다. 이 옛 과학은 불가능한 것을 들추어내고 비난하는 데 매우 열심이었다. 커다란 공헌을 남기기도 했지만, 상당한 해악도 끼쳤다.

이 옛 과학은 우리가 믿을 수 있는 것들에 합리적인 한계를 설정했고, 여전히 널리 받아들여지고 있다. 오늘날 우리가 알고 있는 내용, 하는 일 중 상당수는 18세기에 '알 수 있는 내용, 할 수 있는 일'이라는 기준에 들어맞지 않는데도 불구하고 말이다. 물론 실제로 수많은 범주에 비추어 볼 때 실제로 불가능한 일이 무수히 많이 있다는 관점은 합리적이고, 우리에게는 그런 관점이 필요하다. 하지만 더 크고, 더 깊은 현실, 실재는 너무나 변화무쌍해 거의 환상처럼 보일 정도다.

그러한 면에서 우리가 무언가에 대해 별다른 거리낌 없이 확신한다는 사실은 정말 놀랍다. 이를테면 우리는 어떤 사물이 여기 있으면 동시에 저기 있을 수는 없다고, 우리가 경험하는 공간과 시간이 전부라고 확신한다. 하지만 실제 우리는 거친 바다 한가운데 있는 조용한 도시에 살고 있다. 이 도시는 바다 밑바닥에 닿은 기초도 없고, 파도 위로 솟은 첨탑에 기대고 있지도 않다. 그러나 어떤 온화한 주문이 우리가 처한 이와 같은 상황을 보지 못하게 가려 놓고 있다. 어떤 면에서 이는 다행이다. 그렇지 않았으면 우리는 우리를 둘러싼 광막함에 압도되었을 것이다. 그 온화한 주문은 우리를 우주적 불안으로부터 보호해 주면서 대신 이 도시에서 살아가는 데 필요한 것을 바라보게 한다. 우리는 소에게서 우유를 짤 수 있고, 못을 박으려면 망치라는 도구를 써야 하며, 도서관에서 빌린 책은 도서관에 반납해야 한다는 것을 안다. 하지만 이제 우리는 알고 있다. 이 우주에 실존하는 대부분이 서 있는 무대는 '우리'의 평범한 일상과는 전혀 다르다는 것을 말이다. 이를 기준으로 보면, 우리의 삶은 불가능에 가깝다.

언젠가, 한 물리학자가 양자 컴퓨터의 놀라운 점에 관해 설명하는 영상을 본 적이 있다. 그는 양자 컴퓨터의 처리 과정이 현실의 작동 방식과 같기 때문에 우리가 자연과 현실, 실재에 더 가까이 다가갈 수 있게 해 줄 것이라고 했다. 좋은 일이다. 하지만 이런 의문이 든다. 그렇다면 우리가 살아가는 지금, 이곳은 비현실, 비실재란 말인가? 우리의 감각이 계속해서 진짜라고 느끼는 이 존재의 질서는 무엇인가? 이는 양자 현실과는 매우 다르게 작동하는 것처럼 보이지만, 다른 모든 것이 그러하듯 그 현실과 깊이 연결되어 있을 텐데 말이다. 20세기 초까지만 해도 우리는 우리가 보고, 듣고, 느끼는 것을 진짜 현실로, 모든 존재의 모형이자 기준이자 시험대로 여겼다. 우리가 만들고 다룰 수 있을 만큼 질서정연하고 실체가 분명한, 평소에는 그 규칙과 한계를 무시하는 일이 미친 짓으로 보일 정도로 절대적으로 신뢰할 수밖에 없는 이 '비현실'은 무엇일까? 내가 보기에는 이 질문은 다른 대다수 질문보다 훨씬 더 깊은 질문이다. 현대 과학이 발견한 바에 비추어 보면 우리의 감각과 지각은 마치 아기에게 질긴 고기 대신 부드러운 우유만 먹이듯, 우리에게 깊은 현실 대신 이에 대한 단순화된 이해만을 전달해 왔다. 그렇다면 우리의 정신은 세상이 실제로 작동하는 방식에서 왜 이토록 멀어져 있어야만 했을까? 설령 하느님의 섭리에 따른 보호 때문이라 하더라도 현실의 참된 모습을 이해하려면 우리가 직접 만든 정교한 장치의 도움을 받아야 한다니, 참 이상한 일 아닌가?

일단은 그렇다 치자. 다만 '상식'이라는 도구를 가지고 믿기 어려워 보이거나 의미 없는 것들을 걸러내겠다는 합리주의자들의 주장은 잘못된 교육의 산물임을 다시 한번 강조하고 싶다. 종교는 우리가 이 세상에서 겪는 일 너머 무언가가 더 있음을 건전한 직관으로 표현한 것이다. 사람들이 초월적인 무언가를 느꼈다고 말했을 때, 이는 실재를 직관한 것일 수 있다. 그러한 면에서 종교들이 '상식'을 넘어서는 말로 이를 표현하는 것은 매우 당연하다. 이에 비추어 보면 합리주의자들은 현지어도 모른 채 외국에 갔을 때, 크게 소리를 지르면 사람들이 자기 말을 알아들을 것이라 생각하는 여행객 같다. 안타깝게도, 너무 많은 현지인, 즉 너무 많은 종교가 자기의 고유한 언어, 자기 언어의 아름다움, 미묘함, 힘을 포기해 버렸다. 그 언어를 전혀 이해하지 못하고, 이해하려고도 하지 않는 여행객들의 기대에 부응하기 위해서 말이다. 하지만 이해하기 어려운 신비는 궁극적 실재를 설명할 때 꼭 필요한 부분이다. 역설적이지만, 우리의 이해에 한계가 있다는 사실이 오히려 이해할 수 없는 것을 더 이해하지 못하게 되는 걸 막아 주는 것 같기도 하다. 그리고 이 때문에 나는 현대 과학에 감사한다. 이른바 '근대적 사고'

라는 편견에 얽매이지 않고 그리스도교의 핵심 가르침을 생각해 볼 수 있게 해 주었기 때문이다.

창조주 그리스도Christ as Creator라는 생각은 그리스도께서 태초의 창조부터 핵심적인 역할을 하셨음을 의미한다. 태초부터, 그분은 자신의 거룩함을 조금도 훼손하지 않으면서, 자신의 본성, 삶의 과정을 모두 감당할 수 있는 피조물을 예견하셨다. 또한, 이 피조물들이 자신의 고유한 능력을 통해, 혹은 선한 유대 관계를 통해 알게 된 (아마 인류가 두 발로 서서 걷기 시작한 이래 알게 된) 사랑, 용서, 충성, 은총, 우정, 형제애 같은, 시대를 뛰어넘는 가치들로 자신들이 회복되기 위해서는 이를 실제로 구현하는 그리스도를 필요로 한다는 것도 예견하셨다. 피조물인 우리는 우리의 경험, 우리의 마음, 영혼, 정신을 통해 저 가치들을 알고 있다. 그렇다면, 우리는 이 거대한 우주의 이질적인 존재가 아니라 이 우주에 독특한 방식으로 뿌리내린 존재라 보아도 무방할 것이다. 하느님의 섭리가 이 임의로 만들어진 구조, 인류가 공유하는 아름답고 질서정연하고, 이해할 수 있고, 다룰 수 있는 (비록 완전한 실재도 아니고 깊은 현실의 기준에서는 비현실, 혹은 환상에 가깝게 보이더라도) 현실에 반영되어 있다면, 우리가 특별한 위치에 있다는 것은 매우 분명해진다.

이렇게 이야기하면, 누군가는 이의를 제기할 것이다. 처음부터 창조주께서 인류에게 그런 중재와 구원이 필요함을 예견했다면, 달리 말해 그런 일이 불가피하게 세계를 창조했다면, 철학자와 신학자가 말하는 '악'도 창조의 구성 요소일 수 있지 않느냐고 말이다. 바로 이 지점에서 인간의 책임에 대한 논쟁과 하느님의 본성에 대한 익숙한 논쟁이 다시 나오게 된다. 이는 심각한 문제임이 분명하다. 하지만 이와 관련해 나는 인류의 역사와 우리가 어떤 미래를 준비하고 있는지를 숙고하는 것 외에 더 나은 길은 찾지 못했다. '인간에게는 인간다움이 부족하다'는 말은 너무 뻔한 말처럼 들리지만, 과연 누가 이를 부정할 수 있을까? 우리는 하루에도 몇 번씩 우리의 가장 선한 마음과 실제 행동의 간극을 느낀다. 우리는 우리가 무언가를 더 잘할 수 있다는 걸 알면서도, 더 깊이 생각할 수 있음을 알면서도 실제로는 대충 일하고, 대충 생각한다. 여기서 나는 '자유'에 대해 생각해 보게 된다. 인간인 우리는 언제나 본능이나 프로그램에 완전히 부합하는 행동을 하도록 진화된 흰개미가 아니다. 누군가는 벌집과 여왕벌을 지키기 위해 떼 지어 달려드는 벌을 두고 용기와 충성심을 엿볼지도 모르지만, 그와 반대되는 행동을 할 수 없다는 점에서 그런 행동은 '미덕'이라기 보다는 자극에 대한 반응이라고 해야 한다. 이와 달리 인간은 매우 특별한 자유의 영역에서 갈팡질팡한다. 우리는 의무를 저버리고, 누군가를 배신하고, 평범함에 안주하고, 이웃의 위기를 외면하고, 심지어 이웃의 불행을 이용해 이득을 볼 수 있다. 인간은 이 자연계에서 계속해서 잘못을 저지를 수 있고, 때로는 재앙을 몰고 올 수 있는 유일한 존재다.

얼마 전 한 경제학자에게서 편지가 왔다. 그는 어떤 글에서 내가 시장의 지혜, 더 정확하게는 시장 무오류설을 의심한 것을 두고 정중하게 질책했다. 그리고 (나로서는 당황스럽게도) 시장은 그저 인간의 선택을 반영할 뿐이라고 말했다. 나는 시장이 인간의 선택을 반영한다는 말 자체를 반대하지 않는다. 다만 시장에 반영된 선택이 특정 소수의 선택일 수 있다는 점에서만 그와 의견을 달리할 뿐이다. 그리고 경제학자의 설명은 (그의 의도와는 달리) 결국 우리 인간이 얼마나 실수하고, 실패할 수 있는지를 보여 준다. 최근 일어난, 그리고 현재도 진행 중인 (하지만 그가 어떤 이유에서인지 언급하지 않은) 세계 경제 위기는 그 분명한 증거다.

그렇다면 악을 저지를 수 있는 능력은 우리가 자유를 얻은 대가일까? 아니다. 나는 그렇게 결론 내리고 싶지 않다. 이러한 설명은 얼핏 타당해 보이지만, 실제로는 현실을 지나치게 단순화한다. 물론, 우리는 우리가 원하지 않는 결론이 나올까 두려워 생각을 멈추어서는 안 된다. 조금이라도 깊이 있는 생각을 할 때는 그 생각의 경로에서 수많은 잘못이 있을 수 있다. 그리고 명확한 반론이 없더라도 마음이 거리낄 때는 바로잡을 준비를 해야 한다. 악을 자유의 대가로 보는 설명은 그 대가가 얼마나 끔찍한지, 누군가의 자유가 종종 다른 누군가에게 최악의 슬픔과 고통을 안기는 끔찍한 족쇄가 될 수 있다는 사실을 인정하지 않는다. 이 심각한 질문에 우리가 할 수 있는 최선의 반응이 그저 이 질문의 심각성을 인정하고 섣불리 답하지 않는 것이라면, 그렇게 해야 한다. 나는 이 질문에 명쾌한 답을 하고픈 마음이 없다. 다만 이 질문을 통해 우리 인간이라는 존재가 얼마나 기이한지를 다시 한번 상기시키고 싶을 뿐이다. 도덕적 판단을 하고 선악을 구별하는 능력은, 우리가 세상을 알고 느끼는 감각만큼이나 인간의 본질적인 특성이다.

조나단 에드워즈는 형이상학자였으며 당대 최고의 과학에 능통했다. 그는 여전히 현재에도 다루기 어려운 시간과 인과율 문제를 깊이 고민했다. 에드워즈는 이런 설명하기 어려운 현상들을 하느님께서 지금도 계속 활동하고 있다는 증거로 받아들였다. 우리에게 주어진 것들에 그가 보인 반응은 유신론자인 내게 우아해 보인다.

유비를 하나 더 들어 보겠다. 만약 시간과 중력이 현대 과학 이론의 기대에 부응한다면, 즉 시간이 앞뒤로 똑같이 흐르고, 중력이 자연의 다른 힘처럼 강하다면, 인류는 아예 존재하지 못했을 것이다. 이를 두고 어떤 사람들은 다른 우주였다면, 다른 생명체가 있었을 것이라고 할지도 모르겠다. 맞다. 그리고 바로 이것이 우리 우주가 '자의적'임을, 달리 말하면 특별한 목적을 가지고 '선택'되었음을 보여 준다. 우주가 꼭 이렇게 되어야 한다거나, 그렇지 않아야 한다는 식으로 말해야 할 필연적인 이유는 없다. 다중 우주 이론이 바로 이를 말하고 있다. 하지만 반대로, 인간과 인간의 모든 기이한 특성이 순전한 우연의 결과라고 말하면, 우리는 또 다른 문제에 부딪힌다. 합리주의에서는 모든 것이 필연성을 지니고 있다고 믿는데, 그런 체계 안에서는 우연이나 무작위성을 어떻게 설명해야 하느냐는 문제가 남는다. 필연성이라는 것을 근본적으로 다시 생각해야 해서, 완전히 다른 것이 되어 버릴 정도라면, 합리주의의 주장 역시 완전히 다시 검토해야 할 것이다. 그러므로 우선, 우연이나 무작위성이 실제로 있음을 인정해야 한다. 양자 물리학이 보여 주듯 우주의 가장 기본적인 수준에서도 우연은 작동한다. 물론 우리의 경험으로 미루어 볼 때도 그렇고, 합리주의자들도 주장하듯 모든 것이 가능한 것은 아니다. 제약은 분명히 있다. 하지만 이 제약들은 필연의 산물이 아니라, 우연의 산물이며 따라서 임의적이다. 마치 이 세계에 있는 언어들이 각기 다른 문법을 가지고 있고, 문화들이 각기 다른 관습을 가지고 있듯 말이다. 이 규칙들은 반드시 그래야 하는 것이 아니다. 단지 그렇게 만들어졌을 뿐이다.

나는 지금 그리스도교 신화를 변증하기 하기 위해 논리를 펴거나 신학 이야기를 하는 게 아니다. 다만 그리스도교의 신화적 요소를 절충하거나 포기하게 했던, 나쁘고 독단적인 사고의 짐을 내려놓을 때가 되었다고 이야기하고 싶을 뿐이다. 오늘날 서구 사회에는 이런 사고방식이 너무 깊게 뿌리박혀 있어서 이를 넘어 생각하기가 쉽지 않다. 또한, 우리 시대를 진부하게 만들고 있는 '소비자 친화적인' 신비주의를 받아들이자는 이야기도 아니다. 나는 그리스도교 정통 신앙이라는 틀 안에서 존재의 문제를 탐구하고 싶다. 물론, 누군가에게는 "그리스도교 정통 신앙"이라는 말 자체가 문제가 될 수 있음을 안다(무엇이 '정통'인지 그리스도교인마다 다를 수 있기 때문이다). 내게 그리스도교 정통 신앙이란 사도신경에 담긴 기본적인 신앙고백을 따르는 것이다(물론 이 사도신경을 이해하고 해석하는 방식도 사람마다 다를 수 있음을 인정한다).

그렇다 해도 좋다. 나는 철저하게 그리스도를 그리스도교 신앙의 중심에 두어야 그리스도교의 배타성이라는 문제를 해결할 수 있다고 생각한다. 지난 2천 년 동안 그리스도교의 배타주의는 예수가 실제로 가르친 바와 대립했다. 그리스도께서 모든 창조의 중심이고, 따라서 모든 인간이 본질적으로 거룩한 존재라면, 그리고 그 그리스도께서 몸소 이 땅에 오심으로서 이를 더 분명하게 보여 주셨다면, 어떻게 그분이 대다수 인간을 구원하지 않으려 한다고, 인류라는 종 거의 전부를 사라지게 하시거나, 어둠의 심연 따위에 던져 버리시리라고 상상할 수 있을까? 단지 그들이 우연히 그리스도교를 접하지 못했다는 이유로, 혹은 교회가 제대로 된 모습을 보여 주지 못했다는 이유로, 혹은 나쁜 그리스도교인 때문에 그리스도교를 믿지 못하게 되었다는 이유로 말이다. 상황이 생각보다 훨씬 더 복잡하다는 걸 고려하더라도, 성서가 증언하는 하느님이 인간이 저지른 끔찍한 일들, 거기서 비롯된 끔찍한 결과에 자신을 묶어두실까? 하느님을 진정 경외한다면 그런 생각은 받아들일 수 없다. 인간과 인간 사이의 옅은 경계가 그리스도의 자비를 가둘 수 있을까? 그리스도께서 모든 존재의 근원이라면 그분은 다른 이름으로 불릴 수도 있고, 수백억의 사람, 즉 스코틀랜드 장로교인이나 미국 회중교회 신자와 전혀 다른 부류의 사람들에게 다른 얼굴을 보여 주실 수도 있을 것이다. 나는 그분께서 그러하시기를 희망한다. 단순히 더 많은 사람이 구원받기를 바라서가 아니다. 그것이 그분의 본성, 즉 무한한 사랑과 자비에 더 부합하기 때문이다.

아마도 그리스도께서는 자신의 이름도 모르고 살다 죽은 수많은 이들을 축복하실지 모른다. 더 나아가, 그분의 이름을 알더라도, 그분을 경멸했던 수많은 이들도 축복하실지 모른다. 어디에선가 철학자 C. S. 퍼스C. S. Peirce*는 자신을 가장 닮지 않은 이들을 사랑하는 것이야말로 가장 하느님다운 일, 가장 하느님답고 가장 그리스도다운 모습일 것이라고 말한 바 있다. 물론 이렇게 말하면 누군가는 반론할 것이다. 그렇게 하느님께서 모든 이를 구원하신다면, 히틀러와 스탈린은 어떻게 되는 거냐고 말이다. 글쎄, 잘 모르겠다. 하지만 나쁜 사례에 무게를 두면 나쁜 법을 만들게 된다. 나는 히틀러와 스탈린 같은 사람들 때문에 지옥이라는 개념을 만들고 싶지는 않다. 그들을 중심으로 전체 우주의 질서를 정하는 건 분명 괴상한 일이다. 일단 '저 사람은 절대 구원받을 수 없다'는 논리가 시작되면, 그 논리는 점점 확대되어 결국 더 많은 사람이 지옥에 가게 된다. 역사상 끔찍한 일을 저지른 이들을 생각하면 하느님의 은총에 제한을 두고 싶은 마음이 들 수 있다. 하지만 그렇게 하면 치러야 할 대가가 너무나 크다.

*

이제부터 내 이야기는 예상치 못한 방향으로 나아간다. 지금까지의 모든 내용은 이를 위한 준비 과정이었다. 인간의 자아는 꽤 오랫동안 합리주의적 사고라는 감옥에 갇혀 있었다. 내가 제안했

---

* C. S. 퍼스(1839~1914)는 미국의 기호학자, 수학자, 철학자이다. 실용주의의 창시자로 자신의 사상을 표현하기 위해 프래그머티즘Pragmatism이라는 용어를 창안하였다. 수학자이자 천문학자인 아버지 벤자민 퍼스Benjamin Peirce 아래 학문에 익숙한 환경에 성장했고 1879~1884년까지 존스 홉킨스 대학교에서 재직했다. 주요 저서로는 실용주의 철학의 기초를 세운 『명료한 사고를 위한 방법』How to Make Our Ideas Clear, 수학과 기호학을 다룬 『수학의 새로운 원리들』The New Elements of Mathematics이 있고 한국에는 『퍼스의 기호 사상』A System of Logic, Considered as Semiotic(민음사)이 소개되었다.

듯 인간의 본질은 깊은 현실, 실재의 뿌리, 이 세상 깊은 곳에 있는 참된 실재와 같은 성질을 갖고 있다. 그래서 인간인 우리는 일상에서 경험하는 표면적인 현실을 넘어 더 깊은 것을 볼 수 있는 능력이 있다. 그러한 면에서 옛 철학자들이 말했듯, 우리 한 사람 한 사람은 하나의 소우주다. 우리는 이 문제에 대한 독특한 통찰의 원천이라 할 수 있는, 살아 있는 정신에 접근할 수 있는 특권을 가지고 있다. 이러한 생각 위에서 지금부터는 나 자신의 의식에 관해 간략하게 말해보고자 한다(모든 인간의 의식이 그러하듯 다소 특이해 보일 수 있다).

한 달만 있으면 나는 70세가 된다. 요즘처럼 70세에도 살아 있다는 것에 사람들이 그리 놀라지 않는 시대를 살아간다는 것은 분명 특권이다. 또래 친구들도 아직 많이 살아 있어서, 어지간하면 내 나이를 특별히 의식하지 않을 텐데 놀라운 일이 일어났다. 내가 전혀 예상하지 못한 방식으로 이 세상을 살아간다는 것이 무척이나 기쁜 일이고, 감동적이라는 생각이 들기 시작한 것이다. 내가 좋아하는 일들(책 읽기, 연극 보기, 교회 가기, 사람들을 가르치는 일)은 아무것도 바뀌지 않았다. 다만 그 모든 일에 대한 느낌이 더 강렬해졌다. 수십 년 동안 이 일들을 즐기며 살아 왔지만, 이제는 그 모든 일이 더 새롭게 다가온다. 그렇게 해야겠다고 특별히 마음을 먹은 것도 아니다. 내가 내 마음을, 정신을 바꾼 게 아니라, 내 마음이, 정신이 나를 바꾸었다.

이런 뜨거운 감정은 젊을 때나 일어나는 것이라 생각했는데, 이 나이에 다시 돌아왔다. 물론 이번에는 이런 감정을 어떻게 받아들여야 할지 알고 있다. 그리고 그와 무관하게 내 인생이 끝나가고 있다는 사실도 잘 알고 있다. 하지만 이 지구에서 살아간다는 건 (새삼스럽지만) 너무나도 신비롭다는 사실에, 내가 관심을 기울이는 모든 것이 너무나도 기묘하면서 매혹적이라는 점에 나는 깊이 감동한다. 마치 지구가 수없이 태양을 돌았어도, 매일 아침이 완전히 새롭게 느껴지듯 말이다. 때로는 어떤 심상이나 생각이 강렬하게 떠올라 밤잠을 설치기도 한다. 내 의식은 나도 예상치 못한 순간에 나를 관찰한다. 심지어 '입면 상태'에 들어가더라도, 내가 잠이 들려 한다는 것을 알아차리고, 나를 깨어 있게 만든다.

어떤 면에서는 내가 '입면 상태'라는 말을 알고 있다는 것도 신기하다. 나는 도대체 어떻게 이 말을 알게 되었을까? 도대체 어디에 숨어 있다가 갑자기 머리에 떠오르는 것일까? 글을 쓸 때 나는 언제나 내 정신의 대필자amanuensis이자 내 정신을 탐구하는 사람이 된 듯한 기분이 들며, 쉴 때는 내 정신의 둔한 동반자가 된 듯한 기분이 든다. 소설을 쓸 때는 특히 더 그러하다. 나는 서사보다 먼저 그 서사의 무게를 느낀다. 이 느낌이 몸으로 전해진다. 소설이 형성될 때는 어떤 개념이나 생각보다는 분위기가 먼저 잡힌다. 이 분위기는 밀도가 있고 감지할 수 있지만, 명확한 형태가 있지는 않다. 이를 표현할 수 있는 목소리를 찾기 시작하면, 그때부터 이야기는 자기 고유의 규칙을 따라 펼쳐진다. 이 규칙은 자의적으로 보이지만, 절대로 내가 함부로 건들 수 없다. 이 감각을 잃어버리면 모든 게 엉망이 된다. 소설을 쓰며 나는 우리가 감각으로 경험하는 현실은 실재의 모사품simulacrum이며, 소설은 그 모사품을 다시 한

번 작게 본뜬 것이라는 생각을 한다. 그러한 점에서 소설은 우리가 당연하게 여기는 세계를 자세히 들여다볼 때 발견되는 설명하기 어려운 부분들을 탐구하는 방법이 된다. 물론 지금까지 설명한 것은 하나의 추측에 불과하다. 소설 창작은 근본적으로 내가 마음대로 할 수도 없고, 의도대로 통제할 수도 없는 신비로운 과정이다.

그렇다면 나는 무엇인가? 좀 더 일반적인 차원에서 '나'라는 것은 과연 무엇일까? 우리는 자기 자신을 잘 알고 있다고 생각하지만, 늘 예상치 못한 것들이 갑자기 나타나 내가 생각한 '나', 내가 그리던 나를 혼란에 빠뜨린다. 흥미롭게도, 그런 갑작스러운 충동, 영감, 기억 역시 '나'에게서 나온다. 나 자신을 의식하는 것, 즉 자아의식은 육체만큼이나 생존에 필수적이다. 그러나 이 의식은 내 안에 있는 정신의 가능성을 다 담아내지 못한다. 무엇이 이를 제한하는 걸까? 왜 우리는 우리 정신의 실제 작용을 거의 경험하지 못할까? 왜 우리는 우리가 아는 것조차 제대로 알지 못할까? 정신과 뇌에 관해 수많은 글이 나왔지만, 정작 정신과 뇌의 놀라운 부분을 다룬 글은 찾기 어렵다. 그 놀라운 부분이란 바로 정신이 의식으로 침입하는 순간들, 즉 자기가 하고 싶을 때 자기 마음대로 의식에 나타나는 이 예상할 수 없는 정신의 활동이다. 70세가 된 지금, 나는 더 이상 나를 이런저런 사람이라고 규정하려 하지 않는다. 그저 순간순간 드러나는 내 모습을 있는 그대로 알아 갈 뿐이다. 정신과 자아를 합리주의 관점으로만 설명하려는 것은 옛 물리학으로 양자 우주를 설명하려는 것만큼 불가능하다. 내가 예상치 못한 행동을 하거나 감정을 느낄 때도, 이들 역시 결국 '나'의 부분이 된다. 하지만 그렇다고 내가 그 행동과 감정을 똑같이 재현할 수는 없다. 내가 얼마나 선한 일을 할 수 있는지, 얼마나 악한 일을 할 수 있는지는 일정한 한계가 있을 것이다(비록 극단적인 경험을 해보지 않았지만 말이다). 하지만 그 한계는 내가 생각하는 것보다 훨씬 넓거나 유동적일 것이다. 이런 의미에서 나는 나 자신을 완전히 알 수 없다. 다른 누구도 나를 완전히 알 수 없다.

우리가 일상적으로 경험하고 이해하는 세계를 합리주의로 설명하다 보면, 우리의 주관적 경험과도 들어맞지 않고, 그 경험을 둘러싸고 있는 다른 존재 방식과도 일치하지 않는다. 여기서 '경험'을 강조한 이유는 우리는 우리가 경험한 것이 객관적이라고 생각하기 쉽지만, 실제로는 그리 단순하지 않기 때문이다. 우리는 우리 자신이 누구인지도 제대로 모르면서, 시간과 공간에 대해서는, 그리고 모든 일에는 원인과 결과가 있다는 점에 대해서는 이상할 정도로 확신한다. 그런데 인간 고유의 한계와 능력으로 만든 것처럼 보이는 이 합리적인 세계 이해 방식은, 아무리 실험하고 검증해도 우리 안에서는 잘 들어맞는 것처럼 보인다. 그러나 이 세상에서 가장 있을 수 없고 불가능한 것이 무엇일까? 과학의 관점으로 보면 답은 분명하다. 바로 우리다.

이는 흔히 말하는 '우주가 인간을 위해 만들어졌다'는 식으로 인류 원리를 이야기하는 것이 아니다. 나는 우리가 알고 있는 우주가 우리가 태어나기에 매우 적합해 보인다는 걸 증명하고 싶지 않다. 우리가 이 우주에 출현하게 된 건 분명 사실이지만, 그러한 우주에서만 우리가 출현할 수 있었다는 주장은 쉽게 뒤집을 수 있다.

내가 하고픈 말은 이와는 다르다. 우리 인간은 이 우주에서 매우 독특한 영토를 차지하고 있는데, 그 영토는 물리적 공간이 아니라 경험의 차원으로 보아야 한다는 것이다. 우리가 아무리 기발한 측정 장치를 우주로 보내 거기서 무엇을 발견했는지 보고하더라도, 그 장치는 필연적으로 인간다운 답변을, 아무리 정교하더라도 인간의 관점에서 의미 있는 자료만을 제공할 수밖에 없다. 어떻게 물어봐야 할지조차 모르는 것을 우리는 영원히 알 수 없다. 그리고 실재 대부분이 거기에 해당할 것이다.

우리가 경험하는 현실은 우리 정신이 구성하지만, 그렇다고 해서 이를 허상이라고 할 수는 없다. 모든 사람이 이 경험을 깊이 공유하고 있고, 이를 통해 우리는 세상을 이해하고 예측할 수 있기 때문이다. 하지만 이런 방식이 너무 잘 작동하다 보니, 아이러니한 일이 일어났다. 수천 년 동안 철학, 시, 종교가 이게 현실의 전부는 아닐 것이라고 계속 지적해 왔음에도 불구하고, 대다수 사람은 이 제한된 경험 방식이 전부라고 믿게 되었다.

아주 단순하게 말하면, 서양 문명은 인간을 넘어서는 어떤 존재가 있어서 우리와 의미 있는 관계를 맺고 있다는 직관, 우리가 이해할 수 있는 방식으로 이를 설명할 수 있다는 직관이 과연 타당한지 아닌지를 두고 논쟁을 벌여 왔다. 이런 직관을 부정하는 이들은 예나 지금이나 우리의 제한된 경험(세계의 진짜 모습으로부터 한 걸음 떨어져 있는 우리의 제한된 이해)으로 만든 유사 현실(모사품)을 우주 전체에 적용하는 실수를 한다. 종교는 그저 인간의 두려움과 욕망을 이에 무관심한 우주에 투영한 것이라고 비웃는 이들이 인간의 추론, 연역, 기대를 이와 전혀 어울리지 않는 우주에 투영하고 있는 것이다.

*

이렇게 생각해 보면 어떨까. 우리는 거대한 실재의 아주 작은 모형 속에 살고 있다. 이 모형은 마치 어떤 섭리 아래 있는 것처럼 우리가 이해하고 살아갈 수 있게 딱 맞게 만들어져 있어 대부분 경우 큰 불편 없이 살아갈 수 있게 해 준다. 이 모형은 우리에게 끝없는 영감을 불러일으키고 무수한 의미를 길어 올릴 수 있을 만큼 아름다우며, 동시에 이 모형 너머를 어렴풋이 볼 수 있을 만큼 투명하다. 또한, 이 모형은 조용하고 평화로워, 우주가 시작되며 일어난 엄청난 굉음을 연구하는 일은 수학자들에게, 이후 긴 시간 동안 일어난 과정은 물리학자들과 천문학자들에게 맡겨둔 채, 우리가 평온히 살아갈 수 있게 해 준다.

우리는 아직 이 모형을 온전히 설명하지 못하고 있다. 섭리, 혹은 기적이라고 말할 수 있을 뿐이다. 이 모형을 설명하는 합리주의자들의 방식은 전혀 맞지 않는다. 그들은 이 모형을 일종의 기계, 혹은 알고리즘으로 만들어 버리며, 이상하게도 이 모형에서 인간 및 인간과 관련된 요소를 모두 제거해 버린다. 실제 이 모형은 한편으로는 인간의 제한된 의식과 이 모든 것을 가능하게 하고, 사용할 수 있게, 검증할 수 있게, 안정되게 만든 무언가와의 상호 관계를 통해 나왔는데도 불구하고 말이다.

예민한 독자들은 눈치챘는지도 모르지만, 나는 '섭리'라는 말을 꺼내 논의의 성격을 조금 바꾸었다. 섭리는 조나단 에드워즈가 '자의적', 혹은 '임의적'이라고 했던 것과 거의 같은 뜻이다. 그는 당시에도, 그리고 지금도 설명할 수 없어 보이는 경험들, 이를테면 시간이 지나도 내가 계속 '나'임을 의식하게 해 주는 경험들은 필연적으로 일어나는 일이 아니라 하느님의 뜻 때문이라고 주장했다. 현대 사고는 어떤 대상을 지금은 설명할 수 없다 해도, 때가 되면 과학이 설명하게 될 것이라고 가정한다. 그래서 '자아'처럼 복잡하고 이해하기 어려운 것, 그래서 우리 삶, 생명의 속성에 대해 다른 통찰을 줄 수 있는 것이라 하더라도 모든 면에서 이미 설명이 끝났다고 여긴다. 이런 관점에서는 '의식'이라는 현상도 호박이 다른 물체를 끌어당기는 현상과 다를 바 없다. 과학을 대변한다는 사람들의 이런 말은 마치 전쟁의 승전보처럼 들린다. 과학이 아직은 모든 것을 다 설명하지 못하지만, 곧 그렇게 될 것이고, 미신이 도사린 모든 구석에 이성의 빛이 비칠 것이라고 믿기 때문이다. 흥미롭게도, 나는 실제 과학자에게서는 이런 태도를 본 적이 없다. 과학계에서는 '설명'explain이라는 표현 대신 훨씬 더 조심스러운 '기술'describe이라는 표현을 쓴다. 이를테면 전자electron에 대해 어느 정도 기술하게 된 것은 분명 과학의 승리다. 하지만 전자를 완전히 이해하고 '설명'할 수 있다는 주장은 터무니없다.

지금까지 이렇게 길게 이야기를 해온 이유는 내가 창조주 하느님과 예수께서 인간이 되어 오신 것과, 십자가에 못 박히신 것과, 부활하신 것과, 성령, 그리고 다가올 생명을 믿는다고 말할 때, 그 의미를 제대로 전달하고 싶었기 때문이다. 나는 그리스도교가 보편적인 진리를 특별한 계시로 드러낸다고 생각한다. 그 진리란 바로 이 피조 세계에서 인간이 중심에 있다는 것, 그렇기에 모든 인간은 심오하고 독특한 성스러움을 지니고 있다는 것이다. 우리가 이렇게 존재하는 것이 어떤 필연성의 산물이 아닌, 자의성의 산물이라는 깨달음은 내가 하느님께서 자유롭게 우리에게 다가오실 수 있고, 예기치 않게 나타나셔서, 우리가 확실히 알아볼 수 있는 모습으로 가장 깊은 진리를 보여 주신다고 말할 수 있게 해 주었다.

앞서 언급했듯 나는 최근 다양한 일에 깊이 빠져들었고, 강렬한 감정을 느끼는데, 셰익스피어의 작품들을 음미하는 일도 그중 하나다. 대학원에서 셰익스피어를 공부한 이후 수십 년 동안 나는 그를 완전히 잊고 지냈는데, 몇 달 전부터 갑자기 머릿속에서 무언가가 움직이기 시작했다. 그때는 소설 마지막 부분을 쓰고 있던 터라, 거기에 온 신경을 집중하고 있었는데도 말이다. 글쓰기는 매우 피곤한 일이어서 종일 글만 쓸 수는 없기에, 소설을 쓸 때면 낮잠 시간과 산책 시간을 반드시 마련하곤 하는데, 요즘에는 그 대신 셰익스피어 작품을 다룬 영상들을 모아 놓고, 피곤할 때마다 그 영상을 하나씩 본다. 내게는 낮잠보다 이 영상들을 보는 일이 더 좋은 휴식이다. 그의 연극은 일종의 신학 작품으로 보이며, 그렇게 볼 때 놀랍도록 많은 것을 발견하게 된다. 특히 『폭풍』은 내가 아는 그 어떤 예술 작품, 형이상학 저술, 신학 저술보다도 나를 높은 곳으로 인도한다.

셰익스피어는 그리스도교가 갈라져 혼란스러운 시기, 격렬한 논쟁을 벌이던 시기에 활동했다. 그래서인지 그의 작품에 나타난 그리스도교 요소를 논하는 학자들은 주로 그가 로마 가톨릭, 성공회, 개신교 중 어느 편이었는지에만 관심을 기울이는 경향이 있다. 하지만 셰익스피어의 역사극을 보면, 그는 영국이 꼭 종교 갈등과 같은 문제가 아니더라도 얼마든지 혼란과 격동이 일어날 수 있는 곳이라고 여겼음을 알 수 있다. 또한, 당시에는 그리스도교의 핵심 내용을 두고 격렬한 논쟁이 일어났는데, 어느 편을 들었는지와는 별개로 셰익스피어가 그 논쟁을 매우 흥미롭게 여겼을 것이라는 데는 의심의 여지가 없다. 내가 보기에 그는 이 모든 상황에서 매우 중요한 통찰을 얻었다. 아무리 깊은 반목과 증오가 있어도 은총은 이를 넘어선다는 점을 깊이 깨달았고, 이를 아름답게 표현할 수 있는 길을 셰익스피어는 발견했다. 그의 수많은 극은 장엄하게 화해하는 장면으로 마무리된다. 이것은 셰익스피어 특유의 은총의 순간으로 인간의 힘만으로는 불가능해 보이는 화해와 용서가 마치 천상의 선물처럼 찾아온다.

여기서 나는 셰익스피어 작품에서 인물들이 서로를 다시 알아보는 장면들, 즉 화해가 일어나기 직전의 순간들에 주목하고 싶다. 『리어왕』에서 리어왕이 코델리아와, 『겨울 이야기』에서 레온테스가 헤르미오네와, 『심벨린』에서 포스추머스와 이노젠이 재회하는 장면들을 보면, 처음부터 변함없이 그들이 지니고 있던 성품은, 끔찍한 이별과 단절이 끝난 뒤에야 비로소 진실하게 알려지고, 받아들여진다. 이야기에서 이런 재회는 마치 섭리처럼 다루어지고, 이야기의 배경은 모두 비그리스도교 세계다. 하지만 이 장면에는 분명 그리스도교적 통찰이 지닌 빛과 깊이가 있다. 이 장면들은 계속해서 우리에게 말한다. 우리가 안다고 생각했던 사람을 다시 보라고, 우리가 소중히 여기는 관계가 진실로 성스러운 관계임을 느껴야 한다고 말이다. 그리스도교가 평범한 일상에서 성스러움을 발견하듯, 이 장면들도 겉으로 평범해 보이는 일에서 말로는 다 표현할 수 없는 거룩한 의미를 드러내 보여 준다.

셰익스피어의 작품들에서는 죽음도 이와 비슷한 역할을 한다. 등장인물들은 자신들이 경험하는 세계가 진짜인지 의심한다. 하지만 자신의 영혼이 진짜라는 것만큼은 의심하지 않는다. 우리를 흐트러뜨리고 나락으로 떨어지게 하는 갑작스러운 증오와 상처 너머에 은총이, 참된 실재가 있고 그 빛 아래에서는 저 모든 것이 사그라든다. 셰익스피어는 자비와 은총을 구분하는데, 자비는 잘못이 있어도 사랑을 베풀지만, 은총 앞에서는 잘못 자체가 존재하지 않는다. 『리어왕』에서 리어왕이 코델리아를 향해 "너는 나를 사랑하지 않을 이유가 있다"고 말하자 코델리아는 말한다.

이유라뇨, 아무 이유도 없어요.

『심벨린』에서 악당 자코모가 포스추머스에게 무릎을 꿇고 용서를 구하자 포스추머스는 말한다.

내게 무릎 꿇지 마라. 너를 살려 주는 것이 이제 나의 권리이며
너에 대한 적개심은 용서하는 마음이다.
살아서 좀 더 선하게 남들을 대하라.

복수극이 유행하던 시대에, 이렇게 복수라는 생각 자체를 초월해서 바라보는 건 정말 놀라운 일이다. 지금도 마찬가지다. 이 세상이 반드시 이렇게 될 필요가 없는데도 이렇게 되었고, 따라서 영원하지 않다면, 절대적인 실재에게 우리의 실수나 혼란 같은 일시적인 것들은 문제가 되지 않을 것이다. 천국은 이런 일시적인 것들에서 우리를 자유케 한다.

셰익스피어의 작품들은 우리가 보고 경험하는 모든 것이 겉으로 보이는 것보다 훨씬 더 깊은 의미를 지니고 있다는, 그리고 이 상상의 섬에 진실로 거룩한 영혼들이 머물고 있다는, 하지만 우리는 이것이 정확히 무엇을 의미하는지는 거의 아는 바가 없다는 내 깨달음이 틀리지 않았다고 말해 주었다. 바울은 창조 질서가 하느님의 본성을 드러낸다고 말했다. 그리고 이제 우리는 이 세계 너머에 또 다른 차원의 현실이, 실재가 있음을 안다. 이 실재는 우리 이해력으로는 온전히 파악할 수 없지만, 모든 존재에 스며들어 있으며, 우리 눈에 보이지 않으나 모든 면에서 강력하며, 우리 귀에 들리지 않고 우리의 지혜로는 어리석어 보이나, 이에 아랑곳하지 않고 우리에게 시간과 삶을 허락한다. 이는 비유가 아니다. 우리가 실제로 처한 상황이 그러하다. 어떤 면에서 우리가 경험하는 이 유사 실재quasireality는 우리가 특별한 능력을 발휘할 수 있도록 우리의 한계에 맞추어져 있다. 나는 이것이 우리를 향한 하느님의 크나큰 사랑과 기쁨을 보여 준다고 생각한다.

셰익스피어의 독특한 작품 『페리클레스』 서장에서 화자는 이 이야기가 "옛날에 불렀던 노래"이며, 여러 좋은 효과를 내는데 그중에서도 특히 "인간을 영광스럽게" 한다고 말한다. 그리고 이 작품 역시 서로를 알아보고 관계를 회복하는 것으로 마무리된다. 페리 클레스는 한 번도 알지 못했고, 목소리도 들어 본 적 없는 딸의 목 소리를 듣고 깊은 슬픔에서 깨어난다. 그는 딸이 죽었다고 생각하 고 슬픔에 빠져 있었기에, 이 목소리는 마치 부활의 소식과도 같 다. 이제 페리클레스는 한 번도 보지 못했던 딸을 기적처럼 알아 차리게 된다. 이 이야기는 개연성을 버리고, 인간의 특수성, 인간 의 사랑, 충성, 가치를 깊이 존중함으로써 "인간을 영광스럽게" 만 든다. 나는 이 경건한 이교도들이 동산에서 부활한 그리스도와 막 달라 마리아의 만남, 엠마오에서 부활한 그리스도와 제자들이 나 눈 식사를 재현하고 있다고 생각한다. 우리의 사랑과 희망은 진실 로 성스럽다. 언젠가 하늘이 마침내 두루마리처럼 말려 올라간다 해도 우주의 근원이 되시는 분은 이 사랑과 희망을 소중히 여기고, 또 소중히 여기실 것이다.

제14장

경험

　위대한 그리스도교인들은 하나같이 우리가 겸손해야 한다고 말했다. 현대를 사는 우리는 과학 기술의 발달로 우주의 엄청난 규모와 복잡성을 알게 되었고, 우리가 얼마나 작은 존재인지 더 잘 알게 되었으니, 그만큼 겸손해지기 쉬워졌는지도 모른다. 물론 우주가 얼마나 거대한지, 그 앞에서 우리가 얼마나 작은 존재인지는 시편과 욥기의 저자도 알고 있었다.

　　내가 땅의 기초를 놓을 때 너는 어디에 있었느냐? (욥기 38:4)

이제 우리는 우리가 열어젖힌 커다란 신비의 문 앞으로 나아간다. 그런데 그 문 너머에는 더 깊은 신비가 기다리고 있다. 우리는 이제 아주 먼 과거를 볼 수 있다. 이건 정말 놀라운 일이다. 특이하게도, 우주를 알기 위해서는 시간을 거슬러 올라갈 수밖에 없다. 이 또한 놀라운 일이다. 여전히 우리는 시간이 정확히 무엇인지 모르지만, 한 가지만큼은 알고 있다. 바로 시간은 한쪽 방향으로만 흐른다는 것이다. 아주 먼 과거를 들여다보면 거대한 소용돌이가 보이고, 거기서는 소용돌이가 그러하듯 시간이 모습을 바꾸다 이내 사라져 버린다. 이 불가해하고 거대한 소용돌이에서 우리는 우리의 기원을 찾을 수 있다. 인간은 참으로 이중적인 존재다. 한편으로, 인간은 너무나 초라하고, 보잘것없다. 매일매일 사소한 걱정거리나 불평, 작은 원망들로 머리를 채우면서 그저 그런 일상을 살아간다. 하지만 또 다른 한편으로는 놀랍게도 우리가 어떻게 시작되었는지를 연구할 수 있을 정도로 경이로운 능력을 지녔다. 아이러니하게도, 우리가 우주의 시작을 알아 가면 알수록, 우리는 그 시작점에서 점점 더 멀어지고, 우리가 향해 가는 미래는 암흑 에너지 같은, 우리가 여전히 이해하지 못하는 신비한 힘들이 지배하고 있다. 과학자들이 발견한 바로는 우주는 어느 순간부터 갑자기 더 빠른 속도로 팽창하기 시작했으며, 그 속도는 계속 빨라지고 있다고 한다. 이건 기존 물리학으로는 예측하지 못한 현상이다.

이 현상을 설명하기 위해 과학자들은 반중력antigravity이라는 개념을 만들었지만, 중력도 정확히 모르는 상태에서 이 개념을 쓰려니 좀 부족해 보인다. 시간이 지남에 따라 우주가 크게 바뀔 수 있다면, 또 다른 변화도 가능할 것이다. 생명에게 친절한 현재 지구의 여건은, 매우 세밀하게 맞춰졌기에, 조금만 틀어져도 우리는 끝장날 것이다. 그리고 이 거대한 우주의 시선으로 보면, 우리가 사라지는 건 그리 별일이 아닐 것이다. 이를 '사건'이라고 부를 사람조차 없을 테니 말이다. 우리가 사라진 후 우주를 상상해 보면 참 묘하다. 빛을 빛으로 볼 수 있는 존재가 없다면, 이를 빛이라 할 수 있을까? 어둠이 과연 어둠일까? 그런 구분 자체가 의미 없을 것이다. 이런 생각들은 우리를 겸손하게 해 준다. 우리의 과학은 눈부신 발전을 이루었지만, 이를 통해 얻은 지식은 우리가 얼마나 연약한지를 더 잘 보여 주기 때문이다. 우리는 정말 한순간에 사라질 수 있다. 마치 숨을 한 번 들이쉬었다가 내쉬는 것처럼 쉽게 말이다. 우리가 사라지면, 이 광대한 우주 어디에서도 우리가 있었다는 흔적조차 남지 않게 될 것이다. 이건 확실하다. 우리는 언젠가 반드시 사라진다. 우주는 상상도 할 수 없이 긴 시간 동안 계속해서 자기 길을 가면서 변화하고 발전할 것이며, 우리는 그 흐름 속에서 아주 잠시 들렀다 가는 손님에 불과하다. 하지만 경이로운 건 바로 우리가 이를 알고 있다는 것이다.

나의 특별한 성인, 장 칼뱅은 우리가 이렇게 똑똑하고, 창의적이고, 상상력이 풍부하며, 별과 행성의 움직임을 이해할 수 있는 존재라는 사실이 우리에게 영혼이 있음을 입증한다고 보았다. 또한, 그는 우리가 우리 자신을 들여다보면 하느님을 발견할 수 있다고도 말했다. 우리가 그만큼 정교하게 만들어진 하느님의 작품이기 때문이다. 칼뱅은 인간을 칭송하며, 달리 말하면 하느님을 찬미하며 육체의 섬세함과 탁월함, 정신, 혹은 영혼의 민첩성과 자유로운 움직임을 구분하지 않았다. 그에게 둘은 하나였다. 물론, 다른 한편 우리에게는 철저한 죄성이 있다. 누군가는 이런 이야기를 들으면 충격을 받을지도 모르겠지만, 나는 인간이 저지른 실수와 잘 못이 압도적으로 많음을 인정한다. 인간이 얼마나 책임감 없고 잔 인한지는 굳이 그리스도교 교리를 받아들일 것 없이 신문이나 역 사책을 보면 알 수 있다. 인간이 타락했다는 칼뱅의 견해는, 그가 진심으로 그렇게 생각했더라도 그의 사상 중 가장 평범한 부분에 해당한다. 하지만 칼뱅은 특별하다. 그는 이토록 인간이 망가졌음 을 알고 있었음에도 인간의 몸, 마음, 영혼 전체를 보편적인 파멸 에서 구했기 때문이다. 칼뱅은 영혼을 특별하게 여겼다. 그에게 영 혼은 그저 '더 나은 나' 정도가 아니었고, 이생을 마친 뒤 천국, 혹 은 지옥을 경험할 두 번째 자아도 아니었다. 칼뱅은 영혼이 우리 몸과 따로 있지 않으며, 우리가 생각하는 동안에도, 심지어 꿈을 꾸는 와중에도 우리 몸과 함께 있다고 보았다. 그렇기에 그는 우리 가 하는 모든 선한 일, 우리가 손으로 무언가를 만드는 일, 아름다 운 것을 보고 듣는 일, 과학을 연구하는 일, 새로운 내용을 배우는 일이 거룩하다고 이야기했다. 칼뱅에게 영적인 것은 멀리 있는 것 이 아니라 바로 이 순간, 세속적인 삶에 있었다. 그리고 하느님께 서 우리에게 주신 선물을 새롭게 발견하고, 사용할 때 이를 가장 분명하게 느낄 수 있다고 그는 생각했다. 이렇게 '영혼'을 이해하 면 우리가 하는 모든 경험은 더 의미 있고 풍성해진다. 이러한 맥 락에서 강인했던 말년의 마르틴 루터는 말했다.

내 양심은 숙녀이자 여왕이다.

이렇게 우리는 영혼을 경험한다. 칼뱅에게 영혼은 하느님과 만나는 장소나 길이기도 했으며, 또 다른 질서를 향해 거룩해지는 과정이기도 했다. 이 모든 이야기를 한 이유는 오늘날에도 영혼을 두고 논쟁이 계속 일어나기 때문이다. 사람들은 영혼을 흐릿한 두 번째 자아라 생각하는데, 회의론자들이 지적하듯 그런 영혼은 뇌 어디에서도 찾을 수 없다. 영혼에 대해서 달리 생각할 수 있는 재미있는 예가 하나 있다. 언젠가 나는 불가사리에 관한 글을 읽은 적이 있다. 학자들은 처음에 불가사리가 눈을 갖고 있지 않다고 여겼지만, 알고 보니 전신이 다 눈이었다. 겉보기에는 지극히 단순해 보이는 이 생물은 몸 전체가 시각을 감지하는 기관들로 덮여 있어서 어떠한 방식이 되었든 엄청난 양의 감각 정보를 하나로 통합해 낸다. 우리가 모두 경험하는 것 같은 영혼을 좀 더 깊이 이해하게 되면, 영혼이 우리 육체 어디에 있다고 가정하는 데서 시작되는 혼란스러운 설명을 끝낼 수 있을 것이다.

합리주의자들, 심지어 과학자들조차 '물리적인 것'the physical에 대해 문자주의 태도를 보일 때 나는 놀란다. 그들은 측정하고 만질 수 있는 것만 진짜라고 여기며, 물리 법칙으로 설명되는 것만 중시한다. 그리고 이를 전체 우주에 투영한다. 하지만 알려진 바에 따르면 우리가 이해하는 우주는 전체 우주의 4퍼센트에 지나지 않는다. 다른 차원과 다중 우주에 관한 이야기는 내 생각을 더 뒷받침해 주겠지만, 여기서는 다루지 않겠다. 분명한 것은 우리가 '현실'로 경험하는 것은 전체 현실, 혹은 실재의 전형이 아니라는 것이다. 여기서 가장 중요한 건 우리 인간의 경험이다. 우리는 우리가 이 거대한 에너지의 폭풍 같은 우주의 일부임을 알 수 있다. 우리의 발바닥에서부터 우리가 할 수 있는 최악의 생각에 이르기까지, 베토벤의 소나타에서 양키 스타디움까지, 이 모든 것은 우주 에너지의 일부라는 관점으로만 설명할 수 있다. 다른 어떤 설명도 불가능하다. 하지만 (이 또한 놀라운 일인데) 우리가 지적으로 우리가 우주의 일부임을 알아도, 이를 진정으로 받아들이고 믿기는 어렵다. 우리는 만물이 끊임없이 흐르고 변하며, 서로 연결되어 있다는 헤라클레이토스의 가르침을 배울 필요가 있다.

앞서 우주를 에너지 폭풍이라고 불렀지만, 여기에는 깊은 질서와 규칙이 있다. 원자가 정확히 무엇인지는 모르지만, 원자가 어떤 성질을 가지고 있고, 어떻게 결합하는지는 설명할 수 있다. 그리고 우리가 자연법칙이나 힘이라고 부르는 변치 않는 흐름도 있다. 이와 관련해 나는 어떤 것에 대해 아는 방식은 우리가 이를 어떻게 경험하느냐에 따라 결정된다는 윌리엄 제임스의 이야기에 동의한다. 무언가에 대한 우리의 앎은 언제나 부분적일 수밖에 없음을 인정해야 한다. 이건 우리가 지금까지 접근 가능한 가장 작은 것들에도 적용되고, 우리가 잘 안다고 생각하는 일상적인 것들의 경우에는 더더욱 그렇다.

나는 과학자와 합리주의자가 뇌는 고깃덩어리에 불과하다고 말하는 걸 여러 차례 읽고 들었다. 이 말이 참이라면 뇌와 정신의 관계, 정신과 영혼의 관계도 격하되고 무시할 수 있게 된다. 이 관점에 비추어 보면, 이들의 실제 본성은 그저 동물적이고 물질적인 것에 불과하기 때문이다. 그런데 왜 이들은 뇌만 그런 식으로 생각할까? 그렇게 보면, 인간은 뼈를 제외하면 모두 고깃덩어리다. 그 이상의 것은 없다. 뇌를 고기라 말하는 게 합리적이라면, 누군가 유모차에 있는 아기를 보고 아기의 엄마에게 "참 예쁜 고깃덩어리네요"라고 칭찬하는 것도 합리적이다. 같은 논리로 내가 "고깃덩어리들이 수업에 들어와 앉아 있고, 관심 있어 보이거나 지루해 보이는 표정으로 나를 보고 있다"라고 말하는 것도 합리적이다. "이 살아 있는 햄, 등심, 갈비들은 무슨 말을 하든 금방 지루해하는 경향이 있어 보인다"라고 말할 수도 있을 것이다. 하지만 현실에서 누군가 이렇게 계속 말하면 그의 가장 친한 친구들도 사회성에 문제가 있다거나 정신병자라고 수군거릴 것이다. 내가 하고 싶은 말은 간단하다. 모든 인간에게 똑같이 적용될 수 있는데 뇌만 고깃덩어리라고 하는 건 말이 되지 않는다는 것이다. 에이브러햄 링컨도 고깃덩어리였고, 그를 죽인 존 윌크스 부스John Wilkes Booth도 고깃덩어리였다. 링컨과 부스가 다른 건 그들의 생각과 정신이 달랐기 때문인데, 생각과 정신이 그저 '고깃덩어리의 작용'이라면 도대체 무엇으로 둘의 차이를 설명할 수 있을까? 이러한 맥락에서 '뇌가 고깃덩어리다'를 둘러싼 논리는 부조리하기 짝이 없다.

좀 더 중요한 부분이 있다. 고기란 무엇인가? 복잡한 생명이다. 그러면 생명이란 무엇인가? 우주에서 가장 큰 신비다. 노래하고 날아다니고 깃털을 키우는 것도 고기고, 문명을 세우고 무너뜨리는 것도 고기다. 지능이 뇌에만 있다고 여기는 건 아마 오류일 것이다. 그렇다고 뇌가 하는 일을 그게 신체 기관이라는 이유로 의심하는 건, 폐가 혈액에 산소를 공급한다거나 눈이 무언가를 보는 기능을 한다는 걸 의심하는 것만큼이나 말이 안 될 것이다. 그렇다면 뇌는 무엇을 할까? 뇌는 신체의 작동을 조정한다. 무언가를 배우고, 판단하고, 상상하고, 설계하고, 이론을 만들고 이를 합리화한다. 하지만 앞서 언급한 누군가 아기를 보고 고깃덩어리라고 했을 때 아기 엄마가 불쾌해한다면 그건 그가 '고기'를 낮게 평가해서가 아니다. 내가 내 학생들을 고깃덩어리라 하면, 학생들은 자신은 고깃덩어리가 아님을 증명하기 위해 신경계가 얼마나 복잡한지 설명하지는 않을 것이다. 이 모든 논의에서는 기이하게도 하나 중요한 게 빠져 있다. 바로 인간다움, 인간만 지닌 특별한 성질, 좀 더 나아가 생명체로서 지닌 특별한 성질이다. 뇌가, 혹은 인간이 고깃덩어리라고 말하는 이들은 우리가 모두 경험으로 알고 있는 진실, 누가 보아도 명백한 사실을 배제하고 자신들의 주장을 펼치려 한다. 인간을 환원주의적으로 축소해 정의하는 것은 근본적으로 부적절하다. 의식, 감정, 생각과 같은 특징들은 인간에 대한 탐구를 흥미롭게 해 준다. 사실 그런 특징이 있어서 인간인 우리가 우리 자신을 연구할 수 있는 것이다. 이러한 중요한 특성을 무시한다고 해서 그게 더 과학다운 설명이 되는 건 아니다.

차라리 내게는 칼뱅이 '과학자'처럼 보인다. 언젠가 그는 우리의 발톱 하나만 보더라도 경이로워해야 한다고 말한 적이 있다. 그 발톱 하나가 인간 전체의 놀라움을, 우리가 참여하고 있는 빛나는 능력을 보여 주기 때문이다. 그에 따르면, 우리는 몸을 움직이고 무언가를 생각함으로써 그 놀라운 능력을 표현하고 실현한다. 언젠가 아인슈타인은 시간이야말로 인간의 가장 오래된 착각이라고 말한 적이 있다. 그를 존중하지만, 나는 우리의 가장 오래된, 그리고 커다란 착각은 이 세계가 정적이고 견고하다는 생각이라고 본다. 시간은 한 방향으로만 흐르고, 중력은 우리 생각보다 훨씬 약하다. 우리가 알고 있는 모든 존재는 이런 이상한 변칙들에 의존하고 있다. 우리가 살아가는 이 우주는 끊임없이 변화하고 움직이는 에너지의 폭풍인데 우리를 둘러싼 세계는 어떻게 이렇게 안정적으로 유지되는 것일까? 우리가 평온함과 안정감을 느끼게 해 주는 이 기묘하게 짜인 사슬은 무엇일까? 우리는 보통 은하들의 충돌과 같은 거대한 우주 현상을 보고 놀라워한다. 하지만 더 놀라운 건 우리가 지은 도시들이 붕괴하지 않고 그대로 서 있다는 것, 우리의 몸이 아무렇지 않게 자랐다가 늙어간다는 것이다. 그중에서도 가장 놀라운 건 우리의 자아다. 우리의 정체성은 이미 지나가 다시는 찾을 수 없는 과거에 뿌리를 두고 있는데, 그 과거는 여전히 우리를 빚어가고 있다. 이 사실이야말로 진실로 경이롭다.

지금은 죽은 행성인 화성을 보라. 알려진 바로는 과거 화성에는 물이 흘렀다. 하지만 지금은 그냥 멈추어 버린 덩어리라고 부르는 게 타당해 보인다. 우리 감각이 '고체'라고 느끼는 것의 범주에 화성은 확실히 들어간다. 하지만 지구는 어떠한가. 생명으로, 우리가 볼 수도, 만질 수도, 키울 수도, 해칠 수도 있는 몸을 지닌 생명체로 가득 차 북적이고 있다. 지구의 대기층 안에 있는 모든 것, 일어나는 모든 일은 ('물리적'이라는 말을 제대로 이해한다면) '물리적'이다. 사람들은 보통, 아무렇지 않게, 부정확하게, '물리적'이라는 말을 '우리의 감각으로 느낄 수 있는 것'이라는 뜻을 담아 쓰곤 한다.

하지만 우리의 감각은 제멋대로 골라 받아들인다. 우주 공간은 비어 있는가, 아니면 무언가 있는 걸까? 이 문제는 아직도 논쟁 중이다. 이른바 반물질이 물질이 존재할 수 있게 해 주는 그 미묘한 균형을 깨뜨린다면, 존재는 눈 깜짝할 사이에 사라질 것이다. 단단한 화성도 간밤에 내가 꾼 꿈처럼 사라질 것이다. 하지만 반물질을 제대로 이해하고 있는 사람이 있는가? 반물질은 우리가 '물리적'이라고 부르는 모든 것이 존재하게 하는 조건이지만, 우리는 반물질이 무엇인지 모른다. 그런데도 우리는 '인간'이라는 말이나 '물리적', 혹은 '물질'이라는 말을 쓸 때 은근히 이들을 깎아내린다. '그저 인간일 뿐이야', '그저 물질일 뿐이야'라는 식으로 말이다. 이는 우리가 살아가는 이 세계를, 이 세계를 둘러싼 우주와 전혀 다른 것처럼 생각하는 착각의 산물이다. 그리고 이는 중세 사람들이 지상과 천상을 완전히 다르게 본 것과 같은 생각, 코페르니쿠스가 새로운 발견을 하기 전의 낡은 생각이다. 실제 우주에서 일어나는 모든 창조와 변화는 우리를 포함해 하나로 연결된 커다란 현상이다. 우리는 그 현상의 일부고, 우리 주변의 모든 것도 그 현상의 일부다. 그리고 그 핵심에는 에너지가 있다(이 에너지가 정확히 무엇인지도 잘 모르지만 말이다).

흥미로운 점은, 뇌를 딱딱한 물체로 볼 때보다 거기서 일어나는 생각, 지각 같은 빠르고 상호작용하는 활동을 볼 때 오히려 이 근본적인 에너지의 성질을 더 잘 이해할 수 있다는 것이다. 그렇게 보면, 마치 뇌라는 물질이 인내심을 가지고 이런 역동적인 활동들을 받아들이는 것 같다. 정말 경이로운 일이다. 르네상스 시대 작가들은 인간은 생각하고, 알고, 상상하는 활동을 통해 우주에 깊이 참여한다고 말하곤 했다. 분명한 건, 우리 경험의 거의 전부를 차지하는 이런 현상들을 현실을 설명할 때 제외해서는 안 된다는 것이다. 특히 문제가 되는 건, 이런 배제가 현실을 너무 단순하게 보는 원시적인 이해 방식에 기초하고 있다는 점이다. 이런 이해 방식은 자기 생각에 맞는 결론을 내리기 위해 자신의 주장을 흔들 수 있는 증거들은 처음부터 고려하지 않는다. 우리 눈으로도 볼 수 있는 생명의 놀라운 특성을 무시하는 이런 태도는 결국 말도 안 되는 결론들을 끌어낸다.

새로운 사상이 어디서 오는지 생각해 보라. 어떤 사람들은 누군가 그걸 생각해 냈을 것이라고 설명할 것이다. 그러면 그 누군가는 그 생각을 어디서 얻었을까? 다른 누군가한테 배웠을 것이라고 답할 것이다. 그렇다면 그 사람은? 이런 질문이 꼬리에 꼬리를 물면 모든 생각의 역사는 결국 고대 페르시아 사람에게로, 더 거슬러 올라가면 결국 최초의 인간인 아담까지 갈 것이다. 이와 다르게, 어떤 사람들은 살아 있는 뇌(누군가가 보기에는 그저 고깃덩어리에 불과한 그 뇌)에서 일어난다고 이야기할지도 모르겠다.

실제로 생각이나 기억, 언어, 예술, 관습은 모두 손에 쉽사리 잡히지 않는, 미묘하고 복잡한 특성이 있다. 보이지 않는 경계 안에서 자유롭게 움직이면서도 그 경계를 벗어나지는 않는다. 우리는 '완전히' 새로운 생각을 만들어 낼 수는 없다. 하지만 동시에 다른 사람의 생각을 '완전히 그대로' 받아들이지도 않는다. 언제나 이를 '나만의 방식'으로 이해하고 해석한다. 이렇게 끊임없이 변화하면서도 어떤 질서를 유지하는 인간의 특성은 우리가 감각으로 느낄 수 있는 단순한 물질의 특성이 아니라 복잡다단하고 미묘하면서도 질서가 있는 우주의 특성과 닮아 있다.

내가 하고픈 말은 간단하다. '물리적인 것'과 '비물리적인 것'을 날카롭게 구분하는 일은 중대한 오류라는 것이다. 15세기 사람들이 그랬다면, 이해할 만하지만, 이제는 변명의 여지가 없다. 이런 구분은 영혼을 너무 '영적인 것'으로 만들어 버려 영혼이 실제로 의미 있는 역할을 한다는 걸 보지 못하게 하고, 다른 한편으로는 세상을 그냥 '영적이지 않은 것'으로 만들어 버려, 세상의 영적인 측면을 완전히 지워 버린다. 영혼과 세상 모두를 깎아내리는 것이다. 앞서 말했듯 '영적인 것'에는 인간이 지닌 거의 모든 특징이 포함된다. 사람들은 흔히 데카르트가 정신과 몸을 나눈 장본인이라고 비난하곤 한다. 이건 이상한 일이다. 그는 생각, 즉 의식의 경험이 가장 확실하게 있다고 보고, 이 확실한 경험을 바탕으로 다른 모든 것이 진짜 존재하는지 아닌지를 밝힐 수 있다고 했기 때문이다. 그가 진짜로 하고 싶었던 건 과학 탐구를 위한 확실한 출발점을 찾는 것이었다. 솔직히, 우리가 다른 어디서 출발할 수 있겠는가? 주관성을 싫어한다고 해서 주관성이 사라지는 건 아니다.

여기 데카르트도 들으면 놀랄 이야기가 있다. 어떤 과학자들은 우리가 우리 정신을 컴퓨터에 옮겨 넣을 수 있을 것이라고 믿는다. 그렇게 되면 육체에서 벗어나 영원히 살 수 있다면서 말이다. 아마 그들은 그런 방식으로 자신이 키운 강아지에 관한 정보를 컴퓨터에 올리고 가상의 공원에서 가상의 산책을 할 수 있게 하는 프로

그램도 만들 것이다. 거기서는 미리 입력한 장소와 계절, 일반적인 날씨 흐름을 반영해 때로는 비를 맞으며 산책할 수도 있다. 이런 불멸의 존재들은 육체가 겪어야 하는 수많은 고통에서 벗어날 텐데, 그러면서 우리가 무엇이며, 우리에게 어떤 의미가 있는지에 대한 절실한 고민도 사라질 것이다. 얼마나 무미건조한 삶인가. 결국, 권태와 우울이 찾아오고, 이 업로드된 정신들은 자신을 이런 상태로 만든 프로그래머의 나쁜 습관을 그대로 따라 하게 될 것이다. 바이러스를 고안하고, 서로를 감시하고, 자잘한 원한을 키워 가고, 아직 육체를 가지고 있는 이들을 속이고 조종할 온갖 계략을 짜낼 것이다. 그러다 '실제로 물리적인' 일이 일어날 것이다. 거대한 태양 폭풍, 운석 충돌, 아니면 전쟁이 일어나 그들을 모두 쓸어버릴 것이다. 그러면 우리는 피할 수 없는 진실을 배우게 될 것이다. 우리가 아무리 기술을 발전시킨다 해도, 결국 우리는 이 물리적 현실의 일부라는 것이다. 컴퓨터에 올라간 정신은 냉동 보관된 시체처럼 영혼이 머물 수 없다. 우리는 이를 직관으로 알고 있다.

인간을 진정으로 이해하려면 모든 면을, 우리의 모든 감각, 모든 능력이 현실과 상호작용하는 방식을 다 보아야 한다. 물리적인 것과 비물리적인 것의 구분이 쉽지 않으며, 우리 삶에 영향을 미치는 모든 것은 다 진짜로 있다고 인정한다면, 그게 무엇이든(물질이든, 생각이든, 감정이든) 모두 똑같이 '실재하는 것'으로 보아야 하지 않을까? 그렇다면 우리는 인간을 설명할 때 그 어떤 부분도 제외해서는 안 된다. 우리가 저지르는 실수, 오류는 진짜 있는 걸까? 우리는 매일 그 영향을 받는다. 악의나 무지, 거짓은 어떤가? 이들은 이 세상에서 엄청난 힘을 가지고 있다. 그리고 기이하게도 이런 것들과 특별한 관계를 맺고 있는 존재는 오직 인류뿐이다. 인간의 탁월한 능력은 매우 잘못된 방향으로 나아갈 수 있다. 그러한 면에서 삶은 도덕적 투쟁이며, 그래야 한다는 오래된 직관은 옳다. 우리의 생각과 행동이 실제로 세상에 커다란 영향을 미칠 수 있기 때문이다. 그리고 이러한 영향들은 쌓이고 커진다. 우리는 여러 세대에 걸쳐 끔찍한 오해에 갇히거나 무서운 거짓말에 휩쓸릴 수 있다. 강제수용소와 집단 학살은 이런 강력한 거짓들이 빚어낸 부차적인 산물들이다. 그러니 우리가 우리 자신을 조금이라도 이해하려면, 이런 인간만이 가진 기괴한 생각과 행동의 실재성을 인정해야 한다.

우주에는 다른 지적 생명체가 있을지도 모른다. 있다면, 나는 그들이 잘 살기를 바란다. 있다면, 그 생명체는 우리와 많은 공통점을 가지고 있을지도 모른다. 하지만 지금으로서는 우리가 우주 먼지가 빚어낸 가장 중요한, 유일무이한 존재라고 보아야 한다. 우리의 자부심과 겸손은 한 가지 사실, 우리는 우리가 살아가는 현실의 창조자라는 사실의 양면, 혹은 여러 측면이다.

칼뱅은 영원에 대해 별다른 이야기를 하지 않았다. 그에게 영원은 우리가 살아가는 이 시간과 연결되어 있다. 칼뱅은 지금, 여기서 하느님의 영광을 볼 수 있다고 생각했다. 우리의 생각을 통해, 우리가 처한 상황을 통해, 우리가 만나는 모든 (비록 타락한 모습이라 할지라도) 하느님의 형상을 통해 그분이 우리를 만나신다고 믿었다. 이러한 관점은 내게 유익하고 좋은 수련이 된다. 서구 전통에서는 하느님의 심판을 많이 이야기하지만, 그 심판의 가장 기본적인 성격, '계시'revelation, 즉 하느님의 드러남에 대해서는 별달리 말하지 않는다. 주님의 날이 오면, 우리는 그때 우리가 무엇이었고 무엇인지를 알게 될 것이다. 지금은 희미하게만 알고 있는 은총과 참된 의로움이라는 기준에 비추어, 우리가 늘 멀리하려 했던 충만한 존재의 빛 아래 말이다. 이는 그리스도교 전통 교리에서 벗어난 이야기가 아니라 그저 강조점을 달리한 이야기일 뿐이다. 어떤 회의주의자도 우리가 지금 알고 있는 것보다 더 깊은 도덕적 진리가 있다고 직관적으로 느낀다는 사실 자체를 부정하지는 않을 것이다. 그리고 이 도덕적 진리가 실제로 있다고 인정한다면(이걸 달리 볼 방법이 있을까?) 우주를 해석하는 방식은 크게 달라진다.

이 세상의 많은 부분, 특히 우리의 인간다움은 '영혼'이라고 부르는 인간의 고유한 성질을 느끼고 인정하는 것에 달려 있다. 영혼은 모든 사람이 지니고 있고, 그 누구도 빼앗을 수 없는 성스러운 것이다. 영혼은 우리에게 존엄성이라는 위대한 능력을 주며, 이 능력은 단순한 개인, 그리고 개인의 즉각적인 필요를 훨씬 넘어서는 것이다. 학창 시절 암송했던 바첼 린지Vachel Lindsay*의 시가 떠오른다.

---

* 바첼 린지(1879~1931)는 미국 시인이다. 뉴욕에서 문학으로 관심을 돌려 기존 미국의 전통적인 시의 관행을 깨고 고대 그리스인들처럼 거리와 무대에서 낭송하는 공연 예술로 승화시키려 했으며 실제로 걸어서 여행을 다니며 사람들 앞에서 시를 낭송하고, 공연에 어울리는 시의 운율을 창조하고자 했다. 그 운율감을 보여 주는 대표적인 시는 「콩고」The Congo다. 거리에서 시를 낭송하면서 생계를 해결했던 경험은 1912년에 출판된 시집 『빵과 바꿀 노래들』Rhymes to Be Traded for Bread에 담겨 있다.

젊은 영혼들을 숨 막히게 하지 마라.

그들이 특별한 일들을 하고

자부심을 마음껏 보여 주기도 전에.

그것이 이 세상의 유일한 범죄다.

린지와는 달리 나는 젊은이들의 가능성을 막는 일이 "유일한 범죄"라고는 생각하지 않지만, 우리가 저지를 수 있는 가장 심각한 범죄 중 하나임은 분명하다. 그리고 우리는 지금도 그 범죄를 저지르고 있고, 이 죄는 쌓여서 우리가 이름조차 지을 수 없는 방식으로 미래를 망치고 있다. 우리의 편견과 한계 때문에 좌절하고 있는 영혼, 좌절하게 될 영혼들도 분명 영혼이다. 그리고 예수의 말을 따른다면, 그들이 우리를 심판할 것이다. 아니, 지금도 우리를 심판하고 있다(나는 여기서 마태오복음 25장에 나오는 최후의 심판 비유를 의식하고 있다).

*

요즘 나는 셰익스피어 극을 영화화한 작품들을 보고 있다. 거기서는 이미 세상을 떠난 로렌스 올리비에Laurence Olivier가 유령이 되어 연기를 한다. 젊은 올리비에의 유령은 우수와 고뇌로 가득 찬, 품위 있는 햄릿을 연기하고, 늙은 올리비에의 유령은 필멸에 격정적으로 괴로워하는 리어왕을 연기한다. 늙고 쇠약해진 리어왕의 눈에서 한때 젊고 날렵했던 햄릿의 유령을 보았을 때 나는 감동했다. 이러한 영혼을 머리끝부터 발끝까지, 살아 있을 때 그대로의 모습으로, 모든 동작과 말투를 그대로 불러낼 수 있다는 건 정말 놀라운 일이다. 최고의 예술은 일종의 마술과도 같다. 좋은 예술가들은 현실을 그대로 베끼지 않으며, 우리가 그 속에서 진실을 알아볼 수 있게 해 준다. 그들이 진짜 삶과 닮은 무언가를 만들어 냈을 때, 그들의 예술은 성공하고 찬사를 받는다. 『햄릿』에서 햄릿 역할을 맡은 배우가 헤쿠바 이야기에 진심으로 눈물을 흘리듯, 우리는 햄릿을 보면서 햄릿을 위해, 햄릿을 통해 발견한 우리 자신의 모습에 눈물 흘린다. 가늘고 작은 하나의 생각은 가늘고 작은 말을 통해 무게와 차원을 지니게 된다. 커다란 의미도 한 번의 눈빛으로 그 모습을 갖출 수 있다. 우리 모두 숨 쉬고 있는 이 땅에서, 바로 지금 여기서, 그런 일이 일어나고 있다. 물론 시간과 공간이 그러하듯, 중력이 그러하듯, 다른 거대한 현실이 그러하듯 이를 파악하기란 어렵다. 하지만 여기에는 영혼들로 가득하다. 우리가 누군가를 해칠 때, 누군가 고통당하는 모습을 방관할 때, 이 상처받은 이들의 영혼이 우리를 지켜보고 있다. 비록 약해 보이더라도, 그들의 영혼은 우리를 심판할 수 있는 신성한 권위를 지니고 있다. 예수는 말했다. 사람의 아들이 영광에 둘러싸여서 올 때, 그 권위가 최종적으로 입증될 것이라고 말이다. 이 사람의 아들은 고통받고 도움이 필요한 사람들의 모습으로 우리를 찾아왔다. 우리가 만나는 가난한 사람, 외로운 사람, 아픈 사람과 함께 있었던 이, 우리가 가난할 때, 외로울 때, 고통스러워할 때 알아보지 못했지만 수많은 친절을 베풀었던 이, 우리 안에서 다른 이를 돕고 싶은 마음이 일어날 때마다 그 마음을 움직이는 이가 바로 그분이다.

어떤 그리스도교인들은 교회가 주는 '공로의 보고'가 우리의 실패와 결함, 죄를 덮어 줄 수 있다고 믿는다. 또 어떤 그리스도교인들은 오직 하느님께서 주시는 은총만이 우리의 결점을 채울 수 있다고 믿는다. 하지만 이 말들은 과연 무슨 의미일까? 거대한 우주가 그렇게 질서 지어져 있어서 최선의 경우라 할지라도 우리 중 일부만 징벌을 '피할 수 있다'는 뜻일까? 저 이야기들은 창조주를 온전히 보여 주지 못하는 것 같다. 우리가 이해의 첫발도 제대로 떼지 못한 창조의 장엄함을, 그 안에서 우리가 차지하는 특별한 위치를 숙고하면, 분명 그 모든 사실은 전통적인 견해들보다 훨씬 더 커다란 의미를 머금고 있을 것이다. 오해를 방지하기 위해 덧붙이면, 나는 우리가 다른 사람을 해치거나 모욕하는 일이 하느님을 모독하는 일이라고 진심으로 믿는다. 그리고 수천 년 동안 이런 끊임없는, 때로는 충격적일 정도의 신성모독이 일어났고 그 일들이 이 세상의 질서에 엄청난 긴장과 부담을 주었다고 믿는다. 하지만 이러한 현실은 인간이 성스러운 존재라는 위대한 진실의 다른 면에 해당한다. 우리가 어떤 존재인지를, 하느님께서 왜 우리를 사랑하시는지를 생각해 보라. 하느님께서 우리에게 변함없이 충실하시다는 걸 생각해 보라. 그러면 우리가 궁극적으로 무엇이 되어야 할지 알 수 있을 것이다.

나는 '죄'라는 말에 거부감이 없다. 문제는 우리가 죄를 교묘하게 피해 가는 방식이다. 우리는 '죄'라고 하면 성적인 문제만 연결지어 생각하고 죄에 대해 이야기하면 부끄러워하거나, 성적인 문제에만 집착하거나, 심지어는 구식 도덕관념으로 여기고 무시해 버린다. 동시에, 그러면서 끊임없이 다른 사람을 증오하고, 비난하고, 가난한 사람들의 얼굴을 짓뭉갠다. 모든 동물 중 죄를 지을 수 있는 건 인간뿐이다. 그러한 면에서 죄 역시 인간의 주목할 만한 특징이라 할 수 있다. 달리 말하면, 우리는 원칙적으로 (실제로는 잘 안되지만) 도덕적 판단을 할 수 있는 유일한 피조물이다. 책임을 질 수 있는 존재, 적어도 자신이 한 행동을 해명할 수 있는 존재다.

*

어떤 면에서 예수의 삶은 창조에 깊이 관여하시는 하느님의 모습을 다시 보여 주는 것 같다. 그래서 세상의 종말에 관한 성서 이야기를 읽을 때도, 이를 그저 '끝'이 아닌, 살아계신 하느님이 일으키시는 획기적인 순간에 관한 이야기로 읽게 된다. 물론, 이렇게 말하면 여러 문제가 있음을 알고 있다. 시간을 초월하신 하느님을 시간에 매여 있는 존재가 자기 언어로 표현하려니 어려움이 있을 수밖에 없다. 하지만 하느님이 정말 계시고, 우리를 진심으로 돌보신다면, 이 방식이 그분이 우리와 소통하시기 위해 선택하신 방식이라면, 이를 풀어내는 건 우리의 과제다.

'시간'이라는 말은 그 자체로 문제다. 우리가 사는 이 세상은 어느 순간 생겨났는데, 그게 정확히 어떻게 된 것인지는 하느님만 아신다. 우리가 상상도 할 수 없는 차원에서 그 모든 일은 일어났다. 그리고 특정 순간 예수가 세상에 나타났다. 그리고 어떤 특별한 시간, 우리가 전혀 예상하지 못한 시간에 휘장은 걷히고 마지막과 시작이 올 것이다. 피조 세계는 정화되고, 치유되고, 새로워질 것이며 이후 세계는 세계를 사랑하시는 하느님과 새롭고 올바른 관계에 영원히 놓이게 될 것이다. 시계는 멈추고, 우리는 영원의 문턱에 서게 될 것이다. 그리스도교가 전하는 가르침에서 심판과 계시의 관계는 모호하며 우리는 잘못된 방향, 즉 벌로서의 심판에 더 중점을 두는 경향이 있다. 하느님의 심판이 우리가 죄의 진정한 본질을 온전히 이해하게 되는 것을 의미한다면, 그것은 분명 위대한 계시일 것이다. 은총도 마찬가지다. 은총이 진실로 중요하다면, 그건 우리 삶에서 진정으로 중요했던 것이 무엇인지를 궁극적으로 깨닫게 해 주는 것일 터이다. 예수는 태어날 때부터 죽을 때까지 이를, 심판이 주는 깨달음과 새로운 시작을 모두 보여 주었다. 그러한 면에서 예수는 심판자이며 종말론적 인물이다. (하느님의 은총으로) 우리 모두 마찬가지다.

한 가지 질문이 있다. 영혼이 육체와 불가분의 관계에 있다면 육체가 죽은 뒤에는 어떻게 계속 존재할 수 있을까? 글쎄, 요즘 사람들이 컴퓨터를 매개로 영원히 살 수 있다고 말할 때 암묵적으로 가정하듯 인간의 자아가 일종의 '정보'라면, 그리고 어디선가 읽었듯 정보는 우주에서 완전히 사라질 수 없다면, 이를 살려 영혼 불멸에 관한 이론을 만들어 볼 수도 있을 것이다(물론 나는 이런 이론을 전혀 믿지 않는다).

내가 말하고 싶은 건, 과거 세대가 그랬듯 어떤 건 믿을 수 있고, 어떤 건 믿을 수 없는지를 구분하는 게 이제는 쉽지 않다는 것이다. 이 문제와 관련해서는 부활하신 예수께서 도마가 자신의 상처를 만져보라고 하셨다는 것 말고는 더 할 말이 없다.

물질이 특정 상태로 있는 에너지라면, 영혼과 육체를 대립시킨 것은 잘못이다. 우리가 자연을 거쳐 영원으로 가는 길은 우리의 상상과는 전혀 다를 수 있다. 우리의 육체는 부서지기 쉽고, 결함이 많고, 온갖 욕구로 가득 차 있다는 통념보다 더 놀랍고 신비로울 수 있다. 성서는 하느님께서 우리의 머리카락까지도 다 세신다고, 달리 말하면 우리 존재의 가장 작은 부분까지도 완벽하게 알고 계시고 소중히 여기신다고 하지 않았던가. 그런데 우리는 천국을 너무 단순하게, 마치 모든 것이 알려져 더는 대화도, 소통도 필요 없는 곳으로 상상하곤 한다. 하지만 이는 우리의 궁핍한 상상력의 산물일 수 있다. 그리스도교에서는 천국에 가면 의심도 없어지고, 선한 것에 나쁜 가능성이라는 그림자도 없을 것이라고 말한다. 이 땅에서 우리는 온갖 유혹과 싸우고 어려움을 극복하는 가운데 우리가 진정 누구인지를 알아 가고 있다. 천국에 이런 과정이 없다면, 우리는 어떻게 될까? 아마도 지금과는 전혀 다른, 하지만 더 깊고 흥미로운 방식으로 우리 자신을 발견하게 될 것이라, 우리의 참된 모습이 무엇인지를 더 순수하게 알게 될 것이라 상상할 수밖에 없다. 하느님께서 인간을 소중히 여기시는 만큼 우리가 정말로 인간을 소중히 여긴다면, 그분께서 이 땅보다 훨씬 더 나은 하늘을 우리에게 주실 것이라 신뢰할 수 있다.

이와 관련해 나는 칼뱅의 생각에 동의한다. 현재 우리가 알 수 있는 건 하느님께서 우리에게 보여 주신 이 세상뿐이다. 영원에 관한 우리의 생각은 추측 이상이 될 수 없다. 천국, 영원에 관한 논의들은 많은 생각을 불러일으키기는 하나 그만큼 혼란스럽고 잘못된 길로 빠질 가능성 또한 높다. 저 너머에 관한 가장 현명한 태도는 침묵을 지키는 것이다. 지금 우리가 알고 있는 존재의 여러 가능성을 생각해 보면, 그리고 우리의 현실이 얼마나 임의적인지를 생각해 보면(그 자체로도 그렇고 우리의 앎과 앎의 방법의 한계 때문에도 그렇다) 또 다른 현실, 혹은 실재는 말로 표현하기 힘들다는 걸 쉽게 상상할 수 있다. 여기서 언급한 과학 이야기는 일종의 은유다. 나는 과학이 신학을 짊어지고 가게 하고 싶지 않다. 내가 말하고픈 건 과학은 우리가 할 수 있는 일이 무엇인지를 보여 주었지만, 동시에 할 수 없는 일이 무엇인지도 보여 주었다는 것이다. 당혹감에 대한 고백 없이 시작하는 양자 물리학 책이 있는지 한번 찾아보라. 하지만 양자 물리학은 우리가 살고 있고, 잘 안다고 여기는 바로 이 현실을 설명하는 이론이다. 우리가 현대 과학을 맹목적으로 따라야 한다는 이야기가 아니다. 과학이든 상식이든 낡고 신뢰할 수 없는 생각들에 사로잡혀서는 안 된다는 이야기다. 냉소주의자들은 흔히 불멸을 둘러싼 관념을 조롱하곤 하는데, (언제나 그렇듯) 그들 말에도 일리가 있다.

사후 세계를 추측한 역사는 매우 오래되었다. 어떤 경우에는 교리가 되었고, 어떤 경우에는 교리보다 더 바꾸기 어려운 통념이 되기도 했다. 옛 이교도들의 신들도 그러한 교리와 통념을 불편해하지 않을 것이다. 이 교리와 통념들이 그리는 사후 세계는 대체로 이 세상에서 시간만 뺀 것, 이 장엄한 땅을 훨씬 더 크게 한 것이기 때문이다. 안식과 풍요, 사랑하는 이들과 함께하는 삶, 그리고 예수와 함께하는 삶, 천국이 무엇이든, 어떻게 가든 우리가 그곳에 이르게 되면 우리는 그곳이 천국임을 알아볼 수 있을 것이다. 천국의 가치는 결국 하느님의 변함없는 성품에서 나오기 때문이다. 그분은 사랑이 많으시고, 우리에게 필요한 걸 주시며, 우리의 안식을 축복하신다. 그리고 이런 하느님의 은총은 지금도 경험할 수 있다. 이를 넘어서 더 많은 걸 상상하려 하면, 우리는 이해할 수 없는 것들을 마주하게 된다. 죽은 사람이 어떻게 다시 살 수 있느냐는 기본적인 질문만 해도 그렇다. 언젠가 알게 되겠지만, 왜 대다수 시간을 잡다하게 보낸, 이 결점 많고 불완전하고 다루기 어려운 존재들이 어떻게 다시 살아날 수 있는 것일까? 그리고 왜 그래야 하는 것일까? 하느님이 그들을 소중히 여기시기 때문이다. 그분은 죽은 자의 하느님이 아니라 살아 있는 자의 하느님이시기 때문이다.

우리가 먼지가 된 이후에도 그분은 우리에게 충실하시다고 그리스도교는 증언한다. 그렇다면 우리는 진실로, 상상할 수 없을 정도로 경이로운 존재라는 것 말고 어떤 결론을 내릴 수 있을까? 우리 자신과 우리의 친구, 그리고 우리의 적, 그리고 너무 상처받고 버림받아 오직 하느님만 아름다움을 보실 수 있는 이들이 회복되는 모습을 상상해 보라. 이것이 영혼들의 천국일 것이다. 누군가를 진심으로 사랑해 본 적이 있다면, 이게 무슨 뜻인지 조금은 알 수 있을 것이고, 더 많이 사랑한다면 더 잘 알게 될 것이다. 하느님 나라는 지금 우리 가운데 있다.

제15장

아담의 아들, 사람의 아들

우리가 존재한다는 사실은 정말 놀랍고 믿기 어려울 정도로 신비로운 일이다. 이런 생각에는 시편이나 욥기뿐만 아니라 현대 과학계도 공감한다. 과학계 소식을 접해 본 이들은 알겠지만, 저명한 과학자 중에는 우리와 똑같은 사람들이 다른 삶을 사는 평행우주가 있을 수 있다거나 우리의 의식이 영원히 살아 있을 수 있다고 주장하는 이도 있다. 심지어는 우리가 사는 이 세상이 실제로는 홀로그램일 수 있다고 말하는 과학자도 있다. 현대 물리학은 이렇게 상상력이 풍부하고 아름다운 가설들을 인정하고 받아들인다. 이런 과학 이론들이 맞는지는 별개의 문제다. 중요한 건, 과거에 상식적인 과학이라는 이름으로 그리스도교 신화를 믿을 수 없다고 했던 주장을 다시 생각해 보아야 한다는 것이다. 오히려 저 이론들에 견주면 그리스도교는 세상의 시작과 본질을 설명할 때 꽤 절제된 모습을 보인다. 이제는 "믿기 어려움"implausibility이라는 말의 의미에 대해 좀 더 깊이 살펴볼 필요가 있으며, 더는 이 우주에서 인류가 서 있는 위치에 대한 그리스도교의 위대한 선언과 웅장한 진술을 거부할 합당한 근거라고 말할 수 없다. 이 같은 맥락에서 나는 내 신앙의 원천이 되는 성서로 돌아가게 되었다. 성서의 말들은 쉽게 풀어쓸 수 없는데, 어떤 면에서는 쉽게 풀어쓸 수 없다는 사실 그 자체가 중요한 의미를 지닌다. 나는 이 언어를 우리가 살아가는 동안 만나게 되는 주어진 선물로 여긴다. 이 언어는 한 번에 완전히 그 모습을 드러내지 않고, 상황과 맥락에 따라 조금씩 그 모습을 보여 준다. 그래서 우리는 이를 완벽하게 이해할 수는 없고, 부분적으로만 이해할 수 있다. 같은 구절을 읽어도 매번 새로운 의미를 찾고 깨달음을 얻는 이유는 바로 이 때문이다. 사실 세상의 모든 것이 이런 특성을 지니고 있지만, 성서의 말들은 훨씬 더 그러하다.

인간이 성스러움을 감지한다는 건 부정할 수 없는 사실이다. 물론, 수학이나 자아가 그러하듯 실증주의나 유물론의 가정을 따른다면 이를 추론할 수 없다. 이에 대한 감각은 우리에게 주어진 것이다. 이를 통해 우리는 성스러운 무언가의 강력한 현존을 느낀다. 성스러움을 배제하면서 만들어진 현실 모형을 근거로 이를 부정하는 것은 잘못된 태도다. 물론 그러한 와중에 그리스도교에 우선권을 주면 많은 문제가 생긴다(심지어 '그리스도교'라는 말이 정확히 무엇을 의미하는지 모든 사람이 알고 있다 해도 말이다). 하지만 모든 종교가 소중하다는 식의 태도를 취하면 그건 그거대로 여러 문제가 생긴다. 이런 문제들을 너무 신경을 쓰다 보면, 어떠한 종교든 그 종교 자체의 관점과 논리를 깊이 있게 탐구해 볼 기회를 놓치게 된다. 그러므로 여기서는 최근 많은 도전을 받고 있고 낮은 평가를 받는 몇 가지 그리스도교 교리를 다시 한번 검토해 보려 한다.

이 장의 제목은 루가복음에 나오는 계보에서 가져왔다. 아담의 아들, 즉 사람의 아들과 하느님의 아들이라는 말은 그리스도교에서 매우 진중한 울림을 갖는 말이다. 시간이 지나면서 이 두 표현은 우리가 그리스도라고 부르는 인물을 가리키는 말이 되었다. 루가복음의 계보에 이 표현들이 등장한 이유는 이 복음서가 예수 이전 메시아 전통에서 중시했던 아들의 지위, 즉 실제 혈통의 문제를 다루고 있기 때문이다. 루가는 이를 변화시킨다.

당시 문화는 메시아가 특정 가계의 혈통을 이었기를 기대했다. 마태오와 루가는 모두 이런 기대를 충족하는 일이 쉽지 않음을 인정한다(여기서 내가 '마태오'(마태), '마르코'(마가), '루가'(누가)라고 했을 때 이는 그 이름을 지닌 성서 본문을 가리킨다. 나는 '오직 성서'라는 원칙을 내 나름대로 적용하며 복음서 안에서, 복음서들 사이에서 발견되는 특정한 형식, 반복되는 내용, 서로 연결되는 부분들이 분명히 의미가 있다고 생각한다. 그리고 각 복음서가 서로 다른 열정과 성향을 가지고 있음을 인정한다. 반면 나는 일부 학자들이 하듯 이 구절은 훗날 누가 끼워 넣은 것이라는, 혹은 이 부분은 원래 있었는데 누락된 것이라는, 이 이야기가 두 번 나오는 건 실수로 중복된 것이라는, 이건 성서 원문을 베껴 쓰다 잘못 쓴 것이라는 식의 분석은 일절 하지 않는다. 그런 분석들은 아무리 해 봤자 추측에 불과하기 때문이다. 게다가 이런 분석은 마치 무언가 특별한 비밀을 발견했다는 듯한 말투로 순진한 사람들(때로는 이를 연구하는 사람들)의 주의를 흐트러뜨리기 때문이다. 불가피하게 추측을 할 때는, 그것이 추측이라는 점을 분명히 밝히도록 하겠다).

나는 그리스도교의 동정녀 탄생 교리를 믿지만, 사람들은 이 교리의 강조점을 잘못된 곳에서 찾는 듯하다. 일어날 가능성이 없어 보인다는 측면에서 보면, 처녀 마리아가 아이를 갖게 된 일과 90세의 사라가 아이를 가진 일은 크게 다르지 않다. 하느님께 불가능한 일이 어디 있겠는가? 성서의 관점에서 볼 때 정말 놀라운 점, 그리고 마리아가 처녀였다는 이야기가 가리키는 건 하느님이 예수의 실제 '아버지'였다는 것이다.

예수의 특별한 탄생은 초기 성서 저자들에게 매우 중요했다. 단순히 탄생을 기적으로 묘사해 그리스도 서사의 신뢰성을 높이기 위해서가 아니었다. 실제로 고대에도 많은 사람이 이 이야기를 의심했다는 점을 감안하면 기적이라는 요소 자체가 중요했던 건 아니다. 또한, 이삭이나 세례 요한처럼 성서에 나오는 다른 기적적인 탄생 목록에 예수를 추가하려는 의도도 아니었다. 성서를 보면 평범한 부모에게서 태어난 이들도 시대를 바꾸는 위대한 일을 했다. 예수가 단순히 제2의 모세나, 더 위대한 다윗이나 새로운 엘리야였다면, 이런 특별한 탄생은 필요하지 않았을 것이다.

루가는 한편으로는 하느님이 온 인류의 아버지라 말하면서도, 다른 한편으로는 예수가 하느님과 특별한 관계를 맺고 있다고 강조했다. 초기 그리스도교 저자들에게 이는 매우 중요한 의미가 있었다. 그들에게 이는 예수가 바로 하느님이시며, 그분의 신성을 조금도 잃지 않으면서도 인간의 삶에 깊이 참여하셨음을 의미했다. 그러한 의미에서 동정녀 탄생은 인간의 삶이 무엇인지에 대한 놀라운 서술이다. 마리아에 대한 서술, 특히 그녀가 처녀였다는 이야기를 두고 많은 그리스도교인은 육체를 불안한 것으로 여기고, 육체를 과도하게 중시하거나, 반대로 경시하는 방식으로 해석해 왔다. 철저한 개신교인으로서 나는 하느님께서 인간의 몸을 입으셨다는 성육신의 참된 의미는 바로 그런 불안을 해소하는 데 있다고 본다. 물론, 육체를 입은 우리의 삶이 연약하고 쉽사리 잘못된 길로 빠질 수 있는 건 사실이다. 하지만 바로 그렇기 때문에 우리에게는 예수 그리스도께서 이 육체를 입은 삶에 함께하신다는 완전한 축복이 필요하며, 이 축복을 결코 거부해서는 안 된다.

*

성육신, 부활과 같은 개념들은 어디서 왔을까? 적잖은 이들이 바울이 그리스도교의 창시자라는 이야기를 일종의 상식처럼 여긴다. 그가 한 선한 사람, 성인 정도인 누군가(그리고 본인은 성육신, 부활과 같은 난해한 추상적 개념들을 다루지 않았을 누군가)의 삶과 죽음에 거대한 개념의 상부구조를 씌웠다고 말이다. 그렇다면 복음서들이 쓰이기 전, 심지어 바울이 회심하기 전부터 이미 활발했던 그 운동의 성격은 어땠을까? 이와 관련해 우리는 몇 가지 단서를 찾을 수 있다. 학자들은 필립비인들에게 보낸 편지(빌립보서)에서 바울이 그리스도를 묘사하며 "하느님과의 동등함을 당연하게 생각하지 않으시고, 오히려 자기를 비워서 종의 모습을 취하시고 사람과 같이"(필립 2:6~7) 되셨다고 한 부분을 당시 찬가를 인용한 것으로 여긴다. 찬가를 인용했다는 것은 그 찬가를 알고 소중히 여기는 공동체가 있었다는 뜻이다. 그리고 그 공동체는 비록 규모가 작았을지라도 안정된 문화를 갖고 있었음을 알 수 있다. 복음서 저자들도 이 찬가, 혹은 이와 유사한 찬가를 알고 있었을 것이다. 이 찬가는 예수의 탄생부터 하느님께 높임 받는 부분에 이르기까지 이야기를 담고 있는데, 이는 복음서가 전하는 이야기와 같다. 복음서 저자들은 상당히 설득력 있게 예수의 인간으로서의 면모를 그려내며, 그의 신적 면모를 언급하지 않고 그 삶 자체만으로도 충분히 의미가 있어 보이게 한다. 이는 그분이 실제로 인간이 되어 이 땅에 사셨음을 의미한다. 신학적으로 볼 때, 이는 매우 중요한 의미가 있다.

당시 사람들과 그를 따르던 이들은 예수의 참된 정체성과 의미를 바로 알아보지 못했지만(이른바 '메시아의 비밀'messianic secret), 복음서 저자는 물론 초기 교회에는 더는 비밀이 아니었다. 예수가 누구이며, 그가 어떤 일을 하러 왔는지가 이야기의 핵심이지만, 복음서는 이를 처음부터 드러내지 않고 조심스럽게 다룬다. 예수가 실제로 자신을 드러냈을 때보다 더 일찍 정체를 밝혔어도 제자들은 이를 이해하지 못했을 것이다. 그가 신중하게 자신을 드러낸 덕분에, 여러 세대에 걸쳐 사람들이 품어온 메시아에 대한 기대에 새로운 내용이 담길 수 있었다.

오늘날 예수에 관한 이야기는 우리에게는 너무나 친숙하나 당시에는 매우 낯설었을 것이다. 예수가 부활하고 성령이 오기 전,

죽음의 의미가 새롭게 바뀌기 전, 훗날 그리스도교라 불리게 될 이 운동이 전 세계로 퍼져 나갈 것이라고는 누구도 상상하지 못했던 때에는 말이다.

복음서 저자들이 언제, 어떤 경로로 예수의 탄생 이야기를 알게 되었는지를 살피는 건 매우 흥미로운 일이다. 그들이 예수가 역사를 바꾸는 존재임을, 그가 사람들에게 거부당하고 죽임당하는 순간에서 완전히 드러나게 했던 것은 대단한 성취였다. 예수는 어느 정도 자신의 정체를 비밀에 부쳤다. 그는 자신이 병을 고친 사실조차 알리지 말라고 했고(비록 나중에는 널리 알려졌지만), 제자들이 마침내 예수가 누구인지를 이해하기 시작했을 때도 이를 밝히지 말라고 했다. 하지만 요한이 사람들을 보내 "선생님이 오실 그분입니까? 그렇지 않으면, 우리가 다른 분을 기다려야 합니까?"(루가 7:19)라고 물었을 때 예수가 한 대답을 들으면 씁쓸한 재치가 느껴진다.

> 가서 요한에게 알려라. 눈먼 사람이 다시 보고, 다리 저는 사람이 걷고, 나병환자가 깨끗해지고, 귀먹은 사람이 듣고, 죽은 사람이 살아나고, 가난한 사람이 복음을 듣는다. (루가 7:22)

예수는 꽤 많은 사람을 치유한 것 같다. 그런데도 그는 보통 사람들처럼 그들 가운데, 사람의 아들로 남았다. 그는 푼돈에 배신당하고, 친구들에게 버림받고, 권력자들에게 학대받으며, 군중의 동의 아래 처형당할 수 있는 그런 존재였다. 놀라운 기적을 일으킬 수 있는 능력을 지닌 인간이 왜 이런 비참한 대우를 받아야 했는지, 혹은 받을 수밖에 없었는지는 객관적으로 보면 매우 이상한 일이다. 하지만 이는 그가 진실로, 한 인간이었음을 보여 준다.

예수가 의도적으로 자신의 정체를 감추기도 했지만, 사람들도 자신의 영적 무지와 완고한 마음 때문에 그의 정체를 알아보지 못했다. 그가 자신의 특별한 신분을 주장했다면 일정한 보호를 받고 특권을 누렸을지도 모른다. 하지만 예수는 이를 포기했다. 모든 인간이 진실로 하느님의 자녀라면, 세상이 시작된 이래 학대받고 부당한 죽음을 맞이한 모든 이가 특별한 대우를 받아야 한다. 그런데 예수는 자신의 신적 능력을 사용해 고난을 피하지 않았고, 하느님의 아들이면서도 가장 비참한 죽음을 맞이했다. 그렇게 인간 예수는 삶으로 우리가 얼마나 성스러운 존재인지, 동시에 얼마나 끔찍한 존재인지를 보여 주었다.

*

초기 교회는 필립비인들에게 보낸 편지 찬가에 반영된 초기 가르침에서 무엇을 받아들였을까? 요한 크리소스토무스는 바울이 고린토인들에게 보낸 편지를 설교하면서 "사람의 아들은 섬김을 받으러 온 것이 아니라 섬기러 왔"(마태 20:28, 마르 10:45)다는 예수의 말을 자세히 풀어 놓는다.

(이러한 사람의 섬김이) 세상 곳곳에 가득하다면, 얼마나 좋을까요. 모든 사람이 서로 사랑하고, 사랑받는다면 아무도 남을 해치지

않을 것이기에, 법이나 재판이나 처벌이나 복수가 그 밖의 다른 것들이 필요 없을 것입니다. 그렇습니다. 살인, 다툼, 전쟁, 분열, 약탈, 사기, 모든 나쁜 일은 사라지고, 악은 그 이름도 드러나지 않을 것입니다.

이어서 그는 말한다.

이를 제대로 실천한다면, 노예와 자유인의 구분도, 지배하는 자와 지배받는 자의 구분도, 부자와 가난한 자의 구분도, 큰 자와 작은 자의 구분도 사라질 것입니다.[1]

사람들은 흔히 초기 그리스도교인들이 단순히 죽지 않는 법을 찾기 위해 이 새로운 종교를 받아들였다고 생각하는 경향이 있다. 이런 단순한 해석이 설득력을 얻게 된 것은 그리스도교 사상이 점점 쇠퇴하고 종교를 단순히 사회 현상으로만 보는 인류학적 관점이 힘을 얻었기 때문이다. 한때 멀리 있는 다른 문화를 낮춰보던 그 시선으로 학자들은 이제 서양 문명의 중심을 바라보고 있고, 여기에는 어느 정도 정당한 이유가 있다. 하지만 여기서 우리가 진정으로 기억해야 할 것은 초기 그리스도교가 제시한 아름다운 전망이다. 초기 그리스도교인들은 모두가 자신을 내세우지 않고 서로를

---

[1] John Chrysostom, *Homily* 32, section 11, in *Saint Chrysostom: Homilies on the Epistles of Paul to the Corinthians*, ed. Philip Schaff, vol. 12, *A Select Library of the Nicene and Post-Nicene Fathers of the Christian Church* (Edinburgh: T & T Clark, n.d.; reprint, Eerdmans, n.d.), 191.

섬김으로써 하느님과 화해하고 모든 차별이 사라지는, 하나 된 세상을 꿈꾸었다.

크리소스토무스는 바울과 달리 그리스도교 성서 전체를 갖고 있었기에 그리스도교의 전망을 좀 더 분명하게 제시할 수 있었는지도 모른다. 하지만 그가 그 전망을 제시한 사람들의 삶은 우리가 상상할 수 있는 그 어떤 현대인들보다 바울 시대 사람들에 가까웠다. 대다수는 노예나 가난한 자들이었고, 그런 신분이 얼마나 수치스러운지를, 고대 사회에서 살아간다는 것이 얼마나 힘들고 불안한 일인지를 몸소 겪었던 이들이었다. 하지만 동시에 그들은 (특히 신앙의 참된 의미를 깨달을 때) 그리스도교 신앙이 무엇인지를 가장 잘 보여 줄 수 있는 이들이기도 했다. 평소에는 천대받던 종과 노예들이 낮은 지위, 고된 일상이 오히려 거룩한 삶의 모범이 될 수 있고 세상을 변화시킬 힘이 된다는 설교를 들었을 때 어떤 심정이었을지를 생각해 보면 감동이 된다. 좀 더 놀라운 일은 자유인과 부자들, 심지어 귀족까지도 이런 설교에 마음이 움직였다는 사실이다.

예수를 메시아로 선포하기 위해, 즉 하느님께서 자기 백성에게 하신 약속을 이룬 분이라 선언하기 위해 복음서 저자들은 당시 사람들의 특정 기대를 다루어야 했다. 그들은 나자렛 예수가 어떤 부계 혈통에서도 나오지 않았다고 믿었고, 그 믿음을 표현했다. 이는 메시아가 다윗의 자손이어야 한다고 여겼던 전통적인 부계 혈통 문제를 복잡하게 만든다. 하지만 복음서 저자들은 논쟁을 피하지 않고 이 문제를 대담하며 다루며, 조금의 타협도 없이 급진적인 의미가 가득 담긴 말을 전한다.

마태오는 "아브라함의 자손, 다윗의 자손 예수 그리스도의 계보"(마태 1:1)라는 말로 시작한다. 그러나 우리가 실제로 보게 되는 건 (계보의 일반적인 의미로 본다면) 요셉의 계보다. 그런데 마태오는 곧바로, 그리고 자세히 요셉이 예수의 아버지가 아니라는 점을 밝힌다. 이 계보는 왕정이 무너진 뒤 왕족의 혈통은 흐릿해졌고 그래서 평범한 목수도 왕의 피를 이어받을 수 있다고 말하는 것으로 볼 수도 있다. 하지만 법적인 지위를 제외하고는, 요셉을 통해 드러나는 예수의 정체성은 아무것도 없다. 요셉이 정말로 예수의 아버지라고 간단히 인정해 버리면 예수가 메시아라는 주장을 혈통을 들어 쉽게 할 수 있는데도 마태오는 그 길을 택하지 않는다. 예수의 참된 기원, 그의 참된 정체성은 너무나 중요하기에 그런 손쉬운 방편을 허용하지 않는다고 말하는 듯하다.

마태오복음의 계보는 이스라엘 역사 자체를 보여 준다고 할 수 있다. 아브라함에서 다윗까지, 다윗에서 바빌론 유배까지, 그리고 유배에서 예수까지 각각 14대로 정확히 나눔으로써 마태오는 이 모든 일이 하느님의 섭리 안에 있음을 드러낸다. 이 같은 맥락에서 이 계보는 예수의 혈통을 증명하기보다는, 그가 하느님의 섭리 가운데 오신 분임을 선포한다. 끊어지지 않는 혈통을 자랑하는 대신, 저자는 오히려 민족의 수치였던 바빌론 유배를 굳이 강조한다. 예수의 조상을 기록하는 것이 목적이었다면 이런 부끄러운 역사는 굳이 언급할 필요가 없었을 것이다. 하지만 이 계보의 목적이 예수를 하느님께서 이스라엘 역사 속에서 행하신 가장 중요한 구원 사

건으로 보여 주는 데 있다면, 유배마저 그분의 섭리 안에 있음을
보여 주는 것이 매우 중요했을 것이다.

마태오는 성서의 전형적인 계보를 변형해, 이전에 감추어져 있
던 것을 분명하게 드러낸다. 즉, 그는 계보에서 자리를 차지하고
있는 사람들의 신분이나 권리, 의무를 확립하기 위해 이들의 이름
을 언급하지 않았다. 대신 마태오는 하느님께서 오랜 시간 이스라
엘을 마음에 두고 계셨음을, 특정한 이들의 삶을 통해 결정적인 일
을 행하셨음을 보여 주려 했다. 마태오의 계보에 (당시 계보에는 어울
리지 않게) 가나안 여인인 라합과 다말, 모압 여인 룻, "우리야의 아
내"인 밧세바가 등장하는 건 이런 해석과 잘 맞는다. 이들 각자가
이스라엘의 역사에서 매우 중요한 역할을 했기 때문이다.

마태오가 예수를 이런 맥락에 놓았을 때 우리가 주목해야 할 점
은, 이를 통해 예수의 인간됨, 그리고 이스라엘 역사 속 그의 위치
를 모두 확인할 수 있다는 것이다. 하지만 동시에 마태오복음에서
세례 요한은 말한다.

> 너희는 속으로 주제넘게 '아브라함이 우리 조상이다'하고 말할
> 생각을 하지 말아라. 내가 너희에게 말한다. 하느님께서는 이 돌
> 들로도 아브라함의 자손을 만드실 수 있다. (마태 3:9)

루가복음에도 이와 거의 같은 말이 나온다.

> 너희는 속으로 '아브라함은 우리의 조상이다'하고 말하지 말아

라. 내가 너희에게 말한다. 하느님께서는 이 돌들로도 아브라함
의 자손을 만드실 수 있다. (루가 3:8)

달리 말하면, 계보는 그리 중요하지 않다는 뜻이다. 그렇다면, 하
느님께서 반드시 이 혈통 서사에 기록된 방식대로 역사 속에서 활
동하셔야 할 필요는 없다. 이는 다시 예수를 따르던 이들의 도전적
인 주장과 연결된다. 그들은 예수에게는 인간 아버지가 없으며, 그
가 다윗 가문의 혈통을 이어받지 않았다고 주장했다. 예수를 통해
하느님께서는 우연적인 혈통이라는 그물을 완전히 걷어내셨다.

잘 알려진 대로 루가는 마태오와는 또 다른 방식으로 전형적인
계보를 비껴간다. 그는 가까운 시대의 예수부터 시작해 세대를 거
슬러 올라가 마침내 "하느님의 아들"이라 부르는 아담까지 간다.
마태오처럼 루가도 요셉의 계보를 따라가지만, 마태오처럼 요셉이
"사람들이 생각하기로"는 예수의 아버지였다고 조심스럽게 밝힌
다. 루가가 그리는 계보를 보면, 계보를 자세히 기록하는 관행 자
체가 무의미하다고 이야기하는 것 같기도 하다. 다만 한 가지 예
외가 있다. 바로 온 인류가 아담의 자녀들이며 따라서 창세기 5장
1절에서 말하듯 "하느님의 형상대로" 지음 받은 존재라는 사실이
다. 루가에게 이는 너무나 근본적인 신앙의 진리이며, 굳이 긴 계
보를 들먹이며 증명할 필요도 없고, 그런 방식으로 증명할 수도 없
다. 결국 그가 하고 싶었던 말은 계보, 즉 개인의 혈통이나 가문은
그리 중요하지 않다는 것이다.

공관복음(마태오, 마르코, 루가복음)에 모두 나오는 장면이 하나 있

는데, 바로 예수가 시편 110편을 인용하고 해석하는 장면이다. 이 시편 4절에서는 창세기에 갑자기 등장해 아브라함을 축복하고 그에게 십일조를 받은 신비로운 이교도 사제 멜기세덱이 등장한다. 특이하게도 창세기 본문에는 그가 누구의 아들인지, 언제 죽었는지 나오지 않으며, 시편에서는 그를 "영원한 사제"라 말하면서 그를 인간 한계를 벗어난 존재처럼 그린다. 예수는 시편 110편 첫 구절(주님께 말씀하시기를 "내가 너의 원수들을 너의 발판이 되게 하기까지, 너는 내 오른쪽에 앉아 있어라"(시편 110:1))에 주목하고 말한다.

> 다윗이 그리스도를 주라고 불렀는데, 어떻게 그리스도가 그의
> 자손이 되겠느냐? (마태 22:45)

마태오복음에서 이 말은 바리사이인(바리새인)들과 대화를 나누는 중에 나온다. 예수는 그들에게 물었다.

> 너희는 그리스도를 어떻게 생각하느냐? 그는 누구의 자손이냐?
> (마태 22:42)

"다윗의 자손"이라는 바리사이인들의 대답에 예수는 위와 같이 응했다. 예수는 그리스도가 이스라엘의 그 어떤 왕보다도 위대한, 전혀 다른 차원의 존재임을 보여 주려 한 것처럼 보인다. 주목할 만한 점은 그가 이를 매우 특별한 방식으로, 즉 메시아가 누군가의 아들이라는 개념 자체를 거부하면서 이를 보여 준다는 것이다. 앞

서 언급했듯 마태오와 루가가 보여 주는 계보에서도 예수는 요셉의 실제 아들이 아니라고 분명히 밝히고 있다. 비록 아브라함이나 다윗처럼 이스라엘의 거룩한 역사에서 중요한 위치를 차지하고 있으며, 더 나아가 모든 인간의 조상인 아담의 자손이라는 사실이 있음에도 불구하고, 예수는 이 모든 혈통과 계보를 넘어서는 존재인 것이다.

*

루가는 예수가 하느님의 아들이라 말하고, 아담도 하느님의 아들이라고 말함으로써 혈통 문제를 무의미하게 만들고 보편주의의 길을 열어젖힌다. 이제 하느님을 아는 길은 한 민족이나 문화, 혹은 역사라는 경계에 갇히지 않고, 다른 모든 아담의 자녀들, 즉 온 인류에게 퍼져 나갈 수 있게 되었다. 실제로 이런 확장은 복음서가 쓰이기도 전에, 바울과 다른 이들의 노력으로 일어나고 있었다.

오순절이라는 놀라운 사건과 바울의 회심, 선교 활동 등, 복음이 세상으로 퍼져 나가는 모습을 보면서, 복음서 저자들은 예수가 원래 의도한 바가 실현되고 있다고, 그의 본성이 드러나고 있다고 여겼을 것이다. 그래서 그들은 이런 확장을 암시했던 예수의 가르침들을 특별히 강조해 기록했을 것이다. 복음서들은 훗날 그리스도교라 불린 신앙이 생기고, 사도행전에 등장하는 일들이 일어난 뒤 쓰였다. 복음서 저자들이 신앙이 퍼져 나가는 모습을 부활한 그리스도께서 함께 하시며 활동하시는 것이라 여겼다면("두세 사람이 내 이름으로 모여 있는 자리, 거기에 내가 그들 가운데 있다"(마태 18:20)),

예수가 살아 있을 때 이를 암시했던 모든 내용이 그를 이해하는 데 매우 중요하게 보였을 것이다. 그가 세상에 미친 커다란 영향을 눈으로 보기 전에 기록을 남기는 건 너무 이르다고 여겼을 것이다.

어떤 이들은 복음서가 예수가 죽고 수십 년이 지난 뒤 쓰였다는 사실을 들으면 불안해하는 모습을 보인다. 예수가 인간으로 보낸 삶만 그가 누구이고, 어떤 의미가 있는지를 알려 줄 수 있고, 시간이 지나면 이해하기 더 어려워진다고 여기는 것이다. 하지만 초기 신자들에게는 오히려 예수가 죽은 이후에 새로운 의미들이 홍수처럼 쏟아졌을 것이다. 그들은 예수가 한 일과 말, 그리고 부활이 무엇을 의미하는지를 이해할 새로운 관점을 갖게 되었고, 이는 매우 자연스럽게 그들이 이야기를 전하는 방식에 영향을 미쳤을 것이다.

성육신, 하느님이 인간이 되신 사건은 그 자체로 예수의 모든 행동과 말을 계시로 만드는 위대한 사실이다. 이는 부활과 더불어 역사와 우주가 서로 연결되어 있음을 보여 주는 독특하고도 웅장한 선언이다. 당시 제자들과 성전 지도자들, 그리고 일반 대중은 자신들 가운데서 일어나고 있는 이 전례 없는 일의 정체를 전혀 알지 못했을 것이다. 오히려 복음서 저자들과 독자들이 훨씬 더 많이 알았다고 할 수도 있다. 그들은 멀리 떨어진 도시에 있는 사람들이 필립비인들에게 보낸 편지에 나오는 찬가가 제시한 전망에 감동받고 변화되었음을 알았고, 이 새로운 신앙이 생기고 자리를 잡아 가는 과정에 성령이 실제로 활동하고 있다고 믿었다. 이를 알았기에, 복음서 저자들과 독자들, 새로운 신자들에게 예수의 말과 행동은 단순한 가치나 지혜, 덕, 징계, 위로 이상의 의미를 지녔을 것이다. 가치, 지혜, 징계, 위로는 스승과 예언자의 표식이지만, 이는 결국 시대에 따라 변하고 사라질 일시적인 것들에 불과하기 때문이다.

*

우리는 밀레투스의 탈레스Thales of Miletus, 사모스의 피타고라스Pythagoras of Samos가 실존했듯 나자렛 예수가 실존했다고 가정할 수 있다. 고대에 제자들이 스승의 가르침을 증언한 사례는 많다. 전승 과정에서 변형이 일어나고 손실될 가능성이 있고, 그 정도가 얼마만큼인지 알 수 없다고 인정하면서도, 우리는 남아 있는 단편들이 해당 철학자에 대해 알려 준다고 생각한다. 우리에게는 예수의 가르침, 삶과 죽음을 기록한 네 개의 기록이 있고, 그중 세 개는 대체로 일치한다. 이들의 차이점은 분명 이 기록들이 매우 인간적인 증인, 즉 전승을 이어받아 해석한 이들의 작품임을 보여 준다. 하느님께서는 우리에게 중요한 일을 맡기심으로써 우리를 영광스럽게 하신다. 또한, 이 기록들에 서로 비슷한 부분이 있다면, 이는 그 내용이 명확하게 드러나든 암시적으로 나타나든, 예수의 가르침 중에서도 특별히 유념해 둘 만한, 중심이 되는 가르침이라는 증거로 볼 수 있다. 칼 바르트와 디트리히 본회퍼를 각각 다른 방에 따로 앉혀 놓고 50쪽 분량으로 복음서의 요약본을 기억에 의존해 쓰라고 한다면, 그들이 쓴 글은 중요한 부분에서 서로 비슷하면서도, 또 다른 중요한 부분에서는 서로 다를 것이다. 그리고 그 둘 다 믿을 만하고 가치 있는 글일 것이다.

많은 사람이 성서 이야기들이 역사적으로 믿을 만한지, 그래서 신앙의 기초로 신뢰할 만한지 의문을 품곤 한다. 계보를 제시하면서 동시에 계보가 중요하지 않다고 말하는 마태오와 루가의 계보처럼, 복음서들도 서로 다른 부분들이 있다는 점에서 스스로를 부정하는 것처럼 보일 수 있다. 적어도 복음서를 다른 문학 작품들과 같은 기준으로 판단한다면 그렇게 보일 수 있다. 하지만 어떤 면에서, 그런 비교 자체가 여러 질문을 불러일으킨다. 이를테면, 페르시아의 위대한 왕 키루스의 삶과 죽음에 대한 기록들도 서로 많이 다르고, 그가 어린 시절 버려졌다가 목동에게 입양되었다는 이야기는 분명 신화나 민간 설화 같은 성격을 띤다. 하지만 그렇다고 해서 키루스가 실존 인물이라는 점을 의심하는 이는 아무도 없다. 그는 강력한 통치자들이 흔히 그러하듯 뚜렷한 흔적과 기록, 유물을 남겼기 때문이다. 이와 달리 예수는 살아 있을 때 권력을 지니고 있지도 않았고, 어떤 직책을 갖고 있지도 않았다. 사실상 무명에 가까운 인물이었는데도 그의 삶이 기록으로 남아 있다는 것은 그 자체로 주목할 만한, 어쩌면 기적과도 같은 일이다. 키루스에 대해서도 오직 고대의 기록들만 갖고 있다면, 예수의 실존을 의심하듯 키루스의 실존도 의심할지 모른다. 키루스의 어린 시절 이야기에 얽힌 신화의 요소는 그가 특별한 인물이라는 걸 보여 주기 위한 당시 일반적인 표현 방식이자 그가 역사에서 중요한 인물임을 나타내는 방법이었다. 이와 유사하게, 예수의 탄생을 둘러싼 특별한 이야기들이 훗날 덧붙여졌다 해도, 이 때문에 (많은 사람이 그러하듯) 예수가 실존하지 않았다고 의심하는 것은 그리 합리적인 태도가 아니다.

물론, 페르시아의 정복자 키루스와 유대인 목수 예수의 탄생 이야기에는 커다란 차이가 있다. 그중 하나는 예수가 자신의 탄생과 삶의 환경을 직접 선택했다는 점이다. 크리소스토무스의 말을 빌리면 그는 "스스로 낮은 신분의 어머니를" 택했다.[2] 역설적이지만, 어떤 황제도 꿈꿀 수 없는 특권이었다. 그는 작은 변방 지역의 무명 인물로 살다 죽음으로써 드높은 목적을 이루었다. 출생 예법에 따라 제물을 바칠 때 두 마리 비둘기를 내놓을 만큼 그는 정말 비천한 처지로 태어났다. 어린 시절 성전의 장로들에게 깊은 인상을 남기기는 했지만, 키루스처럼 그런 인상이 그를 더 높은 자리로 이끌지는 않았다. 그렇다고 해서 오이디푸스처럼 겉으로 보이는 출신과는 전혀 다른 운명을 찾아가지도 않았다. 예수가 일반적인 의미에서 유대인의 왕이 되었다면, 그의 이야기는 정말로 고대의 전형적인 이야기와 비슷했을 것이다. 하지만 예수는 가장 고통받는 사람들 가운데 있으면서 참 하느님이자 참 인간이라는 자신의 참된 본성을 보여 주었다. 배고픈 이들, 목마른 이들, 병든 이들, 감옥에 갇힌 이들과 함께함으로써, 그는 참된 하느님의 모습이 어떠한지를 보여 주었다. 역사나 신화에는 정체를 숨기고 있다가 나중에 그 위대함을 드러내는 인물에 관한 이야기가 많이 있다. 복음서에도 이런 이야기들의 그림자가 있는 것이 사실이다. 하지만 이런

---

2   Chrysostom, *Homily* 24, section 8, in *Saint Chrysostom*, 143.

이야기들이 복음서에 있는 이유는 인간들이 그동안 당연하게 생각한 모든 것과 함께 그 이야기들을 완전히 뒤집어엎기 위해서다. 하느님께서 우리에게 익숙한 이야기 방식을 사용해 우리에게 말씀을 건네시는 건 이상한 일이 아니다. 모세의 책들이 보여 주듯, 그분은 우리가 이야기를 통해 삶을 이해한다는 것을 아신다. 예수가 사람들이 메시아에 대해 기대하던 모든 것, 즉 그들이 예상하던 이야기를 의도적으로 거부했다고 한다면, 어떤 면에서 이런 기대들로 인해 그의 삶은 더 특별한 의미를 갖게 된다. 예수가 자신을 "사람의 아들"로 규정하고 알린 것은 바로 이를 가리킨다.

복음서에서 "사람의 아들"이라는 말은 매우 특별한 방식으로 쓰인다. 예수가 직접, 아니면 예수가 한 말을 그대로 인용할 때만 이 말이 나온다. 이때 "사람의 아들"은 어떤 의미가 있든 간에 언제나 예수 자신을 복합적으로 가리키는 말로 보인다. 흥미로운 점은 예수가 이 말을 자주 쓰는데도 다른 누구도 (심지어 복음서 저자들조차) 예수를 가리키며 이 표현을 쓰지 않는다는 것이다. 또한, 복음서는 "아멘"이라는 말로 문장을 시작하는 것도 예수의 독특한 이야기 방식이었다고 기록한다. 이런 특별한 표현들을 보존한 것을 보면, 복음서 저자들과 초기 전승이 예수가 한 말의 독특한 특징, 그리고 가능한 한 그 의미를 보존하려 애썼음을 알 수 있다. 달리 말하면, 그들은 "사람의 아들"이라는 표현을 다른 말로 바꾸거나 나름대로 해석하지 않고 그대로 전했다.

또한, 복음서를 읽다 보면 또 다른 흥미로운 형태가 눈에 들어온다. 누군가 하느님, 하느님의 아들 혹은 그리스도를 언급하면,

예수는 이에 답하면서 "사람의 아들"을 언급한다. 마치 거룩함에 대해 생각할 때는 언제나 이 "사람의 아들"이라는 심상을 함께 생각해야 한다는 듯이 말이다. 그리고 이런 일은 복음서 후반부, 사람들이 '예수가 정말 그리스도일까?'라는 질문을 하기 시작할 때 가장 많이 일어난다.

학자들은 이런 구절들이 나올 때면 '종말론적'이라고 규정하곤 한다. 마치 이렇게 이름표를 붙이는 것만으로 예수가 이 표현을 통해 말하려 했던 모든 것을 다 설명할 수 있다는 듯이 말이다. 하지만 예수가 단순히 자신이 사람들이 고대하던 바로 그 메시아임을 말하려 했다고 이해한다면, 큰 실수를 하는 것이다. 그렇게 되면 "사람의 아들"이라는 표현에 담긴 풍부한 의미, 예수가 특별히 이 표현을 자신을 가리키는 말로 선택했다는 사실이 우리에게 전하는 수많은 의미를 모두 놓치게 된다.

또 하나 주목할 만한 점은 복음서들이 "사람의 아들"이라는 표현이 나오는 예수의 말들을 매우 일관되게 전하고 있다는 것이다. 물론 이 말이 나오는 위치나 구체적인 상황에는 차이가 있지만, 말 자체는 거의 같다. 내가 보기에 이는 이 말들이 예수가 실제로 한 말ipsissima verba이며, 복음서 저자들이 이를 특별히 권위 있는 가르침으로 기억하고 있음을 보여 준다. 초기 교회에서는 예수가 그 말을 언제, 어디서 했는지보다는 그 말 자체를 더 중시했던 것 같다. 물론, 복음서 저자들은 자신들의 이야기에 이 말들을 배치하며 그 의미를 조금씩 다르게 해석했을 수 있다. 어떤 학자들은 복음서들이 서로 비슷한 내용을 담고 있는 이유가 서로를 베끼거나 참고했기 때문이라고 주장한다. 하지만 그렇게 보면, 같은 말이 복음서마다 다른 맥락에서 나온다는 사실을 설명하기 어렵게 된다. 내 생각에는 예수의 말은 입에서 입으로 전해지기도 하고, 기록으로 모이기도 했을 것 같다. 하지만 어떠한 경우든 주목할 만한 사실은 "사람의 아들"은 당시 '사람', 혹은 '인간'을 뜻하는 매우 흔한 말이었는데, 복음서에는 오직 예수만 이 표현을 쓴다는 것이다.

예수는 자신이 속한 시대와 자신이 속한 민족의 언어를 사용하면서, 특정 단어와 표현이 성서에서, 그리고 이에 대한 해석들에서, 일상의 대화에서 어떤 의미로 쓰이는지를 잘 알고 있었다. 수백 년 동안 쓰이며 이 말들의 의미는 자연스럽게 서로 영향을 주고받았을 것이다. 예수가 인간의 몸을 취했듯 인간의 언어도 쓸 수 있다는 것, 그리고 그 언어가 자신이 하려는 말을 전하기에 적합하다고 보았다는 것은 분명 성육신의 신비 중 하나다. 하느님의 말씀을 평범한 인간의 언어로 표현하는 것은 (이를 과제라 부를 수 있다면) 매우 어려운 과제다. 그리고 이런 관점에서 "사람의 아들"처럼 예수가 특별히 자주 쓴 표현들에 우리는 관심을 기울일 필요가 있다. 우리가 예수를 참 하느님이자 참 인간인 그리스도로 믿는다면, 그가 수많은 표현 중에서 하필 이 표현을 특별히 썼다는 사실에는 분명 깊은 의미가 있을 것이다.

물론 "사람의 아들"이라는 표현은 평범한 의미만 담고 있지 않았다. 에제키엘서(에스겔서)와 다니엘서는 이 말을 특별한 의미로 쓰고, 외경인 에녹 1서에서는 그 의미를 더 발전시켰다. 하지만 이런 배경만으로는 예수가 이 표현을 썼을 때의 그 의미를 완전히 이해하기에는 부족하다.

이른바 묵시 문헌들에서는 사람의 아들, 혹은 "사람의 아들 같은 자"(다니 7:13)가 마지막 때 나타난다고 이야기한다. 하지만 예수가 이 말을 했을 때 제자들은 그 말을 종말론의 의미로 이해하지는 않은 것 같다. 그들이 그런 의미로 이해했다면, 예수의 정체와 가르침을 이해할 수 있는 준비가 좀 더 되어 있을 것이다(더 잘 이해할 수 있을지는 모르겠다). 혹은, 예수 시대 사람들의 관점에서 이 표현의 종말론적 의미가 중요했다면 그들은 이를 예수를 가리키는 중요한 칭호로 받아들이거나, 적어도 이에 대해 깊이 생각해 보거나, 예수에게 무슨 뜻인지 물어보았을 것이다.

학자들은 보통 복음서에 "사람의 아들"이라는 표현이 나오는 이유는 복음서 저자들이나 초기 교회가 이 표현을 빌려와 메시아를 가리키는 말로 썼기 때문이라고 이야기한다. 이런 이야기는 적어도 한 가지, 바로 왜 이 표현이 복음서 서사에 자연스럽게 녹아들지 않고 특이하게 남아 있는지를 설명해 줄 수 있다. 하지만 달리 생각할 수도 있다. 예수만 이 표현을 사용한 것으로 기록되어 있는 건, 예수가 이 말을 선택했기 때문이다. 즉, 예수가 일상에서 쓰이던 '사람의 아들'과 성서에 나온 '사람의 아들'을 모두 활용하면서, 성서나 묵시 문헌은 미처 다 담아내지 못한 새로운 의미를 이 표현에 부여했을 수도 있다. 이런 해석이 다른 해석보다 개연성이 떨어지는 건 아니다. 나는 예수가 (적어도) 매우 특별한 능력을 지닌 이였다고 생각한다. 셰익스피어의 언어를 이전 작가들이나 동시대 작가들의 언어로는 완전히 설명할 수 없듯, 예수의 언어도 꼭 이전이나 당시 용법으로 설명해야 한다고 고집할 필요는 없다.

*

　히브리인들에게 보낸 편지의 저자가 "사람의 아들"을 해석하는 방식은 매우 흥미롭다. 그는 이를 종말론의 맥락이 아닌, 시편 8편의 맥락에서 이를 해석한다.

> 사람이 무엇이기에 주님께서 이렇게까지 생각하여 주시며, 사람의 아들이 무엇이기에 주님께서 이렇게까지 돌보아 주십니까?
>
> (시편 8:4)

히브리인들에게 보낸 편지 저자는 "어떤 이가 성경 어딘가에서 이렇게 증언"(히브 2:6)했다고 하며 이 시편 구절을 인용한다. 이때 저자가 시편을 쓴 다윗의 이름을 언급하지 않은 것을 두고 칼뱅은 이렇게 설명했다.

> 그가 '한 사람', 혹은 '어떤 이'라고 말한 것은 결코 다윗을 낮추기 위해서가 아니라 오히려 드높이기 위해서였다. 그를 예언자 중 한 사람 혹은 유명한 저자로 보이려 한 것이다.[3]

이는 성서에서 흔히 볼 수 있는 중요한 원칙과 일치한다. 즉, 무언

---

[3]　Calvin on Hebrews 3:5 and 3:7, in *Calvin's Commentaries*, trans. John Owen, vol. 44, Hebrews (Edinburgh, 1847~1850), 56, 59.

가를 직접 언급하지 않고 신중하게 다루는 것이 오히려 그 무언가에 대한 깊은 존경을 나타낼 수 있다는 것이다. 복음서 저자들이 "사람의 아들"이라는 표현을 다루는 방식도 마찬가지 맥락으로 볼 수 있다. 이 표현은 예수의 고유한 표현이기에, 다른 누구도 이를 자기 말로 바꾸거나 해석하려 하지 않았다.

히브리인들에게 보낸 편지가 시편 8편을 인용한 것을 두고 칼뱅은 여러 이유를 들어 "시편 8편이 본래 그리스도에 대해 말하는 것처럼 보이지는 않는다"며 이런 설명을 덧붙인다.

> 다윗이 의도했던 바는 이것이다. '오 주님, 당신께서는 인간을 존엄하게 세우셨습니다. 그 영광은 당신이나 천사의 영광과 거의 다를 바가 없습니다. 인간을 온 세상을 다스리는 통치자로 세우셨기 때문입니다.' 물론 사도는 이 뜻을 뒤집거나 다른 것으로 바꾸려 하지 않았다. 다만 우리에게 잠시 나타난 그리스도의 낮아지심과 이후 영원히 면류관을 쓰신 영광을 고려하라고 말할 뿐이다. 그는 다윗의 원래 뜻을 설명하는 대신, 다윗의 표현들을 가져와 새로운 의미를 간접적으로 보여 주고 있다.

히브리인들에게 보낸 편지의 저자는 말한다.

> 거룩하게 하시는 분과 거룩하게 되는 사람들은 모두 한 분이신 아버지께 속합니다. 그러하므로 예수께서는 그들을 형제자매라고 부르시기를 부끄러워하지 않으셨습니다. (히브 2:11)

이 구절은 예수의 본성에 대한 탁월한 설명 다음에 등장한다. 이 설명에 따르면 "하느님께서는 ... 그를 통하여 온 세상을 만드셨고", 그는 "하느님의 영광의 광채시요, 하느님의 본체대로의 모습"이다. 그는 "자기의 능력 있는 말씀으로 만물을 보존하시는 분"(히브 1:2~3)이다. 시편 8편이 그리스도의 인성을 이해하는 데 도움이 된다면, 그건 이 시편이 기본적으로 인간이란 존재가 무엇이며 어떠한 상황에 있는지를 깊이 탐구하고 있기 때문이다. 아마 그렇기에 히브리인들에게 보낸 편지의 저자는 이 시편을 그리스도에게 적용했을 것이다. 하느님이신 예수가 직접 인간이 되어 인간의 삶을 살았기 때문에, "인간이란 무엇인가?"라는 시편의 질문은 더 깊고 중요한 의미를 지니게 된다.

그리고 이 지점에서 지금까지 한 논의는 단순히 성서 본문을 해설하는 것 이상의 의미가 있다. '인간이란 무엇인가?'라는 질문은 '우리는 무엇인가?', '나는 무엇인가?'와 같은 질문들로 바꿀 수 있다. 이 문제를 살펴보기 위해, 잠시 하느님의 존재를 전제하지 않고 생각해 보자. 인간이 다른 동물에게는 없는 특별한 능력이 있다는 것은 분명한 사실이다. 이를테면 원자를 쪼개는 능력이 그렇다. 물론 실제로 이런 일을 할 수 있는 사람은 극소수에 불과하지만, 이런 일이 가능한 것은 여러 세대에 걸친 생각과 실험, 그리고 인류가 문명을 이루며 만들어 낸 물질의 풍요 덕분이다. 그러므로 이런 성취는 곧 인류 전체의 성취라 할 수 있다.

또한, 우리는 배운 것과 기술을 놀라울 정도로 효율적으로 보존하고, 전달할 수 있다. 이는 좋은 결과를 가져올 수도 있고, 나쁜 결과를 가져올 수도 있다. 우리가 지닌 뛰어난 능력은 아름다운 모습으로 나타나기도 하지만, 우리 자신과 지구상의 모든 생명체를 위협하는 모습으로 나타날 수도 있다. 그리고 요즘을 보면 후자의 모습이 더 강하게 나타나는 것 같기도 하다. 시편은 인간이 만물을 다스린다고 찬미했지만, 현실에서 우리는 만물을 파괴한다. 하지만 아이러니하게도 이러한 파괴마저 우리가 특별한 존재임을 보여 준다. 시편 저자가 말했듯 우리는 정말로 다른 피조물과는 다른 독특한 존재다. 우리가 지구 생태계 전체를 파괴할 수 있는 능력을 가졌다는 사실은 (비록 부정적인 방식이기는 하지만) 우리가 하느님을 닮아 세상의 운명을 좌우할 수 있는 힘을 지녔음을 보여 준다.

인간이 특별한 존재인지, 혹은 얼마나 특별한지에는 논란이 끊이지 않는다. 어떤 이들은 겸손하게 인간도 다른 동물들과 같은 자리에 있어야 한다고 생각한다. 진화론이 보여 주듯 인간이 여느 동물과 친척이라는 걸 인정하자는 것이다. 하지만 우리가 동료 인간에게 행한 역사까지 갈 필요도 없이, 오랜 시간 동물들에게 어떻게 해 왔는지를 보면, 동물은 자신들 사이에 우리를 넣는 것에 약간은 모욕감을 느낄지도 모른다. 인류의 역사는 마치 최초의 인간 아담을 그린, 아직은 완성되지 못한 거대한 초상화 같다. 인간은 다른 동물들과 달리 역사를 만들고, 기록하고, 배우며 살아가는 특별한 존재다. 그 역사를 보면 우리 자신도 놀라게 된다. 한편으로는 위대한 문명을 이루고 아름다운 예술을 만들면서도, 다른 한편으로는 그에 못지않은 끔찍한 파괴와 악행을 서슴지 않는다. 인간을 제외하면 이런 극단적인 존재는 신화나 악몽에서나 찾을 수 있다. 어떤 의미로든 인간은 정말 놀라운 존재다.

시편 저자가 믿은 하느님, 예수의 하느님이 계신다면, 우리는 인간에게 확실한 존엄성이 있다고 할 수 있다. 이 존엄성은 하느님께서 주셨기에, 우리가 아무리 강한 힘을 가지고 있다 하더라도 더럽히거나 파괴할 수 없다. 하느님께서는 만물을 우리 발아래 두셨지만, 단 하나, 우리 자신의 본질적인 특징만큼은 우리가 마음대로 할 수 없게 하신 것이다. 이런 우리의 파괴적인 성향을 바로잡을 수 있는 유일하고도 근본적인 해결책은 우리가 진실로 성스러운 존재임을 깨닫는 것이다. 우리는 자주 피해자이면서 동시에 가해자가 되기 때문이다. 우리의 끊임없는 악행에도 불구하고, 끊임없는 신성모독에도 불구하고, 우리 안에 있는 하느님의 형상은 하느님께서 창조하셨기 때문에 사라지지 않는다. 이 형상은 우리 삶의 헤아릴 수 없는 아름다움, 사랑, 창의적인 일들 가운데서 계속해서 빛나고 있다. 그러한 면에서 인간의 본성이 완전히 타락했다는 끔찍한 평가는 우리의 역사와 미래에 대한 전망에 비추어 보았을 때 꽤 일리가 있어 보이더라도 근본적으로는 진실이 아니다.

그리스도교를 존중하는 이들, 그리고 합리적 회의주의자들의 공격에서 그리스도교의 일부라도 지키고 싶어 하는 이들은 종종 예수는 위대한 인간이었지만, 그저 인간일 뿐이었다고, 그는 불관용으로 죽임당한 인류의 스승이고, 우리는 그에게 연민을 배울 수 있다고 말하곤 한다. 좋은 취지라 할지라도, 그들은 우리가 이미 알고 있는 가치들과 예수를 같은 수준에 놓고 설명하려 한다. 예수의 신비로운 면을 우리가 이해할 수 있는 부분에 맞추려 하는 것이다. 그러나 인간이란 무엇인가? 복음서 저자들이 말하고 주장하듯, 예수가 참된 인간이었다는 말은 무엇을 의미하는가? 우리는 과연 무엇인가? 이 질문들은 아직도 완전한 답을 찾지 못한 채 열린 질문으로 남아 있다. 하느님께서는 우리에게 진정한 인간다움이 무엇인지 보여 주시기 위해, 우리가 무엇인지 알려주시기 위해 '사람의 아들'로, 인간이 되어 오셨고, 지금도 그 답을 찾도록 우리를 돕고 계신다.

제16장

한계

우리가 이 땅에서 살면서 하는 경험에는 임의의 요소가 있다. 시간이 한쪽으로만 흐르는 것, 중력이 약하다는 것, 그리고 우리가 보고 느끼는 수준에서 물질이 지닌 특성들이 그렇다. 이런 것들 아래서 우리는 우리가 살아가기에 충분한 현실을 만들어 낸다. 비록 우리가 경험하는 현실은 이 현실과 전혀 다른 날줄과 씨줄로 엮인 더 큰 현실에 둘러싸여 있기는 하지만 말이다. 나는 이 세상이 일종의 무대라는 칼뱅의 말에 깊은 인상을 받았다. 그에 따르면, 연극이 무대라는 제한된 공간에서 일정한 의도를 가지고 이야기를 펼쳐내듯, 우리가 사는 이 세상도 어떤 목적을 지니고 만들어진 하나의 무대다. 이 세상에 한계와 경계가 있는 이유는, 이해할 수도, 측정할 수도 없이 광대하고 혼란스러운 우주 가운데 우리가 이해하고 받아들일 수 있는 의미를 담아내기 위해서라고 칼뱅은 말한다. 거대한 우주 공간에서 작은 에너지는 그냥 사라져 버릴 수 있다. 하지만 인간의 작은 뇌에서 일어나는 에너지는 그 사람의 과거 경험과 만나 그 사람을 표현하고 또 변화시킨다. 이는 깨달음이 될 수도 있고, 착각이 될 수도 있으며, 다른 사람을 향한 연민이나 적대감으로 이어질 수도 있다. 어떤 식으로든 개인을 넘어서 영향을 미칠 수 있는 것이다. 존 로크는 제한이 가진 힘을 잘 알고 있었다. 그는 모든 생각이나 지각은 네 가지 단순한 개념에 기초한다면서 이렇게 말했다.

> 이 간단한 개념들이 인간의 넓은 정신을 다루기에는 너무 적다고 생각하지 마라. 인간의 정신은 별보다 더 멀리 날아가고, 세상의 경계에 갇히지 않으며, 물질이 존재하는 범위를 넘어 생각을 확장하고, 이해할 수 없는 빈 공간까지 탐험하니 말이다. ... 스물 네 개의 글자로 얼마나 많은 단어를 만들어 낼 수 있는지를 생각해 보면, 이 간단한 개념들이 가장 빠른 생각이나 가장 큰 이해력을 채우고, 인류의 모든 다양한 지식과 다양한 상상, 의견의 재료가 되기에 충분함을 알 수 있다. ...[1]

17세기와 18세기 저술을 읽다 보면, 그다음 세기가 근대 사상의 참된 길에서 얼마나 벗어났는지를 깨닫게 된다. 로크라면 우리가 0과 1이라는 제한된 숫자로 무엇을 할 수 있는지, 자연이 DNA를

---

[1] John Locke, *Human Understanding*, vol. 1, book 2, chap. 7, 164~65.

이루는 A, C, G, T라는 제한된 염기로 무엇을 하는지 궁금해했을 것이다. 로크는 우리의 한계가 그 한계를 뛰어넘을 수 있게 한다는 점을 우아하게 설명했다. 이러한 원리는 우리가 살아가는 이 독특한 세상의 모든 한계에 적용된다. 놀랍게도 한계는 우리를 막는 벽이 아니라 우리가 더 높이 도약할 수 있게 해 주는 지렛대 역할을 한다. 마치 제한된 음계로 무한한 음악을 만들 수 있듯, 한계는 우리의 창의력을 자극하고 더 큰 가능성을 열어주어 우리의 잠재력을 최대한 발휘하게 해 준다. 우리가 일상에서 이미 이런 경험을 하고 있지 않았다면, 한계가 가능성을 넓혀 준다는 사실은 엄청난 모순으로 보였을 것이다.

또 다른 역설도 있다. 실증주의 가정과 방법은 모든 질문에 엄격한 기준을 적용한다. 얼핏 보면 매우 정확하고 철저한 방법처럼 보이지만, 실제로는 의미 있는 연구와 탐구에 필요한 다양한 가능성의 문을 닫아 버리는 결과를 낳는다(아주 단순한 문제들은 제외하고 말이다). 오래전부터 논리학에는 '어떤 것이 없다는 것은 완벽히 증명할 수 없다'는 중요한 공리가 있다. 하지만 이 오래된 공리는 그들에게 통하지 않는다. 이 공리가 그들이 생각하는 현실 모형에서 나온 증명이라는 개념과 맞지 않기 때문이다. 그들의 관점에서는 과학으로 증명할 수 없는 것은 존재하지 않는다. 그래서 그들은 역사적 예수는 실존하지 않았다고 주장할 수 있으며, 마찬가지 맥락에서 예수가 실제로 살았더라도, 그가 성서에 나오는 가르침을 실제로 가르치지는 않았다고, 혹은 그리스도교는 사실상 바울이 만들었고 예수와는 별다른 관련이 없다고 말할 수 있다. 이러한 주장이 묘하게 설득력이 있어 보이는 이유는 이들이 모든 것은 증명 가능하다고 전제하고 증명할 수 없으면 그건 없는 것이라고 결론을 내리기 때문이다. 하지만 이는 전형적인 오류다. 사실 우리가 살아가는 세상에서 완벽하게 '증명'proof할 수 있는 것은 거의 없다. 대부분 경우 우리는 '증거'evidence가 있다는 것에 만족해야 한다. 이를테면 우리는 『갈리아 전쟁기』Commentaries Gallic Wars를 율리우스 카이사르Julius Caesar가 썼다고 알고 있다. 하지만 정말로 그가 썼다는 걸 어떻게 '증명'할 수 있는가? 그는 수많은 장교를 거느리고 있었고, 그중 일부는 읽고 쓰는 능력이 탁월했을 텐데 말이다. 커다란 전쟁을 치르고 그 결과에 자신의 정치적 미래를 걸었던 장군이 부하가 쓴 글에 자기 이름을 붙였다고 해서 누가 뭐라고 할 수 있었겠는가? 마찬가지로 우리는 불가타 성서를 성 히에로니무스St.Jerome의 작품이라고 하지만, 실제로는 파울라Rome of Paula*나 에우스토키움

---

* 파울라(347~404)는 불가타 성서 번역에 기여했고 수도 생활을 했다. 그녀는 부유한 로마 귀족 집안에서 태어나고 자랐다. 귀족 가문의 톡소티우스 Toxotius와 결혼해서 다섯 명의 자녀를 낳았다. 32세에 남편이 죽자, 그리스도교 삶에 헌신하고자 성 마르첼라St. Marcella와 함께 수도 생활을 하며 자선을 베풀었다. 이후 히에로니무스를 만나 둘째 딸 에우스토키움 및 동료들과 함께 이집트와 사막의 은둔 수도자들을 방문한 뒤 베들레헴으로 가 거기에서 모든 재산을 털어 수도원을 세웠다. 베들레헴 수도원에서 히에로니무스의 지도를 받으며 라틴어 번역을 도왔다. 히에로니무스는 그녀에 관한 기록을 상세하게 남겼다.

** 에우스토키움(368~419)은 파울라의 딸로 불가타 성서 번역에 기여했고 수도 생활을 했다. 어머니와 함께 베들레헴 수도원을 세웠고 마찬가지로 라틴어 번역을 도왔다. 그녀가 독신 서약을 했을 때 히에로니무스는 그녀에게 '동정을 지키는 일에 관하여'De custodia virginitatis 라는 편지를 보냈고 그 외에도 히에로니무스와 수도 생활과 신앙에 관한 서신을 주고받았다. 어머니와 파울라가 죽은 뒤에는 베들레헴의 수도원을 이끌었는데 417년 인근 폭도들의 습격을 받았다. 그녀는 파괴된 수도원을 복구하지 못했고 2년 후 사망했다.

Eustochium^{**}의 작품이 아니라는 것을 누가 증명할 수 있을까? '아노니무스'Anonymous(익명)가 여자라면 '수도니무스' Pseudonymous(가명)는 그녀의 어머니가 아닐까? 이런 문제들을 확실히 알 수 있다고 주장하는 건 말이 되지 않는다. 불가타 성서는 히에로니무스의 작품이 아니라는 주장, 카이사르는 『갈리아 전쟁기』를 쓰지 않았다는 주장들은 그게 거짓임을 증명할 수 없으니 사실이라거나 의미 있게 다루어야 한다는 말은 터무니없다.

버트런드 러셀Bertrand Russell을 포함해 몇몇 학자들은 "신이 없다는 걸 증명할 수 없으니 신은 존재한다"는 식의 논증을 비판했는데, 이는 지극히 타당한 지적이었다. 하지만 여기서 좀 더 중요한 점은 우리가 '안다'고 생각하는 대부분은 완벽한 지식이 아니라 '그럴 것이다'라는 추측에 가깝다는 것이다. 우리는 세상에 대해 많은 부분을 이미 믿고 있고, 그게 크게 중요하지 않다고 생각하면 자세히 따져 보지 않는다. 이를테면, 셰익스피어는 너무나 위대해 진짜 셰익스피어는 17대 옥스퍼드 백작일 것이라고 의심을 받는 영광을 누린다. 어떤 이들은 모세를 이집트 사람으로 추정하고, 태양신을 믿는 사람이었다고 보기도 한다. 물론 인류사에서 가장 그 존재와 가치를 의심받는 인물은 두말할 것 없이 예수다.

이런 시도들은 논쟁을 위한 전략으로는 적절해 보일 수 있지만, 이를 넘어 100년 넘게 그리스도교 사상에 커다란 영향을 미쳤다. 그 결과 그리스도교는 어정쩡한 방어 자세를 취하게 되었다. 어정쩡하다고 한 이유는 논리적이지 않은 도전에 합리적으로 대응하기가 어렵기 때문이다. 지적인 우위를 아무런 비판 없이 도전자들에게 내어준 상황에서는 더욱 그러하다.

고대 역사의 기준에서 보면, 예수의 생애는 상당히 잘 기록되어 있다. 그를 어떻게 이해할 것인가는 또 다른 문제지만 말이다. 실증주의자들이 쓰는 방식으로 '증명'을 모든 것에 엄격하게 요구한다면, 대부분 경우에 우리는 실망하게 될 것이다. 증명할 수 없는 것은 모두 의미가 없으며 거짓이라는 결론은 절대 정당화될 수 없다. 물론 그 반대도 마찬가지다. 서점에 들어가 종교 관련 서재로 가면 온갖 증거들을 무시하면서 자신들의 주장만 내세우는 근본주의자들의 책들이 가득 꽂혀 있다. 이 또한 말이 되지 않기는 마찬가지다. 현대 사회에는 이런 사고가 만연하고, 심지어 국회의원들도 이런 식으로 생각하거나 그런 사고에 바탕을 둔 이야기들을 받아들인다. 슬픈 현실이다. 하지만 어떻게 보면, 이런 상황 덕분에 나는 자유로워졌고, 내가 속한 그리스도교 신앙의 언어들을 편히 쓸 수 있게 되었다.

*

칼뱅은 세상은 우리가 계속해서 더 많은 것을 배울 수 있도록 우리를 인도하는 학교라고 말한 적이 있다. 실제로 무언가를 알아가는 것은 인류가 해온 가장 중요한 일 중 하나였다. 하지만 그리스도교 전통에 따르면, 인류는 오류를 반복하는 성향이 있고, 그 경향으로 인해 스스로 끝없는 고통을 겪고 있음에도 이 성향은 전혀 줄어들지 않았다. 이에 가장 근본적인 진리, 우주의 진리로서 그리스도가 이 세상에 왔다고, 이 진리는 우리가 가장 접근하기 쉬운 형태, 즉 한 인간의 모습과 삶이라는 형태로 우리에게 전해졌다고 그리스도교는 이야기한다. 또한, 그리스도교에 따르면 그리스도가 인간의 모습으로 왔다는 사실은, 인간이 얼마나 가치 있는 존재인지를 보여 준다. 비록 우리가 늘 그 가치를 알아보기 힘들게 만들지라도 말이다.

인간이 이 무한한 우주의 본질적인 부분이라면, 우리를 제한하는 여러 한계는 사실 우리를 위한 하느님의 섭리다. 이 한계들은 우리가 지닌 특별한 능력을 끌어낸다. 시간이 유한하기에 우리는 의미를 찾으려 하고, 지식이 부족하기에 더 깊이 생각하며, 아름다움이 순간적이기에 예술과 지식을 소중히 간직하려 한다. 여러 문화권에서는 이런 인간의 특별한 능력을 '신이 준 선물'이라고, 혹은 '신과 닮은 능력'이라고 불렀다. 이와 관련해 로크는 자아에 대해 말한 바 있다.

정확히 같은 물질 입자들이 결합한다고 해서 특정 개인이, 혹은 영혼이 나온다고 생각하는 사람은 없을 것이다. 그건 말이 되지 않기 때문이다. 우리 몸의 입자들은 계속 바뀐다. 이런 측면에서는 어떤 사람도 이틀이 지나고, 심지어 어느 순간이 지난 다음 순간에도 '같은 사람'일 수는 없다.[2]

20세기의 위대한 물리학자 리처드 파인만은 이렇게 썼다.

---

2 위의 책, chap. 1, 132.

(뇌 속 원자들은) 이미 오래전에 교체되었는데, 정신은 1년 전에 무슨 일이 있었는지 기억할 수 있다. 뇌의 원자들이 다른 원자들로 교체되는 데 얼마나 오랜 시간이 걸리는지를 발견하면, 내가 나의 개성이라고 부르는 것은 하나의 흐름이자 춤임을 이해할 수 있게 될 것이다. 원자들은 내 뇌로 들어와 춤을 추다 나간다. 언제나 새로운 원자들이 들어오지만, 그들은 어제의 춤을 기억하며 언제나 같은 춤을 춘다.[3]

이렇게 보면 '자아'라는 것도 우리에게 주어진 또 다른 (임의적인) 한계처럼 보인다. 물리적으로 보면 내가 오늘도, 내일도 같은 '나'일 이유는 없다. 흥미롭게도, '나'는 내가 경험하는 세계처럼 끊임없이 변화하면서도 어떻게든 지속된다. 때로는 '나' 자체가 참을 수 없는 감옥처럼 느껴질 때도 있고, 외롭다고 느낄 때도 있고, 능력에 대한 확신이 들 때도 있고, 깊이 실망하거나 믿을 수 없을 때도 있다. 하지만 '나'는 경험 가운데서 변함없이 존재한다. '나'라는 공간 안에서는 무수한 것들이 차곡차곡 쌓여간다. 마치 태풍이 불어도 안전한 집처럼, 세상이 아무리 빠르게 변해도 '나'라는 공간 안에서는 모든 것이 보존된다. 살아온 이야기들, 생각하는 방식들, 변함없이 지켜온 가치들, 사용하는 말과 문화, 익힌 습관, 공부해서 얻은 지식, 살면서 깨달은 지혜까지도 이 안에 보관되어 있

---

[3] Richard Feynman, 'The Value of Science', What Do You Care What Other People Think?: Further Adventures of a Curious Character (New York: Norton, 2001), 244. 『남이야 뭐라 하건!』(사이언스북스).

고 점점 더 풍성해진다. 물론, 이 공간은 기이한 곳이어서 안전함과 동시에 안전하지 않다. 다양한 영향을 받기 쉽고, 같은 실수를 반복하며, 마음대로 통제하기도 어렵다. 하지만 모든 변화 가운데서도 우리는 자아의 존재를 느낀다. 우리가 만들어 내는 아름답고 가치 있는 것들은 바로 이 '나'라는 존재가 있기에 가능하다. 그렇게 우리 한 사람 한 사람은 이 세상이라는 무대에서 각자의 역할을 맡고 있다(칼뱅이라면 이를 하느님의 영광을 드러내기 위한 역할이라고 할 것이다).

신학의 설명을 빼더라도, 우리가 '자아', 혹은 '나'라고 부른 이 특별한 공간의 의미는 분명하다. '나'라는 경계가 있기에 그 안에서 일어나는 모든 일(우리가 하는 말, 행동, 느낌, 탄생과 죽음)은 특별한 의미를 지닐 수 있다. 앞서 언급했듯 언어와 문화는 우리를 제한하는 것 같지만, 실제로는 그 안에서 무한한 표현이 가능하다. 이런 흐름은 우리 삶 곳곳에서 계속 반복된다. 그러므로 비록 자아를 실증주의 용어로 해석하기 어렵고 증명할 수 없다 해도, 그런 이유를 들어 이를 무시해 버려서는 안 된다.

이제 '하느님의 자아'divine self라는 신비로운 주제를 살펴보겠다. 사람들은 하느님에게는 늘 특정한 속성들(사랑, 신실함, 정의, 자비)이 있다고 여겼다. 이 속성들은 그분의 무한한 힘을 보여 줌과 동시에 그 힘을 제한한다. 그러한 면에서 하느님이 인간이 되셨다는 성육신의 역설은 이미 하느님의 본성에 담겨 있다. 무한한 자유를 가진 하느님께서 이 세상과 인류를 향한 사랑으로 자기 자신을 제한하신 것이다.

칼뱅은 우주의 힘과 하느님의 친밀한 돌봄을 아름답게 연결한다. 그는 말했다.

> 이 세상에서 만물은 보존되고, 각각의 부분은 제자리를 지킨다. 하느님의 뜻과 명령이 이 세계 위와 아래 어디나 퍼져 있기 때문이다. 우리는 빵을 먹고 살아가지만, 우리의 생명이 유지되는 이유는 빵의 힘 때문이 아니다. 하느님께서 빵에게 우리 몸을 살찌울 수 있는 특별한 성질을 주셨기 때문이다. 그러므로 우리의 생명이 유지되는 이유는 그분의 보이지 않는 배려 덕분이라고 해야 한다.[4]

우리가 사는 이 지구라는 닫힌 공간 안에서는 모든 것이 연결되어 있다. 식물이 자라고, 이를 동물이 먹고, 우리가 또 이를 먹으며 영양을 공급받는다. 그렇게 생명이 생명을 이어간다. 칼뱅이 설명했듯 하느님께서는 이렇게 우리가 매일 경험하는 일상적인 것을 통해 당신의 뜻을 보여 주신다. 우리가 서로 같은 말을 하며 소통할 수 있는 것도 하느님께서 그렇게 되도록 만드셨기 때문이다. 모든 음식에서도 우리는 하느님의 자애로움을 발견할 수 있다. 이런 하느님의 속성은 신학책에 나오는 추상적인 개념이 아니다. 우리가 먹는 평범한 빵 한 조각도, 예수가 성찬 시 직접 건네주었던 거룩한 빵처럼 특별한 의미를 가지고 있다. 칼뱅이라면 진실로 그러하

---

[4] John Calvin, *Commentary on a Harmony of the Evangelists: Matthew, Mark, and Luke* (Grand Rapids, MI: Baker Book House, 1996), Matthew 4:4, 24.

다고 말했을 것이다.

그리스도교 신학은 언제나 성서에서 전하는 바와 자신이 맞는지를 살펴보면서 그 진실성을 확인해 보아야 한다. 성서가 그리스도교인에게 '주어진 언어'이고, 그리스도교인이라면 이를 최선을 다해 사용해야 하기 때문이다. 이제는 마르코복음을 살펴보려 한다. 지금까지 내가 한 이야기의 핵심은 이렇다. 우리가 경험하는 이 세상은 하느님께서 특별한 목적 가운데 만드신 것이다. 우주, 그리고 만물을 창조하신 하느님께서는 당신이 만드신 이 현실로부터 자유로우시다. 그분은 오직 당신의 본성인 사랑과 정의, 그리고 당신의 뜻을 따라 제한을 받으신다. 이런 관점에서 보면, 예수가 인간으로 오기 전에 반드시 지켜야 했던 많은 종교 관습이, 예수가 온 후에는 꼭 필요하지 않게 될 수 있다. 이는 그 관습들이 하느님의 뜻을 전달하는 데 중요한 역할을 했다는 사실을 부정하는 게 아니다. 다만 예수를 통해 더 직접적이고 완전한 방식이 주어졌기 때문에, 이전의 방식들은 필수적이지 않다는 것이다.

마태오복음과 루가복음에 나오는 계보가 어느 정도 반어적이며, 모든 계보 뒤에 있는 가정을 비판하고 있다면, 간단명료한 마르코복음이 예수의 혈통은 물론 그의 부모를 전혀 언급하고 있지 않다는 사실은 전혀 놀라운 일이 아니다.

마르코복음을 쓴 사람이 베드로와 함께 로마에 있던 요한 마르코였다면, 그는 아마도 아브라함과 다윗의 혈통에는 별다른 관심이 없었을, 오히려 그런 이야기를 들으면 거부감을 가질 수도 있었을 이방인 독자를 위해 글을 썼을 것이다. 마태오와 루가는 예수의 계보를 다루면서, 메시아는 다윗의 자손이어야 한다는 전통적인 관념에 의문을 제기했다. 하지만 마르코는 계보 자체를 아예 언급하지 않는다. 마르코복음이 이방인들을 위해 쓰인 복음서라는 점은 이 복음서에 유대인들의 관습을 설명하는 부분들이 있다는 사실을 통해 알 수 있다. 바울은 디모테오에게 보낸 첫째 편지(디모데전서)에서 "믿음 안에 세우신 하느님의 경륜을 이루기보다는" "신화나 끝없는 족보 이야기에 정신"(1디모 1:4)을 파는 것을 주의하라고 한다. 또한, 그는 말한다.

> 우리의 목표는 깨끗한 마음과 선한 양심과 거짓 없는 믿음에서 우러나오는 사랑입니다. (1디모 1:5)

성서가 증언하는 하느님을 믿는 사람들의 이러한 특징은 새로운 게 아니다. 하지만 이전과 다른 점이 있다면, 이제는 "순수한 마음, 깨끗한 양심, 진실한 믿음에서 나오는 사랑"만으로도 충분하다고 본 것이다. 그리스도교인들은 더는 특정 민족의 후손이라는 역사적 배경을 들먹이지 않아도, 이들만으로도 자신의 정체성을 규정하고 제한한다. 이러한 변화는 바울이 편지를 쓴 공동체는 새롭게 세워진 곳들이고, 사람들이 자발적으로 찾아오는 곳이며, 유대인, 그리스인, 로마인 등 다양한 배경을 지닌 사람이 각자의 언어를 쓰면서도 함께 신앙생활을 하는 곳이었기 때문에 일어났다. 마르코복음의 실제 저자가 누구였든, 그는 예수를 가장 잘 보여 주는 방법은 예수의 이야기, 즉 그가 행한 치유와 가르침, 고난에 집중한 이야기를 전하는 것이라고, 그가 진실로 누구인지를 보여 주기 위해서는 예수가 세례를 받을 때 세례자 요한과 하늘이 그를 인정한 이야기만 있으면 충분하다고 생각했을 것이다.

공관복음 중 하나만 다루지 않고 함께 살펴보는 이유는 이들을 더 폭넓게 이해하기 위해서다. 나는 이 복음서들 뒤에는 신앙 공동체가 있었고, 그리 길지 않은 시간에 놀라운 발전을 이루는 역사가 있었다고 본다. 나는 한 문서가 다른 문서를 베꼈다는 식의 구체적인 가정은 하지 않는다. 다만 초기 교회의 주된 활동은 이 성스러운 이야기를 반복해서 전하고, 깊이 생각하고, 그 핵심을 추리는 일이었다고 본다. 사도들과 복음서 저자들이 이야기를 나눌 때나 지도자가 신자들 앞에서 말할 때나 마찬가지였을 것이다. 즉, 가장 앞선 초기 글에서도 이야기를 다듬고 정리하는 과정이 있었다는 뜻이다. 바울의 편지들만 보아도 이를 알 수 있다.

마르코복음이 복음서 중 가장 먼저 쓰였든 아니든, 여러 공동체의 지도자는 서로 대화하고 편지를 주고받았을 것이다. 그러면서 서로의 경험을 나누고, 각자 다른 방식으로 복음을 전했을 것이다. 자신들이 이해한 복음의 의미를 지키면서도, 사람들이 이 소식에 쉽게 다가올 수 있게 하려 했을 테니 말이다. 마르코는 이렇게 생각했을지도 모른다. '성령께서 복음을 온 세상에 전하고 계신다면, 왜 족보와 계보를 굳이 읽어야 하는가? 심지어 이들이 중요하지 않다는 걸 보여 주기 위해서라도 말이다. 수태고지가 이교도들에게는 그들이 평생 들어온 신화처럼 들린다면, 굳이 거기서부터 이야기를 시작할 필요가 있을까? 예수의 실제 삶만으로도 그분의 탄생에 관한 모든 주장을 입증할 수 있는데 말이다.' 이런 과감한 추정을 할 수 있는 건 마르코복음이 결코 거칠거나, 머뭇거리거나, 여러 파편으로 이루어진 작품이 아닌 깊은 인상을 남길 정도로 일관성이 있는 작품이기 때문이다.

＊

공관복음은 모두 예수가 광야에서 보낸 40일에 관한 기록을 담고 있다. 마태오는 11개 구절로, 루가는 13개 구절로, 마르코는 단 2개 구절로 이를 다룬다. 세 복음서 모두에서 예수의 시험은 요한에게 세례를 받은 후 일어난다. 이 장면을 통해 마태오와 루가는 예수가 하느님의 아들이며 메시아임을 입증하려 하고, 당시 이스라엘 사람들이 기대하던 메시아 상을 알고 있는 이들이 제기할 수 있는 반론들도 다룬다. 이와 달리 마르코는 당시 사람들이 메시아에게 기대하던 모습은 아니지만, 그 자체로 심오한 의미가 있는 세례로 이 장면을 시작한다. 그리고 다른 복음서들에는 실려 있는, 히브리 예언자 전통을 잇는 요한의 가르침을 생략한 채 그가 예수를 그리스도로 칭송하는 부분만 남긴다.

마태오복음, 루가복음은 예수의 탄생 이야기와 계보를 전하며 두 가지를 전한다. 하나는 예수가 당시 유대 민족이 기대하던 그런 지도자가 아니라는 것이고, 다른 하나는 예수가 하느님의 아들이라는 것이다. 이렇게 보면 자연스럽게 이런 질문이 생긴다. '어떻게 그런 존재가 세상에서 살 수 있을까?' '하느님의 아들이라는 신성은 한 인간의 삶이라는 유일하고 필멸하는 삶에서 어떤 모습으

로 드러나고, 어떤 내용을 지니게 될까?'

대적자는 하느님의 아들 예수를 시험하며 그가 가진 능력을 들먹인다. 당신은 원하면 굶주릴 필요가 없다고, 순식간에 세상의 지위와 부를 차지할 수 있다고, 죽을 필요가 없다고 말이다. 이 유혹에 예수는 "성경에 이렇게 쓰여 있다"는 말로 시작해 신명기를 인용해 답한다. 복음서에 따르면, 악마들은 모든 것을 알고 있었고, 여기서 우리는 중요한 점을 알게 된다. 예수는 진실로 그런 권능과 권위를 갖고 있지만 이를 사용하지 않기로 했다는 것, 그는 진정한 인간이나 이는 그가 자발적으로 선택한 제한이라는 것이다. 예수가 세례를 받은 직후에 나오는 악마와 하느님의 아들 사이의 대화는, 단순한 역사적 순간이라기보다는 우주적인 의미를 지닌 순간이다. 예수는 인간이 겪는 모든 한계를 완전히 받아들였다. 그러한 면에서 밀턴이 『복낙원』Paradise Regained에서 이 유혹 이야기만을 다시 쓴 것은 그리 놀라운 일이 아니다.

오랫동안 수많은 원고를 읽어와서 그런지, 나는 마태오와 루가가 전하는 광야 이야기가 누구의 관점으로 쓰였는지 궁금해하지 않을 수 없었다. 예수는 40일 동안 광야에 혼자 있었고, 곁에 제자도, 다른 동행자도 없었기 때문이다. 나는 이 이야기가 예수가 자신에 대해 직접, 또는 간접적으로 가르친 바를 요약한 것이라 생각한다. 이 이야기는 일반적인 복음서 이야기들과는 달리 민간 설화 같은 특징이 있다. 그렇기에 나는 광야 이야기를 일종의 '미드라시'(성서 구절이나 전승을 이야기 형식으로 해석한 것)로 보아야 한다고 생각한다. 이 장면을 해석으로 보는 데는 이유가 있다. 광야 이야기에서 예수가 한 말로 인용된 것은 모세의 율법뿐이다. 예수는 실제로 이 율법을 자주 인용했을 것이다. 달리 말하면, 복음서 저자들은 섣불리 예수가 했을 법한 말을 추측하려 하지 않는다. 그들이 사탄이 한 말은 지어냈을 수 있다. 하지만 예수가 한 말은 지어내지 않았다.

마르코도 이야기했듯 예수가 광야로 간 일은 지극히 인간다운 일이다. 광야에서 금식하고 홀로 있는 일 역시 인간다운 일이다. 마르코는 예수가 "성령에 이끌려" 이런 경험들을 했다고 말한다. 그렇게 예수는 예언자들이 해오던 수련 방식을 따랐다. 이 미드라시는 40일을 틀로 삼아 예수가 광야에서 보낸 시간에 담긴 의미를 더 보여 주고 발전시킨다. 이는 제자들이 가졌을 의문과 깊은 관련이 있다. '왜 주님께서는 배고픔과 목마름을 느끼셨을까? 폭풍우 치는 바다를 잔잔하게 하실 수 있다면, 왜 세상의 혼란은 그렇게 잔잔하게 만들지 않으셨을까? 왜 꼭 죽으셔야 했을까? 하느님의 아들이신 그분이 광야에서 금식하면서 무엇을 얻을 수 있으셨을까?'

이 모든 질문에 대한 답은 예수가 경건한 보통 사람처럼 살아가는 길을 택했다는, 하느님을 공경하는 동시에 한 사람의 유대인으로서, 아브라함의 자손으로서 모세의 율법에 순종하며 살아가는 길을 택했다는 것이다. 좀 더 중요한 점은 이 이야기에서 예수는 당시 사람들이 그리던 '왕', 혹은 '메시아'에게 약속된 권력과 특권을 거부한다는 것이다. 이런 약속들에 대해서는 사탄, 마태오, 루가, 그들의 독자 모두가 잘 알고 있었다. 대신 예수는 "사람이 빵으로만 살 것이 아니라"(마태 4:4)면서 자신을 평범한 '사람'과 같은 위치에 두었다. 유혹자인 사탄이 한 말은 거의 모두 사실이다. 예수는 사탄을 경배하는 것을 제외하면, 사탄이 제안한 모든 일을 실제로 할 수 있었다. 하지만 그 중 어느 하나라도 했다면 이는 예수의 본래 뜻과 목적을 포기하는 것이 된다.

여기서 오래된 신학 질문이 제기된다. 하느님은 과연 자신의 본성에 반하는 활동을 하실 수 있는가? 그리스도교 서사는 하느님의 본성을 '종'이 되어 섬기는 모습으로 묘사한다. 그러니 하느님께서 자신의 본성을 거슬러 행동하실 수 없다고 한다면, 우리는 인간이 되신 하느님인 예수 그리스도의 삶을 통해 그분의 본성을 볼 수 있다. 이러한 맥락에서 바울은 말한다.

> 그는 사람의 모양으로 나타나셔서, 자기를 낮추시고, 죽기까지 순종하셨으니, 곧 십자가에 죽기까지 하셨습니다. (필립 2:8)

여기에는 매우 깊은 신학적 주장이 담겨 있다. 초기 교회 시대에는 하느님이신 예수가 왜 인간의 한계를 받아들였느냐는 질문을 좀 더 직접적으로 다루었을 것이다. '하느님이 하느님처럼 행동하고 싶은 유혹을 받으실 수 있다는 말은 무슨 뜻일까? 그분이 원래 갖고 계신 능력을 보여 주고 싶은 유혹을 받으실 수 있다는 건 무슨 뜻일까?' 성서에는 이렇게 쓰여 있다.

> 그는 하느님의 모습을 지니셨으나, 하느님과 동등함을 당연하게

생각하지 않으시고, 오히려 자기를 비워서 종의 모습을 취하시고, 사람과 같이 되셨습니다. (필립 2:6~7)

악마와의 만남 역시 그 자체를 넘어 매우 중대한 질문을 가리킨다. '하느님이 하느님이시라면, 왜 악과 고통과 죽음을 허용하시는가?' 이에 그리스도교는 하느님도 이런 고통을 피하지 않으셨다고 이야기한다. 이 이야기가 질문에 대한 완벽한 답은 아니다. 하지만 이 이야기는 하느님이 어떤 분이신지를 보여 준다. 그분이 얼마나 인류를 사랑하시고, 신실하게 대하시며, 존중하시는지를 우리가 상상할 수 있는 가장 완벽한 방식으로 보여 준다. 하느님이 한 인간으로 오셔서 모든 필멸자의 눈에는 그분이 그저 또 다른 필멸자, 평범한 인간으로만 보인다는 것은 정말 감동적이고 의미심장한 일이다.

직접적이지는 않지만, 광야에서 유혹 이야기는 예수가 왜 자신을 '사람의 아들'이라고 불렀는지를 설명해 준다. 루가복음에서 이 사건이 일어난 시점은 마태오복음과 다르지만, 그 내용은 같다. 예수가 이 세상에서 자신이 어떤 위치에 있을지를 가리킬 때 인용한 모세의 율법이나 가르침도 같다. 초기 교회에서는 예수가 직접 한 말이 가장 권위 있었고 그렇지 않은 말이나 이야기는 권위가 덜했는데, 여기서 널리 알려진 율법 구절들은 이야기 전체를 안정적으로 구성하는 뼈대가 되어 구성원들이 이야기를 신뢰할 수 있게 해 주었을 것이다.

루가는 사탄이 예수에게 세상 모든 나라의 영광과 권력을 주겠다고 한 장면에서 하나의 결론을 끌어낸다. 악마는 말한다.

> 이것은 나에게 넘어온 것이니, 내가 주고 싶은 사람에게 준다.
>
> (루가 4:6)

마르코라면 이 모든 내용에서 무엇을 뺐을까? 우선, 미드라시라는
설명 방식은 이방인들에게 익숙하지 않았을 것이다. 그들에게는
이 이야기가 바울이 디모테오에게 보낸 첫째 편지에서 이야기했던
"신화", 혹은 "꾸며 낸 이야기"와 비슷해 보일 수도 있었다. 예루살
렘의 가장 뛰어난 그리스도교 선생들은 이런 방식으로 진리를 설
명하는 데 익숙했지만, 이야기는 누군가가 직접 본 사실을 전하는
게 아니었고, 그런 증언으로 제시된 것도 아니었다. 예수의 계보처
럼, 이 유혹 이야기는 실제로 본 사람의 증언이 아니라 신학적 의
미를 설명하기 위한 것, '예수가 정말 하느님의 아들이라면 왜 그
토록 평범하게 살았을까?'라고 의심하는 이들의 질문에 답하기 위
한 것이었다. 기적과 치유는 인정한다 치더라도 왜 예수는 좀 더
신답게 행동하지 않았을까? 이 이야기에서 보이는 예수의 모습은
실제 그의 삶과 똑같다. 성전 권력자들은 예수가 정말 경건하고 겸
손한지 의심을 품었다. 그들이 기대한 메시아는 위대한 예언자들
처럼 강력한 모습을 보여 주는 이였기 때문이다. 하지만 예수는 30
세가 되기까지 세상에 모습을 드러내지 않고 조용하고 소박한 삶
을 살았다. 왜 그랬을까? 왜 위엄 있게 행동하지 않았을까? 왜 능
력을 보이지 않았을까? 어떻게 하느님의 아들이 십자가에서 죽을

수 있는가?

유혹 이야기는 이렇게 설명한다. '그는 스스로 인간의 한계 안에서 살기로 선택했다.' 이것이 의심하는 이들에 대한 답변이다. 마르코복음에서 우리는 늘 서두르듯 예루살렘을 향해, 마지막 죽음을 향해 움직이는 강한 그리스도를 본다. 이를 통해 마르코는 예수가 억지로 죽은 것이 아니라 스스로 죽음을 택했다고 강조하려는 것처럼 보인다. 그에 따르면, 십자가에서 죽음은 하느님의 권능을 드러내는 사건이다. 예수는 죽음을 이기고 부활함으로써 당신의 권능을 보여 주었고, 하느님 아버지는 이를 통해 온 세상을 새롭게 만드셨다. 이렇게 보면, 예수가 연약해 보인다는 점에 대해서는 변명할 필요가 없다. 삼위일체에 기댄 표현을 쓰기는 했지만, 이는 예수와 하느님을 서로 다른 존재처럼 구분하려는 게 아니다. 또한 분노한 하느님을 달래기 위해 예수가 희생제물이 되었다는 설명을 하려는 것도 아니다. 나는 마르코가 보여 주는 예수의 모습에서 고대 영어 시 「십자가의 꿈」The Dream of the Rood을 떠올린다. 이 시에서 시인은 십자가의 시점에서 예수를 바라본다. 여기서 예수는 연약한 희생자가 아니라, "힘차고 확고한 마음으로 서둘러" 십자가에 오른다. 시인은 노래한다.

젊은 영웅, 그는 전능하신 하느님이었다.

이런 관점은 예수의 십자가 죽음에 대한 몇 가지 잘못된 해석을 바로잡는다. 어떤 이들은 이 사건을 마치 하느님의 분노를 풀기 위한 복수극처럼 설명하곤 한다. 하지만 이 사건은 끝없는 사랑과 은총의 표현이었다. 사실주의자, 실증주의자들의 해석을 (혹은 그 일부를) 받아들임으로써 이런 잘못된 이해는 더 악화했다. 그리스도와 하느님을 다른 존재로 보면 볼수록, 이런 잘못된 이해는 피하기 어려워진다. 이러한 문제, 그리고 사실 모든 문제는 한 가지 사실에서 시작된다. 예수가 실제로 우리와 같은 인간이었다는 사실, 살과 피를 지니고, 필멸하는 인간으로 살았다는 사실이다. 한 인간으로서 그도 우리처럼 약하고 상처받기 쉬운 존재였다.

예수가 목수였다는 걸 생각하면, 우리는 그의 손이 어땠을지 상상할 수 있다. 오랫동안 고된 일을 해 손에는 굳은살이 박여 있고 힘줄이 튀어나왔을 것이며, 십자가에 못 박히기 훨씬 전부터 이미 여러 상처 자국이 있었을 것이다. 칼뱅이 말했듯, 그의 외모는 가난과 고된 삶의 영향으로 많이 초췌했을 것이다. 역사 속 어느 순간이나 가난하고 삶이 고된 사람들이 그랬듯 말이다. 그러니 사람의 아들도 마찬가지였을 것이다. 우리가 이런 예수의 모습을 받아들이기 힘들다면, 그건 우리 눈에 보기 좋지 않고 별로 가치 있어 보이지 않는 사람들에 대한 편견을 버리기 힘들어서일 것이다.

하지만 하느님이 진실로 인간이 되셨다면, 우리는 '인간'이라는 말이 품고 있는 가장 깊은 의미를 생각해 보아야 한다. 그리스도교 전통은 오랫동안 하느님의 영광스러운 면만 강조하는 경향을 보였다. 그러다 보니 하느님께서 인간이 되실 때 선택하신 모습이 결코 영광스러워 보이지 않았다는 사실을 잊어버렸다(물론 모든 인간이 본래 품고 있는 영광은 예외지만 말이다). 이렇게 되면 또 다른 질문이 일어난다. 인간이란 과연 무엇인가?

초기 그리스도교 찬가에 따르면, 예수는 두 가지 측면(하느님의 측면, 인간의 측면)에서 자신을 낮추었다. 하느님으로서 그분은 자신의 지위를 버리고 낮아지셨으며, 인간으로서 인간 중에서도 가장 낮은 자리, 즉 십자가에서 죽음을 맞이하는 자리를 택하셨다. 앞에서 한 질문은 이렇게도 던질 수 있다. '하느님이 인간의 모습으로 오신다면, 어떤 모습이어야 진정한 인간의 삶을 살면서도 동시에 진정한 하느님으로서 있을 수 있을까?' 성서는 지극히 평범한 인간, 지극히 평범한 인간의 삶이라고 이야기하는 듯하다. 근처에 있는 사람들이 "저 사람은 목수의 아들이 아닌가?"(마태 13:55), "저 사람은 요셉의 아들이 아닌가?"(루가 4:22)라고 물을 정도로 말이다.

예수가 진짜 인간이었다는 사실은 많은 사람에게 걸림돌이 된다. 하지만 그가 참 인간이자 참 하느님이라는 고백은 우주가 인류에게 줄 수 있는 가장 커다란 찬사다. 그가 사람들과 함께 걸으며, 더운 날씨를 느끼고, (인류의 가장 오래된 죄로 인한 고통을 짊어진 채) 가치 없는 사람처럼 무시당하고 결국 죽임을 당했다는 바로 그 사실이 인간의 존엄성을 보여 준다. 이러한 맥락에서 "저 사람들은 자기네가 무슨 일을 하는지를 알지 못합니다"(루가 23:34)라는 예수의 기도는 단순히 자신을 죽이는 사람들을 용서해 달라는 기도일 뿐 아니라, 인간의 참된 가치를 알지 못한 채 서로를 무시하고 해치는 우리 모두를 용서해 달라는 기도이기도 하다.

반대로, 복음서들이 분명히 증언하는 "나자렛 예수가 인간이었다"는 부정할 수 없는 사실을, 많은 현대인이 그러하듯 '나자렛 예수는 그저 인간일 뿐이었다'는 뜻으로 바꾸어도 문제가 생긴다. 그렇게 하면, 성육신 사건과 그 이후 모든 일이 있었다 해도 신자들의 마음에서 하느님과 인간 사이에 깊은 골이 생기고, 그분께서 보여 주신 위대한 사랑의 표현을 거부하게 된다. 그러한 면에서 마르코 시대의 이교도들이나 오늘날 불신자들이 복음을 믿지 않으려 하는 것도 이해가 된다. 그들의 눈에 예수는 너무나 인간적이었고, 하느님이라면 그러지 않을 것 같은 일들을 겪었다. 배고파하고, 목말라하고, 슬퍼하고, 고통받고, 결국에는 죽기까지 했다. 이런 모습들은 예수가 우리와 똑같은 인간이었다는 사실을 너무나 분명하게 보여 준다.

정확히 같은 사실을 두고 믿음과 불신 둘 다 합당한 이유를 댈 수 있다는 이 날카로운 문제는 공관복음의 중요한 주제다(물론 서신서를 보면 공관복음 저자들만의 고민은 아니었음을 알 수 있다). 그렇다면 무엇이 복음의 진리를 사람들에게 가닿게 할까? 무엇이 성육신 사건과 그 사건에 담긴 모든 의미를 신뢰하게 하는가? 혹은 그러한 사건이 우리에게 반드시 필요하다고 여기게 하는가? 그건 바로 인류에 대한 경외심이다. 예수가 우리에게 던지는 가장 어려운 질문은 바로 이것이다. 정말 우리는 인간을 믿는가? 그리고 아담의 아들이자 하느님의 아들인 예수를 우리는 어떻게 이해해야 하는가?

여우도 굴이 있고, 하늘을 나는 새도 보금자리가 있으나, 사람의 아들은 머리 둘 곳이 없다. (마태 8:20)

여기서 우리는 아무것도 걸치지 않은, 두 발로 선 동물인 한 인간, 본능이나 자연 적응력으로 살아갈 수 있는 다른 동물들과 달리 스스로 생존하는 법을 찾아야 하고, 궁리하고, 만들어내 야 하는 유일한 생명체를 본다. 이 땅에서 변종 취급받는 특이한 존재, 결핍에 유독 취약한 존재를 본다.[5] 이와 관련해 칼뱅은 재미있는 지적을 한 바 있다.

> 기꺼이 당신을 집으로 영접할. 경건하고 선한 사람들이 많은데도 그리스도께서 머리를 둘 곳이 없다고 말씀하신 건 이상하다.[6]

그래서 그는 이 말은 예수가 자신을 따르려 한 율법학자에게 자신을 따르면 편안한 삶을 살 수 없을 것이라 미리 경고한 것이라고 해석한다.

앞뒤 맥락을 고려해 보았을 때 일리 있는 해석이다. 저 말은 일종의 속담처럼 쓰였기 때문에 예수의 실제 상황과 정확히 들어맞지 않을 수 있다는 점을 고려해 봤을 때도 그렇다. 하지만 저 말에는 훨씬 더 깊은 의미가 있다. 저 말은 우리 주변의 가난하고, 배고프고, 병들고, 감옥에 갇힌 모든 사람의 상황을 가장 잘 설명한다. 실제로 우리 중 많은 사람이 이와 같은 상황에 처해 있고, 우리는

---

[5] John Calvin, *Commentary on a Harmony of the Evangelists: Matthew, Mark, and Luke,* Matthew 8:20(http://www.ccel.org/ccel/calvin/comment3/comm_vol31/htm/ix.lxxiii.htm).

[6] 위의 책, 1:388.

모두 언제든 그런 상황에 놓이게 될 수 있다. 최후의 심판 비유에서 예수는 특별히 이런 고통받는 이들을 "사람의 아들"과 연결했다. 그러므로 우리는 이렇게 말할 수도 있겠다. 마태오에게 사람의 아들이라는 말의 의미는 바로 이 속담("여우도 굴이 있고, 하늘을 나는 새도 보금자리가 있으나, 사람의 아들은 머리 둘 곳이 없다")에서 찾을 수 있다고 말이다.

하지만 동시에, 마태오 복음에서는 두 번, 마르코복음에서는 한 번 이런 말이 등장한다.

> 내가 진정으로 너희에게 말한다. 누구든지 이 산더러 "번쩍 들려서 바다에 빠져라" 하고 말하고, 마음에 의심하지 않고 말한 대로 될 것을 믿으면, 그대로 이루어질 것이다. (마르 11:23)

이는 예수가 직접 전한 말이다. 그런데 이 말을 그저 과장된 표현이라고 감히 할 수 있을까? 크리소스토무스가 상상했듯 사랑이 통치하는 세상, 모든 이가 서로를 용서하는 세상은 실제로 산을 옮기는 것보다 훨씬 더 놀라운 결과를 가져올 수 있다. 그런 세상은 우리가 스스로 만들어 낸 끔찍한 가능성이 현실로 바뀌지 못하게 막거나 아예 없앨 것이다. 어떤 식으로든 우리의 삶은 완전히 바뀔 것이다. 저 말은 인류에게 아직 실현되지 않은 거대한 힘이 있음을 암시하는 것처럼 보인다. 그리고 이 거대한 힘은 프로메테우스처럼 신에게 맞서는 힘이 아니라, 믿음과 용서를 통해 하느님의 영과 하나가 되는 힘이다. 우리는 성스러운 존엄성을 지닌 존재임과 동시에 너무도 약한 존재다. 이런 우리의 모습은 우리에게 특별한 윤리적 책임을 부여한다. 즉, 우리는 서로의 행동을 타락한 정의나 보복의 저울이 아닌 은총의 저울에 놓고 보아야 한다. 이는 마태오복음 25장에서 종말의 심판자로 오는 '사람의 아들'의 모습과도 일치한다. 최후의 심판 비유는 사람의 아들이라는 표현에 담긴 일상적인 의미와 예언적 의미를 탁월하게 하나로 묶는다. 나는 이 모든 성서 이야기가 궁극적으로 우리가 우리 자신을 바라보는 방식을 바꾸려는 목적을 가지고 있다고 생각한다. 이 모든 언어를 통해 우리의 창조주께서는 우리가 깨닫기를 바라신다. 우리가 얼마나 연약한지를, 동시에 얼마나 위대한지를. 다른 무엇보다 우리는 당신과 깊은 관계를 맺을 수 있는 존재임을.

제17장

현실주의

'은총'grace은 동의어가 없는 말이다. 은총을 다른 말로 바꾸어 설명하기란 어렵다. 이 말에는 미적인 의미와 종교적인 의미가 있는 것처럼 보이지만, 사실 이들은 모두 하나를 가리킨다. 바로 '경감', 즉 덜어내는 것이다. 죄책감이 덜어지든, 이기심이 줄어들든, 한계를 극복하든 말이다. 나는 이 표현을 신중하게 골랐다. 무거운 짐을 같이 들거나 나누어 들면 그 짐을 드는 부담은 덜어지고, 무게는 경감된다. 이를테면 바다는 무겁고 거대해 스스로 움직이기 힘든데, 달이 조수를 높이면 마치 그 무거운 바다가 가벼워진 것처럼, 그러니까 달이 바다의 짐을 덜어 주는 것처럼 보인다. 정말 신비로운 현상이다. 이런 자연 현상을 볼 때면 나는 우리가 보는 현실은, 비록 기이하고 임의적이라 할지라도 무언가를 우리에게 가르쳐 주는 일종의 비유 같다는 생각이 든다. 태초에 물이 아주 어린 행성을 완전히 뒤덮고 있었다는 이야기는 (자세한 건 모르지만) 사실이다. 이 물은 이 행성을 만든 태양보다 더 오랜 역사를 지니고 있었다(이 또한 사실이다). 이 새로운 빛 아래 바다는 미끄러지고 펄떡이며 반짝일 수 있었다. 모든 것이 아름다웠다. 그런 다음 어떤 영문인지 차갑고, 조용하지만, 중력을 상쇄하고 광활한 바다라는 제약을 뛰어넘을 만큼의 힘을 지닌 달이 나타났다.

대부분의 비유처럼 이 이야기도 우리가 모두가 경험하는 특별한 순간에 대한 일종의 은유라고 할 수 있다. 작가가 글을 쓰는 와중에 갑자기 이야기 속 등장인물이 자기만의 목소리를 내며 자기 길을 가는 순간, 화가의 손에서 붓이 마치 살아 있는 것처럼 움직이는 순간, 바이올리니스트의 바이올린이 마치 스스로 음악을 빚어내는 것 같은 그런 순간 말이다. 그럴 때면 사람들은 묻는다. "어떻게 그런 생각을 하게 되셨나요?" "어떻게 그런 멋진 효과를 낼 수 있었나요?" 정직하게 말하면, 모른다. 앞서 달과 바다 이야기처럼 세부 사항에 관해서는 설명할 수 없다. 어떤 순간, 특별한 통찰이 찾아와 원래 하려던 것보다 더 멋진 게 만들어지는 것이다. 이는 마치 다른 차원의 도움을 받은 것 같은 느낌인데 이를 설명할 말이 우리에게는 없다.

여기서 고전 문학 이야기를 꺼내면, 너무 책벌레 같아 보이거나 굳이 왜 이런 이야기를 하나 싶을 수도 있다. 하지만 고대 그리스인들이 예술을 할 때 여신들의 도움을 구하곤 했는데, 이는 내가 지금 설명하려는 것과 딱 맞아떨어진다. 고대 그리스 시인 핀다로스Pindar를 예로 들어 보겠다. 그는 주로 운동 경기, 특히 올림픽에서 승리를 거둔 선수들을 찬미하는 시를 지었다(학자들이 그의 시를 두고 하는 말도 흥미롭다. 그들은 핀다로스의 그리스어는 너무나 위대해 다른 언어로 대충, 조잡하게 옮길 수는 있지만, 온전히 옮길 수는 없다고 말한다). 핀다로스의 시는 늘 같은 주제, 신이 개입해 운동선수가 인간의 힘이나 기술을 넘어서게 되는 경험을 그린다. 어떤 면에서는 시인 자신도 그와 같은 경험을 했다고 할 수도 있다. 핀다로스는 노래했다.

> 타고난 실력자도
> 더 날카로워지고 자극을 받아
> 위대한 영광에 이를 수 있으니
> 그건 신이 그를 도와줄 때라네.[1]

이 시 역시 내가 이야기하려는 경험을 달리 표현하고 있다. 이런 경험은 인간이 참여하는 모든 분야에서 일어나는 것 같다. 현대 운동선수들도 멋진 경기를 펼쳤을 때 핀다로스처럼 하느님의 은총 덕분이라고 말하곤 한다. 우리는 그 말을 좀 더 진지하게 들을 필요가 있을지도 모르겠다.

자신의 능력을 초월하는 듯한 이 두 번째 차원의 현실, 실재에 대한 경험은 종교 언어 외 다른 언어로 표현하는 경우가 없는 것 같다. 현대인들은 유튜브로 운동선수가 자신의 탁월한 기량을 펼

---

[1] Pindar, *The Odes* (New York: Penguin,1969), 107.

치는 놀라운 순간을 보면서 감탄한다. 앞서 말했듯 핀다로스는 "아름다운 달빛 아래서" 운동선수들이 보여 준 위대한 활약을 노래했다.[2] 이런 순간들은 오늘날 우리에게도 여전히 의미가 있다. 우리가 생각했던 것보다 더 대단한 존재가 될 수 있음을 보여 주기 때문이다.

현대인은 대부분 시간에 이런 생각을 경계하고 피하려 한다. 그러다 보니 많은 사람이 실제로 경험하는 현실을 있는 그대로 보지 못하게 된다. 나이가 들어서 그런지 이런 현상은 답답하기 그지없다. 우리는 '이성적'이어야 한다면서, '합리적'이어야 한다면서 우리 경험을 보는 틀을 좁게 만들어 버린다. 물론, 이렇게 좁게 된 틀에서도 신비로운 것이나 영적인 것이 보일 때가 있고, 그때 사람들은 거기에 관심을 쏟곤 한다. 하지만 내가 보기에 이는 우리의 관심을 잘못된 곳으로 돌리는 것이다. 자세히 보면 우리 일상도 특별한 것들, 경이로운 것들로 가득하다. 하지만 우리는 '현실적'이어야 한다면서 이런 것들을 그저 당연히 여기고 지나쳐 버린다. '현실적인 태도'가 오히려 진짜 현실, 우리 눈앞에서 일어나는 놀라운 현상들을 제대로 보지 못하게 하는 것이다.

삶을 돌아보면 후회가 된다. 한때, 현실을 좁게 정의하는 것에 나도 설득당했기 때문이다. 그래서 내가 직감으로 알았던 것들, 실제로 알고 있었던 것들조차 제대로 표현하지 못했고, 인정받지도 못했다. 인생을 더 깊이 살았어야 했는데, 그러지 못한 건 내 잘못

---

[2] 위의 책, 109.

이다. 생각을 달리했다면, 나는 월트 휘트먼Walt Whitman*에 대한 더 나은 연구자가 될 수 있었을 것 같다.

이를 미국 사회 탓으로, 혹은 미국 문화 탓으로 돌릴 수는 없다. 내가 살아오는 동안 지식은 폭발적으로 늘어났고, 지식에 대한 접근성은 눈부시게 발전했기 때문이다. 화성인이 보면 지식 활동이 우리 문명의 최우선 과제라고 생각할지도 모르겠다. 그리고 그 화성인의 생각이 맞을지도 모른다. 실제로 우리는 지금 화성을 더듬어 가며 그곳의 지형을 그려 나가고 있으니 말이다. 하지만 그 화성인이 누군가에게 "당신들은 정말 지적이고 엄격한 문명이군요"라고 말한다면, 대부분 "아니요"라고 할 것이다. 나는 우리가 이렇게 좁다랗게 생각한다는 사실이 답답하다. 한쪽에는 현대 과학이 보여 주는 눈부신 우주가 있고, 다른 쪽에는 너무나도 감동적이면서도 끔찍하기 그지없는 인류의 역사가 있는데 말이다. 이 땅을 살아갔던 수많은 사람 중 이를 모두 알 기회를 가졌던 이가 얼마나 될까? 생각하기 좋아하고 호기심 많은 이들에게 오늘날 세계는 정말 천국 같은 곳이다. 물론 이를 찾아낸다면 말이다(우리는, 어쩌면

---

* 월트 휘트먼(1819~1892)은 미국의 시인이다. 농사짓는 가난한 퀘이커교도 집안에서 태어났다. 이후 가족이 도시로 옮겼지만, 아버지의 사업 실패로 경제적으로 불우하게 어린 시절을 보냈다. 생계를 위해 11세부터 인쇄공으로 일을 했고 이후 19세부터 신문 『롱아일랜더』Long-Islander Newspaper를 창간하는 등 편집자이자 저널리스트로 활동한다. 그가 시인으로서 본격적으로 활동한 것은 자비로 시집 『풀잎』Leaves of Grass을 펴내면서였다. 랄프 왈도 에머슨이 그의 시를 높이 평가하면서 유명세를 얻었다. 성적인 묘사로 질타를 받기도 했지만, 전통 형식에서 벗어나 새로운 시선으로 자연을 찬미하는 그의 시는 후대에 더욱 높게 평가받았다. 이후 에이브러햄 링컨에게 헌정하는 「오 캡틴! 마이 캡틴!」O Captain! My Captain!을 계기로 이름을 높였다. 한국에서 『풀잎』(열린책들), 『나 자신의 노래』(커뮤니케이션북스) 등이 소개되었다.

우리답게 이 모든 걸 그저 정보information라 부르며 이 정보들이 어떤 식으로든 '지식'knowledge을 대체한다고 주장한다).

이 사회에는 이상한 이중성이 있다. 기회가 있을 때마다 우리는 완벽한 자본주의자라고 자랑스럽게 말하면서 매년 수십만 권의 책을 출판한다. 완벽한 자본주의자라면 언제나 이윤이 되는 일만 해야 하는 것 아닌가? 이렇게 많은 책이 나온다는 건, 그만큼 책을 사서 읽는 사람도 많다는 뜻일까? 하지만 이상하게도 우리는 우리가 책을 안 읽는다고 굳게 믿고 있다. 어떤 사람들은 출판은 위험한 사업이라 돈을 벌기 어렵다고 말한다. 그러면 또 다른 의문이 생긴다. 돈도 안 되는데 어떻게 이렇게 큰 출판산업이 유지될까? 자본주의에서는 이윤이 나지 않는 산업은 살아남기 어려운데 말이다. 이윤 동기의 규율 효과disciplining effect(*이윤을 남기기 위해 방만하게 경영하지 않는 것)를 보고 있는 것일까? 우리가 문화에 대해 말할 때는 검증되지 않은 비교를 하는 경향이 있다. 출판사들이 잘 나가기만 했던 시대가 있었는가? 내가 알기로는 없었다. 다른 나라들은 더 잘 되고 있을까? 나는 모르고, 다른 사람도 잘 모르는 것 같다. 정부 지원금 이야기는 잠시 제쳐두자. 어떤 이들은 우리 문학 수준이 세계적이지 못하고 그냥 그런 수준이라고 말하기도 한다. 하지만 최근 필립 로스Philip Roth*는 제2차 세계대전 이후 활동한 미국 작

---

* 필립 로스(1933~2018)는 미국의 소설가다. 유대인 가정에서 태어났고 시카고 대학교에서 문학을 공부했다. 1959년 유대인 가정과 아메리칸 드림을 그린 첫 소설 『굿바이 콜럼버스』Goodbye Columbus(문학동네)를 발표하면서 작품활동을 시작했다. 세 번째 장편소설인 『포트노이의 불평』Portnoy's Complaint(문학동네)은 격찬과 혹평 사이에서 세간의 주목을 받았다. 『미국의 목가』American Pastoral(문학동네)로 풀리처상을 수상했다. 미국 유대인 사회의 전통과 관습에

가 중 탁월한 작가 70명을 나열했고, 그것도 전부가 아니라고 말했다. 문학을 공부한 사람이라면 누구나 알겠지만, 이건 정말 대단한 성과다. 이런 일이 일어나려면 많은 사람이 자신의 역할을 잘 감당하고 있어야 한다.

미국인들의 특징이 하나 있다면, 언제나 완벽을 기준으로 삼는다는 것이다. 그러다 보니 그 기준에 못 미치면 이를 부끄럽게 여긴다. 우리는 자신을 비난하는 말들을 너무 쉽게 받아들여서, 그게 진짜 사실인지 의심해 볼 생각도 하지 않는다. 그리고 의문을 제기한 이를 편협하고 맹목적인 애국주의자라고 비난한다. 어떤 이들은 우리 작가들이 전 세계에서 읽히는 걸 문화 제국주의라고 비난하지만, 다른 나라나 다른 시대에서 이런 일이 있었다면 그때 그곳 사람들이 황금시대를 누렸다고 말했을 것이다. 물론, 이 사회에는 엄청난 문제가 있으며 갈등도 많다. 하지만 르네상스 시대 영국이나 유럽과 비교하면, 우리가 그렇게 못하고 있는 건 아니다.

주제에서 좀 벗어난 이야기처럼 보일 수도 있지만, 이 이야기는 우리가 생각하는 것과 실제로 하는 것의 차이를 보여 주는 하나의 사례다. 한편 우리는 대중을 지적으로 게으르고 문맹에 가까운 이들로 상정하고 그들을 비난하고 멸시한다. 하지만 실제 우리 사회

맞서 개인의 자유와 욕망을 추구하는 젊은이의 투쟁을 즐겨 다루었으며, 중기 이후에는 네이션 주커먼이라는 소설가를 등장시켜 미국 현대사가 개인의 삶에 투영된 양상을 파고들었다. 저명한 비평가 해럴드 블룸Harold Bloom은 토머스 핀천Thomas Pynchon, 돈 드릴로Don DeLillo, 코맥 매카시Cormac McCarthy와 함께 로스를 현존하는 4대 미국 소설가로 꼽은 바 있다. 한국에는 앞의 책 외에도 『에브리맨』, 『휴먼 스테인』, 『울분』(이상 문학동네) 등이 소개되었다.

에서는 문학이 번영을 누리고 있고, 대학 교육도 세계 최고 수준이다. 나는 미국 여러 대학교를 돌아다녀 보았고, 그때마다 깊은 인상과 감동을 받았다. 특히 이른바 전국 대학 순위 명단에 오르지 못한 작은 대학들이 인상적이었다. 그곳에는 순위로 잴 수 없는 진정성과 학문에 대한 열정이 있었다. 그 대학들은 때로는 시민들이 마지못해 내는 세금으로, 때로는 넉넉한 기부를 받아, 여러 세대에 걸쳐 조용히 학문의 전당으로서 자신들의 일을 감당하고 있다.

우리 문화에는 재미있는 아이러니가 있다. 우리는 늘 우리가 문화 수준도 낮고, 교육도 안 되어 있고, 책도 안 읽는다며 자책한다. 하지만 실제로는 그렇지 않다. 앞서 언급했듯이 우리의 문학과 대학을 보라. 우리가 생각하는 것보다 훨씬 더 훌륭한 작가들이 있고, 좋은 교육이 이루어지고 있다. 덕분에 더 좋은 결과를 만들어 내고 있는 것 같기도 하지만, 어쨌든 우리는 우리가 누구인지, 무엇을 하고 있는지는 잘 모르는 듯하다. 지금 이 사회에서 이루어지는 공적 토론을 보면 두 가지 극단이 있다. 한쪽에서는 모든 걸 냉소적으로 바라보고 다른 쪽에서는 모든 걸 천박하게 바라본다. 하지만 실제 연구실과 교실에서 일어나고 있는 일들은 이와 다르다. 물론 양극단이 현실에 아무 영향도 안 미치는 건 아니다. 특히 정치에 미치는 영향은 크고 분명해 보인다. 양극단의 태도는 우리가 문화의 본질과 경향을 해석하고 추론할 때, 끊임없이 경멸조로 바라본 데서 나온 산물이다. 냉소와 천박함은 사실상 한 몸이다. 모든 걸 비관적으로 보는 태도와 수준 낮은 것들을 추구하는 태도는 같이 다닌다. 세상이 다 썩었고 바꿀 수 없다고 생각하면, 결국 그냥 이렇게 살자면서 질 낮은 것들을 받아들이게 된다. 하지만 실제 우리 문명은 우리 생각보다 훨씬 더 건강하고, 더 지적이고, 훨씬 더 흥미롭다. 어떻게 이런 일이 생길 수 있을까? 그리고 왜 이런 일이 생길까?

위와 같은 태도들이 괴로운 이유는 아무런 성찰 없이 이런 태도가 형성되고, 그렇게 형성되면 도덕 판단처럼 흔들리지 않으며, 많은 사람이 이를 지적으로 그럴듯한 태도로 여겨 더 공고해지기 때문이다. 우리 교육받은 사람들은 실제로는 잘 알지도 못하는 한 움큼의 문화, 즉 유럽 문화만 무조건 존경하며 그게 세련되었다고 생각한다. 자신들이 얼마나 진짜로 세련되었는지, 유럽 문화를 추종하는 태도가 얼마나 백인에 대한 편견을 강화하는 것인지는 신경쓰지 않는다. 그렇지만 그러한 와중에도 우리 마을과 도시들은 훌륭한 도서관을 짓고 있으며, 그곳에는 책을 아끼는 사람들로 가득하다. 선한 마음으로 가르치는 일도 계속되고 있다. 대부분 경우 무보수이거나 적게 받으면서 말이다. 그러한 와중에 정부와 기관들은 월급은 적고 일은 많고 자리는 불안정하더라도 가르치려는 사람들의 마음을 이용한다. 정말 수치스러운 일이다. 하지만 그렇다고 진짜 가르치는 일을 사랑해 가르치는 이들이 있다는 사실이 흐려져서는 안 된다. 문명을 지키는 건 바로 이들이다. 이들의 선한 마음, 그들이 베푸는 은총을 이용하는 자들이 지키는 게 아니다. 냉소적인 이들이나 천박한 사람들은 이들을 못 보겠지만, 이들이야말로 우리 문명의 중요한 자리를 차지하고 있으며, 수백만의 사람들, 인정도, 제대로 된 급여도 못 받으면서 일하는 사람들, 자신들을 이용하는 천박한 사람이나 자신들을 무시하는 냉소적인 사람보다 이 사회에 훨씬 더 많이 기여하는 사람들을 대표한다.

다시 말하지만, 현실을 제대로 보아야 한다. 이 나라 부의 40퍼센트를 1퍼센트도 안 되는 사람들이 갖고 있다는 이유로, 이 나라 전체 시민들을 탐욕스러운 자본가로 보는 건 이상한 일이다. 저 통계를 달리 보면 99퍼센트의 사람들은 1인당 아주 작은 돈만 갖고 있다는 뜻이니 말이다. 그런데 왜 비평가들과 도덕주의자들은 99퍼센트가 아니라 1퍼센트를 우리 문화의 대표로 보는 걸까? 대다수 사람은 수상쩍은 엘리트들이 앞장섰던 금융 조작이나 술수에 참여하지 않았다. 이건 컴퓨터로 하는 복잡한 금융 거래가 만든 세계화의 나쁜 결과였다. 대다수 시민은 그게 무엇인지도 모르다가, 2008년 금융위기가 터져 모두가 피해를 보았을 때 비로소 그 존재를 알게 되었다. 그런데도 1퍼센트의 부를 쥐고 있는 이들은 "계급 선망"이라는 말을 내걸어 99퍼센트의 시민들을 비난했다. 이건 거짓말이다. 대다수 시민은 삶이 소수의 부자, 이기적인 엘리트들의 변덕에 무너지지 않도록 정부가 합리적으로 적절하게 통제하기를 바란다. 이는 오래된 민주주의에 바탕을 둔 바람이기도 하다. 오늘날 저 엘리트들, 부자들이 번성하는 방식은, 더 좋은 말이 생각나지 않아 하는 말이지만, 윤리적으로 역겹다. 일상생활에서 사기를 당하는 사람은 흔하지 않고, 남을 속이는 걸 직업으로 삼는 사람을 칭찬하는 걸 들어 본 적도 없다. 사람을 계급으로 나누는 건 문제가 많다. 하지만 계급이라는 게 있다면 그건 '격'이나 '품위'를 따지는 것이며 대다수 사람은 격 있고 품위 있는 사람은 남을 속이지 않는다고 돈을 많이 벌기 위해 누군가를 속이는 건 격 떨어지고 품위 없는 일이라고 여긴다. 물론 사탕이나 파티용품으로 돈을 번 재벌도 있고, 쓸모 있거나 유익한 물건을 만들어 돈을 번 사람도 있다. 그리고 그 돈을 좋은 데 쓰는 경우도 있다. 이런 일은 늘 있었다. 하지만 미국에서 부자와 가난한 사람의 격차가 갑자기 커진 건, 대다수 사람을 더 가난하게 만든 잘못된 변화 때문이다. 우리는 임금이 어떻게 변했는지 알고 있다.

이 이야기가 이 글의 주제인 은총과 어떤 관련이 있을까? 은총은 묵묵히 성실하게 살아가는 이들의 현실을 인정함으로써, 이 나라를 다시 사람들에게 돌려줄 것이다. 우리는 '자본주의자'라는 말을 고집한다. 마르크스도 우리한테 안 붙인 이 딱지를 우리 자신에게 붙이고 동시에 우리 자신을 비난한다(좌파는 더 많이 하고 우파는 좀 덜 하는 편이다). 자본주의자, 물질주의자, 소비주의자 같은 말을 쓰는 사람은 흥미롭게도 자기는 거기에 속하지 않는다고 생각한다. 그리고 자기 삶이 공허하거나 동기가 얄팍한 건 문화의 영향 때문이라고, 경제 환경 때문이라고 여긴다. 이런 자본주의 사회에서 나는 다행이라고, 나는 저 욕심쟁이들처럼은 살지 않는다며 스스로를 위로한다. 그런데 이때 말하는 욕심쟁이들은 과연 누구인가. 실제로 아는 사람들은 아니며, 그냥 어딘가에 있을 것 같은, 상상 속에 있는 나쁜 사람들(이를테면 월스트리트를 욕심쟁이들의 천국으로 만드는 사람들, 뚱뚱하면서 가난한 사람들)일 뿐이다. 실제로 본 적도 없는 사람들을 상상으로 만들어 내서 비난하는 것이다.

정말이지 나는 이런 태도, 진정으로 의미 있는 관계를 맺을 수 있는 유일한 영혼들, 진지하게, 존중과 연민을 가지고, 즉 은총을 가지고 생각해 볼 기회가 있는 유일한 세상살이 경험을 제공하는 이들을 지레짐작으로 경멸하는 태도에 진저리가 난다. 내 인생도 다르게 흘러갔다면, 나도 저 큰 무리 중 하나가 되어서, 속마음도 알려지지 않은 채 사회 문제의 대상이 되었을 것이다. 이렇게 부족한 사람인데도 불구하고 용케 살 구석을 찾게 된 건 기적 같은 일이다. 그리고 감사하게도, 나는 내 평생 안고 살았던 부족함을 나이 탓으로 돌릴 만큼 오래 살았다.

이런 생각을 하게 된 건 방금 크리스마스를 보냈기 때문이다. 사람들이 크리스마스에 대해 하는 뻔한 말들이 있다. 이런 말들은 너무 식상해서, 이제는 그런 비판을 하고 싶을 때도 입이 안 떨어질 정도다. 일단 실제로 뭐가 일어나는지 보자. 사람들은 다른 사람에게 줄 선물을 사려고 가게마다 북적거린다. 그런 모습을 두고 어떤 이들은 크리스마스 쇼핑은 그저 소비 욕구만 자극할 뿐이라고, 자기만족을 위한 낭비라고 비판한다. 하지만 이날 실제로 커지는 건 남을 생각하는 마음이다. 가게에 간 사람들은 다른 사람이 무엇을 좋아할지, 무엇이 필요할지, 무엇이 어울릴지, 무엇을 재밌어할지를 생각한다. 이것만으로도 충분히 가치 있는 공부가 될 수 있다. '나' 아닌 다른 사람의 마음을 이해하고, 그 사람의 행복을 진심으로 생각해 보는 공부 말이다.

화성인이나 유능한 인류학자라면 이 거대한 선물 교환 축제를 흥미롭게 볼 것이다. 내가 크리스마스를 거대한 선물 교환 축제라고 부르는 건, 이 행사를 경제 관점으로만 보면 너무 이상하기 때문이다. 사람들은 이미 알고 있다. (동방박사들이 아기 예수에게 선물을 가져왔다고 하는 날인) 1월 6일 공현절이나 초기 교회가 임의로 선택한 12월 25일이 아닌 아무 날에 선물을 사주면 돈을 엄청나게 아낄 수 있다는 사실을 말이다. 사실 사람들이 투자하는 건 물건 자체가 아니라, 특별한 선물을 주고받음으로써 특별해지는 아침과 저녁이다. 화성인이 봤다면 사람들은 이 시간만큼은 평소에 바빠서, 쑥스러워서, 혹은 당연하다고 생각해서 미처 표현하지 못했던 따뜻한 마음을 꺼내 보인다고 생각했을 것이다. 가족끼리는 평소에도 서로에게 필요한 걸 챙겨 준다. 하지만 크리스마스는 가족을 넘어, 모두에게, 서로에게 필요한 걸 챙겨 주는 일이 참으로 기쁜 일임을 상기시켜 준다. 친구, 혹은 아는 사람과 주고받는 작은 선물은 그 자체로 그, 혹은 그녀를 향한 애정 어린 말이다. 마음만 먹으면 이 모든 풍경이 얼마나 아름다운지를 볼 수 있지만, 무엇이든 비판적으로 봐야 한다는 분위기가 이를 가로막는다. 대신 우리는 물건을 잔뜩 사려는 와중에 먼저 장바구니에 물건을 가득 담은 다른 이들을 보고 물질주의자라 비난한다.

경제 이야기를 했으니 이런 생각도 해보자. 앞서 언급했듯 크리스마스 시즌에는 일종의 사치세가 붙어 물건값이 비싸니 이런 특정한 날에 선물을 주고받는 문화를 없애 버리면 어떻게 될까? 기업들은 어차피 돈을 벌어야 하니 나머지 기간 모든 것의 가격을 올릴 것이다. 그리고 크리스마스 때가 아니면 이상해 보일 장식품을 만드는 여러 나라가 커다란 타격을 입을 것이다. 이렇게 1~2년이 지나면 사람들은 독립기념일에 선물을 주고받는 관습을 만들 것이다. 왜 이렇게 될까? 특정 날짜에 선물을 주고받는 문화는 경제적으로 말이 안 된다는 이유로 없앨 수 있는 것이 아니기 때문에, 대다수 사람이 거기에 의미가 있다고 생각하기 때문이다.

앞서 나는 '은총'과 '경감'에 대해 이야기하면서 글을 시작했다. 그리고 지금까지 한 이야기는 은총의 시선으로 우리 문화의 중요한 부분을 보기를 거부하는 태도, 더 나아가 저주를 거는 태도가 우리에게 있다는 것이었다. 이런 태도 때문에 너무나 흥미로운 일들, 사실 우리가 하는 대부분의 일이 무시당하고 있다. 우리는 '우리'we라는 말을 쓸 때 '나'를 제외한, 사실상 '너'you와 '그들'they을 가리키는 경우가 많다. '우리' 나라에서 태어나고 자라면 출생 배경, 문화 적응 문제로 지적으로 높은 수준의 일자리를 얻기 힘들다고 선생과 부모가 아이들에게 가르칠 때, 서점 점원이 '우리' 나라 사람들은 책을 안 읽는다('당신이', 혹은 '당신들이' 책을 좀 더 읽는다면 좀 더 존중할 수 있을 것이라는 뜻을 담아)고 무거운 목소리로 말할 때가 그렇다. 이는 실로 무거운 마음의 짐이며 경감이 필요하다.

성서는 '은총'과 '진리'를 함께 이야기한다. 위와 같은 상황에서도 진리, 진실을 아는 것은 은총이 될 것이다. 누군가가 태어난 곳, 그가 자란 문화가 그 사람의 한계를 결정한다는 생각은 완전히 틀렸다. 그건 마르크스의 생각을 엉터리로 이해했거나 아예 다르게 왜곡한 것이다. 사회와 문화에 관한 이런 잘못된 생각들은 유럽 '사상들', 특히 유럽에 거대한 재앙이 일어나기 전인 1800년대 초반부터 1900년대 중반, 그 이후에 등장한 사상들에 뿌리를 두고 있다. 이 '사상들'은 진정성이나 뿌리, 순수한 민족성에 집착했고 이런 것들이 있어야만 인간은 깊이 있는 존재가 된다고, 다른 곳에서 이주해 온 사람들, 여러 민족이 섞여 있는 나라, 원래 자기 말이 아닌 다른 말을 쓰는 사람들은 절대 그렇게 될 수 없다고 했다. 이런 생각은 그런 특징을 가진 유럽인들을 공격하는 데 쓰였고, 샤토브리앙François-René de Chateaubriand*과 보들레르Charles Baudelaire** 이후로는 미국을 공격하는 데 쓰였다. 이 사상에 비추어 보면 미국은 악몽 그 자체인 나라다. 정말 기괴한 관점이고 아마 나는 죽을 때까지 이를 이해하지 못할 것이다. 하지만 오늘날에도 이 생각은 힘을 발휘하고 있다. 흥미롭게도 미국인들은 그런 식으로 자기를 비난하는 걸 좋아한다. 어쩌면, '나'를 제외한, 이 대륙에서 살아가는 모든 사람을 비난하는 걸 좋아하는 건지도 모르겠다. 이런 이들, 아니, 우리는 '심오한 생각은 다른 나라에서만 나올 수 있다고' 계속 생각한다.

---

* 프랑수아 르네 드 샤토브리앙(1768~1848)은 프랑스 정치인이자 작가다. 브르타뉴 지역의 귀족 아들로 태어났다. 많은 지식인이 교회에 등을 돌렸을 때도 전통적인 가톨릭 신앙을 옹호했고 프랑스혁명에 반대해 왕정복고를 지지했다. 자연과 감정, 내면세계를 그린 낭만주의 문학의 선구자로 평가받는다. 주요 작품으로 미국 원주민 소녀의 사랑을 그린 『아티라』Atala, 고뇌하는 자아를 탐색한 『레네』René, 유럽인과 미국 원주민의 충돌을 다룬 『나체즈 족』Les Natchez 등이 있다. 한국에는 『랑세의 생애』(책과 나무) 등이 소개되었다.

** 샤를 보들레르(1821~1867)는 프랑스 문학평론가, 미술평론가이자 시인이다. 상징주의 문학의 선구자로 현대 시의 토대를 마련했다. 어린 시절 아버지의 사망과 어머니의 재혼은 그의 내면세계에 큰 영향을 미쳤다. 그는 젊은 시절 방탕하게 생활하며 친부가 물려준 막대한 유산을 탕진하고 죽을 때까지 경제적으로 불안정한 삶을 산다. 그의 대표적인 시집 『악의 꽃』Les Fleurs du mal은 당시 사회, 윤리 규범에 도전하며 문제작으로 논란이 되었지만 이후 프랑스 문학에서 중요한 위치를 차지하고 이후 많은 시인과 예술가들에게 영향을 끼쳤다. 한국에는 여러 출판사를 통해 『악의 꽃』, 『파리의 우울』(민음사, 문학동네) 등이 소개된 바 있다.

우리(여기서는 사실상 그들)에게는 진정성이 없고, 아마 계속 그러할 것이라는 말, 우리(마찬가지로 실제로는 그들)에게는 문화가 없고 아마 계속 그러할 것이라는 말, 한 문화에 다른 문화와 언어가 섞이면 (정말로 섞이든 아니면 그냥 그렇게 보이든 간에) 그 문화와 언어는 가치가 떨어진다는 말, 이런 말들은 독일 민족주의자들이 유대인들을 공격하며 했던 말과 똑같다. 우리는 일말의 망설임도 없이 그런 말과 생각을 거부해야 한다. 노골적인 차별과 사실상 같은 뿌리에서 나온, '우리' 문화는 깊이가 없다고 생각하는 경향은 사라져야 한다. 이렇게 자신과 자기 사회의 미래에 한계를 긋는 건, 스스로 다리를 자르는 것이다. 아무도 이런 식으로 자신을 제한하는 걸 강요하지 않는데도 우리는 이를 받아들인다. 이러한 생각이 얼마나 끔찍한 결과를 낳았는지는 역사를 보면 알 수 있다. 하지만 이런 생각은 여전히, 마르크스를 엉망으로 해석해 놓은 형태(실제로 마르크스의 글을 읽어 본 사람이라면, 이를 마르크스 탓으로 돌릴 수 없음을 알 수 있다)로 우리 교과 과정에 살아 있다.

이 지점에서도 (이상한) 이중성이 있다. 존경하는 에머슨과 휘트먼 덕분에 나는 나 자신과 모순되는 말을 했다(아직 좀 불편하기는 하다). 앞서 나는 우리가 좋은 교육 문화를 가지고 있다고 말했고, 이 또한 부정할 수 없는 사실이다. 하지만 이상한 부분이 있는 것도 사실이다. 우리는 장래가 촉망되는 젊은이들을 많은 돈을 들여 교육하면서, 자기 자신의 가치를 떨어뜨리는 편견을 익히게 한다. 우리 문화는 이런 모순으로 가득 차 있다.

은총은 분명 교육을 북돋는 편에 서 있다. 그리고 그 은총은 남을 가르쳐봤자 별 의미가 없다는 생각, 학생들은 자신들이 배우고 감탄하는 위대한 사상가나 예술가가 될 수 없다는 생각이라는 무거운 짐을 덜어 낸다. 물론 학생들에게 특별한 자부심을 주는 학교들도 있지만, 이 역시 우리 문화가 전반적으로 갖고 있는 한계에서 벗어나지는 못한다. 내가 쓴 글들을 모아 놓은 『정신의 부재』 Absence of Mind는 아마존에 현상학책으로 분류되어 있다. 잘 팔리는 날에 전체 책 중에서 75,000위 정도 하는 책인데, 현상학 분야로 한정하면 자주 10위 안에 든다. 이 책을 현상학책으로 볼 생각은 전혀 없지만, 그래도 기쁘다. 이 분야 상위권에 든 유일한 여성이어서 무언가 새로운 길을 연 것 같은 기분이 들기 때문이다. 좀 더 주목해 볼 만한 사실은, 유럽 현상학자들의 저서, 혹은 이를 안내하는 책을 제외하면 책의 저자가 미국인인 건 이 책이 거의 유일하다는 것이다. 왜 이런 현상이 생기는지를 두고서는 여러 이유를 들 수 있을 것이다. 저자, 출판사, 학교가 모두 연결되어 있기 때문이다. 이런 요소들이 어우러지며 어떤 책이 얼마나 팔릴지를 결정한다. 그리고 그런 결정에는 미국인은 현상학처럼 깊이 있는 철학 서적은 못 쓴다는 편견이 영향을 미치고 있을 것이다.

물론 미국인들도 탁월한 철학 서적을 쓰고, 아마존도 이를 보여준다. 하지만 에머슨, 휘트먼, 디킨슨은 현상학이라는 말이 생기기도 전에 이미 현상을 진지하게 다룬 글을 썼다(멜빌Herman Melville 도 마찬가지였다). 우리가 우리의 전통을 제대로 가르친다면, 우리도 이를 배울 수 있다. 그들이 준 은총, 그 본 덕분에 우리도 이 아름다운 사고방식을 우리 중 깊이 생각하기 좋아하는 사람들에게 알려 줄 수 있다. 좋은 생각을 하는 법, 생각을 세심하게 하는 법은 이를 좋아하는 모든 이에게 열려 있어야 한다. 핀다로스는 운동선수들이 이룬 놀라운 성취를 노래할 때 도시에 있는 신과 영웅에 빗대곤 했다. 평범한 사람도 위대한 일을 할 수 있다고 본 것이다. 하지만 우리는 한편으로는 대단한 성취를 이룬 이들을 보여 주면서, 동시에 다른 편으로는 우리는 그들처럼 될 수 없고 멀리서 감탄만 할 수 있다고 이야기한다. 그들의 탁월함을 따라가려 하기보다는 그저 존경만 보냄으로써 탁월함이라는 이상에 대한 충성심을 보여 주려 한다.

하지만 이건 절대 이 사회에서 탁월한 사람들이 없다는, 모두가 존경을 보낼 법한 일이 더는 일어나고 있지 않다는 뜻이 아니다. 오히려 그 반대다. 우리가 진리와 진실, 은총을 소중히 여긴다면 이를 제대로 인정해야 한다. 다른 누구보다 내가 이를 보고, 겪고 있다. 내 학생 중 많은 수는 이민자거나 이민자의 자녀다. 그리고 이들 중 몇몇은 정말 가난하고, 가혹한 환경에서 자랐다. 하지만 그들은 나에게 새로운 이야기를 들려준다. 미국 도시에 있는 공립학교를 통해 익힌 실력으로 자기만의 특별한 이야기를 너무나 잘 표현하고 있다. 여러 나라에서 온 이민자들이 모여 새로운 이야기를 들려주고, 이를 통해 '우리'의 문학이 계속 확장되는 것, 이것이 바로 진정한 민주주의 사회의 모습이다. 우리가 '우리'는 수준이 낮다고 말할 때 그 우리는 과연 누구를 가리키는 것일까? 체호프Anton Chekhov처럼 섬세하게 자기 어머니에 관한 이야기를 들려주는, 카리브해에서 온 가정부의 딸을 가리키는 걸까? 우리가 인구 전체를 기술할 때 쓰는 표현과 어조에 실제로 들어맞는 하위 집단이 정말 있기는 할까?

미국인은 모두 백인이라는 오래된 관념 때문에 이런 비난이 괜찮다고 생각하는지도 모른다. 어차피 안전하고 잘 사는 다수를 놀리는 것이니 괜찮다고 보는 것이다. 하지만 그런 생각은 현실과 전혀 맞지 않는다. 미국 중서부는 유럽 소수민족의 집합체라 할 수 있으며 그중 많은 사람은 얼마 전까지만 해도 가난한 이민자였다. 그리고 지금도 전 세계 곳곳에서 새로운 이민자들이 오고 있다. 미국 남부 여러 지역에는 서로 다른 특성을 가진 흑인 공동체들도 있다. 싱클레어 루이스Sinclair Lewis의 『메인 스트리트』Main Street는 광활한 미국 중부에서 현지인들이 이 지역에 몰려드는 추레하고 무례한 유럽 이민자들을 얼마나 싫어했는지를 보여 준다. 하지만 이 소설의 흥미로운 부분은 이 이민자들의 이야기다. 이들은 유럽에 있을 때는 서로를 원수로 여기고 죽였다. 하지만 그랬던 사람들이 새로운 땅에서는, 누군가 그들 곁을 지나며 보면 그들 사이에 차이점을 찾는 일이 무의미할 정도로 평화롭게 지낸다. 어떤 집단을 두고 그 구성원들은 다 비슷비슷하다고 생각하는 건 기본적으로 인종차별이나 마찬가지며 뒤집힌 자민족 중심주의다.

물론 인구조사를 보면 '미국인들'의 특징을 발견할 수 있다. 통계에 따르면, 미국인들은 유럽인들보다 더 종교를 중시한다. 하지만 이건 사실 미국에 각자의 종교를 소중히 여기는 여러 공동체가 있기 때문에, 달리 말하면 미국의 불균질성 때문이다. 네덜란드에서 온 칼뱅주의자도, 리비아에서 온 무슬림도 설문 조사에서 종교

유무를 물으면 종교가 있다고 답한다. 종교는 다른데 통계에서는 같은 걸로 계산되는 것이다. 국교가 없고 '미국 교회'가 없다는 사실에서 비롯된 좋은, 그리고 역설적인 결과다.

이렇게 다양한 사람의 다양한 정체성을 무식하고 무기력한 미국인이라는 하나의 심상으로 뭉뚱그리는 현상은 우리가 우리 자신에 대해 얼마나 인위적이고 무감각한지를 보여 준다. 우리는 썩은 사과 이론bad-apple theory(ⓐ사과들이 든 상자에 썩은 사과가 하나만 있어도 모든 사과가 다 썩게 된다는 영국 속담에서 기원한 이론. 집단 내 한 사람의 부정적인 행동이 전체 구성원에게 영향을 미치게 되어 마침내 모두 부패하게 된다는 생각을 담고 있다)에 너무 빠져 있다. 이 나라 어디선가 병리 현상이 일어나기만 하면, 모두가 거기에 연루되어 있고, 거기에는 더 깊고 더 일반적인 병리 현상이 있다고 생각한다. 폭스 뉴스를 싫어하는 사람도, 폭스 뉴스를 열렬히 좋아하는 사람만큼이나 폭스 뉴스가 보여 주는 미국의 모습이 진짜라고 믿는다. 물론 지난 선거 결과는 충격적이었다. 하지만 냉소적이고 체념하는 게 도덕적이라는 생각, 이 나라는 멍청하고 물질만 좋아한다는 생각이 만연하지 않았다면, 상황은 달랐을 것이다.

어떤 독자는 은총이라는 제목을 보고, 은총은 그리스도교의 용어이니 좀 더 그리스도교와 관련된 이야기를 할 것이라 기대했을지도 모르겠다. 분명 은총은 그리스도교에서 가장 중요한 개념이고, 여기서 한 이야기는 그리스도교 신앙에 기댄 이야기다. 모든 건 우리가 서로를 어떻게 대하느냐에, 모든 사람이 진실로 소중하고 성스러운 존재임을 인정하느냐에 달려 있기 때문이다. 우리는 이미 알고 있다. 서로를 차별하면 얼마나 깊은 상처를 주는지, 서로의 가치를 알아보지 못하면 모두가 얼마나 궁핍해지는지, 서로를 존중하는 게 얼마나 커다란 위로가 되는지 말이다. 하지만 우리는 너무나도 자주 그렇게 하지 않는다. 여기서 다시 한번 이중성의 문제가 나온다. 이러한 맥락에서 은총의 신학은 더 높은 차원의 현실주의이자 진실의 윤리다. 작가들은 이를 알고 있다.

우리에게 주어진 것들에 관하여

– 오늘 우리에게 있는 경이의 좌표들

초판 발행 | 2024년 12월 6일
지은이 | 메릴린 로빈슨
옮긴이 | 조윤

발행처 | ㈜타임교육C&P
발행인 | 이길호
편 집 | 민경찬
검 토 | 손승우 · 전은성
제 작 | 김진식 · 김진현
마케팅 | 양지우
디자인 | 민경찬 · 손승우

출판등록 | 2020년 7월 14일 제2020-000187호
주 소 | 서울시 강남구 봉은사로 442 75th Avenue 빌딩 7층
주문전화 | 010-3320-2468
이메일 | viapublisher@gmail.com

ISBN | 979-11-93794-93-7 (03840)
한국어판 저작권 ⓒ 2024 ㈜타임교육C&P